三國演義

周泽雄新批

上

[明] 罗贯中 著
周泽雄 批评

CNS PUBLISHING & MEDIA
岳麓書社·长沙

目 录

自　序

罗贯中（约1330—约1400年）是艺术的先行者、文学的祖师爷，站在他的时空点，我们不难发现，他是在一个前无古人的艺术空间从事文学开拓。罗贯中写《三国演义》时，欧洲还在黑暗的中世纪，“日心说”尚未发现，美洲大陆无人知晓，意大利语还不是一种文学语言，法国人不知道法国文学的存在，至于德国文豪歌德的祖先，别说文学，他们的贵族都没学会用杯盘吃饭。

单就长篇小说而论，罗贯中既是中国文学，也是世界文学的始祖，在世界范围内，只有日本人紫式部的《源氏物语》，比《三国演义》出现更早。文学不同于科学，最早的往往是最好的，或至少是不可超越的。荷马史诗及古希腊悲剧，中国的《诗经》和《楚辞》，但丁的《神曲》等等，都是经典范例，《三国演义》亦然。原因在于，文学世界的拓荒者不像继承者那样有经验可借鉴、教训可吸取，但他同样没有后继者的种种顾虑，他独自迈向一个洪荒世界，举目皆是新鲜，抬腿即是开拓，创造与惊奇时时与他相随。他们是最早给人类带来文学光亮、给生命赋予意义的人，是盗取文学天火的人，他们的成功令人惊奇，他们的失误——如果有的话——有时也价值连城。

写《三国演义》的罗贯中，距今人已逾六百年；他笔下的汉末三国人物，距他写作时则有一千多年。记住这点很重要，因为粗心后人有时会笼统地用一个名词“古人”，将不同时代的前人大而化之，好像他们不配拥有各自的时代特征。其实，在不少地方，我们与罗贯中的差异，并不小于罗贯中与曹操、刘备等人的差异。《三国演义》属于通俗文学（该书最早的名称叫《三国志通俗演义》），作为通俗文学，作者必然会以元末明初的读者为对象，照顾他们的阅读偏好及市井趣味。于是，随着时光荏苒，现代读者多了一层障碍，我们必须同时面对两种不同年代的“古代”：真实的汉末三国人物，及元末明初百姓喜闻乐见的三国英雄。这并不容易。

《三国演义》是否需要借助评点类文字？诚实的回答是：不需要。小说原是一部具有高度自足性、完备性的作品，评点文字——无论写得精彩还是蹩脚——都既不会增加她的光华，也不会贬低她的价值。

那么，评点《三国演义》是否就算多此一举？倒也未必。

首先，今人读到的《三国演义》，已非罗贯中的原璧。现在的一百二十回本，是清代评注家毛伦、毛宗岗父子编次审定的。在现存最能反映罗贯中原著风貌的明代嘉靖本上，我们看到的体例格式是：全书分二十四卷，每卷十则，共二百四十则。嘉靖本，别说今天，在毛氏父子的“毛评本”问世后，即少有人读。鲁迅在《中国小说史略》中介绍道：“迨清康熙时，茂苑毛宗岗（字序始）师金人瑞（按即金圣叹）改《水浒传》及《西厢记》成法，即旧本遍加改窜，自云得古本，评刻之，亦称‘圣叹外书’，而一切旧本乃不复行。”——就是说，无论《三国演义》是否需要评点本，今日读者看到的《三国演义》，已经是他人评点并“改窜”后的产物了。读者从口气里不难揣想，鲁迅对毛氏父子的编订并不认可。

当代出版的《三国演义》，大多删除了毛氏父子的评点，但“评点”仍隐约其中。因为这对缺乏现代著作权意识的清代父子，还对原著做了不少涂饰增删——在我的评点里，偶尔会指正一二——在此先提两个例子：一、较能信守笔墨中立的罗贯中，在小说里常称曹操为“曹公”，而毛氏父子只要可能，就对这声“曹公”格杀勿论，同时偷偷地把原文中的“刘备”或“玄德”改成满怀敬意的“刘皇叔”“先主”，以强化小说的“政治正确”。二、一百三回里，罗贯中虚构了孔明借机烧死魏延的情节，毛氏父子深恐该情节有损孔明光辉，竟一刀删去，致使原文失去了连贯性。罗贯中的构思是否高明暂且不论，重要的是，毛氏父子无权这么做。

其次，《三国演义》是一部与正史高度相关的小说，书中不少段落可以当历史书读。一名熟悉史籍的读者，会从中直接读到《三国志》《后汉书》《晋书》中的内容。同时，作者又会神鬼不觉地穿插大量虚构，其中甚至不乏这类虚构，它与正史所述正好相反。比如，诸葛亮明明吃了败仗，作者却把他写得又打了一次胜仗；某曹魏大将明明早已病逝，作者为夸饰诸葛亮的战功，会让他继续活着，以便在诸葛亮面前再死一回。清代学者章学诚曾指责作者“七实三虚惑乱观者”，那么，对那些误将《三国演义》当成信史的读者，知道哪些属于虚构，或也不无裨益。大致而言，属于刘备一方人物——尤以作者倾注了饱满情感的诸葛亮和关羽为最——虚构及篡改成分最浓。

再则，作者恪守叙述原则，小说中除大量随机插入的“前人诗曰”（不少还是毛氏父子添加的），杜绝对事件的主观评价。这是作者的笔墨自律，也是替长篇小说开山立法，值得喝彩和尊重。但对六百年后的读者来说，了解被时光风尘遮蔽的若干信息，恐也略有补益。

又，《三国演义》结构繁复，规制宏阔，在我的阅读范围内，从未有另一部篇幅相仿的小说，具有如此浩大的容量。如此，它难免有浓缩过度的倾向，包括故事、人物的密度过大（有名有姓的人物，竟逾1200人，其中个别还是重名，如张温），即使最大的三国迷，也未必记得全所有人名。既然如此，我辈适度点评，或也有缓冲之功，使读者不至晕眩在海量人物里。

另，《三国演义》所述时代，正值西方的古罗马帝国时期，当时的东汉帝国恰与地中海周边的古罗马帝国并峙。也许，适度了解同期及稍早些的古罗马、古希腊人的若干事例，也不无趣味。他山之石，未必可以攻玉，但至少可以为我们眼前这块美玉增加几件挂饰。而这是我们无法要求罗贯中及当年为《三国演义》做评注的毛氏父子做到的。

同时，作为一部具有世界影响的民族文学瑰宝，为表达敬意，加深读解，我们在阅读过程中适度参照世界文学中若干具有可比性的例子，大概也不至于算狗尾续貂。

基于上述因素，使得评点《三国演义》成为可能，并多少显出必要性。重申一下，这份必要性无损于小说的完整。面对这部伟大小说，我不奢望任何锦上添花之举，我只希望自己的评点文字，能多少增加些阅读兴味。

出于对现代思考型读者的尊重，小说里大量一望即知的优秀之处，我就不模仿前贤，频频点赞了。若不加节制地喝彩，即使面前放着三块案板，也会一一拍坏。我以为，让读者安静地感受原作魅力，也是评点者的义务。同样出于这份尊重，对书中若干存疑之处，我会直率地表达意见，供读者斟酌、参考。深明大义的读者想必知道，此事不宜按“唐突前贤”论处。

当我评点时，我把自己设定为文字侍者，在读者需要之际，给他添一杯酒，续一点茶，夹一口菜。最高的奢望，则是与想象中的读者“相视而笑，莫逆于心”。舍此，别无他求。

周泽雄　2016年2月1日于上海梅陇

滚滚长江东逝水，浪花淘尽英雄。是非成败转头空。青山依旧在，几度夕阳红。

白发渔樵江渚上，惯看秋月春风。一壶浊酒喜相逢。古今多少事，都付笑谈中。

——调寄《临江仙》

[词作者是明代学士杨慎（字用修，号升庵），非小说作者罗贯中。清代评注家毛伦、毛宗岗父子将其移置小说卷首，映带三国，统摄全书，堪称画龙点睛。]

第一回

宴桃园豪杰三结义 斩黄巾英雄首立功

话说天下大势，分久必合，合久必分。周末七国分争，并入于秦；及秦灭之后，楚、汉分争，又并入于汉；汉朝自高祖斩白蛇而起义，一统天下，后来光武中兴，传至献帝，遂分为三国。推其致乱之由，殆始于桓、灵二帝。桓帝禁锢善类，崇信宦官。及桓帝崩，灵帝即位，大将军窦武、太傅陈蕃，共相辅佐。时有宦官曹节等弄权，窦武陈蕃谋诛之，作事不密，反为所害，中涓自此愈横。[寥寥数语，浓缩沧桑变故。]

建宁二年四月望日，帝御温德殿。方升座，殿角狂风骤起；只见一条大青蛇，从梁上飞将下来，蟠于椅上。帝惊倒，左右急救入宫，百官俱奔避。须臾，蛇不见了。忽然大雷大雨，加以冰雹，落到半夜方止，坏却房屋无数。建宁四年二月，洛阳地震；又海水泛溢，沿海居民，尽被大浪卷入海中。光和元年，雌鸡化雄。六月朔，黑气十余丈，飞入温德殿中。秋七月，有虹见于玉堂，五原山岸，尽皆崩裂。种种不祥，非止一端。帝下诏问群臣以灾异之由，议郎蔡邕上疏，以为蜺堕鸡化，乃妇寺干政之所致，言颇切直。帝览奏叹息，因起更衣。曹节在后窃视，悉宣告左右；遂以他事陷邕于罪，放归田里。后张让、赵忠、封谞、段珪、曹节、侯览、蹇硕、程旷、夏晖、郭胜十人朋比为奸，号为“十常侍”。帝尊信张让，呼为“阿父”。朝政日非，以致天下人心思乱，盗贼蜂起。[探寻国难起因，是人的理性本能；凭现有经验无法找到解释，即盲从灵异之象。有解释总好过没说法，“天人感应”就是古人笃信的终极原理。]

时钜鹿郡有兄弟三人：一名张角，一名张宝，一名张梁。那张角本是个不第秀才，[“秀才”也叫茂才，是汉代察举制下的名目。秀才出自州郡举荐，不同于科举制下的赶考应试，无“不第”之说。这是迁就元末明初读者的变通写法。]因入山采药，遇一老人，碧眼童颜，手执藜杖，唤角至一洞中，以天书三卷授之，曰："此名《太平要术》。汝得之，当代天宣化，普救世人。若萌异心，必获恶报。"角拜问姓名。老人曰："吾乃南华老仙也。"言讫，化阵清风而去。

角得此书，晓夜攻习，能呼风唤雨，号为太平道人。中平元年正月内，疫气流行，张角散施符水，为人治病，自称大贤良师。角有徒弟五百余人，云游四方，皆能书符念咒。次后徒众日多，角乃立三十六方，大方万余人，小方六七千，各立渠帅，称为将军。[汉末多流民，桓帝永兴元年流民达数十万户，黄巾时有增无减。]讹言："苍天已死，黄天当立。"又云："岁在甲子，天下大吉。"令人各以白土书"甲子"二字于家中大门上。青、幽、徐、冀、荆、扬、兖、豫八州之人，家家侍奉大贤良师张角名字。角遣其党马元义，暗赍金帛，结交中涓封谞，以为内应。

角与二弟商议曰："至难得者，民心也。今民心已得，若不乘势取天下，诚为可惜。"遂一面私造黄旗，约期举事；一面使弟子唐州，驰书报封谞。唐州乃径赴省中告变。帝召大将军何进调兵擒马元义斩之，次收封谞等一干人下狱。张角闻知事露，星夜举兵，自称天公将军，张宝称地公将军，张梁称人公将军，申言于众曰："今汉运将终，大圣人出。汝等皆宜顺天从正，以乐太平。"四方百姓，裹黄巾从张角反者四五十万。贼势浩大，官军望风而靡。何进奏帝，火速降诏，令各处备御，讨贼立功；一面遣中郎将卢植、皇甫嵩、朱儁，各引精兵，分三路讨之。

且说张角一军，前犯幽州界分。幽州太守刘焉，乃江夏竟陵人氏，汉鲁恭王之后也；当时闻得贼兵将至，召校尉邹靖计议。靖曰："贼兵众，我兵寡，明公宜作速招军应敌。"刘焉然其说，随即出榜招募义兵。

榜文行到涿县，引出涿县中一个英雄。那人不甚好读书，性宽和，寡言语，喜怒不形于色，素有大志，专好结交天下豪杰，生得身长八尺，两耳垂肩，双手过膝，目能自顾其耳，[别号"大耳郎"由此而来。]面如冠玉，唇若涂脂，中山靖王刘胜之后，汉景帝阁下玄孙，姓刘名备，字玄德。昔刘胜之子刘贞，汉武时封涿鹿亭侯，后坐酎金失侯，因此遗这一枝在涿县。玄德祖刘雄，父刘弘。弘曾举孝廉，亦尝作吏，早丧。

玄德幼孤，事母至孝；家贫，贩屦织席为业。家住本县楼桑村。其家之东南，有一大桑树，高五丈余，遥望之，童童如车盖。相者云："此家必出贵人。"［让人惊讶的不是老套，而是百姓信以为真。］玄德幼时，与乡中小儿戏于树下，曰："我为天子，当乘此车盖。"叔父刘元起奇其言，曰："此儿非常人也！"因见玄德家贫，常资给之。年十五岁，母使游学，尝师事郑玄、卢植，与公孙瓒等为友。［郑玄、卢植均为名动天下的大儒，拟于当今，像说某人受业于王国维、陈寅恪门下。其实，刘备与汉家高祖刘邦的共性是：不读书。］及刘焉发榜招军时，玄德年已二十八岁矣。

当日见了榜文，慨然长叹。随后一人厉声言曰："大丈夫不与国家出力，何故长叹？"［劈首一句爱国者宣言。］玄德回视其人，身长八尺，豹头环眼，燕颔虎须，声若巨雷，势如奔马。玄德见他形貌异常，问其姓名。其人曰："某姓张名飞，字翼德。世居涿郡，颇有庄田，卖酒屠狗，专好结交天下豪杰。适才见公看榜而叹，故此相问。"玄德曰："我本汉室宗亲，姓刘名备。今闻黄巾倡乱，有志欲破贼安民，恨力不能，故长叹耳。"飞曰："吾颇有资财，当召募乡勇，与公同举大事，如何？"［依身份，张飞是地主。］玄德甚喜，遂与同入村店中饮酒。

正饮间，见一大汉，推着一辆车子，到店门首歇了，入店坐下，便唤酒保："快斟酒来吃，我待赶入城去投军。"［又来一位爱国者。］玄德看其人身长九尺，髯长二尺，面如重枣，唇若涂脂，丹凤眼，卧蚕眉，相貌堂堂，威风凛凛。玄德就邀他同坐，叩其姓名。其人曰："吾姓关名羽，字寿长，后改云长，河东解良人也。因本处势豪倚势凌人，被吾杀了，逃难江湖五六年矣。今闻此处招军破贼，特来应募。"［依身份，关羽是逃犯。］玄德遂以己志告之，云长大喜，同到张飞庄上共议大事。飞曰："吾庄后有一桃园，花开正盛。明日当于园中祭告天地，我三人结为兄弟，协力同心，然后可图大事。"玄德、云长齐声应曰："如此甚好。"

次日，于桃园中备下乌牛白马祭礼等项，三人焚香再拜而说誓曰："念刘备、关羽、张飞，虽然异姓，既结为兄弟，则同心协力，救困扶危；上报国家，下安黎庶；不求同年同月同日生，只愿同年同月同日死。

皇天后土，实鉴此心。背义忘恩，天人共戮！”誓毕，拜玄德为兄，关羽次之，张飞为弟。[江湖好汉热衷结义，始于《三国演义》。小说并未对三人性情作出有力铺陈，除却“报效朝廷”这个共同目标，三兄弟并无太多共性。世间有“先结婚、后恋爱”者，刘、关、张三杰，也是先结义，后生情。]祭罢天地，复宰牛设酒，聚乡中勇士，得三百余人，就桃园中痛饮一醉。来日收拾军器，但恨无马匹可乘。正思虑间，人报有两个客人，引一伙伴当，赶一群马，投庄上来。玄德曰：“此天佑我也！”三人出庄迎接。原来二客乃中山大商：一名张世平，一名苏双，每年往北贩马，近因寇发而回。玄德请二人到庄，置酒款待，诉说欲讨贼安民之意。二客大喜，愿将良马五十匹相送，又赠金银五百两，镔铁一千斤，以资器用。玄德谢别二客，便命良匠打造双股剑。云长造青龙偃月刀，又名“冷艳锯”，重八十二斤。张飞造丈八点钢矛。各置全身铠甲，共聚乡勇五百余人，来见邹靖。邹靖引见太守刘焉。三人参见毕，各通姓名。玄德说起宗派，刘焉大喜，遂认玄德为侄。

不数日，人报黄巾贼将程远志统兵五万来犯涿郡。刘焉令邹靖引玄德等三人，统兵五百，前去破敌，玄德等欣然领军前进，直至大兴山下，与贼相见。贼众皆披发，以黄巾抹额。当下两军相对，玄德出马，左有云长，右有翼德，扬鞭大骂：“反国逆贼，何不早降！”程远志大怒，遣副将邓茂出战。张飞挺丈八蛇矛直出，手起处，刺入邓茂心窝，翻身落马。程远志见折了邓茂，拍马舞刀，直取张飞。云长舞动大刀，纵马飞迎。程远志见了，早吃一惊，措手不及，被云长刀起处，挥为两段。后人有诗赞二人曰：

英雄发颖在今朝，一试矛兮一试刀。
初出便将威力展，三分好把姓名标。

[人头是英雄的货币单位，该单位就像黄金，先看成色，次称分量。邓茂之流，成色约为八开，分量未逾一克，仅足以让读者对关、张之勇有个预热式了解。]

众贼见程远志被斩，皆倒戈而走。玄德挥军追赶，投降者不计其数，大胜而回。刘焉亲自迎接，赏劳军士。

次日，接得青州太守龚景牒文，言黄巾贼围城将陷，乞赐救援。刘焉与玄德商议，玄德曰："备愿往救之。"刘焉令邹靖将兵五千，同玄德、关、张，投青州来。贼众见救军至，分兵混战。玄德兵寡不胜，退三十里下寨。玄德谓关、张曰："贼众我寡，必出奇兵，方可取胜。"乃分关公引一千军伏山左，张飞引一千军伏山右，鸣金为号，齐出接应。次日，玄德与邹靖引军鼓噪而进。贼众迎战，玄德引军便退。贼众乘势追赶，方过山岭，玄德军中一齐鸣金，左右两军齐出，玄德麾军回身复杀。三路夹攻，[貌似谁都会，未审"奇"在何处。]贼众大溃。直赶至青州城下，太守龚景亦率民兵出城助战。贼势大败，剿戮极多，遂解青州之围。后人有诗赞玄德曰：

运筹决算有神功，二虎还须逊一龙。
初出便能垂伟绩，自应分鼎在孤穷。

[击溃一支流寇，恐谈不上"伟绩"。刘备在小说中的长期利好是：总能收获不实之誉。]

龚景犒军毕，邹靖欲回。玄德曰："近闻中郎将卢植与贼首张角战于广宗，备昔曾师事卢植，欲往助之。"于是邹靖引军自回，玄德与关、张引本部五百人投广宗来。至卢植军中，入帐施礼，具道来意。卢植大喜，留在帐前听调。

时张角贼众十五万，植兵五万，相拒于广宗，未见胜负。植谓玄德曰："我今围贼在此，贼弟张梁、张宝在颍川，与皇甫嵩、朱儁对垒。汝可引本部人马，我更助汝一千官军，前去颍川打探消息，约期剿捕。"玄德领命，引军星夜投颍川来。时皇甫嵩、朱儁领军拒贼，贼战不利，退入长社，依草结营。嵩与儁计曰："贼依草结营，当用火攻之。"遂令军士每人束草一把，暗地埋伏。其夜大风忽起，二更以后，一齐纵火。嵩与儁各引兵攻战，贼寨火焰张天。贼众惊慌，马不及鞍，人不及甲，四散奔走。[依草结营，愚不可及。黄巾军全无战术素养。]

杀到天明，张梁、张宝引败残军士，夺路而走。忽见一彪军马，尽打红旗，当头来到，截住去路。为首闪出一将，身长七尺，细眼长须，官拜骑都尉，沛国谯郡人也，姓曹名操，字孟德。操父曹嵩，本姓夏侯氏，因为中常侍曹腾之养子，故冒姓曹。曹嵩生操，小字阿瞒，一名吉利。操幼时，好游猎，喜歌舞，有权谋，多机变。操有叔父，见操游荡无度，尝怒之，言于曹嵩。嵩责操。操忽心生一计，见叔父来，诈倒于地，作中风之状。叔父惊告嵩，嵩急视之，操故无恙。嵩曰："叔言汝中风，今已愈乎？"操曰："儿自来无此病，因失爱于叔父，故见罔耳。"嵩信其言。后叔父但言操过，嵩并不听。因此，操得恣意放荡。时人有桥玄者，谓操曰："天下将乱，非命世之才不能济。能安之者，其在君乎？"南阳何颙见操，言："汉室将亡，安天下者必此人也。"汝南许劭，有知人之名。操往见之，问曰："我何如人？"劭不答。又问，劭曰："子治世之能臣，乱世之奸雄也。"操闻言大喜。年二十，举孝廉，为郎，除洛阳北部尉。初到任，即设五色棒十余条于县之四门，有犯禁者，不避豪贵，皆责之。中常侍蹇硕之叔，提刀夜行，操巡夜拿住，就棒责之。由是，内外莫敢犯者，威名颇震。[“千古奸雄”呼之欲出。]后为顿丘令。因黄巾起，拜为骑都尉，引马步军五千，前来颍川助战。正值张梁、张宝败走，曹操拦住，大杀一阵，斩首万余级，夺得旗幡、金鼓、马匹极多。张梁、张宝死战得脱。操见过皇甫嵩、朱儁，随即引兵追袭张梁、张宝去了。

却说玄德引关、张来颍川，听得喊杀之声，又望见火光烛天，急引兵来时，贼已败散。玄德见皇甫嵩、朱儁，具道卢植之意。嵩曰："张梁、张宝势穷力乏，必投广宗去依张角。玄德可即星夜往助。"玄德领命，遂引兵复回。到得半路，只见一簇军马，护送一辆槛车；车中之囚，乃卢植也。玄德大惊，滚鞍下马，问其缘故。植曰："我围张角，将次可破；因角用妖术，未能即胜。朝廷差黄门左丰前来打探，问我索取贿赂。我答曰：'军粮尚缺，安有余钱奉承天使？'左丰挟恨，回奏朝廷，说我高垒不战，惰慢军心。因此朝廷震怒，遣中郎将董卓来代将我兵，取我回京问罪。"张飞听罢大怒，要斩护送军人，以救卢植。玄德急止之曰："朝廷自有公论，汝岂可造次？"[玄德常说些人疑鬼不信的话。本来，黄巾造乱之由，正起于朝纲倾圮，公论尽失。]军士簇拥卢植去了。

关公曰："卢中郎已被逮，别人领兵，我等去无所依，不如且回涿郡。"玄德从其言，遂引军北行。行无二日，忽闻山后喊声大震。玄德引关、张纵马上高冈望之，见汉军大败，后面漫山塞野，黄巾盖地而来，旗上大书“天公将军”。玄德曰：“此张角也！可速战！”三人飞马引军而出。张角正杀败董卓，乘势赶来，忽遇三人冲杀，角军大乱，败走五十余里。三人救了董卓回寨。卓问三人现居何职。玄德曰：“白身。”卓甚轻之，不为礼。[英雄不问出处，草包独重出身。]

玄德出，张飞大怒曰：“我等亲赴血战，救了这厮，他却如此无礼。若不杀之，难消我气！”便要提刀入帐来杀董卓。正是：

人情势利古犹今，谁识英雄是白身。

安得快人如翼德，尽诛世上负心人！

毕竟董卓性命如何，且听下文分解。

大势

开场白“分久必合，合久必分”，有着超乎寻常的影响力，后人恒视为亘古不易之理，究其实，却不比“生久必死，死久必生”来得准确。作者提供的内证非但无从证明结论，反而对结论构成致命一击。终秦一朝，不过十五年，焉谈“合久”？“楚、汉分争”未足五年，云何“分久”？实际上，被国人视为兴衰嬗替惯例的改朝换代，在世界史范围内并不多见，更像是特例。

差堪安慰的是，这段开场白非罗贯中所写，亦系后人（毛氏父子）擅自添加。是故，与其说我在批评小说，不如说我在捍卫作者。

古人从所谓“日中则移，月满则亏”的自然之道中吸收了过多借鉴，“分久必合”即是滥用之一。本来，不把话说满，此论亦非一无是处。人们不会出于对“祸福相依”的担心而主动弃福避祸，诸如“福无双至，祸不单行”等话头，人们也只在情景赶巧时，才以“事后诸葛亮”的态度加以引用，他们不会真以为其中藏有命定之数，从而放弃对“双喜临门”的追求。分合之理，亦复如是。

三国独一无二，“天下大势”无论怎样分离化合，吾人终究只有一个三国。对国人来说，也就是罗贯中笔下的三国，正如荷马史诗常等于希腊神话。《三国演义》的魅力不受盈亏之道的掣肘，势将持久延续下去。

第二回

张翼德怒鞭督邮　何国舅谋诛宦竖

且说董卓字仲颖，陇西临洮人也，官拜河东太守，自来骄傲。当日轻慢了玄德，张飞性发，便欲杀之。玄德与关公急止之曰："他是朝廷命官，岂可擅杀？"飞曰："若不杀这厮，反要在他部下听令，其实不甘！二兄便要住在此，我自投别处去也！"玄德曰："我三人义同生死，岂可相离？不若都投别处去便了。"飞曰："若如此，稍解吾恨。"［兄弟情至此方显。］于是三人连夜引军来投朱儁。儁待之甚厚，合兵一处，进讨张宝。

是时曹操自跟皇甫嵩讨张梁，大战于曲阳。这里朱儁进攻张宝。张宝引贼众八九万，屯于山后。儁令玄德为其先锋，与贼对敌。张宝遣副将高升出马搦战，玄德使张飞击之。飞纵马挺矛，与升交战，不数合，刺升落马。玄德麾军直冲过去。张宝就马上披发仗剑，作起妖法。只见风雷大作，一股黑气，从天而降，黑气中似有无限人马杀来。玄德连忙回军，军中大乱，败阵而归，与朱儁计议。儁曰："彼用妖术，我来日可宰猪羊狗血，令军士伏于山头，候贼赶来，从高坡上泼之，其法可解。"玄德听令，拨关公、张飞各引军一千，伏于山后高冈之上，盛猪羊狗血并秽物准备。

次日，张宝摇旗擂鼓，引军搦战，玄德出迎。交锋之际，张宝作法，风雷大作，飞沙走石，黑气漫天，滚滚人马，自天而下。玄德拨马便走，张宝驱兵赶来。将过山头，关、张伏军放起号炮，秽物齐泼。但见空中纸人草马，纷纷坠地；风雷顿息，砂石不飞。［精当的历史叙事与狗血的巫术妖法并陈，仿佛鸡尾酒搭配泡菜。］张宝见解了法，急欲退军。左关公，右张飞，两军都出，背后玄德、朱儁一齐赶上，贼兵大败。玄德望见"地公将军"旗号，飞马赶来，张宝落荒而走。玄德发箭，中其左臂。

张宝带箭逃脱，走入阳城，坚守不出。朱儁引兵围住阳城攻打，一面差人打探皇甫嵩消息。探子回报，具说："皇甫嵩大获胜捷，朝廷以董卓屡败，命嵩代之。嵩到时，张角已死，张梁统其众，与我军相拒，被皇甫嵩连胜七阵，斩张梁于曲阳。发张角之棺，戮尸枭首，送往京师。［发棺枭首，今人愤其蛮野，古人视如寻常。一大现实考虑是：首级有发票凭证之效，可供邀功获赏。假定皇甫嵩有台相机，或掌握现代DNA（脱氧核糖核酸）技术，必不至如此。毕竟，无人热衷多此一举的野蛮。］余众俱降。朝廷加皇甫嵩为车骑将军，领冀州牧。皇甫嵩又表奏卢植有功无罪，朝廷复卢植原官。曹操亦以有功，除济南相，即日将班师赴任。"朱儁听说，催促军马，悉力攻打阳城。贼势危急，贼将严政刺杀张宝，献首投降。朱儁遂平数郡，上表献捷。

时又黄巾余党三人赵弘、韩忠、孙仲，聚众数万，望风烧劫，称与张角报仇。朝廷命朱儁即以得胜之师讨之。儁奉诏，率军前进。时贼据宛城，儁引兵攻之，赵弘遣韩忠出战。儁遣玄德、关、张攻城西南角。韩忠尽率精锐之众，来西南角抵敌。朱儁自纵铁骑二千，径取东北角。贼恐失城，急弃西南而回。玄德从背后掩杀，贼众大败，奔入宛城。朱儁分兵四面围定。城中断粮，韩忠使人出城投降，儁不许。玄德曰："昔高祖之得天下，盖为能招降纳顺。公何拒韩忠耶？"儁曰："彼一时，此一时也。昔秦、项之际，天下大乱，民无定主，故招降赏附，以劝来耳。今海内一统，惟黄巾造反；若容其降，无以劝善。使贼得利恣意劫掠，失利便投降，此长寇之志，非良策也。"玄德曰："不容寇降是矣。今四面围如铁桶，贼乞降不得，必然死战。万人一心，尚不可当，况城中有数万死命之人乎？不若撤去东南，独攻西北。贼必弃城而走，无心恋战，可即擒也。"［此即《孙子兵法》中之"围师遗阙"：故意给敌人留条生路，激发其逃命本能，耗散其抵抗意志。］儁然之，随撤东南二面军马，一齐攻打西北。韩忠果引军弃城而奔。儁与玄德、关、张率三军掩杀，射死韩忠，余皆四散奔走。正追赶间，赵弘、孙仲引贼众到，与儁交战。儁见弘势大，引军暂退。弘乘势复夺宛城。

儁离十里下寨，方欲攻打，忽见正东一彪人马到来。为首一将，生得广额阔面，虎体熊腰，吴郡富春人也，姓孙名坚，字文台，乃孙武子之后。［构成日后鼎立之势的汉末英雄，悉数登场。单论剿黄巾，曹操、孙坚和刘备均羽翼未丰，战功不值多叙。先行亮相，只是服从小说架构的需要。］年十七岁时，与父至钱塘，见海贼十余人劫取商人财物，于岸上分赃。坚谓父曰："此贼可擒也。"遂奋力提刀上岸，扬声大叫，东西指挥，如唤人状。贼以为官兵至，尽弃财物奔走。坚赶上杀一贼，由是郡县知名，荐为校尉。后会稽妖贼许昌造反，自称"阳明皇帝"，聚众数万。坚与郡司马招募勇士千余人，会合州郡破之，斩许昌并其子许韶。刺史臧旻上表奏其功，除坚为盐渎丞，又除盱眙丞、下邳丞。今见黄巾寇起，聚集乡中少年及诸商旅，并淮泗精兵一千五百余人，前来接应。朱儁大喜，便令坚攻打南门，玄德打北门，朱儁打西门，留东门与贼走。孙坚首先登城，斩贼二十余人，贼众奔溃。赵弘飞马突槊，直取孙坚。坚从城上飞身夺弘槊，刺弘下马，却骑弘马，飞身往来杀贼。孙仲引贼突出北门，正迎玄德，无心恋战，只待奔逃。玄德张弓一箭，正中孙仲，翻身落马。朱儁大军随后掩杀，斩首数万级，降者不可胜计。南阳一路，十数郡皆平。儁班师回京，诏封为车骑将军，河南尹。儁表奏孙坚、刘备等功。坚有人情，除别郡司马上任去了。惟玄德听候日久，不得除授。［玄德经此挫折，日后当少说些"朝廷自有公论"的空话。至于"朝里有人好做官"，在承平盛世亦应验如神，况乎乱离之际。］

三人郁郁不乐，上街闲行，正值郎中张钧车到。玄德见之，自陈功绩。［动辄自陈身世功绩，是刘备的人生经营策略。］钧大惊，随入朝见帝曰："昔黄巾造反，其原皆由十常侍卖官鬻爵，非亲不用，非仇不诛，以致天下大乱。今宜斩十常侍，悬首南郊，遣使者布告天下，有功者重加赏赐，则四海自清平也。"十常侍奏帝曰："张钧欺主。"帝令武士逐出张钧。十常侍共议："此必破黄巾有功者，不得除授，故生怨言。权且教省家铨注微名，待后却再理会未晚。"因此玄德除授中山府安喜县尉，克日赴任。玄德将兵散回乡里，止带亲随二十余人，与关、张来安喜县中到任。署县事一月，与民秋毫无犯，民皆感化。到任之后，与关、张食则同桌，寝则同床。如玄德在稠人广坐，关、张侍立，终日不倦。［除

"食则同桌"外，余皆费解。张飞性情火爆，关羽气宇轩昂，竟会如一双酒店应门小姐般终日侍立。]

到县未及四月，朝廷降诏，凡有军功为长吏者当沙汰。玄德疑在遣中。适督邮行部至县，玄德出郭迎接，见督邮施礼。督邮坐于马上，惟微以鞭指回答。关、张二公俱怒。及到馆驿，督邮南面高坐，玄德侍立阶下。良久，督邮问曰："刘县尉是何出身?"玄德曰："备乃中山靖王之后，自涿郡剿戮黄巾，大小三十余战，颇有微功，因得除今职。"督邮大喝曰："汝诈称皇亲，虚报功绩！目今朝廷降诏，正要沙汰这等滥官污吏!"玄德喏喏连声而退。归到县中，与县吏相议。吏曰："督邮作威，无非要贿赂耳。"玄德曰："我与民秋毫无犯，那得财物与他?"次日，督邮先提县吏去，勒令指称县尉害民。玄德几番自往求免，俱被门役阻住，不肯放参。[阳光底下无新事，读此节，仿佛时光驻留，今昔穿梭，督邮所言所行，千百年后仍簇新如昨。]

却说张飞饮了数杯闷酒，乘马从馆驿前过，见五六十老人，皆在门前痛哭。飞问其故。众老人答曰："督邮迫勒县吏，欲害刘公。我等皆来苦告不得放入，反遭把门人赶打!"张飞大怒，睁圆环眼，咬碎钢牙，滚鞍下马，径入馆驿，把门人那里阻挡得住，直奔后堂，见督邮正坐厅上，将县吏绑倒在地。飞大喝："害民贼！认得我么?"督邮未及开言，早被张飞揪住头发，扯出馆驿，直到县前马桩上缚住，攀下柳条，去督邮两腿上着力鞭打，一连打折柳枝十数枝。玄德正纳闷间，听得县前喧闹，问左右，答曰："张将军绑一人在县前痛打。"玄德忙去观之，见绑缚者乃督邮也。玄德惊问其故。飞曰："此等害民贼，不打死等甚!"督邮告曰："玄德公救我性命!"玄德终是仁慈的人，急喝张飞住手。傍边转过关公来，曰："兄长建许多大功，仅得县尉，今反被督邮侮辱。吾思枳棘丛中，非栖鸾凤之所，不如杀督邮，弃官归乡，别图远大之计。"玄德乃取印绶，挂于督邮之颈，责之曰："据汝害民，本当杀却，今姑饶汝命。吾缴还印绶，从此去矣。"督邮归告定州太守，太守申文省府，差人捕捉。玄德、关、张三人往代州投刘恢。恢见玄德乃汉室宗亲，留匿在家不题。

却说十常侍既握重权，互相商议，但有不从己者，诛之。赵忠、张让差人问破黄巾将士索金帛，不从者奏罢职。皇甫嵩、朱儁皆不肯与，赵忠等俱奏罢其官。［腐败之于官场，如细菌之于人体，理论上必须清洗，现实中必不可免；区别在于多寡，而非有无。遭逢末世，必毒菌群发，痈疽并作，病连百端，命悬一线。］帝又封赵忠等为车骑将军，张让等十三人皆封列侯。朝政愈坏，人民嗟怨。于是长沙贼区星作乱；渔阳张举、张纯反，举称天子，纯称大将军。表章雪片告急，十常侍皆藏匿不奏。

一日，帝在后园与十常侍饮宴，谏议大夫刘陶径到帝前大恸。帝问其故。陶曰："天下危在旦夕，陛下尚自与阉宦共饮耶！"帝曰："国家承平，有何危急？"陶曰："四方盗贼并起，侵掠州郡。其祸皆由十常侍卖官害民、欺君罔上。朝廷正人皆去，祸在目前矣！"十常侍皆免冠跪伏于帝前曰："大臣不相容，臣等不能活矣！愿乞性命归田里，尽将家产以助军资。"言罢痛哭。帝怒谓陶曰："汝家亦有近侍之人，何独不容朕耶？"呼武士推出斩之。刘陶大呼："臣死不惜！可怜汉室天下，四百余年，到此一旦休矣！"［灵帝长居深宫，见识短浅，平素信赖者只是几个老宦官。他们貌似忠诚的残疾老仆，灵帝不会想到，一出宫廷，老宦官将蜕变成"手握王命，口衔天宪"的至高主宰，随意败坏朝纲。］武士拥陶出，方欲行刑，一大臣喝住曰："勿得下手，待我谏去。"众视之，乃司徒陈耽，径入宫中来谏帝曰："刘谏议待何罪而受诛？"帝曰："毁谤近臣，冒渎朕躬。"耽曰："天下人民，欲食十常侍之肉，陛下敬之如父母，身无寸功，皆封列侯；况封谞等结连黄巾，欲为内乱。陛下今不自省，社稷立见崩摧矣！"帝曰："封谞作乱，其事不明。十常侍中，岂无一二忠臣？"陈耽以头撞阶而谏。帝怒，命牵出，与刘陶皆下狱。

是夜，十常侍即于狱中谋杀之。假帝诏以孙坚为长沙太守，讨区星。不五十日，报捷，江夏平。诏封坚为乌程侯，封刘虞为幽州牧，领兵往渔阳征张举、张纯。代州刘恢以书荐玄德见虞。虞大喜，令玄德为都尉，引兵直抵贼巢，与贼大战数日，挫动锐气。张纯专一凶暴，士卒心变，帐下头目刺杀张纯，将头纳献，率众来降。张举见势败，亦自缢死。渔阳尽平。刘虞表奏刘备大功，朝廷赦免鞭督邮之罪，除下密丞，迁高堂尉。公孙瓒又表陈玄德前功，荐为别部司马，守平原县令。玄德在平原，颇有钱粮军马，重整旧日气象。刘虞平寇有功，封太尉。

中平六年夏四月，灵帝病笃，召大将军何进入宫，商议后事。那何进起身屠家；因妹入宫为贵人，生皇子辨，遂立为皇后。进由是得权重任。[何进即是“外戚”。外戚指皇后、皇妃一方亲戚，好比今人呼母系长辈为“外公”“外婆”。] 帝又宠幸王美人，生皇子协。何后嫉妒，鸩杀王美人。皇子协养于董太后宫中。董太后乃灵帝之母，解渎亭侯刘苌之妻也。初因桓帝无子，迎立解渎亭侯之子，是为灵帝；灵帝入继大统，遂迎养母氏于宫中尊为太后。

董太后尝劝帝立皇子协为太子。帝亦偏爱协，欲立之。当时病笃，中常侍蹇硕奏曰：“若欲立协，必先诛何进，以绝后患。”帝然其说，因宣进入宫。[日后董卓的废立，倒与灵帝遗愿暗合。] 进至宫门，司马潘隐谓进曰：“不可入宫。蹇硕欲谋杀公。”进大惊，急归私宅，召诸大臣，欲尽诛宦官。座上一人挺身出曰：“宦官之势，起自冲、质之时，朝廷滋蔓极广，安能尽诛？倘机不密，必有灭族之祸。请细详之。”进视之，乃典军校尉曹操也。进叱曰：“汝小辈安知朝廷大事！”正踌躇间，潘隐至，言：“帝已崩。今蹇硕与十常侍商议，秘不发丧，矫诏宣何国舅入宫，欲绝后患，册立皇子协为帝。”[外戚又名“国戚”，皇舅遂升格为“国舅”，折射了古人“朕即国家”的认知。] 说未了，使命至，宣进速入，以定后事。操曰：“今日之计，先宜正君位，然后图贼。”进曰：“谁敢与吾正君讨贼？”一人挺身出曰：“愿备精兵五千，斩关入内，册立新君，尽诛阉竖，扫清朝廷，以安天下！”进视之，乃司徒袁逢之子，袁隗之侄，名绍，字本初，见为司隶校尉。何进大喜，遂点御林军五千。绍全身披挂。何进引何颙、荀攸、郑泰等大臣三十余员，相继而入，就灵帝柩前，扶立太子辨即皇帝位。

百官呼拜已毕，袁绍入宫收蹇硕。硕慌走入御园花阴下，为中常侍郭胜所杀。硕所领禁军，尽皆投顺。绍谓何进曰：“中官结党，今日可乘势尽诛之。”张让等知事急，慌入告何后曰：“始初设谋陷害大将军者，止蹇硕一人，并不干臣等事。今大将军听袁绍之言，欲尽诛臣等，乞娘娘怜悯！”何太后曰：“汝等勿忧，我当保汝。”传旨宣何进入。太后密谓曰：“我与汝出身寒微，非张让等，焉能享此富贵？今蹇硕不仁，既已伏诛，汝何听信人言，欲尽诛宦官耶？”何进听罢，出谓众官曰：“蹇硕设谋害我，可族灭其家。其余不必妄加残害。”袁绍曰：“若不斩草除根，必为丧身之本。”[处理政治危机，“斩草除根”乃庸常智力者最易想到的应对法，可收一时之效，终非上善之策。]进曰：“吾意已决，汝勿多言。”众官皆退。次日，太后命何进参录尚书事，其余皆封官职。

董太后宣张让等入宫商议曰：“何进之妹，始初我抬举他。今日他孩儿即皇帝位，内外臣僚，皆其心腹，威权太重，我将如何？”让对曰：“娘娘可临朝，垂帘听政，[据史学家杨联陞考证，太后“垂帘”始于唐代武则天。]封皇子协为王，加国舅董重大官，掌握军权，重用臣等，大事可图矣。”董太后大喜。次日设朝，董太后降旨，封皇子协为陈留王，董重为骠骑将军。张让等共预朝政。

何太后见董太后专权，于宫中设一宴，请董太后赴席。酒至半酣，何太后起身捧杯再拜曰：“我等皆妇人也，参预朝政，非其所宜。昔吕后因握重权，宗族千口皆被戮。今我等宜深居九重；朝廷大事，任大臣元老自行商议，此国家之幸也。愿垂听焉。”董后大怒曰：“汝鸩死王美人，设心嫉妒。今倚汝子为君，与汝兄何进之势，辄敢乱言！吾敕骠骑断汝兄首，如反掌耳！”何后亦怒曰：“吾以好言相劝，何反怒耶？”董后曰：“汝家屠沽小辈，有何见识！”[两太后满口风凉话，其实，太后临朝，正是东汉政治的特征。东汉多幼小病弱皇帝，太后遂得以专权。]两宫互相争竞，张让等各劝归宫。

何后连夜召何进入宫，告以前事。何进出，召三公共议。来早设朝，使廷臣奏董太后原系藩妃，不宜久居宫中，合仍迁于河间安置，限日下即出国门。一面遣人起送董后，一面点禁军围骠骑将军董重府宅，追索印绶。董重知事急，自刎于后堂。家人举哀，军士方散。张让、段珪见董后一枝已废，遂皆以金珠玩好结构何进弟何苗并其母舞阳君，令早晚入何太后处，善言遮蔽，因此十常侍又得近幸。

六月，何进暗使人鸩杀董后于河间驿庭，举柩回京，葬于文陵。进托病不出，司隶校尉袁绍入见进曰："张让、段珪等流言于外，言公鸩杀董后，欲谋大事。乘此时不诛阉宦，后必为大祸。昔窦武欲诛内竖，机谋不密，反受其殃。今公兄弟部曲将吏，皆英俊之士，若使尽力，事在掌握。此天赞之时，不可失也。"进曰："且容商议。"左右密报张让，让等转告何苗，又多送贿赂。苗入奏何后云："大将军辅佐新君，不行仁慈，专务杀伐。今无端又欲杀十常侍，此取乱之道也。"后纳其言。少顷，何进入白后，欲诛中涓。何后曰："中官统领禁省，汉家故事。先帝新弃天下，尔欲诛杀旧臣，非重宗庙也。"进本是没决断之人，听太后言，唯唯而出。袁绍迎问曰："大事若何？"进曰："太后不允，如之奈何？"绍曰："可召四方英雄之士，勒兵来京，尽诛阉竖。此时事急，不容太后不从。"进曰："此计大妙！"便发檄至各镇，召赴京师。主簿陈琳曰："不可！俗云：'掩目而捕燕雀'，是自欺也。微物尚不可欺以得志，况国家大事乎？今将军仗皇威，掌兵要，龙骧虎步，高下在心，若欲诛宦官，如鼓洪炉燎毛发耳。但当速发雷霆，行权立断，则天人顺之；却反外檄大臣，临犯京阙。英雄聚会，各怀一心，所谓倒持干戈，授人以柄，功必不成，反生乱矣。"何进笑曰："此懦夫之见也！"旁边一人鼓掌大笑曰："此事易如反掌，何必多议！"视之，乃曹操也。正是：

欲除君侧宵人乱，须听朝中智士谋。

不知曹操说出甚话来，且听下文分解。

变换

史书写得分明，鞭打督邮者是刘备，不是张飞。

作者当然知晓，但他仍然把柳条交给张飞，且一不做，二不休，将真正的鞭笞者改成劝阻者。后人咸赞罗贯中高明，他们认为，怒鞭督邮有助于丰富张飞的形象，无益于刘备形象的完整，作者略施文字易容术，堪称老吏断案，两全其美。

然而，隐患就此埋下。作者等于承认，他无法处理史书中刘备怒鞭督邮这一素材，他设定的刘备形象过于封闭，唯有将“怒鞭督邮”排除，方可确保其形象不致受损。设若刘备确系善始善终的好好先生，这种处理就无懈可击。惜乎刘备不是这号人，读者日后将不可避免地与凶狠的刘备相遇。作者会不会后悔本回的改动呢？毕竟，假使读者早早获悉“枭雄”刘备的多样性，他们面对刘备嗣后种种狠辣言行，接受起来就容易得多，正如读者不会对曹操的奸诈感到意外。

第三回

议温明董卓叱丁原　馈金珠李肃说吕布

且说曹操当日对何进曰："宦官之祸，古今皆有；但世主不当假之权宠，使至于此。若欲治罪，当除元恶，但付一狱吏足矣，何必纷纷召外兵乎？欲尽诛之，事必宣露，吾料其必败也。"［"但付一狱吏足矣"正与"斩草除根"相克。曹操与袁绍之争，原是脑容量之战，袁绍差得远。］何进怒曰："孟德亦怀私意耶？"操退曰："乱天下者，必进也。"进乃暗差使命，赍密诏星夜往各镇去。

却说前将军、鳌乡侯、西凉刺史董卓，先为破黄巾无功，朝廷将治其罪，因贿赂十常侍幸免；后又结托朝贵，遂任显官，统西州大军二十万，常有不臣之心。是时得诏大喜，点起军马，陆续便行；使其婿中郎将牛辅守住陕西，自己却带李傕、郭汜、张济、樊稠等提兵望洛阳进发。卓婿谋士李儒曰："今虽奉诏，中间多有暗昧。何不差人上表，名正言顺，大事可图。"［乱世更讲究"名正言顺"；越是怀有叵测之心，越需借一份堂皇名号遮掩之、涂饰之。］卓大喜，遂上表。其略曰："窃闻天下所以乱逆不止者，皆由黄门常侍张让等侮慢天常之故。臣闻扬汤止沸，不如去薪；溃痈虽痛，胜于养毒。臣敢鸣钟鼓入洛阳，请除让等。社稷幸甚！天下幸甚！"

何进得表，出示大臣。侍御史郑泰谏曰："董卓乃豺狼也，引入京城，必食人矣。"进曰："汝多疑，不足谋大事。"［鲁莽汉最烦多疑客，其实，唯当"多疑"与"寡断"相连时，方可诟病。］卢植亦谏曰："植尝素知董卓为人，面善心狠；一入禁庭，必生祸患。不如止之勿来，免致生乱。"进不听，郑泰、卢植皆弃官而去。朝廷大臣，去者大半。进使人迎董卓于渑池，卓按兵不动。

张让等知外兵到，共议曰："此何进之谋也。我等不先下手，皆灭族矣。”乃先伏刀斧手五十人于长乐宫嘉德门内，入告何太后曰：“今大将军矫诏召外兵至京师，欲灭臣等，望娘娘垂怜赐救。”太后曰：“汝等可诣大将军府谢罪。”让曰：“若到相府，骨肉齑粉矣。望娘娘宣大将军入宫谕止之；如其不从，臣等只就娘娘前请死。”［宦官是第三种性别，故可扭捏出种种壮夫不为、女子难办的魅惑神情。］太后乃降诏宣进。进得诏便行。主簿陈琳谏曰：“太后此诏，必是十常侍之谋，切不可去，去必有祸。”进曰：“太后诏我，有何祸事？”袁绍曰：“今谋已泄，事已露，将军尚欲入宫耶？”曹操曰：“先召十常侍出，然后可入。”进笑曰：“此小儿之见也。吾掌天下之权，十常侍敢待如何？”绍曰：“公必欲去，我等引甲士护从，以防不测。”于是袁绍、曹操各选精兵五百，命袁绍之弟袁术领之。袁术全身披挂，引兵布列青琐门外。绍与操带剑护送何进至长乐宫前。黄门传懿旨云：“太后特宣大将军，余人不许辄入。”将袁绍、曹操等都阻住宫门外。何进昂然直入，至嘉德殿门，张让、段珪迎出，左右围住。进大惊。让厉声责进曰：“董后何罪，妄以鸩死？国母丧葬，托疾不出！汝本屠沽小辈，我等荐之天子，以致荣贵；不思报效，欲相谋害！汝言我等甚浊，其清者谁？”进慌急，欲寻出路。宫门尽闭，伏甲齐出，将何进砍为两段。［屠沽辈偏遭屠戮手，昂然身忽成两截魂。］后人有诗叹之曰：

汉室倾危天数终，无谋何进作三公。

几番不听忠臣谏，难免宫中受剑锋。

让等既杀何进，袁绍久不见进出，乃于宫门外大呼曰：“请将军上车！”让等将何进首级从墙上掷出，宣谕曰：“何进谋反，已伏诛矣！其余协从，尽皆赦宥。”袁绍厉声大叫：“阉宦谋杀大臣！诛恶党者前来助战！”何进部将吴匡，便于青琐门外放起火来。袁术引兵突入宫庭，但见阉宦，不论大小，尽皆杀之。袁绍、曹操斩关入内。赵忠、程旷、夏恽、郭胜四个被赶至翠花楼前，剁为肉泥。宫中火焰冲天。

张让、段珪、曹节、侯览将太后及太子并陈留王劫去内省，从后道走北宫。时卢植弃官未去，见宫中事变，擐甲持戈，立于阁下。遥见段珪拥逼何后过来，植大呼曰：“段珪逆贼，安敢劫太后！”段珪回身便走。

太后从窗中跳出，植急救得免。吴匡杀入内庭，见何苗亦提剑出。匡大呼曰："何苗同谋害兄，当共杀之！"众人俱曰："愿斩谋兄之贼！"苗欲走，四面围定，砍为齑粉。绍复令军士分头来杀十常侍家属，不分大小，尽皆诛绝，多有无须者误被杀死。［可见，无论"斩草除根"具有何等迫切的必然性，在现实政治中它注定派生冤屈。太监不尽是坏蛋，清人赵翼在《廿二史劄记》里就称许了"清慎自守"的宦官郑众和"蔡侯纸"的发明者蔡伦。］曹操一面救灭宫中之火，请何太后权摄大事，遣兵追袭张让等，寻觅少帝。

且说张让、段珪劫拥少帝及陈留王，冒烟突火，连夜奔走至北邙山。约三更时分，后面喊声大举，人马赶至。当前河南中部掾吏闵贡，大呼："逆贼休走！"［"逆贼"一如"敌人"，只是交战双方彼此互踢的一只皮球。公然将今上呼为"逆贼"，实属罕见。］张让见事急，遂投河而死。帝与陈留王未知虚实，不敢高声，伏于河边乱草之内。军马四散去赶，不知帝之所在。

帝与王伏至四更，露水又下，腹中饥馁，相抱而哭；又怕人知觉，吞声草莽之中。陈留王曰："此间不可久恋，须别寻活路。"于是二人以衣相结，爬上岸边。满地荆棘，黑暗之中，不见行路。正无奈何，忽有流萤千百成群，光芒照耀，只在帝前飞转。陈留王曰："此天助我兄弟也！"遂随萤火而行，渐渐见路。行至五更，足痛不能行，山冈边见一草堆，帝与王卧于草堆之畔。草堆前面是一所庄院，庄主是夜梦两红日坠于庄后，惊觉，披衣出户，四下观望，见庄后草堆上红光冲天，慌忙往视，却是二人卧于草畔。庄主问曰："二少年谁家之子？"帝不敢应。陈留王指帝曰："此是当今皇帝，遭十常侍之乱，逃难到此。吾乃皇弟陈留王也。"庄主大惊，再拜曰："臣先朝司徒崔烈之弟崔毅也。因见十常侍卖官嫉贤，故隐于此。"遂扶帝入庄，跪进酒食。［皇上落魄，较之英雄落难，别有情味。］

却说闵贡赶上段珪，拿住问："天子何在？"珪言："已在半路相失，不知何往。"贡遂杀段珪，悬头于马项下，分兵四散寻觅，自己却独乘一马，随路追寻。偶至崔毅庄，毅见首级，问之，贡说详细。崔毅引贡见帝，君臣痛哭。贡曰："国不可一日无君，请陛下还都。"崔毅庄上止有瘦马一匹，备与帝乘。贡与陈留王共乘一马。离庄而行，不到三里，司徒王允、太尉杨彪、左军校尉淳于琼、右军校尉赵萌、后军校尉鲍信、中军校尉袁绍，一行人众，数百人马，接着车驾，君臣皆哭。先使人将段珪首级往京师号令，另换好马与帝及陈留王骑坐，簇帝还京。先是洛阳小儿谣曰："帝非帝，王非王，千乘万骑走北邙。"至此果应其谶。[重大事件，必有预兆。通俗小说家好用"老莱娱亲"的方式取悦读者，我们不仅可从书中了解作者个性，还能探知读者癖好。]

车驾行不到数里，忽见旌旗蔽日，尘土遮天，一枝人马到来。百官失色，帝亦大惊。袁绍骤马出问："何人?"绣旗影内，一将飞出，厉声问："天子何在?"帝战栗不能言。陈留王勒马向前，叱曰："来者何人?"卓曰："西凉刺史董卓也。"陈留王曰："汝来保驾耶?汝来劫驾耶?"卓应曰："特来保驾。"陈留王曰："既来保驾，天子在此，何不下马?"卓大惊，慌忙下马，拜于道左。陈留王以言抚慰董卓，自初至终，并无失语。卓暗奇之，已怀废立之意。[将野心家看成天生的，是一种思维定式。依董卓地位，此际还不配存废立之心，而竟先蓄此意，足见野心之大。]

是日还宫，见何太后，俱各痛哭。检点宫中，不见了传国玉玺。董卓屯兵城外，每日带铁甲马军入城，横行街市，百姓惶惶不安。卓出入宫庭，略无禁惮。后军校尉鲍信，来见袁绍，言董卓必有异心，可速除之。绍曰："朝廷新定，未可轻动。"鲍信见王允，亦言其事。允曰："且容商议。"信自引本部军兵，投泰山去了。

董卓招诱何进兄弟部下之兵，尽归掌握。私谓李儒曰："吾欲废帝立陈留王，何如?"李儒曰："今朝廷无主，不就此时行事，迟则有变矣。来日于温明园中，召集百官，谕以废立；有不从者斩之，则威权之行，正在今日。"卓喜。

次日，大排筵会，遍请公卿。公卿皆惧董卓，谁敢不到！卓待百官到了，然后徐徐到园门下马，带剑入席。酒行数巡，卓教停酒止乐，乃厉声曰："吾有一言，众官静听。"众官侧耳。卓曰："天子为万民之主，无威仪不可以奉宗庙社稷。今上懦弱，不若陈留王聪明好学，可承大位。吾欲废帝，立陈留王，诸大臣以为何如？”诸官听罢，不敢出声。[也许，董卓的确捕捉到了最佳“篡逆”时机。依古人见解，妄议废立永远是人臣至恶，推翻旧朝、自任新君者才有望转型为开国雄主，接受万民拥戴。尽管，后者可能更坏。]座上一人推案直出，立于筵前，大呼：“不可！不可！汝是何人，敢发大语？天子乃先帝嫡子，初无过失，何得妄议废立！汝欲为篡逆耶？”卓视之，乃荆州刺史丁原也。卓怒叱曰：“顺我者生，逆我者死！”遂掣佩剑欲斩丁原。时李儒见丁原背后一人，生得气宇轩昂，威风凛凛，手执方天画戟，怒目而视。李儒急进曰：“今日饮宴之处，不可谈国政；来日向都堂公论未迟。”众人皆劝丁原上马而去。[好个开场秀，默吕布吓退狂董卓。]

卓问百官曰：“吾所言，合公道否？”卢植曰：“明公差矣。昔太甲不明，伊尹放之于桐宫。昌邑王登位方二十七日，造恶三千余条，故霍光告太庙而废之。今上虽幼，聪明仁智，并无分毫过失。公乃外郡刺史，素未参与国政，又无伊、霍之大才，何可强主废立之事？圣人云：‘有伊尹之志则可，无伊尹之志则篡也。’”卓大怒，拔剑向前欲杀植。侍中蔡邕、议郎彭伯谏曰：“卢尚书海内人望，今先害之，恐天下震怖。”卓乃止。司徒王允曰：“废立之事，不可酒后相商，另日再议。”于是百官皆散。

卓按剑立于园门，忽见一人跃马持戟，于园门外往来驰骤。卓问李儒：“此何人也？”儒曰：“此丁原义儿，姓吕名布，字奉先者也。主公且须避之。”卓乃入园潜避。

次日，人报丁原引军城外搦战。卓怒，引军同李儒出迎。两阵对圆，只见吕布顶束发金冠，披百花战袍，擐唐猊铠甲，系狮蛮宝带，纵马挺戟，随丁建阳出到阵前。建阳指卓骂曰：“国家不幸，阉宦弄权，以致万民涂炭，尔无尺寸之功，焉敢妄言废立，欲乱朝廷！”董卓未及回言，吕布飞马直杀过来。董卓慌走，建阳率军掩杀。卓兵大败，退三十余里下寨，聚众商议。卓曰：“吾观吕布非常人也。吾若得此人，何虑天下哉！”帐前一人出曰：“主公勿忧。某与吕布同乡，知其勇而无谋，见利忘义。

[英雄之名，全靠江湖传播。吕布早获此评，怎么混呢?]某凭三寸不烂之舌，说吕布拱手来降，可乎?”卓大喜，观其人，乃虎贲中郎将李肃也。卓曰：“汝将何以说之?”肃曰：“某闻主公有名马一匹，号曰‘赤兔’，日行千里。须得此马，再用金珠，以利结其心。某更进说词，吕布必反丁原，来投主公矣。”卓问李儒曰：“此言可乎?”儒曰：“主公欲取天下，何惜一马!”卓欣然与之，更与黄金一千两、明珠数十颗、玉带一条。[赂资虽巨，只要成功，也就迫使吕布承认：我全副身价，就这么点。]

李肃赍了礼物，投吕布寨来。伏路军人围住。肃曰：“可速报吕将军，有故人来见。”军人报知，布命入见。肃见布曰：“贤弟别来无恙!”布揖曰：“久不相见，今居何处?”肃曰：“见任虎贲中郎将之职。闻贤弟匡扶社稷，不胜之喜。有良马一匹，日行千里，渡水登山，如履平地，名曰‘赤兔’，特献与贤弟，以助虎威。”布便令牵过来看。果然那马浑身上下，火炭般赤，无半根杂毛。从头至尾，长一丈。从蹄至项，高八尺。嘶喊咆哮，有腾空入海之状。后人有诗单道赤兔马曰：

奔腾千里荡尘埃，渡水登山紫雾开。

掣断丝缰摇玉辔，火龙飞下九天来。

布见了此马，大喜，谢肃曰：“兄赐此良驹，将何以为报?”肃曰：“某为义气而来，岂望报乎!”布置酒相待。酒酣，肃曰：“肃与贤弟少得相见，令尊却尝会来。”布曰：“兄醉矣!先父弃世多年，安得与兄相会?”肃大笑曰：“非也!某说今日丁刺史耳。”布惶恐曰：“某在丁建阳处，亦出于无奈。”肃曰：“贤弟有擎天驾海之才，四海孰不钦敬?功名富贵，如探囊取物，何言无奈而在人之下乎?”布曰：“恨不逢其主耳。”肃笑曰：“‘良禽择木而栖，贤臣择主而事’。见机不早，悔之晚矣。”布曰：“兄在朝廷，观何人为世之英雄?”肃曰：“某遍观群臣，皆不如董卓。董卓为人敬贤礼士，赏罚分明，终成大业。”布曰：“某欲从之，恨无门路。”肃取金珠、玉带列于布前。布惊曰：“何为有此?”肃令叱退左右，告布曰：“此是董公久慕大名，特令某将此奉献。赤兔马亦董公所赠也。”布曰：“董公如此见爱，某将何以报之?”肃曰：“如某之不才，尚为虎贲中郎将；公若到彼，贵不可言。”布曰：“恨无涓埃之功，以为进见之礼。”肃曰：“功在翻手之间，公不肯为耳。”布沉吟良久曰：“吾欲杀丁原，引军归董卓，何如？”肃曰：“贤弟若能如此，真莫大之功也！但事不宜迟，在于速决。”布与肃约于明日来降，肃别去。［吕布沙场斩敌将，多不出三合；李肃密帐诱吕布，竟只需两合。］

是夜二更时分，布提刀径入丁原帐中。原正秉烛观书，见布至，曰：“吾儿来有何事故？”布曰：“吾堂堂丈夫，安肯为汝子乎！”原曰：“奉先何故变心？”布向前，一刀砍下丁原首级，大呼左右：“丁原不仁，吾已杀之。肯从吾者在此，不从者自去！”军士散去大半。

次日，布持丁原首级，往见李肃。肃遂引布见卓。卓大喜，置酒相待。卓先下拜曰：“卓今得将军，如旱苗之得甘雨也。”布纳卓坐而拜之曰：“公若不弃，布请拜为义父。”［威猛无以复加，谄媚无出其右，“三姓家奴”的耻辱名号，自此永久绑定。王夫之评论道：“吕布之恶无他，无恒而已。”］卓以金甲锦袍赐布，畅饮而散。卓自是威势越大，自领前将军事，封弟董旻为左将军、鄠侯，封吕布为骑都尉、中郎将、都亭侯。李儒劝卓早定废立之计。卓乃于省中设宴，会集公卿，令吕布将甲士千余，侍卫左右。是日，太傅袁隗与百官皆到。酒行数巡，卓按剑曰：“今上暗弱，不可以奉宗庙。吾将依伊尹、霍光故事，废帝为弘农王，立陈留王为帝。有不从者斩！”群臣惶怖莫敢对。中军校尉袁绍挺身出曰：“今上即位未几，并无失德。汝欲废嫡立庶，非反而何？”卓怒曰：“天下事在我！我今为之，谁敢不从！汝视我之剑不利否？”袁绍亦拔剑曰：“汝剑利，吾剑未尝不利！”两个在筵上对敌。正是：

丁原仗义身先丧，袁绍争锋势又危。

毕竟袁绍性命如何，且听下文分解。

跌宕

这一回书，把吕布写得峰回路转，好生跌宕。

恰在读者对神勇吕布陡生敬意之时，罗贯中笔锋猛一顿挫，借李肃之口，将江湖两大恶评轻轻端出："勇而无谋，见利忘义。"接下来的叙述，则是吕布以其现身说法，坐实了两大恶评。

后文之吕布，尚有更多迂曲跌宕，时而可爱，时而可敬，时而可笑，时而可鄙，时而可憎，时而又让人"我见犹怜"。依我愚见，尽管罗贯中对诸葛亮倾注了海量热爱，但就文学人物而论，吕布形象的丰富性犹在孔明之上。何以故？对孔明，作者预存满腹敬爱之心，如孝子对待老母，忠臣对待皇帝，唯恐其形象不够伟岸正大，故战战兢兢，百般呵护，创作心态已然失却从容。对吕布，作者并无先入之见，笔则笔，削则削，说好说孬，俱是本分，忽正忽邪，尽归神采，反而活画出一位文学人物。

第四回

废汉帝陈留践位　谋董贼孟德献刀

且说董卓欲杀袁绍，李儒止之曰："事未可定，不可妄杀。"袁绍手提宝刀，辞别百官而出，悬节东门，奔冀州去了。[造型不赖。袁绍也有豪迈时。] 卓谓太傅袁隗曰："汝侄无礼，吾看汝面，姑恕之。废立之事若何？"隗曰："太尉所见是也。"卓曰："敢有阻大议者，以军法从事！"群臣震恐，皆云："一听尊命。"宴罢，卓问侍中周毖、校尉伍琼曰："袁绍此去若何？"周毖曰："袁绍忿忿而去，若购之急，势必为变。且袁氏树恩四世，门生故吏遍于天下；倘收豪杰以聚徒众，英雄因之而起，山东非公有也。不如赦之，拜为一郡守，则绍喜于免罪，必无患矣。"伍琼曰："袁绍好谋无断，不足为虑，诚不若加之一郡守，以收民心。"[袁绍的江湖名望乏善可陈。你是何如人，不取决于你自视为何种人，取决于你被视为何种人。] 卓从之，即日差人拜绍为渤海太守。

九月朔，请帝升嘉德殿，大会文武。卓拔剑在手，对众曰："天子暗弱，不足以君天下。今有策文一道，宜为宣读。"乃命李儒读策曰：

> 孝灵皇帝，早弃臣民；皇帝承嗣，海内仰望。而帝天资轻佻，威仪不恪，居丧慢惰：否德既彰，有忝大位。皇太后教无母仪，统政荒乱。永乐太后暴崩，众论惑焉。三纲之道，天地之纪，毋乃有阙？陈留王协，圣德伟懋，规矩肃然；居丧哀戚，言不以邪；休声美誉，天下所闻。宜承皇业，为万世统。兹废皇帝为弘农王，皇太后还政。请奉陈留王为皇帝，应天顺人，以慰生灵之望。[口吻像判官斥囚犯，严师训劣徒。皇家体统扫地。]

李儒读策毕，卓叱左右扶帝下殿，解其玺绶，北面长跪，称臣听命；又呼太后去服候敕。帝后皆号哭，群臣无不悲惨。阶下一大臣，愤怒高叫曰："贼臣董卓，敢为欺天之谋，吾当以颈血溅之！"挥手中象简，直击董卓。卓大怒，喝武士拿下，乃尚书丁管也。卓命牵出斩之。管骂不绝口，至死神色不变。后人有诗叹曰：

董贼潜怀废立图，汉家宗社委丘墟。

满朝臣宰皆囊括，惟有丁公是丈夫。

［凡遇此类场景，作者必穿插视死如归者，以表达一个微弱希望：好人尽管少见，好歹总有一二。也是抚慰看官的惯技。］

卓请陈留王登殿。群臣朝贺毕，卓命扶何太后并弘农王及帝妃唐氏于永安宫闲住，封锁宫门，禁群臣无得擅入。可怜少帝四月登基，至九月即被废。卓所立陈留王协，表字伯和，灵帝中子，即献帝也，时年九岁。改元初平。董卓为相国，赞拜不名，入朝不趋，剑履上殿，威福莫比。［相国位在丞相之上，汉初名臣萧何曾由丞相进位相国。］李儒劝卓擢用名流，以收人望，因荐蔡邕之才。卓命征之，邕不赴。卓怒，使人谓邕曰："如不来，当灭汝族。"邕惧，只得应命而至。卓见邕大喜，一月三迁其官，拜为侍中，甚见亲厚。［董卓颠三倒四，蔡邕七上八下。］

却说少帝与何太后、唐妃困于永安宫中，衣服饮食渐渐少缺；少帝泪不曾干。一日，偶见双飞燕于庭中，遂吟诗一首。诗曰：

嫩草绿凝烟，袅袅双飞燕。洛水一条青，陌上人称羡。

远望碧云深，是吾旧宫殿。何人仗忠义，泄我心中怨！

董卓时常使人探听。是日获得此诗，来呈董卓。卓曰："怨望作诗，杀之有名矣。"［孔子曰：诗可以怨；董卓曰：诗不可怨。诗法归董卓辖制，好比狼担任羊的管家。英国诗人萨缪尔·丹尼尔说："诗法犹国法，国愈乱则法愈繁。"］遂命李儒带武士十人，入宫弑帝。帝与后、妃正在楼上，宫女报李儒至，帝大惊。儒以鸩酒奉帝，帝问何故。儒曰："春日融和，董相国特上寿酒。"太后曰："既云寿酒，汝可先饮。"儒怒曰："汝不饮耶？"呼左右持短刀白练于前，曰："寿酒不饮，可领此二物！"唐妃跪告曰："妾身代帝饮酒，愿公存母子性命。"儒叱曰："汝何人，可代王死？"乃举酒与何太后曰："汝可先饮！"后大骂何进无谋，引贼入京，致有今日之祸。儒催逼帝，帝曰："容我与太后作别。"乃大恸而作歌。其歌曰：

天地易兮日月翻，弃万乘兮退守藩。

为臣逼兮命不久，大势去兮空泪潸。

唐妃亦作歌曰：

皇天将崩兮后土颓，身为帝姬兮恨不随。

生死异路兮从此别，奈何茕速兮心中悲！

歌罢，相抱而哭。李儒叱曰："相国立等回报，汝等俄延，望谁救耶？"太后大骂："董贼逼我母子，皇天不佑！汝等助恶，必当灭族！"儒大怒，双手扯住太后，直撺下楼；叱武士绞死唐妃；以鸩酒灌杀少帝，[情景逼真处，罪恶已滔天。]还报董卓，卓命葬于城外。自此每夜入宫，奸淫宫女，夜宿龙床。尝引军出城，行到阳城地方，时当二月，村民社赛，男女皆集。卓命军士围住，尽皆杀之，掠妇女财物，装载车上，悬头千余颗于车下，连轸还都，扬言杀贼大胜而回；于城门下焚烧人头，以妇女财物分散众军。[董卓近乎"非我族类"。]

越骑校尉伍孚，字德瑜，见卓残暴，愤恨不平，尝于朝服内披小铠，藏短刀，欲伺便杀卓。一日，卓入朝，孚迎至阁下，拔刀直刺卓。卓气力大，两手抠住。吕布便入，揪倒伍孚。卓问曰："谁教汝反？"孚瞪目大喝曰："汝非吾君，吾非汝臣，何反之有？汝罪恶盈天，人人愿得而诛之！吾恨不车裂汝以谢天下！"卓大怒，命牵出剖剐之。孚至死骂不绝口。后人有诗赞之曰：

汉末忠臣说伍孚，冲天豪气世间无。

朝堂杀贼名犹在，万古堪称大丈夫！

[古之婆心看客，至此已泪眼婆娑。]

董卓自此出入常带甲士护卫。时袁绍在渤海，闻知董卓弄权，乃差人赍密书来见王允。书略曰：

卓贼欺天废主，人不忍言，而公恣其跋扈，如不听闻，岂报国效忠之臣哉？绍今集兵练卒，欲扫清王室，未敢轻动。公若有心，当乘间图之。倘有驱使，即当奉命。

王允得书，寻思无计。一日，于侍班阁子内见旧臣俱在，允曰："今日老夫贱降，晚间敢屈众位到舍小酌。”众官皆曰：“必来祝寿。”当晚王允设宴后堂，公卿皆至。酒行数巡，王允忽然掩面大哭。众官惊问曰：“司徒贵诞，何故发悲？”允曰：“今日并非贱降，因欲为众官一叙，恐董卓见疑，故托言耳。董卓欺主弄权，社稷旦夕难保。想高皇诛秦灭楚，奄有天下；谁想传至今日，乃丧于董卓之手，此吾所以哭也。”于是众官皆哭。[董卓有个不简单的优点：对将士大块分金，但限制他们入朝做官。因此，朝政还能大体维持，司徒的生日晚宴也能顺利开张。若朝中充斥董太师耳目，这幕戏就没法写了。限制军人干政，总是一桩善政。]

坐中一人独抚掌大笑曰：“满朝公卿，夜哭到明，明哭到夜，还能哭死董卓否？”允视之，乃骁骑校尉曹操也。允怒曰：“汝祖宗亦食禄汉朝，今不思报国而反笑耶？”操曰：“吾非笑别事，笑众位无一计杀董卓耳。操虽不才，愿即断董卓头，悬之都门，以谢天下。”允避席问曰：“孟德有何高见？”操曰：“近日操屈身以事卓者，实欲乘间图之耳。今卓颇信操，操因得时近卓。闻司徒有七宝刀一口，愿借与操入相府刺杀之，虽死不恨！”允曰：“孟德果有是心，天下幸甚！”遂亲自酌酒奉操。操沥酒设誓，允随取宝刀与之。操藏刀，饮酒毕，即起身辞别众官而去。众官又坐了一回，亦俱散讫。

次日，曹操佩着短刀来至相府，[曹操效荆轲，一奇。]问：“丞相何在？”从人云：“在小阁中。”操径入。见董卓坐于床上，吕布侍立于侧。卓曰：“孟德来何迟？”操曰：“马羸行迟耳。”卓顾谓布曰：“吾有西凉进来好马，奉先可亲去拣一骑赐与孟德。”布领命而出。操暗忖曰：“此贼合死！”即欲拔剑刺之，惧卓力大，未敢轻动。卓胖大不耐久坐，遂倒身而卧，转面向内。操又思曰：“此贼当休矣！”急掣宝刀在手，恰待要刺，不想董卓仰面看衣镜中，照见曹操在背后拔刀，急回身问曰：“孟德何为？”时吕布已牵马至阁外。操惶遽，乃持刀跪下曰：“操有宝刀一口，献上恩相。”卓接视之，见其刀长尺余，七宝嵌饰，极其锋利，果宝刀也，遂递与吕布收了。操解鞘付布。卓引操出阁看马，操谢曰：“愿借试一骑。”卓就教与鞍辔。操牵马出相府，加鞭望江南而去。[先当刺客，后说“宁我负人，毋人负我”，性格欠连贯，盖刺客之德，首在舍己、无我。］布对卓曰："适来曹操似有行刺之状，及被喝破，故推献刀。"卓曰："吾亦疑之。"正说话间，适李儒至，卓以其事告之。儒曰："操无妻小在京，只独居寓所。今差人往召，如彼无疑而便来，则是献刀；如推托不来，则必是行刺，便可擒而问也。"卓然其说，即差狱卒四人往唤操。去了良久，回报曰："操不曾回寓，乘马飞出东门。门吏问之，操曰'丞相差我有紧急公事'，纵马而去矣。"儒曰："操贼心虚逃窜，行刺无疑矣。"卓大怒曰："我如此重用，反欲害我！"儒曰："此必有同谋者，待拿住曹操便可知矣。"卓遂令遍行文书，画影图形，捉拿曹操：擒献者，赏千金，封万户侯；窝藏者同罪。［就逃犯论，如此规格，有大体面。电影《阿拉伯的劳伦斯》里，英国将军听说劳伦斯中校被土耳其人悬赏两万英镑，悻悻地说："不知我的脑袋值几个钱。"］

且说曹操逃出城外，飞奔谯郡。路经中牟县，为守关军士所获，擒见县令。操言："我是客商，覆姓皇甫。"县令熟视曹操，沉吟半晌，乃曰："吾前在洛阳求官时，曾认得汝是曹操，如何隐讳！且把来监下，明日解去京师请赏。"把关军士赐以酒食而去。至夜分，县令唤亲随人暗地取出曹操直至后院中审究，问曰："我闻丞相待汝不薄，何故自取其祸？"操曰："燕雀安知鸿鹄志哉！汝既拿住我，便当解去请赏，何必多问！"县令屏退左右，谓操曰："汝休小觑我。我非俗吏，奈未遇其主耳。"操曰："吾祖宗世食汉禄，若不思报国，与禽兽何异？吾屈身事卓者，欲乘间图之，为国除害耳。今事不成，乃天意也！"县令曰："孟德此行，将欲何往？"操曰："吾将归乡里，发矫诏，召天下诸侯兴兵共诛董卓，吾之愿也。"县令闻言，乃亲释其缚，扶之上坐，再拜曰："公真天下忠义之士也！"曹操亦拜，问县令姓名。县令曰："吾姓陈，名宫，字公台。老母妻子，皆在东郡。今感公忠义，愿弃一官，从公而逃。"操甚喜。是夜陈宫收拾盘费，与曹操更衣易服，各背剑一口，乘马投故乡来。

行了三日，至成皋地方，天色向晚。操以鞭指林深处谓宫曰："此间有一人姓吕，名伯奢，是吾父结义弟兄，［结义之雅，非刘、关、张首创。］就往问家中消息，觅一宿，如何？"宫曰："最好。"二人至庄前下马，入见伯奢。奢曰："我闻朝廷遍行文书，捉汝甚急，汝父已避陈留去了。汝如何得至此?”操告以前事曰:“若非陈县令,已粉骨碎身矣。”伯奢拜陈宫曰:“小侄若非使君,曹氏灭门矣。使君宽怀安坐,今晚便可下榻草舍。”说罢,即起身入内。良久乃出,谓陈宫曰:“老夫家无好酒,容往西村沽一樽来相待。”言讫,匆匆上驴而去。操与宫坐久,忽闻庄后有磨刀之声。操曰:“吕伯奢非吾至亲,此去可疑,当窃听之。”二人潜步入草堂后,但闻人语曰:“缚而杀之,如何?”操曰:“是矣!今若不先下手,必遭擒获。”遂与宫拔剑直入,不问男女,皆杀之,一连杀死八口。搜至厨下,却见缚一猪欲杀。宫曰:“孟德心多,误杀好人矣!”急出庄上马而行。行不到二里,只见伯奢驴鞍前鞒悬酒二瓶,手携果菜而来,叫曰:“贤侄与使君何故便去?”操曰:“被罪之人,不敢久住。”伯奢曰:“吾已分付家人宰一猪相款,贤侄使君何憎一宿?速请转骑。”操不顾,策马便行。行不数步,忽拔剑复回,叫伯奢曰:“此来者何人?”伯奢回头看时,操挥剑砍伯奢于驴下。宫大惊曰:“适才误耳,今何为也?”操曰:“伯奢到家,见杀死多人,安肯干休?若率众来追,必遭其祸矣。”宫曰:“知而故杀,大不义也!”操曰:“宁教我负天下人,休教天下人负我。”陈宫默然。[曹操之凶残,多少算得事急从权,但也令人毛骨悚然。]

当夜,行数里,月明中敲开客店门投宿。喂饱了马,曹操先睡。陈宫寻思:“我将谓曹操是好人,弃官跟他;原来是个狠心之人!今日留之,必为后患。”便欲拔剑来杀曹操。正是:

设心狠毒非良士,操卓原来一路人。

毕竟曹操性命如何,且听下文分解。

奸雄

“奸雄”之名,虽同指一人,实分涵两义:既是奸诈之徒,又是英雄之士。识得其中分别,方可论断曹操。因奸诈相而小觑其英雄气,因英雄气而忽视其奸诈,均非上乘观相法。曹操是天然浑成的阴阳人和多面手,无论作为历史人物还是文学人物,均不可多得。放眼世界文学之林,曹操个性之丰富庞杂，亦罕逢敌手。

杀吕伯奢事，正史未载，为《三国志》作注的裴松之，提供了两条互斥的说法，其一强调曹操属正当防卫，其二则为罗贯中所采，然无论哪条，均未道及陈宫。史家黎东方曾结合曹操逃亡路径，令人信服地证明此事不可信。曹操由洛阳“飞奔谯郡”，经中牟县再与陈宫“乘马投故乡来”，“行了三日”之后，断然不可能折回“成皋”杀人。中牟距洛阳远，成皋距洛阳近；既到中牟，成皋已在身后，亡命途中，哪有绕道去杀无关闲人的道理。看来，作者的地理知识还有欠缺，遂留下一处无法服人的硬伤。但就文学叙事而言，让曹操说出“宁教我负天下人，休教天下人负我”的恐怖名言，实在精彩。附带一说，古希腊大哲苏格拉底信奉的一条处世格言，恰与曹操相反：“宁可遭受不公正，也不愿施行不公正”。

第五回

发矫诏诸镇应曹公　破关兵三英战吕布

却说陈宫正欲下手杀曹操，忽转念曰："我为国家跟他到此，杀之不义，不若弃而他往。"插剑上马，不等天明，自投东郡去了。操觉，不见陈宫，寻思："此人见我说了这两句，疑我不仁，弃我而去。吾当急行，不可久留。"[以曹操之诡谲，何必当陈宫面"说了这两句"呢？真的奸雄，不会向新交如此撕心掏肺。]遂连夜到陈留，寻见父亲，备说前事，欲散家资，招募义兵。父言："资少恐不成事。此间有孝廉卫弘，疏财仗义，其家巨富，若得相助，事可图矣。"操置酒张筵，拜请卫弘到家，告曰："今汉室无主，董卓专权，欺君害民，天下切齿。操欲力扶社稷，恨力不足。公乃忠义之士，敢求相助！"卫弘曰："吾有是心久矣，恨未遇英雄耳。既孟德有大志，愿将家资相助。"操大喜。于是先发矫诏，驰报各道，然后招集义兵，竖起招兵白旗一面，上书"忠义"二字。不数日间，应募之士，如雨骈集。[朝中昏聩盈庭，民间忠义雨集，庙堂与江湖各自为营。古代皇权不下乡，乡野葆有自治传统，朝廷再腐败，民间总存留一派文明气象，故礼失可求诸野。值统治者权力恣纵，官吏横行乡里，民间失去自足性，亦无从对庙堂实施权力制衡和文化补血，"礼失"遂无"野"可求。]

一日，有一个阳平卫国人，姓乐名进，字文谦，来投曹操。又有一个山阳钜鹿人，姓李名典，字曼成，也来投曹操。操皆留为帐前吏。又有沛国谯人夏侯惇，字元让，乃夏侯婴之后，自小习枪棒，年十四从师学武，有人辱骂其师，惇杀之，逃于外方；闻知曹操起兵，与其族弟夏侯渊两个，各引壮士千人来会。此二人本操之弟兄：操父曹嵩原是夏侯氏之子，过房与曹家，因此是同族。不数日，曹氏兄弟曹仁、曹洪各引兵千余来助。曹仁字子孝，曹洪字子廉。二人兵马熟娴，武艺精通。操大喜，于村中调练军马。卫弘尽出家财，置办衣甲旗幡。四方送粮食者，不记其数。[曹家天下，由始起步。]

时袁绍得操矫诏，乃聚麾下文武，引兵三万，离渤海来与曹操会盟。操作檄文以达诸郡。檄文曰：

> 操等谨以大义布告天下：董卓欺天罔地，灭国弑君，秽乱宫禁，残害生灵，狼戾不仁，罪恶充积！今奉天子密诏，大集义兵，誓欲扫清华夏，剿戮群凶。望兴义师，共泄公愤，扶持王室，拯救黎民。檄文到日，可速奉行！[不管正方反方，数落起对方，总是这些词搬来挪去。世上最易受到蹂躏者，首推语言，其次才是良家弱女子。]

操发檄文去后，各镇诸侯皆起兵相应：

第一镇，后将军南阳太守袁术。第二镇，冀州刺史韩馥。
第三镇，豫州刺史孔伷。第四镇，兖州刺史刘岱。
第五镇，河内郡太守王匡。第六镇，陈留太守张邈。
第七镇，东郡太守乔瑁。第八镇，山阳太守袁遗。
第九镇，济北相鲍信。第十镇，北海太守孔融。
第十一镇，广陵太守张超。第十二镇，徐州刺史陶谦。
第十三镇，西凉太守马腾。第十四镇，北平太守公孙瓒。
第十五镇，上党太守张扬。第十六镇，乌程侯长沙太守孙坚。
第十七镇，祁乡侯渤海太守袁绍。

诸路军马，多少不等，有三万者，有一二万者，各领文官武将，投洛阳来。

且说北平太守公孙瓒，统领精兵一万五千，路经德州平原县。正行之间，遥见桑树丛中，一面黄旗，数骑来迎。瓒视之，乃刘玄德也。瓒问曰："贤弟何故在此？"玄德曰："旧日蒙兄保备为平原县令，今闻大军过此，特来奉候，就请兄长入城歇马。"瓒指关、张而问曰："此何人也？"玄德曰："此关羽、张飞，备结义兄弟也。"瓒曰："乃同破黄巾者乎？"玄德曰："皆此二人之力。"瓒曰："今居何职？"玄德答曰："关羽为马弓手，张飞为步弓手。"瓒叹曰："如此可谓埋没英雄！今董卓作乱，天下诸侯共往诛之。贤弟可弃此卑官，一同讨贼，力扶汉室，若何？”玄德曰：“愿往。”张飞曰：“当时若容我杀了此贼，免有今日之事。”云长曰：“事已至此，即当收拾前去。”［三兄弟真正踏上汉末英雄路。］玄德、关、张引数骑跟公孙瓒来，曹操接着。众诸侯亦陆续皆至，各自安营下寨，连接三百余里。操乃宰牛杀马，大会诸侯，商议进兵之策。太守王匡曰：“今奉大义，必立盟主，众听约束，然后进兵。”操曰：“袁本初四世三公，门多故吏，汉朝名相之裔，可为盟主。”绍再三推辞。众皆曰：“非本初不可。”绍方应允。次日筑台三层，遍列五方旗帜，上建白旄黄钺，兵符将印，请绍登坛。绍整衣佩剑，慨然而上，焚香再拜。其盟曰：

汉室不幸，皇纲失统。贼臣董卓，乘衅纵害，祸加至尊，虐流百姓。绍等惧社稷沦丧，纠合义兵，并赴国难。凡我同盟，齐心戮力，以致臣节，必无二志。有渝此盟，俾坠其命，无克遗育。皇天后土，祖宗明灵，实皆鉴之！

读毕，歃血。众因其辞气慷慨，皆涕泗横流。歃血已罢，下坛。众扶绍升帐而坐，两行依爵位年齿分列坐定。操行酒数巡，言曰：“今日既立盟主，各听调遣，同扶国家，勿以强弱计较。”袁绍曰：“绍虽不才，既承公等推为盟主，有功必赏，有罪必罚。国有常刑，军有纪律，各宜遵守，勿得违犯。”众皆曰：“唯命是听。”绍曰：“吾弟袁术总督粮草，应付诸营，无使有缺。更须一人为先锋，直抵汜水关挑战。余各据险要，以为接应。”［两袁系同父异母兄弟。这点关系不够培育亲情，培植憎恨倒绰绰有余。］长沙太守孙坚出曰：“坚愿为前部。”绍曰：“文台勇烈，可当此任。”坚遂引本部人马杀奔汜水关来。守关军士，差流星马往洛阳丞相府告急。

董卓自专大权之后，每日饮宴。李儒接得告急文书，径来禀卓。卓大惊，急聚众将商议。温侯吕布挺身出曰：“父亲勿虑。关外诸侯，布视之如草芥，愿提虎狼之师，尽斩其首，悬于都门。”卓大喜曰：“吾有奉先，高枕无忧矣！”言未绝，吕布背后一人高声出曰：“割鸡焉用牛刀？不劳温侯亲往。吾斩众诸侯首级，如探囊取物耳！”卓视之，其人身长九尺，虎体狼腰，豹头猿臂，关西人也，姓华名雄。卓闻言大喜，加为骁骑校尉，拨马步军五万，同李肃、胡轸、赵岑星夜赴关迎敌。

众诸侯内有济北相鲍信，寻思孙坚既为前部，怕他夺了头功，暗拨其弟鲍忠，先将马步军三千，径抄小路，直到关下搦战。华雄引铁骑五百，飞下关来，大喝："贼将休走!"鲍忠急待退，被华雄手起刀落，斩于马下，生擒将校极多。华雄遣人赍鲍忠首级来相府报捷，卓加雄为都督。

却说孙坚引四将直至关前。那四将？第一个，右北平土垠人，姓程名普，字德谋，使一条铁脊蛇矛。第二个，姓黄名盖，字公覆，零陵人也，使铁鞭。第三个，姓韩名当，字义公，辽西令支人也，使一口大刀。第四个，姓祖名茂，字大荣，吴郡富春人也，使双刀。［除祖茂外，其余三人，皆后来东吴之股肱老臣。］孙坚披烂银铠，裹赤帻，横古锭刀，骑花鬃马，指关上而骂曰："助恶匹夫，何不早降!"华雄副将胡轸引兵五千出关迎战。程普飞马挺矛，直取胡轸。斗不数合，程普刺中胡轸咽喉，死于马下。坚挥军杀至关前，关上矢石如雨。孙坚引兵回至梁东屯住，使人于袁绍处报捷，就于袁术处催粮。或说术曰："孙坚乃江东猛虎。若打破洛阳，杀了董卓，正是除狼而得虎也。今不与粮，彼军必败。"术听之，不发粮草。［明奉戮力同心之旗，阴行冷拳拐肘之举，袁术可鄙处，董卓都看不起。］孙坚军缺食，军中自乱，细作报上关来。

李肃为华雄谋曰："今夜我引一军从小路下关，袭孙坚寨后，将军挥其前寨，坚可擒矣。"雄从之，传令军士饱餐，乘夜下关。是夜月白风清。到坚寨时，已是半夜，鼓噪直进。坚慌忙披挂上马，正遇华雄。两马相交，斗不数合，后面李肃军到，竟天价放起火来。坚军乱窜，众将各自混战，止有祖茂跟定孙坚，突围而走。背后华雄追来。坚取箭，连放两箭，皆被华雄躲过。再放第三箭时，因用力太猛，拽折了鹊画弓，只得弃弓纵马而奔。祖茂曰："主公头上赤帻射目，为贼所识认。可脱帻与某戴之。"坚就脱帻换茂盔，分两路而走。雄军只望赤帻者追赶，坚乃从小路得脱。祖茂被华雄追急，将赤帻挂于人家烧不尽的庭柱上，却入树林潜躲。华雄军于月下遥见赤帻，四面围定，不敢近前。用箭射之，方知是计，遂向前取了赤帻。祖茂于林后杀出，挥双刀欲劈华雄。雄大喝一声，将祖茂一刀砍于马下。杀至天明，雄方引兵上关。

程普、黄盖、韩当都来寻见孙坚，再收拾军马屯扎。坚为折了祖茂，伤感不已，星夜遣人报知袁绍。绍大惊曰："不想孙文台败于华雄之手！"便聚众诸侯商议。众人都到，只有公孙瓒后至，绍请入帐列坐。绍曰："前日鲍将军之弟不遵调遣，擅自进兵，杀身丧命，折了许多军士。今者孙文台又败于华雄，挫动锐气，为之奈何？"诸侯并皆不语。绍举目遍视，见公孙瓒背后立着三人，容貌异常，都在那里冷笑。［张飞、关羽"冷笑"尚可理解，不知玄德因何"冷笑"？］绍问曰："公孙太守背后何人？"瓒呼玄德出曰："此吾自幼同舍兄弟，平原令刘备是也。"曹操曰："莫非破黄巾刘玄德乎？"瓒曰："然。"即令刘玄德拜见。瓒将玄德功带，并其出身，细说一遍。绍曰："既是汉室宗派，取坐来。"命坐。备逊谢。绍曰："吾非敬汝名爵，吾敬汝是帝室之胄耳。"玄德乃坐于末位，关、张叉手侍立于后。［这一番"叉手侍立"，与先前之无端侍立，气象不同。］

忽探子来报："华雄引铁骑下关，用长竿挑着孙太守赤帻，来寨前大骂搦战。"绍曰："谁敢去战？"袁术背后转出骁将俞涉曰："小将愿往。"绍喜，便着俞涉出马。即时报来："俞涉与华雄战不三合，被华雄斩了。"众大惊。太守韩馥曰："吾有上将潘凤，可斩华雄。"绍急令出战。潘凤手提大斧上马。去不多时，飞马来报："潘凤又被华雄斩了。"众皆失色。绍曰："可惜吾上将颜良、文丑未至！得一人在此，何惧华雄！"言未毕，阶下一人大呼出曰："小将愿往斩华雄头，献于帐下！"众视之，见其人身长九尺，髯长二尺，丹凤眼，卧蚕眉，面如重枣，声如巨钟，立于帐前。绍问何人，公孙瓒曰："此刘玄德之弟关羽也。"绍问见居何职，瓒曰："跟随刘玄德充马弓手。"帐中袁术大喝曰："汝欺吾众诸侯无大将耶？量一弓手，安敢乱言，与我打出！"曹操急止之曰："公路息怒！此人既出大言，必有勇略。试教出马，如其不胜，责之未迟。"袁绍曰："使一弓手出战，必被华雄所笑。"操曰："此人仪表不俗，华雄安知他是弓手？"关公曰："如不胜，请斩某头。"操教酾热酒一杯，与关公饮了上马。关公曰："酒且斟下，某去便来。"出帐提刀，飞身上马。［袁氏兄弟之腌臜伧陋，与关羽之超拔不群，不成比较。］众诸侯听得关外鼓声大振，喊声大举，如天摧地塌，岳撼山崩，众皆失惊。正欲探听，鸾铃响处，马到中军，云长提华雄之头，掷于地上。其酒尚温。［这节文字，俊俏无比，极度传神。读者会忍不住高叫：痛快，拿酒来！］后人有诗赞之曰：

威镇乾坤第一功，辕门画鼓响鼕鼕。

云长停盏施英勇，酒尚温时斩华雄。

曹操大喜。只见玄德背后转出张飞，高声大叫："俺哥哥斩了华雄，不就这里杀入关去，活拿董卓，更待何时！"袁术大怒，喝曰："俺大臣尚自谦让，量一县令手下小卒，安敢在此耀武扬威！都与赶出帐去！"曹操曰："得功者赏，何计贵贱乎？"袁术曰："既然公等只重一县令，我当告退。"［凡暴发户，必有看人下碟、注重出身的臭酸脾气。］操曰："岂可因一言而误大事耶？"命公孙瓒且带玄德、关、张回寨。众官皆散。曹操暗使人赍牛酒抚慰三人。

却说华雄手下败军，报上关来。李肃慌忙写告急文书，申闻董卓。卓急聚李儒、吕布等商议。儒曰："今失了上将华雄，贼势浩大。袁绍为盟主，绍叔袁隗，现为太傅，倘或里应外合，深为不便，可先除之。请丞相亲领大军，分拨剿捕。"卓然其说，唤李傕、郭汜领兵五百，围住太傅袁隗家，不分老幼，尽皆诛绝，先将袁隗首级去关前号令。卓遂起兵二十万，分为两路而来：一路先令李傕、郭汜引兵五万，把住汜水关，不要厮杀。卓自将十五万，同李儒、吕布、樊稠、张济等守虎牢关。这关离洛阳五十里。军马到关，卓令吕布领三万大军，去关前扎住大寨。卓自在关上屯住。

流星马探听得，报入袁绍大寨里来。绍聚众商议。操曰："董卓屯兵虎牢，截俺诸侯中路，今可勒兵一半迎敌。"绍乃分王匡、乔瑁、鲍信、袁遗、孔融、张杨、陶谦、公孙瓒八路诸侯，往虎牢关迎敌。操引军往来救应。八路诸侯，各自起兵。河内太守王匡，引兵先到。吕布带铁骑三千，飞奔来迎。王匡将军马列成阵势，勒马门旗下看时，见吕布出阵，头带三叉束发紫金冠，体挂西川红锦百花袍，身披兽面吞头连环铠，腰系勒甲玲珑狮蛮带；弓箭随身，手持画戟，坐下嘶风赤兔马。果然是“人中吕布，马中赤兔”！王匡回头问曰：“谁敢出战？”后面一将，纵马挺枪而出。匡视之，乃河内名将方悦。两马相交，无五合，被吕布一戟刺于马下，挺戟直冲过来。[方天画戟是一种仪式性兵器，极难舞弄，实战价值不高。国人对该种兵器的认识，系于吕布一人。]匡军大败，四散奔走。布东西冲杀，如入无人之境。幸得乔瑁、袁遗两军皆至，来救王匡，吕布方退。

三路诸侯，各折了些人马，退三十里下寨。随后五路军马都至，一处商议，言吕布英雄，无人可敌。正虑间，小校报来：“吕布搦战。”八路诸侯，一齐上马。军分八队，布在高冈。遥望吕布，一簇军马，绣旗招飐，先来冲阵。上党太守张扬部将穆顺，出马挺枪迎战，被吕布手起一戟，刺于马下。众大惊。北海太守孔融部将武安国，使铁锤飞马而出。吕布挥戟拍马来迎，战到十余合，一戟砍断安国手腕，弃锤于地而走。八路军兵齐出，救了武安国。吕布退回去了。

众诸侯回寨商议。曹操曰：“吕布英勇无敌，可会十八路诸侯，共议良策。若擒了吕布，董卓易诛。”[将一人之勇混同于一军之勇，乃小说家言。作者写着玩，读者看着玩。]正议间，吕布复引兵搦战。八路诸侯齐出。公孙瓒挥槊亲战吕布。战不数合，瓒败走。吕布纵赤兔马赶来。那马日行千里，飞走如风。看看赶上，布举画戟望瓒后心便刺。傍边一将，圆睁环眼，倒竖虎须，挺丈八蛇矛，飞马大叫：“三姓家奴休走！燕人张飞在此！”吕布见了，弃了公孙瓒，便战张飞。飞抖擞精神，酣战吕布。连斗五十余合，不分胜负。云长见了，把马一拍，舞八十二斤青龙偃月刀，来夹攻吕布。三匹马丁字儿厮杀。战到三十合，战不倒吕布。刘玄德掣双股剑，骤黄鬃马，刺斜里也来助战。这三个围住吕布，转灯儿般厮杀。八路人马，都看得呆了。吕布架隔遮拦不定，看着玄德面上，虚刺一戟，玄德急闪。吕布荡开阵角，倒拖画戟，飞马便回。三个那里肯舍，拍马赶来。八路军兵，喊声大震，一齐掩杀。吕布军马望关上奔走，玄德、关、张随后赶来。古人曾有编言语，单道着玄德、关、张三战吕布：

汉朝天数当桓灵，炎炎红日将西倾。奸臣董卓废少帝，刘协懦弱魂梦惊。曹操传檄告天下，诸侯奋怒皆兴兵。议立袁绍作盟主，誓扶王室定太平。温侯吕布世无比，雄才四海夸英伟。护躯银铠砌龙鳞，束发金冠簪雉尾。参差宝带兽平吞，错落锦袍飞凤起。龙驹跳踏起天风，画戟荧煌射秋水。出关搦战谁敢当？诸侯胆裂心惶惶。踊出燕人张翼德，手提蛇矛丈八枪。虎须倒竖翻金线，环眼圆睁起电光。酣战未能分胜败，阵前恼起关云长。青龙宝刀灿霜雪，鹦鹉战袍飞蛱蝶。马蹄到处鬼神嚎，目前一怒应流血。英雄玄德掣双锋，抖擞天威施勇烈。三人围绕战多时，遮拦架隔无休歇。喊声震动天地翻，杀气迷漫牛斗寒。吕布力穷寻走路，遥望家山拍马还。倒拖画杆方天戟，乱散销金五彩幡。顿断绒绦走赤兔，翻身飞上虎牢关。

三人直赶吕布到关下，看见关上西风飘动青罗伞盖。张飞大叫："此必董卓！追吕布有甚强处，不如先拿董贼，便是斩草除根！"拍马上关，来擒董卓。正是：

擒贼定须擒贼首，奇功端的待奇人。

未知胜负如何，且看下文分解。

大话

英雄常有豪言，豪言却未必成就英雄。

这回书中，我们听到各种大话。吕布说："关外诸侯，布视之如草芥，愿提虎狼之师，尽斩其首，悬于都门。"华雄说："吾斩众诸侯首级，如探囊取物耳！"吕布神勇，但除了几员偏裨，关外诸侯的首级一颗没能斩下。华雄骁勇，却被迫向云长缴纳了首级，像是替大话谢罪。袁术也有几句大话，无非贬低别人身份，高抬自家身价，听来让人觉其渺小。

最让人心潮澎湃的豪言，却是关羽那句淡到极处的话："酒且斟下，某去便来。"烘托这份超凡勇气的，又并非关外如"天摧地塌，岳撼山崩"的鼓声，而是曹操特地酾下的一杯热酒，这杯酒以其残存的温热，见证了云长的英雄时间。至于袁术那句“一县令手下小卒，安敢在此耀武扬威！都与赶出帐去!”的叫嚣，不过自曝其丑，活画出话大胸窄的本质，倒是曹操“暗使人赍牛酒抚慰三人”的偷偷摸摸行为，显出大丈夫不拘一格、俯仰随心的气度，可与云长的沙场气概互为表里。

论单打独斗，关、张皆非吕布之敌，作者却以其波谲云诡之笔，让读者永久铭记关羽、张飞的神勇，笔法着实绚烂。

第六回

焚金阙董卓行凶　匿玉玺孙坚背约

却说张飞拍马赶到关下，关上矢石如雨，不得进而回。八路诸侯，同请关、张、玄德贺功，使人去袁绍寨中报捷。绍遂移檄孙坚，令其进兵。坚引黄盖、程普至袁术寨中相见。坚以杖画地曰："董卓与我，本无仇隙。今我奋不顾身，亲冒矢石，来决死战者，上为国家讨贼，下为将军家门之私；而将军却听谗言，不发粮草，致坚败绩，将军何安？"术惶恐无言，命斩进谗之人，以谢孙坚。[自己作恶，却赖他人首级谢罪。]

忽人报坚曰："关上有一将，乘马来寨中，要见将军。"坚辞袁术，归到本寨，唤来问时，乃董卓爱将李傕。坚曰："汝来何为？"傕曰："丞相所敬者，惟将军耳。今特使傕来结亲：丞相有女，欲配将军之子。"坚大怒，叱曰："董卓逆天无道，荡覆王室，吾欲夷其九族，以谢天下，安肯与逆贼结亲耶！吾不斩汝，汝当速去，早早献关，饶你性命！倘若迟误，粉骨碎身！"[读者会想，孙坚此前并无十分英勇，董卓何以巴结至此？史载，都督华雄其实命丧孙坚之手；虎牢关一仗纯属虚构。作者时而改编历史，时而尊重历史，难免榫头脱落。]李傕抱头鼠窜，回见董卓，说孙坚如此无礼。卓怒，问李儒。儒曰："温侯新败，兵无战心。不若引兵回洛阳，迁帝于长安，以应童谣。近日街中童谣曰：'西头一个汉，东头一个汉。鹿走入长安，方可无斯难。'臣思此言，'西头一个汉'，乃应高祖旺于西都长安，传一十二帝；'东头一个汉'，乃应光武旺于东都洛阳，今亦传一十二帝。天运回合，丞相迁回长安，方可无虞。"[今人很难弄懂这些"童谣"，在时人眼里，大概算某种"天听自我民听"的天地互动语，具有靡不应验的灵异性。]卓大喜曰："非汝言，吾实不悟。"遂引吕布星夜回洛阳，商议迁都。聚文武于朝堂，卓曰："汉东都洛阳，二百余年，气数已衰。吾观旺气实在长安，吾欲奉驾西幸。汝等各宜促装。”司徒杨彪曰：“关中残破零落。今无故捐宗庙，弃皇陵，恐百姓惊动。天下动之至易，安之至难。望丞相鉴察。”卓怒曰：“汝阻国家大计耶?”太尉黄琬曰：“杨司徒之言是也。往者王莽篡逆，更始赤眉之时，焚烧长安，尽为瓦烁之地；更兼人民流移，百无一二。今弃宫室而就荒地，非所宜也。”卓曰：“关东贼起，天下播乱。长安有崤函之险，更近陇右。大石砖瓦，克日可办，宫室营造，不须月余。汝等再休乱言。”司徒荀爽谏曰：“丞相若欲迁都，百姓骚动不宁矣。”卓大怒曰：“吾为天下计，岂惜小民哉!”［堪为暴君脚注。］即日罢杨彪、黄琬、荀爽为庶民。卓出上车，只见二人望车而揖，视之，乃尚书周毖、城外校尉伍琼也。卓问有何事，毖曰：“今闻丞相欲迁都长安，故来谏耳。”卓大怒曰：“我始初听你两个，保用袁绍；今绍已反，是汝等一党!”叱武士推出都门斩首。

遂下令迁都，限来日便行。李儒曰：“今钱粮缺少，洛阳富户极多，可籍没入官。但是袁绍等门下，杀其宗族而抄其家赀，必得巨万。”卓即差铁骑五千，遍行捉拿洛阳富户，共数千家，插旗头上，大书“反臣逆党”，尽斩于城外，取其金赀。［董卓性残智弱，李儒性残多诡。中国文化素乏对私产的尊重，权势者觊觎他人财货，与色狼强暴女子的唯一差别是，权势者必振振有词。］李傕、郭汜尽驱洛阳之民数百万口，前赴长安。每百姓一队，间军一队，互相拖押，死于沟壑者，不可胜数。又纵军士淫人妻女，夺人粮食，啼哭之声，震动天地。卓临行，教诸门放火，焚烧居民房屋，并放火烧宗庙宫府。南北两宫，火焰相接，长安宫庭，尽为焦土。又差吕布发掘先皇及后妃陵寝，取其金宝。军士乘势掘官民坟冢殆尽。董卓装载金珠缎匹好物数千余车，劫了天子并后妃等，竟望长安去了。［中国人口曾在汉末三国骤减七成，董卓所造之孽，堪称元恶。曹操《薤露行》、蔡文姬《悲愤诗》都有过描摹。］

却说卓将赵岑，见卓已弃洛阳而去，便献了汜水关。孙坚驱兵先入。玄德、关、张杀入虎牢关，诸侯各引军入。

且说孙坚飞奔洛阳，遥望火焰冲天，黑烟铺地，二三百里，并无鸡犬人烟。先发兵救灭了火，令众诸侯各于荒地上屯住军马。曹操来见袁绍曰："今董贼西去，正可乘势追袭。本初按兵不动，何也？"绍曰："诸侯疲困，进恐无益。"操曰："董贼焚烧宫室，劫迁天子，海内震动，不知所归，此天亡之时也，一战而天下定矣。诸公何疑而不进？"众诸侯皆言不可轻动。［庸常诸侯总以保存自身实力为第一要务，终极志向亦止于"割据之雄"，顶多算是"山大王"的升级版。曹操别怀襟抱，遂与之绝交。］操大怒曰："竖子不足与谋！"遂自引兵万余，领夏侯惇、夏侯渊、曹仁、曹洪、李典、乐进，星夜来赶董卓。

且说董卓行至荥阳地方，太守徐荣出接。李儒曰："丞相新弃洛阳，防有追兵。可教徐荣伏军荥阳城外山坞之旁，若有兵追来，可竟放过；待我这里杀败，然后截住掩杀，令后来者不敢复追。"［名字里有个"儒"字，眼神里有股杀气。李儒在汉末谋士榜上无足轻重，因投靠煞星董卓，破坏力巨大。］卓从其计，又令吕布引精兵断后。布正行间，曹操一军赶上。吕布大笑曰："不出李儒所料也！"将军马摆开。曹操出马，大叫："逆贼！劫迁天子，流徙百姓，将欲何往？"吕布骂曰："背主懦夫，何得妄言！"夏侯惇挺枪跃马，直取吕布。战不数合，李傕引一军，从左边杀来，操急令夏侯渊迎敌。右边喊声又起，郭汜引军杀到，操急令曹仁迎敌。三路军马，势不可当。夏侯惇抵敌吕布不住，飞马回阵。布引铁骑掩杀，操军大败，回望荥阳而走。走至一荒山脚下，时约二更，月明如画。方才聚集残兵，正欲埋锅造饭，只听得四围喊声，徐荣伏兵尽出。曹操慌忙策马夺路奔逃，正遇徐荣，转身便走。荣搭上箭，射中操肩膊。操带箭逃命，踅过山坡。两个军士伏于草中，见操马来，二枪齐发，操马中枪而倒。操翻身落马，被二卒擒住。只见一将飞马而来，挥刀砍死两个步军，下马救起曹操。操视之，乃曹洪也。操曰："吾死于此矣，贤弟可速去！"洪曰："公急上马！洪愿步行。"操曰："贼兵赶上，汝将奈何？"洪曰："天下可无洪，不可无公。"操曰："吾若再生，汝之力也。"［曹氏兄弟情，亦足感人。曹操戎马沙场，九死一生，此番遇险与日后多次险情相比，只能算暖场。］操上马，洪脱去衣甲，拖刀跟马而走。约走至四更余，只见前面一条大河，阻住去路，后面喊声渐近。操曰："命已至此，不得复活矣！"洪急扶操下马，脱去袍铠，负操渡水。才过彼岸，追兵已到，隔水放箭。操带水而走。比及天明，又走三十余里，土岗下少歇。忽然喊声起处，一彪人马赶来：却是徐荣从上流渡河来追。操正慌急间，只见夏侯惇、夏侯渊引十数骑飞至，大喝："徐荣勿伤吾主!"徐荣便奔夏侯惇，惇挺枪来迎。交马数合，惇刺徐荣于马下，杀散余兵。随后曹仁、李典、乐进各引兵寻到，见了曹操，忧喜交集；［一句"忧喜交集"，道尽曹操气场和凝聚力。若是寻常败旅，此际早已彼此埋怨，各奔东西了。］聚集残兵五百余人，同回河内。

却说众诸侯分屯洛阳。孙坚救灭宫中余火，屯兵城内，设帐于建章殿基上。坚令军士扫除宫殿瓦砾。凡董卓所掘陵寝，尽皆掩闭。于太庙基上，草创殿屋三间，请众诸侯立列圣神位，宰太牢祀之。祭毕，皆散。坚归寨中，是夜星月交辉，乃按剑露坐，仰观天文。见紫微垣中白气漫漫，坚叹曰："帝星不明，贼臣乱国，万民涂炭，京城一空!"言讫，不觉泪下。［这一刻的孙坚，颇有情调。关键是下一刻。］旁有军士指曰："殿南有五色毫光起于井中。"坚唤军士点起火把，下井打捞。捞起一妇人尸首，虽然日久，其尸不烂，宫样装束，项下带一锦囊。取开看时，内有朱红小匣，用金锁锁着。启视之，乃一玉玺，方圆四寸，上镌五龙交纽。旁缺一角，以黄金镶之。上有篆文八字云："受命于天，既寿永昌。"坚得玺，乃问程普。普曰："此传国玺也。此玉是昔日卞和于荆州之下，见凤凰栖于石上，载而进之楚文王。解之，果得玉。秦二十六年，令玉工琢为玺，李斯篆此八字于其上。二十八年，始皇巡狩至洞庭湖。风浪大作，舟将覆，急投玉玺于湖而止。至三十八年，始皇巡狩至华阴，有人持玺遮道，与从者曰：'将此还祖龙。'言讫不见，此玺复归于秦。明年，始皇崩。后来子婴将玉玺献与汉高祖。后至王莽篡逆，孝元皇太后将印打王寻、苏献，崩其一角，以金镶之。光武得此宝于宜阳，传位至今。近闻十常侍作乱，劫少帝出北邙，回宫失此宝。今天授主公，必有登九五之分。此处不可久留，宜速回江东，别图大事。"坚曰："汝言正合吾意。明日便当托疾辞归。"商议已定，密谕军士勿得泄漏。［孙坚心潮澎湃。帝王梦一来，言行怪怪，立有"左右不是人"之态。］

谁想数中一军，是袁绍乡人，欲假此为进身之计，连夜偷出营寨，来报袁绍。绍与之赏赐，暗留军中。次日，孙坚来辞袁绍曰："坚抱小疾，欲归长沙，特来别公。"绍笑曰："吾知公疾，乃害传国玺耳。"坚失色曰："此言何来？"绍曰："今兴兵讨贼，为国除害。玉玺乃朝廷之宝，公既获得，当对众留于盟主处，候诛了董卓，复归朝廷。今匿之而去，意欲何为？"坚曰："玉玺何由在吾处？"绍曰："建章殿井中之物何在？"坚曰："吾本无之，何强相迫？"绍曰："作速取出，免自生祸。"坚指天为誓曰："吾若果得此宝，私自藏匿，异日不得善终，死于刀箭之下！"［依古人对循环报应的理解，如此发誓，必遭果报。作者等于预先告知：孙文台日后必"死于刀箭之下"。］众诸侯曰："文台如此说誓，想必无之。"绍唤军士出曰："打捞之时，有此人否？"坚大怒，拔所佩之剑，要斩那军士。绍亦拔剑曰："汝斩军人，乃欺我也。"绍背后颜良、文丑皆拔剑出鞘。坚背后程普、黄盖、韩当亦掣刀在手。众诸侯一齐劝住。坚随即上马，拔寨离洛阳而去。绍大怒，遂写书一封，差心腹人连夜往荆州，送与刺史刘表，教就路上截住夺之。

次日，人报曹操追董卓，战于荥阳，大败而回。绍令人接至寨中，会众置酒，与操解闷。［袁绍与曹操是少年旧友，年轻时联手干过些荒唐事，友情原非泛泛。］饮宴间，操叹曰："吾始兴大义，为国除贼。诸公既仗义而来，操之初意，欲烦本初引河内之众，临孟津；酸枣诸众固守成皋，据廒仓，塞𬧭辕、大谷，制其险要；公路率南阳之军，驻丹折，入武关，以振三辅。皆深沟高垒，勿与战，益为疑兵，示天下形势，以顺诛逆，可立定也。今迟疑不进，大失天下之望。操窃耻之！"［曹操摊牌了。虽暂时牌风不顺，但无论志向、谋略还是勇气，俱高人一头。］绍等无言可对。既而席散，操见绍等各怀异心，料不能成事，自引军投扬州去了。公孙瓒谓玄德、关、张曰："袁绍无能为也，久必有变。吾等且归。"遂拔寨北行。［公孙瓒前有惜才之明，次有察势之智，算个人物。］至平原，令玄德为平原相，自去守地养军。兖州太守刘岱问东郡太守乔瑁借粮，瑁推辞不与，岱引军突入瑁营，杀死乔瑁，尽降其众。袁绍见众人各自分散，就领兵拔寨，离洛阳，投关东去了。［堂堂十八路诸侯，寸功未立，忽已作鸟兽散。］

却说荆州刺史刘表，字景升，山阳高平人也，乃汉室宗亲。幼好结纳，与名士为友，时号“江夏八俊”。那七人？汝南陈翔，字仲麟；同郡范滂，字孟博；鲁国孔昱，字世元；渤海范康，字仲真；山阳檀敷，字文友；同郡张俭，字元节；南阳岑晊，字公孝。刘表与此七人为友，有延平人蒯良、蒯越，襄阳人蔡瑁为辅。当时看了袁绍书，随令蒯越、蔡瑁引兵一万来截孙坚。坚军方到，蒯越将阵摆开，当先出马。孙坚问曰：“蒯英度何故引兵截吾去路？”越曰：“汝既为汉臣，如何私匿传国之宝？可速留下，放汝归去！”坚大怒，命黄盖出战。蔡瑁舞刀来迎。斗到数合，盖挥鞭打瑁，正中护心镜。瑁拨回马走，孙坚乘势杀过界口。山背后金鼓齐鸣，乃刘表亲自引军来到。孙坚就马上施礼曰：“景升何故信袁绍之书，相迫邻郡？”表曰：“汝匿传国玺，将欲反耶？”坚曰：“吾若有此物，死于刀箭之下！”［伪誓既出，只能死撑到底。说谎需要勇气，圆谎需要意志——一种无赖意志。］表曰：“汝若要我听信，将随军行礼，任我搜看。”坚怒曰：“汝有何力，敢小觑我！”方欲交兵，刘表便退。坚纵马赶去，两山后伏兵齐出，背后蔡瑁、蒯越赶来，将孙坚困在垓心。正是：

玉玺得来无用处，反因此宝动刀兵。

毕竟孙坚怎地脱身，且听下文分解。

玉玺

至尊宝物与绝顶贪婪，俨若一体双生，一币两面。是故，帝王谷化为殉葬谷，盗墓人每成墓中人。类似故事，古今多有。无论宝物是一块传国玉玺、一只水晶骷髅或魔戒，还是一册诱人乱性自宫的武林宝典，俱足以颠倒众生，荼毒人伦，且无不以大量尸骸收场。好莱坞名导斯蒂芬·斯皮尔伯格的系列寻宝名剧《印第安纳·琼斯》，每一幕都有阴谋与杀气相伴。

非常之宝召唤非常之心，非常之心唤醒胸中之魔。心魔既释，则素常之情为之夺，人伦之理为之悖。孟子尝言：“宝珠玉者，殃必及身。”

试观孙坚，获睹玉玺前，“按剑露坐，仰观天文”，慷慨儒雅，堪堪已入吟诗啸月之境。一俟觑得传国玉玺，顿时身形散乱，魂魄悠悠，浑不识今夕何夕，此身何身。

面对宝物而身心不移，只有两种人：若非下愚，必属上智。

第七回

袁绍磐河战公孙　孙坚跨江击刘表

却说孙坚被刘表围住，亏得程普、黄盖、韩当三将死救得脱，折兵大半，夺路引兵回江东。自此孙坚与刘表结怨。［鸟兽散的各路诸侯，进入新一轮勾心斗角中。］

且说袁绍屯兵河内，缺少粮草。冀州牧韩馥，遣人送粮以资军用。谋士逢纪说绍曰："大丈夫纵横天下，何待人送粮为食！冀州乃钱粮广盛之地，将军何不取之？"［冀州系上古九州之首，号为"天下之中州"。东汉共有十三州。］绍曰："未有良策。"纪曰："可暗使人驰书与公孙瓒，令进兵取冀州，约以夹攻，瓒必兴兵。韩馥无谋之辈，必请将军领州事。就中取事，唾手可得。"绍大喜，即发书到瓒处。瓒得书，见说共攻冀州，平分其地，大喜，即日兴兵。［袁绍眼里没有汉朝皇帝；乱世之于袁绍，不是匡扶天下、重振山河之际，而是重新洗牌、浑水摸鱼之时，所谓"何不策高足，先据要路津"。］绍却使人密报韩馥。馥慌聚荀谌、辛评二谋士商议。谌曰："公孙瓒将燕、代之众，长驱而来，其锋不可当。兼有刘备、关、张助之，难以抵敌。今袁本初智勇过人，手下名将极广，将军可请彼同治州事，彼必厚待将军，无患公孙瓒矣。"韩馥即差别驾关纯去请袁绍。长史耿武谏曰："袁绍孤客穷军，仰我鼻息，譬如婴儿在股掌之上，绝其乳哺，立可饿死。奈何欲以州事委之？此引虎入羊群也！"馥曰："吾乃袁氏之故吏，才能又不如本初。古者择贤者而让之，诸君何嫉妒耶？"［韩馥适合住在君子国。］耿武叹曰："冀州休矣！"于是弃职而去者三十余人。独耿武与关纯伏于城外，以待袁绍。

数日后，绍引兵至。耿武、关纯拔刀而出，欲刺杀绍。绍将颜良立斩耿武，文丑砍死关纯。绍入冀州，以馥为奋威将军，以田丰、沮授、许攸、逢纪分掌州事，尽夺韩馥之权。馥懊悔无及，遂弃下家小，匹马往投陈留太守张邈去了。

却说公孙瓒知袁绍已据冀州，遣弟公孙越来见绍，欲分其地。绍曰："可请汝兄自来，吾有商议。"越辞归。行不到五十里，道旁闪出一彪军马，口称："我乃董丞相家将也!"乱箭射死公孙越。从人逃回见公孙瓒，报越已死。瓒大怒曰："袁绍引我起兵攻韩馥，他却就里取事，今又诈董卓兵射死吾弟，此冤如何不报!"尽起本部兵，杀奔冀州来。

绍知瓒兵至，亦领军出。二军会于磐河之上，绍军于磐河桥东，瓒军于桥西。瓒立马桥上，大呼曰："背义之徒，何敢卖我!"绍亦策马至桥边，指瓒曰："韩馥无才，愿让冀州于吾，与尔何干?"瓒曰："昔日以汝为忠义，推为盟主。今之所为，真狼心狗行之徒，有何面目立于世间!"袁绍大怒曰："谁可擒之?"言未毕，文丑策马挺枪，直杀上桥。公孙瓒就桥边与文丑交锋。战不到十余合，瓒抵挡不住，败阵而走。文丑乘势追赶。瓒走入阵中，文丑飞马径入中军，往来冲突。瓒手下健将四员，一齐迎战，被文丑一枪刺一将下马，三将俱走。文丑直赶公孙瓒出阵后，瓒望山谷而逃。文丑骤马厉声大叫："快下马受降!"瓒弓箭尽落，头盔坠地，披发纵马，奔转山坡；其马前失，瓒翻身落于坡下。文丑急捻枪来刺。[此处埋下浓重文字伏兵，专候子龙驾到。]忽见草坡左侧转出一个少年将军，飞马挺枪，直取文丑。公孙瓒扒上坡去，看那少年，生得身长八尺，浓眉大眼，阔面重颐，威风凛凛，与文丑大战五六十合，胜负未分。瓒部下救军到，文丑拨回马去了。那少年也不追赶。瓒忙下山坡，问那少年姓名。那少年欠身答曰："某乃常山真定人也，姓赵名云，字子龙。本袁绍辖下之人，因见绍无忠君救民之心，故特弃彼而投麾下，不期于此处相见。"[子龙一生战功赫赫，但善之善者，专在救人。论救人之频、救人之多，赵云允称第一。]瓒大喜，遂同归寨，整顿甲兵。

次日，瓒将军马分作左右两队，势如羽翼。马五千余匹，大半皆是白马。因公孙曾与羌人战，尽选白马为先锋，号为"白马将军"，羌人但见白马便走，因此白马极多。袁绍令颜良、文丑为先锋，各引弓弩手一千，亦分作左右两队，令在左者射公孙瓒右军，在右者射公孙瓒左军。

再令麹义引八百弓手，步兵一万五千，列于阵中。袁绍自引马步军数万，于后接应。公孙瓒初得赵云，不知心腹，令其另领一军在后。遣大将严纲为先锋。瓒自领中军，立马桥上，旁竖大红圈金线帅字旗于马前。从辰时擂鼓，直到巳时，绍军不进。麹义令弓手皆伏于遮箭牌下，只听炮响发箭。严纲鼓噪呐喊，直取麹义。义军见严纲兵来，都伏而不动，直到来得至近，一声炮响，八百弓弩手一齐俱发。纲急待回，被麹义拍马舞刀，斩于马下。瓒军大败。左右两军，欲来救应，都被颜良、文丑引弓弩手射住。绍军并进，直杀到界桥边。麹义马到，先斩执旗将，把绣旗砍倒。[绣旗虽是象征物，战场上却具实效。]公孙瓒见砍倒绣旗，回马下桥而走。麹义引军直冲到后军，正撞着赵云，挺枪跃马，直取麹义。战不见数合，一枪刺麹义于马下。赵云一骑马飞入绍军，左冲右突，如入无人之境。公孙瓒引军杀回，绍军大败。

却说袁绍先使探马看时，回报麹义斩将搴旗，追赶败兵，因此不作准备，与田丰引着帐下持戟军士数百人，弓箭手数十骑，乘马出观，呵呵大笑："公孙瓒无能之辈！"正说之间，忽见赵云冲到面前。弓箭手急待射时，云连刺数人，众军皆走。后面瓒军团团围裹上来。田丰慌对绍曰："主公且于空墙中躲避！"绍以兜鍪扑地，大呼曰："大丈夫愿临阵斗死，岂可入墙而望活乎！"[味道怪怪，听来并无慷慨激昂意。声称大丈夫如何如何，却未见他亲冒锋镝，只是唆使手下为他"临阵斗死"，类似"我请客，你付钱"。]众军士齐心死战，赵云冲突不入。绍兵大队掩至，颜良亦引军来到，两路并杀。赵云保公孙瓒杀透重围，回到界桥。绍驱兵大进，复赶过桥，落水死者，不计其数。袁绍当先赶来，不到五里，只听得山背后喊声大起，闪出一彪人马，为首三员大将，乃是刘玄德、关云长、张翼德，因在平原探知公孙瓒与袁绍相争，特来助战。当下三匹马，三般兵器，飞奔前来，直取袁绍。绍惊得魂飞天外，手中宝刀坠于马下，忙拨马而逃，众人死救过桥。公孙瓒亦收军归寨。玄德、关、张动问毕，瓒曰："若非玄德远来救我，几乎狼狈。"教与赵云相见。玄德甚相敬爱，便有不舍之心。[刘备有识才之明，惜才之心，对赵云一见倾心。日后赵云给予刘备的回报，较关、张不遑多让。]

却说袁绍输了一阵，坚守不出，两军相拒月余。有人来长安报知董卓。李儒对卓曰："袁绍与公孙瓒，亦当今豪杰。见在磐河厮杀，宜假天子之诏，差人往和解之。二人感德，必顺太师矣。"卓曰："善。"次日便使太傅马日磾、太仆赵岐，赍诏前去。二人来至河北，绍出迎于百里之外，再拜奉诏。次日，二人至瓒营宣谕，瓒乃遣使致书于绍，互相讲和。二人自回京复命。[凑近处看，袁绍、公孙瓒各有一派非凡仪表；站远端看，不过四只鼠目，两颗獐头。]瓒即日班师，又表荐刘玄德为平原相。玄德与赵云分别，执手垂泪，不忍相离。云叹曰："某曩日误认公孙瓒为英雄，今观所为，亦袁绍等辈耳！"玄德曰："公且屈身事之，相见有日。"洒泪而别。

却说袁术在南阳，闻袁绍新得冀州，遣使来求马千匹。绍不与。术怒。自此兄弟不睦。又遣使往荆州，问刘表借粮二十万，表亦不与。术恨之，密遣人遗书于孙坚，使伐刘表。其书略曰：

> 前者刘表截路，乃吾兄本初之谋也。今本初又与表私议欲袭江东，公可速兴兵伐刘表，吾为公取本初，二仇可报。公取荆州，吾取冀州，切勿误也！[这些拥兵自重的家伙，忽恼忽闹，忽战忽和，类如儿戏。]

坚得书曰："叵耐刘表昔日断吾归路，今不乘时报恨，更待何年！"聚帐下程普、黄盖、韩当等相议。程普曰："袁术多诈，未可准信。"坚曰："吾自欲报仇，岂望袁术之助乎？"便差黄盖先来江边安排战船，多装军器粮草，大船装载战马，克日兴师。

江中细作探知，来报刘表。表大惊，急聚文武将士商议。蒯良曰："不必忧虑。可令黄祖部领江夏之兵为前驱，主公率荆襄之众为援。孙坚跨江涉湖而来，安能用武乎？"表然之，令黄祖设备，随后便起大军。

却说孙坚有四子，皆吴夫人所生，长子名策，字伯符；次子名权，字仲谋；三子名翊，字步弼；四字名匡，字季佐。吴夫人之妹，即为孙坚次妻，亦生一子一女，子名朗，字早安；女名仁。坚又过房俞氏一子，名韶，字公礼。坚有一弟，名静，字幼台。坚临行，静引诸子列拜于马前而谏曰："今董卓专权，天子懦弱，海内大乱，各霸一方，江东方稍宁，以一小恨而起重兵，非所宜也。愿兄详之。”坚曰：“弟勿多言，吾欲纵横天下，有仇岂可不报！”[道理古怪：君欲纵横天下，难免四处结仇；结仇复求必报，冤冤何时得了。]长子孙策曰：“如父亲必欲往，儿愿随行。”坚许之，遂与策登舟，杀奔樊城。

黄祖伏弓弩手于江边，见船傍岸，乱箭俱发。坚令诸军不可轻动，只伏于船中来往诱之；一连三日，船数十次傍岸。黄祖军只顾放箭，箭已放尽。坚却拔船上所得之箭，约十数万。[草船借箭之奇，孙坚先得。]当日正值顺风，坚令军士一齐放箭。岸上支吾不住，只得退走。坚军登岸，程普、黄盖分兵两路，直取黄祖营寨。背后韩当驱兵大进。三面夹攻，黄祖大败，却弃樊城，走入邓城。坚令黄盖守住船只，亲自统兵追袭。黄祖出迎，布阵于野。坚列成阵势，出马于门旗之下。孙策也全副披挂，挺枪立马于父侧。黄祖引二将出马，一个是江夏张虎，一个是襄阳陈生。黄祖扬鞭大骂：“江东鼠贼，安敢侵犯汉室宗亲境界!”便令张虎搦战。坚阵内韩当出迎。两骑相交，占三十余合，陈生见张虎力怯，飞马来助。孙策望见，按住手中枪，扯弓搭箭，正射中陈生面门，应弦落马。张虎见陈生坠地，吃了一惊，措手不及，被韩当一刀，削去半个脑袋。程普纵马来阵前捉黄祖。黄祖弃头盔、战马，杂于步军内逃命。孙坚掩杀败军，直到汉水，命黄盖将船只进泊汉江。

黄祖聚败军，来见刘表，备言坚势不可当。表慌请蒯良商议。良曰：“目今新败，兵无战心，只可深沟高垒，以避其锋，却潜令人求救于袁绍，此围自可解也。”蔡瑁曰：“子柔之言，直拙计也。兵临城下，将至河边，岂可束手待毙！某虽不才，愿请军出城，以决一战。”刘表许之。蔡瑁引军万余，出襄阳城外，于岘山布阵。孙策将得胜之兵，长驱大进。蔡瑁出马。坚曰：“此人是刘表后妻之兄也，谁与吾擒之?”程普挺铁脊矛出马，与蔡瑁交战。不到数合，蔡瑁败走。坚驱大军，杀得尸横遍野。蔡瑁逃入襄阳。蒯良言瑁不听良策，以致大败，按军法当斩。刘表以新娶其妹，不肯加刑。[刘表不斩妻兄，合乎情理，似不合军法。依军法蔡瑁是否当斩，难说，但作者凭此数语，已给刘表判定了等级：一个不入流的军事统帅。刘表其实是二流文士，原非打仗的料。]

却说孙坚分兵四面，围住襄阳攻打。忽一日，狂风骤起，将中军“帅”字旗竿吹折。韩当曰：“此非吉兆，可暂班师。”坚曰：“吾屡战屡胜，取襄阳只在旦夕，岂可因风折旗竿，遽尔罢兵！”遂不听韩当之言，攻城愈急。蒯良谓刘表曰：“某夜观天象，见一将星欲坠。以分野度之，当应在孙坚。[能与天象互动者，必是大人物。如是小民升天，哪怕数以万计，星河依旧耿耿，云天波澜不惊。老天也有势利处。]主公可速致书袁绍，求其相助。”刘表写书，问谁敢突围而出。健将吕公，应声愿往。蒯良曰：“汝既敢去，可听吾计：与汝军马五百，多带能射者冲出阵去，即奔岘山。他必引军来赶，汝分一百人上山寻石子准备，一百人执弓弩伏于林中。但有追兵到时，不可径走，可盘旋曲折，引到埋伏之处，矢石俱发。若能取胜，放起连珠号炮，城中便出接应。如无追兵，不可放炮，趱程而去。今夜月不甚明，黄昏便可出城。”吕公领了计策，拴束军马。黄昏时分，密开东门，引兵出城。

孙坚在帐中忽闻喊声，急上马，引三十余骑，出营来看。军士报说：“有一彪人马杀将出来，往岘山而去。”坚不会诸将，只引三十余骑赶来。吕公已于山林丛杂去处，上下埋伏。坚马快，单骑独来，前军不远。坚大叫：“休走！”吕公勒回马来战孙坚。交马只一合，吕公便走，闪入山路去。坚随后赶入，却不见了吕公。坚方欲上山，忽然一声锣响，山上石子乱下，林中乱箭齐发。坚体中石、箭，脑浆迸流，人马皆死于岘山之内，寿止三十七岁。[古人大概会说：天网恢恢，报应不爽。]

吕公截住三十骑，并皆杀尽，放起连珠号炮。城中黄祖、蒯越、蔡瑁分头引兵杀出，江东诸军大乱。黄盖听得喊声震天，引水军杀来，正迎着黄祖。战不两合，生擒黄祖。程普保着孙策，急待寻路，正遇吕公。程普纵马向前，战不数合，一矛刺吕公于马下。两军大战，杀到天明，各自收军。刘表军自入城。孙策回到汉水，方知父亲被乱箭射死，尸首已被刘表军士扛抬入城去了，放声大哭；众军俱号泣。策曰：“父尸在彼，安得回乡！”黄盖曰：“今活捉黄祖在此，得一人入城讲和，将黄祖去换主公尸首。”言未毕，军吏桓楷出曰：“某与刘表有旧，愿入城为使。”策许之。桓楷入城见刘表，具说其事。表曰：“文台尸首，吾已用棺木盛贮在此。可速放回黄祖，两家各罢兵，再休侵犯。”桓楷拜谢欲行，阶下蒯良出曰：“不可，不可！吾有一言，令江东诸军片甲不回。请先斩桓楷，然后用计。”正是：

追敌孙坚方殒命，求和桓楷又遭殃。

未知桓楷性命如何，且听下文分解。

尸战

为夺回父亲孙坚的尸体，孙策不惜一战。这合乎人情，也合乎道义。

在古希腊，无论传说还是历史，都有大量围绕尸体的战争。据说，第一个将战死者的尸体交还敌人的，是大英雄赫拉克勒斯，希腊人由此养成尊重战殁者尸骸的习惯。战士尸体既可以成为希腊人发动战争的理由，也可以使他们休战。大英雄阿喀琉斯虐待赫克托尔的尸体，虽事出有因，绝非得体之举，所以他最终仍将尸体还给了赫克托尔的父亲。马拉松战役获胜后，希腊人甚至善待了阵亡的波斯士兵，不使其尸骨裸露在外，尽管对方是侵略者。

沙场厮杀，乃战士职分，待其战死沙场，幸存者当互生默契，使其入土为安，或助其“马革裹尸还”。

可惜，多数情况下，上述祈愿都显得奢侈，甚至，显得书生气。常常，虐待尸体不仅为人热衷，还让人大呼痛快。即以汉末为例，张角曾遭发棺戮尸，董卓尸体被放了天灯，孔子后人孔融，亦尝曝尸于市。至于裸露于野的森森白骨，更是多如荧火，亦微如荧火。蔡文姬描述道：“斩戮无孑遗，尸骸相撑拒。”

第八回

王司徒巧使连环计　董太师大闹凤仪亭

却说蒯良曰："今孙坚已丧，其子皆幼。乘此虚弱之时，火速进军，江东一鼓可得。若还尸罢兵，容其养成气力，荆州之患也。"表曰："吾有黄祖在彼营中，安忍弃之？"良曰："舍一无谋黄祖而取江东，有何不可？"表曰："吾与黄祖心腹之交，舍之不义。"遂送桓楷回营，相约以孙坚尸换黄祖。［"换尸"只是交接仪式，一日可办。倘换尸前江东正处"虚弱之时"，换尸后必依然如故。若说换尸须以"休战罢兵"为条件，更属笑谈。那时的规则只有一条：玩弄规则。］孙策释回黄祖，迎接灵柩，罢战回江东，葬父于曲阿之原。丧事已毕，引军居江都，招贤纳士，屈己待人，四方豪杰，渐渐投之，不在话下。

却说董卓在长安，闻孙坚已死，乃曰："吾除却一心腹之患也！"问："其子年几岁矣？"或答曰："十七岁。"卓遂不以为意。自此愈加骄横，自号为"尚父"，出入僭天子仪仗，封弟董旻为左将军、鄠侯，侄董璜为侍中，总领禁军。董氏宗族，不问长幼，皆封列侯。离长安城二百五十里，别筑郿坞，役民夫二十五万人筑之。其城郭高下厚薄一如长安，内盖宫室，仓库屯积二十年粮食。选民间少年美女八百人实其中，金玉、彩帛、珍珠堆积不知其数。家属都住在内。［阿房宫复现。］卓往来长安，或半月一回，或一月一回，公卿皆候送于横门外。卓尝设帐于路，与公卿聚饮。

一日，卓出横门，百官皆送，卓留宴，适北地招安降卒数百人到。卓即命于座前，或断其手足，或凿其眼睛，或割其舌，或以大锅煮之，哀号之声震天，百官战慄失箸，卓饮食谈笑自若。又一日，卓于省台大会百官，列坐两行。酒至数巡，吕布径入，向卓耳边言不数句，卓笑曰："原来如此。"命吕布于筵上揪司空张温下堂。百官失色。不多时，侍从将一红盘，托张温头入献。百官魂不附体。卓笑曰："诸公勿惊。张温结连袁术，欲图害我，因使人寄书来，错下在吾儿奉先处，故斩之。公等无故，不必惊畏。"众官唯唯而散。[极具威慑力的暴君手腕，电影里偶有此景。昆汀·塔伦蒂诺执导的《杀死比尔Ⅰ》中，日本女魔头在席中瞬间割下一人头，再于四溅血光中，向众客嫣然一笑，帮主之威由此立定。]

司徒王允归到府中，寻思今日席间之事，坐不安席。至夜深月明，策杖步入后园，立于荼蘼架侧，仰天垂泪。忽闻有人在牡丹亭畔，长吁短叹。允潜步窥之，乃府中歌伎貂蝉也。其女自幼选入府中，教以歌舞，年方二八，色伎俱佳，允以亲女待之。是夜允听良久，喝曰："贱人将有私情耶?"[咄咄怪事，地球人哪有称"亲女"为"贱人"的?]蝉惊跪答曰："贱妾安敢有私!"允曰："无私何夜深长叹?"[老头管得宽。]蝉曰："容妾伸肺腑之言。"允曰："汝勿隐匿，当实告我。"[不像慈父，像狱吏。]蝉曰："妾蒙大人恩养，训习歌舞，优礼相待，妾虽粉骨碎身，莫报万一。近见大人两眉愁锁，必有国家大事，又不敢问。今晚又见行坐不安，因此长叹，不想为大人窥见。倘有用妾之处，万死不辞!"允以杖击地曰："谁想汉天下却在汝手中耶！随我到画阁中来。"貂蝉跟允到阁中，允尽叱出妇妾，纳貂蝉于坐，叩头便拜。[老头疯疯癫癫。]貂蝉惊伏于地曰："大人何故如此?"允曰："汝可怜汉天下生灵!"言讫，泪如泉涌。貂蝉曰："适间贱妾曾言，但有使令，万死不辞。"允跪而言曰："百姓有倒悬之危，君臣有累卵之急，非汝不能救也。贼臣董卓将欲篡位，朝中文武无计可施。董卓有一义儿，姓吕名布，骁勇异常。我观二人皆好色之徒，今欲用连环计，先将汝许嫁吕布，后献与董卓。汝于中取便，谋间他父子反颜，令布杀卓，以绝大恶。重扶社稷，再立江山，皆汝之力也。不知汝意若何?"貂蝉曰："妾许大人万死不辞，望即献妾于彼，妾自有道理。"[双面间谍是高难度的活，非资质卓颖、训练有素者莫办。蝉姑娘行吗?]允曰："事若泄漏，我灭门矣。"貂蝉曰："大人勿忧。妾若不报大义，死于万刃之下!"[蝉姑娘自信满满，是否另获枕边秘籍相授，邻家高人暗助?]允拜谢。

次日，将家藏明珠数颗，令良匠嵌造金冠一顶，使人密送吕布。布大喜，亲到王允宅致谢。允预备嘉肴美馔，候吕布至，允出门迎迓，接入后堂，延之上坐。布曰："吕布乃相府一将，司徒是朝廷大臣，何故错敬？"允曰："方今天下别无英雄，惟有将军耳。允非敬将军之职，敬将军之才也。"［此等奉承话，弹无虚发，谁听了都受用。聊举一式——若吕布巴结王允，则曰："布非敬司徒之名爵，敬司徒之方正也。"］布大喜。允殷勤敬酒，口称董太师并布之德不绝。布大笑畅饮。允叱退左右，只留侍妾数人劝酒。酒至半酣，允曰："唤孩儿来。"少顷，二青衣引貂蝉艳妆而出。布惊问何人。允曰："小女貂蝉也。允蒙将军错爱，不异至亲，故令其与将军相见。"便令貂蝉与吕布把盏。貂蝉送酒与布，两下眉来眼去。允佯醉曰："孩儿央及将军痛饮几杯，吾一家全靠着将军哩。"布请貂蝉坐，貂蝉假意欲入。允曰："将军吾之至友，孩儿便坐何妨。"貂蝉便坐于允侧，吕布目不转睛的看。又饮数杯，允指蝉谓布曰："吾欲将此女送与将军为妾，还肯纳否？"布出席谢曰："若得如此，布当效犬马之报！"允曰："早晚选一良辰，送至府中。"布欣喜无限，频以目视貂蝉；貂蝉亦以秋波送情。少顷席散，允曰："本欲留将军止宿，恐太师见疑。"布再三拜谢而去。

过数日，允在朝堂见了董卓，趁吕布不在侧，伏地拜请曰："允欲屈太师车骑到草舍赴宴，未审钧意如何？"卓曰："司徒见招，即当趋赴。"允拜谢归家，水陆毕陈，于前厅正中设座，锦绣铺地，内外各设帏幔。

次日晌午，董卓来到。允具朝服出迎，再拜起居。卓下车，左右持戟甲士百余，簇拥入堂，分列两旁。允于堂下再拜，卓命扶上，赐坐于侧。允曰："太师盛德巍巍，伊、周不能及也。"卓大喜，［董卓曾被斥为"无伊尹之志"，好生郁闷，王允以"伊、周不能及"相赠，正好搔到痒处。王允的马屁经一如貂蝉的媚惑功，妙到毫巅，道法自然。］进酒作乐，允极其致敬。天晚酒酣，允请卓入后堂。卓叱退甲士。允捧觞称贺曰："允自幼颇习天文，夜观乾象，汉家气数已尽。太师功德振于天下，若舜之授禹，禹之继舜，正合天心人意。"卓曰："安敢望此！"允曰："自古'有道伐无道，无德让有德'，岂过分乎！"卓笑曰："若果天命归我，司徒当为元勋。”允拜谢。堂中点上画烛，止留女使进酒供食。允曰：“教坊之乐，不足供奉；偶有佳伎，敢使承应。”卓曰：“甚妙。”允教放下帘栊，笙簧缭绕，簇捧貂蝉舞于帘外。有词赞之曰：

原是昭阳宫里人，惊鸿宛转掌中身，只疑飞过洞庭春。按彻《梁州》莲步稳，好花风袅一枝新，画堂香暖不胜春。

又诗曰：

红牙催拍燕飞忙，一片行云到画堂。

眉黛促成游子恨，脸容初断故人肠。

榆钱不买千金笑，柳带何须百宝妆。

舞罢高帘偷目送，不知谁是楚襄王。

舞罢，卓命近前。貂蝉转入帘内，深深再拜。卓见貂蝉颜色美丽，便问：“此女何人？”允曰：“歌伎貂蝉也。”卓曰：“能唱否？”允命貂蝉执檀板低讴一曲。正是：

一点樱桃启绛唇，两行碎玉喷《阳春》。

丁香舌吐衠钢剑，要斩奸邪乱国臣。

卓称赏不已。允命貂蝉把盏。卓擎杯问曰：“青春几何？”貂蝉曰：“贱妾年方二八。”［古来美女十有八九“年方二八”，好像二九辄成老媪。］卓笑曰：“真神仙中人也！”允起曰：“允欲将此女献上太师，未审肯纳否？”卓曰：“如此见惠，何以报德？”允曰：“此女得侍太师，其福不浅。”卓再三称谢。允即命备毡车，先将貂蝉送到相府。卓亦起身告辞，允亲送董卓直到相府，然后辞回。

乘马而行，不到半路，只见两行红灯照道，吕布骑马执戟而来，正与王允撞见，便勒住马，一把揪住衣襟，厉声问曰：“司徒既以貂蝉许我，今又送与太师，何相戏耶？”允急止之曰：“此非说话处，且请到草舍去。”布同允到家，下马入后堂。叙礼毕，允曰：“将军何故怪老夫？”布曰：“有人报我，说你把毡车送貂蝉入相府，是何意故？”允曰：“将军原来不知。昨日太师在朝堂中，对老夫说：‘我有一事，要到你家。’允因此准备小宴等候。太师饮酒中间说：‘我闻你有一女，名唤貂蝉，已许吾儿奉先。我恐你言未准，特来相求，并请一见。’老夫不敢有违，随引貂蝉出拜公公。太师曰：‘今日良辰，吾即当取此女回去，配与奉先。’将军试思：太师亲临，老夫焉敢推阻？”布曰：“司徒少罪。布一时错见，来日自当负荆。”允曰：“小女颇有妆奁，待过将军府下，便当送至。”布谢去。［王允艺高胆大。］

次日，吕布在府中打听，绝不闻音耗。布径入堂中，寻问诸侍妾。侍妾对曰：“夜来太师与新人共寝，至今未起。”布大怒，潜入卓卧房后窥探。时貂蝉起于窗下梳头，忽见窗下池中见一人影，极长大，头带束发冠，偷眼视之，正是吕布。貂蝉故蹙双眉，做忧愁不乐之态，复以香罗频拭眼泪。吕布窥视良久，乃出。少顷又入，卓已坐于中堂，见布来，问曰：“外面无事乎？”布曰：“无事。”侍立卓侧。卓方食。布偷目窃望，见绣帘内一女子往来观觑，微露半面，以目送情。［貂蝉神乎其技。］布知是貂蝉，神魂飘荡。卓见布如此光景，心中疑忌，曰：“奉先无事且退。”布怏怏而出。

董卓自纳貂蝉后，为色所迷，月余不出理事。卓偶染小疾，貂蝉衣不解带，曲意逢迎，卓心愈喜。吕布入内问安，正值卓睡。貂蝉于床后探半身望布，以手指心，又以手指董卓，挥泪不止。布心如碎。［心碎的吕布，与暴怒的董卓，审美价值迥然不同。］卓朦胧双目，见布注视床后，目不转睛，回身一看，见貂蝉立于床后。卓大怒，叱布曰：“汝敢戏吾爱姬耶！”唤左右逐出：“今后不许入堂！”

吕布怒恨而归，路遇李儒，告知其故。儒急入见卓曰：“太师欲取天下，何故以小过见责温侯？倘彼心变，大事去矣。”卓曰：“奈何？”儒曰：“来朝唤入，赐以金帛，好言慰之，自然无事。”卓依言。次日，使人唤布入堂，慰之曰：“吾前日病中，心神恍惚，误言伤汝，汝勿记心。”随赐金十斤，锦二十匹。布谢归，然身虽在卓左右，心实系念貂蝉。

卓疾既愈，入朝议事。布执戟相随，见卓与献帝共谈，便乘间提戟出内门，上马径投相府来，系马府前，提戟入后堂，寻见貂蝉。蝉曰：“汝可去后园中凤仪亭边等我。”布提戟径往，立于亭下曲栏之傍。良久，貂蝉分花拂柳而来，果然如月宫仙子，泣谓布曰：“我虽非王司徒亲女，然待之如己出。自见将军，许侍箕帚，妾已平生愿足。谁想太师起不良之心，将妾淫污。妾恨不即死，止因未与将军一诀，故且忍辱偷生。今幸得见，妾愿毕矣！此身已污，不得复事英雄，愿死于君前，以明妾志！”言讫，手攀曲栏，望荷花池便跳。吕布慌忙抱住，泣曰：“我知汝心久矣，只恨不能共语！”貂蝉手扯布曰：“妾今生不能与君为妻，愿相期于来世。”布曰：“我今生不能以汝为妻，非英雄也！”蝉曰：“妾度日如年，愿君怜而救之。”布曰：“我今偷空而来，恐老贼见疑，必当速去。”貂蝉牵其衣曰：“君如此惧怕老贼，妾身无见天日之期矣！”布立住曰：“容我徐图良策。”说罢，提戟欲去。貂蝉曰：“妾在深闺，闻将军之名，如雷灌耳，以为当世一人而已，谁想反受他人之制乎！”言讫，泪下如雨。布羞惭满面，重复倚戟，回身搂抱貂蝉，用好言安慰。两个偎偎倚倚，不忍相离。［无语。貂蝉太过惊艳，太过神奇。］

却说董卓在殿上，回头不见吕布，心下怀疑，连忙辞了献帝，登车回府，见布马系于府前，问门吏，吏答曰：“温侯入后堂去了。”卓叱退左右，径入后堂中，寻觅不见，唤貂蝉，蝉亦不见。急问侍妾，侍妾曰：“貂蝉在后园看花。”卓寻入后园，正见吕布和貂蝉在凤仪亭下共语，画戟倚在一边。卓怒，大喝一声。布见卓至，大惊，回身便走。卓抢了画戟，挺着赶来。吕布走得快，卓肥胖赶不上，掷戟刺布。布打戟落地。卓拾戟再赶，布已走远。卓赶出园门，一人飞奔前来，与卓胸膛相撞，卓倒于地。正是：

冲天怒气高千丈，仆地肥躯做一堆。

未知此人是谁，且听下文分解。

貂蝉

连环计写得精彩。王允自设迷局，在董卓、吕布两座凶神面前穿梭游走，险到极致，又悠哉游哉。论磨砺权术，培养机变，中国官场堪称天下第一学府，王允久沐其间，手掌翻覆之巧，心思转换之速，早臻化境。

但不得不说，貂蝉写砸了。写英雄权谋的罗贯中是圣手书生，写女孩心思则是凡夫庸笔。

细看，貂蝉的一颦一笑，无不踩准步点，然貂蝉何以具此超级狐媚神通，书中无一语涉及，之前关于貂蝉身世的几行介绍，又分明在强调貂蝉未有丝毫历练：仅仅微呈怀春之情，即遭王允痛斥。貂蝉就像一个依电脑程序精确运行的数字化人物，从不犯错，从不紧张，只说此际最该说的话，只做此际最该做的事，无论身处何种险境，心思无纤毫紊乱，举止无些微惊恐，可以一边把腰肢扭成杨柳，一边保持八风不动——后者其实是在精神上征服地心引力。看上去，克格勃、中情局或军情六处培养的价值三千万美元的超级特工，较蝉姑娘都大有不及。貂蝉无懈可击，唯独缺了点血肉芳香气。

罗贯中未能进入蝉姑娘的内心，她被写得想当然了。话说回来，貂蝉是虚构人物，“貂蝉”本是一种后宫女官名。在中国传统“四大美女”中，只有貂蝉史无其人（另三位是西施、王昭君和杨玉环）。这倒无损貂蝉的魅力，古希腊的海伦据说也是虚构的。

第九回

除暴凶吕布助司徒　犯长安李傕听贾诩

却说那撞倒董卓之人，正是李儒。当下李儒扶起董卓，至书院中坐定。卓曰："汝为何来此？"儒曰："儒适至府门，知太师怒入后园，寻问吕布。因急走来，正遇吕布奔出，云：太师杀我！儒慌赶入园中劝解，不意误撞恩相。死罪！死罪！"卓曰："叵耐逆贼，戏吾爱姬，誓必杀之！"儒曰："恩相差矣。昔楚庄王'绝缨'之会，不究戏爱姬之蒋雄，后为秦兵所困，得其死力相救。今貂蝉不过一女子，而吕布乃太师心腹猛将也。太师若就此机会，以蝉赐布，布感大恩，必以死报太师。太师请自三思。"卓沉吟良久曰："汝言亦是，我当思之。"儒谢而出。

卓入后堂，唤貂蝉问曰："汝何与吕布私通耶？"蝉泣曰："妾在后园看花，吕布突至。妾方惊避，布曰：'我乃太师之子，何必相避。'提戟赶妾至凤仪亭。妾见其心不良，恐为所迫，欲投荷池自尽，却被这厮抱住。正在生死之间，得太师来救了性命。"董卓曰："我今将汝赐与吕布，何如？"貂蝉大惊，哭曰："妾身已事贵人，今忽欲下赐家奴，妾宁死不辱！"遂掣壁间宝剑欲自刎。卓慌夺剑拥抱曰："吾戏汝！"貂蝉倒于卓怀，掩面大哭曰："此必李儒之计也！儒与布交厚，故设此计，却不顾惜太师体面与贱妾性命。妾当生噬其肉！"［够狠！却也折射出犷悍古风。今人不解：一堆生肉，有啥吃头？］卓曰："吾安忍舍汝耶？"蝉曰："虽蒙太师怜爱，但恐此处不宜久居，必被吕布所害。"卓曰："吾明日和你归郿坞去，同受快乐，慎勿忧疑。"蝉方收泪拜谢。［一举一动无不如式，最奇的是，还顺手离间了李儒。王允的一箭双雕，遂升格为一石三鸟。］

次日，李儒入见曰："今日良辰，可将貂蝉送与吕布。"卓曰："布与我有父子之分，不便赐与，我只不究其罪。汝传我意，以好言慰之可也。"儒曰："太师不可为妇人所惑。"卓变色曰："汝之妻肯与吕布否？

貂蝉之事，再勿多言，言则必斩！”李儒出，仰天叹曰：“吾等皆死于妇人之手矣！”后人读书至此，有诗叹之曰：

司徒妙算托红裙，不用干戈不用兵。
三战虎牢徒费力，凯歌却奏凤仪亭。

董卓即日下令还郿坞，百官俱拜送。貂蝉在车上，遥见吕布于稠人之内，眼望车中。貂蝉虚掩其面，如痛哭之状。车已去远，布缓辔于土岗之上，眼望车尘，叹息痛恨。忽闻背后一人问曰：“温侯何不从太师去，乃在此遥望而发叹？”布视之，乃司徒王允也。[貂蝉红裙功已毕，下面有请王允的司徒掌。]

相见毕，允曰：“老夫日来因染微恙，闭门不出，故久未得与将军一见。今日太师驾归郿坞，只得扶病出送，却喜得晤将军。请问将军，为何在此长叹？”布曰：“正为公女耳。”允佯惊曰：“许多时尚未与将军耶？”布曰：“老贼自宠幸久矣！”允佯大惊曰：“不信有此事！”布将前事一一告允。允仰面跌足，半晌不语；良久，乃言曰：“不意太师作此禽兽之行！”因挽布手曰：“且到寒舍商议。”布随允归。

允延入密室，置酒款待。布又将凤仪亭相遇之事，细说一遍。允曰：“太师淫吾之女，夺将军之妻，诚为天下耻笑；非笑太师，笑允与将军耳！然允老迈无能之辈，不足为道；可惜将军盖世英雄，亦受此污辱也！”布怒气冲天，拍案大叫。允急曰：“老夫失语，将军息怒。”布曰：“誓当杀此老贼，以雪吾耻！”允急掩其口曰：“将军勿言，恐累及老夫。”布曰：“大丈夫生居天地间，岂能郁郁久居人下！”允曰：“以将军之才，诚非董太师所可限制。”布曰：“吾欲杀此老贼，奈是父子之情，恐惹后人议论。”允微笑曰：“将军自姓吕，太师自姓董。掷戟之时，岂有父子情耶？”布奋然曰：“非司徒言，布几自误！”允见其意已决，便说之曰：“将军若扶汉室，乃忠臣也，青史传名，流芳百世；将军若助董卓，乃反臣也，载之史笔，遗臭万年。”布避席下拜曰：“布意已决，司徒勿疑。”允曰：“但恐事或不成，反招大祸。”布拔带刀，刺臂出血为誓。允跪谢曰：“汉祀不斩，皆出将军之赐也。切勿泄漏！临期有计，自当相报。”布慨诺而去。[王允逗吕布，如牵线木偶。]

允即请仆射士孙瑞、司隶校尉黄琬商议。瑞曰："方今主上有疾新愈，可遣一能言之人，往郿坞请卓议事；一面以天子密诏付吕布，使伏甲兵于朝门之内，引卓入诛之。此上策也。"琬曰："何人敢去？"瑞曰："吕布同郡骑都尉李肃，以董卓不迁其官，甚是怀怨。若令此人去，卓必不疑。"允曰："善。"请吕布共议。布曰："昔日劝吾杀丁建阳，亦此人也。今若不去，吾先斩之。"使人密请肃至。布曰："昔日公说布使杀丁建阳而投董卓，今卓上欺天子，下虐生灵，罪恶贯盈，人神共愤。公可传天子诏，往郿坞宣卓入朝，伏兵诛之，力扶汉室，共作忠臣。尊意若何？"肃曰："吾亦欲除此贼久矣，恨无同心者耳。今将军若此，是天赐也，肃岂敢有二心！"遂折箭为誓。允曰："公若能干此事，何患不得显官。"

次日，李肃引十数骑，前到郿坞。人报天子有诏，卓教唤入。李肃入拜。卓曰："天子有何诏？"肃曰："天子病体新痊，欲会文武于未央殿，议将禅位于太师，故有此诏。"卓曰："王允之意若何？"肃曰："王司徒已命人筑受禅台，只等主公到来。"卓大喜曰："吾夜梦一龙罩身，今日果得此喜信。时哉不可失！"便命心腹将李傕、郭汜、张济、樊稠四人领飞熊军三千守郿坞，自己即日排驾回京，顾谓李肃曰："吾为帝，汝当为执金吾。"[以李肃之功，"执金吾"一职够意思了。执金吾约当中央卫戍部队司令，光武帝刘秀尝戏言："仕宦当作执金吾。"]肃拜谢称臣。卓入辞其母；母时年九十余矣，问曰："吾儿何往？"卓曰："现将往受汉禅，母亲早晚为太后也！"母曰："吾近日肉颤心惊，恐非吉兆。"卓曰："将为国母，岂不预有惊报！"遂辞母而行。临行，谓貂蝉曰："吾为天子，当立汝为贵妃。"貂蝉已明知就里，假作欢喜拜谢。[貂蝉无所不知。]

卓出坞上车，前遮后拥，望长安来。行不到三十里，所乘之车，忽折一轮，卓下车乘马。又行不到十里，那马咆哮嘶喊，掣断辔头。卓问肃曰："车折轮，马断辔，其兆若何？"肃曰："乃太师应受汉禅，弃旧换新，将乘玉辇金鞍之兆也。"卓喜而信其言。次日，正行间，忽然狂风骤起，昏雾蔽天。卓问肃曰："此何祥也？"肃曰："主公登龙位，必有红光紫雾，以壮天威耳。”卓又喜而不疑。［所谓征兆，不过一点文词经营功夫。］既至城外，百官俱出迎接。只有李儒抱病在家，不能出迎。卓进至相府，布入贺。卓曰：“吾登九五，汝当总督天下兵马。”布拜谢，就帐前歇宿。是夜有十数小儿于郊外作歌，风吹歌声入帐。歌曰：“千里草，何青青！十日卜，不得生！”［浅显直露，正应着“董卓”二字，董卓竟不明其意。］歌声悲切。卓问李肃曰：“童谣主何吉凶？”肃曰：“亦只是言刘氏灭，董氏兴之意。”次日侵晨，董卓摆列仪从入朝，忽见一道人，青袍白巾，手执长竿，上缚布一丈，两头各书一“口”字。卓问肃曰：“此道人何意？”肃曰：“乃心恙之人也。”［生动。今语所谓“神经病”或“精神病”，远不如“心恙”贴切。］呼将士驱去。卓进朝，群臣各具朝服，迎谒于道。李肃手执宝剑扶车而行。到北掖门，军兵尽挡在门外，独有御车二十余人同入。董卓遥见王允等各执宝剑立于殿门，惊问肃曰：“持剑是何意？”肃不应，推车直入。王允大呼曰：“反贼至此，武士何在？”两旁转出百余人，持戟挺槊刺之。卓裹甲不入，伤臂堕车，大呼曰：“吾儿奉先何在？”吕布从车后厉声出曰：“有诏讨贼！”一戟直刺咽喉，李肃早割头在手。吕布左手持戟，右手怀中取诏，大呼曰：“奉诏讨贼臣董卓，其余不问！”将吏皆呼万岁。后人有诗叹董卓曰：

伯业成时为帝王，不成且作富家郎。
谁知天意无私曲，郿坞方成已灭亡。

［唐章怀太子将近四百年后注《后汉书》时，郿坞遗址尚存。］

却说当下吕布大呼曰：“助卓为虐者，皆李儒也！谁可擒之？”李肃应声愿往。忽听朝门外发喊，人报李儒家奴已将李儒绑缚来献。［为活命，小民的必修课是：第一时间投靠强势一方，避免站错队。毕竟，在各主要文明中，中国独具制度化的株连传统。］王允命缚赴市曹斩之；又将董卓尸首，号令通衢。卓尸肥胖，看尸军士以火置其脐中为灯，膏油满地。百姓过者，莫不手掷其头，足践其尸。［依暴君标准，董卓死得正点。］王允又命吕布同皇甫嵩、李肃领兵五万，至郿坞抄籍董卓家产人口。

却说李傕、郭汜、张济、樊稠闻董卓已死，吕布将至，便引了飞熊军连夜奔凉州去了。吕布至郿坞，先取了貂蝉。皇甫嵩命将坞中所藏良家女子，尽行释放。但系董卓亲属，不分老幼，悉皆诛戮。卓母亦被杀。卓弟董旻、侄董璜皆斩首号令。［株连虽极恶无道，古人把它看成伸张正义。］收籍坞中所蓄，黄金数十万，白金数百万，绮罗、珠宝、器皿、粮食不计其数。回报王允，允乃大犒军士，设宴于都堂，召集众官，酌酒称庆。

正饮宴间，忽人报曰："董卓暴尸于市，忽有一人伏其尸而大哭。"允怒曰："董卓伏诛，士民莫不称贺，此何人独敢哭耶？"遂唤武士："与吾擒来！"须臾擒至。众官见之，无不惊骇，原来那人不是别人，乃侍中蔡邕也。允叱曰："董卓逆贼，今日伏诛，国之大幸。汝为汉臣，乃不为国庆，反为贼哭，何也？"邕伏罪曰："邕虽不才，亦知大义，岂肯背国而向卓？只因一时知遇之感，不觉为之一哭。自知罪大，愿公见原。倘得黥首刖足，使续成汉史，以赎其罪，邕之幸也。"［蔡邕别号"蔡中郎"，官衔即拜董卓所赐。］众官惜邕之才，皆力救之。太傅马日磾亦密谓允曰："伯喈旷世逸才，若使续成汉史，诚为盛事。且其孝行素著，若遽杀之，恐失人望。"允曰："昔孝武不杀司马迁，后使作史，遂致谤书流于后世。方今国运衰微，朝政错乱，不可令佞臣执笔于幼主左右，使吾等蒙其讪议也。"日磾无言而退，私谓众官曰："王允其无后乎！善人，国之纪也；制作，国之典也。灭纪废典，岂能久乎？"当下王允不听马日磾之言，命将蔡邕下狱中缢死。一时士大夫闻者，尽为流涕。后人论蔡邕之哭董卓，固自不是；允之杀之，亦为已甚。有诗叹曰：

董卓专权肆不仁，侍中何自竟亡身？
当时诸葛隆中卧，安肯轻身事乱臣。

［一笑。蔡邕蒙难时，诸葛亮年方十一岁，所"卧"之处亦非襄阳隆中。作者随意比较，倒也率性得很。］

且说李傕、郭汜、张济、樊稠逃居陕西，使人至长安上表求赦。王允曰："卓之跋扈，皆此四人助之。今虽大赦天下，独不赦此四人。"使者回报李傕。傕曰："求赦不得，各自逃生可也。"谋士贾诩曰："诸君若弃军单行，则一亭长能缚君矣。不然诱集陕人，并本部军马，杀入长安，与董卓报仇。事济，奉朝廷以正天下。若其不胜，走亦未迟。”［贾诩，字文和，却志在乱武。李、郭之恶，贾诩系第一推动。］傕等然其说，遂流言于西凉州曰：“王允将欲洗荡此方之人矣！”众皆惊惶。乃复扬言曰：“徒死无益，能从我反乎？”众皆愿从。于是聚众十余万，分作四路，杀奔长安来。路逢董卓女婿中郎将牛辅，引军五千人，欲去与丈人报仇，李傕便与合兵，使为前驱。四人陆续进发。

王允听知西凉兵来，与吕布商议。布曰：“司徒放心。量此鼠辈，何足数也！”［史载，吕布“畏恶凉州人”，遂致李、郭之乱。］遂引李肃将兵出敌。肃当先迎战，正与牛辅相遇，大杀一阵。牛辅抵敌不过，败阵而去。不想是夜二更，牛辅乘李肃不备，竟来劫寨。肃军乱窜，败走三十余里，折军大半，来见吕布。布大怒曰：“汝何挫吾锐气？”遂斩李肃，悬头军门。［吕布对李肃还记着仇。］次日，吕布进兵与牛辅对敌。量牛辅如何敌得吕布，仍复大败而走。是夜牛辅唤心腹人胡赤儿商议曰：“吕布骁勇，万不能敌。不如瞒了李傕等四人，暗藏金珠，与亲随三五人弃军而去。”胡赤儿应允。是夜收拾金珠，弃营而走，随行者三四人。将渡一河，赤儿欲谋取金珠，竟杀死牛辅，将头来献吕布。布问起情由，从人出首：“胡赤儿谋杀牛辅，夺其金宝。”布怒，即将赤儿诛杀，领军前进，正迎着李傕军马。吕布不等他列阵，便挺戟跃马，麾军直冲过来。傕军不能抵当，退走五十余里，依山下寨，请郭汜、张济、樊稠共议，曰：“吕布虽勇，然而无谋，不足为虑。我引军守住谷口，每日诱他厮杀。郭将军可领军抄击其后，效彭越挠楚之法，鸣金进兵，擂鼓收兵。［妙在变易既定规矩，打乱固定节奏，制造心理紊乱。］张、樊二公，却分兵两路，径取长安。彼首尾不能救应，必然大败。”众用其计。

却说吕布勒兵到山下，李傕引兵搦战。布忿怒冲杀过去，傕退走上山。山上矢石如雨，布军不能进。忽报郭汜在阵后杀来，布急回战。只闻鼓声大震，汜军已退。布方欲收军，锣声响处，傕军又来。未及对敌，背后郭汜又领军杀到。及至吕布来时，却又擂鼓收军去了。激得吕布怒气填胸。［为将之道，首忌“怒气填胸”，高明如曹操、孔明，一旦怒气袭来，十战九败。］一连如此几日，欲战不得，欲止不得。正在恼怒，忽然飞马报来，说张济、樊稠两路军马，竟犯长安，京城危急。布急领军回，背后李傕、郭汜杀来。布无心恋战，只顾奔走，折了好些人马。比及到长安城下，贼兵云屯雨集，围定城池，布军与战不利。军士畏吕布暴厉，多有降贼者，布心甚忧。

数日之后，董卓余党李蒙、王方在城中为贼内应，偷开城门，四路贼军一齐拥入。吕布左冲右突，拦挡不住，引数百骑往青锁门外，呼王允曰："势急矣！请司徒上马，同出关去，别图良策。"允曰："若蒙社稷之灵，得安国家，吾之愿也。若不获已，则允奉身而死；临难苟免，吾不为也。为我谢关东诸公，努力以国家为念！"吕布再三相劝，王允只是不肯去。不一时，各门火焰竟天，吕布只得弃却家小，引百余骑飞奔出关，投袁术去了。

李傕、郭汜纵兵大掠。太常卿种拂、太仆鲁馗、太鸿胪周奂、城门校尉崔烈、越骑校尉王颀皆死于国难。贼兵围绕内廷至急，侍臣请天子上宣平门止乱。李傕等望见黄盖，约住军士，口呼"万岁"。献帝倚楼问曰："卿不候奏请，辄入长安，意欲何为？"李傕、郭汜仰面奏曰："董太师乃陛下社稷之臣，无端被王允谋杀，臣等特来报仇，非敢造反。但见王允，臣便退兵。"王允时在帝侧，闻知此言，奏曰："臣本为社稷计。事已至此，陛下不可惜臣，以误国家。臣请下见二贼。"帝徘徊不忍。允自宣平门楼上跳下楼去，大呼曰："王允在此！"李傕、郭汜拔剑叱曰："董太师何罪而见杀？"允曰："董贼之罪，弥天亘地，不可胜言！受诛之日，长安士民，皆相庆贺，汝独不闻乎？"傕、汜曰："太师有罪，我等何罪，不肯相赦？"王允大骂："逆贼何必多言！我王允今日有死而已！"二贼手起，把王允杀于楼下。［死得惨烈，也算替自己的不智还债。］史官有诗赞曰：

王允运机筹，奸臣董卓休。心怀安国恨，眉锁庙堂忧。
英气连霄汉，忠心贯斗牛。至今魂与魄，犹绕凤凰楼。

众贼杀了王允，一面又差人将王允宗族老幼，尽行杀害。士民无不下泪。当下李傕、郭汜寻思曰："既到这里，不杀天子谋大事，更待何时？"便持剑大呼，杀入内来。正是：

巨魁伏罪灾方息，从贼纵横祸又来。

未知献帝性命如何，且听下文分解。

老悖

王允叫貂蝉“贱人”，已露乖张。

长安内外烽火早熄，隔着一千八百余年历史雾障，后人无需多加嗟叹。稍可议者，唯王允缢杀蔡邕之由。蔡邕的书生气固然可笑，又何至于死？何况蔡邕甘愿领受肢体重罚。真正惹怒王允的，非哭董卓，而是蔡邕那枝史笔。若说哭董卓，王允早年也曾替一位被朝廷处死的上司刘瓆守志三年，与“抚尸痛哭”半斤八两。王允的真实心思是：假定他当皇帝，必不给司马迁之流提供写“谤书”的机会。既蓄此志，马日磾辈对蔡邕越是推崇，王允就越是杀气腾腾。

粗豪独夫未必仇视文明，来自老悖士大夫的加害，往往十倍于董卓之流。史家著书若必以王允不受“讪议”为准，史家尊严何在？

当然，蔡邕幸而不死，其续成的《汉书》能否成为中华文化一大幸事，是另一回事。蔡邕热衷于写些收受贿赂的谀墓文，其中不必为之脸红的文章，据说只有一篇。钱锺书认为，他就算活着，也不会比范晔和陈寿高明。但这不构成对王允的开脱；让人难堪的是，若董卓不死，倒会听任蔡邕续成《汉书》。董卓入京时，曾替此前遭受党锢之祸的人一一昭雪。

第十回

勤王室马腾举义　报父仇曹操兴师

却说李、郭二贼欲弑献帝，张济、樊稠谏曰："不可！今日若便杀之，恐众人不服。不如仍旧奉之为主，赚诸侯入关，先去其羽翼，然后杀之，天下可图也。"[不杀皇帝，只因未尽其利，利尽则杀；好比养猪，幼猪不杀，膘肥则宰。]李、郭二人从其言，按住兵器。帝在楼上宣谕曰："王允既诛，军马何故不退？"李傕、郭汜曰："臣等有功王室，未蒙赐爵，故不敢退军。"[这声"不敢"，冷谑至极。]帝曰："卿欲封何爵？"李、郭、张、樊四人各自写职衔献上，勒要如此官品。帝只得从之，封李傕为车骑将军、池阳侯，领司隶校尉，假节钺；郭汜为后将军、美阳侯，假节钺，同秉朝政。樊稠为右将军、万年侯，张济为骠骑将军、平阳侯，领兵屯弘农。其余李蒙、王方等，各为校尉。然后谢恩，领兵出城。又下令追寻董卓尸首，获得些零碎皮骨，以香木雕成形体，安凑停当，大设祭祀，用王者衣冠棺椁，选择吉日，迁葬郿坞。临葬之期，天降大雷雨，平地水深数尺，霹雳震开其棺，尸首提出棺外。李傕候晴再葬，是夜又复如是。三次改葬，皆不能葬，零碎皮骨，悉为雷火消灭。[借假雷霆天火，聊补人间缺憾。民间自慰术的发达，总是对应于上层残暴。民瘼无处寄托又必得安顿，遂借文字变换天工。]天之怒卓，可谓甚矣！

且说李傕、郭汜既掌大权，残虐百姓；密遣心腹侍帝左右，观其动静。献帝此时举动荆棘。朝廷官员，并由二贼升降。因采人望，特宣朱儁入朝，封为太仆，同领朝政。

一日，人报西凉太守马腾、并州刺史韩遂二将引军十余万，杀奔长安来，声言讨贼。原来二将先曾使人入长安，结连侍中马宇、谏议大夫种邵、左中郎将刘范三人为内应，共谋贼党。三人密奏献帝，封马腾为征西将军，韩遂为镇西将军，各受密诏，并力讨贼。当下李傕、郭汜、张济、樊稠闻二军将至，一同商议御敌之策。谋士贾诩曰："二军远来，只宜深沟高垒，坚守以拒之。不过百日，彼兵粮尽，必将自退，然后引兵追之，二将可擒矣。"李蒙、王方出曰："此非好计。愿借精兵万人，立斩马腾、韩遂之头，献于麾下。"贾诩曰："今若即战，必当败绩。"李蒙、王方齐声曰："若吾二人败，情愿斩首。吾若战胜，公亦当输首级与我。"诩谓李傕、郭汜曰："长安西二百里盩厔山，其路险峻，可使张、樊两将军屯兵于此，坚壁守之，待李蒙、王方自引兵迎敌可也。"李傕、郭汜从其言，点一万五千人马与李蒙、王方，二人忻喜而去，离长安二百八十里下寨。

西凉兵到，两个引军迎去。西凉军马拦路摆开阵势，马腾、韩遂联辔而出，指李蒙、王方骂曰："反国之贼，谁去擒之?"言未绝，只见一位少年将军，面如冠玉，眼若流星，虎体猿臂，彪腹狼腰，手执长枪，坐骑骏马，从阵中飞出。原来那将即马腾之子马超，字孟起，年方十七岁，英勇无敌。王方欺他年幼，跃马迎战。战不到数合，早被马超一枪刺于马下。马超勒马便回。李蒙见王方刺死，一骑马从马超背后赶来。超只做不知。马腾在阵门下大叫："背后有人追赶!"声犹未绝，只见马超已将李蒙擒在马上。原来马超明知李蒙追赶，却故意俄延，等他马近，举枪刺来，超将身一闪，李蒙搠个空，两马相并，被马超轻舒猿臂，生擒过去。军士无主，望风奔逃。马腾、韩遂乘势追杀，大获胜捷，直迫隘口下寨，把李蒙斩首号令。［难怪贾诩未搭理赌局：料其必败，何必再赌。］

李傕、郭汜听知李蒙、王方皆被马超杀了，方信贾诩有先见之明，重用其计，只理会紧守关防，由他搦战，并不出迎。果然西凉军未及两月，粮草俱乏，商议回军。恰好长安城中马宇家僮出首家主与刘范、种邵外连马腾、韩遂，欲为内应等情。李傕、郭汜大怒，尽收三家老少良贱斩于市，把三颗首级直来门前号令。马腾、韩遂见军粮已尽，内应又泄，只得拔寨退军。李傕、郭汜令张济引军赶马腾，樊稠引军赶韩遂，西凉军大败。马超在后死战，杀退张济。樊稠去赶韩遂，看看赶上，相近陈仓，韩遂勒马向樊稠曰："吾与公乃同乡之人，今日何太无情？"樊稠也勒住马答曰："上命不可违！"韩遂曰："吾此来亦为国家耳，公何相迫之甚也？"樊稠听罢，拨转马头，收兵回寨，让韩遂去了。[一处闲笔，节奏为之一缓。乡情乡谊虽在程度上弱于国事，效果上却优于国事，有时还能左右国事。]

不提防李傕之侄李别，见樊稠放走韩遂，回报其叔。李傕大怒，便欲兴兵讨樊稠。贾诩曰："目今人心未宁，频动干戈，深为不便。不若设一宴，请张济、樊稠庆功，就席间擒稠斩之，毫不废力。"李傕大喜，便设宴请张济、樊稠，二将欣然赴宴。酒半阑，李傕忽变色曰："樊稠何故交通韩遂，欲谋造反？"稠大惊，未及回言，只见刀斧手拥出，早把樊稠斩首于案下。[乡情一念，脑袋落地。战争之冷酷，恰在容不得人间俗情。]吓得张济俯伏于地。李傕扶起曰："樊稠谋反，故尔诛之。公乃吾之心腹，何须惊惧？"就将樊稠军拨与张济管领。张济自回弘农去了。

李傕、郭汜自战败西凉兵，诸侯莫敢谁何。贾诩屡劝抚安百姓，结纳贤豪。自是朝廷微有生意。不想青州黄巾又起，聚众数十万，头目不等，劫掠良民。太仆朱儁保举一人，可破群贼。李傕、郭汜问是何人。朱儁曰："要破山东群贼，非曹孟德不可。"李傕曰："孟德今在何处？"儁曰："见在东郡太守，广有军兵。若命此人讨贼，贼可克日而破也。"李傕大喜，星夜草诏，差人赍往东郡，命曹操与济北相鲍信一同破贼。

操领了圣旨，会合鲍信一同兴兵，击贼于寿阳。鲍信杀入重地，为贼所害。操追赶贼兵，直到济北，降者数万。操即用贼为前驱，兵马到处，无不降顺。不过百余日，招安到降兵三十余万，男女百余万口。[曹操这一仗，军事上无足称道，战略价值很高。王夫之《读通鉴论》中通过与袁绍等人比较，拈出一个区别："诸将方争据地以相噬，操所用力以攻者，黑山白绕也，兖州黄巾也，未尝一矢加于同事之诸侯。"]操择精锐者，号为"青州兵"，其余尽令归农。曹操自此威名日重。捷书报到长安，朝廷加曹操为镇东将军。

操在兖州，招贤纳士。有叔侄二人来投操，乃颍州颍阴人，姓荀名彧，字文若，荀昆之子也，旧事袁绍，今弃绍投操。操与语大悦，曰：

“此吾之子房也!”[视荀彧为张良，言外即以刘邦自譬。读者立场不同，解读随之不同：或钦佩曹操夙怀壮志，或鄙夷阿瞒早蓄野心。]遂以为行军司马。其侄荀攸，字公达，海内名士，曾拜黄门侍郎，后弃官归乡，今与其叔同投曹操，操以为行军教授。荀彧曰：“某闻兖州有一贤士，今此人不知何在。”操问是谁，彧曰：“乃东郡东阿人，姓程名昱，字仲德。”操曰：“吾亦闻名久矣。”遂遣人于乡中寻问。访得他在山中读书，操拜请之。程昱来见，曹操大喜。昱谓荀彧曰：“某孤陋寡闻，不足当公之荐。公之乡人姓郭名嘉，字奉孝，乃当今贤士，何不罗而致之?”彧猛省曰：“吾几忘却!”遂启操征聘郭嘉到兖州，共论天下之事。[四人身负奇才，均为名动天下的谋士。]郭嘉荐光武嫡派子孙，淮南成德人，姓刘名晔，字子阳。操即聘晔至。晔又荐二人，一个是山阳昌邑人，姓满名宠，字伯宁；一个是武城人，姓吕名虔，字子恪。曹操亦素知这两个名誉，就聘为军中从事。满宠、吕虔共荐一人，乃陈留平丘人，姓毛名玠，字孝先。曹操亦聘为从事。又有一将引军数百人，来投曹操，乃泰山钜平人，姓于名禁，字文则。操见其人弓马熟娴，武艺出众，命为点军司马。

一日，夏侯惇引一大汉来见，操问何人，惇曰：“此乃陈留人，姓典名韦，勇力过人。旧跟张邈，与帐下人不和，手杀数十人，逃窜山中。惇出射猎，见韦逐虎过涧，[难以想象，又极其生猛壮美!]因收于军中。今特荐之于公。”操曰：“吾观此人容貌魁梧，必有勇力。”惇曰：“他曾为友报仇杀人，提头直入闹市，数百人不敢近。只今所使两枝铁戟，重八十斤，挟之上马，运使如飞。”操令韦试之。韦挟戟骤马，往来驰骋。忽见帐下大旗为风所吹，岌岌欲倒，众军士挟持不定；韦下马，喝退众军，一手执定旗杆，立于风中，巍然不动。操曰：“此古之恶来也!”遂命为帐前都尉，解上身锦袄及骏马雕鞍赐之。[曹操精于此道。]

自是曹操部下文有谋臣，武有猛将，威镇山东，乃遣泰山太守应劭，往琅琊郡取父曹嵩。[应劭是东汉一流学者，精于典章制度，著有《风俗通义》。]嵩自陈留避难，隐居琅琊，当日接了书信，便与弟曹德及一家老小四十余人，带从者百余人，车百余辆，径望兖州而来。道经徐州，太守陶谦，字恭祖，为人温厚纯笃，向欲结纳曹操，正无其由，知操父经过，遂出境迎接，再拜致敬，大设筵宴，款待两日。曹嵩要行，陶谦亲送出郭，特差都尉张闿，将部兵五百护送。曹嵩率家小行到华费间，时夏末秋初，大雨骤至，只得投一古寺歇宿。寺僧接入。嵩安顿家小，命张闿将军马屯于两廊。众军衣装，都被雨打湿，同声嗟怨。

张闿唤手下头目于静处商议曰："我们本是黄巾余党，[陶谦所差之人，原来不是亲信。]勉强降顺陶谦，未有好处。如今曹家辎重车辆无数，你们欲得富贵不难，只就今夜三更，大家斫将入去，把曹嵩一家杀了，取了财物，同往山中落草。此计何如?"众皆应允。是夜风雨未息，曹嵩正坐，忽闻四壁喊声大举。曹德提剑出看，就被搠死。曹嵩方引一妾奔入方丈后，欲越墙而走。妾肥胖不能出，嵩慌急，与妾躲于厕中，被乱军所杀。[曹嵩冤死莫名。]应劭死命逃脱，投袁绍去了。张闿杀尽曹嵩全家，取了财物，放火烧寺，与五百人逃奔淮南去了。后人有诗曰：

曹操奸雄世所夸，曾将吕氏杀全家。
如今阖户逢人杀，天理循环报不差。

当下应劭部下有逃命的军士，报与曹操。操闻之，哭倒于地。众人救起。操切齿曰："陶谦纵兵杀吾父，此仇不共戴天！吾今悉起大军，洗荡徐州，方雪吾恨!"遂留荀彧、程昱领军三万守鄄城、范县、东阿三县，其余尽杀奔徐州来。夏侯惇、于禁、典韦为先锋。操令但得城池，将城中百姓，尽行屠戮，以雪父仇。当有九江太守边让，与陶谦交厚，闻知徐州有难，自引兵五千来救。操闻之大怒，使夏侯惇于路截杀之。时陈宫为东郡从事，亦与陶谦交厚，闻曹操起兵报仇，欲尽杀百姓，星夜前来见操。操知是为陶谦作说客，欲待不见，又灭不过旧恩，只得请入帐中相见。宫曰："今闻明公以大兵临徐州，报尊父之仇，所到欲尽杀百姓，某因此特来进言。陶谦乃仁人君子，非好利忘义之辈；尊父遇害，乃张闿之恶，非谦罪也。且州县之民，与明公何仇？杀之不祥。望三思而行。"操怒曰："公昔弃我而去，今有何面目复来相见？陶谦杀吾一家，誓当摘胆剜心，以雪吾恨！公虽为陶谦游说，其如吾不听何!"[霸道蛮横之言，偏还说得别致。鲁迅学过一回："我何尝有什么白刃在前，烈火在后，还是钉住书桌，非写不可的‘创作冲动’；虽然明知道这种冲动是纯洁，高尚，可贵的，然而其如没有何。”〕陈宫辞去，叹曰：“吾亦无面目见陶谦也！”遂驰马投陈留太守张邈去了。

且说操大军所到之处，杀戮人民，发掘坟墓。陶谦在徐州，闻曹操起军报仇，杀戮百姓，仰天恸哭曰：“我获罪于天，致使徐州之民，受此大难！”急聚众官商议。曹豹曰：“曹兵既至，岂有束手待死！某愿助使君破之。”陶谦只得引兵出迎，远望操军如铺霜涌雪，中军竖起白旗二面，大书“报仇雪恨”四字。军马列成阵势，曹操纵马出阵，身穿缟素，扬鞭大骂。陶谦亦出马于门旗下，欠身施礼曰：“谦本欲结好明公，故托张闿护送。不想贼心不改，致有此事，实不干陶谦之故。望明公察之。”操大骂曰：“老匹夫！杀吾父，尚敢乱言！谁可生擒老贼？”夏侯惇应声而出。陶谦慌走入阵。夏侯惇赶来，曹豹挺枪跃马，前来迎敌。两马相交，忽然狂风大作，飞沙走石，两军皆乱，各自收兵。陶谦入城，与众计议曰：“曹兵势大难敌，吾当自缚往操营，任其剖割，以救徐州百姓之命。”言未绝，一人进前言曰：“府君久镇徐州，人民感恩。今曹兵虽众，未能即破我城。府君与百姓坚守勿出。某虽不才，愿施小策，教曹操死无葬身之地！”众人大惊，便问计将安出。正是：

本为纳交反成怨，那知绝处又逢生。

毕竟此人是谁，且听下文分解。

复仇

血亲复仇盛行于古代社会，并纳入各种法律体系之中。汉语“不共戴天”源出《礼记·曲礼》，所指就是父仇，下及兄弟和朋友之仇。有人问古罗马诗人贺拉斯：“世上最美的事物是什么？”答曰：“为父报仇。”希伯莱法律倡导“以命还命，以眼还眼”，十二世纪前的欧洲法官普遍认同“血亲复仇法”。

现代社会禁止私相寻仇，但在民间认知中，复仇仍被视为正义使命，而复仇易滑向邪恶，恰源于这份自命的正义。复仇者怒火填胸，家族友朋又在旁撺掇鼓励，他的怒火就会失控。失控的复仇者认为，复仇的规模愈大，正义的天道愈显。如此，“百命抵一命，千眼还一眼”的惨剧，就在目前。

曹操即属此列。曹操的复仇合乎古人的正义原则及道德认知，但由于把无关民众设定在寻仇范围内，遂造成一种无以复加的暴行。魔鬼的庞大黑翼上，从来刻着“迁怒”二字。曹操那身缟素装束，只能点缀悲情，无法漂洗罪恶。

实力暴增的曹操，是否借复仇之名来锻炼新军，壮大声势，扩充地盘，威慑敌手呢？难讲。据《后汉书·应劭传》，“陶谦素怨操，使轻骑追杀”，可见诛杀曹嵩者，正是陶谦。又，曹操新募的青州军较为残暴，也是原因之一。

第十一回

刘皇叔北海救孔融　吕温侯濮阳破曹操

却说献计之人，乃东海朐县人，姓糜名竺，字子仲。此人家世富豪，尝往洛阳买卖，乘车而回，路遇一美妇人，来求同载，竺乃下车步行，让车与妇人坐。妇人请竺同载，竺上车端坐，目不邪视。行及数里，妇人辞去，临时对竺曰："我乃南方火德星君也，奉上帝敕，往烧汝家。感君相待以礼，故明告君。君可速归，搬出财物。吾当夜来。"言讫不见。［志怪小说路数，翻版自柳下惠坐怀不乱。古今风俗大异，今人若效仿柳下惠，八成被视为病人或同性恋。］竺大惊，飞奔到家，将家中所有，疾忙搬出。是晚果然厨中火起，尽烧其屋。竺因此广舍家财，济贫拔苦。后陶谦聘为别驾从事。当日献计曰："某愿亲往北海郡，求孔融起兵救援，更得一人往青州田楷处求救。若二处军马齐来，操必退兵矣。"谦从之，遂写书二封，问帐下谁人敢去青州求救。一人应声愿往。众视之，乃广陵人，姓陈名登，字元龙。陶谦先打发陈元龙往青州去讫，然后命糜竺赍书赴北海，自己率众守城，以备攻击。

却说北海孔融，字文举，鲁国曲阜人也，孔子二十世孙，泰山郡尉孔宙之子。自小聪明，年十岁时，往谒河南尹李膺，阍人难之。融曰："我系李相通家。"及入见，膺问曰："汝祖与吾祖何亲?"融曰："昔孔子曾问礼于老子，融与君岂非累世通家?"［瞎话，却风雅至极。］膺大奇之。少顷，太中大夫陈炜至。膺指融曰："此奇童也。"炜曰："小时聪明，大时未必聪明。"融即应声曰："如君所言，幼时必聪明者。"［嘴尖牙利，陈炜顿时憋屈。］炜等皆笑曰："此子长成，必当代之伟器也。"自此得名。后为中郎将，累迁北海太守。极好宾客，常曰："座上客常满，樽中酒不空，吾之愿也。"在北海六年，甚得民心。［孔融极具名士风采，但正因如此，请孔融帮忙打仗就成了馊主意。］

当日正与客坐，人报徐州糜竺至，融请入见，问其来意。竺出陶谦书，言："曹操攻围甚急，望明公垂救。"融曰："吾与陶恭祖交厚，子仲又亲到此，如何不去？只是曹孟德与我无仇，当先遣人送书解和。如其不从，然后起兵。"竺曰："曹操倚重兵威，决不肯和。"融教一面点兵，一面差人送书。

正商议间，忽报黄巾贼党管亥部领群寇数万杀奔前来。孔融大惊，急点本部人马，出城与贼迎战。管亥出马曰："吾知北海粮广，可借一万石，即便退兵，不然，打破城池，老幼不留！"［遇上这号歪理，孔融满腹文采打了水漂。］孔融叱曰："吾乃大汉之臣，守大汉之地，岂有粮米与贼耶！"管亥大怒，拍马舞刀，直取孔融。融将宗宝挺枪出马，战不数合，被管亥一刀，砍宗宝于马下。孔融兵大乱，奔入城中。管亥分兵四面围城，孔融心中郁闷。糜竺怀愁，更不可言。

次日，孔融登城遥望，贼势浩大，倍深忧恼，忽见城外一人，挺枪跃马杀入贼阵，左冲右突，如入无人之境，直到城下，大叫"开门"。孔融不识其人，不敢开门。贼众赶到河边，那人回身连搠十数人下马，贼众倒退，融急命开门引入。其人下马弃枪，径到城上，拜见孔融。融问其姓名，对曰："某东莱黄县人也，覆姓太史，名慈，字子义。老母重蒙恩顾。某昨自辽东回家省亲，知贼寇城。老母说：'屡受府君深恩，汝当往救。'某故单马而来。"孔融大喜。原来孔融与太史慈虽未识面，却晓得他是个英雄。因他远出，有老母住在离城二十里之外，融常使人遗以粟帛；母感融德，故特使慈来救。［依我国古例，真英雄必是大孝子。］

当下孔融重待太史慈，赠与衣甲鞍马。慈曰："某愿借精兵一千，出城杀贼。"融曰："君虽英勇，然贼势甚盛，不可轻出。"慈曰："老母感君厚德，特遣慈来；如不能解围，慈亦无颜见母矣。愿决一死战！"融曰："吾闻刘玄德乃当世英雄，若请得他来相救，此围自解；只无人可使耳。"［救人者先求人救，也是小说特有景致。］慈曰："府君修书，某当急往。"融喜，修书付慈。慈擐甲上马，腰带弓矢，手持铁枪，饱食严装，城门开处，一骑飞出。近河，贼将率众来战。慈连搠死数人，透围而出。管亥知有人出城，料必是请救兵的，便自引数百骑赶来，八面围定。慈倚住枪，拈弓搭箭，八面射之，无不应弦落马。贼众不敢来追。太史慈得脱，星夜投平原来见刘玄德。施礼罢，具言孔北海被围求救之事，呈上书札。玄德看毕，问慈曰："足下何人？"慈曰："某太史慈，东海之鄙人也。与孔融亲非骨肉，地非乡党，特以气谊相投，有分忧共患之意。今管亥暴乱，北海被围，孤穷无告，危在旦夕。闻君仁义素著，能救人危急，故特令某冒锋突围，前来求救。"玄德敛容答曰："孔北海知世间有刘备耶？"［这句台词，妙味无穷。］乃同云长、翼德点精兵三千，往北海郡进发。管亥望见救军来到，亲自引兵迎敌，因见玄德兵少，不以为意。玄德与关、张、太史慈立马阵前，管亥忿怒直出。太史慈却待向前，云长早出，直取管亥。两马相交，众军大喊。量管亥怎敌得云长，数十合之间，青龙刀起，劈管亥于马下。太史慈、张飞两骑齐出，双枪并举，杀入贼阵。玄德驱兵掩杀。城上孔融望见太史慈与关、张赶杀贼众，如虎入羊群，纵横莫当，便驱兵出城。两下夹攻，大败群贼，降者无数，余党溃散。

孔融迎接玄德入城，叙礼毕，大设筵宴庆贺。又引糜竺来见玄德，具言张闿杀曹嵩之事："今曹操纵兵大掠，围住徐州，特来求救。"玄德曰："陶恭祖乃仁人君子，不意受此无辜之冤。"孔融曰："公乃汉室宗亲。今曹操残害百姓，倚强欺弱，何不与融同往救之？"玄德曰："备非敢推辞，奈兵微将寡，恐难轻动。"孔融曰："融之欲救陶恭祖，虽因旧谊，亦为大义。公岂独无仗义之心耶？"玄德曰："既如此，请文举先行，容备去公孙瓒处，借三五千人马，随后便来。"融曰："公切勿失信。"玄德曰："公以备为何如人也？圣人云：'自古皆有死，民无信不立。'刘备借得军或借不得军，必然亲至。"［先前一番"敛容"，至今仍在云里雾里中。］孔融应允，教糜竺先回徐州去报，融便收拾起程。太史慈拜谢曰："慈奉母命前来相助，今幸无虞。有扬州刺史刘繇，与慈同郡，有书来唤，不敢不去。容图再见。"融以金帛相酬，慈不肯受而归。其母见之，喜曰："我喜汝有以报北海也！"遂遣慈往扬州去了。［太史慈一人一枪，不依不傍，孤行独往，壮哉。］

不说孔融起兵。且说玄德别北海来见公孙瓒，具说欲救徐州之事。

瓒曰："曹操与君无仇，何苦替人出力？"玄德曰："备已许人，不敢失信。"瓒曰："吾借与君马步军二千。"玄德曰："更望借赵子龙一行。"［借子龙才是本意。子龙好比荆州，只要时机成熟，就将长借不还。］瓒许之。玄德遂与关、张引本部三千人为前部，子龙引二千军随后，往徐州来。却说糜竺回报陶谦，言北海又请得刘玄德来助；陈元龙也回报青州田楷欣然领兵来救，陶谦心安。原来孔融、田楷两路军马，惧怕曹兵势猛，远远依山下寨，未敢轻进。曹操见两路军到，亦分了军势，不敢向前攻城。

却说刘玄德军到，见孔融。融曰："曹兵势大，操又善于用兵，未可轻战。且观其动静，然后进兵。"玄德曰："但恐城中无粮，难以久持。备令云长、子龙领军四千，在公部下相助；备与张飞杀奔曹营，径投徐州去见陶使君商议。"融大喜，会合田楷，为犄角之势；云长、子龙领兵两边接应。

是日玄德、张飞引一千人马杀入曹兵寨边。正行之间，寨内一声鼓响，马军步军，如潮似浪，拥众出来。当头一员大将，乃是于禁，勒马大叫："何处狂徒！往那里去！"张飞见了，更不打话，直取于禁。两马相交，战到数合，玄德掣双股剑麾兵大进，于禁败走。张飞当前追杀，直到徐州城下。城上望见红旗白字，大书"平原刘玄德"，陶谦急令开门。玄德入城，陶谦接着，共到府衙。礼毕，设宴相待，一面劳军。陶谦见玄德仪表轩昂，语言豁达，心中大喜，便令糜竺取徐州牌印，让与玄德。玄德愕然曰："公何意也？"谦曰："今天下扰乱，王纲不振；公乃汉室宗亲，正宜力扶社稷。老夫年迈无能，情愿将徐州相让，公勿推辞。谦当自写表文，申奏朝廷。"玄德离席再拜曰："刘备虽汉朝苗裔，功微德薄，为平原相犹恐不称职。今为大义，故来相助。公出此言，莫非疑刘备有吞并之心耶？若举此念，皇天不佑！"谦曰："此老夫之实情也。"再三相让，玄德那里肯受。［以刘备之精明，此时任徐州牧，等于往曹操虎口上喂食，故坚辞不就。］糜竺进曰："今兵临城下，且当商议退敌之策。待事平之日，再当相让可也。"玄德曰："备当遗书与曹操，劝令解和。操若不从，厮杀未迟。"于是传檄三寨，且按兵不动，遣人赍书以达曹操。

却说曹操正在军中，与诸将议事，人报徐州有战书到。操拆而观之，乃刘备书也。书略曰：

> 备自关外得拜君颜，嗣后天各一方，不及趋侍。向者，尊父曹侯，实因张闿不仁以致被害，非陶恭祖之罪也。目今黄巾遗孽扰乱于外，董卓余党盘踞于内。愿明公先朝廷之急，而后私仇，撤徐州之兵，以救国难，则徐州幸甚，天下幸甚！

曹操看书，大骂："刘备何人，敢以书来劝我！且中间有讥讽之意。"［曹操心智，仍在失常中。刘备亦昏头昏脑：若欲规劝，切莫讥讽，一毫升嘲讽，可让满池子诚恳变味。］命斩来使，一面竭力攻城。郭嘉谏曰："刘备远来救援，先礼后兵，主公当用好言答之，以慢备心，然后进兵攻城，城可破也。"操从其言，款留来使，候发回书。正商议间，忽流星马飞报祸事。操问其故，报说吕布已袭破兖州，进据濮阳。

原来吕布自遭李、郭之乱，逃出武关，去投袁术；术怪吕布反覆不定，拒而不纳。投袁绍，绍纳之，与布共破张燕于常山。布自以为得志，傲慢袁绍手下将士。绍欲杀之。布乃去投张扬，扬纳之。时庞舒在长安城中，私藏吕布妻小，送还吕布。李傕、郭汜知之，遂斩庞舒，写书与张扬，教杀吕布。布因弃张扬去投张邈。恰好张邈弟张超引陈宫来见张邈。宫说邈曰："今天下分崩，英雄并起。君以千里之众，而反受制于人，不亦鄙乎？今曹操征东，兖州空虚；而吕布乃当世勇士，若与之共取兖州，伯业可图也。"张邈大喜，便令吕布袭破兖州，随据濮阳。［一盘破局，顺笔补叙，井井有条。］止有鄄城、东阿、范县三处，被荀彧、程昱设计死守得全，其余俱破。曹仁屡战，皆不能胜，特此告急。

操闻报大惊曰："兖州有失，使吾无家可归矣，不可不亟图之！"郭嘉曰："主公正好卖个人情与刘备，退军去复兖州。"［郭嘉好是精明，顺手人情，如何不卖？战争也是生意经。］操然之，即时答书与刘备，拔寨退兵。

且说来使回徐州，入城见陶谦，呈上书札，言曹兵已退。谦大喜，差人请孔融、田楷、云长、子龙等赴城大会。饮宴既毕，谦延玄德于上座，拱手对众曰："老夫年迈，二子不才，不堪国家重任。刘公乃帝室之胄，德高才广，可领徐州。老夫情愿乞闲养病。"玄德曰："孔文举令备来救徐州，为义也。今无端据而有之，天下将以备为无义人矣。"糜竺曰："今汉室凌迟，海宇颠覆，树功立业，正在此时。徐州殷富，户口百万，刘使君领此，不可辞也。"玄德曰："此事决不敢应命。"陈登曰："陶府君多病，不能视事，明公勿辞。"玄德曰："袁公路四世三公，海内所归，近在寿春，何不以州让之？"孔融曰："袁公路冢中枯骨，何足挂齿！今日之事，天与不取，悔不可追。"玄德坚执不肯，陶谦泣下曰："君若舍我而去，吾死不瞑目矣！"云长曰："既承陶公相让，兄且权领州事。"张飞曰："又不是我强要他的州郡；他好意相让，何必苦苦推辞！"玄德曰："汝等欲陷我于不义耶？"陶谦推让再三，玄德只是不受。［忍住了，不容易。结合日后所为，不难猜，推辞中的刘备，正承受巨大煎熬。］陶谦曰："如玄德必不肯从，此间近邑，名曰小沛，足可屯军，请玄德暂驻军此邑，以保徐州。何如？"众皆劝玄德留小沛，玄德从之。陶谦劳军已毕，赵云辞去，玄德执手挥泪而别。［与子龙别，刘备必飙泪。］孔融、田楷亦各相别，引军自回。玄德与关、张引本部军来至小沛，修葺城垣，抚谕居民。

却说曹操回军，曹仁接着，言吕布势大，更有陈宫为辅，兖州、濮阳已失，其鄄城、东阿、范县三处，赖荀彧、程昱二人设计相连，死守城郭。操曰："吾料吕布有勇无谋，不足虑也。"教且安营下寨，再作商议。吕布知曹操回兵已过滕县，召副将薛兰、李封曰："吾欲用汝二人久矣。汝可引军一万，坚守兖州。吾亲自率兵，前去破曹。"二人应诺。陈宫急入见曰："将军弃兖州，欲何往乎？"布曰："吾欲屯兵濮阳，以成鼎足之势。"宫曰："差矣。薛兰必守兖州不住。此去正南一百八十里，泰山路险，可伏精兵万人在彼。曹兵闻失兖州，必然倍道而进，待其过半，一击可擒也。"布曰："吾屯濮阳，别有良谋，汝岂知之？"［无谋人自夸良谋，吕布性情逼真。］遂不用陈宫之言，而用薛兰守兖州而行。曹操兵行至泰山险路，郭嘉曰："且不可进，恐此处有伏兵。"曹操笑曰："吕布无谋之辈，故教薛兰守兖州，自往濮阳，安得此处有埋伏耶？"教曹仁：

"领一军围兖州，吾进兵濮阳，速攻吕布。"陈宫闻曹兵至近，乃献计曰："今曹兵远来疲困，利在速战，不可养成气力。"布曰："吾匹马纵横天下，何愁曹操！待其下寨，吾自擒之。"

却说曹操兵近濮阳，下住寨脚。次日，引众将出，陈兵于野。操立马于门旗下，遥望吕布兵到。阵圆处，吕布当先出马，两边排开八员健将：第一个雁门马邑人，姓张名辽，字文远；第二个泰山华阴人，姓臧名霸，字宣高。两将又各引六员健将：郝萌、曹性、成廉；魏续、宋宪、侯成。布军五万，鼓声大震。操指吕布而言曰："吾与汝自来无仇，何得夺吾州郡？"布曰："汉家城池，诸人有分，偏尔合得？"［是无赖话，又是实话，只是别的无赖不及吕布坦诚。］便叫臧霸出马搦战。曹军内乐进出迎。两马相交，双枪齐举，战到三十余合，胜负不分。夏侯惇拍马便出助战，吕布阵上张辽截住厮杀。恼得吕布性起，挺戟骤马，冲出阵来，夏侯惇、乐进皆走，吕布掩杀，曹军大败，退三四十里。布自收军。曹操输了一阵，回寨与诸将商议。于禁曰："某今日上山观望，濮阳之西，吕布有一寨，约无多军。今夜彼将谓我军败走，必不准备，可引兵击之；若得寨，布军必惧。此为上策。"操从其言，带曹洪、李典、毛玠、吕虔、于禁、典韦六将，选马步二万人，连夜从小路进发。

却说吕布于寨中劳军，陈宫曰："西寨是个要紧去处，倘或曹操袭之，奈何？"布曰："他今日输了一阵，如何敢来！"宫曰："曹操是极能用兵之人，须防他攻我不备。"布乃拨高顺并魏续、侯成引兵往守西寨。

却说曹操于黄昏时分，引军至西寨，四面突入。寨兵不能抵挡，四散奔走，曹操夺了寨。将及四更，高顺方引军到，杀将入来。曹操自引军马来迎，正逢高顺，三军混战，将及天明，正西鼓声大震，人报吕布自引救军来了。操弃寨而走。背后高顺、魏续、侯成赶来，当头吕布亲自引军来到。于禁、乐进双战吕布不住，操望北而行。山后一彪军出，左有张辽，右有臧霸。操使吕虔、曹洪战之，不利。操望西而走。忽又喊声大震，一彪军至，郝萌、曹性、成廉、宋宪四将拦住去路。众将死战，操当先冲阵。梆子响处，箭如骤雨射将来。操不能前进，无计可脱，大叫："谁人救我！"马军队里，一将踊出，乃典韦也，手挺双铁戟，大叫："主公勿忧！"飞身下马，撑住双戟，取短戟十数枝，挟在手中，顾从人曰："贼来十步乃呼我！"遂放开脚步，冒箭前行。布军数十骑追至。从人大叫曰："十步矣！"韦曰："五步乃呼我！"从人又曰："五步矣！"韦乃飞戟刺之，一戟一人坠马，并无虚发，立杀十数人。［典韦之勇，几若半神。小说中凡遇类似场景，罗贯中下笔必有神助。历史学家黄仁宇曾结合当年加拿大百米飞人约翰逊的成绩，推敲过这段情节："'贼来十步'与'来五步'，其间的间隔应在四分之一秒左右，直如刹那间。如此间不容发之际，又焉能有典韦与从人间的两次应答插足呢？"］众皆奔走。韦复飞身上马，挺一双大铁戟，冲杀入去。郝、曹、侯、宋四将不能抵当，各自逃去。典韦杀散敌军，救出曹操。众将随后也到，寻路归寨。看看天色傍晚，背后喊声起处，吕布骤马提戟赶来，大叫："操贼休走！"此时人马困乏，大家面面相觑，各欲逃生。正是：

虽能暂把重围脱，只怕难当劲敌追。

不知曹操性命如何，且听下文分解。

好战

"国之大事，唯祀与戎。"战争的重要性、灾难性及不可预测性，决定了它永远必须被视为最后手段。尼采说过："战争使胜利者愚蠢，使失败者满怀仇恨。"

在本回书中，我们充分领教了汉末战争的特点：战事之开无需理由，所谓师出之名，只需一个借口，有时连借口都不要，如吕布所言："汉家城池，诸人有分，偏尔合得？"曹操的复仇战虽然残暴，好歹有个说法，尽管，结合郭嘉"正好卖个人情与刘备"之说，我们又能看出该说法的脆弱。至于另外几场战事，起因无不针头线脑，鸡零狗碎，嘴上偶尔扯几句大义，亦不过信口掉文，聊以敷衍。

郭嘉话中的生意经，最能见出战事的游戏本质。值秦失其鹿之际，诸侯草寇间的纷争，多半为了在重新洗牌的过程中占得先机，赚取实惠，雄强如袁绍、曹操者，日后或敢问鼎之轻重，庸常如吕布、公孙瓒、黄巾余党之流，不过浑水摸鱼，捞一把算一把。吕布虽自称“匹马纵横天下”，鬼知道其志安在。

荒谬的是，小说在后人眼里如此缤纷灿烂，正缘于这份对家国的不正经。鲁迅在《中国小说史略》中概括道：“盖当时多英雄，武勇智术，瑰伟动人，而事状无楚汉之简，又无春秋列国之繁。”正好供后人“说三国”“唱三国”。

第十二回

陶恭祖三让徐州　曹孟德大战吕布

曹操正慌走间，正南上一彪军到，乃夏侯惇引军来救援，截住吕布大战。斗到黄昏时分，［怪，上回末写到“天色傍晚”，本回接着写夏侯惇截住吕布，竟又“斗到黄昏时分”。“人困马乏”之后，还能再斗一整天？］大雨如注，各自引军分散。操回寨，重赏典韦，加为领军都尉。

却说吕布到寨，与陈宫商议。宫曰：“濮阳城中有富户田氏，家僮千百，为一郡之巨室。可令彼密使人往操寨中下书，言：‘吕温侯残暴不仁，民心大怨。今欲移兵黎阳，止有高顺在城内。可连夜进兵，我为内应。’操若来，诱之入城，四门放火，外设伏兵。曹操虽有经天纬地之才，到此安能得脱也？”［陈宫再三向吕布献计，只因瞧曹操不顺眼。倒也自具一份刚直。］吕布从其计，密谕田氏使人径到操寨。操因新败，正在踌躇，忽报田氏人到，呈上密书云：“吕布已往黎阳，城中空虚。万望速来，当为内应。城上插白旗，大书‘义’字，便是暗号。”操大喜曰：“天使吾得濮阳也！”重赏来人，一面收拾起兵。刘晔曰：“布虽无谋，陈宫多计。只恐其中有诈，不可不防。明公欲去，当分三军为三队，两队伏城外接应，一队入城，方可。”

操从其言，分军三队，来至濮阳城下。操先往观之，见城上遍竖旗幡，西门角上，有一“义”字白旗，心中暗喜。是日午刻，城门开处，两员将引军出战：前军侯成，后军高顺。操即使典韦出马，直取侯成。侯成抵敌不过，回马望城中走。韦赶到吊桥边，高顺亦拦当不住，都退入城中去了。内有数军人乘势混过阵来见操，说是田氏之使，呈上密书，约云：“今夜初更时分，城上鸣锣为号，便可进兵。某当献门。”操拨夏侯惇引军在左、曹洪引军在右，自己引夏侯渊、李典、乐进、典韦四将，率兵入城。李典曰：“主公且在城外，容某等先入城去。”操喝曰：“我自不往，谁肯向前！”［“身先士卒”在别人是一种老套奉承，曹操则身体力行。虽迭遭险境，不改初衷。无他，此法虽险，却最能激励士气。］遂当先领兵直入。时约初更，月光未上。只听得西门上吹蠃壳声，喊声忽起，门上火把燎乱，城门大开，吊桥放落。曹操争先拍马而入，直到州衙，路上不见一人。操知是计，忙拨回马，大叫：“退兵！”州衙中一声炮响，四门烈火轰天而起，金鼓齐鸣，喊声如江翻海沸。东巷内转出张辽，西巷内转出臧霸，夹攻掩杀。操走北门，道旁转出郝萌、曹性，又杀一阵。操急走南门，高顺、侯成拦住。典韦怒目咬牙，冲杀出去。高顺、侯成倒走出城。典韦杀离吊桥，回头不见了曹操，翻身复杀入城来，门内撞着李典。典韦问：“主公何在？”典曰：“吾亦寻不见。”韦曰：“汝在城外催救军，我入去寻主公。”李典去了。典韦杀入城中，寻觅不见；再杀出城，河边撞着乐进。进曰：“主公何在？”韦曰：“我往复两遭，寻觅不见。”进曰：“同杀入去救主！”两人到门边，城上火炮滚下，乐进马不能入。典韦冲烟突火，又杀入去，到处寻觅。［三进危城，典韦真有豹子胆。］

却说曹操见典韦杀出去了，四下里人马截来，不得出南门，再转北门，火光里正撞见吕布挺戟跃马而来。操以手掩面，加鞭纵马竟过。吕布从后拍马赶来，将戟于操盔上一击，问曰：“曹操何在？”操反指曰：“前面骑黄马者是也。”吕布听说，弃了曹操，纵马向前追赶。［传说猫有九命，不知操有几命。］曹操拨转马头，望东门而走，正逢典韦。韦拥护曹操，杀条血路，到城门边，火焰甚盛，城上推下柴草，遍地都是火，韦用戟拨开，飞马冒烟突火先出。曹操随后亦出。方到门道边，城门上崩下一条火梁来，正打着曹操战马后胯，那马扑地倒了。操用手托梁推放地上，手臂须发尽被烧伤。典韦回马来救，恰好夏侯渊亦到。两个同救起曹操，突火而出。操乘渊马，典韦杀条大路而走。

直混战到天明，操方回寨。众将拜伏问安，操仰面笑曰：“误中匹夫之计，吾必当报之！”郭嘉曰：“计可速发。”操曰：“今只将计就计：诈言我被火伤，火毒攻发，五更已经身死。布必引兵来攻。我伏兵于马陵山中，候其兵半渡而击之，布可擒矣。”［俗话“失败是成功之母”，在此撞上鲜活例证：稍纵即逝的胜机，蕴含在大败亏输的惨相中。孟德斯鸠在《罗马盛衰原因论》中，提到罗马军团的战法："特别是他们偏偏在战败之后举行进攻，而这却正是他们的敌人因胜利而疏于防备的时候。"]嘉曰："真良策也！"于是令军士挂孝发丧，诈言操死。早有人来濮阳报吕布，说曹操被火烧伤肢体，到寨身死。布随点起军马，杀奔武陵山来。将到曹寨，一声鼓响，伏兵四起。吕布死战得脱，折了好些人马，败回濮阳，坚守不出。

是年蝗虫忽起，食尽禾稻，关东一境，每谷一斛，直钱五十贯，人民相食。[是天灾，更是人祸。]曹操因军中粮尽，引兵回鄄城暂住。吕布亦引兵出屯山阳就食。因此二处权且罢后。

却说陶谦在徐州，时年已六十三岁，忽然染病，看看沉重，请糜竺、陈登议事。竺曰："曹兵之去，止为吕布袭兖州故也。今因岁荒罢兵，来春又必至矣。府君两番欲让位与刘玄德，时府君尚强健，故玄德不肯受；今病已沉重，正可就此而与之，玄德不肯辞矣。"谦大喜，使人来小沛，请刘玄德商议军务。玄德引关、张带十数骑到徐州，陶谦教请入卧内。玄德问安毕，谦曰："请玄德公来，不为别事。止因老夫病已危笃，朝夕难保，万望明公可怜汉家城池为重，受取徐州牌印，老夫死亦瞑目矣！"玄德曰："君有二子，何不传之？"谦曰："长子商，次子应，其才皆不堪任。老夫死后，犹望明公教诲，切勿令掌州事。"玄德曰："备一身安能当此大任？"谦曰："某举一人，可为公辅，系北海人，姓孙名乾，字公祐。此人可使为从事。"又谓糜竺曰："刘公当世人杰，汝当善事之。"玄德终是推托，陶谦以手指心而死。[作者专为刘备炮制的佳话，与史实有出入。]众军举哀毕，即捧牌印交送玄德。玄德固辞。次日，徐州百姓拥挤府前拜哭曰："刘使君若不领此郡，我等皆不能安生矣！"关、张二公亦再三相劝，玄德乃许权领徐州事，使孙乾、糜竺为辅，陈登为幕官，尽取小沛军马入城，出榜安民，一面安排丧事。玄德与大小军士，尽皆挂孝，大设祭奠，祭毕，葬于黄河之原。将陶谦遗表，申奏朝廷。

操在鄄城，知陶谦已死，刘玄德领徐州牧，大怒曰："我仇未报，汝不费半箭之功，坐得徐州！吾必先杀刘备，后戮谦尸，以雪先君之怨！"

即传号令，克日起兵去打徐州。荀彧入谏曰：“昔高祖保关中，光武据河内，皆深根固本以正天下，进足以胜敌，退足以坚守，故虽有困，终济大业。明公本首事兖州，且河、济乃天下之要地，是亦昔之关中、河内也。今若取徐州，多留兵则不足用，少留兵则吕布乘虚寇之，是无兖州也。若徐州不得，明公安所归乎？今陶谦虽死，已有刘备守之。徐州之民，既已服备，必助备死战。明公弃兖州而取徐州，是弃大而就小，去本而求末，以安而易危也。愿熟思之。”操曰：“今岁荒乏粮，军士坐守于此，终非良策。”彧曰：“不如东略陈地，使军就食汝南、颍州。黄巾余党何仪、黄邵等劫掠州郡，多有金帛、粮食，此等贼徒又容易破，破而取其粮，以养三军，朝廷喜，百姓悦，乃顺天之事也。”［写小说，难免专挑有趣的，略去无趣的，如曹操对粮食的重视。就打仗而论，粮食——甚至食盐——更为切要。荀彧所谏，重点在此。早期罗马人的战争经常安排在夏季，就充分考虑了士兵的春种和秋收。］操喜，从之，乃留夏侯惇、曹仁守鄄城等处，自引兵先略陈地，次及汝、颍。

黄巾何仪、黄劭知曹兵到，引众来迎，会于羊山。时贼兵虽众，都是狐群狗党，并无队伍行列。操令强弓硬弩射住，令典韦出马。何仪令副元帅出战，不三合，被典韦一戟刺于马下。操引众乘势赶过羊山下寨。次日，黄劭自引军来。阵圆处，一将步行出战，头裹黄巾，身披绿袄，手提铁棒，大叫：“我乃截天夜叉何曼也！谁敢与我厮斗？”［这号妖人，最能活跃书页气氛。］曹洪见了，大喝一声，飞身下马，提刀步出。两下向阵前厮杀，四五十合，胜负不分。曹洪诈败而走，何曼赶来。洪用拖刀背砍计，转身一踅，砍中何曼，再复一刀杀死。李典乘势飞马直入贼阵。黄邵不及提备，被李典生擒活捉过来。曹兵掩杀贼众，夺其金帛、粮食无数。何仪势孤，引数百骑奔走葛陂。正行之间，山背后撞出一军。为头一个壮士，身长八尺，腰大十围，手提大刀，截住去路。何仪挺枪出迎，只一合，被那壮士活挟过去。余众着忙，皆下马受缚，被壮士尽驱入葛陂坞中。

却说典韦追袭何仪到葛陂，壮士引军迎住。典韦曰：“汝亦黄巾贼耶？”壮士曰：“黄巾数百骑，尽被我擒在坞内！”韦曰：“何不献出？”壮士曰："你若赢得手中宝刀，我便献出！"韦大怒，挺双戟向前来战。两个从辰至午，不分胜负，各自少歇。不一时，那壮士又出搦战，典韦亦出。直战到黄昏，各因马乏暂止。典韦手下军士，飞报曹操。操大惊，忙引众将来看。次日，壮士又出搦战。操见其人威风凛凛，心中暗喜，分付典韦，今日且诈败。韦领命出战，战到三十合，败走回阵，壮士赶到阵门中，弓弩射回。操急引军退五里，密使人掘下陷坑，暗伏钩手。次日，再令典韦引百余骑出。壮士笑曰："败将何敢复来！"便纵马接战。典韦略战数合，便回马走。壮士只顾望前赶来，不堤防连人带马，都落于陷坑之内，被钩手缚来见曹操。操下帐叱退军士，亲解其缚，急取衣衣之，［待遇较典韦稍逊，亦极见亲厚。］命坐，问其乡贯姓名。壮士曰："我乃谯国谯县人也，姓许名褚，字仲康。向遭寇乱，聚宗族数百人，筑坚壁于坞中以御之。一日寇至，吾令众人多取石子准备，吾亲自飞石击之，无不中者，寇乃退去。又一日寇至，坞中无粮，遂与贼和，约以耕牛换米。米已送到，贼驱牛至坞外，牛皆奔走回还，被我双手掣出二牛尾，倒行百余步。［可媲美典韦之"逐虎过涧"。虽然，事迹皆由许褚自己道来，稍觉无趣。］贼大惊，不敢取牛而走。因此保守此处无事。"操曰："吾闻大名久矣，还肯降否？"［乍睹尊颜，却道久仰，曹操是老戏骨。］褚曰："固所愿也。"遂招引宗族数百人俱降。操拜许褚为都尉，赏劳甚厚。随将何仪、黄劭斩讫。汝、颍悉平。

曹操班师，曹仁、夏侯惇接见，言近日细作报说，兖州薛兰、李封军士皆出掳掠，城邑空虚，可引得胜之兵攻之，一鼓可下。操遂引军径奔兖州。薛兰、李封出其不意，只得引兵出城迎战。许褚曰："吾愿取此二人，以为贽见之礼。"操大喜，遂令出战。李封使画戟，向前来迎。交马两合，许褚斩封于马下。薛兰急走回阵，吊桥边李典拦住，薛兰不敢回城，引军投钜野而去，却被吕虔飞马赶来，一箭射于马下，军皆溃散。

曹操复得兖州，程昱便请进兵取濮阳。操令典韦、许褚为先锋，夏侯惇、夏侯渊为左军。李典、乐进为右军，操自领中军，于禁、吕虔为合后。兵至濮阳，吕布欲自将出迎，陈宫谏："不可出战。待众将聚会后方可。"吕布曰："吾怕谁来？"［只有吕布配说。］遂不听宫言，引兵出阵，横戟大骂。许褚便出斗二十合，不分胜负。操曰：“吕布非一人可胜。”便差典韦助战，两将夹攻，左边夏侯惇、夏侯渊，右边李典、乐进齐到，六员将共攻吕布。布遮拦不住，拨马回城。城上田氏见布败回，急令人拽起吊桥。布大叫：“开门！”田氏曰：“吾已降曹将军矣。”布大骂，引军奔定陶而去。陈宫急开东门，保护吕布老小出城。[陈宫待吕布真是不薄。]

操遂得濮阳，恕田氏旧日之罪。刘晔曰：“吕布乃猛虎也，今日困乏，不可少容。”操令刘晔等守濮阳，自己引军赶至定陶。时吕布与张邈、张超尽在城中，高顺、张辽、臧霸、侯成巡海打粮未回。操军至定陶，连日不战，引军退四十里下寨。正值济郡麦熟，操即令军割麦为食。细作报知吕布，布引军赶来。将近操寨，见左边一望林木茂盛，恐有伏兵而回。操知布军回去，乃谓诸将曰：“布疑林中有伏兵耳，可多插旌旗于林中以疑之。寨西一带长堤无水，可尽伏精兵。明日吕布必来烧林，堤中军断其后，布可擒矣。”于是止留鼓手五十人于寨中擂鼓，将村中掳来男女在寨内呐喊。[曹操不是厚道人。]精兵多伏堤中。

却说吕布回报陈宫。宫曰：“操多诡计，不可轻敌。”布曰：“吾用火攻，可破伏兵。”乃留陈宫、高顺守城。布次日引大军来，遥见林中有旗，驱兵大进，四面放火，竟无一人。欲投寨中，却闻鼓声大震。正自疑惑不定，忽然寨后一彪军出。吕布纵马赶来。炮响处，堤内伏兵尽出，夏侯惇、夏侯渊、许褚、典韦、李典、乐进骤马杀来。吕布料敌不过，落荒而走。从将成廉，被乐进一箭射死。布军三停去了二停，败卒回报陈宫。宫曰：“空城难守，不若急去。”遂与高顺保着吕布老小，弃定陶而走。曹操将得胜之兵，杀入城中，势如劈竹。张超自焚，张邈投袁术去了。山东一境，尽被曹操所得，安民修城，不在话下。

却说吕布正走，逢诸将皆回。陈宫亦已寻着。布曰：“吾军虽少，尚可破曹。”[吕布确是好战。]遂再引军来。正是：

兵家胜败真常事，卷甲重来未可知。

不知吕布胜负如何，且听下文分解。

张邈

本回故事，与陈留太守张邈有极大关系。小说对张邈着墨不多，但吕布破兖州，据濮阳，皆赖张邈之力。吕布逃离长安时，极为狼狈，身边唯百余骑。后依次投靠袁术、袁绍和张杨，皆未蒙善待，只得盲目“飘零关东”。最终，张邈听从陈宫一番说辞，接纳吕布，并使吕布与曹操斗得不可开交，险些要了曹操的命。

小说未曾道及的一个背景，更有意思。张邈与曹操是多年挚交，曹操初讨董卓，即获张邈赞助；曹操征陶谦前，曾叮嘱家人：我若未得生还，你们投靠张邈。然而，张邈却决计对曹操痛下杀手。张邈计谋一旦告成，将一举端掉兖州大本营，使曹操失去立足之地。

张邈出于何种原因背叛老友，后人不得其详。反观曹操，虽阅人无数，竟在最可信赖的朋友那里，喝到平生最大一盆洗脚水。欧美作家惯有注重人物心理的传统，换了他们，定会对曹操、张邈的复杂关系深挖细究，以期最大程度地追问人性的诡秘幽暗。罗贯中志不在此，不置一词，由此也可看出中西文学侧重点的差异。

当然，朋友间的出卖不是稀罕事，在豪杰眼里，“出卖”甚至构成朋友的主要功能。在朋友那里吃过多次亏的伏尔泰曾感叹道：“上帝呵，请保护我免受朋友的伤害，我自己可以对付敌人。”

第十三回

李傕郭汜大交兵　杨奉董承双救驾

却说曹操大破吕布于定陶，布乃收集败残军马于海滨，众将皆来会集，欲再与曹操决战。陈宫曰："今曹兵势大，未可与争。先寻取安身之地，那时再来未迟。"布曰："吾欲再投袁绍，何如?"宫曰："先使人往冀州探听消息，然后可去。"布从之。[有两种豪杰，一种脚底无根，萍飘蓬转，如吕布、刘备；另一种自有根基，可以延揽天下英雄，如曹操、袁绍。]

且说袁绍在冀州，闻知曹操与吕布相持，谋士审配进曰："吕布豺虎也，若得兖州，必图冀州。不若助操攻之，方可无患。"绍遂遣颜良将兵五万，往助曹操。细作探知这个消息，飞报吕布。布大惊，与陈宫商议。宫曰："闻刘玄德新领徐州，可往投之。"[无人投靠时，吕布、刘备也可互相拥抱、取暖。]布从其言，竟投徐州来。有人报知玄德。玄德曰："布乃当今英勇之士，可出迎之。"糜竺曰："吕布乃虎狼之徒，不可收留，收则伤人矣。"玄德曰："前者非布袭兖州，怎解此郡之祸。今彼穷而投我，岂有他心!"[心里不信，嘴上却能坦然道出。刘备屡屡穷而投人，哪次不怀"他心"?]张飞曰："哥哥心肠忒好。虽然如此，也要准备。"

玄德领众出城三十里，接着吕布，并马入城，都到州衙厅上，讲礼毕，坐下。布曰："某自与王司徒计杀董卓之后，又遭傕、汜之变，飘零关东，诸侯多不能相容。近因曹贼不仁，侵犯徐州，蒙使君力救陶谦，布因袭兖州以分其势；不料反堕奸计，败兵折将。今投使君，共图大事，未审尊意如何?"玄德曰："陶使君新逝，无人管领徐州，因令备权摄州事。今幸将军至此，合当相让。"遂将牌印送与吕布。吕布却待要接，只见玄德背后关、张二人各有怒色。布乃佯笑曰："量吕布一勇夫，何能作州牧乎？”玄德又让。陈宫曰：“强宾不压主，请使君勿疑。”［不说自家德薄才鲜，反以“强宾”设词，蹊跷。］玄德方止。遂设宴相待，收拾宅院安下。次日，吕布回席请玄德，玄德乃与关、张同往。饮酒至半酣，布请玄德入后堂。关、张随入。布令妻女出拜玄德。玄德再三谦让。布曰：“贤弟不必推让。”张飞听了，瞋目大叱曰：“我哥哥是金枝玉叶，你是何等人，敢称我哥哥为贤弟！你来！我和你斗三百合！”［脱口就是“三百合”，好像赌徒一注百万。张飞的轻慢语里含着敬畏，他先已承认，无法在三百合内赢下吕布。换吕布，未必肯这么说。］玄德连忙喝住，关公劝飞出。玄德与吕布陪话曰：“劣弟酒后狂言，兄勿见责。”布默然无语。须臾席散，布送玄德出门，张飞跃马横枪而来，大叫：“吕布，我和你并三百合！”玄德急令关公劝止。次日，吕布来辞玄德曰：“蒙使君不弃，但恐令弟辈不能相容。布当别投他处。”玄德曰：“将军若去，某罪大矣。劣弟冒犯，另日当令陪话。近邑小沛，乃备昔日屯兵之处。将军不嫌浅狭，权且歇马如何？粮食军需，谨当应付。”吕布谢了玄德，自引军投小沛安身去了。玄德自去埋怨张飞不题。

却说曹操平了山东，表奏朝廷，加操为建德将军、费亭侯。其时李傕自为大司马，郭汜自为大将军，横行无忌，朝廷无人敢言。太尉杨彪、大司农朱儁暗奏献帝曰：“今曹操拥兵二十余万，谋臣武将数十员，若得此人扶持社稷，剿除奸党，天下幸甚。”献帝泣曰：“朕被二贼欺凌久矣！若得诛之，诚为大幸！”彪奏曰：“臣有一计：先令二贼自相残害，然后诏曹操引兵杀之，扫清贼党，以安朝廷。”献帝曰：“计将安出？”彪曰：“闻郭汜之妻最妒，可令人于汜妻处用反间计，则二贼自相害矣。”［妒妻对应惧内，然斟酌下文，郭汜又无惧内之实。古之惧内，常遭恶评，今之惧内，不失为绅士风度。］

帝乃书密诏付杨彪。彪即暗使夫人以他事入郭汜府，乘间告汜妻曰：“闻郭将军与李司马夫人有染，其情甚密。倘司马知之，必遭其害。夫人宜绝其往来为妙。”汜妻讶曰：“怪见他经宿不归！却干出如此无耻之事！非夫人言，妾不知也。当慎防之。”彪妻告归，汜妻再三称谢而别。过了数日，郭汜又将往李傕府中饮宴。妻曰：“傕性不测，况今两雄不并立，倘彼酒后置毒，妾将奈何？”汜不肯听，妻再三劝住。至晚间，傕使人送酒筵至。汜妻乃暗置毒于中，方始献入，汜便欲食。妻曰：“食自外来，岂可便食？”乃先与犬试之，犬立死。［今之爱狗者，必大惑不解。］自此汜心怀疑。

一日朝罢，李傕力邀郭汜赴家饮酒。至夜席散，汜醉而归，偶然腹痛。妻曰：“必中其毒矣！”急令将粪汁灌之，一吐方定。［粪汁无法解毒，仅可催人呕吐，使毒素随之俱下。此法太陋，忠厚人下不了手，何况原有“粪毒”之说。］汜乃大怒曰：“吾与李傕共图大事，今无端欲谋害我，我不先发，必遭毒手。”遂密整本部甲兵，欲攻李傕。早有人报知傕。傕亦大怒曰：“郭阿多安敢如此！”遂点本部甲兵，来杀郭汜。两处合兵数万，就于长安城下混战，乘势掳掠居民。傕侄李暹引兵围住宫院，用车二乘，一乘载天子，一乘载伏皇后，使贾诩、左灵监押车驾，其余宫人内侍，并皆步走。拥出后宰门，正遇郭汜兵到，乱箭齐发，射死宫人不知其数。李傕随后掩杀，郭汜兵退，车驾冒险出城，不由分说，竟拥到李傕营中。郭汜领兵入宫，尽抢掳宫嫔采女入营，放火烧宫殿。次日，郭汜知李傕劫了天子，领军来营前厮杀，帝后都受惊恐。［两个疯子。］后人有诗叹之曰：

光武中兴兴汉世，上下相承十二帝。桓灵无道宗社堕，阉臣擅权为叔季。无谋何进作三公，欲除社鼠招奸雄。豺獭虽驱虎狼入，西州逆竖生淫凶。王允赤心托红粉，致令董吕成矛盾。渠魁殄灭天下宁，谁知李郭心怀愤。神州荆棘争奈何，六宫饥馑愁干戈。人心既离天命去，英雄割据分山河。后王规此存兢业，莫把金瓯等闲缺。生灵糜烂肝脑涂，剩水残山多怨血。我观遗史不胜悲，今古茫茫叹《黍离》。人君当守苞桑戒，太阿谁执全纲维。

却说郭汜兵到，李傕出营接战。汜军不利，暂且退去。傕乃移帝后车驾于郿坞，使侄李暹监之，断绝内使，饮食不继，侍臣皆有饥色。帝令人问傕取米五斛，牛骨五具，以赐左右。傕怒曰：“朝夕上饭，何又他求？”乃以腐肉朽粮与之，皆臭不可食。帝骂曰：“逆贼直如此相欺！”侍中杨琦急奏曰："傕性残暴。事势至此，陛下且忍之，不可撄其锋也。"帝乃低头无语，泪盈龙袖。［这位末代皇帝一生悲催，尤让人惊奇的是，自始至终未露阳刚气息，只在未登皇位时小露峥嵘。］忽左右报曰："有一路军马，枪刀映日，金鼓震天，前来救驾。"帝教打听是谁，乃郭汜也。帝心转忧，只闻坞外喊声大起。

原来李傕引兵出迎郭汜，鞭指郭汜而骂曰："我待你不薄，你如何谋害我！"汜曰："你乃反贼，如何不杀你！"傕曰："我保驾在此，何为反贼？"汜曰："此乃劫驾，何为保驾！"傕曰："不须多言！我两个各不许用军士，只自并输赢，赢的便把皇帝取去罢了。"二人便就阵前厮杀。战到十合，不分胜负。只见杨彪拍马而来，大叫："二位将军少歇！老夫特邀众官，来与二位讲和。"傕、汜乃各自还营。杨彪与朱儁会合朝廷官僚六十余人，先诣郭汜营中劝和。郭汜竟将众官尽行监下。众官曰："我等为好而来。何乃如此相待？"汜曰："李傕劫天子，偏我劫不得公卿？"杨彪曰："一劫天子，一劫公卿，意欲何为？"汜大怒，便拔剑欲杀彪。中郎将杨密力劝，汜乃放了杨彪、朱儁，其余都监在营中。彪谓儁曰："为社稷之臣，不能匡君救主，空生天地间耳！"言讫，相抱而哭，昏绝于地。儁归家成病而死。自此之后，傕、汜每日厮杀，一连五十余日，死者不知其数。［超级变态，把厮杀弄得像约会。］

却说李傕平日最喜左道妖邪之术，常使女巫击鼓降神于军中。贾诩屡谏不听。侍中杨琦密奏帝曰："臣观贾诩虽为李傕腹心，然实未尝忘君，陛下当与谋之。"［点出贾诩的矛盾。］正说之间，贾诩来到。帝乃屏退左右，泣谕诩曰："卿能怜汉朝，救朕命乎？"诩拜伏于地曰："固臣所愿也。陛下且勿言，臣自图之。"帝收泪而谢。少顷，李傕来见，带剑直入。帝面如土色。傕谓帝曰："郭汜不臣，监禁公卿，欲劫陛下；非臣则驾被掳矣。"帝拱手称谢，傕乃出。

时皇甫郦入见帝。帝知郦能言，又与李傕同乡，诏使往两边解和。郦奉诏，走至汜营说汜。汜曰："如李傕送出天子，我便放出公卿。"郦即来见李傕曰："今天子以某是西凉人，与公同乡，特令某来劝和二公。汜已奉诏，公意若何？"傕曰："吾有败吕布之大功，辅政四年，多著勋绩，天下共知。郭亚多盗马贼耳，乃敢擅劫公卿，与我相抗，誓必诛之！君试观吾方略士众，足胜郭亚多否？”郦答曰：“不然。昔有穷后羿，恃其善射，不思患难，以致灭亡。近董太师之强，君所目见也。吕布受恩而反图之，斯须之间，头悬国门，则强固不足恃矣。将军身为上将，持钺仗节，子孙宗族，皆居显位，国恩不可谓不厚。今郭亚多劫公卿，而将军劫至尊，果谁轻谁重耶？”李傕大怒，拔剑叱曰：“天子使汝来辱我乎？我先斩汝头！”骑都尉杨奉谏曰：“今郭汜未除，而杀天使，则汜兴兵有名，诸侯皆助之矣。”贾诩亦力劝，傕怒少息。诩遂推皇甫郦出。郦大叫曰：“李傕不奉诏，欲弑君自立！”侍中胡邈急止之曰：“无出此言，恐于身不利。”郦叱之曰：“胡敬才，汝亦为朝廷之臣，如何附贼？君辱臣死，吾被李傕所杀，乃分也！”大骂不止。帝知之，急令皇甫郦回西凉。

却说李傕之军，大半是西凉人氏，更赖羌兵为助。却被皇甫郦扬言于西凉人曰：“李傕谋反，从之者即为贼党，后患不浅。”西凉人多有听郦之言，军心渐涣。傕闻郦言大怒，差虎贲王昌追之。昌知郦乃忠义之士，竟不往追，只回报曰：“郦已不知何往矣。”贾诩又密谕羌人曰：“天子知汝等忠义，久战劳苦，密诏使汝还郡，后当有重赏。”羌人本怨李傕不与爵赏，遂听诩言，都引兵去。［贾诩置身莽汉草寇之间，亦正亦邪，游刃有余。］诩又密奏帝曰：“李傕贪而无谋，今兵散心怯，可以重爵饵之。”帝乃降诏，封傕为大司马。傕喜曰：“此女巫降神祈祷之力也！”遂重赏女巫，却不赏军将。［煞是搞笑。看重女巫，也是常情。以色列士师常具预言法力，莎士比亚剧中也时有女巫出没，精明毒辣如麦克白，对三女巫的预言亦不敢怠慢。］骑都尉杨奉大怒，谓宋果曰：“吾等出生入死，身冒矢石，功反不及女巫耶？”宋果曰：“何不杀此贼以救天子？”奉曰：“你于中军放火为号，吾当引兵外应。”二人约定是夜二更时分举事。不料其事不密，有人报知李傕。傕大怒，令人擒宋果先杀之。杨奉引兵在外，不见号火。李傕自将兵出，恰遇杨奉，就寨中混杀到四更。奉不胜，引军投西安去了。

李傕自此军势渐衰。更兼郭汜常来攻击，杀死者甚多。忽人来报：

"张济统领大军，自陕西来到，欲与二公解和，声言如不从者，引兵击之。"傕便卖个人情，先遣人赴张济军中许和。郭汜亦只得许诺。张济上表，请天子驾幸弘农。帝喜曰："朕思东都久矣。今乘此得还，乃万幸也！"诏封张济为骠骑将军。济进粮食酒肉，供给百官。[皇帝终于改善伙食了。]汜放公卿出营。傕收拾车驾东行，遣旧军御林军数百，持戟护送。

銮舆过新丰，至霸陵，时值秋天，金风骤起。忽闻喊声大作，数百军兵来至桥上拦住车驾，厉声问曰："来者何人？"侍中杨琦拍马上桥曰："圣驾过此，谁敢拦阻？"有二将出曰："吾等奉郭将军命，把守此桥，以防奸细。既云圣驾，须亲见帝，方可准信。"杨琦高揭珠帘。帝谕曰："朕躬在此，卿何不退？"众将皆呼"万岁"，分于两边，驾乃得过。二将回报郭汜曰："驾已去矣。"汜曰："我正欲哄过张济，劫驾再入郿坞，尔如何擅自放了过去？"遂斩二将，起兵赶来。车驾正到华阴县，背后喊声震天，大叫："车驾且休动！"帝泣告大臣曰："方离狼窝，又逢虎口，如之奈何？"众皆失色。贼军渐近，只听得一派鼓声，山背后转出一将，当先一面大旗，上书"大汉杨奉"四字，引军千余杀来。原来杨奉自为李傕所败，便引军屯终南山下，今闻驾至，特来保护。当下列开阵势。汜将崔勇出马，大骂杨奉"反贼"。奉大怒，回顾阵中曰："公明何在？"一将手执大斧，飞骤骅骝，直取崔勇。两马相交，只一合，斩崔勇于马下。杨奉乘势掩杀，汜军大败，退走二十余里。奉乃收军来见天子。帝慰谕曰："卿救朕躬，其功不小！"奉顿首拜谢。帝曰："适斩贼将者何人？"奉乃引此将拜于车下曰："此人河东杨郡人，姓徐名晃，字公明。"[记住此公，后在曹操帐下，成为一代名将。]帝慰劳之。杨奉保驾至华阴驻跸。将军段煨，具衣服饮膳上献。是夜，天子宿于杨奉营中。

郭汜败了一阵，次日点军又杀至营前来。徐晃当先出马。郭汜大军八面围来，将天子、杨奉困在垓心。正在危急之中，忽然东南上喊声大震，一将引军纵马杀来。贼众奔溃。徐晃乘势攻击，大败汜军。那人来见天子，乃国戚董承也。帝哭诉前事。承曰："陛下免忧。臣与杨将军誓斩二贼，以靖天下。"帝命早赴东都。连夜驾起，前幸弘农。

却说郭汜引败军回，撞着李傕，言："杨奉、董承救驾往弘农去了。若到山东，立脚得定，必然布告天下，令诸侯共伐我等，三族不能保矣。"傕曰："今张济兵据长安，未可轻动。我和你乘间合兵一处，至弘农杀了汉君，平分天下，有何不可？"汜喜诺。［两人如一对欢喜冤家，打打闹闹，沆瀣一气。不知郭汜妒妻下落如何。］二人合兵，于路劫掠，所过一空。杨奉、董承知贼兵远来，遂勒兵回，与贼大战于东涧。傕、汜二人商议："我众彼寡，只可以混战胜之。"于是李傕在左，郭汜在右，漫山遍野拥来。杨奉、董承两边死战，刚保帝后车出；百官宫人，符册典籍，一应御用之物，尽皆抛弃。郭汜引军入弘农劫掠。承、奉保驾走陕北，傕、汜分兵赶来。

承、奉一面差人与傕、汜讲和，一面密传圣旨往河东，急召故白波帅韩暹、李乐、胡才三处军兵前来救应。那李乐亦是啸聚山林之贼，今不得已而召之。三处军闻天子赦罪赐官，如何不来？并拔本营军士，来与董承相会，一齐再取弘农。其时李傕、郭汜但到之处，劫掠百姓，老弱者杀之，强壮者充军；临敌则驱民兵在前，名曰"敢死军"，［送死队偏叫"敢死军"，亏二厮想得出。］贼势浩大。李乐军到，会于渭阳。郭汜令军士将衣服物件抛弃于道。乐军见衣服满地，争往取之，队伍尽失。傕、汜二军，四面混战，乐军大败。杨奉、董承遮拦不住，保驾北走，背后贼军赶来。李乐曰："事急矣！请天子上马先行！"帝曰："朕不可舍百官而去。"众皆号泣相随。胡才被乱军所杀。承、奉见贼急追，请天子弃车驾，步行至黄河岸边。李乐等寻得一只小舟作渡船。时值天气严寒，帝与后强扶到岸，边岸又高，不得下船，后面追兵将至。杨奉曰："可解马缰绳接连，拴缚帝腰，放下船去。"人丛中国舅伏德挟白绢十数匹至，曰："我于乱军中拾得此绢，可接连拽拳。"行军校尉尚弘用绢包帝及后，令众先挂帝往下放之，乃得下船。李乐仗剑立于船头上。后兄伏德，负后下船中。岸上有不得下船者，争扯船揽，李乐尽砍于水中。渡过帝后，再放船渡众人。其争渡者，皆被砍下手指，哭声震天。［场景凄惶。］既渡彼岸，帝左右止剩得十余人。杨奉寻得牛车一辆，载帝至大阳，绝食晚宿于瓦屋中。野老进粟饭，上与后共食，粗粝不能下咽。次日，诏封李乐为征北将军，韩暹为征东将军，起驾前行。

有二大臣寻至，哭拜车前；乃太尉杨彪、太仆韩融也。帝后俱哭。韩融曰："傕、汜二贼，颇信臣言，臣舍命去说二贼罢兵。陛下善保龙体。"韩融去了。李乐请帝入杨奉营暂歇。杨彪请帝都安邑县。驾至安邑，苦无高房，帝后都居于茅屋中；又无门关闭，四边插荆棘以为屏蔽。帝与大臣议事于茅屋之下，诸将引兵于篱外镇压。李乐等专权，百官稍有触犯，竟于帝前殴骂；故意送浊酒粗食与帝，帝勉强纳之。李乐、韩暹又连名保奏无徒、部曲、巫医、走卒二百余名，并为校尉、御史等官。刻印不及，以锥画之，全不成体统。［李乐之徒，原非保皇党，他们留着献帝，只因皇帝的剩余价值还未榨尽。］

却说韩融曲说傕、汜二贼，二贼从其言，乃放百官及宫人归。是岁大荒，百姓皆食枣菜，饿莩遍野。河内太守张杨献米肉，河东太守王邑献绢帛，帝稍得宁。董承、杨奉商议，一面差人修洛阳宫院，欲奉车驾迁东都。李乐不从。董承谓李乐曰："洛阳本天子建都之地，安邑乃小地面，如何容得车驾？今奉驾还洛阳是正理。"李乐曰："汝等奉驾去，我只在此处住。"承、奉乃奉驾起程。李乐暗令人结连李傕、郭汜，一同劫驾。董承、杨奉、韩暹知其谋，连夜摆布军士，护送车驾前奔箕关。李乐闻知，不等傕、汜军到，自引本部人马前来追赶。四更左侧，赶到箕山下，大叫："车驾休行！李傕、郭汜在此！"吓得献帝心惊胆战。山上火光遍起。正是：

前番两贼分为二，今番二贼合为一。

不知汉天子怎离此难，且听下文分解。

尼禄

有一种悲惨世界的特征是：百姓谨小慎微，危如累卵，唯独那个握有重权者，凌驾所有道德法律之上，无所顾忌地展示奔放的自由意志。在西方世界，公推颇具艺术才能的古罗马暴君尼禄为代表。据说，仅仅为了扩建宫殿，尼禄唆使手下在罗马城内纵火，连烧六天七夜，几乎将整座罗马城付诸焦土。后来为了转移他人视线，他又嫁祸基督徒，把大量无辜者钉上十字架，再把受害者点成蜡烛，照亮道路——后者倒与董卓的下场略近。

董卓、李傕、郭汜诸人表现出的恶行，亦符合上述特征。他们从心所欲，心想事成，视任何既定规范和道德习俗为无物，活得天马行空。统治者的洒脱无羁，必造成被统治者的生不如死，这是一条规律。所以，“将统治者关进笼子里”才成为现代政治的一项宝贵原则。至于李傕、郭汜在很多地方比董卓尤为不堪，则符合美国作家爱默生的一项观察：“天才的暴君总是由无赖来继承。”

或曰，董、李、郭三人不是帝王？那没关系，在古希腊语里，“暴君”和“僭主”是一个词，古罗马皇帝原本只是手握重权的独裁官，与中国皇帝不是一回事。古罗马暴君大多死于非命，也与董、李、郭下场吻合。

第十四回

曹孟德移驾幸许都　吕奉先乘夜袭徐郡

却说李乐引军诈称李傕、郭汜来追车驾，天子大惊。杨奉曰："此李乐也。"遂令徐晃出迎之。李乐亲自出战。两马相交，只一合，被徐晃一刀砍于马下，杀散余党，保护车驾过箕关。太守张杨具粟帛迎驾于轵道。帝封张杨为大司马，杨辞帝屯兵野王去了。帝入洛阳，见宫室烧尽，街市荒芜，满目皆是蒿草，宫院中只有颓墙坏壁，命杨奉且盖小宫居住。百官朝贺，皆立于荆棘之中。诏改兴平为建安元年。［"建安"时期，文学史上非常有名。］是岁又大荒。洛阳居民，仅有数百家，无可为食，尽去城中剥树皮、掘草根食之。尚书郎以下，皆自出城樵采，多有死于颓墙坏壁之间者。［两汉文明，足与罗马帝国并峙，惜经此数劫，都城一下返回虞夏时代。由班固《两都赋》、张衡《二京赋》，可窥西安、洛阳两座都城的盛况。］汉末气运之衰，无甚于此。后人有诗叹之曰：

血流芒砀白蛇亡，赤帜纵横游四方。
秦鹿逐翻兴社稷，楚骓推倒立封疆。
天子懦弱奸邪起，气色凋零盗贼狂。
看到两京遭难处，铁人无泪也凄惶！

太尉杨彪奏帝曰："前蒙降诏，未曾发遣。今曹操在山东，兵强将盛，可宣入朝，以辅王室。"帝曰："朕前既降诏，卿何必再奏，今即差人前去便了。"［杨彪之前有诏不发，只为担心曹操成为下一个董卓。］彪领旨，即差使命赴山东，宣召曹操。

却说曹操在山东，闻知车驾已还洛阳，聚谋士商议。荀彧进曰："昔文公纳周襄王，而诸侯服从；汉高祖为义帝发丧，而天下归心。今天子蒙尘，将军因此时首倡义兵，奉天子以从众望，不世之略也。若不早图，人将先我而为之矣。曹操大喜。［荀彧这一计，对曹操乃至整个汉末走向，影响深远。]正要收拾起兵，忽报有天使赍诏宣召。操接诏，克日兴师。

却说帝在洛阳，百事未备，城郭崩倒，欲修未能。人报李傕、郭汜领兵将至。帝大惊，问杨奉曰："山东之使未回，李、郭之兵又至，为之奈何?"杨奉、韩暹曰："臣愿与贼决死战，以保陛下!"董承曰："城郭不坚，兵甲不多，战如不胜，当复如何? 不若且奉驾往山东避之。"帝从其言，即日起驾望山东进发。百官无马，皆随驾步行。

出了洛阳，行无一箭之地，但见尘头蔽日，金鼓喧天，无限人马来到。帝、后战栗不能言。忽见一骑飞来，乃前差往山东之使命也，至车前拜启曰："曹将军尽起山东之兵，应诏前来。闻李傕、郭汜犯洛阳，先差夏侯惇为先锋，引上将十员，精兵五万，前来保驾。"帝心方安。少顷，夏侯惇引许褚、典韦等，至驾前面君，俱以军礼见。帝慰谕方毕，忽报正东又有一路军到。帝即命夏侯惇往探之，回奏曰："乃曹操步军也。"须臾，曹洪、李典、乐进来见驾。通名毕，洪奏曰："臣兄知贼兵将近，恐夏侯惇孤力难为，故又差臣等倍道而来协助。"帝曰："曹将军真社稷臣也!"[至少在这一刻，献帝心情舒畅。人会变，世道亦会变，下一刻的事，另有分说。]遂命护驾前行。探马来报："李傕、郭汜领兵长驱而来。"帝令夏侯惇分两路迎之。惇乃与曹洪分为两翼，马军先出，步军后随，尽力攻击。傕、汜贼兵大败，斩首万余。于是请帝还洛阳故宫。夏侯惇屯兵于城外。

次日，曹操引大队人马到来。安营毕，入城见帝，拜于殿阶之下。帝赐平身，宣谕慰劳。操曰："臣向蒙国恩，刻思图报。今傕、汜二贼罪恶贯盈，臣有精兵二十余万，以顺讨逆，无不克捷。陛下善保龙体，以社稷为重。"帝乃封操领司隶校尉、假节钺、录尚书事。

却说李傕、郭汜知操远来。议欲速战。贾诩谏曰："不可。操兵精将勇，不如降之，求免本身之罪。"傕怒曰："你敢灭吾锐气!"拔剑欲斩诩。众将劝免。是夜，贾诩单马走回乡里去了。[贾诩白忙一场。]次日，李傕军马来迎操兵。操先令许褚、曹仁、典韦领三百铁骑，于傕阵中冲突三遭，方才布阵。阵圆处，李傕侄李暹、李别出马阵前，未及开言，许褚飞马过去，一刀先斩李暹；李别吃了一惊，倒撞下马，褚亦斩之，双挽人头回阵。曹操抚许褚之背曰："子真吾之樊哙也！"随令夏侯惇领兵左出、曹仁领兵右出，操自领中军冲阵。鼓响一声，三军齐进。贼兵抵敌不住，大败而走。操亲掣宝剑押阵，率众连夜追杀，剿戮极多，降者不计其数。傕、汜望西逃命，忙忙似丧家之狗，自知无处容身，只得往山中落草去了。曹操回兵，仍屯于洛阳城外。杨奉、韩暹两个商议："今曹操成了大功，必掌重权，如何容得我等？"乃入奏天子，只以追杀傕、汜为名，引本部军屯于大梁去了。

帝一日命人至操营，宣操入宫议事。操闻天使至，请入相见。只见那人眉清目秀，精神充足。操暗想曰："今东郡大荒，官僚军民皆有饥色，此人何得独肥？"因问之曰："公尊颜充腴，以何调理而至此？"[曹操脸色，怕也堆满菜色。]对曰："某无他法，只食淡三十年矣。"操乃颔之；又问曰："君居何职？"对曰："某举孝廉，原为袁绍、张杨从事，今闻天子还都，特来朝觐，官封正议郎。济阴定陶人，姓董名昭，字公仁。"曹操避席曰："闻名久矣！幸得于此相见。"遂置酒帐中相待，令与荀彧相会。忽人报曰："一队军往东而去，不知何人。"操急令人探之。董昭曰："此乃李傕旧将杨奉与白波帅韩暹，因明公来此，故引兵欲投大梁去耳。"操曰："莫非疑操乎？"昭曰："此乃无谋之辈，明公何足虑也。"操又曰："李、郭二贼此去若何？"昭曰："虎无爪，鸟无翼，不久当为明公所擒，无足介意。"[董昭特会说话。]

操见昭语言投机，便问以朝廷大事。昭曰："明公兴义兵以除暴乱，入朝辅佐天子，此五伯之功也。但诸将人殊意异，未必服从，今若留此，恐有不便。唯移驾幸许都为上策。然朝廷播越，新还京师，远近仰望，以冀一朝之安；今复徙驾，不厌众心。夫行非常之事，乃有非常之功。愿将军决计之。"[这一计画，事关重大。]操执昭手而笑曰："此吾之本志也。但杨奉在大梁，大臣在朝，不有他变否？"昭曰："易也，以书与杨奉，先安其心。明告大臣，以京师无粮，欲车驾幸许都，近鲁阳，转运粮食，庶无缺欠悬隔之忧。大臣闻之，当欣从也。"操大喜。昭谢别，操执其手曰："凡操有所图，唯公教之。"[曹操也会说话。]昭称谢而去。

操由是日与众谋士密议迁都之事。时侍中太史令王立私谓宗正刘艾曰："吾仰观天文，自去春太白犯镇星于斗牛，过天津，荧惑又逆行，与太白会于天关，金火交会，必有新天子出。吾观大汉气数将终，晋魏之地，必有兴者。"又密奏献帝曰："天命有去就，五行不常盛。代火者土也。代汉而有天下者，当在魏。"操闻之，使人告立曰："知公忠于朝廷，然天道深远，幸勿多言。"［古人常把天象哄得团团转，令其听命于人事。天命如何，取决于如簧巧舌。］操以是告彧。彧曰："汉以火德王，而明公乃土命也。许都属土，到彼必兴。火能生土，土能旺木，正合董昭、王立之言。他日必有兴者。"操意遂决。次日，入见帝，奏曰："东都荒废久矣，不可修葺，更兼转运粮食艰辛。许都地近鲁阳，城郭宫室，钱粮民物，足可备用。臣敢请驾幸许都，唯陛下从之。"帝不敢不从；君臣皆惧操势，亦莫敢有异议。遂择日起驾。操引军护行，百官皆从。

行不到数程，前至一高陵。忽然喊声大举，杨奉、韩暹领兵拦路。徐晃当先，大叫："曹操欲劫驾何往！"操出马视之，见徐晃威风凛凛，暗暗称奇，便令许褚出马与徐晃交锋。刀斧相交，战五十余合，不分胜败。操即鸣金收军，召谋士议曰："杨奉、韩暹诚不足道，徐晃乃真良将也。吾不忍以力并之，当以计招之。"行军从士满宠曰："主公勿虑。某向与徐晃有一面之交，今晚扮作小卒，偷入其营，以言说之，管教他倾心来降。"操欣然从之。

是夜满宠扮作小卒，混入彼军队中，偷至徐晃帐前，只见晃秉烛被甲而坐。宠突至其前，揖曰："故人别来无恙乎！"徐晃惊起，熟视之，曰："子非山阳满伯宁耶！何以至此？"宠曰："某现为曹将军从事。今日于阵前得见故人，欲进一言，故特冒死而来。"晃乃延之坐，问其来意。宠曰："公之勇略，世所罕有，奈何屈身于杨、韩之徒？曹将军当世英雄，其好礼贤士，天下所知也。今日阵前，见公之勇，十分敬爱，故不忍以健将决死战，特遣宠来奉邀。公何不弃暗投明，共成大业？"晃沉吟良久，乃喟然叹曰："吾固知奉、暹非立业之人，奈从之久矣，不忍相舍。"宠曰："岂不闻'良禽择木而栖，贤臣择主而事'。遇可事之主，而交臂失之，非丈夫也。"晃起谢曰："愿从公言。"宠曰："何不就杀奉、暹而去，以为进见之礼？”晃曰：“以臣弑主，大不义也。吾决不为。”宠曰：“公真义士也！”[满宠欲仿李肃，公明耻效奉先。]晃遂引帐下数十骑，连夜同满宠来投曹操。早有人报知杨奉。奉大怒，自引千骑来追，大叫：“徐晃反贼休走！”正追赶间，忽然一声炮响，山上山下，火把齐明，伏军四出，曹操亲自引军当先，大喝：“我在此等候多时。休教走脱！”杨奉大惊，急待回军，早被曹兵围住。恰好韩暹引兵来救，两军混战，杨奉走脱。曹操趁彼军乱，乘势攻击，两家军士大半多降。杨奉、韩暹势孤，引败兵投袁术去了。

曹操收军回营，满宠引徐晃入见。操大喜，厚待之。于是迎銮驾到许都，盖造宫室殿宇，立宗庙社稷、省台司院衙门，修城郭府库；封董承等十三人为列侯。赏功罚罪，并听曹操处置。操自封为大将军、武平侯，[一句“自封”，尽现曹操斯时作风。]任峻为典农中郎将，催督钱粮，程昱为东平相，范成、董昭为洛阳令，满宠为许都令，夏侯惇、夏侯渊、曹洪、曹仁皆为将军，吕虔、李典、乐进、于禁、徐晃皆为校尉，许褚、典韦皆为都尉；其余将士，各各封官。自此大权皆归于曹操，朝廷大务，先禀曹操，然后封奏天子。

操既定大事，乃设宴后堂，聚众谋士共议曰：“刘备屯兵徐州，自领州事。近吕布以兵败投之，备使居于小沛。若二人同心引兵来犯，乃心腹之患也。公等有何妙计可图之？”许褚曰：“愿借精兵五万，斩刘备、吕布之头，献于丞相。”[又现通俗作家的率性品质，曹操只是大将军，不是丞相。后因袁绍不快，曹操还将“大将军”职让于袁绍。曹操任丞相是建安十三年的事。]荀彧曰：“将军勇则勇矣，不知用谋。今许都新定，未可造次用兵。彧有一计，名曰‘二虎竞食’之计。今刘备虽领徐州，未得诏命。明公可奏请诏命，实授备为徐州牧，因密与一书，教杀吕布。事成则备无猛士为辅，亦渐可图；事不成，则吕布必杀刘备矣。此乃‘二虎竞食’之计也。”操从其言，即时奏请诏命，遣使赍往徐州，封刘备为征东将军、宜城亭侯，领徐州牧；并附密书一封。[曹操独忧徐州，兖州地理上紧挨着徐州，彼此视为眼中钉。]

却说刘玄德在徐州，闻帝幸许都，正欲上表庆贺。忽报天使至，出郭迎接入郡，拜受恩命毕，设宴管待来使。使曰："君侯得此恩命，实曹将军于帝前保荐之力也。"玄德称谢。使者乃取出私书递与玄德。玄德看罢，曰："此事尚容计议。"席散，安歇来使于馆驿。玄德连夜与众商议此事。张飞曰："吕布本无义之人，杀之何碍！"玄德曰："他势穷而来投我，我若杀之，亦是不义。"张飞曰："好人难做！"玄德不从。

次日，吕布来贺，玄德教请入见。[两人像走亲戚。]布曰："闻公受朝廷恩命，特来相贺。"玄德逊谢。只见张飞扯剑上厅，要杀吕布。玄德慌忙阻住。布大惊曰："翼德何故只要杀我？"张飞叫曰："曹操道你是无义之人，教我哥哥杀你！"玄德连声喝退，乃引吕布同入后堂，实告前因，就将曹操所送密书与吕布看。布看毕，泣曰："此乃曹贼欲令我二人不和耳！"玄德曰："兄勿忧，刘备誓不为此不义之事。"吕布再三拜谢。备留布饮酒，至晚方回。关、张曰："兄长何故不杀吕布？"玄德曰："此曹孟德恐我与吕布同谋伐之，故用此计，使我两人自相吞并。彼却于中取利。奈何为所使乎？"关公点头道是。张飞曰："我只要杀此贼，以绝后患！"玄德曰："此非大丈夫之所为也。"[名托"大丈夫"，事归"小心计"，刘备深悉与吕布唇亡齿寒，唯有结成临时战略同盟，才能熬过这一阵。让人惊讶的是，刘备对自家兄弟也不肯一吐衷肠。]

次日，玄德送使命回京，就拜表谢恩，并回书与曹操，只言容缓图之。使命回见曹操，言玄德不杀吕布之事。操问荀彧曰："此计不成，奈何？"彧曰："又有一计，名曰'驱虎吞狼'之计。"操曰："其计如何？"彧曰："可暗令人往袁术处通问，报说刘备上密表，要略南郡。术闻之，必怒而攻备，公乃明诏刘备讨袁术。两边相并，吕布必生异心。此'驱虎吞狼'之计也。"[效用一般，名目出彩。]操大喜，先发人往袁术处。次假天子诏，发人往徐州。

却说玄德在徐州闻使命至，出郭迎接；开读诏书，却是要起兵讨袁术。玄德领命，送使者先回。糜竺曰："此又是曹操之计。"玄德曰："虽是计，王命不可违也。"[此即"挟天子以令诸侯"的好处：所有出自曹操的计划，都可假天子之名。]遂点军马，克日起程。孙乾曰："可先定守城之人。"玄德曰："二弟之中，谁人可守？"关公曰："弟愿守此城。"

玄德曰："吾早晚欲与你议事，岂可相离？"［言外之意是：张飞不配议事。好在张飞不恼。］张飞曰："小弟愿守此城。"玄德曰："你守不得此城：你一者酒后刚强，鞭挞士卒；二者作事轻易，不从人谏。吾不放心。"张飞曰："弟自今以后，不饮酒，不打军士，诸般听人劝谏便了。"糜竺曰："只恐口不应心。"飞怒曰："吾跟哥哥多年，未尝失信，你如何轻料我！"玄德曰："弟言虽如此，吾终不放心。还请陈元龙辅之，早晚令其少饮酒，勿致失事。"陈登应诺。玄德分付了当，乃统马步军三万，离徐州望南阳进发。

却说袁术闻说刘备上表，欲吞其州县，乃大怒曰："汝乃织席编履之夫，今辄占据大郡，与诸侯同列；吾正欲伐汝，汝却反欲图我，深为可恨！"乃使上将纪灵起兵十万，杀奔徐州。两军会于盱眙。玄德兵少，依山傍水下寨。那纪灵乃山东人，使一口三尖刀，重五十斤。是日引兵出阵，大骂："刘备村夫，安敢侵吾境界！"［一声"村夫"，学尽袁术势利。］玄德曰："吾奉天子诏，以讨不臣。汝今敢来相拒，罪不容诛！"纪灵大怒，拍马舞刀，来取玄德。关公大喝曰："匹夫休得逞强！"出马与纪灵大战。一连三十合，不分胜负。纪灵大叫少歇，关公便拨马回阵，立于阵前候之。纪灵却遣副将荀正出马。关公曰："只教纪灵来，与他决个雌雄！"荀正曰："汝乃无名下将，非纪将军对手！"关公大怒，直取荀正，交马一合，砍荀正于马下。玄德驱兵杀将过去，纪灵大败，退守淮阴河口，不敢交战，只教军士来偷营劫寨，皆被徐州兵杀败。两军相拒，不在话下。

却说张飞自送玄德起身后，一应杂事，俱付陈元龙管理；军机大务，自家斟酌。一日，设宴请各官赴席。众人坐定，张飞开言曰："我兄临去时，分付我少饮酒，恐致失事。众官今日尽此一醉，明日都各戒酒，帮我守城。今日却都要满饮。"［经典好酒者口吻：永远强调当下干杯的绝对必要性。］言罢，起身与众官把盏。酒至曹豹面前，豹曰："我从天戒，不饮酒。"飞曰："厮杀汉如何不饮酒？我要你吃一盏。"豹惧怕，只得饮了一杯。张飞把遍各官，自斟巨觥，连饮了几十杯，不觉大醉，却又起身与众官把盏。酒至曹豹，豹曰："某实不能饮矣。"飞曰："汝恰才吃了，如今为何推却？”豹再三不饮。飞醉后使酒，便发怒曰：“你违我将令，该打一百！”便喝军士拿下。陈元龙曰：“玄德公临去时，分付你甚来？”飞曰：“你文官，只管文官事，休来管我！”曹豹无奈，只得告求曰：“翼德公，看我女婿之面，且恕我罢。”飞曰：“你女婿是谁？”豹曰：“吕布是也。”飞大怒曰：“我本不欲打你，你把吕布来唬我，我偏要打你！我打你，便是打吕布！”诸人劝不住，将曹豹鞭至五十，众人苦苦告饶方止。席散，曹豹回去，深恨张飞，连夜差人赍书一封，径投小沛见吕布，备说张飞无礼，且云：“玄德已往淮南，今夜可乘飞醉，引兵来袭徐州，不可错此机会。”

吕布见书，便请陈宫来议。宫曰：“小沛原非久居之地。今徐州既有可乘之隙，失此不取，悔之晚矣。”［吕布何许人？一人独有三姓，认父只为坑爹，视信义如浮云。］布从之，随即披挂上马，领五百骑先行，使陈宫引大军继进，高顺亦随后进发。［为老丈人出气，吕布也非师出无名。毕竟，打狗得看主人面，张飞欺人太甚。］小沛离徐州只四五十里，上马便到。吕布到城下时，恰才四更，月色澄清，城上更不知觉。布到城边叫曰：“刘使君有机密使人至。”城上有曹豹军报知曹豹，豹上城看之，便令军士开门。吕布一声暗号，众军齐入，喊声大举。张飞正醉卧府中，左右急忙摇醒，报说：“吕布赚开城门，杀将进来了！”张飞大怒，慌忙披挂，绰了丈八蛇矛，才出府门上得马时，吕布军马已到，正与相迎。张飞此时酒犹未醒，不能力战。吕布素知飞勇，亦不敢相逼，十八骑燕将，保着张飞杀出东门，玄德家眷在府中，都不及顾了。

却说曹豹见张飞只十数人护从，又欺他醉，遂引百十人赶来。飞见豹大怒，拍马来迎。战了三合，曹豹败走，飞赶到河边，一枪正刺中曹豹后心，连人带马死于河中。飞于城外招士卒，出城者尽随飞投淮南而去。吕布入城安抚居民，令军士一百人守把玄德宅门，诸人不许擅入。

却说张飞引数十骑，直到盱眙来见玄德，且说曹豹与吕布里应外合，夜袭徐州。众皆失色。玄德叹曰：“得何足喜，失何足忧！”［一派得道者语，不知玄德仙游何处。］关公曰：“嫂嫂安在？”飞曰：“皆陷于城中矣。”玄德默然无语。关公顿足埋怨曰：“你当初要守城时说甚来？兄长分付你甚来？今日城池又失了，嫂嫂又陷了，如何是好！”张飞闻言，惶恐无地，掣剑欲自刎。正是：

举杯畅饮情何放，拔剑捐生悔已迟！

不知性命如何，且听下文分解。

才迷

曹操是超级“才迷”。

读者在小说中读到众多曹操招贤纳士之举，小说略去的内容更多。曹操曾破天荒地连颁三道《求贤令》，打破古来针对人才的种种道德限制，代之以赤裸裸的功利主义。曹操公然声称：不管你此前有过何种“污辱之名”“见笑之耻”，只要确有才能，都会得到重用。为了消除潜在人才的心理顾虑，曹操甚至把例子举到这种地步：哪怕阁下有过“杀妻取信”“母死不归”之行，仍不必怀有顾虑，我照样用你。此即“唯才是举”的本质；此前汉高帝、汉武帝也曾颁过求贤诏，均不及曹操彻底。

在礼敬人才上，曹操一人提供的种种佳话，比十个时代还多。后人或可从曹操所处时代特征入手，强调人才对曹操事业的重要性。但是，人才对哪个时代、哪位领袖是多余的呢？既然人才总是多多益善，缘何曹操后继乏人呢？

理由大概在于，非凡的能力造就非凡的气度，曹操本身是当时最大的天才，所以，他不易产生“武大郎开店”的心态。

第十五回

太史慈酣斗小霸王　孙伯符大战严白虎

却说张飞拔剑要自刎，玄德向前抱住，夺剑掷地曰："古人云：'兄弟如手足，妻子如衣服。'衣取破，尚可缝；手足断，安可续？［钱锺书《管锥编》提到莎剧中的例子，可与刘备互勘："一人闻妻死耗，旁人慰之曰：'故衣敝矣，世多裁缝，可制新好者'；又一剧中夫过听谗言，遣人杀妻，妻叹曰：'我乃故衣，宜遭扯裂'；亦谓妻如衣服耳"。］吾三人桃园结义，不求同生，但愿同死。今虽失了城池家小，安忍教兄弟中道而亡？况城池本非吾有；家眷虽被陷，吕布必不谋害，尚可设计救之。贤弟一时之误，何至遽欲捐生耶！"说罢大哭。关、张俱感泣。

且说袁术知吕布袭了徐州，星夜差人至吕布处，许以粮五万斛、马五百匹、金银一万两、彩缎一千匹，使夹攻刘备。布喜，令高顺领兵五万袭玄德之后。玄德闻得此信，乘阴雨撤兵，弃盱眙而走，思欲东取广陵。比及高顺军来，玄德已去。高顺与纪灵相见，就索所许之物。灵曰："公且回军，容某见主公计之。"高顺乃别纪灵回军，见吕布具述纪灵语。布正在迟疑，忽有袁术书至。书意云："高顺虽来，而刘备未除；且待捉了刘备，那时方以所许之物相送。"布怒骂袁术失信，欲起兵伐之。［诸侯之交，与奸商无异。］陈宫曰："不可。术据寿春，兵多粮广，不可轻敌。不如请玄德还屯小沛，使为我羽翼。他日令玄德为先锋，那时先取袁术，后取袁绍，可纵横天下矣。"布听其言，令人赍书迎玄德回。

却说玄德引兵东取广陵，被袁术劫寨，折兵大半。回来正遇吕布之使，呈上书札，玄德大喜。关、张曰："吕布乃无义之人，不可信也。"玄德曰："彼既以好情待我，奈何疑之！"遂来到徐州。布恐玄德疑惑，先令人送还家眷。甘、糜二夫人见玄德，具说："吕布令兵把定宅门，禁诸人不得入；又常使侍妾送物，未尝有缺。"玄德谓关、张曰："我知吕布必不害我家眷也。”乃入城谢吕布。张飞恨吕布，不肯随往，先奉二嫂往小沛去了。玄德入见吕布拜谢。吕布曰：“吾非欲夺城，因令弟张飞在此恃酒杀人，恐有失事，故来守之耳。”玄德曰：“备欲让兄久矣。”布假意仍让玄德。玄德力辞，还屯小沛住扎。[台面上仍在客套，台面下徐州易手。]关、张心中不平。玄德曰：“屈身守分，以待天时，不可与命争也。[刘备所为，不合情理，只能从他独特的运命观中索解。]吕布令人送粮米缎匹。自此两家和好，不在话下。

却说袁术大宴将士于寿春。人报孙策征庐江太守陆康，得胜而回。术唤策至，策拜于堂下。问劳已毕，便令侍坐饮宴。原来孙策自父丧之后，退居江南，礼贤下士；后因陶谦与策母舅丹阳太守吴景不和，策乃移母并家属居于曲阿，自己却投袁术。术甚爱之，常叹曰：“使术有子如孙郎，死复何恨！”因使为怀义校尉，引兵攻泾县太师祖郎得胜。术见策勇，复使攻陆康，今又得胜而回。

当日筵散，策归营寨。见术席间相待之礼甚傲，[转折太快。]心中郁闷，乃步月于中庭，因思：“父孙坚如此英雄，我今沦落至此！”不觉放声大哭。忽见一人自外而入，大笑曰：“伯符何故如此？尊父在日，多曾用我。君若有不决之事，何不问我，乃自哭耶？”策视之，乃丹阳故鄣人，姓朱名治，字君理，孙坚旧从事官也。策收泪而延之坐，曰：“策所哭者，恨不能继父之志耳。”治曰：“君何不告袁公路，借兵往江东，假名救吴景，实图大业，而乃久困于人之下乎？”正商议间，一人忽入曰：“公等所谋，吾已知之。吾手下有精壮百人，暂助伯符一马之力。”策视其人，乃袁术谋士，汝阳细阳人，姓吕名范，字子衡。策大喜，延坐共议。吕范曰：“只恐袁公路不肯借兵。”策曰：“吾有亡父留下传国玉玺，以为质当。”范曰：“公路欲得此久矣！以此相质，必肯发兵。”三人计议已定。

次日，策入见袁术，哭拜曰：“父仇不能报，今母舅吴景，又为扬州刺史刘繇所逼。策老母家小，皆在曲阿，必将被害。策敢借雄兵数千，渡江救难省亲。恐明公不信，有亡父遗下玉玺，权为质当。”术闻有玉玺，取而视之，[玉玺之为宝物，似吉实凶。昔始皇得玺，次年即崩；孙坚匿玺，转瞬而亡。所以，转赠袁术这号权力狂，恰巧刚好。孙策弃此累赘妖物，反获江东一派大好河山。］大喜曰："吾非要你玉玺，今且权留在此。我借兵三千、马五百匹与你。平定之后，可速回来。你职位卑微，难掌大权。我表你为折冲校尉、殄寇将军，克日领兵便行。"

策拜谢，遂引军马，带领朱治、吕范、旧将程普、黄盖、韩当等，择日起兵。行至历阳，见一军到。当先一人，姿质风流，仪容秀丽，见了孙策，下马便拜。策视其人，乃庐江舒城人，姓周名瑜，字公瑾。［公瑾妙绝天下，不意竟在小说中遭受千年奚落。人之命运，最终还是笔墨说了算。］原来孙坚讨董卓之时，移家舒城，瑜与孙策同年，交情甚密，因结为昆仲。策长瑜两月，瑜以兄事策。瑜叔周尚为丹阳太守，今往省亲，到此与策相遇。策见瑜大喜，诉以衷情。瑜曰："某愿施犬马之力，共图大事。"策喜曰："吾得公瑾，大事谐矣！"便令与朱治、吕范等相见。瑜谓策曰："吾兄欲济大事，亦知江东有'二张'乎？"策曰："何为'二张'"？瑜曰："一人乃彭城张昭，字子布；一人乃广陵张纮，字子纲。二人皆有经天纬地之才，因避乱隐居于此。吾兄何不聘之？"策喜，即便令人赍礼往聘，俱辞不至。策乃亲到其家，与语大悦，力聘之，二人许允。策遂拜张昭为长史兼抚军中郎将，张纮为参谋正议校尉，商议攻击刘繇。

却说刘繇，字正礼，东莱牟平人也，亦是汉室宗亲，太尉刘宠之侄，兖州刺史刘岱之弟，旧为扬州刺史，屯于寿春，被袁术赶过江东，故来曲阿。当下闻孙策兵至，急聚众将商议。部将张英曰："某领一军屯于牛渚，纵有百万之兵，亦不能近。"言未毕，帐下一人高叫曰："某愿为前部先锋！"众视之，乃东莱黄县人太史慈也。慈自解了北海之围后，便来见刘繇，繇留于帐下。当日听得孙策来到，愿为前部先锋。繇曰："你年尚轻，未可为大将，只在吾左右听令。"太史慈不喜而退。［论资排辈，乃古今庸人的共同喜好。］张英领兵至牛渚，积粮十万于邸阁。孙策引兵到，张英出迎，两军会于牛渚滩上。孙策出马，张英大骂，黄盖便出与张英战。不数合，忽然张英军中大乱，报说寨中有人放火。张英急回军。孙策引军前来，乘势掩杀。张英弃了牛渚，望深山而逃。原来那寨后放火的，乃是两员健将：一人乃九江寿春人，姓蒋名钦，字公奕；一人乃九江下蔡人，姓周名泰，字幼平。二人皆遭世乱，聚人在洋子江中，劫掠为生。[分明是强盗。]久闻孙策为江东豪杰，能招贤纳士，故特引其党三百余人，前来相投。策大喜，用为车前校尉。[孙策亦"唯才是举"。]收得牛渚邸阁粮食、军器，并降卒四千余人，遂进兵神亭。

却说张英败回见刘繇，繇怒，欲斩之。谋士笮融、薛礼劝免，使屯兵零陵城拒敌。刘繇自领兵于神亭岭南下营，孙策于岭北下营。策问土人曰："近山有汉光武庙否？"土人曰："有庙在岭上。"策曰："吾夜梦光武召我相见，当往祈之。"长史张昭曰："不可。岭南乃刘繇寨，倘有伏兵，奈何？"策曰："神人佑我，吾何惧焉！"遂披挂绰枪上马，引程普、黄盖、韩当、蒋钦、周泰等共十三骑，出寨上岭，到庙焚香。下马参拜已毕，策向前跪祝曰："若孙策能于江东立业，复兴故父之基，即当重修庙宇，四时祭祀。"[祷祝语有股买卖味。]祝毕，出庙上马，回顾众将曰："吾欲过岭，探看刘繇寨栅。"诸将皆以为不可。策不从，遂同上岭，南望村林。早有伏路小军飞报刘繇。繇曰："此必是孙策诱敌之计，不可追之。"太史慈踊跃曰："此时不捉孙策，更待何时！"遂不候刘繇将令，竟自披挂上马，绰枪出营，大叫曰："有胆气者，都跟我来！"诸将不动，唯有一小将曰："太史慈真猛将也！吾可助之！"拍马同行。[诙谐。]众将皆笑。

却说孙策看了半晌，方始回马。正行过岭，只听得岭上叫："孙策休走！"策回头视之，见两匹马飞下岭来。策将十三骑一齐摆开。策横枪立马于岭下待之。太史慈高叫曰："那个是孙策？"策曰："你是何人？"答曰："我便是东莱太史慈也，特来捉孙策！"策笑曰："只我便是。你两个一齐来并我一个，我不惧你！我若怕你，非孙伯符也！"慈曰："你便众人都来，我亦不怕！"纵马横枪，直取孙策。策挺枪来迎。两马相交，战五十合，不分胜负。程普等暗暗称奇。慈见孙策枪法无半点儿差漏，乃佯输诈败，引孙策赶来。慈却不由旧路上岭，竟转过山背后。策赶到，大喝曰："走的不算好汉！"慈心中自忖："这厮有十二从人，我只一个，便活捉了他，也被众人夺去。再引一程，教这厮没寻处，方好下手。"于是且战且走。策那里肯舍，一直赶到平川之地。慈兜回马再战，又到五十合。策一枪搠去，慈闪过，挟住枪；慈也一枪搠去，策亦闪过，挟住枪。两个用力只一拖，都滚下马来，马不知走的那里去了。两个弃了枪，揪住厮打，战袍扯得粉碎。策手快，掣了太史慈背上的短戟，慈亦掣了策头上的兜鍪。策把戟来刺慈，慈把兜鍪遮架。［是战场厮杀，也是贪玩赌胜。］忽然喊声后起，乃刘繇接应军到来，约有千余。策正慌急，程普等十二骑亦冲到。策与慈方才放手。慈于军中讨了一匹马，取了枪，上马复来。孙策的马却是程普收得，策亦取枪上马。刘繇一千余军，和程普等十二骑混战，逶迤杀到神亭岭下。喊声起处，周瑜领军来到。刘繇自领大军杀下岭来。时近黄昏，风雨暴至，两下各自收军。

次日，孙策引军到刘繇营前，刘繇引军出迎。两阵圆处，孙策把枪挑太史慈的小戟于阵前，令军士大叫曰："太史慈若不是走的快，已被刺死了！"太史慈亦将孙策兜鍪于阵前，也令军士大叫曰："孙策头已在此！"两军呐喊，这边夸胜，那边道强。［气氛喜庆，像球场拉拉队。］太史慈出马，要与孙策决个胜负，策遂欲出。程普曰："不须主公劳力，某自擒之。"程普出到阵前，太史慈曰："你非我之敌手，只教孙策出马来！"程普大怒，挺枪直取太史慈。两马相交，战到三十合，刘繇急鸣金收军。太史慈曰："我正要捉拿贼将，何故收军？"刘繇曰："人报周瑜领军袭取曲阿，有庐江松滋人陈武，字子烈，接应周瑜入去。吾家基业已失，不可久留。速往秣陵，会薛礼、笮融军马，急来接应。"太史慈跟着刘繇退军，孙策不赶，收住人马。长史张昭曰："彼军被周瑜袭取曲阿，无恋战之心，今夜正好劫营。"孙策然之。当夜分军五路，长驱大进。刘繇军兵大败，众皆四纷五落。太史慈独力难当，引十数骑连夜投泾县去了。

却说孙策又得陈武为辅，其人身长七尺，面黄睛赤，［似是病相，却是狠相。］形容古怪。策甚敬爱之，拜为校尉，使作先锋攻薛礼。武引十数骑突入阵去，斩首级五十余颗。薛礼闭门不敢出。策正攻城，忽有人报刘繇会合笮融去取牛渚。孙策大怒，自提大军竟奔牛渚。刘繇、笮融二人出马迎敌。孙策曰："吾今到此，你如何不降？"刘繇背后一人挺枪出马，乃部将于糜也，与策战不三合，被策生擒过去，拨马回阵。繇将樊能，见捉了于糜，挺枪来赶。那枪刚搠到策后心，策阵上军士大叫："背后有人暗算!"策回头，忽见樊能马到，乃大喝一声，声如巨雷。樊能惊骇，倒翻身撞下马来，破头而死。策到门旗下，将于糜丢下，已被挟死。一霎时挟死一将，喝死一将，自此人皆呼孙策为"小霸王"。[明指孙策有霸王之勇，暗喻孙策有项羽之命。]

当日刘繇兵大败，人马大半降策。策斩首级万余。刘繇与笮融走豫章投刘表去了。孙策还兵复攻秣陵，亲到城河边，招谕薛礼投降。城上暗放一冷箭，正中孙策左腿，翻身落马，众将急救起还营，拔箭以金疮药傅之。策令军中诈称主将中箭身死。军中举哀，拔寨齐起。薛礼听知孙策已死，连夜起城内之军，与骁将张英、陈横杀出城来追之。忽然伏兵四起，孙策当先出马，高声大叫："孙郎在此!"众军皆惊，尽弃刀枪，拜于地下。策令休杀一人。张英拨马回走，被陈武一枪刺死。陈横被蒋钦一箭射死。薛礼死于乱军之中。策入秣陵，安辑居民，移兵至泾县来捉太史慈。[夙敌惹人牵挂，唯挚友可比，盖夙敌往往是精神上的挚友，只是尚未有机会喝一杯。]

却说太史慈招得精壮二千余人并所部兵，正要来与刘繇报仇。孙策与周瑜商议活捉太史慈之计。瑜令三面攻县，只留东门放走，离县二十五里，三路各伏一军，太史慈到那里，人困马乏，必然被擒。原来太史慈所招军大半是山野之民，不谙纪律。泾县城头苦不甚高，当夜孙策命陈武短衣持刀，首先爬上城放火。太史慈见城上火起，上马投东门走，背后孙策引军来赶。太史慈正走，后军赶至三十里，却不赶了。太史慈走五十里，人困马乏。芦苇之中，喊声忽起。慈急待走，两下里绊马索齐来将马绊翻了，生擒太史慈，解投大寨。

策知解到太史慈，亲自出营，喝散士卒，自释其缚，将自己锦袍衣之，请入寨中。谓曰："我知子义真丈夫也。刘繇蠢辈，不能用为大将，以致此败。"慈见策待之甚厚，遂请降。策执慈手笑曰："神亭相战之时，若公获我，还相害否?"慈笑曰："未可知也。"策大笑，请入帐，邀之上坐，设宴款待。[这不，喝到一块了。]慈曰："刘君新破，士卒离心。某欲自往收拾余众，以助明公，不识能相信否?"策起谢曰："此诚策所愿也。今与公约，明日日中望公来还。”慈应诺而去。诸将曰：“太史慈此去必不来矣。”策曰：“子义乃信义之士，必不背我。”众皆未信。次日，立竿于营门以候日影。恰将日中，太史慈引一千余众到寨。孙策大喜，众皆服策之知人。[真正的夙敌，也是彼此最为信赖之人。]

于是孙策聚数万之众，下江东，安民恤众，投者无数。江东之民，皆呼策为“孙郎”。但闻孙郎兵至，皆丧胆而走。及策军到，并不许一人掳掠，鸡犬不惊，人民皆悦，赍牛酒到寨劳军。[俨若王者之师。]策以金帛答之，欢声遍野。其刘繇旧军，愿从军听从，不愿为军者给赏归农。江南之民，无不仰颂。由是兵势大盛。策乃迎母叔诸弟俱归曲阿，使弟孙权与周泰守宣城。策领兵南取吴郡。

时有严白虎，自称东吴德王，据吴郡，遣部将守住乌程、嘉兴。当日白虎闻策兵至，令弟严舆出兵，会于枫桥。舆横刀立马于桥上。有人报入中军，策便欲出。张纮谏曰：“夫主将乃三军之所系命，不宜轻敌小寇。愿将军自重。”策谢曰：“先生之言如金石，但恐不亲冒矢石，则将士不用命耳。”[与曹操“我不自往，谁肯向前”，同出一辙。]遂遣韩当出马。比及韩当到桥上时，蒋钦、陈武早驾小舟从河岸边杀过桥里，乱箭射倒岸上军，二人飞身上岸砍杀。严舆退走。韩当引军直杀到阊门下，贼退入城里去了。策分兵水陆并进，围住吴城。一围三日，无人出战。策引众军到阊门外招谕。城上一员裨将，左手托定护梁，右手指着城下大骂。太史慈就马上拈弓取箭，顾军将曰：“看我射中这厮左手！”说声未绝，弓弦响处，果然射个正中，把那将的左手射透，反牢钉在护梁上。城下城上，人见着无不喝采。众人救了这人下城。白虎大惊曰：“彼军有如此人，安能敌乎！”遂商量求和。

次日，使严舆出城，来见孙策。策请舆入帐饮酒。酒酣，问舆曰：“令兄意欲如何？”舆曰：“欲与将军平分江东。”策大怒曰：“鼠辈安敢与吾相等！”命斩严舆。舆拔剑起身，策飞剑砍之，应手而倒，割下首级，令人送入城中。白虎料敌不过，弃城而走。

策进兵追袭，黄盖攻取嘉兴，太史慈攻取乌程，数州皆平。白虎奔余杭，于路劫掠，被土人凌操领乡人杀败，望会稽而走。凌操父子二人来接孙策，策使为从征校尉，遂同引兵渡江。严白虎聚寇，分布于西津渡口。程普与战，复大败之，连夜赶到会稽。

会稽太守王朗，欲引兵救白虎。忽一人出曰："不可。孙策用仁义之师，白虎乃暴虐之众，还宜擒白虎以献孙策。"朗视之，乃会稽余姚人，姓虞名翻，字仲翔，见为郡吏。朗怒叱之，翻长叹而出。朗遂引兵会合白虎，同陈兵于山阴之野。两阵对圆，孙策出马，谓王朗曰："吾兴仁义之兵，来安浙江，汝何故助贼？"朗骂曰："汝贪心不足，既得吴郡，而又强并吾界！今日特与严氏雪仇！"［当年江东是草寇丛集之地，各划地界，奉行丛林规则。孙策平江东，如曹操日后平定北方，功不在小。］孙策大怒，正待交战，太史慈早出。王朗拍马舞刀，与慈战不数合，朗将周昕，杀出助战；孙策阵中黄盖，飞马接住周昕交锋。两下鼓声大震，互相鏖战。忽王朗阵后先乱，一彪军从背后抄来。朗大惊，急回马来迎。原来周瑜与程普引军刺斜杀来前后夹攻。王朗寡不敌众，与白虎、周昕杀条血路，走入城中，拽起吊桥，坚闭城门。孙策大军乘势赶到城下，分布众军，四门攻打。王朗在城中见孙策攻城甚急，欲再出兵决一死战。严白虎曰："孙策兵势甚大，足下只宜深沟高垒，坚壁勿出。不消一月，彼军粮尽，自然退走。那时乘势掩之，可不战而破也。"朗依其议，乃固守会稽城而不出。孙策一连攻了数日，不能成功，乃与众将计议。孙静曰："王朗负固守城，难可卒拔。会稽钱粮大半屯于查渎，其地离此数十里，莫若以兵先据其内，所谓'攻其无备，出其不意'也。"策大喜曰："叔父妙用，足破贼人矣！"即下令于各门燃火，虚张旗号，设为疑兵，连夜彻围南去。周瑜进曰："主公大兵一起，王朗必出城来赶，可用奇兵胜之。"策曰："吾今准备下了，取城只在今夜。"遂令军马起行。

却说王朗闻报孙策军马退去，自引众人来敌楼上观望，见城下烟火并起，旌旗不杂，心下迟疑。周昕曰："孙策走矣，特设此计以疑我耳。可出兵袭之。"严白虎曰："孙策此去，莫非要去查渎？我引部兵追之。"朗曰："查渎是我屯粮之所，正须提防。汝引兵先行，吾随后接应。"白虎与周昕领五千兵出城追赶。将近初更，离城二十余里，忽密林里一声鼓响，火把齐明。白虎大惊，便勒马回走。一将当先拦住，火光中视之，乃孙策也。周昕舞刀来迎，被策一枪刺死。余众皆降。白虎杀条血路，望余杭而走。王朗听知前军已败，不敢入城，引部下奔逃海隅去了。[这名字亦须暂记，八十回后将死于极其稀罕之症。]孙策复回大军，乘势取了城池，安定人民。不隔一日，只见一人将着严白虎首级来孙策军前投献。策视其人，身长八尺，面方口阔。问其姓名，乃会稽余姚人，姓董名袭，字元代。策喜，命为别部司马。自是东路皆平，令叔孙静守之，令朱治为吴郡太守，收军回江东。[孙策连战连捷，东吴基业，初具规模。]

却说孙权与周泰守宣城，忽山贼窃发，四面杀至。时值更深，不及抵敌，泰抱权上马。数十贼众，用刀来砍。泰赤体步行，提刀杀贼，砍杀十余人。随后一贼跃马挺枪直取周泰，被泰扯住枪，拖下马来，夺了枪马，杀条血路，救出孙权。余贼远遁。周泰身被十二枪，金疮发胀，命在须臾。策闻之大惊。帐下董袭曰："某曾与海寇相持，身遭数枪，得会稽一个贤郡吏虞翻荐一医者，半月而愈。"策曰："虞翻莫非虞仲翔乎?"袭曰："然。"策曰："此贤士也，我当用之。"乃令张昭与董袭同往聘请虞翻，翻至，策优礼相待，拜为功曹，因言及求医之意。翻曰："此人乃沛国谯郡人，姓华名佗，字元化，真当世之神医也。当引之来见。"不一日引至。策见其人童颜鹤发，飘然有出世之姿，[陈寅恪尝推敲华佗神迹，疑其真伪，又斟酌别种旁证，推定华佗神话从佛经故事而来。聊备一说。]乃待为上宾，请视周泰疮，佗曰："此易事耳。"投之以药，一月而愈。策大喜，厚谢华佗。遂进兵杀除山贼，江南皆平。孙策分拨将士，守把各处隘口，一面写表申奏朝廷，一面结交曹操，一面使人致书与袁术取玉玺。

却说袁术暗有称帝之心，乃回书推托不还，急聚长史杨大将，都督张勋、纪灵、桥蕤，上将雷薄、陈兰等三十余人商议，曰："孙策借我军马起事，今日尽得江东地面，乃不思报本，而反来索玺，殊为无礼。当以何策图之?"长史杨大将曰："孙策据长江之险，兵精粮广，未可图也。今当先伐刘备，以报前日无故相攻之恨，然后图取孙策未迟。某献一计，使备即日就擒。"正是：

不去江东图虎豹，却来徐郡斗蛟龙。

不知其计若何，且听下文分解。

夙敌

孙策与太史慈的故事，读来喜庆。两人年岁相若，地位相异，武艺相近，惺惺相惜。刚刚还你死我活，转眼已充满信赖，立竿于营门，请太阳作证，男人间以诚信为基石的友谊，立时得到升华。

此事说来荒唐，细思则在情理之中。白头如新，倾盖如故，时间的久长从来不等于友情的保障，时间的短暂也未必构成友情的阻碍，英雄间的吸引，贵乎气息相通，每每依循神奇的直觉通道。殊死相搏之际，常常也是两人将各自才能、性情发挥到极致之时，故四目相射时，他们极可能从对方目光中看到酷肖自我的风格神态，此乃人际交往中“神的一刻”，寻常友朋相交十年也未必得此一瞬。

史书中也证实了这一刻，只是时间略有差池：孙策与太史慈相约，以六十日为限，非小说中的“明日日中”。考校历史，尤其想到古时种种交通不便，“六十日”更为可信。小说意在演义逗趣，改成“明日日中”，亦合乎艺文之理。

第十六回

吕奉先射戟辕门　曹孟德败师淯水

却说杨大将献计欲攻刘备。袁术曰："计将安出？"大将曰："刘备军屯小沛，虽然易取，奈吕布虎踞徐州，前次许他金帛粮马，至今未与，恐其助备。今当令人送与粮食，以结其心，使其按兵不动，则刘备可擒。先擒刘备，后图吕布，徐州可得也。"术喜，便具粟二十万斛，令韩胤赍密书往见吕布。吕布甚喜，重待韩胤。胤回告袁术，术遂遣纪灵为大将，雷薄、陈兰为副将，统兵数万，进攻小沛。玄德闻知此信，聚众商议。张飞要出战，孙乾曰："今小沛粮寡兵微，如何抵敌？可修书告急于吕布。"张飞曰："那厮如何肯来？"玄德曰："乾之言善。"遂修书与吕布。书略曰：

> 伏自将军垂念，令备于小沛容身，实拜云天之德。今袁术欲报私仇，遣纪灵领兵到县，亡在旦夕，非将军莫能救。望驱一旅之师，以救倒悬之急，不胜幸甚！［甘受胯下之辱，刘备隐忍功夫一流。］

吕布看了书，与陈宫计议曰："前者袁术送粮致书，盖欲使我不救玄德也；今玄德又来求救。吾想玄德屯军小沛，未必遂能为我害。若袁术并了玄德，则北连泰山诸将以图我，我不能安枕矣。不若救玄德。"［事关自家性命，吕布看得清。］遂点兵起程。

却说纪灵起兵长驱大进，已到沛县东南扎下营寨，昼列旌旗，遮映山川；夜设火鼓，震明天地。玄德县中止有五千余人，也只得勉强出县，布阵安营。忽报吕布引兵离县一里西南上扎下营寨。纪灵知吕布领兵来救刘备，急令人致书于吕布，责其无信。布笑曰："我有一计，使袁、刘两家都不怨我。"乃发使往纪灵、刘备寨中，请二人饮宴。玄德闻布相请，即便欲往。关、张曰："兄长不可去，吕布必有异心。"玄德曰："我待彼不薄，彼必不害我。”［持论勉强，但势不由人，只能硬着头皮上。］遂上马而行，关、张随往，到吕布寨中入见。布曰：“吾今特解公之危，异日得志，不可相忘！”玄德称谢。布请玄德坐。关、张按剑立于背后。人报纪灵到，玄德大惊，欲避之。布曰：“吾特请你二人来会议，勿得生疑。”玄德未知其意，心下不安。纪灵下马入寨，却见玄德在帐上坐，大惊，抽身便回。左右留之不住。吕布向前一把扯回，如提童稚。［甚嚎，对吕布衬托有加，关羽的威风却大受折损。两回前，纪灵曾与云长“大战，一连三十合”。］灵曰：“将军欲杀纪灵耶？”布曰：“非也。”灵曰：“莫非杀大耳儿乎？”布曰：“亦非也。”灵曰：“然则为何？”布曰：“玄德与布乃兄弟也，今为将军所困，故来救之。”灵曰：“若此则杀灵也？”布曰：“无有此理。布平生不好斗，唯好解斗。吾今为两家解之。”灵曰：“请问今日解之之法？”布曰：“吾有一法，从天所决。”［这一刻的吕布，审美度高出云霄。］乃拉灵入帐与玄德相见。二人各怀疑忌。布乃居中坐，使灵居左，备居右，且教设宴行酒。酒行数巡，布曰：“你两家看我面上，俱各罢兵。”玄德无语。灵曰：“吾奉主公之命，提十万之兵专捉刘备，如何罢得？”张飞大怒，拔剑在手，叱曰：“吾虽兵少，觑汝辈如儿戏耳！你比百万黄巾何如？你敢伤我哥哥！”关公急止之曰：“且看吕将军如何主意，那时各回营寨厮杀未迟。”吕布曰：“我请你两家解斗，须不教你厮杀！”这边纪灵忿忿，那边张飞只要厮杀。布大怒，教左右：“取我戟来！”布提画戟在手，纪灵、玄德尽皆失色。［吕布“怒”因张飞起，偏不提张飞是否“失色”，读者生生急死。］布曰：“我劝你两家不要厮杀，尽在天命。”令左右接过画戟，去辕门外远远插定，乃回顾纪灵、玄德曰：“辕门离中军一百五十步。吾若一箭射中戟小枝，你两家罢兵；如射不中，你各自回营，安排厮杀。有不从吾言者，并力拒之。”纪灵私忖：“戟在一百五十步之外，安能便中？且落得应允，待其不中，那时凭我厮杀。”便一口许诺。玄德自无不允。布都教坐，再各饮一杯酒。酒毕，布教取弓箭来。［张飞喝酒误事，吕布喝酒提神。］玄德暗祝曰：“只愿他射得中便好！”只见吕布挽起袍袖，搭上箭，扯满弓，叫一声：“著！”正是弓开如秋月行天，箭去似流星落地，一箭正中画戟小枝。帐上帐下将校齐声喝采。后人有诗赞之曰：

温侯神射世间稀，曾向辕门独解危。
落日果然欺后羿，号猿直欲胜由基。
虎觔弦响弓开处，雕羽翎飞箭到时。
豹子尾摇穿画戟，雄兵十万脱征衣。

当下吕布射中画戟小枝，呵呵大笑，掷弓于地，执纪灵、玄德之手曰："此天令你两家罢兵也!"喝教军士："斟酒来！各饮一大觥!"玄德暗称惭愧。纪灵默然半晌，告布曰："将军之言，不敢不听；奈纪灵回去，主人如何肯信?"布曰："吾自作书覆之便了。"酒又数巡，纪灵求书先回。布谓玄德曰："非我则公危矣。"［吕布频出此语，只为后文"白门楼"设伏。］玄德拜谢，与关、张回。次日，三处军马都散。

不说玄德入小沛，吕布归徐州。却说纪灵回淮南见袁术，说吕布辕门射戟解和之事，呈上书信。袁术大怒曰："吕布受吾许多粮米，反以此儿戏之事，偏护刘备。吾当自提重兵，亲征刘备，兼讨吕布!"纪灵曰："主公不可造次。吕布勇力过人，兼有徐州之地，若布与备首尾相连，不易图也。灵闻布妻严氏有一女，年已及笄。主公有一子，可令人求亲于布，布若嫁女于主公，必杀刘备。此乃疏不间亲之计也。"［仇家与亲家，一隙之隔。心理世界的疆域，常靠权谋拓展。］袁术从之，即日遣韩胤为媒，赍礼物往徐州求亲。

胤到徐州见布，称说："主公仰慕将军，欲求令爱为儿妇，永结秦晋之好。"布入谋于妻严氏。原来吕布有二妻一妾，先娶严氏为正妻，后取貂蝉为妾；及居小沛时，又娶曹豹之女为次妻。曹氏先亡无出，貂蝉亦无所出，唯严氏生一女，布最钟爱。当下严氏对布曰："吾闻袁公路久镇淮南，兵多粮广，早晚将为天子。若成大事，则吾女有后妃之望。只不知他有几子?"布曰："止有一子。"妻曰："既如此，即当许之。纵不为皇后，吾徐州亦无忧矣。"［严氏够贪，换在今日，够把丈夫弄进大牢了。］布意遂决，厚款韩胤，许了亲事。韩胤回报袁术。术即备聘礼，仍令韩胤送至徐州。吕布受了，设席相待，留于馆驿安歇。

次日，陈宫竟往馆驿内拜望韩胤。讲礼毕，坐定。宫乃叱退左右，对胤曰："谁献此计，教袁公与奉先联姻？意在取刘玄德之头乎？"胤失惊起谢曰："乞公台勿泄！"宫曰："吾自不泄，只恐其事若迟，必被他人识破，事将中变。"胤曰："然则奈何？愿公教之。"宫曰："吾见奉先，使其即日送女就亲，何如？"胤大喜，称谢曰："若如此，袁公感佩明德不浅矣！"宫遂辞别韩胤，入见吕布，曰："闻公女许嫁袁公路，甚善。但不知于何日结亲？"布曰："尚容徐议。"宫曰："古者自受聘至成婚之期，各有定例：天子一年，诸侯半年，大夫一季，庶民一月。"布曰："袁公路天赐国宝，早晚当为帝。今从天子例可乎？"宫曰："不可。"布曰："然则仍从诸侯例耶？"宫曰："亦不可。"布曰："然则将从卿大夫例乎？"宫曰："亦不可。"布笑曰："公岂欲吾依庶民例耶？"［"笑"得有意思，换别人，早"大怒"了。］宫曰："非也。"布曰："然则公意欲如何？"宫曰："方今天下诸侯，互相争雄，今公与袁公路结亲，诸侯保无有嫉妒者乎？若复远择吉期，或竟乘我良辰，伏兵半路以夺之，如之奈何？为今之计，不许便休，既已许之，当趁诸侯未知之时，即便送女到寿春，另居别馆，然后择吉成亲，万无一失也。"布喜曰："公台之言甚当。"遂入告严氏，连夜具办妆奁，收拾宝马香车，令宋宪、魏续一同韩胤送女前去，鼓乐喧天，送出城外。

时陈元龙之父陈珪，养老在家，闻鼓乐之声，遂问左右。左右告以故。珪曰："此乃疏不间亲之计也。玄德危矣。"遂扶病来见吕布。布曰："大夫何来？"珪曰："闻将军死至，特来吊丧。"布惊曰："何出此言？"珪曰："前者袁公路以金帛送公，欲杀刘玄德，而公以射戟解之。今忽来求亲，其意盖欲以公女为质，随后就来攻玄德而取小沛。小沛亡，徐州危矣。且彼或来借粮，或来借兵，公若应之，是疲于奔命，而又结怨于人；若其不允，是弃亲而启兵端也。况闻袁术有称帝之意，是造反也。彼若造反，则公乃反贼亲属矣，得无为天下所不容乎？"［先叙结果，后道原因，以结果之骇怖反衬原因之别致，是小说叙事常有的波澜。］布大惊曰："陈宫误我！"急命张辽引兵追赶，至三十里之外将女抢归；连韩胤都拿回监禁，不放归去。却令人回复袁术，只说女儿妆奁未备，俟备毕便自送来。陈珪又说吕布，使解韩胤赴许都。布犹豫未决。

忽人报："玄德在小沛招军买马，不知何意。"布曰："此为将者本分事，何足为怪。"正话间，宋宪、魏续至，告布曰："我二人奉明公之命，往山东买马，买得好马三百余匹，回至沛县界首，被强寇劫去一半。打听得是刘备之弟张飞，诈妆山贼，抢劫马匹去了。"吕布听了大怒，随即点兵往小沛来斗张飞。玄德闻知大惊，慌忙领军出迎。两阵圆处，玄德出马曰："兄长何故领兵到此？"布指骂曰："我辕门射戟救你大难，你何故夺我马匹？"玄德曰："备因缺马，令人四下收买，安敢夺兄马匹。"布曰："你便使张飞夺了我好马一百五十匹，尚自抵赖！"张飞挺枪出马曰："是我夺了你好马！你今待怎么？"布骂曰："环眼贼！你累次渺视我！"飞曰："我夺你马你便恼，你夺我哥哥的徐州便不说了！"布挺戟出马来战张飞，飞亦挺枪来。两个酣战一百余合，未见胜负。玄德恐有疏失，急鸣金收军入城。吕布分军四面围定。

玄德唤张飞责之曰："都是你夺他马匹，惹起事端！如今马匹在何处？"飞曰："都寄在各寺院内。"玄德随令人出城，至吕布营中，说情愿送还马匹，两相罢兵。布欲从之，陈宫曰："今不杀刘备，久后必为所害。"布听之，不从所请，攻城愈急。玄德与糜竺、孙乾商议。孙乾曰："曹操所恨者，吕布也。不若弃城走许都投奔曹操，借军破布，此为上策。"玄德曰："谁可当先破围而出？"飞曰："小弟情愿死战！"玄德令飞在前，云长在后，自居于中保护老少。当夜三更，乘着月明，出北门而走。正遇宋宪、魏续，被翼德一阵杀退，得出重围。后面张辽赶来，关公敌住。［张辽日后与关公交情不菲，这里只说"敌住"，极具分寸。］吕布见玄德去了，也不来赶，随即入城安民，令高顺守小沛，自己仍回徐州去了。

却说玄德前奔许都，到城外下寨，先使孙乾来见曹操，言被吕布追迫，特来相投。操曰："玄德与吾，兄弟也。"［油滑语，曹操总能顺嘴说出。］便请入城相见。次日，玄德留关、张在城外，自带孙乾、糜竺入见操。操待以上宾之礼。玄德备诉吕布之事，操曰："布乃无义之辈，吾与贤弟并力诛之。"玄德称谢。操设宴相待，至晚送出。荀彧入见曰："刘备，英雄也。今不早图，后必为患。"操不答。彧出，郭嘉入。操曰：

"荀彧劝我杀玄德，当如何？"嘉曰："不可。主公兴义兵，为百姓除暴，唯仗信义以招俊杰，犹惧其不来也；今玄德素有英雄之名，以困穷而来投，若杀之，是害贤也。天下智谋之士，闻而自疑，将裹足不前，主公谁与定天下乎？夫除一人之患，以阻四海之望。安危之机，不可不察。"操大喜曰："君言正合吾心。"［看出"后必为患"是一回事，预知后患达到何种规模，是另一回事。若预感刘备将带来鼎立问题，刘备辄成高优先级战略目标，须先行拔除。］次日，即表荐刘备领豫州牧。程昱谏曰："刘备终不为人之下。不如早图之。"操曰："方今正用英雄之时，不可杀一人而失天下之心。此郭奉孝与吾有同见也。"遂不听昱言，以兵三千、粮万斛送与玄德，使往豫州到任，进兵屯小沛，招集原散之兵攻吕布。

玄德至豫州，令人约会曹操。操正欲起兵，自往征吕布，忽流星马报说张济自关中引兵攻南阳，为流矢所中而死；济侄张绣统其众，用贾诩为谋士，结连刘表，屯兵宛城，欲兴兵犯阙夺驾。操大怒，欲兴兵讨之，又恐吕布来侵许都，乃问计于荀彧。彧曰："此易事耳。吕布无谋之辈，见利必喜。明公可遣使往徐州，加官赐赏，令与玄德解和。布喜则不思远图矣。"操曰："善。"遂差奉军都尉王则，赍官诰并和解书，往徐州去讫；一面起兵十五万，亲讨张绣。分军三路而行，以夏侯惇为先锋。军马至淯水下寨。贾诩劝张绣曰："操兵势大，不可与敌，不如举将投降。"张绣从之，使贾诩至操寨通款。操见诩应对如流，甚爱之，欲用为谋士。诩曰："某昔从李傕，得罪天下。今从张绣，言听计从，未忍弃之。"乃辞去。［曾"得罪天下"的贾诩，曹操何不担心其日后生"患"?］次日，引绣来见操，操待之甚厚。引兵入宛城屯扎，余军分屯城外，寨栅联络十余里。一住数日，绣每日设宴请操。

一日操醉，退入寝所，私问左右曰："此城中有妓否？"操之兄子曹安民知操意，乃密对曰："昨晚小侄窥见馆舍之侧，有一妇人生得十分美丽，问之，即绣叔张济之妻也。"操闻言，便令安民领五十甲兵往取之。须臾，取到军中。操见之，果然美丽。问其姓，妇答曰："妾乃张济之妻邹氏也。"操曰："夫人识吾否？"邹氏曰："久闻丞相威名，今夕幸得瞻拜。"操曰："吾为夫人故，特纳张绣之降，不然灭族矣。"邹氏拜曰：

"实感再生之恩。"操曰:"今日得见夫人,乃天幸也。今宵愿同枕席,随吾还都,安享富贵,何如?"邹氏拜谢,是夜共宿于帐中。邹氏曰:"久住城中,绣必生疑,亦恐外人议论。"操曰:"明日同夫人去寨中住。"次日,移于城外安歇,唤典韦就中军帐房外宿卫。他人非奉呼唤,不许辄入。因此,内外不通。操每日与邹氏取乐,不想归期。[古人常恨曹操好色,今人不以为非,或许还觉得曹操"真实"。]

张绣家人密报绣。绣怒曰:"操贼辱我太甚!"便请贾诩商议。诩曰:"此事不可泄漏。来旦待操出帐议事,如此如此。"次日,操在帐中,张绣入告曰:"新降兵多有逃亡者,乞移屯中军。"操许之。绣乃移屯其军,分为四寨,刻期举事。因畏典韦勇猛,急切难近,乃与偏将胡车儿商议。那胡车儿力能负五百斤,日行七百里,亦异人也;[这家伙是人还是马?或一辆马车?希腊神话中的人马族,更符合胡车儿的特征。]当下献计于绣曰:"典韦之可畏者,双铁戟耳。主公明日可请他来吃酒,使尽醉而归。那时某便混入他跟来军士数内,偷入帐房,先盗其戟,此人不足畏矣。"绣甚喜,预先准备弓箭、甲兵,告示各寨。至期,令贾诩致意,请典韦到寨,殷勤待酒。至晚醉归,胡车儿杂在众人队里,直入大寨。

是夜曹操于帐中与邹氏饮酒,忽听帐外人言马嘶。操使人观之,回报是张绣军夜巡,操乃不疑。时近二更,忽闻寨后呐喊,报说草车上火起,操曰:"军人失火,勿得惊动。"须臾,四下里火起,操始着忙,急唤典韦。韦方醉卧,睡梦中听得金鼓喊杀之声,便跳起身来,却寻不见了双戟。时敌兵已到辕门,韦急掣步卒腰刀在手。只见门首无数军马,各挺长枪,抢入寨来。韦奋力向前,砍死二十余人。马军方退,步军又到,两边枪如苇列。韦身无片甲,上下被数十枪,兀自死战。刀砍缺不堪用,韦即弃刀,双手提着两个军人迎敌,击死者八九人,群贼不敢近,只远远以箭射之,箭如骤雨。韦犹死拒寨门,争奈寨后贼军已入,韦背上又中一枪,乃大叫数声,血流满地而死。死了半晌,还无一人敢从前门而入者。[论死法之壮烈,首推典韦;论死因之窝囊,典韦不甘人后:天神壮举,却是替主公的轧姘头埋单。好在留下一段威猛视频——可媲美《旧约》中参孙之死——不算太过委曲。]

却说曹操赖典韦当住寨门，乃得从寨后上马逃奔，只有曹安民步随。操右臂中了一箭，马亦中了三箭。亏得那马是大宛良马，熬得痛，走得快。刚刚走到淯水河边，贼兵追至，安民被砍为肉泥。操急骤马冲波过河，才得上岸，贼兵一箭射来，正中马眼，那马扑地倒了。操长子曹昂，即以己所乘之马奉操。操上马急奔，曹昂却被乱箭射死。操乃走脱。［大脑超常的曹操，一旦将身心托付生殖器官，辄惨不忍睹。人的造血系统无法同时向大脑和生殖器供血，下三路贲张亢奋，必致大脑缺氧。和平之际，此类缺氧常致高潮体验，当情榻连结了沙场，情榻遂化作尸床。］路逢诸将，收集残兵。时夏侯惇所领青州之兵，乘势下乡，劫掠民家。平虏校尉于禁，即将本部军于路剿杀，安抚乡民。青州兵走回，迎操泣拜于地，言于禁造反，赶杀青州军马。操大惊。须臾，夏侯惇、许褚、李典、乐进都到。操言于禁造反，可整兵迎之。

却说于禁见操等俱到，乃引军射住阵角，凿堑安营。或告之曰："青州军言将军造反，今丞相已到，何不分辨，乃先立营寨耶?"于禁曰："今贼追兵在后，不时即至，若不先准备，何以拒敌?分辨小事，退敌大事。"安营方毕，张绣军两路杀至。于禁身先出寨迎敌。绣急退兵。左右诸将，见于禁向前，各引兵击之，绣军大败，追杀百余里。绣势穷力孤，引败兵投刘表去了。曹操收军点将，于禁入见，备言青州之兵，肆行劫掠，大失民望，某故杀之。操曰："不告我，先下寨，何也?"禁以前言对。操曰："将军在匆忙之中，能整兵坚垒，任谤任劳，使反败为胜，虽古之名将，何以加兹!"乃赐以金器一副，封益寿亭侯；责夏侯惇治兵不严之过。又设祭祭典韦，操亲自哭而奠之，顾谓诸将曰："吾折长子、爱侄，俱无深痛，独号泣典韦也!"［以极具感染力的方式感化将士，是曹操获益终身的长效计划。］众皆感叹。次日下令班师。

不说曹操还兵许都。且说王则赍诏至徐州，布迎接入府，开读诏书，封布为平东将军，特赐印绶；又出操私书。王则在吕布面前极道曹公相敬之意。布大喜。忽报袁术遣人至，布唤入问之。使言："袁公早晚即皇帝位，立东宫，催取皇妃早到淮南。"布大怒曰："反贼焉敢如此!"遂杀来使，将韩胤用枷钉了，遣陈登赍谢表，解韩胤一同王则上许都来谢恩；

且答书于操，欲求实授徐州牧。操知布绝婚袁术，大喜，遂斩韩胤于市曹。陈登密谏操曰："吕布，豺狼也，勇而无谋，轻于去就，宜早图之。"操曰："吾素知吕布狼子野心，诚难久养。非公父子莫能究其情，公当与吾谋之。"登曰："丞相若有举动，某当为内应。"操喜，表赠陈珪治中二千石，登为广陵太守。登辞回，操执登手曰："东方之事，便以相付。"登点头允诺，回徐州见吕布。布问之，登言："父赠禄，某为太守。"布大怒曰："汝不为吾求徐州牧，而乃自求爵禄！汝父教我协同曹公，绝婚公路，今吾所求终无一获，而汝父子俱各显贵，吾为汝父子所卖耳！"遂拔剑欲斩之。登大笑曰："将军何其不明之甚也！"布曰："吾何不明？"登曰："吾见曹公，言养将军譬如养虎，当饱其肉，不饱则将噬人。曹公笑曰：'不如卿言。吾待温侯如养鹰耳。狐兔未息，不敢先饱，饥则为用，饱则飏去。'某问：'谁为狐兔？'曹公曰：'淮南袁术、江东孙策、冀州袁绍、荆襄刘表、益州刘璋、汉中张鲁，皆狐兔也。'"布掷剑笑曰："曹公知我也！"［傻得可爱。］正说话间，忽报袁术军取徐州。吕布闻言失惊。正是：

秦晋未谐吴越斗，婚姻惹出甲兵来。

毕竟后事如何，且听下文分解。

规则

乱世不讲规则，规则却先驻人心。无论两支决赛球队掷分币挑边，还是小孩子用"剪刀石头布"分配糖果多寡，只要规则没有偏袒，人们就会接受结果。骰子无所谓公正，正如辕门那一箭，但规则既定，人多会接受其裁决。规则所示，如冥冥中之定数，否定结果等于抗拒天命，若无绝对必要，古人不愿如此冒险。意大利政治思想家马基雅维里《论李维》提到古罗马一个著名约定："罗马的贺拉提乌斯三兄弟与阿尔巴的库里阿提乌斯三兄弟为各自的祖国进行战斗，哪个国家的三兄弟获胜，那个国家的人民就是另外一个国家人民的主人。"赌注极为过火，失败者仍然履行了诺言。

我们不必因为丛林法则的存在，否认人心中的规则意识。

“我有一法，从天所决。”吕布干得漂亮。无赖袁术，虽事后贬其为“儿戏之事”，当时若在场，怕也只能哑巴吃黄连——有苦说不出。由于两军实力悬殊，故吕布设下的盘口，已向纪灵大为倾斜，所以纪灵才会认同。至于刘备，势穷之人，手上已无讨价还价的筹码，唯听天由命。

第十七回

袁公路大起七军 曹孟德会合三将

却说袁术在淮南地广粮多，又有孙策所质玉玺，遂思僭称帝号，大会群下议曰："昔汉高祖不过泗上一亭长，而有天下；今历年四百，气数已尽，海内鼎沸。吾家已四世三公，百姓所归。吾欲应天顺人，正位九五，尔众人以为何如?"［世人视袁术为"冢中枯骨"，袁术瞧自己是真命天子。］主簿阎象曰："不可。昔周后稷积德累功，至于文王，三分天下有其二，犹以服事殷。明公家世虽贵，未若有周之盛；汉室虽微，未若殷纣之暴也。此事决不可行。"术怒曰："吾袁姓出于陈，陈乃大舜之后。以土承火，正应其运，又谶云：'代汉者，当涂高也。'吾字公路，正应其谶；又有传国玉玺，若不为君，背天道也。吾意已决，多言者斩!"［古人凡有所图，必假借天意；宫廷政治须臾离不得"强奸天意"。］遂建号仲氏，立台省等官，乘龙凤辇，祀南北郊，立冯方女为后，立子为东宫，因命使催取吕布之女为东宫妃。却闻布已将韩胤解赴许都，为曹操所斩，乃大怒。遂拜张勋为大将军，统领大军二十余万，分七路征徐州。第一路大将张勋居中，第二路上将桥蕤居左，第三路上将陈纪居右，第四路副将雷薄居左，第五路副将陈兰居右，第六路降将韩暹居左，第七路降将杨奉居右，各领部下健将，克日起行。命兖州刺史金尚为太尉，监运七路钱粮。尚不从，术杀之。以纪灵为七路都救应使。术自引军三万，使李丰、梁刚、乐就为催进使，接应七路之兵。

吕布使人探听得张勋一军从大路径取徐州，桥蕤一军取小沛，陈纪一军取沂都，雷薄一军取琅琊，陈兰一军取碣石，韩暹一军取下邳，杨奉一军取浚山，七路军马，日行五十里。于路劫掠将来，［虽已僭取天子名号，依旧一副劫掠做派，袁术不愧"山寨皇帝"。］乃急召众谋士商议。陈宫与陈珪父子俱至。陈宫曰："徐州之祸，乃陈珪父子所招，媚朝廷以求爵禄，今日移祸于将军。可斩二人之头献袁术，其军自退。”布听其言，即命擒下陈珪、陈登。陈登大笑曰：“何如是之懦也！吾观七路之兵，如七堆腐草，何足介意！”布曰：“汝若有计破敌，免汝死罪。”陈登曰：“将军若用老夫之言，徐州可保无虞。”布曰：“试言之。”登曰：“术兵虽众，皆乌合之师，素不亲信。我以正兵守之，出奇兵胜之，无不成功。更有一计，不止保安徐州，并可生擒袁术。”布曰：“计将安出？”登曰：“韩暹、杨奉乃汉旧臣，因惧曹操而走，无家可依，暂归袁术；术必轻之，彼亦不乐为术用。若凭尺书结为内应，更连刘备为外合，必擒袁术矣。”布曰：“汝须亲到韩暹、杨奉处下书。”陈登允诺。布乃发表上许都，并致书与豫州，然后令陈登引数骑，先于下邳道上候韩暹。

暹引兵至，下寨毕，登入见。暹问曰：“汝乃吕布之人，来此何干？”登笑曰：“某为大汉公卿，何谓吕布之人？若将军者，向为汉臣，今乃为叛贼之臣，使昔日关中保驾之功化为乌有，窃为将军不取也。且袁术性最多疑，将军后必为其所害。今不早图，悔之无及！”［陈登处变不惊，措词灵动，以今度之，可任外交家。］暹叹曰：“吾欲归汉，恨无门耳。”登乃出布书。暹览书毕曰：“吾已知之。公先回，吾与杨将军反戈击之。但看火起为号，温侯以兵相应可也。”登辞暹，急回报吕布。布乃分兵五路：高顺引一军进小沛敌桥蕤，陈宫引一军进沂都敌陈纪，张辽、臧霸引一军出瑯琊敌雷薄，宋宪、魏续引一军出碣石敌陈兰，吕布自引一军出大道敌张勋。各领军一万，余者守城。

吕布出城三十里下寨。张勋军到，料敌吕布不过，且退二十里屯住，待四下兵接应。是夜二更时分，韩暹、杨奉分兵到处放火，接应吕家军入寨。勋军大乱。吕布乘势掩杀，张勋败走。吕布赶到天明，正撞纪灵接应。两军相迎，恰待交锋，韩暹、杨奉两路杀来。纪灵大败而走，吕布引兵追杀。山背后一彪军到，门旗开处，只见一队军马，打龙凤日月旗幡，四斗五方旌帜，金瓜银斧，黄钺白旄，黄罗绢金伞盖之下，袁术身披金甲，腕悬两刀，立马阵前，［全套帝王行头。］大骂吕布背主家奴。布怒，挺戟向前。术将李丰挺枪来迎，战不三合，被布刺伤其手，丰弃枪而走。吕布麾兵冲杀，术军大乱。吕布引军从后追赶，抢夺马匹衣甲无数。袁术引着败军走不上数里，山背后一彪军出，截住去路。当先一将乃关云长也，大叫："反贼！还不受死！"袁术慌走，余众四散奔逃，被云长大杀了一阵，袁术收拾败军，奔回淮南去了。吕布得胜，邀请云长并杨奉、韩暹等一行人马到徐州，大排筵宴管待，军士都有犒赏。次日，云长辞归。布保韩暹为沂都牧、杨奉为琅琊牧，商议欲留二人在徐州。陈珪曰："不可。韩、杨二人据山东，不出一年，则山东城郭皆属将军也。"布然之，遂送二将暂于沂都、琅琊二处屯扎，以候恩命。陈登私问父曰："何不留二人在徐州，为杀吕布之根？"珪曰："倘二人协助吕布，是反为虎添爪牙也。"登乃服父之高见。［这对父子，卧底功夫了得。］

却说袁术败回淮南，遣人往江东问孙策借兵报仇。策怒曰："汝赖吾玉玺，僭称帝号，背反汉室，大逆不道！吾方欲加兵问罪，岂肯反助叛贼乎！"遂作书以绝之。使者赍书回见袁术。术看毕，怒曰："黄口孺子，何敢乃尔！吾先伐之！"［袁术想不通：自封皇帝后，威风未长寸许，反而迭遭侮慢。］长史杨大将力谏方止。

却说孙策自发书后，防袁术兵来，点军守住江口。忽曹操使至，拜策为会稽太守，令起兵征讨袁术。策乃商议，便欲起兵。长史张昭曰："术虽新败，兵多粮足，未可轻敌。不如遗书曹操，劝他南征，吾为后应，两军相援，术军必败。万有一失，亦望操救援。"策从其言，遣使以此意达曹操。

却说曹操至许都，思慕典韦，立祀祭之；封其子典满为中郎，收养在府。忽报孙策遣使致书，操览书毕；又有人报袁术乏粮，劫掠陈留。欲乘虚攻之，遂兴兵南征。令曹仁守许都，其余皆从征：马步兵十七万，粮食辎重千余车。一面先发人会合孙策与刘备、吕布。兵至豫章界上，玄德早引兵来迎，操命请入营。相见毕，玄德献上首级二颗。操惊曰："此是何人首级？"玄德曰："此韩暹、杨奉之首级也。"操曰："何以得之？"玄德曰："吕布令二人权住沂都、琅琊两县。不意二人纵兵掠民，人人嗟怨。因此备乃设一宴，诈请议事，饮酒间掷盏为号，使关、张二弟杀之，尽降其众。今特来请罪。"操曰："君为国家除害，正是大功，何言罪也！”遂厚劳玄德，合兵到徐州界。吕布出迎，操善言抚慰，封为左将军，许于还都之时，换给印绶。布大喜。［豪强友谊亦有保质期，期限不定，长可达数年，短如牛奶，三五天即告变质。愈久愈醇的美酒型友谊，百年难觅。］操即分吕布一军在左，玄德一军在右，自统大军居中，令夏侯惇、于禁为先锋。

袁术知曹兵至，令大将桥蕤引兵五万作先锋。两军会于寿春界口。桥蕤当先出马，与夏侯惇战不三合，被夏侯惇搠死。术军大败，奔走回城。忽报孙策发船攻江边西面，吕布引兵攻东面，刘备、关、张引兵攻南面，操自引兵十七万攻北面。术大惊，急聚众文武商议。杨大将曰：“寿春水旱连年，人皆缺食；今又动兵扰民，民既生怨，兵至难以拒敌。不如留军在寿春，不必与战；待彼兵粮尽，必然生变。陛下且统御林军渡淮，一者就熟，二者暂避其锐。”术用其言，留李丰、乐就、梁刚、陈纪四人分兵十万，坚守寿春；其余将卒并库藏金玉宝贝，尽数收拾过淮去了。

却说曹兵十七万，日费粮食浩大，诸郡又荒旱，接济不及。操催军速战，李丰等闭门不出。操军相拒月余，粮食将尽，致书于孙策，借得粮米十万斛，不敷支散。管粮官任峻部下仓官王垕入禀操曰：“兵多粮少，当如之何？”操曰：“可将小斛散之，权且救一时之急。”垕曰：“兵士倘怨，如何？”操曰：“吾自有策。”垕依命，以小斛分散。操暗使人各寨探听，无不嗟怨，皆言丞相欺众。操乃密召王垕入曰：“吾欲问汝借一物，以压众心，汝必勿吝。”垕曰：“丞相欲用何物？”操曰：“欲借汝头以示众耳。”垕大惊曰：“某实无罪！”操曰：“吾亦知汝无罪，但不杀汝，军心变矣。汝死后，汝妻子吾自养之，汝勿虑也。”垕再欲言时，操早呼刀斧手推出门外，一刀斩讫，悬头高竿，出榜晓示曰：“王垕故行小斛，盗窃官粮，谨按军法。”于是众怨始解。［不可思议的急救方，曹操独此一家。］

次日，操传令各营将领：“如三日内不并力破城，皆斩！”操亲自至城下，督诸军搬土运石，填壕塞堑。城上矢石如雨，有两员裨将畏避而回，操掣剑亲斩于城下，遂自下马接土填坑。［“榜样力量无穷，”虽是老话，说服力历久弥新。］于是大小将士无不向前，军威大振。城上抵敌不住。曹兵争先上城，斩关落锁，大队拥入。李丰、陈纪、乐就、梁刚都被生擒，操令皆斩于市。焚烧伪造宫室殿宇、一应犯禁之物；寿春城中，收掠一空。商议欲进兵渡淮，追赶袁术。荀彧谏曰："年来荒旱，粮食艰难，若更进兵，劳军损民，未必有利。不若暂回许都，待来春麦熟，军粮足备，方可图之。"操踌躇未决。忽报马到，报说："张绣依托刘表，复肆猖獗；南阳、张陵诸县复反。曹洪拒敌不住，连输数阵，今特来告急。"操乃驰书与孙策，令其跨江布阵，以为刘表疑兵，使不敢妄动；自己即日班师，别议征张绣之事。临行，令玄德仍屯兵小沛，与吕布结为兄弟，互相救助，再无相侵。吕布领兵自回徐州。操密谓玄德曰："吾令汝屯兵小沛，是掘坑待虎之计也。公但与陈珪父子商议，勿致有失；某当为公外援。"［曹操与吕布的保质期已过。吕布蒙在鼓里，还以为来日方长。］话毕而别。

却说曹操引军回许都，人报段煨杀了李傕，伍习杀了郭汜，将头来献。段煨并将李傕合族老小二百余口活解入许都。操令分于各门处斩，传首号令，人民称快。［民众并不讨厌株连。只要受株者确属恶人，受牵连者与己无涉，他们随时如同逛庙会赏社戏，踊跃欢呼。］天子升殿，会集文武，作太平筵宴。封段煨为荡寇将军、伍习为殄虏将军，各引兵去镇守长安，二人谢恩而去。操即奏张绣作乱，当兴兵伐之。天子乃亲排銮驾，送操出师。——时建安三年夏四月也。操留荀彧在许都，调遣兵将，自统大军进发。行军之次，见一路麦已熟；民因兵至，逃避在外，不敢刈麦。操使人远近遍谕村人父老，及各处守境官吏曰："吾奉天子明诏，出兵讨逆，与民除害。方今麦熟之时，不得已而起兵，大小将校，凡过麦田，但有践踏者，并皆斩首。军法甚严，尔民勿得惊疑。"百姓闻谕，无不欢喜称颂，望尘遮道而拜。官军经过麦田，皆下马以手扶麦，递相传送而过，并不敢践踏。操乘马正行，忽田中惊起一鸠，那马眼生，窜入麦中，践坏了一大块麦田。操随呼行军主簿，拟议自己践麦之罪。［装腔作势，妙在腔装得正，势作得足。］主簿曰："丞相岂可议罪？"操曰："吾自制法，吾自犯之，何以服众？"即掣所佩之剑欲自刎。众急救住。郭嘉曰："古者《春秋》之义：法不加于尊。丞相总统大军，岂可自戕？"操沉吟良久，乃曰："既《春秋》有'法不加于尊'之义，吾姑免死。"乃以剑割自己之发，掷于地曰："割发权代首。"使人以发传示三军曰："丞相践麦，本当斩首号令，今割发以代。"于是三军悚然，无不凛遵军令。［阿瞒权谋，意外而有效。古人割发不同于今人理发，"身体发肤，受之父母"，轻易使不得，故削发算一种惩罚（律条里即有"髡刑"）。苏格拉底与人辩论时曾发誓，若不能驳倒对方，"就铰头发"，听上去亦非开玩笑。］后人有诗论之曰：

十万貔貅十万心，一人号令众难禁。

拔刀割发权为首，方见曹瞒诈术深。

却说张绣知操引兵来，急发书报刘表使为后应，一面与雷叙、张先二将领兵出城迎敌。两阵对圆，张绣出马，指操骂曰："汝乃假仁义无廉耻之人，与禽兽何异！"操大怒，令许褚出马。绣令张先接战。只三合，许褚斩张先于马下，绣军大败。操引军赶至南阳城下。绣入城，闭门不出。操围城攻打，见城濠甚阔，水势又深，急难近城，乃令军士运土填濠；又用土布袋并柴薪草把相杂，于城边作梯凳；又立云梯窥望城中；操自骑马绕城观之。如此三日。传令教军士于西门角上，堆积柴薪，会集诸将，就那里上城。城中贾诩见如此光景，便谓张绣曰："某已知曹操之意矣。今可将计就计而行。"正是：

强中自有强中手，用诈还逢识诈人。

不知其计若何，且听下文分解。

牺牲

借粮官王垕头颅一事，令曹操被世人骂尽。

带兵打仗，牺牲必不可免，在军事谋略中，用较小的牺牲获得较大战果（俗话所谓"舍不得孩子套不到狼"），永远是一大现实考量。任何一名战地指挥官都会面临"丢卒保车"的考验，现代战场上那些充当尖刀排的战士，正是担荷了王垕式使命，并预设了王垕式下场。二战时，英国人成功破译德国的“英格玛密码”，获悉德军将空袭考文垂。为避免德军发现密码被破导致皇家空军在伦敦保卫战中付出更大牺牲，丘吉尔没有告知考文垂市民疏散，致使大量市民在空袭中丧生——这些市民其实都是“王垕”。

从未有人将一桩军事统帅不得不为之事，做得像曹操那么神奇。曹操与其他将帅的区别是：他用最微小、最具想象力的代价，避免了最大损失，并赢得了充分战果。设若粮官之头仍在，不难看出，伴随士气低落、士兵哗变而来的种种不测，损失必远大于牺牲粮官一人。拉伯雷《巨人传》提及军队缺粮的应对方案，是把士兵的牙齿拔下来，以降低他们的食欲。虽然神奇，但属戏谑之谈。

人类的情感方式常会左右我们的判断。只要手法不那么突兀，牺牲数万市民人们也会接受，一旦手法奇特到超出想象的程度，哪怕损失已然降到最低，人们也难以原谅。所以，与其说后人惋惜王垕的人头，不如说他们震撼于曹操的谲智，他们想：曹阿瞒的底线在哪？

第十八回

贾文和料敌决胜　夏侯惇拔矢啖睛

却说贾诩料知曹操之意，便欲将计就计而行，乃谓张绣曰："某在城上见曹操绕城而观者三日。他见城东南角砖土之色，新旧不等，鹿角多半毁坏，意将从此处攻进，却虚去西北上积草，诈为声势，欲哄我彻兵守西北，彼乘夜黑必爬东南角而进也。"绣曰："然则奈何?"诩曰："此易事耳。来日可令精壮之兵，饱食轻妆，尽藏于东南房屋内，却教百姓假扮军士，虚守西北。夜间任他在东南角上爬城，俟其爬进城时，一声炮响，伏兵齐起，操可擒矣。"绣喜，从其计。早有探马报曹操，说张绣尽彻兵在西北角上，呐喊守城，东南却甚空虚。操曰："中吾计矣!"遂命军中密备锹镢爬城器具，日间只引兵攻西北角。至二更时分，却领精兵于东南角上爬入濠去，砍开鹿角。［一种防御设置。赵翼说："鹿性警，群居则环其角，圆围如阵，以防人物之害。军中寨栅埋树木外向，亦名鹿角。"型制稍异者叫做"拒马"，在现代战争中已为铁丝网代替。］城中全无动静，众军一齐拥入。只听得一声炮响，伏兵四起。曹兵急退，背后张绣亲驱勇壮杀来。曹军大败，退出城外，奔走数十里。张绣直杀至天明方收军入城。曹操计点败军，已折五万余人，失去辎重无数。吕虔、于禁俱各被伤。［贾诩棋高一着，"折兵五万余人"当属惨烈，换算成古罗马军队编制，约当十个军团。］

却说贾诩见操兵败走，急劝张绣遗书刘表，使起兵截其后路。表得书，即欲起兵。忽探马报孙策屯兵湖口。蒯良曰："策屯兵湖口，乃曹操之计也。今操新败，若不乘势击之，后必有患。"表乃令黄祖坚守隘口，自己统兵至安众县截操后路，一面约会张绣。绣知表兵已起，即同贾诩引兵袭操。

且说操军缓缓而行，至襄城，到淯水，操忽于马上放声大哭。众惊问其故，操曰："吾思去年于此地折了吾大将典韦，不由不哭耳！"因即下令屯住军马，大设祭筵，吊奠典韦亡魂。操亲自拈香哭拜，三军无不感叹。祭典韦毕，方祭侄曹安民及长子曹昂，并祭阵亡军士；连那匹射死的大宛马，也都致祭。[抟聚士气，促其感奋，毋使懈怠，此统帅必备之术。曹操老于此道。]次日，忽荀彧差人报说："刘表助张绣屯兵安众，截吾归路。"操答彧书曰："吾日行数里，非不知贼来追我；然我计画已定，若到安众，破绣必矣。君等勿疑。"便催军行至安众县界，刘表军已守险要，张绣随后引军赶来。操乃令众军黑夜凿险开道，暗伏奇兵。及天色微明，刘表、张绣军会合，见操兵少，疑操遁去，俱引兵入险击之。操纵奇兵出，大破两家之兵。曹兵出安众隘口，于隘外下寨。刘表、张绣各整败兵相见。表曰："何期反中曹操奸计！"绣曰："容再图之。"于是两军集于安众。

且说荀彧探知袁绍欲兴兵犯许都，星夜驰书报曹操。操得书心慌，即日回兵。[以当日形势，张绣、刘表不足惧，袁绍才是劲敌。]细作报知张绣，绣欲追之。贾诩曰："不可追也，追之必败。"刘表曰："今日不追，坐失机会矣。"力劝绣引军万余同往追之。约行十余里，赶上曹军后队。曹军奋力接战，绣、表两军大败而还。绣谓诩曰："不用公言，果有此败。"诩曰："今可整兵再往追之。"绣与表俱曰："今已败，奈何复追？"诩曰："今番追去，必获大胜；如其不然，请斩吾首。"绣信之。刘表疑虑，不肯同往。绣乃自引一军往追。操兵果然大败，军马辎重，连路散弃而走。绣正往前追赶，忽山后一彪军拥出。绣不敢前追，收军回安众。刘表问贾诩曰："前以精兵追退兵，而公曰必败；后以败卒击胜兵，而公曰必克，究竟悉如公言。何其事不同而皆验也？愿公明教我。"诩曰："此易知耳。将军虽善用兵，非曹操敌手。操军虽败，必有劲将为后殿，以防追兵；我兵虽锐，不能敌之也，故知必败。夫操之急于退兵者，必因许都有事；既破我追军之后，必轻车速回，不复为备。我乘其不备而更追之，故能胜也。"刘表、张绣俱服其高见。[贾诩神奇。曹操对吕布也用过类似计谋，贾诩"青出于蓝胜于蓝"。]诩劝表回荆州，绣守襄城，以为唇齿。两军各散。

且说曹操正行间，闻报后军为绣所追，急引众将回身救应，只见绣军已退。败兵回告操曰："若非山后这一路人马阻住中路，我等皆被擒矣。"操急问何人。那人绰枪下马，拜见曹操，乃镇威中郎将，江夏平春人，姓李名通，字文达。操问："何来?"通曰："近守汝南，闻丞相与张绣、刘表战，特来接应。"操喜，封之为建功侯，守汝南西界，以防表、绣。李通拜谢而去。操还许都，表奏孙策有功，封为讨逆将军，赐爵吴侯，遣使赍诏江东，谕令防剿刘表。操回府，众官参见毕。荀彧问曰："丞相缓行至安众，何以知必胜贼兵?"操曰："彼退无归路，必将死战，吾缓诱之而暗图之，是以知其必胜也。"荀彧拜服。

郭嘉入，操曰："公来何暮也?"[惜墨如金者，方能字字如金。淡淡一闲笔，道尽曹操对郭嘉的期待。英哲弗兰西斯·培根在《谈荣誉和名声》一文里曾排定臣民的荣誉等级，位居第一的乃"为主分忧之臣"。听曹操语气，郭嘉正是分忧人。]嘉袖出一书，白操曰："袁绍使人致书丞相，言欲出兵攻公孙瓒，特来借粮借兵。"操曰："吾闻绍欲图许都，今见吾归，又别生他议。"遂拆书观之，见其词意骄慢，乃问嘉曰："袁绍如此无状，吾欲讨之，恨力不及，如何?"嘉曰："刘、项之不敌，公所知也。高祖唯智胜，项羽虽强，终为所擒。今绍有十败，公有十胜，绍兵虽盛，不足惧也：绍繁礼多仪，公体任自然，此道胜也；绍以逆动，公以顺率，此义胜也；桓、灵以来，政失于宽，绍以宽济，公以猛纠，此治胜也；绍外宽内忌，所任多亲戚，公外简内明，用人唯才，此度胜也；绍多谋少决，公得策辄行，此谋胜也；绍专收名誉，公以至诚待人，此德胜也；绍恤近忽远，公虑无不周，此仁胜也；绍听谗惑乱，公浸润不行，此明胜也；绍是非混淆，公法度严明，此文胜也；绍好为虚势，不知兵要，公以少克众，用兵如神，此武胜也。公有此十胜，于以破绍无难矣。"[套用今语，郭嘉所言，系一份完整的"战略评估可行性报告"。]

操笑曰："如公所言，孤何足以当之!"荀彧曰："郭奉孝十胜十败之说，正与愚见相合。绍兵虽众，何足惧耶!"嘉曰："徐州吕布，实心腹大患。今绍北征公孙瓒，我当乘其远出，先取吕布，扫除东南，然后图绍，乃为上计；否则我方攻绍，布必乘虚来犯许都；为害不浅也。”操然其言，遂议东征吕布。荀彧曰：“可先使人往约刘备，待其回报，方可动兵。”操从之，一面发书与玄德，一面厚遣绍使，奏封绍为大将军、太尉、兼都督冀、青、幽、并四州，[将欲取之，必先与之。战略上的“德胜”“仁胜”云云，需由战术上的“谋胜”“武胜”达成，位居首要的原则，仍是耳熟能详的兵家宝典：兵不厌诈。]密书答之云：“公可讨公孙瓒，吾当相助。”绍得书大喜，便进兵攻公孙瓒。

且说吕布在徐州，每当宾客宴会之际，陈珪父子必盛称布德。陈宫不悦，乘间告布曰：“陈珪父子面谀将军，其心不可测，宜善防之。”布怒叱曰：“汝无端献谗，欲害好人耶？”[置身机心稠密之地，吕布全无机心，天真一派。]宫出叹曰：“忠言不入，吾辈必受殃矣！”意欲弃布他往，却又不忍，又恐被人嗤笑，乃终日闷闷不乐。一日，带领数骑去小沛地面围猎解闷，忽见官道上一骑驿马飞奔前去。宫疑之，弃了围场，引从骑抄小路赶上，问曰：“汝是何处使命？”那使者知是吕布部下人，慌不能答。宫令搜其身，得玄德回答曹操密书一封。宫即连人与书，拿见吕布。布问其故。来使曰：“曹丞相差我往刘豫州处下书，今得回书，不知书中所言何事。”布乃拆书细看。书略曰：

> 奉明命欲图吕布，敢不夙夜用心。但备兵微将少，不敢轻动。丞相若兴大师，备当为前驱。谨严兵整甲，专待钧命。

吕布见了，大骂曰：“操贼焉敢如此！”遂将使者斩首。先使陈宫、臧霸结连泰山寇孙观、吴敦、尹礼、昌豨，东取山东兖州诸郡；令高顺、张辽取沛城，攻玄德。令宋宪、魏续西取汝、颍；布自总中军为三路救应。

且说高顺等引兵出徐州，将至小沛，有人报知玄德。玄德急与众商议。孙乾曰：“可速告急于曹操。”玄德曰：“谁可去许都告急？”阶下一人出曰：“某愿往。”视之，乃玄德同乡人，姓简名雍，字宪和，现为玄德幕宾。玄德即修书付简雍，使星夜赴许都求援；一面整顿守城器具。玄德自守南门，孙乾守北门，云长守西门，张飞守东门；令糜竺与其弟糜芳守护中军。原来糜竺有一妹，嫁与玄德为次妻。玄德与他兄弟有郎舅之亲，故令其守中军保护妻小。高顺军至，玄德在敌楼上问曰："吾与奉先无隙，何故引兵至此？"顺曰："你结连曹操，欲害吾主，今事已露，何不就缚！"言讫，便麾军攻城。玄德闭门不出。次日，张辽引兵攻西门。云长从城上谓之曰："公仪表非俗，何故失身于贼？"张辽低头不语。云长知此人有忠义之气，更不以恶言相加，亦不出战。辽引兵退至东门，张飞便出迎战。早有人报知关公。关公急来东门看时，只见飞方出城，张辽军已退。飞欲追赶，关公急召入城。飞曰："彼惧而退，何不追之？"关公曰："否，此人武艺不在你我之下。因我以正言感之，颇有自悔之心，故不与我等战耳。"［将领间的息息相通，也是战场间隙的美妙景致，惜乎作者着墨不多。］飞乃悟，只令士卒坚守城门，更不出战。

却说简雍至许都见曹操，具言前事。操即聚众谋士议曰："吾欲攻吕布，不忧袁绍掣肘，只恐刘表、张绣议其后耳。"荀攸曰："二人新破，未敢轻动。吕布骁勇，若更结连袁术，纵横淮泗，急难图矣。"郭嘉曰："今可乘其初叛，众心未附，疾往击之。"操从其言，即命夏侯惇与夏侯渊、吕虔、李典领兵五万先行，自统大军陆续进发，简雍随行。早有探马报知高顺。顺飞报吕布。布先令侯成、郝萌、曹性引二百余骑接应高顺，使离沛城三十里去迎曹军，自引大军随后接应。玄德在小沛城中见高顺退去，知是曹家兵至，乃只留孙乾守城，糜竺、糜芳守家，自己却与关、张二公，提兵尽出城外，分头下寨，接应曹军。

却说夏侯惇引军前进，正与高顺军相遇，便挺枪出马搦战。高顺迎敌。两马相交，战有四五十合，高顺抵敌不住，败下阵来。惇纵马追赶，顺绕阵而走。惇不舍，亦绕阵追之。阵上曹性看见，暗地拈弓搭箭，觑得亲切，一箭射去，正中夏侯惇左目。惇大叫一声，急用手拔箭，不想连眼珠拔出，乃大呼曰："父精母血，不可弃也！"遂纳于口内啖之，仍复提枪纵马，直取曹性。性不及堤防，早被一枪搠透面门，死于马下。两边军士见者无不骇然。［历代读者遇此，亦觉骇然。］夏侯惇既杀曹性，纵马便回。高顺从背后赶来，麾军齐上，曹兵大败。夏侯渊救护其兄而走。吕虔、李典将败军退去济北下寨。高顺得胜，引军回击玄德。恰好吕布大军亦至，布与张辽、高顺分兵三路，夹攻玄德、关、张三寨。

正是：

咴晴猛将虽能战，中箭先锋难久持。

未知玄德胜负如何，且听下文分解。

胜败

“胜败乃兵家常事”，正如阴晴乃天象常事。有时，连战连捷之旅兵败如山倒，如项羽；有时，屡败屡战之师一战而毕其全功，如刘邦。胜败之间，包孕无穷，胜机偶孕于败兆之内，败相常成为取胜之匙。此外，战场外因素（如疾病）也会用匪夷所思的能量，瞬间转换胜败，仿佛足球场上的诡异乌龙球。1529 年，围困那不勒斯的法国军队眼看就要取得大胜，斑疹伤寒突然在军中爆发，法军损失殆尽。故就战术层面而言，不以成败论英雄，实属明智。

至于郭嘉之“十胜十败”，则察其大略，取其大势，注重宏观战略层面。试以日本海军大将山本五十六为例，当年奉命偷袭珍珠港，尝语友人曰：就局部一战而言，可保成功，就长期战略而论，日本断难与美国抗衡。所思所虑者，正是双方交战的总体格局。一城一地之得失，一晨一夕之成败，虽可暂时改变实力之消长，却无改战争的总体方向。郭嘉言中之袁、曹大战亦复如是。故在宏观战略层面，不应照搬“胜败乃兵家常事”之论，道胜、义胜、仁胜较之谋胜、智胜、武胜，具有更大价值。

诚然，文化昌明一方败于蛮族入寇，也是史上常见景致。匈奴人阿提拉入侵罗马，蒙古铁骑横扫欧亚，有何“仁”“德”可言，纯以“武胜”平天下。

第十九回

下邳城曹操鏖兵　白门楼吕布殒命

却说高顺引张辽击关公寨，吕布自击张飞寨，关张各出迎战，玄德引兵两路接应。吕布分军从背后杀来，关、张两军皆溃，玄德引数十骑奔回沛城。吕布赶来，玄德急唤城上军士放下吊桥。吕布随后也到。城上欲待放箭，又恐射了玄德。被吕布乘势杀入城门，把门将士抵敌不住，都四散奔避。吕布招军入城。玄德见势已急，到家不及，只得弃了妻小，穿城而过，走出西门，匹马难逃。吕布赶到玄德家中，糜竺出迎，告布曰："吾闻大丈夫不废人之妻子。今与将军争天下者，曹公耳。玄德常念辕门射戟之恩，不敢背将军也。今不得已而投曹公，惟将军怜之。"布曰："吾与玄德旧交，岂忍害他妻子。"［吕布善待刘备家人，刘备每每弃却妻小。］便令糜竺引玄德妻小，去徐州安置。布自引军投山东兖州境上，留高顺、张辽守小沛。此时孙乾已逃出城外。关、张二人亦各自收得些人马，往山中住扎。

且说玄德匹马逃难，正行间，背后一人赶至，视之乃孙乾也。玄德曰："吾今两弟不知存亡，妻小失散，为之奈何？"［先念兄弟，后及妻子，是刘备的情感排序。古人不以为非，盖兄弟属天伦，妻子属人伦。］孙乾曰："不若且投曹操，以图后计。"玄德依言，寻小路投许都。途次绝粮，尝往村中求食。但到处，闻刘豫州，皆争进饮食。一日，到一家投宿，其家一少年出拜，问其姓名，乃猎户刘安也。当下刘安闻豫州牧至，欲寻野味供食，一时不能得，乃杀其妻以食之。［绝难想象。刘安是少年，妻子当是新妇。］玄德曰："此何肉也？"安曰："乃狼肉也。"玄德不疑，遂饱食了一顿，天晚就宿。至晓将去，往后院取马，忽见一妇人杀于厨下，臂上肉已都割去。玄德惊问，方知昨夜食者，乃其妻之肉也。玄德不胜伤感，洒泪上马。刘安告玄德曰："本欲相随使君，因老母在堂，未敢远行。”［极恶非道！古人之女性观，常至禽兽不如。虎毒尚不食子，人贤竟至剁妻！］玄德称谢而别，取路出梁城。忽见尘头蔽日，一彪大军来到。玄德知是曹操之军，同孙乾径至中军旗下，与曹操相见，具说失沛城、散二弟、陷妻小之事。操亦为之下泪。又说刘安杀妻为食之事，操乃令孙乾以金百两往赐之。

军行至济北，夏侯渊等迎接入寨，备言兄夏侯惇损其一目，卧病未痊。操临卧处视之，令先回许都调理；一面使人打探吕布现在何处。探马回报云：“吕布与陈宫、臧霸结连泰山贼寇，共攻兖州诸郡。”［受攻之人，兀自攻城不休。］操即令曹仁引三千兵打沛城；操亲提大军，与玄德来战吕布。前至山东，路近萧关，正遇泰山寇孙观、吴敦、尹礼、昌豨领兵三万余拦住去路。操令许褚迎战，四将一齐出马。许褚奋力死战，四将抵敌不住，各自败走。操乘势掩杀，追至萧关。探马飞报吕布。

时布已回徐州，欲同陈登往救小沛，令陈珪守徐州。陈登临行，珪谓之曰：“昔曹公曾言东方事尽付与汝。今布将败，可便图之。”登曰：“外面之事，儿自为之；倘布败回，父亲便请糜竺一同守城，休放布入，儿自有脱身之计。”珪曰：“布妻小在此，心腹颇多，为之奈何？”登曰：“儿亦有计了。”［陈登嘴上有词，腹内有计，胸中有胆。］乃入见吕布曰：“徐州四面受敌，操必力攻，我当先思退步。可将钱粮移于下邳，倘徐州被围，下邳有粮可救。主公盍早为计？”布曰：“元龙之言甚善。吾当并妻小移去。”遂令宋宪、魏续保护妻小与钱粮移屯下邳；一面自引军与陈登往救萧关。到半路，登曰：“容某先到萧关探曹兵虚实，主公方可行。”布许之。登乃先到关上，陈宫等接见。登曰：“温侯怪公等不肯向前，要来责罚。”宫曰：“今曹兵势大，未可轻敌。吾等紧守关隘，可劝主公深保沛城，乃为上策。”陈登唯唯。至晚，上关而望，见曹兵直逼关下，乃乘夜连写三封书，拴在箭上，射下关去。次日辞了陈宫，飞马来见吕布曰：“关上孙观等皆欲献关，某已留下陈宫把守，将军可于黄昏时杀去救应。”布曰：“非公则此关休矣。”［被人卖了还替人数钱，吕布之谓也。］便教陈登飞骑先至关，约陈宫为内应，举火为号。登径往报宫曰：“曹兵已抄小路到关内。恐徐州有失，公等宜急回。”宫遂引众弃关而走。登就关上放起火来。吕布乘黑杀至，陈宫军和吕布军在黑暗里自相掩杀。[中国读者真是有幸，六百年前即可见识如此精彩的超级特工。]曹兵望见号火，一齐杀到，乘势攻击。孙观等各自四散逃避去了。

吕布直杀到天明，方知是计，急与陈宫回徐州。到得城边叫门时，城上乱箭射下。糜竺在敌楼上喝曰："汝夺吾主城池，今当仍还吾主，汝不得复入此城也。"布大怒曰："陈珪何在？"竺曰："吾已杀之矣。"布回顾宫曰："陈登安在？"宫曰："将军尚执迷而问此佞贼乎？"[陈宫至今方醒，吕布犹在梦中。]布令遍寻军中，却只不见。宫劝布急投小沛，布从之。行至半路，只见一彪军骤至，视之，乃高顺、张辽也。布问之，答曰："陈登来报说主公被围，令某等急来救解。"宫曰："此又佞贼之计也。"布怒曰："吾必杀此贼！"[陈登的离间能量过于充沛，一人可当十万之师。]急驱马至小沛，只见小沛城上尽插曹兵旗号。原来曹操已令曹仁袭了城池，引军把守。吕布于城下大骂陈登。登在城上指布骂曰："吾乃汉臣，安肯事汝反贼耶！"布大怒，正待攻城，忽听背后喊声大起，一队人马来到，当先一将乃是张飞。高顺出马迎敌，不能取胜。布亲自接战。正斗间，阵外喊声复起，曹操亲统大军冲杀前来。吕布料难抵敌，引军东走。曹兵随后追赶。吕布走得人困马乏。忽又闪出一彪军拦住去路，为首一将，立马横刀，大喝："吕布休走！关云长在此！"吕布慌忙接战。背后张飞赶来。布无心恋战，与陈宫等杀开条路，径奔下邳。侯成引兵接应去了。

关、张相见，各洒泪言失散之事。云长曰："我在海州路上住扎，探得消息，故来至此。"张飞曰："弟在芒砀山住了这几时，今日幸得相遇。"两个叙话毕，一同引兵来见玄德，哭拜于地。[三兄弟重聚如三妯娌相逢，必有哭泣相伴。]玄德悲喜交集，引二人见曹操，便随操入徐州。糜竺接见，具言家属无恙，玄德甚喜。陈珪父子亦来参拜曹操。操设一大宴，犒劳诸将。操自居中，使陈珪居左，玄德居右。其余将士，各依次坐。宴罢，操嘉陈珪父子之功，加封十县之禄，授登为伏波将军。

且说曹操得了徐州，心中大喜，商议起兵攻下邳。程昱曰："布今止有下邳一城，若逼之太急，必死战而投袁术矣。布与术合，其势难攻。

今可使能事者守住淮南径路，内防吕布，外当袁术。况今山东尚有臧霸、孙观之徒未曾归顺，防之亦不可忽也。”操曰：“吾自当山东诸路。其淮南径路，请玄德当之。”玄德曰：“丞相将令，安敢有违。”次日，玄德留糜竺、简雍在徐州，带孙乾、关、张，引军往守淮南径路。曹操自引兵攻下邳。

且说吕布在下邳，自恃粮食足备，且有泗水之险，安心坐守，可保无虞。陈宫曰：“今操兵方来，可乘其寨栅未定，以逸击劳，无不胜者。”布曰：“吾方屡败，不可轻出。待其来攻而后击之，皆落泗水矣。”遂不听陈宫之言。［陈宫在陈登面前连输数招，在吕布心中身价大跌。］过数日，曹兵下寨已定。操统众将至城下，大叫吕布答话，布上城而立。操谓布曰：“闻奉先又欲结婚袁术，吾故领兵至此。夫术有反逆大罪，而公有讨董卓之功，今何自弃其前功而从逆贼耶？傥城池一破，悔之晚矣！若早来降，共扶王室，当不失封侯之位。”布曰：“丞相且退，尚容商议。”陈宫在布侧大骂曹操“奸贼”，一箭射中其麾盖。［这一箭，照出陈宫真心：吕布只是他用来报复曹操的工具。］操指宫恨曰：“吾誓杀汝！”遂引兵攻城。

宫谓布曰：“曹操远来，势不能久。将军可以步骑出屯于外，宫将余众闭守于内。操若攻将军，宫引兵击其背；若来攻城，将军为救于后。不过旬日，操军食尽，可一鼓而破。此乃犄角之势也。”布曰：“公言极是。”遂归府收拾戎装。时方冬寒，分付从人多带绵衣。布妻严氏闻之，出问曰：“君欲何往？”布告以陈宫之谋。严氏曰：“君委全城，捐妻小，孤军远出，傥一旦有变，妾岂得为将军之妻乎？”布踌躇未决，三日不出。宫入见曰：“操军四面围城，若不早出，必受其困。”布曰：“吾思远出不如坚守。”宫曰：“近闻操军粮少，遣人往许都去取，早晚将至。将军可引精兵往断其粮道。此计大妙。”布然其言，复入内对严氏说知此事。严氏泣曰：“将军若出，陈宫、高顺安能坚守城池？傥有差失，悔无及矣！妾昔在长安，已为将军所弃，幸赖庞舒私藏妾身，再得与将军相聚；孰知今又弃妾而去乎？将军前程万里，请勿以妾为念！”言罢痛哭。布闻言，愁闷不决，入告貂蝉。［吕布儿女情长，难容于杀伐之世。为吕布计，真该抛却一切，与严氏、貂蝉过小日子去。] 貂蝉曰："将军与妾作主，勿轻骑自出。"布曰："汝无忧虑。吾有画戟、赤兔马，谁敢近我！"乃出谓陈宫曰："操军粮至者，诈也。操多诡计，吾未敢动。"宫出，叹曰："我等死无葬身之地矣！"布于是终日不出，只同严氏、貂蝉饮酒解闷。谋士许汜、王楷入见布，进计曰："今袁术在淮南，声势大振。将军旧曾与彼约婚，今何不仍求之？彼兵若至，内外夹攻，操不难破也。"布从其计，即日修书，就着二人前去。许汜曰："须得一军引路冲出方好。"布令张辽、郝萌两个引兵一千，送出隘口。是夜二更，张辽在前，郝萌在后，保着许汜、王楷杀出城去。抹过玄德寨，众将追赶不及，已出隘口。郝萌将五百人，跟许汜、王楷而去。张辽引一半军回来，到隘口时，云长拦住。未及交锋，高顺引兵出城救应，接入城中去了。

且说许汜、王楷至寿春，拜见袁术，呈上书信。术曰："前者杀吾使命，赖我婚姻；今又来相问，何也？"汜曰："此为曹操奸计所误，愿明公详之。"术曰："汝主不因曹兵困急，岂肯以女许我？"楷曰："明公今不相救，恐唇亡齿寒，亦非明公之福也。"术曰："奉先反覆无信，可先送女，然后发兵。"[两个无谋主，一对儿戏人。] 许汜、王楷只得拜辞，和郝萌回来。到玄德寨边，汜曰："日间不可过。夜半吾二人先行，郝将军断后。"商量停当。夜过玄德寨，许汜、王楷先过去了。郝萌正行之次，张飞出寨拦路。郝萌交马只一合，被张飞生擒过去，五百人马尽被杀散。张飞解郝萌来见玄德，玄德押往大寨见曹操。郝萌备说求救许婚一事。操大怒，斩郝萌于军门，使人传谕各寨，小心防守：如有走透吕布及彼军士者，依军法处治。各寨悚然。玄德回营，分付关、张曰："我等正当淮南冲要之处，二弟切宜小心在意，勿犯曹公军令。"飞曰："捉了一员贼将，曹操不见有甚褒赏，却反来唬吓，何也？"玄德曰："非也，曹操统领多军，不以军令，何能服人？弟勿犯之。"[不愧大哥，场面话说得周全。] 关、张应诺而退。

却说许汜、王楷回见吕布，具言袁术先欲得妇，然后起兵救援。布曰："如何送去？"汜曰："今郝萌被获，操必知我情，预作准备。若非将军亲自护送，谁能突出重围？"布曰："今日便送去，如何？"汜曰："今日乃凶神值日，不可去。明日大利，宜用戌、亥时。”布令张辽、高顺：“引三千军马，安排小车一辆。我亲送至二百里外，却使你两个送去。”次夜二更时分，吕布将女以绵缠身，用甲包裹，负于背上，［一奇，待嫁娘忽成襁褓婴。］提戟上马。放开城门，布当先出城，张辽、高顺跟着。将次到玄德寨前，一声鼓响，关、张二人拦住去路，大叫：“休走！”布无心恋战，只顾夺路而行。玄德自引一军杀来，两军混战。吕布虽勇，终是缚一女在身上，只恐有伤，不敢冲突重围。后面徐晃、许褚皆杀来，众军皆大叫曰：“不要走了吕布！”布见军来太急，只得仍退入城。玄德收军，徐晃等各归寨，端的不曾走透一个。吕布回到城中，心内忧闷，只是饮酒。［转眼，无双猛男又化作愁肠诗客。］

却说曹操攻城，两月不下。忽报河内太守张杨出兵东市，欲救吕布；部将杨丑杀之，欲将头献丞相，却被张杨心腹将眭固所杀，反投大城去了。操闻报，即遣史涣追斩眭固；因聚众将曰：“张杨虽幸自灭，然北有袁绍之忧，东有表、绣之患，下邳久围不克，吾欲舍布还都，暂且息战，何如？”荀攸急止曰：“不可。吕布屡败，锐气已堕。军以将为主，将衰则军无战心。彼陈宫虽有谋而迟。［号脉精准。谋非其时，徒成事后诸葛亮，陈宫终属二流谋士。］今布之气未复，宫之谋未定，作速攻之，布可擒也。”郭嘉曰：“某有一计，下邳城可立破，胜于二十万师。”荀彧曰：“莫非决沂、泗之水乎？”嘉笑曰：“正是此意。”操大喜，即令军士决两河之水。曹兵皆居高原，坐视水淹下邳。下邳一城，只剩得东门无水；其余各门，都被水淹。众军飞报吕布。布曰：“吾有赤兔马，渡水如平地，又何惧哉！”乃日与妻妾痛饮美酒，因酒色过伤，形容销减，一日取镜自照，惊曰：“吾被酒色伤矣！自今日始，当戒之。”遂下令城中，但有饮酒者皆斩。

却说侯成有马十五匹，被后槽人盗去，欲献与玄德。侯成知觉，追杀后槽人，将马夺回；诸将与侯成作贺。侯成酿得五六斛酒，欲与诸将会饮，恐吕布见罪，乃先以酒五瓶诣布府，禀曰：“托将军虎威，追得失马。众将皆来作贺，酿得些酒，未敢擅饮，特先奉上微意。”布大怒曰：“吾方禁酒，汝却酿酒会饮，莫非同谋伐我乎！”命推出斩之。宋宪、魏续等诸将俱入告饶。布曰："故犯吾令，理合斩首。今看众将面，且打一百！"众将又哀告，打了五十背花，然后放归。众将无不丧气。［士气最会传染。］宋宪、魏续至侯成家来探视，侯成泣曰："非公等则吾死矣！"宪曰："布只恋妻子，视吾等如草芥。"［爱恋妻子与鞭挞士卒构成对立，立呈凶兆。毕竟，严氏只是陪你解闷，士卒却须为你效命。］续曰："军围城下，水绕濠边，吾等死无日矣！"宪曰："布无仁义，我等弃之而走，何如？"续曰："非丈夫也。不若擒布献曹公。"侯成曰："我因追马受责，而布所倚恃者，赤兔马也。汝二人果能献门擒布，吾当先盗马去见曹公。"三人商议定了。是夜侯成暗至马院，盗了那匹赤兔马，飞奔东门来。魏续便开门放出，却佯作追赶之状。侯成到曹操寨，献上马匹，备言宋宪、魏续插白旗为号，准备献门。曹操闻此信，便押榜数十张射入城去。其榜曰：

> 大将军曹，特奉明诏，征伐吕布。如有抗拒大军者，破城之日，满门诛戮。上至将校，下至庶民，有能擒吕布来献，或献其首级者，重加官赏。为此榜谕，各宜知悉。

次日平明，城外喊声震地。吕布大惊，提戟上城，各门点视，责骂魏续走透侯成，失了战马，欲待治罪。城下曹兵望见城上白旗，竭力攻城，布只得亲自抵敌。从平明直打到日中，曹兵稍退。布少憩门楼，不觉睡着在椅上。宋宪赶退左右，先盗其画戟，便与魏续一齐动手，将吕布绳缠索绑，紧紧缚住。［典韦双戟被盗，尚有一番力战；吕布画戟被盗，顿成一只肉粽。］布从睡梦中惊醒，急唤左右，却都被二人杀散，把白旗一招，曹兵齐至城下。魏续大叫："已生擒吕布矣！"夏侯渊尚未信。宋宪在城上掷下吕布画戟来，大开城门，曹兵一拥而入。高顺、张辽在西门，水围难出，为曹兵所擒。陈宫奔至南门，为徐晃所获。

曹操入城，即传令退了所决之水，出榜安民；一面与玄德同坐白门楼上，关、张侍立于侧，提过擒获一干人来。吕布虽然长大，却被绳索捆作一团，布叫曰："缚太急，乞缓之！"操曰："缚虎安得不急。"布见侯成、魏续、宋宪皆立于侧，乃谓之曰："我待诸将不薄，汝等何忍背反？"宪曰："听妻妾言，不听将计，何谓不薄？"布默然。须臾，众拥高顺至。操问曰："汝有何言？"顺不答，操怒命斩之。徐晃解陈宫至。操曰："公台别来无恙！"［两人恩怨极深，终到了断时。］宫曰："汝心术不正，吾故弃汝！"操曰："吾心不正，公又奈何独事吕布？"宫曰："布虽无谋，不似你诡诈奸险。"操曰："公自谓足智多谋，今竟何如？"宫顾吕布曰："恨此人不从吾言！若从吾言，未必被擒也。"操曰："今日之事当如何？"宫大声曰："今日有死而已！"操曰："公如是，奈公之老母妻子何？"宫曰："吾闻以孝治天下者，不害人之亲；施仁政于天下者，不绝人之祀。老母妻子之存亡，亦在于明公耳。吾身既被擒，请即就戮，并无挂念。"［弃取分明，敢作敢当，是条硬汉。明智与否，另当别论。］操有留恋之意。宫径步下楼，左右牵之不住。操起身泣而送之，宫并不回顾。操谓从者曰："即送公台老母妻子回许都养老。怠慢者斩。"宫闻言，亦不开口，伸颈就刑。［对白逼真，场景历历。陈宫"生死无二志"，曹操内心想些啥，作者并不道破。］众皆下泪。操以棺椁盛其尸，葬于许都。后人有诗叹之曰：

生死无二志，丈夫何壮哉！不从金石论，空负栋梁材。

辅主真堪敬，辞亲实可哀。白门身死日，谁肯似公台！

方操送宫下楼时，布告玄德曰："公为坐上客，布为阶下囚，何不发一言而相宽乎？"玄德点头。及操上楼来，布叫曰："明公所患，不过于布；布今已服矣。公为大将，布副之，天下不难定也。"操回顾玄德曰："何如？"玄德答曰："公不见丁建阳、董卓之事乎？"［这句话比吕布射向辕门的那枝箭，更狠，更准，吕布顿时魂魄悠悠。］布目视玄德曰："是儿最无信者！"操令牵下楼缢之。布回顾玄德曰："大耳儿！不记辕门射戟时耶？"忽一人大叫曰："吕布匹夫，死则死耳，何惧之有！"众视之，乃刀斧手拥张辽至。操令将吕布缢死，

然后枭首。后人有诗叹曰：

洪水滔滔淹下邳，当年吕布受擒时。

空言赤兔马千里，漫有方天戟一枝。

缚虎望宽今太懦，养鹰休饱昔无疑。

恋妻不纳陈宫谏，枉骂无恩"大耳儿"。

又有诗论玄德曰：

伤人饿虎缚休宽，董卓丁原血未干。

玄德既知能啖父，争如留取害曹瞒？

却说武士拥张辽至。操指辽曰："这人好生面善。"辽曰："濮阳城中曾相遇，如何忘却？"操笑曰："你原来也记得！"辽曰："只是可惜！"操曰："可惜甚的？"辽曰："可惜当日火不大，不曾烧死你这国贼！"操大怒曰："败将安敢辱吾！"拔剑在手，亲自来杀张辽。辽全无惧色，引颈待杀。曹操背后一人攀住臂膊，一人跪于面前，说道："丞相且莫动手！"正是：

乞哀吕布无人救，骂贼张辽反得生。

毕竟救张辽的是谁，且听下文分解。

匹夫

吕布结局可怜。如此威武雄壮之人，最终被缚成一段布条，遭受两番死状：先缢死，后枭首。出自求生本能的最后乞怜，白白沦为看客谈资。

吕布具有绝佳的英雄潜质，却注定无法成为英雄。

死亡未必造就英雄，英雄常因其不同凡响的死亡得到升华。"可悲"不等于"悲剧"，徒然的"不幸"只会让人怜悯，无从叫人致敬。

吕布弓马好手，"人中吕布，马中赤兔"的英姿并世无二，俨若提坦巨神；吕布也有极大的性格张力，疆场上的勇猛与闺阁中的细语，各臻极致又融汇一体。后人可从吕布的性格中分析其死因，他当年"缓辔于土冈之上"、怅望董卓掳走貂蝉时的那份落寞，也多少展示了人性的美好，但人们的确无法从他的强人经历中窥见一丝理想之光。他那恐怖的义父情结、有奶就是娘的功利主义，非但不能成就人生光荣，反而沦为末世人格的见证。

华丽的沙场造型，卑琐的匹夫人格，集于吕布一身。最有望成为英雄的人，恰恰距英雄最远。

第二十回

曹阿瞒许田打围　董国舅内阁受诏

却说曹操举剑欲杀张辽，玄德攀住臂膊，云长跪于面前。玄德曰："此等赤心之人，正当留用。"云长曰："关某素知文远忠义之士，愿以性命保之。"操掷剑笑曰："我亦知文远忠义，故戏之耳。"乃亲释其缚，解衣衣之，延之上坐，辽感其意，遂降。操拜辽为中郎将，赐爵关内侯，［欲杀而未杀，乃章回间固有噱头。以曹操之求贤若渴，断无杀张辽之理。］使招安臧霸。霸闻吕布已死，张辽已降，遂亦引本部军投降。操厚赏之。臧霸又招安孙观、吴敦、尹礼来降；独昌豨未肯归顺。操封臧霸为琅琊相。孙观等亦各加官，令守青、徐沿海地面。将吕布妻女载回许都。［吕布最重妻女，曹操此举，够意思。不知貂蝉何在？民间曾有"关羽斩貂蝉"之说，过于无稽。］大犒三军，拔寨班师。路过徐州，百姓焚香遮道，请留刘使君为牧。操曰："刘使君功大，且待面君封爵，回来未迟。"百姓叩谢。操唤车骑将军车胄权领徐州。操军回许昌，封赏出征人员，留玄德在相府左近宅院歇定。

次日，献帝设朝，操表奏玄德军功，引玄德见帝。玄德具朝服拜于丹墀。帝宣上殿，问曰："卿祖何人?"玄德奏曰："臣乃中山靖王之后，孝景皇帝阁下玄孙，刘雄之孙，刘弘之子也。"帝教取宗族世谱检看，令宗正卿宣读曰：

> 孝景皇帝生十四子。第七子乃中山靖王刘胜。胜生陆城亭侯刘贞。贞生沛侯刘昂。昂生漳侯刘禄。禄生沂水侯刘恋。恋生钦阳侯刘英。英生安国侯刘建。建生广陵侯刘哀。哀生胶水侯刘宪。宪生祖邑侯刘舒。舒生祁阳侯刘谊。谊生原泽侯刘必。必生颍川侯刘达。达生丰灵侯刘不疑。不疑生济川侯刘惠。惠生东郡范令刘雄。雄生刘弘。弘不仕。刘备乃刘弘子也。［谱系

悠远。中山靖王刘胜距刘备已逾三百年，且刘胜妻妾成群，蕃育极繁。早先督邮大人斥刘备“诈称皇亲”，亦非无故。]

帝排世谱，则玄德乃帝之叔也。帝大喜，请入偏殿叙叔侄之礼。帝暗思：“曹操弄权，国事都不由朕主。今得此英雄之叔，朕有助矣！”遂拜玄德为左将军、宜城亭侯。设宴款待毕，玄德谢恩出朝。自此人皆称为刘皇叔。

曹操回府，荀彧等一班谋士入见曰：“天子认刘备为叔，恐无益于明公。”操曰：“彼既认为皇叔，吾以天子之诏令之，彼愈不敢不服矣。况吾留彼在许都，名虽近君，实在吾掌握之内，吾何惧哉？吾所虑者，太尉杨彪系袁术亲戚，倘与二袁为内应，为害不浅，当即除之。”乃密使人诬告彪交通袁术，遂收彪下狱，命满宠按治之。[宫廷之险，险过战场，故政治手腕，亦较战场谋略来得狠毒。]时北海太守孔融在许都，因谏操曰：“杨公四世清德，岂可因袁氏而罪之乎？”操曰：“此朝廷意也。”融曰：“使成王杀召公，周公可得言不知耶？”操不得已，乃免彪官，放归田里。[孔融虽有面子，难保曹操不会怀恨。]议郎赵彦愤操专横，上疏劾操不奉帝旨，擅收大臣之罪。操大怒，即收赵彦杀之。于是百官无不悚惧。谋士程昱说操曰：“今明公威名日盛，何不乘此时行王霸之事？”操曰：“朝廷股肱尚多，未可轻动。吾当请天子田猎，以观动静。”于是拣选良马、名鹰、俊犬，弓矢俱备，先聚兵城外，操入请天子田猎。帝曰：“田猎恐非正道。”操曰：“古之帝王，春蒐夏苗，秋狝冬狩，四时出郊，以示武于天下。今四海扰攘之时，正当借田猎以讲武。”帝不敢不从，随即上逍遥马，带宝雕弓、金铍箭，排銮驾出城。玄德与关、张各弯弓插箭，内穿掩心甲，手持兵器，引数十骑随驾出许昌。曹操骑爪黄飞电马，引十万之众，与天子猎于许田。军士排开围场，周广二百余里。操与天子并马而行，只争一马头。背后都是操之心腹将校。文武百官，远远侍从，谁敢近前！

当日献帝驰马到许田，刘玄德起居道旁。帝曰：“朕今欲看皇叔射猎。”玄德领命上马，忽草中赶起一兔。玄德射之，一箭正中那兔。帝喝采。转过土坡，忽见荆棘丛中赶出一只大鹿。帝连射三箭不中，顾谓操曰："卿射之。"操就讨天子宝雕弓、金铍箭，扣满一射，正中鹿背，倒于草中。群臣将校，见了金铍箭，只道天子射中，都踊跃向帝呼"万岁"。曹操纵马直出，遮于天子之前以迎受之。众皆失色。玄德背后云长大怒，剔起卧蚕眉，睁开丹凤眼，提刀拍马便出，要斩曹操。玄德见了，慌忙摇手送目。关公见兄如此，便不敢动。[为表关羽忠君之心，顾不得情节照应了。周边均是曹操"心腹将校"，云长动静如此之大，焉能不惹人生疑?]玄德欠身向操称贺曰："丞相神射，世所罕及!"操笑曰："此天子洪福耳。"乃回马向天子称贺，竟不献还宝雕弓，就自悬带。围场已罢，宴于许田。宴毕，驾回许都。众人各自归歇。云长问玄德曰："操贼欺君罔上，我欲杀之，为国除害，兄何止我?"玄德曰："投鼠忌器。操与帝相离只一马头，其心腹之人，周回拥侍；吾弟若逞一时之怒，轻有举动，倘事不成，有伤天子，罪反坐我等矣。"云长曰："今日不杀此贼，后必为祸。"玄德曰："且宜秘之，不可轻言。"[细节虽有失真，毕竟将刘、关之忠君情怀，和盘托出。]

却说献帝回宫，泣谓伏皇后曰："朕自即位以来，奸雄并起。先受董卓之殃，后遭傕、汜之乱。常人未受之苦，吾与汝当之。后得曹操，以为社稷之臣；不意专国弄权，擅作威福。朕每见之，背若芒刺。今日在围场上，身迎呼贺，无礼已极！早晚必有异谋，吾夫妇不知死所也!"伏皇后曰："满朝公卿，俱食汉禄，竟无一人能救国难乎?"言未毕，忽一人自外而入曰："帝后休忧。吾举一人，可除国害。"帝视之，乃伏皇后之父伏完也。帝掩泪问曰："皇丈亦知操贼之专横乎?"完曰："许田射鹿之事，谁不见之？但满朝之中，非操宗族，则其门下；[功高震主，权倾朝野，曹操写照。]若非国戚，谁肯尽忠讨贼？老臣无权，难行此事。车骑将军国舅董承可托也。"帝曰："董国舅多赴国难，朕躬素知。可宣入内，共议大事。"完曰："陛下左右皆操贼心腹，倘事泄，为祸不浅。"帝曰："然则奈何?"完曰："臣有一计：陛下可制衣一领，取玉带一条，密赐董承；却于带衬内缝一密诏以赐之，令到家见诏，可以昼夜画策，鬼神不觉矣。帝然之，伏完辞出。

帝乃自作一密诏，咬破指尖，以血写之，暗令伏皇后缝于玉带紫锦衬内，却自穿锦袍，自系玉带，令内史宣董承入。［皇帝先行密谋，不得体，更不明智。］承见帝礼毕，帝曰："朕夜来与后说霸河之苦，念国舅大功，故特宣入慰劳。"承顿首谢。帝引承出殿，到太庙转上功臣阁内。帝焚香礼毕，引承观画像。中间画汉高祖容像。帝曰："吾高祖皇帝起身何地？如何创业？"承大惊曰："陛下戏臣耳。圣祖之事，何为不知？高皇帝起自泗上亭长，提三尺剑斩蛇起义，纵横四海，三载亡秦，五年灭楚，遂有天下，立万世之基业。"帝曰："祖宗如此英雄，子孙如此懦弱，岂不可叹！"因指左右二辅之像曰："此二人非留侯张良、酂侯萧何耶？"承曰："然也。高祖开基创业，实赖二人之力。"帝回顾左右较远，乃密谓承曰："卿亦当如此二人立于朕侧。"承曰："臣无寸功，何以当此？"帝曰："朕想卿西都救驾之功，未尝少忘，无可为赐。"因指所着袍带曰："卿当衣朕此袍，系朕此带，常如在朕左右也。"承顿首谢。帝解袍带赐承，密语曰："卿归可细视之，勿负朕意。"承会意，穿袍系带，辞帝下阁。

早有人报知曹操曰："帝与董承登功臣阁说话。"操即入朝来看。董承出阁，才过宫门，恰遇操来，急无躲避处，只得立于路侧施礼。操问曰："国舅何来？"承曰："适蒙天子宣召，赐以锦袍玉带。"操问曰："何故见赐？"承曰："因念某旧日西都救驾之功，故有此赐。"操曰："解带我看。"承心知衣带中必有密诏，恐操看破，迟延不解。操叱左右："急解下来！"看了半晌，笑曰："果然是条好玉带！再脱下锦袍来借看。"承心中畏惧，不敢不从，遂脱袍献上。操亲自以手提起，对日影中细细详看。看毕，自己穿在身上，系了玉带，回顾左右曰："长短如何？"左右称美。操谓承曰："国舅即以此袍带转赐与吾，何如？"承告曰："君恩所赐，不敢转赠；容某别制奉献。"操曰："国舅受此衣带，莫非其中有谋乎？"承惊曰："某焉敢？丞相如要，便当留下。"操曰："公受君赐，吾何相夺？聊为戏耳。"遂脱袍带还承。［伏皇后的针线活真是细密，曹操左瞧右瞅，竟看不出破绽。］

承辞操归家，至夜独坐书院中，将袍仔细反覆看了，并无一物。承思曰："天子赐我袍带，命我细观，必非无意；今不见甚踪迹，何也？"

随又取玉带检看，乃白玉玲珑，碾成小龙穿花，背用紫锦为衬，缝缀端整，亦并无一物。承心疑，放于桌上，反覆寻之。良久，倦甚。正欲伏几而寝，忽然灯花落于带上，烧着背衬。承惊拭之，已烧破一处，微露素绢，隐见血迹，即取刀折开视之，乃天子手书血字密诏也。诏曰：

朕闻人伦之大，父子为先；尊卑之殊，君臣为重。近日操贼弄权，欺压君父；结连党伍，败坏朝纲；敕赏封罚，不由朕主。朕夙夜忧思，恐天下将危。［颠倒事实之论。若无曹操，天下已塌，哪有“将危”之说。曹操固是狠辣权臣，皇帝更是天下第一自私人。唯在古人义理观中，皇家私心常被标榜为人间正道。］卿乃国之大臣，朕之至戚，当念高帝创业之艰难，纠合忠义两全之烈士，殄灭奸党，复安社稷，祖宗幸甚！破指洒血，书诏付卿，再四慎之，勿负朕意！建安四年春三月诏。

董承览毕，涕泪交流，一夜寝不能寐。晨起，复至书院中，将诏再三观看，无计可施。乃放诏于几上，沉思灭操之计。忖量未定，隐几而卧。忽侍郎王子服至。门吏知子服与董承交厚，不敢拦阻，竟入书院。见承伏几不醒，袖底压着素绢，微露“朕”字。［粗心大意，就素质论，董承不配弄阴谋。皇帝所托非人。］子服疑之，默取看毕，藏于袖中，呼承曰：“国舅好自在！亏你如何睡得着！”承惊觉，不见诏书，魂不附体，手脚慌乱。子服曰：“汝欲杀曹公！吾当出首。”承泣告曰：“若兄如此，汉室休矣！”子服曰：“吾戏耳。吾祖宗世食汉禄，岂无忠心？愿助兄一臂之力，共诛国贼。”承曰：“兄有此心，国之大幸！”子服曰：“当于密室同立义状，各舍三族，以报汉君。”承大喜，取白绢一幅，先书名画字；子服亦即书名画字。书毕，子服曰：“将军吴子兰，与吾至厚，可与同谋。”承曰：“满朝大臣，惟有长水校尉种辑、议郎吴硕是吾心腹，必能与我同事。”

正商议间，家僮入报种辑、吴硕来探。承曰：“此天助我也！”教子服暂避于屏后。承接二人入书院坐定，茶毕，辑曰：“许田射猎之事，君亦怀恨乎？”承曰：“虽怀恨，无可奈何。”硕曰：“吾誓杀此贼，恨无助我者耳！”辑曰：“为国除害，虽死无怨！”王子服从屏后出曰：“汝二人欲杀曹丞相，我当出首，董国舅便是证见。”种辑怒曰：“忠臣不怕死！吾等死作汉鬼，强似你阿附国贼！”承笑曰：“吾等正为此事，欲见二公。王侍郎之言乃戏耳。”［凝重紧张之刻，频频弄此相戏语，极不真实。作者写演义，常需调剂笔墨，吓读者一吓，稍不留神，辄失分寸。］便于袖中取出诏来与二人看。二人读诏，挥泪不止。承遂请书名。子服曰：“二公在此少待，吾去请吴子兰来。”子服去不多时，即同子兰至，与众相见，亦书名毕。承邀于后堂会饮。

忽报西凉太守马腾相探。承曰：“只推我病，不能接见。”门吏回报。腾大怒曰：“我夜来在东华门外，亲见他锦袍玉带而出，何故推病耶！吾非无事而来，奈何拒我！”门吏入报，备言腾怒。承起曰：“诸公少待，暂容承出。”随即出厅延接。礼毕坐定，腾曰：“腾入觐将还，故来相辞，何见拒也？”承曰：“贱躯暴疾，有失迎候，罪甚！”腾曰：“面带春色，未见病容。”承无言可答。腾拂袖便起，嗟叹下阶曰：“皆非救国之人也！”承感其言，挽留之，问曰：“公谓何人非救国之人？”腾曰：“许田射猎之事，吾尚气满胸膛，公乃国之至戚，犹自滞于酒色，而不思讨贼，安得为皇家救难扶灾之人乎！”承恐其诈，佯惊曰：“曹丞相乃国之大臣，朝廷所倚赖，公何出此言？”腾大怒曰：“汝尚以曹贼为好人耶？”承曰：“耳目甚近，请公低声。”腾曰：“贪生怕死之徒，不足以论大事！”说罢又欲起身。承知腾忠义，乃曰：“公且息怒。某请公看一物。”遂邀腾入书院，取诏示之。腾读毕，毛发倒竖，咬齿嚼唇，满口流血，谓承曰：“公若有举动，吾即统西凉兵为外应。”承请腾与诸公相见，取出义状，教腾书名。腾乃取酒歃血为盟，曰：“吾等誓死不负所约！”指坐上五人言曰：“若得十人，大事谐矣。”承曰：“忠义之士，不可多得。若所与非人，则反相害矣。”腾教取《鸳行鹭序簿》来检看。检到刘氏宗族，乃拍手言曰：“何不共此人商议？”［所谓皇室忠义之士，掰来数去，无非外戚宗室，都是“刘家人”。如此，反从另一面佐证汉家大势已去。］众皆问何人。马腾不慌不忙，说出那人来。正是：

本因国舅承明诏，又见宗潢佐汉朝。

毕竟马腾之言如何，且听下文分解。

密谋

古人与今人，有一本质不同。古人对皇权存有绝大敬畏，只要江山仍在，哪怕朝廷日薄西山、帝王气息奄奄，“忠义之士”仍视为万古不移的绝对正统，任何出自皇帝的念头都受到绝对拥戴，任何与之相左的做法都将承受绝对恶名。

罗贯中距笔下人物虽遥隔千年，但就皇权论，仍置身同一时代，故本回所持立场，无条件站在那几个不成气候的皇室小阴谋家一边。古之读者，多与作者同声相应，同仇敌忾，不假思索地将皇家私利视为天地公心，而如黄宗羲在《明夷待访录·原君》中直斥“为人君者……以我之大私为天下之大公”者，绝似空谷足音。

罗贯中固然无可厚非，现代读者却深感格格不入。曹操或有功高震主之嫌，皇帝实存恩将仇报之心，至于“衣带诏”云云，格局狭小，阴气浓重，所恃所据者，无非一家一姓之万世基业，焉可称贤，乌足云贵！另外，罗贯中隐匿了董承的若干实情，这位国舅，早先乃牛辅部将。牛辅何人？董卓女婿，一个浑球罢了。之前暗中召唤曹操进京的，又正是董承。董承不是善类，观其行事之鲁莽草率，董承还是蠢货：行秘事当警惕“路上说话，草里有人听”，盖“人间私语，天闻若雷”，不可不防。

第二十一回

曹操煮酒论英雄　关公赚城斩车胄

却说董承等问马腾曰："公欲用何人？"马腾曰："见有豫州牧刘玄德在此，何不求之？"承曰："此人虽则系是皇叔，今正依附曹操，安肯行此事耶？"腾曰："吾观前日围场之中，曹操迎受众贺之时，云长在玄德背后，挺刀欲杀操，玄德以目视之而止。玄德非不欲图操，恨操爪牙多，恐力不及耳。公试求之，当必应允。"［果然，云长前次动静太大。］吴硕曰："此事不宜太速，当从容商议。"众皆散去。次日黑夜里，董承怀诏，径往玄德公馆中来。门吏入报，玄德出迎，请入小阁坐定。关、张侍立于侧。玄德曰："国舅夤夜至此，必有事故。"承曰："白日乘马相访，恐操见疑，故黑夜相见。"玄德命取酒相待。承曰："前日围场之中，云长欲杀曹操，将军动目摇头而退之，何也？"玄德失惊曰："公何以知之？"承曰："人皆不见，某独见之。"玄德不能隐讳，遂曰："舍弟见操僭越，故不觉发怒耳。"承掩面而哭曰："朝廷臣子，若尽如云长，何忧不太平哉？"玄德恐是曹操使他来试探，乃佯言曰："曹丞相治国，为何忧不平乎？"承变色而起曰："公乃汉朝皇叔，故剖肝沥胆以相告，公何诈也？"玄德曰："恐国舅有诈，故相试耳。"于是董承取衣带诏令观之，玄德不胜悲愤。又将义状出示，上止有六位：一，车骑将军董承；二，工部侍郎王子服；三，长水校尉种辑；四，议郎吴硕；五，昭信将军吴子兰；六，西凉太守马腾。玄德曰："公既奉诏讨贼，备敢不效犬马之劳！"承拜谢，便请书名。玄德亦书"左将军刘备"，押了字，付承收讫。［玄德是干大事的人，未必做得好不大不小的事。］承曰："尚容再请三人，共聚十义，以图国贼。"［十人之数，初非定制，斤斤于此，大显迂腐。］玄德曰："切宜缓缓而行，不可轻泄。"共议到五更，相别去了。

玄德也防曹操谋害，就下处后园种菜，亲自浇灌，以为韬晦之计。

关、张二人曰："兄不留心天下大事，而学小人之事，何也?"玄德曰："此非二弟所知也。"［大哥幽深，小弟知趣。］二人乃不复言。

一日，关、张不在，玄德正在后园浇菜，许褚、张辽引数十人入园中曰："丞相有命，请使君便行。"玄德惊问曰："有甚紧事?"许褚曰："不知。只教我来相请。"玄德只得随二人入府见操。操笑曰："在家做得好大事!"唬得玄德面如土色。操执玄德手，直至后园，曰："玄德学圃不易!"玄德方才放心，答曰："无事消遣耳。"操曰："适见枝头梅子青青，忽感去年征张绣时，道上缺水，将士皆渴，吾心生一计，以鞭虚指曰：'前面有梅林。'军士闻之，口皆生唾，由是不渴。［独门绝技。苏格拉底问学生："一个将领看到他的军队士气消沉，就欺骗他们说，援军快要来了，因此制止了士气消沉，我们应该把这种欺骗放在哪一边呢?""应该放在正义的一边，"学生答道。］今见此梅，不可不赏。又值煮酒正熟，故邀使君小亭一会。"玄德心神方定。随进小亭，已设樽俎。盘致青梅，一樽煮酒。［几无破费，清简风雅。］二人对坐，开怀畅饮。酒至半酣，忽阴云漠漠，骤雨将至。从人遥指天外龙挂，操与玄德凭栏观之。操曰："使君知龙之变化否?"玄德曰："未知其详。"操曰："龙能大能小，能升能隐，大则兴云吐雾，小则隐介藏形；升则飞腾于宇宙之间，隐则潜伏于波涛之内。方今春深，龙乘时变化，犹人得志而纵横四海。龙之为物，可比世之英雄。［借龙一吐胸中块垒，借酒一展胸中奇志，曹操在玩励志游戏。］玄德久历四方，必知当世英雄。请试指言之。"玄德曰："备肉眼安识英雄!"操曰："休得过谦。"玄德曰："备叨恩庇，得仕于朝。天下英雄，实有未知。"操曰："既不识其面，亦闻其名。"玄德曰："淮南袁术，兵粮足备，可谓英雄?"操笑曰："冢中枯骨，吾早晚必擒之!"玄德曰："河北袁绍，四世三公，门多故吏；今虎踞冀州之地，部下能事者极多，可谓英雄?"操笑曰："袁绍色厉胆薄，好谋无断；干大事而惜身，见小利而忘命，非英雄也。"玄德曰："有一人名称八俊，威镇九州——刘景升可为英雄。"操曰："刘表虚名无实，非英雄出。"玄德曰："有一人血气方刚，江东领袖——孙伯符乃英雄也。"操曰："孙策藉父之名，非英雄也。"玄德曰："益州刘季玉，可为英雄乎?"操曰：

“刘璋虽系宗室，乃守户之犬耳，何足为英雄！”玄德曰：“如张绣、张鲁、韩遂等辈皆何如？”操鼓掌大笑曰：“此等碌碌小人，何足挂齿！”［口气大极，然事后查勘，竟一一如验，曹操并未徒托大言。］玄德曰：“舍此之外，备实不知。”操曰：“夫英雄者，胸怀大志，腹有良谋，有包藏宇宙之机，吞吐天地之志者也。”玄德曰：“谁能当之？”操以手指玄德，后自指，曰：“今天下英雄，惟使君与操耳！”玄德闻言，吃了一惊，手中所执匙箸，不觉落于地下。时正值天雨将至，雷声大作。玄德乃从容俯首拾箸曰：“一震之威，乃至于此。”操笑曰：“丈夫亦畏雷乎？”玄德曰：“圣人迅雷风烈必变，安得不畏？”将闻言失箸缘故，轻轻掩饰过了。操遂不疑玄德。［费解。曹操若不疑，玄德之智若需一声春雷相助，又太过凑巧。这场书虽是千古美谈，叙事齿轮似未咬紧。］后人有诗赞曰：

勉从虎穴暂趋身，说破英雄惊杀人。

巧借闻雷来掩饰，随机应变信如神。

天雨方住，见两个人撞入后园，手提宝剑，突至亭前，左右拦挡不住。操视之，乃关、张二人也。原来二人从城外射箭方回，听得玄德被许褚、张辽请将去了，慌忙来相府打听；闻说在后园，只恐有失，故冲突而入。却见玄德与操对坐饮酒。二人按剑而立。操问二人何来。云长曰：“听知丞相和兄饮酒，特来舞剑，以助一笑。”操笑曰：“此非‘鸿门会’，安用项庄项伯乎？”玄德亦笑。操命：“取酒与二‘樊哙’压惊。”［曹操好兴致，幽默连连。古人较少谈吐幽默者，古汉语中没有表达“幽默”的词，替代物乃是“滑稽”。今语“幽默”得自林语堂的妙译。］关、张拜谢。须臾席散，玄德辞操而归。云长曰：“险些惊杀我两个！”玄德以落箸事说与关、张。关、张问是何意。玄德曰：“吾之学圃，正欲使操知我无大志；不意操竟指我为英雄，我故失惊落箸。又恐操生疑，故借惧雷以掩饰之耳。”关、张曰：“兄真高见！”

操次日又请玄德。正饮间，人报满宠去探听袁绍而回。操召入问之。宠曰：“公孙瓒已被袁绍破了。”玄德急问曰：“愿闻其详。”宠曰：“瓒与绍战不利，筑城围圈，圈上建楼，高十丈，名曰易京楼，积粟三十万以自守。战士出入不息，或有被绍围者，众请救之。瓒曰：'若救一人，后之战者只望人救，不肯死战矣。'遂不肯救。[理劣情寡，难免落败。]因此袁绍兵来，多有降之者。瓒势孤，使人持书赴许都求救，不意中途为绍军所获。瓒又遗书张燕，暗约举火为号，里应外合。下书人又被袁绍擒住，却来城外放火诱敌。瓒自出战，伏兵四起，军马折其大半。退守城中，被袁绍穿地直入瓒所居之楼下，放起火来。瓒无走路，先杀妻子，然后自缢，全家都被火焚了。[白马将军死成一片红光。死相壮烈，死因平庸。]今袁绍得了瓒军，声势甚盛。绍弟袁术在河南骄奢过度，不恤军民，众皆背反。术使人归帝号于袁绍。绍欲取玉玺，术约亲自送至，见今弃淮南，欲归河北。若二人协力，急难收复。乞丞相作急图之。"玄德闻公孙瓒已死，追念昔日荐己之恩，不胜伤感；[两人有同窗之谊，尝同师事于郑玄、卢植，不知算门生还是弟子。两者差别很大，受学者才是弟子，阿附名势者叫门生，后者地位有限，数目庞大。]又不知赵子龙如何下落，放心不下。因暗想曰："我不就此时寻个脱身之计，更待何时？"遂起身对操曰："术若投绍，必从徐州过。备请一军就半路截击，术可擒矣。操笑曰："来日奏帝，即便起兵。"

次日，玄德面奏君。操令玄德总督五万人马，又差朱灵、路昭二人同行。玄德辞帝，帝泣送之。玄德到寓，星夜收拾军器鞍马，挂了将军印，催促便行。董承赶出十里长亭来送。玄德曰："国舅宁耐。某此行必有以报命。"承曰："公宜留意，勿负帝心。"二人分别。关、张在马上问曰："兄今番出征，何故如此慌速？"玄德曰："吾乃笼中鸟、网中鱼。此一行如鱼入大海，鸟上青霄，不受笼网之羁绊也！"因命关、张催朱灵、路昭军马速行。时郭嘉、程昱考较钱粮方回，知曹操已遣玄德进兵徐州，慌入谏曰："丞相何故令刘备督军？"操曰："欲截袁术耳。"程昱曰："昔刘备为豫州牧时，某等请杀之，丞相不听；今日又与之兵，此放龙入海，纵虎归山也。后欲治之，其可得乎？"郭嘉曰："丞相纵不杀备，亦不当使之去。古人云：'一日纵敌，万世之患。'望丞相察之。"[郭嘉对刘备的真正态度，是软禁。曹操领会不深。]操然其言，遂令许褚将兵五百前往，务要追玄德转来。[五百兵有何用？曹操想必只想侦测刘备意向。]

许褚应诺而去。

却说玄德正行之间，只见后面尘头骤起，谓关、张曰："此必曹兵追至也。"遂下了营寨，令关、张各执军器，立于两边。许褚至，见严兵整甲，乃下马入营见玄德。玄德曰："公来此何干？"褚曰："奉丞相命，特请将军回去，别有商议。"玄德曰："'将在外，君命有所不受。'吾面过君，又蒙丞相钧语。今别无他议，公可速回，为我禀覆丞相。"许褚寻思："丞相与他一向交好，今番又不曾教我来厮杀，只得将他言语回覆，另候裁夺便了。"遂辞了玄德，领兵而回。回见曹操，备述玄德之言。操犹豫未决。程昱、郭嘉曰："备不肯回兵，可知其心变。"操曰："我有朱灵、路昭二人在彼，料玄德未必敢心变。况我既遣之，何可复悔？"遂不复追玄德。后人有诗叹玄德曰：

束兵秣马去匆匆，心念天言衣甲中。
撞破铁笼逃虎豹，顿开金锁走蛟龙。

却说马腾见玄德已去，边报又急，亦回西凉州去了。［风紧，扯呼！马腾也是衣带诏上署名人，留在许都必日夜担惊受怕，遂仿效刘备，一走了之。老兵油子的狡猾，董承望尘莫及。］玄德兵至徐州，刺史车胄出迎。公宴毕，孙乾、糜竺等都来参见。玄德回家探视老小，一面差人探听袁术。探子回报："袁术奢侈太过，雷薄、陈兰皆投嵩山去了。术声势衰，乃作书让帝号于袁绍。绍命人召术，术乃收拾人马、宫禁御用之物，先到徐州来。"

玄德知袁术将至，乃引关、张、朱灵、路昭五万军出，正迎着纪灵至。张飞更不打话，直取纪灵。斗无十合，张飞大喝一声，刺纪灵于马下，败军奔走。袁术自引军来斗。玄德分兵三路：朱灵、路昭在左，关、张在右，玄德自引兵居中，与术相见，在门旗下责骂曰："汝反逆不道，吾今奉明诏前来讨汝！汝当束手受降，免你罪犯。"袁术骂曰："织席编履小辈，安敢轻我！"［死到临头，仍只靠下三滥的出身论来逞口舌之快。世家子弟穿上龙袍，也就这点出息。］麾兵赶来。玄德暂退，让左右两路军杀出。杀得术军尸横遍野，血流成渠；士卒逃亡，不可胜计。又被嵩山雷薄、陈兰劫去钱粮草料。欲回寿春，又被群盗所袭，只得住于江亭。

止有一千余众，皆老弱之辈。时当盛暑，粮食尽绝，只剩麦三十斛，分派军士。家人无食，多有饿死者。术嫌饭粗，不能下咽，乃命庖人取蜜水止渴。庖人曰："止有血水，安有蜜水！"术坐于床上，大叫一声，倒于地下，吐血斗余而死。［穿戴像皇帝，死状如难民。］时建安四年六月也。后人有诗曰：

汉末刀兵起四方，无端袁术太猖狂。
不思累世为公相，便欲孤身作帝王。
强暴枉夸传国玺，骄奢妄说应天祥。
渴思蜜水无由得，独卧空床呕血亡。

袁术已死，侄袁胤将灵柩及妻子奔庐江来，被徐璆尽杀之。璆夺得玉玺，赴许都献于曹操。操大喜，封徐璆为高陵太守。此时玉玺归操。

却说玄德知袁术已丧，写表申奏朝廷，书呈曹操，令朱灵、路昭回许都，留下军马保守徐州；一面亲自出城，招谕流散人民复业。

且说朱灵、路昭回许都见曹操，说玄德留下军马。操怒，欲斩二人。荀彧曰："权归刘备，二人亦无奈何。"操乃赦之。彧又曰："可写书与车胄就内图之。"操从其计，暗使人来见车胄，传曹操钧旨。胄随即请陈登商议此事。登曰："此事极易。今刘备出城招民，不日将还；将军可命军士伏于瓮城边，只作接他，待马到来，一刀斩之；某在城上射住后军，大事济矣。"胄从之。陈登回见父陈珪，备言其事。珪命登先往报知玄德。登领父命，飞马去报。正迎着关、张，报说如此如此。［天生的特工父子兵，无论助曹助刘，使的全是卧底路数。］原来关、张先回，玄德在后。张飞听得，便要去厮杀。云长曰："他伏瓮城边待我，去必有失。我有一计，可杀车胄：乘夜扮做曹军到徐州，引车胄出迎，袭而杀之。"飞然其言。那部下军原有曹操旗号，衣甲都同。当夜三更，到城边叫门。城上问是谁，众应是曹丞相差来张文远的人马。报知车胄，胄急请陈登议曰："若不迎接，诚恐有疑；若出迎之，又恐有诈。"胄乃上城回言："黑夜难以分辨，待明早相见。"城下答应："只恐刘备知道，疾快开门！"车胄犹豫未决，城外一片声叫开门。车胄只得披挂上马，引一千军出城，跑过吊桥，大叫："文远何在？"火光中只见云长提刀纵马直迎车胄，大叫曰："匹夫安敢怀诈，欲杀吾兄！"车胄大惊，战未数合，遮拦不住，拨马便回。到吊桥边，城上陈登乱箭射下，车胄绕城而走。云长赶来，手起一刀，砍于马下，割下首级提回，望城上呼曰："反贼车胄，吾已杀之；众等无罪，投降免死！"诸军倒戈投降，军民皆安。

云长将胄头去迎玄德，具言车胄欲害之事，今已斩首。玄德大惊曰："曹操若来，如之奈何？"云长曰："弟与张飞迎之。"玄德懊悔不已，遂入徐州。百姓父老，伏道而接。玄德到府，寻张飞，飞已将车胄全家杀尽。玄德曰："杀了曹操心腹之人，如何肯休？"陈登曰："某有一计，可退曹操。"正是：

既把孤身离虎穴，还将妙计息狼烟。

不知陈登说出甚计，且听下文分解。

脏人

汉末群雄中，袁术是个脏人。志大才疏，以老大自居，竟至当起了皇帝。袁术瞧不起刘备，也瞧不起兄长袁绍，骂他"败家奴"，理由同样小器：两袁虽是同胞兄弟，袁术是嫡出，袁绍是庶出。瞧，只要在身份上找出一点点优长，袁术就深信不疑，抓住不放。

当年讨伐董卓，袁术克扣盟友孙坚军粮，展示了自己米粒大小的胸襟。袁术的幸运和傲慢，来自煊赫的家族门第：汝南袁氏，四世三公，门生故吏遍天下。凭袁术这点能耐，竟能在汉末群雄割据中占有一席之地，至少提醒后人：汉末并非一个专供人才驰骋的时代，士族大家子弟只要获得好运气（袁术好运连连），照样可以胡作非为，风光无限。换在别朝，这号人物至多活成一个高衙内，负面能量未必放大至此。

陈寿评价道："袁术无毫芒之功，纤介之善。"袁术穷困潦倒的死相，倒是烛照出他的脏人嘴脸，亦见天道好还。

第二十二回

袁曹各起马步三军　关张共擒王刘二将

却说陈登献计于玄德曰："曹操所惧者袁绍。绍虎踞冀、青、幽、并诸郡，带甲百万，文官武将极多，今何不写书遣人到彼求救？"玄德曰："绍向与我未通往来，今又新破其弟，安肯相助？"登曰："此间有一人与袁绍三世通家，若得其一书致绍，绍必来相助。"玄德问何人。登曰："此人乃公平日所折节敬礼者，何故忘之？"玄德猛省曰："莫非郑康成先生乎？"登笑曰："然也。"

原来郑康成名玄，好学多才，尝受业于马融。融每当讲学，必设绛帐，前聚生徒，后陈声妓，侍女环列左右。玄往听讲三年，目不邪视，融甚奇之。及学成而归，融叹曰："得我学之秘者，惟郑玄一人耳！"玄家中侍婢俱通《毛诗》。一婢尝忤玄意，玄命长跪阶前。一婢戏谓之曰："胡为乎泥中？"此婢应声曰："薄言往诉，逢彼之怒。"其风雅如此。［《世说新语》中故事，系评注家毛氏父子添加，聊助风雅。］桓帝朝，玄官至尚书；后因十常侍之乱，弃官归田，居于徐州。玄德在涿郡时，已曾师事之；及为徐州牧，时时造庐请教，敬礼特甚。［玄德不爱读书，不知请教何事。］

当下玄德想出此人，大喜，便同陈登亲至郑玄家中，求其作书。玄慨然依允，写书一封，付与玄德。玄德便差孙乾星夜赍往袁绍处投递。绍览毕，自忖曰："玄德攻灭吾弟，本不当相助；但重以郑尚书命，不得不往救之。"［一封学者信函，抵过家族血仇，可见袁绍为兄弟报仇，不过装装样子。］遂聚文武官，商议兴兵伐曹操。谋士田丰曰："兵起连年，百姓疲弊，仓廪无积，不可复兴大军。宜先遣人献捷天子，若不得通，乃表称曹操隔我王路，然后提兵屯黎阳；更于河内增益舟楫，缮置军器，分遣精兵，屯扎边鄙。三年之中，大事可定也。"谋士审配曰："不然。

以明公之神武，抚河朔之强盛，兴兵讨曹贼，易如反掌，何必迁延日月？”谋士沮授曰：“制胜之策，不在强盛。曹操法令既行，士卒精练，比公孙瓒坐受困者不同。今弃献捷良策，而兴无名之兵，窃以为明公不取。”谋士郭图曰：“非也。兵加曹操，岂曰无名？公正当及时早定大业。愿从郑尚书之言，与刘备共仗大义，剿灭曹贼，上合天意，下合民情，实为幸甚！”四人争论未定，袁绍踌躇未决。［众谋士各言其志，袁绍更加拿捏不定。］忽许攸、荀谌自外而入。绍曰：“二人多有见识，且看如何主张。”二人施礼毕，绍曰：“郑尚书有书来，令我起兵助刘备，攻曹操。起兵是乎？不起兵是乎？”二人齐声应曰：“明公以众克寡，以强攻弱，讨汉贼以扶汉室：起兵是也。”绍曰：“二人所见，正合我心。”［总算，别人替他做出决策，袁绍得以玩一把“吾从众”。］便商议兴兵。先令孙乾回报郑玄，并约玄德准备接应；一面令审配、逢纪为统军，田丰、荀谌、许攸为谋士，颜良、文丑为将军，起马军一十五万，步兵一十五万，共精兵三十万，望黎阳进发。分拨已定，郭图进曰：“以明公大义伐操，必须数操之恶，驰檄各郡，声罪致讨，然后名正言顺。”绍从之，遂令书记陈琳草檄。琳字孔璋，素有才名，桓帝时为主簿，因谏何进不听，复遭董卓之乱，避难冀州，绍用为记室。当下令草檄，援笔立就。其文曰：

盖闻明主图危以制变，忠臣虑难以立权。是以有非常之人，然后有非常之事；有非常之事，然后立非常之功。［檄文虽是贬斥曹操，然以上四语，竟似在概括曹操功绩。曹操日后释陈琳，即是“非常之人”行“非常之事”的明证。］夫非常者，固非常人所拟也。

曩者，强秦弱主，赵高执柄，专制朝权，威福由己，时人迫胁，莫敢正言；终有望夷之败，祖宗焚灭，污辱至今，永为世鉴。及臻吕后季年，产、禄专政，内兼二军，外统梁、赵；擅断万机，决事省禁；下陵上替，海内寒心。于是绛侯、朱虚兴兵奋怒，诛夷逆暴，尊立太宗，故能王道兴隆，光明显融。此则大臣立权之明表也。

司空曹操，祖父中常侍腾，与左悺、徐璜，并作妖孽，饕餮放横，伤化虐民；父嵩，乞匄携养，因赃假位，舆金辇璧，输货权门，窃盗鼎司，倾覆重器。操赘阉遗丑，本无懿德；狼狡锋协，好乱乐祸。［文词凌厉，意味庸劣，只是些溯及前辈、罪及家族的骂街招法，后世之“老子反动儿混蛋”，即承其作派。］

幕府董统鹰扬，扫除凶逆；续遇董卓，侵官暴国。于是提剑挥鼓，发命东夏，收罗英雄，弃瑕取用；故遂与操同谘合谋，授以裨师，谓其鹰犬之才，爪牙可任。至乃愚佻短略，轻进易退，伤夷折衄，数丧师徒；幕府辄复分兵命锐，修完补辑，表行东郡，领兖州刺史，被以虎文，奖蹙威柄，冀获秦师一克之报。而操遂豕资跋扈，恣行凶忒，割剥元元，残贤害善。故九江太守边让，英才俊伟，天下知名；直言正色，论不阿谄；身首被枭悬之诛，妻孥受灰灭之咎。自是士林愤痛，民怨弥重；一夫奋臂，举州同声。故躬破于徐方，地夺于吕布；彷徨东裔，蹈据无所。幕府惟强干弱枝之义，且不登叛人之党，故复援旌擐甲，席卷起征，途鼓响振，布众奔沮；拯其死亡之患，复其方伯之位：则幕府无德于兖土之民，而有大造于操也。

后会鸾驾反旆，群贼寇攻。时冀州方有北鄙之警，匪遑离局；故使从事中郎徐勋，就发遣操，使缮修郊庙，翊卫幼主。操便放志，专行胁迁，当御省禁；卑侮王室，败法乱纪；坐领三台，专制朝政；爵赏由心，刑戮在口；所爱光五宗，所恶灭三族；群谈者受显诛，腹议者蒙隐戮；百寮钳口，道路以目；尚书记朝会，公卿充员品而已。

故太尉杨彪，典历二司，享国极位。操因缘睚眦，被以非罪；榜楚参并，五毒备至；触情任忒，不顾宪纲。又议郎赵彦，忠谏直言，义有可纳，是以圣朝含听，改容加饰。操欲迷夺时明，杜绝言路，擅收立杀，不俟报闻。［吾国虽乏言论自由传统，但言论是否开明又经常成为政敌彼此攻击的把柄。］又梁孝王，先帝母昆，坟陵尊显；桑梓松柏，犹宜肃恭。而操帅将吏士，亲临发掘，破棺裸尸，掠取金宝。至今圣朝流涕，士民伤怀！

操又特置“发丘中郎将”，“摸金校尉”，所过隳突，无骸不露。身处三公之位，而行盗贼之态，污国害民，毒施人鬼！加其细政惨苛，科防互设；罾缴充蹊，坑阱塞路；举手挂网罗，动足触机陷，[专制强权好行特务政治，曹操亦不例外。以上所斥，并非捕风捉影。]是以兖、豫有无聊之民，帝都有吁嗟之怨。历观载籍，无道之臣，贪残酷烈，于操为甚！

幕府方诘外奸，未及整训；加绪含容，冀可弥缝。而操豺狼野心，潜包祸谋，乃欲摧挠栋梁，孤弱汉室，除灭忠正，专为枭雄。往者伐鼓北征公孙瓒，强寇桀逆，拒围一年。操因其未破，阴交书命，外助王师，内相掩袭。会其行人发露，瓒亦枭夷，故使锋芒挫缩，厥图不果。今乃屯据敖仓，阻河为固，欲以螳螂之斧，御隆车之隧。幕府奉汉威灵，折冲宇宙；长戟百万，骁骑千群；奋中黄、育、获之士，骋良弓劲弩之势；并州越太行，青州涉济、漯；大军泛黄河而角其前，荆州下宛、叶而犄其后，雷震虎步，若举炎火以焫飞蓬，覆沧海以沃熛炭，有何不灭者哉？

又操军吏士，其可战者，皆出自幽冀，或故营部曲，咸怨旷思归，流涕北顾。其余兖、豫之民，及吕布、张扬之余众，覆亡迫胁，权时徇从；各被创夷，人为仇敌。若回旆反徂，登高冈而击鼓吹，扬素挥以启降路，必土崩瓦解，不俟血刃。[宣传家的文字往往如此，长于外在铺排，弱于内在理路；气势张扬，内里不经一驳。]

方今汉室陵迟，纲维弛绝；圣朝无一介之辅，股肱无折冲之势。方几之内，简练之臣，皆垂头搨翼，莫所凭恃；虽有忠义之佐，胁于暴虐之臣，焉能展其节？

又操持部曲精兵七百，围守宫阙，外托宿卫，内实拘执。

惧其篡逆之萌，因斯而作。此乃忠臣肝脑涂地之秋，烈士立功之会，可不勖哉！

操又矫命称制，遣使发兵。恐边远州郡，过听给与，违众旅叛，举以丧名，为天下笑，则名哲不取也。

即日幽、并、青、冀四州并进。书到荆州，便勒见兵，与建忠将军协同声势。州郡各整义兵，罗落境界，举武扬威，并匡社稷，则非常之功于是乎著。

其得操首者，封五千户侯，赏钱五千万。部曲偏裨将校诸吏降者，勿有所问。广宣恩信，班扬符赏，布告天下，咸使知圣朝有拘迫之难。如律令！[这篇檄文，亦系毛氏父子添加，就通俗小说而言，文意古奥，损害了小说语言的通俗性，且檄文与小说的笔墨侧重，参差不合，聪明的读者大可略过不读。]

绍览檄大喜，即命使将此檄遍行州郡，并于各处关津隘口张挂。[控制宣传机器的套路，古人玩得娴熟。]檄文传至许都，时曹操方患头风，卧病在床。左右将此檄传进，操见之，毛骨悚然，出了一身冷汗，不觉头风顿愈，从床上一跃而起，顾谓曹洪曰："此檄何人所作？"洪曰："闻是陈琳之笔。"操笑曰："有文事者，必须以武略济之。陈琳文字虽佳，其如袁绍武略之不足何！"遂聚众谋士商议迎敌。

孔融闻之，来见操曰："袁绍势大，不可与战，只可与和。"荀彧曰："袁绍无用之人，何必议和？"融曰："袁绍士广民强，其部下如许攸、郭图、审配、逢纪皆智谋之士，田丰、沮授皆忠臣也，颜良、文丑勇冠三军，其余高览、张郃、淳于琼等俱世之名将，何谓绍为无用之人乎？"彧笑曰："绍兵多而不整。田丰刚而犯上，许攸贪而不智，审配专而无谋，逢纪果而无用。此数人者，势不相容，必生内变。颜良、文丑，匹夫之勇，一战可擒。其余碌碌等辈，纵有百万，何足道哉！"孔融默然。[荀彧与郭嘉均曾在袁绍帐下谋事，又双双弃袁绍而去，故对袁绍手下了解极深，不像孔融，只是些皮相之见。]操大笑曰："皆不出荀文若之料。"遂唤前军刘岱、后军王忠引兵五万，打着丞相旗号，去徐州攻刘备。原来刘岱旧为兖州刺史。及操取兖州，岱降于操，操用为偏将，故令差他与王忠一同领兵。操却自引大军二十万，进黎阳，拒袁绍。程昱曰："恐刘岱、王忠不称其使。"操曰："吾亦知非刘备敌手，权且虚张声势。"分付："不可轻进。待我破绍，再勒兵破备。"刘岱、王忠领兵去了。

曹操自引兵至黎阳。两军隔八十里，各自深沟高垒，相持不战，自八月守至十月。原来许攸不乐审配领兵，沮授又恨绍不用其谋，各不相和，不图进取。[外战未开，内讧已起。较之曹操手下将士之齐心协力，优劣已判。]袁绍心怀疑惑，不思进兵。操乃唤吕布手下降将臧霸把守青、徐，于禁、李典屯兵河上，曹仁总督大军屯于官渡。操自引一军，竟回许都。

且说刘岱、王忠引军五万，离徐州一百里下寨。中军虚打"曹丞相"旗号，未敢进兵，只打听河北消息。这里玄德也不知曹操虚实，未敢擅动，亦只探听河北。忽曹操差人催刘岱、王忠进战。二人在寨中商议。岱曰："丞相催促攻城，你可先去。"王忠曰："丞相先差你。"岱曰："我是主将，如何先去？"忠曰："我和你同引兵去。"岱曰："我与你拈阄，拈着的便去。"王忠拈着"先"字，只得分一半军马，来攻徐州。[太过儿戏。]玄德听知军马到来，请陈登商议曰："袁本初虽屯兵黎阳，奈谋臣不和，尚未进取。曹操不知在何处。闻黎阳军中，无操旗号，如何这里却反有他旗号？"登曰："操诡计百出，必以河北为重，亲自监督，却故意不建旗号，乃于此处虚张旗号。吾意操必不在此。"玄德曰："两弟谁可探听虚实？"张飞曰："小弟愿往。"玄德曰："汝为人躁暴，不可去。"飞曰："便是有曹操也拿将来！"云长曰："待弟往观其动静。"玄德曰："云长若去，我却放心。"于是云长引三千人马出徐州来。

时值初冬，阴云布合，雪花乱飘。军马皆冒雪布阵，骤马提刀而出，大叫王忠打话。

忠出曰："丞相到此，缘何不降？"云长曰："请丞相出阵，我自有话说。"忠曰："丞相岂肯轻见你！"云长大怒，骤马向前。王忠挺枪来迎。两马相交，云长拨马便走。王忠赶来。转过山坡，云长回马，大叫一声，舞刀直取。王忠拦截不住，恰待骤马奔逃，云长左手倒提宝刀，右手揪住王忠勒甲绦，拖下鞍轿，横担于马上，回本阵来。王忠军四散奔走。

云长押解王忠，回徐州见玄德。玄德问："你乃何人？见居何职？敢诈称曹丞相！"忠曰："焉敢有诈？奉命教我虚张声势，以为疑兵。丞相实不在此。"玄德教付衣服酒食，且暂监下，待捉了刘岱，再作商议。云长曰："某知兄有和解之意，故生擒将来。"玄德曰："吾恐翼德躁暴，杀了王忠，故不教去。此等人杀之无益，留之可为解和之地。"张飞曰："二哥捉了王忠，我去生擒刘岱来！"玄德曰："刘岱昔为兖州刺史，虎牢关伐董卓时，也是一镇诸侯，今日为前军，不可轻敌。"飞曰："量此辈何足道哉！我也似二哥生擒将来便了。"玄德曰："只恐坏了他性命，误我大事。"飞曰："如杀了，我偿他命！"玄德遂与军三千。飞引兵前进。

却说刘岱知王忠被擒，坚守不出。张飞每日在寨前叫骂，岱听知是张飞，越不敢出。飞守了数日，见岱不出，心生一计，传令："今夜二更去劫寨。"日间却在帐中饮酒。诈醉，寻军士罪过，打了一顿，缚在营中，曰："待我今夜出兵时，将来祭旗！"却暗使左右纵之去。［张飞原有鞭挞士卒之习，如此设计，可信度极高。］军士得脱，偷走出营，径往刘岱营中来报劫寨之事。刘岱见降卒身受重伤，遂听其说，虚扎空寨，伏兵在外。是夜张飞却分兵三路，中间使三十余人劫寨放火，却教两路军抄出他寨后，看火起为号夹击之。三更时分，张飞自引精兵，先断刘岱后路；中路三十余人，抢入寨中放火。刘岱伏兵恰待杀入，张飞两路兵齐出。岱军自乱，正不知飞兵多少，各自溃散。刘岱引一队步军，夺路而走，正撞见张飞，狭路相逢，急难回避，交马只一合，早被张飞生擒过去。余众皆降。飞使人先报入徐州。玄德闻之，谓云长曰："翼德自来粗莽，今亦用智，吾无忧矣！"乃亲自出郭迎之。飞曰："哥哥道我躁暴，今日如何？"玄德曰："不用言语相激，如何肯使机谋！"飞大笑。

玄德见缚刘岱过来，慌下马解其缚曰："小弟张飞误有冒渎，望乞恕罪。"遂迎入徐州，放出王忠，一同管待。玄德曰："前因车胄欲害备，故不得不杀之。丞相错疑备反，遣二将军前来问罪。备受丞相大恩，正思报效，安敢反耶？二将军至许都，望善言为备分诉，备之幸也。"刘岱、王忠曰："深荷使君不杀之恩，当于丞相处方便，以某两家老小保使君。"玄德称谢。次日尽还原领军马，送出郭外。［玄德老于江湖，历练已深，如今行起此等事来，如风行水上，不露痕迹。]刘岱、王忠行不上十余里，一声鼓响，张飞拦路大喝曰："我哥哥忒没分晓！捉住贼将如何又放了？"唬得刘岱、王忠在马上发颤。张飞睁眼挺枪赶来，背后一人飞马大叫："不得无礼！"视之，乃云长也。刘岱、王忠方才放心。云长曰："既兄长放了，吾弟如何不遵法令？"飞曰："今番放了，下次又来。"云长曰："待他再来，杀之未迟。"刘岱、王忠连声告退曰："便丞相诛我三族，也不来了。望将军宽恕。"飞曰："便是曹操自来，也杀他片甲不回！今番权且寄下两颗头！"刘岱、王忠抱头鼠窜而去。

云长、翼德回见玄德曰："曹操必然复来。"孙乾谓玄德曰："徐州受敌之地，不可久居。不若分兵屯小沛，守邳城，为犄角之势，以防曹操。"玄德用其言，令云长守下邳；甘、糜二夫人亦于下邳安置。甘夫人乃小沛人也，糜夫人乃糜竺之妹也。孙乾、简雍、糜竺、糜芳守徐州。玄德与张飞屯小沛。

刘岱、王忠回见曹操，具言刘备不反之事。操怒骂："辱国之徒，留你何用！"喝令左右推出斩之。正是：

犬豕何堪撄虎斗，鱼虾空自与龙争。

不知二人性命如何，且听下文分解。

檄文

两军交战，为求师出有名，遂借檄文来提气助兴。《尚书·泰誓》既是周武王的誓师词，又是讨伐商纣王的檄文。

就功能论，檄文好比法庭论辩词，虽满口不脱正义，初衷只是确保己方获胜。故檄文写法亦与司法辩护词相同：杜绝任何不利于己方的事实，夸饰任何有损于对方的证据。法庭论辩无需接受历史检验，只要庭审中获胜，即毕其全功。檄文亦然，本着最大程度扩大己方道义、最大限度挫败对方锐气这一目标，檄文写作无需遵循公认的学术原则，只要让人一时信以为真，即可无所不用其极。诸如构陷、栽赃、颠倒黑白等种种笔墨丑行，在该文体中均可为所欲为——前提只有一个：让人一时信以为真。

漂亮的檄文虽能鼓荡人心，激励士气，但揆诸历史，人们惊讶地发现，檄文作用有限。陈琳的檄文无改袁绍落败的命运，唐朝骆宾王那篇更加犀利的《代李敬业讨武曌檄》，虽把武则天吓得不轻，却不曾对武则天的统治产生实质撼动。

可见，认定檄文具有超凡力量，是一种幻觉。毕竟，战争的成败不会取决于一篇锦绣文章。

第二十三回

祢正平裸衣骂贼　吉太医下毒遭刑

却说曹操欲斩刘岱、王忠。孔融谏曰："二人本非刘备敌手，若斩之，恐失将士之心。"操乃免其死，黜罢爵禄，欲自起兵伐玄德。孔融曰："方今隆冬盛寒，未可动兵，待来春未为晚也。可先使人招安张绣、刘表，然后再图徐州。"操然其言，先遣刘晔往说张绣。晔至襄城，先见贾诩，陈说曹公盛德。诩乃留晔于家中，次日来见张绣，说曹公遣刘晔招安之事。正议间，忽报袁绍有使至。绣命入。使者呈上书信。绣览之，亦是招安之意。诩问来使曰："近日兴兵破曹操，胜负如何？"使曰："隆冬寒月，权且罢兵。今以将军与荆州刘表俱有国士之风，故来相请耳。"诩大笑曰："汝可便回，见本初道：'汝兄弟尚不能容，何能容天下国士乎！'"当面扯碎书，叱退来使。[贾诩有谋而速，当机立断。]

张绣曰："方今袁强曹弱，今毁书叱使，袁绍若至，当如之何？"诩曰："不如去从曹操。"绣曰："吾先与操有仇，安得相容？"诩曰："从操其便有三：夫曹公奉天子明诏，征伐天下，其宜从一也；绍强盛，我以少从之，必不以我为重，操虽弱，得我必喜，其宜从二也；曹公五霸之志，必释私怨，以明德于四海，其宜从三也。愿将军无疑焉。"绣从其言，请刘晔相见。晔盛称操德，且曰："丞相若记旧怨，安肯使某来结好将军乎？"绣大喜，即同贾诩等赴许都投降。绣见操，拜于阶下。操忙扶起，执其手曰："有小过失，勿记于心。"遂封绣为扬武将军，封贾诩为执金吾使。[众人皆知张绣与曹操有仇，曹操接纳张绣就等于替自己的丞相气度做了一个广告。贾诩算到这一步，遂将险境履成平地。]操即命绣作书招安刘表。贾诩进曰："刘景升好结纳名流，今必得一有文名之士往说之，方可降耳。"操问荀攸曰："谁人可去？"攸曰："孔文举可当其任。"操然之。攸出见孔融曰："丞相欲得一有文名之士，以备行人之选。公可当此任否？"融曰："吾友祢衡，字正平，其才十倍于我。此人宜在帝左右，不但可备行人而已。我当荐之天子。”于是遂上表奏帝。其文曰：

臣闻洪水横流，帝思俾乂；旁求四方，以招贤俊。昔世宗继统，将弘基业；畴咨熙载，群士响臻。陛下睿圣，纂承基绪，遭遇厄运，劳谦日昃；维岳降神，异人并出。窃见处士平原祢衡，年二十四，字正平，淑质贞亮，英才卓跞；初涉艺文，升堂睹奥。目所一见，辄诵之口；耳所暂闻，不忘于心。性与道合，思若有神。弘羊潜计，安世默识，以衡准之，诚不足怪。忠果正直，志怀霜雪；见善若惊，嫉恶若仇。任座抗行，史鱼厉节，殆无以过也。鸷鸟累百，不如一鹗；使衡立朝，必有可观。飞辩骋词，溢气坌涌；解疑释结，临敌有余。昔贾谊求试属国，诡系单于；终军欲以长缨，牵制劲越。弱冠慷慨，前世美之。近日路粹、严象，亦用异才，擢拜台郎。衡宜与为比。如得龙跃天衢，振翼云汉，扬声紫微，垂光虹蜺，足以昭近署之多士，增四门之穆穆。钧天广乐，必有奇丽之观；帝室皇居，必畜非常之宝。若衡等辈，不可多得。《激楚》《阳阿》，至妙之容，掌伎者之所贪；飞兔、腰褭，绝足奔放，良、乐之所急也。臣等区区，敢不以闻？陛下笃慎取士，必须效试，乞令衡以褐衣召见。如无可观采，臣等受面欺之罪。［一篇由各种肉麻不实之词堆砌成的马屁文章。］

帝览表，以付曹操。操遂使人召衡至。礼毕，操不命坐。祢衡仰天叹曰：“天地虽阔，何无一人也！”操曰：“吾手下有数十人，皆当世英雄，何谓无人？”衡曰：“愿闻。”操曰：“荀彧、荀攸、郭嘉、程昱，机深智远，虽萧何、陈平不及也。张辽、许褚、李典、乐进，勇不可当，虽岑彭、马武不及也。吕虔、满宠为从事，于禁、徐晃为先锋；夏侯惇天下奇才，曹子孝世间福将。安得无人？”衡笑曰：“公言差矣！此等人物，吾尽识之：荀彧可使吊丧问疾，［荀彧是美男子，祢衡嘲其凭相貌吃饭，堕入“人身攻击”之末品。嘲讽夏侯惇“完体”，也只是刻薄他的独眼龙，无甚高明。钱锺书通过祢衡的评价，断定荀彧“必生成愁眉苦脸如所谓'哭丧着脸''丧门吊客面相'耳"，可发一噱。]荀攸可使看坟守墓，程昱可使关门闭户，郭嘉可使白词念赋，张辽可使击鼓鸣金，许褚可使牧马放牛，乐进可使取状读诏，李典可使传书送檄，吕虔可使磨刀铸剑，满宠可使饮酒食糟，于禁可使负版筑墙，徐晃可使屠猪杀犬；夏侯惇称为'完体将军'，曹子孝呼为'要钱太守'。其余皆是衣架、饭囊、酒桶、肉袋耳！"操怒曰："汝有何能？"衡曰："天文地理，无一不通；三教九流，无所不晓。上可以致君为尧、舜，下可以配德于孔、颜。岂与俗子共论乎！"时只有张辽在侧，掣剑欲斩之。操曰："吾正少一鼓吏，早晚朝贺宴享，可令祢衡充此职。衡不推辞，应声而去。辽曰："此人出言不逊，何不杀之？"操曰："此人素有虚名，远近所闻。今日杀之，天下必谓我不能容物。彼自以为能，故令为鼓吏以辱之。"［后世公推曹操为建安文学第一人，曹操有瞧不起醋酸名士的底气。］

来日，操于省厅上大宴宾客，令鼓吏挝鼓。旧吏云："挝鼓必换新衣。"衡穿旧衣而入。遂击鼓为《渔阳三挝》，音节殊妙，渊渊有金石声。坐客听之，莫不慷慨流涕。左右喝曰："何不更衣！"衡当面脱下旧破衣服，裸体而立，浑身尽露。坐客皆掩面。衡乃徐徐着裤，颜色不变。操叱曰："庙堂之上，何太无礼？"衡曰："欺君罔上乃谓无礼。吾露父母之遗，以显清白之体耳！"操曰："汝为清白，谁为污浊？"衡曰："汝不识贤愚，是眼浊也；不读诗书，是口浊也；不纳忠言，是耳浊也；不通古今，是身浊也；不容诸侯，是腹浊也；常怀篡逆，是心浊也！吾乃天下名士，用为鼓吏，是犹阳货轻仲尼，臧仓毁孟子耳！欲成王霸之业，而如此轻人耶？"［祢衡恐有"心恙"，今语唤为"自大狂"。裸衣之举，《世说新语·任诞篇》云："刘伶恒纵酒放达，或脱衣裸形在屋中。人见讥之。伶曰，'我以天地为栋宇，屋室为裈衣，诸君何为入我裈中？'"］时孔融在坐，恐操杀衡，乃从容进曰："祢衡罪同胥靡，不足发明王之梦。"操指衡而言曰："令汝往荆州为使。如刘表来降，便用汝作公卿。"衡不肯往。操教备马三匹，令二人扶挟而行；却教手下文武，整酒于东门外送之。荀彧曰："如祢衡来，不可起身。"衡至，下马入见，众皆端坐。衡放声大哭。荀彧问曰："何为而哭？"衡曰："行于死柩之中，如何不哭？"众皆曰："吾等是死尸，汝乃无头狂鬼耳！"

衡曰："吾乃汉朝之臣，不作曹瞒之党，安得无头？"众欲杀之。荀彧急止之曰："量鼠雀之辈，何足污刀！"衡曰："吾乃鼠雀，尚有人性；汝等只可谓之蜾虫！"众恨而散。[祢衡之"心恙"，恐还杂有仇世、厌世特征。智力超群，情商超低。]

衡至荆州，见刘表毕，虽颂德，实讥讽。表不喜，令去江夏见黄祖。或问表曰："祢衡戏谑主公，何不杀之？"表曰："祢衡数辱曹操，操不杀者，恐失人望，故令作使于我，欲借我手杀之，使我受害贤之名也。吾今遣去见黄祖，使曹操知我有识。"众皆称善。

时袁绍亦遣使至。表问众谋士曰："袁本初又遣使来，曹孟德又差祢衡在此，当何从便？"从事中郎将韩嵩进曰："今两雄相持，将军若欲有为，乘此破敌可也。如其不然，将择其善者而从之。今曹操善能用兵，贤俊多归，其势必先取袁绍，然后移兵向江东，恐将军不能御；莫若举荆州以附操，操必重待将军矣。"表曰："汝且去许都，观其动静，再作商议。"嵩曰："君臣各有定分。嵩今事将军，虽赴汤蹈火，一唯所命。将军若能上顺天子，下从曹公，使嵩可也；如持疑未定，嵩到京师，天子赐嵩一官，则嵩为天子之臣，不得复为将军死矣。"[说得别致坦率。]表曰："汝且先往观之。吾别有主意。"嵩辞表，到许都见操。操遂拜嵩为侍中，领零陵太守。荀彧曰："韩嵩来观动静，未有微功，重加此职。祢衡又无音耗，丞相遣而不问，何也？"操曰："祢衡辱吾太甚，故借刘表手杀之，何必再问？"遂遣韩嵩回荆州说刘表。嵩回见表，称颂朝廷盛德，劝表请子入侍。[一种通行于古代世界的人质抵押法，朝廷借此确保诸侯不敢有异心。]表大怒曰："汝怀二心耶！"欲斩之。嵩大叫曰："将军负嵩，嵩不负将军！"蒯良曰："嵩未去之前，先有此言矣。"刘表遂赦之。

人报黄祖斩了祢衡，表问其故，对曰："黄祖与祢衡共饮，皆醉。祖问衡曰：'君在许都有何人物？'衡曰：'大儿孔文举，小儿杨德祖。除此二人，并无人物。'祖曰：'似我如何？'衡曰：'汝似庙中之神，虽受祭祀，恨无灵验！'祖大怒曰：'汝以我为土木偶人耶！'遂斩之。衡至死骂不绝口。"刘表闻衡死，亦嗟呀不已，令葬于鹦鹉洲边。后人有诗叹曰：

黄祖才非长者俦，祢衡丧首此江头。

今来鹦鹉洲边过，惟有无情碧水流。

却说曹操知祢衡受害，笑曰："腐儒舌剑，反自杀矣！"［祢衡像是被孔融害死的。］因不见刘表来降，便欲兴兵问罪。荀彧谏曰："袁绍未平，刘备未灭，而欲用兵江汉，是犹舍心腹而顾手足也。可先灭袁绍，后灭刘备，江汉可一扫而平矣。"操从之。

且说董承自刘玄德去后，日夜与王子服等商议，无计可施。建安五年，元旦朝贺，见曹操骄横愈甚，感愤成疾。帝知国舅染病，令随朝太医前去医治。此医乃洛阳人，姓吉名太，字称平，人皆呼为吉平，当时名医也。平到董承府用药调治，旦夕不离，常见董承长吁短叹，不敢动问。时值元宵，吉平辞去，承留住，二人共饮。饮至更余，承觉困倦，就和衣而睡。忽报王子服等四人至，承出接入。服曰："大事谐矣！"承曰："愿闻其说。"服曰："刘表结连袁绍，起兵五十万，共分十路杀来。马腾结连韩遂，起西凉军七十二万，从北杀来。曹操尽起许昌兵马，分头迎敌，城中空虚。若聚五家僮仆，可得千余人。乘今夜府中大宴，庆赏元宵，将府围住，突入杀之。不可失此机会！"承大喜，随即唤家奴各人收拾兵器，自己披挂绰枪上马，约会都在内门前相会，同时进兵。夜至二鼓，众兵皆到。董承手提宝剑，徒步直入，见操设宴后堂，大叫："操贼休走！"一剑剁去，随手而倒。霎时觉来，乃南柯一梦，口中犹骂"操贼"不止。［以十四世纪小说水准衡量，这段梦写得精彩，化梦之际，无影无痕，如电影之"化入化出"。］吉平向前叫曰："汝欲害曹公乎？"承惊惧不能答。吉平曰："国舅休慌。某虽医人，未尝忘汉。某连日见国舅嗟叹，不敢动问。恰才梦中之言，已见真情，幸勿相瞒。倘有用某之处，虽灭九族，亦无后悔！"承掩面而哭曰："只恐汝非真心！"平遂咬下一指为誓。［金庸小说中有"平一指"，也是医家，命名灵感也许在此。］承乃取出衣带诏，令平视之，且曰："今之谋望不成者，乃刘玄德、马腾各自去了，无计可施，因此感而成疾。"［握有重兵的人物纷纷开溜，空留书生造反。］平曰："不消诸公用心。操贼性命，只在某手中。"承问其故。平曰："操贼常患头风，痛入骨髓，才一举发，便召某医治。如早晚有召，只用一服毒药，必然死矣，何必举刀兵乎？"承曰："若得如此，救汉朝社稷者，皆赖君也！”时吉平辞归。承心中暗喜，步入后堂，忽见家奴秦庆童同侍妾云英在暗处私语。承大怒，唤左右捉下，欲杀之。［连男女春情都要动用极刑，董承非善类。］夫人劝免其死，各人重责四十，将庆童锁于冷房。庆童怀恨，夤夜将铁锁扭断，跳墙而出，径入曹操府中，告有机密事。操唤入密室问之。庆童云：“王子服、吴子兰、种辑、吴硕、马腾五人在家主府中商议机密，必然是谋丞相。家主将出白绢一段，不知写着甚的。近日吉平咬指为誓，我也曾见。”曹操藏匿庆童于府中，董承只道逃往他方去了，也不追寻。

次日，曹操诈患头风，召吉平用药。吉平自思曰：“此贼合休！”暗藏毒药入府。操卧于床上，令平下药。平曰：“此病可一服即愈。”教取药罐，当面煎之。药已半干，平已暗下毒药，亲自送上。操知有毒，故意迟延不服。平曰：“乘热服之，少汗即愈。”操起曰：“汝既读儒书，必知礼义：君有疾饮药，臣先尝之；父有疾饮药，子先尝之。汝为我心腹之人，何不先尝而后进？”平曰：“药以治病，何用人尝？”平知事已泄，纵步向前，扯住操耳而灌之。操推药泼地，砖皆迸裂。操未及言，左右已将吉平执下。操曰：“吾岂有病，特试汝耳！汝果有害我之心！”遂唤二十个精壮狱卒，执平至后园拷问。操坐于亭上，将平缚倒于地。吉平面不改容，略无惧怯。操笑曰：“量汝是个医人，安敢下毒害我？必有人唆使你来。你说出那人，我便饶你。”平叱之曰：“汝乃欺君罔上之贼，天下皆欲杀汝，岂独我乎！”操再三磨问。平怒曰：“我自欲杀汝，安有人使我来？今事不成，惟死而已！”操怒，教狱卒痛打。打到两个时辰，皮开肉裂，血流满阶。

操恐打死无可对证，令狱卒揪去静处，权且将息。［新政未稳之时，也是宫廷多事之秋，双方角力斗狠，竞出狠招。世人惯道曹操“挟天子以令诸侯”的便利，较少言及其中凶险。其实，袁绍当初拒迎皇帝，不见得是下策，如淳于琼所言：“今迎天子，动则表闻，从之则权轻，违之则拒命”，麻烦亦不小。］传令次日设宴，请众大臣饮酒。惟董承托病不来。王子服等皆恐操生疑，只得俱至。操于后堂设席。酒行数巡，曰：“筵中无可为乐，我有一人，可为众官醒酒。教二十个狱卒与吾牵来！”

须臾，只见一长枷钉着吉平，拖至阶下。操曰："众官不知。此人连结恶党，欲反背朝廷，谋害曹某。今日天败，请听口词。"操教先打一顿，昏绝于地，以水喷面。吉平苏醒，睁目切齿而骂曰："操贼！不杀我，更待何时！"操曰："同谋者先有六人，与汝共七人耶？"平只是大骂。王子服等四人面面相觑，如坐针毡。操教一面打，一面喷。平并无求饶之意。操见不招，且教牵去。

众官席散，操只留王子服等四人夜宴。四人魂不附体，只得留待。操曰："本不相留，争奈有事相问。汝四人不知与董承商议何事？"子服曰："并未商议甚事。"操曰："白绢中写着何事？"子服等皆隐讳。操教唤出庆童对证。子服曰："汝于何处见来？"庆童曰："你回避了众人，六人在一处画字，如何赖得？"子服曰："此贼与国舅侍妾通奸，［"私语"等于"通奸"，古人关于"男女大防"的联想力，实在强悍。］被责诬主，不可听也。"操曰："吉平下毒，非董承所使而谁？"子服等皆言不知。操曰："今晚自首，尚犹可恕；若待事发，其实难容！"子服等皆言并无此事。操叱左右将四人拿住监禁。

次日，带领众人径投董承家探病。承只得出迎。操曰："缘何夜来不赴宴？"承曰："微疾未痊，不敢轻出。"操曰："此是忧国家病耳。"承愕然。操曰："国舅知吉平事乎？"承曰："不知。"操冷笑曰："国舅如何不知？"唤左右："牵来与国舅起病。"承举措无地。须臾，二十狱卒推吉平至阶下。吉平大骂曹操"逆贼"。操指谓承曰："此人曾攀下王子服等四人，吾已拿下廷尉。尚有一人，未曾捉获。"因问平曰："谁教汝来药我？可速招出！"平曰："天使我来杀逆贼！"操怒教打。身上无容刑之处。承在座观之，心如刀割。操又问平曰："你原有十指，今如何只有九指？"平曰："嚼以为誓，誓杀国贼！"操教取刀来，就阶下截去其九指，曰："一发截了，教你为誓！"平曰："尚有口可以吞贼，有舌可以骂贼！"操令割其舌。平曰："且勿动手。吾今熬刑不过，只得供招。可释吾缚。"操曰："释之何碍？"遂令解其缚。平起身望阙拜曰："臣不能为国家除贼，乃天数也！"拜毕，撞阶而死。操令分其肢体号令。时建安五年正月也。［倔强勇烈。］史官有诗曰：

汉朝无起色，医国有称平。立誓除奸党，捐躯报圣明。

极刑词愈烈，惨死气如生。十指淋漓处，千秋仰异名。

操见吉平已死，教左右牵过秦庆童至面前。操曰："国舅认得此人否？"承大怒曰："逃奴在此！即当诛之！"操曰："他首告谋反，今来对证，谁敢诛之？"承曰："丞相何故听逃奴一面之说？"操曰："王子服等吾已擒下，皆招证明白，汝尚抵赖乎？"即唤左右拿下，命从人直入董承卧房内，收出衣带诏并义状。看了笑曰："鼠辈安敢如此！"遂命："将董承全家良贱，尽皆监禁，休教走脱一个。"操回府以诏状示众谋士商议，欲废献帝，更立新君。正是：

数行丹诏成虚望，一纸盟书惹祸殃。

未知献帝性命如何，且听下文分解。

名士

在中华文化中，名士风流是一朵得到过度赞誉的性格奇葩。追索其源，它绝非自然绽放的人性之花，而是凶险环境下个别具有自我意识的书生借以自保的生存策略。

成熟期的名士风流，始于曹操所处的建安时期，南朝刘义庆撰《世说新语》，记录了大量名士言行，让后人感知"魏晋风度""正始玄风"的超凡魅力，尤以"竹林七贤"为象征。名士的表象特征，常体现为各种出人意表的言行，如刘伶好酒，嵇康打铁，而其潜伏的积极意义，则是一股蔑视强权的"不合作精神"。为免杀身之祸，名士便通过各种超越常规的言行，隐匿真实意图。那些疑似装疯卖傻、半痴半癫的举动，包含了极大的悲苦无助。名士之狂，多为佯狂。此外，提高名士的文化认知度，亦有助于名士群体的存活，盖投鼠忌器乃帝王权臣的心理定势。对有些现代知识分子来说，他们畏惧冷落更甚于迫害，对孔融、祢衡，名声则是一张护身符，可使他们降低遭受迫害的风险。孔融与祢衡间极度肉麻的互吹，即有此动机，若非祢衡行为过火，无论曹操还是刘表，都不想打他脑袋的主意。

小说中的祢衡是名士的变异，他简直在找死。

第二十四回

国贼行凶杀贵妃　皇叔败走投袁绍

却说曹操见了衣带诏，与众谋士商议，欲废却献帝，更择有德者立之。程昱谏曰："明公所以能威震四方，号令天下者，以奉汉家名号故也。今诸侯未平，遽行废立之事，必起兵端矣。"操乃止。[献帝不算差，汉末皇家子嗣一蟹不如一蟹，并无"有德者"可供遴选。]只将董承等五人，并其全家老小，押送各门处斩。死者共七百余人。城中官民见者，无不下泪。后人有诗叹董承曰：

密诏传衣带，天言出禁门。当年曾救驾，此日更承恩。

忧国成心疾，除奸入梦魂。忠贞千古在，成败复难论。

又有叹王子服等四人诗曰：

书名尺素矢忠谋，慷慨思将君父酬。

赤胆可怜捐百口，丹心自是足千秋。

[马基雅维里说得精准："自古以来，阴谋为数很多，成功者甚少，因为搞阴谋的人都不能够单枪匹马地干。"老话也说，天下没有不透风的墙。]

且说曹操既杀了董承等众人，怒气未消，遂带剑入宫，来弑董贵妃。贵妃乃董承之妹，帝幸之，已怀孕五月。当日帝在后宫，正与伏皇后私论董承之事至今尚无音耗，忽见曹操带剑入宫，面有怒容，帝大惊失色。操曰："董承谋反，陛下知否？"帝曰："董卓已诛矣。"操大声曰："不是董卓！是董承！"帝战栗曰："朕实不知。"操曰："忘了破指修诏耶？"帝不能答。操叱武士擒董妃至。帝告曰："董妃有五月身孕，望丞相见怜。"操曰："若非天败，吾已被害。岂得复留此女，为吾后患！"伏后告曰："贬于冷宫，待其分娩了，杀之未迟。"操曰："欲留此逆种，为母报仇乎？"董妃泣告曰："乞全尸而死，勿令彰露。"操即令取白练至面前。帝泣谓妃曰："卿于九泉之下，勿怨朕躬！"言讫，泪下如雨。伏后亦大哭。操怒曰："犹作儿女态耶！"［曹操之狼戾残酷，纤毫毕现。董妃之哀哀无助，天可怜见。曹操如此表现，也是心有余悸的后遗症，并试图震慑他人。］叱武士牵出，勒死于宫门之外。后人有诗叹董妃曰：

春殿承恩亦枉然，伤哉龙种并时捐。

堂堂帝主难相救，掩面徒看泪涌泉。

操谕宫监官曰："今后但有外戚宗族，不奉吾旨，辄入宫门者，斩。守御不严，与同罪。"又拨心腹人三千充御林军，令曹洪统领，以为防察。

操谓程昱曰："今董承等虽诛，尚有马腾、刘备亦在此数，不可不除。"昱曰："马腾屯军西凉，未可轻取。但当以书慰劳，勿使生疑，诱入京师，图之可也。刘备现在徐州，分布犄角之势，亦不可轻敌。况今袁绍屯兵官渡，常有图许都之心。若我一旦东征，刘备势必求救于绍。绍乘虚来袭，何以当之？"操曰："非也。备乃人杰也，今若不击，待其羽翼既成，急难图矣。［程昱注重外在实力，曹操专注主将优劣，故重刘备而鄙袁绍。］袁绍虽强，事多怀疑不决，何足忧乎！"正议间，郭嘉自外而入。操问曰："吾欲东征刘备，奈有袁绍之忧，如何？"嘉曰："绍性迟而多疑，其谋士各相妒忌，不足忧也。刘备新整军兵，众心未服，丞相引兵东征，一战可定矣。"操大喜曰："正合吾意。"遂起二十万大军，分兵五路下徐州。

细作探知，报入徐州。孙乾先往下邳报知关公，随至小沛报知玄德。玄德与孙乾计议曰："此必求救于袁绍，方可解危。"于是玄德修书一封，遣孙乾至河北。乾乃先见田丰，具言其事，求其引进。丰即引孙乾入见绍，呈上书信。只见绍形容憔悴，衣冠不整。丰曰："今日主公何故如此？"绍曰："我将死矣！"丰曰："主公何出此言？"绍曰："吾生有五子，唯最幼者极快吾意，今患疥疮，命已垂绝，［疥疮之疾，古人视为小恙，常比喻不足挂齿之病，袁绍忧心如焚一至于此，也是怪事。］吾有何心更论他事乎？"丰曰："今曹操东征刘玄德，许昌空虚，若以义兵乘虚而入，上可以保天子，下可以救万民。此不易得之机会也，唯明公裁之。"绍曰："吾亦知此最好，奈我心中恍惚，恐有不利。"丰曰："何恍惚之有？"

绍曰："五子中唯此子生得最异，倘有疏虞，吾命休矣。"遂决意不肯发兵，乃谓孙乾曰："汝回见玄德，可言其故。倘有不如意，可来相投，吾自有相助之处。"田丰以杖击地曰："遭此难遇之时，乃以婴儿之病，失此机会！大事去矣，可痛惜哉！"跌足长叹而出。[父爱可贵，惜乎不合时宜。质朴的父爱总是出现在寻常百姓之中，大人物的父爱常让人啼笑皆非。]孙乾见绍不肯发兵，只得星夜回小沛见玄德，具说此事。玄德大惊曰："似此如之奈何？"张飞曰："兄长勿忧。曹操远来，必然困乏；乘其初至，先去劫寨，可破曹操。"玄德曰："素以汝为一勇夫耳。前者捉刘岱时，颇能用计；今献此策，亦中兵法。"乃从其言，分兵劫寨。

且说曹操引军往小沛来，正行间，狂风骤至，忽听一声响亮，将一面牙旗吹折。操便令军兵且住，聚众谋士问吉凶。荀彧曰："风从何方来？吹折甚颜色旗？"操曰："风自东南方来，吹折角上牙旗，旗乃青黄二色。"彧曰："不主别事，今夜刘备必来劫寨。"操点头。忽毛玠入见曰："方才东南风起，吹折青红牙旗一面。主公以为主何吉凶？"操曰："公意若何？"毛玠曰："愚意以为今夜必主有人来劫寨。"[又见老套笔墨。]后人有诗叹曰：

吁嗟帝胄势孤穷，全仗分兵劫寨功。
争奈牙旗折有兆，老天何故纵奸雄？

操曰："天报应我，即当防之。"遂分兵九队，只留一队向前虚札营寨，余众八面埋伏。是夜月色微明。玄德在左，张飞在右，分兵两队进发；只留孙乾守小沛。

且说张飞自以为得计，领轻骑在前，突入操寨，但见零零落落，无多人马，四边火光大起，喊声齐举。飞知中计，急出寨外。正东张辽、正西许褚、正南于禁、正北李典、东南徐晃、西南乐进、东北夏侯惇、西北夏侯渊，八处军马杀来。张飞左冲右突，前遮后当；所领军兵原是曹操手下旧军，见势已急，尽皆投降去了。飞正杀间，逢着徐晃大杀一阵，后面乐进赶到。飞杀条血路突围而走，只有数十骑跟定。欲还小沛，去路已断，欲投徐州、下邳，又恐曹军截住；寻思无路，只得望砀砀山而去。[这座芒砀山，像张飞的精神后院，读来依稀想起《西游记》里猪八戒的高老庄。其实，它多少反映了当时盗寇林立的现实。]

却说玄德引兵劫寨，将近寨门，喊声大震，后面冲出一军，先截去了一半人马。夏侯惇又到。玄德突围而走，夏侯渊又从后赶来。玄德回顾，止有三十余骑跟随；急欲奔还小沛，早望见小沛城中火起，只得弃了小沛；欲投徐州、下邳，又见曹军漫山塞野，截住去路。玄德自思无路可归，想："袁绍有言'倘不如意，可来相投'，今不若暂往依栖，别作良图。"遂望青州路而走，正逢李典拦住。玄德匹马落荒望北而逃，李典掳将从骑去了。[玄德一战即溃，与吕布相比，大有不如。]

且说玄德匹马投青州，日行三百里，奔至青州城下叫门。门吏问了姓名，来报刺史。刺史乃袁绍长子袁谭。谭素敬玄德，闻知匹马到来，即便开门出迎，接入公廨，细问其故。玄德备言兵败相投之意，谭乃留玄德于馆驿中住下，发书报父袁绍；一面差本州人马，护送玄德。至平原界口，袁绍亲自引众出邺郡三十里迎接玄德。玄德拜谢，绍忙答礼曰："昨为小儿抱病，有失救援，于心怏怏不安。今幸得相见，大慰平生渴想之思。"玄德曰："孤穷刘备，久欲投于门下，奈机缘未遇。今为曹操所攻，妻子俱陷，想将军容纳四方之士，故不避羞惭，径来相投。望乞收录，誓当图报。"绍大喜，相待甚厚，同居冀州。

且说曹操当夜取了小沛，随即进兵攻徐州。糜竺、简雍守把不住，只得弃城而走。陈登献了徐州。曹操大军入城，安民已毕，随唤众谋士议取下邳。荀彧曰："云长保护玄德妻小，死守此城。若不速取，恐为袁绍所窃。"操曰："吾素爱云长武艺人材，欲得之以为己用，不若令人说之使降。"郭嘉曰："云长义气深重，必不肯降。若使人说之，恐被其害。"[郭嘉知人知面更知心。]帐下一人出曰："某与关公有一面之交，愿往说之。"众视之，乃张辽也。程昱曰："文远虽与云长有旧，吾观此人，非可以言词说也。某有一计，使彼进退无路，然后用文远说之，彼必归丞相矣。"正是：

整备窝弓射猛虎，安排香饵钓鳌鱼。

未知其计若何，且听下文分解。

宫廷

曹操勒死董妃一段，触目惊心。

早在汉献帝“咬破指尖”、血书密诏之时，这场宫廷争斗的血腥气已经注定。曹操许田打围时的越权之举，起始就被献帝无限放大，并定性为汉家皇祚能否赓续的原则问题。定性已毕，后续步骤遂无可挽回地置双方于你死我活之境，双方都不再可能为双赢共建之局提供空间。献帝、董承一方未经起码的审时度势，贸然先下手为强，而其能动用的人力资源，又无非几个难堪大任、徒有忠心的皇亲国戚，除马腾外，得不到实质力量的有力襄助。即使马腾，在发现刘备早早滑脚之后，也预留退路，回西北老巢去了。

至于国舅董承，对些微青春男女之事尚欲置之死地，其图谋若幸而成功，曹操及其阖族老幼，势将遭受灭顶之灾。可见，此种宫廷政治的极端残忍，原是当事双方心照不宣的游戏规则。107 年东汉邓太后对付政敌，同样极度残忍，“置于缣囊，于殿中扑杀”。

人心同情弱者，细想之下，献帝对曹操的护驾之功未有顾念，其动心忍性，实也大逾常人。曹操的心是铁铸的，皇帝的心也不是肉长的。

第二十五回

屯土山关公约三事　救白马曹操解重围

却说程昱献计曰："云长有万人之敌，非智谋不能取之。今可即差刘备投降之兵，入下邳见关公，只说是逃回的，伏于城中为内应；却引关公出战，诈败佯输，诱入他处，以精兵截其归路，然后说之可也。"操听其谋，即令徐州降卒数十，径投下邳来降关公。［"才迷"发作，心心念念，全在云长。］关公以为旧兵，留而不疑。次日，夏侯惇为先锋，领兵五千来搦战。关公不出，惇即使人于城下辱骂。关公大怒，引三千人马出城，与夏侯惇交战。约战十余合，惇拨回马走。关公赶来，惇且战且走。关公约赶二十里，恐下邳有失，提兵便回。只听得一声炮响，左有徐晃，右有许褚，两队军截住去路。关公夺路而走，两边伏兵排下硬弩百张，箭如飞蝗。关公不得过，勒兵再回，徐晃、许褚接住交战。关公奋力杀退二人，［枉自奋力，夏侯惇及徐、许二将却只在消耗云长的体力和意志。］引军欲回下邳，夏侯惇又截住厮杀。公战至日晚，无路可归，只得到一座土山，引兵顿于山头，权且少歇。曹兵团团将土山围住。关公于山上遥望下邳城中火光冲天，却是那诈降兵卒偷开城门，曹操自提大军杀入城中，只教举火以惑关公之心。关公见下邳火起，心下惊惶，连夜几番冲下山来，皆被乱箭射回。

捱到天晓，再欲整顿下山冲突，忽见一人跑马上山来，视之乃张辽也。关公迎谓曰："文远欲来相敌耶？"辽曰："非也。想故人旧日之情，特来相见。"遂弃刀下马，与关公叙礼毕，坐于山顶。公曰："文远莫非说关某乎？"辽曰："不然。昔日蒙兄救弟，今日弟安得不救兄？"公曰："然则文远将欲助我乎？"辽曰："亦非也。"公曰："既不助我，来此何干？"辽曰："玄德不知存亡，翼德未知生死。昨夜曹公已破下邳，军民尽无伤害，差人护卫玄德家眷，不许惊扰。如此相待，弟特来报兄。"关公怒曰："此言特说我也。"吾今虽处绝地，视死如归。汝当速去，吾即下山迎战。张辽大笑曰："兄此言岂不为天下笑乎？"公曰："吾仗忠义而死，安得为天下笑？"辽曰："兄今即死，其罪有三。"公曰："汝且说我那三罪？"辽曰："当初刘使君与兄结义之时，誓同生死。今使君方败，而兄即战死，倘使君复出，欲求兄相助而不可得，岂不负当年之盟誓乎？其罪一也。刘使君以家眷付托于兄，兄今战死，二夫人无所倚赖，负却使君依托之重。其罪二也。兄武艺超群，兼通经史，不思共使君匡扶汉室，徒欲赴汤蹈火，以成匹夫之勇，安得为义？其罪三也。兄有此三罪，弟不得不告。"［张辽确非等闲，所论三罪，步步深入，语语惊心。］

公沉吟曰："汝说我有三罪，欲我如何？"辽曰："今四面皆曹公之兵，兄若不降，则必死；徒死无益，不若且降曹公，却打听刘使君音信；如在何处，即往投之，一者可以保二夫人，二者不背桃园之约，三者可留有用之身。有此三便，兄宜详之。"公曰："兄言三便，吾有三约。若丞相能从，我即当卸甲；如其不允，吾宁受三罪而死。"［云长之不同凡响，自此渐显。］辽曰："丞相宽洪大量，何所不容。愿闻三事。"公曰："一者，吾与皇叔设誓，共扶汉室，吾今只降汉帝，不降曹操。［不通，关羽原以尽忠汉室为己命，焉来降汉之说？难道之前曾与汉室为敌？］二者，二嫂处请给皇叔俸禄养赡，一应上下人等，皆不许到门。三者，但知刘皇叔去向，不管千里万里，便当辞去。三者缺一，断不肯降。望文远急急回报。"张辽应诺，遂上马，回见曹操，先说降汉不降曹之事。操笑曰："吾为汉相，汉即吾也。此可从之。"辽又言："二夫人欲请皇叔俸给，并上下人等不许到门。"操曰："吾于皇叔俸内，更加倍与之。至于严禁内外，乃是家法，又何疑焉！"辽又曰："但知玄德信息，虽远必往。"操摇首曰："然则吾养云长何用？此事却难从。"辽曰："岂不闻豫让'众人国士'之论乎？刘玄德待云长不过恩厚耳；丞相更施厚恩以结其心，何忧云长之不服也？"［张辽所言，合乎常理；云长所思，超迈常情。］操曰："文远之言甚当，吾愿从此三事。"

张辽再往山上回报关公。关公曰："虽然如此，暂请丞相退军。容我入城见二嫂，告知其事，然后投降。"张辽再回，以此言报曹操。操即传令，退军至十里。荀彧曰："不可，恐有诈。"操曰："云长义士，必不失信。"遂引军退。［关羽以信义立世，故曹操待关羽，亦纯出信义。］关公引兵入下邳，见人民安妥不动，竟到府中来，见二嫂。甘、糜二夫人听得关公到来，急出迎之。公拜于阶下曰："使二嫂受惊，某之罪也。"二夫人曰："皇叔今在何处？"公曰："不知去向。"二夫人曰："二叔今将若何？"公曰："关某出城死战，被困土山，张辽劝我投降，我以三事相约。曹操已皆允从，故特退兵，放我入城。我不曾得嫂嫂主意，未敢擅便。"二夫人问："那三事？"关公将上项三事，备述一遍。甘夫人曰："昨日曹军入城，我等皆以为必死；谁想毫发不动，一军不敢入门。叔叔既已领诺，何必问我二人？只恐曹操日后不肯容叔叔去寻皇叔。"公曰："嫂嫂放心，关某自有主张。"二夫人曰："叔叔自家裁处，凡事不必问俺女流。"

关公辞退，遂引数十骑来见曹操。操自出辕门相接。关公下马入拜，操慌忙答礼。关公曰："败兵之将，深荷不杀之恩。"操曰："素慕云长忠义，今日幸得相见，足慰平生之望。"［作者走笔恍惚，依之前情节，早在温酒斩华雄时，曹操和关羽已然相见了。其后还有许田打围、青梅煮酒等，两人更多次相见。］关公曰："文远代禀三事，蒙丞相应允，谅不食言。"操曰："吾言既出，安敢失信。"关公曰："关某若知皇叔所在，虽蹈水火，必往从之。此时恐不及拜辞，伏乞见原。"操曰："玄德若在，必从公去；但恐乱军中亡矣。公且宽心，尚容缉听。"关公拜谢，操设宴相待。

次日班师还许昌。关公收拾车仗，请二嫂上车，亲自护车而行。于路安歇馆驿，操欲乱其君臣之礼，使关公与二嫂共处一室。［小说中，曹操对关羽不够意思的地方，仅此一处。］关公乃秉烛立于户外，自夜达旦，毫无倦色。操见公如此，愈加敬服。

既到许昌，操拨一府与关公居住。关公分一宅为两院，内门拨老军十人把守，关公自居外宅。操引关公朝见献帝，帝命为偏将军。公谢恩归宅。操次日设大宴，会众谋臣武士，以客礼待关公，延之上座；又备绫锦及金银器皿相送。关公都送与二嫂收贮。关公自到许昌，操待之甚厚，小宴三日，大宴五日；又送美女十人，使侍关公。关公尽送于内门，令伏侍二嫂。却又三日一次于内门外躬身施礼，动问二嫂安否。二夫人回问皇叔之事毕，曰“叔叔自便“，关公方敢退回。[关羽礼敬兄嫂，大逾平辈礼数。毕竟，刘备是义兄，不是义父。] 操闻之，又叹服关公不已。

一日，操见关公所穿绿绵战袍已旧，即度其身品，取异锦作战袍一领相赠。关公受之，穿于衣底，上仍用旧袍罩之。操笑曰：“云长何如此之俭乎?”公曰：“某非俭也。旧袍乃刘皇叔所赐，某穿之如见兄面，不敢以丞相之新赐而忘兄长之旧赐，故穿于上。”操叹曰：“真义士也!”然口虽称羡，心实不悦。

一日，关公在府，忽报：“内院二夫人哭倒于地，不知为何，请将军速入。”关公乃整衣跪于内门外，问二嫂为何悲泣。甘夫人曰：“我夜梦皇叔身陷于土坑之内，觉来与糜夫人论之，想在九泉之下矣！是以相哭。”关公曰：“梦寐之事，不可凭信，此是嫂嫂想念之故，请勿忧愁。”正说间，适曹操命使来请关公赴宴。公辞二嫂，往见操。操见公有泪容，问其故。公曰：“二嫂思兄痛哭，不由某心不悲。”操笑而宽解之，频以酒相劝。公醉，自绰其髯而言曰：“生不能报国家而背其兄，徒为人也!”操问曰：“云长髯有数乎?”公曰：“约数百根。每秋月约退三五根。冬月多以皂纱囊裹之，恐其断也。”[有趣细节。堂堂伟男，关注长髯竟不亚于美女关爱肌肤。] 操以纱锦作囊，与关公护髯。次日，早朝见帝。帝见关公一纱锦囊垂于胸次，帝问之。关公奏曰：“臣髯颇长，丞相赐囊贮之。”帝令当殿披拂，过于其腹。帝曰：“真美髯公也!”因此人皆呼为“美髯公”。

忽一日，操请关公宴。临散，送公出府，见公马瘦，操曰：“公马因何而瘦?”关公曰：“贱躯颇重，马不能载，因此常瘦。”操令左右备一马来。须臾牵至。那马身如火炭，状甚雄伟。操指曰：“公识此马否?”公曰：“莫非吕布所骑赤兔马乎?”操曰：“然也。”遂并鞍辔送与关公。关公再拜称谢。操不悦曰：“吾累送公美女金帛，未尝下拜今吾赠马，乃喜而再拜，何贱人而贵马耶?”[曹操写过两句极合现代观念的诗：“天地间，人为贵。”] 关公曰：“吾知此马日行千里，今幸得之，若知兄长下落，可一日而见面矣。”操愕然而悔。关公辞去。后人有诗叹曰：

威倾三国著英豪，二宅分居义气高。
奸相枉将虚礼待，岂知关羽不降曹。

操问张辽曰："吾待云长不薄，而彼常怀去心，何也？"辽曰："容某探其情。"次日，往见关公。礼毕，辽曰："我荐兄在丞相处，不曾落后？"公曰："深感丞相厚意。只是吾身虽在此，心念皇叔，未尝去怀。"辽曰："兄言差矣。处世不分轻重，非丈夫也。玄德待兄，未必过于丞相，兄何故只怀去志？"公曰："吾固知曹公待吾甚厚。奈吾受刘皇叔厚恩，誓以共死，不可背之。吾终不留此。要必立效以报曹公，然后去耳。"辽曰："倘玄德已弃世，公何所归乎？"公曰："愿从于地下。"[这份情怀，夫妇母子之间尚且难觅，遑论义兄义弟。]辽知公终不可留，乃告退，回见曹操，具以实告。操叹曰："事主不忘其本，乃天下之义士也！"荀彧曰："彼言立功方去，若不教彼立功，未必便去。"操然之。

却说玄德在袁绍处，旦夕烦恼。绍曰："玄德何故常忧？"玄德曰："二弟不知音耗，妻小陷于曹贼，上不能报国，下不能保家，安得不忧？"绍曰："吾欲进兵赴许都久矣。方今春暖，正好兴兵。"便商议破曹之策。田丰谏曰："前操攻徐州，许都空虚，不及此时进兵。今徐州已破，操兵方锐，未可轻敌。不如以久持之，待其有隙而后可动也。"绍曰："待我思之。"因问玄德曰："田丰劝我固守，何如？"玄德曰："曹操欺君之贼，明公若不讨之，恐失大义于天下。"绍曰："玄德之言甚善。"[田丰所论与玄德所答，牛头不对马嘴。田丰说的是征伐时机，刘备强调征伐道义，哪跟哪。若论道义，早在陈琳撰写檄文时，袁绍阵营已然统一认识，何劳刘备喋喋。]遂欲兴兵。田丰又谏。绍怒曰："汝等弄文轻武，使我失大义！"田丰顿首曰："若不听臣良言，出师不利。"绍大怒，欲斩之。玄德力劝，乃囚于狱中。沮授见田丰下狱，乃会其宗族，尽散其家财，与之诀曰："吾随军而去，胜则威无不加，败则一身不保矣！"众皆下泪送之。绍遣大将颜良作先锋，进攻白马。沮授谏曰："颜良性狭，虽骁勇，不可独任。"绍曰："吾之上将，非汝等可料。"

大军进发至黎阳，东郡太守刘延告急许昌。曹操急议兴兵抵敌。关公闻知，遂入相府见操曰："闻丞相起兵，某愿为前部。"操曰："未敢烦将军。早晚有事，当来相请。”关公乃退。操引兵十五万，分三队而行。于路又连接刘延告急文书，操先提五万军亲临白马，靠土山扎住。遥望山前平川旷野之地，颜良前部精兵十万，排成阵势。操骇然，回顾吕布旧将宋宪曰：“吾闻汝乃吕布部下猛将，今可与颜良一战。”宋宪领诺，绰枪上马，直出阵前。颜良横刀立马于门旗下，见宋宪马至，良大喝一声，纵马来迎，战不三合，手起刀落，斩宋宪于阵前。曹操大惊曰：“真勇将也！”魏续曰：“杀我同伴，愿去报仇！”操许之。续上马持矛，径出阵前，大骂颜良。良更不打话，交马一合，照头一刀，劈魏续于马下。操曰：“今谁敢当之？”徐晃应声而出，与颜良战二十合，败归本阵。[一如“温酒斩华雄”写法，宋宪、徐晃等人，只为云长垫场。]诸将栗然。曹操收军，良亦引军退去。

操见连折二将，心中忧闷。程昱曰：“某举一人可敌颜良。”操问是谁。昱曰：“非关公不可。”操曰：“吾恐他立了功便去。”昱曰：“刘备若在，必投袁绍。今若使云长破袁绍之兵，绍必疑刘备而杀之矣。备既死，云长又安往乎？”操大喜，遂差人去请关公。关公即入辞二嫂。二嫂曰：“叔今此去，可打听皇叔消息。”

关公领诺而出，提青龙刀，上赤兔马，引从者数人，直至白马来见曹操。操叙说：“颜良连诛二将，勇不可当，特请云长商议。”关公曰：“容某观之。”操置酒相待。忽报颜良搦战。操引关公上土山观看。操与关公坐，诸将环立。曹操指山下颜良排的阵势，旗帜鲜明，枪刀森布，严整有威，乃谓关公曰：“河北人马，如此雄壮！”关公曰：“以吾观之，如土鸡瓦犬耳！”操又指曰：“麾盖之下，绣袍金甲，持刀立马者，乃颜良也。”关公举目一望，谓操曰：“吾观颜良，如插标卖首耳！”[气概不凡。]操曰：“未可轻视。”关公起身曰：“某虽不才，愿去万军中取其首级，来献丞相。”张辽曰：“军中无戏言，云长不可忽也。”关公奋然上马，倒提青龙刀，跑下山来，凤目圆睁，蚕眉直竖，直冲彼阵。河北军如波开浪裂，关公径奔颜良。颜良正在麾盖下，见关公冲来，方欲问时，关公赤兔马快，早已跑到面前；颜良措手不及，被云长手起一刀，刺于马下。忽地下马，割了颜良首级，拴于马项之下，飞身上马，提刀出阵，如入无人之境。［气氛、身手，写得出神入化，关公神人，罗贯中神笔。《三国志》中道及关羽沙场之勇，仅此一处。］河北兵将大惊，不战自乱。曹军乘势攻击，死者不计其数；马匹器械，抢夺极多。关公纵马上山，众将尽皆称贺。公献首级于操前。操曰："将军真神人也！"关公曰："某何足道哉！吾弟张翼德于百万军中取上将之首，如探囊取物耳。"操大惊，回顾左右曰："今后如遇张翼德，不可轻敌。"令写于衣袍襟底以记之。［好细节。］

却说颜良败军奔回，半路迎见袁绍，报说被赤面长须使大刀一勇将，匹马入阵，斩颜良而去，因此大败。绍惊问曰："此人是谁？"沮授曰："此必是刘玄德之弟关云长也。"绍大怒，指玄德曰："汝弟斩吾爱将，汝必通谋，留你何用！"唤刀斧手推出玄德斩之。正是：

初见方为座上客，此日几同阶下囚。

未知玄德性命如何，且听下文分解。

忠诚

汉末一如春秋战国，谋士武将不必以效忠主公为至高品德。从名义上说，天下仍是刘姓天下，诸侯间的纷争对峙，不具有日后民族国家间发生战争时所含有的那份庄重和归属感，诸如爱国主义、民族主义等后人熟知的堂皇情感，时人还相当陌生。奋发有为之士普遍奉行"良禽择木而栖，贤臣择主而事"的行为准则，贤臣与明主处于自由的双向流动之中。荀彧与郭嘉原在袁绍手下，后弃袁归曹，而荀彧弟荀谌仍在袁绍手下，世人咸视为正常；日后诸葛瑾、诸葛亮兄弟分仕东吴、蜀汉，各事其主，两兄弟依旧维持同胞之情。类比今日，谋臣武士之择主好似公司高管跳槽。尽管老板都不愿意手下干将往投竞争对手，但他顶多心生不快，跳槽者无需承受额外的道义及法律责难。同样，关羽若投奔曹操，他不会受到外界指责，更无需心生不安。

然而，关羽超越了时代，他的行为虽与通行处事准则不合，却在更深层次上回应了人性的吁求和企盼。兄弟间的忠诚、朋友间的义气，乃是人性的永恒之光。关羽非凡的仪表、超群的武艺，又使这份忠诚闪烁出别样壮美。

第二十六回

袁本初败兵折将　关云长挂印封金

却说袁绍欲斩玄德。玄德从容进曰："明公只听一面之词，而绝向日之情耶？备自徐州失散，二弟云长未知存亡；天下同貌者不少，岂赤面长须之人，即为关某也？明公何不察之？"袁绍是个没主张的人，闻玄德之言，责沮授曰："误听汝言，险杀好人。"［身为主帅，颠颠倒倒，大非吉兆。］遂仍请玄德上帐坐，议报颜良之仇。帐下一人应声而进曰："颜良与我如兄弟，今被曹贼所杀，我安得不雪其恨？"玄德视其人，身长八尺，面如獬豸，乃河北名将文丑也。袁绍大喜曰："非汝不能报颜良之仇。吾与十万军兵，便渡黄河，追杀曹贼！"沮受曰："不可。今宜留屯延津，分兵官渡，乃为上策。若轻举渡河，设或有变，众皆不能还矣。"绍怒曰："皆是汝等迟缓军心，迁延日月，有妨大事！岂不闻'兵贵神速'乎？"［兵法至要，全在临机决断，最忌墨守。曹操安众一战，"日行数里"，最终击败刘表、张绣，靠的恰是"兵贵迟缓"。老练狙击手的秘诀是：慢就是稳，稳就是快。］沮授出，叹曰："上盈其志，下务其功；悠悠黄河，吾其济乎！"遂托疾不出议事。玄德曰："备蒙大恩，无可报效，意欲与文将军同行，一者报明公之德，二者就探云长的实信。"绍喜，唤文丑与玄德同领前部。文丑曰："刘玄德屡败之将，于军不利。［刘备郁闷。更无语的是，文丑所说皆事实，除非刘备好意思把捉王忠、擒刘岱夸成赫赫战功。］既主公要他去时，某分兵三万，教他为后部。"于是文丑自领七万军先行，令玄德引三万军随后。

且说曹操见云长斩了颜良，倍加钦敬，表奏朝廷，封云长为汉寿亭侯，铸印送关公。忽报袁绍又使大将文丑渡黄河，已据延津之上。操乃先使人移徙居民于西河，然后自领兵迎之，传下将令："以后军为前军，以前军为后军；粮草先行，军兵在后。"［曹操用兵，胸无成见，见机行事。] 吕虔曰："粮草在先，军兵在后，何意也？"操曰："粮草在后，多被摽掠，故令在前。"虔曰："倘遇敌兵劫去，如之奈何？"操曰："且待敌军到时，却又理会。"虔心疑未决。操令粮食缁重沿河暂至延津。操在后军，听得前军发喊，急教人看时，报说："河北大将文丑兵至，我军皆弃粮草，四散奔走。后军又远，将如之何？"操以鞭指南阜曰："此可暂避。"人马急奔土阜。操令军士皆解衣卸甲少歇，尽放其马。文丑军掩至。众将曰："贼至矣！可急收马匹，退回白马！"荀攸急止之曰："此正可以饵敌，何故反退？"操急以目视荀攸而笑。攸知其意，不复言。

文丑军既得粮草车仗，又来抢马。军士不依队伍，自相杂乱。曹操却令军将一齐下土阜击之，文丑军大乱。曹兵围裹将来，文丑挺身独战，军士自相践踏。文丑止遏不住，只得拨马回走。操在土山上指曰："文丑为河北名将，谁可擒之？"张辽、徐晃飞马齐出，大叫："文丑休走！"文丑回头见二将赶上，遂按住铁枪，拈弓搭箭，正射张辽。徐晃大叫："贼将休放箭！"张辽低头急躲，一箭射中头盔，将簪缨射去。辽奋力再赶，坐下战马又被文丑一箭射中面颊。那马跪倒前蹄，张辽落地。文丑回马复来，徐晃急轮大斧，截住厮杀。只见文丑后面军马齐到，晃料敌不过，拨马而回。文丑沿河赶来。忽见十余骑马，旗号翩翻，["翩翻"一语，极现关公声威，仿佛耳际飘来牧笛梵呗。] 一将当头提刀飞马而来，乃关云长也，大喝："贼将休走！"与文丑交马，战不三合，文丑心怯，便拨马绕河而走。关公马快，赶上文丑，脑后一刀，将文丑斩下马来。曹操在土阜上见关公砍了文丑，大驱人马掩杀。河北军大半落水，粮草马匹仍被曹操夺回。[史载，文丑死于乱军中，定要与某位战将挂钩，应是徐晃。作者归功关羽，也是一种临机变幻。]

云长引数骑东冲西突。正杀之间，刘玄德领三万军随后到。前面哨马探知，报与玄德云："今番又是红面长髯的斩了文丑。"玄德慌忙骤马来看，隔河望见一簇人马，往来如飞，旗上写着"汉寿亭侯关云长"七字。玄德暗谢天地曰："原来吾弟果然在曹操处！"[兄弟情感人至深。刘备浑然忘却自身处境，只替云长健在而谢天谢地。情感的至高点，在于"忘我"。] 欲待招呼相见，被曹兵大队拥来，只得收兵回去。袁绍接应至官渡，下定寨栅。郭图、审配入见袁绍，说："今番又是关某杀了文丑，刘备佯推不知。"袁绍大怒，骂曰："大耳贼焉敢如此！"少顷，玄德至，绍令推出斩之。玄德曰："某有何罪？"绍曰："你故使汝弟又坏我一员大将，如何无罪？"玄德曰："容伸一言而死：曹操素忌备，今知备在明公处，恐备助公，故特使云长诛杀二将，公知必怒。此借公之手而杀刘备也。愿明公思之。"［生死之际，刘备一改青梅煮酒时的笨嘴笨舌，淡定自若。］袁绍曰："玄德之言是也。汝等几使我受害贤之名。"喝退左右，请玄德上帐而坐。玄德谢曰："荷明公宽大之恩，无可补报，欲令一心腹人持密书去见云长，使知刘备消息，彼必星夜来到，辅佐明公，共诛曹操，以报颜良、文丑之仇，若何？"袁绍大喜曰："吾得云长，胜颜良、文丑十倍也。"［爱将尸骨未寒，袁绍全无顾念，任意诋毁。没心肝。］玄德修下书札，未有人送去。绍令退军武阳，连营数十里，按兵不动。

操乃使夏侯惇领兵守住官渡隘口，自己班师回许都，大宴众官，贺云长之功。因谓吕虔曰："昔日吾以粮草在前者，乃饵敌之计也。惟荀公达知吾耳。"众皆叹服。正饮宴间，忽报汝南有黄巾刘辟、龚都，甚是猖獗，曹洪累战不利，乞遣兵救之。云长闻言，进曰："关某愿施犬马之劳，破汝南贼寇。"操曰："云长建立大功，未曾重酬，岂可复劳征进？"公曰："关某久闲，必生病疾。愿再一行。"［好有个性。］曹操壮之，点兵五万，使于禁、乐进为副将，次日便行。荀彧密谓操曰："云长常有归刘之心，倘知消息必去，不可频令出征。"操曰："今次取功，吾不复教临敌矣。"

且说云长领兵将近汝南，扎住营寨。当夜营外拿了两个细作人来。云长视之，内中认得一人乃孙乾也。关公叱退左右，问乾曰："公自溃散之后，一向踪迹不闻，今何为在此处？"乾曰："某自逃难，飘泊汝南，幸得刘辟收留。今将军为何在曹操处？未识甘、糜二夫人无恙否？"关公因将上项事细说一遍。乾曰："近闻玄德公在袁绍处，欲往投之，未得其便。今刘、龚二人归顺袁绍，相助攻曹。天幸得将军到此，因特令小军引路，教某为细作，来报将军。来日二人当虚败一阵，公可速引二夫人投袁绍处，与玄德公相见。"关公曰："既兄在袁绍处，吾必星夜而往。

但恨吾斩绍二将，恐今事变矣。”乾曰：“吾当先探彼虚实，再来报将军。”公曰：“吾见兄长一面，虽万死不辞。今回许昌，便辞曹操也。”当夜密送孙乾去了。

次日，关公引兵出，龚都披挂出阵。关公曰：“汝等何故背反朝廷？”都曰：“汝乃背主之人，何反责我？”关公曰：“我为何背主？”都曰：“刘玄德在袁本初处，汝却从曹操，何也？”关公更不打话，拍马舞刀向前。龚都便走，关公赶上。都回身告关公曰：“故主之恩，不可忘也。公当速进，我让汝南。”关公会意，驱军掩杀。刘、龚二人佯输诈败，四散去了。云长夺得州县，安民已定，班师回许昌。曹操出郭迎接，赏劳军士。[没道理。为替屡杀黄巾的刘备传送消息，两个前黄巾党徒竟甘冒损兵丢地之险。关于刘辟，陈寿出现一个重大失误：刚说刘辟死于建安二年，转眼又让他在建安五年复活，赵翼遂问：“岂其时有两刘辟耶？”]

宴罢，云长回家，参拜二嫂于门外。甘夫人曰：“叔叔两番出军，可知皇叔音信与否？”公答曰：“未也。”关公退，二夫人于门内痛哭曰：“想皇叔休矣！二叔恐我姊妹烦恼，故隐而不言。”正哭间，有一随行老军，听得哭声不绝，于门外告曰：“夫人休哭，主人现在河北袁绍处。”夫人曰：“汝何由知之？”军曰：“跟关将军出征，有人在阵上说来。”夫人急召云长责之曰：“皇叔未尝负汝，汝今受曹操之恩，顿忘旧日之义，不以实情告我，何也？”关公顿首曰：“兄今委实在河北。未敢教嫂嫂知者，恐有漏泄也。事须缓图，不可欲速。”甘夫人曰：“叔宜上紧。”公退，急思去计，坐立不安。

原来于禁探知刘备在河北，报与曹操。操令张辽来探关公意。关公正闷坐，张辽入贺曰：“闻兄在阵上知玄德音信，特来贺喜。”关公曰：“故主虽在，未得一见，何喜之有！”辽曰：“公与玄德交，比弟与兄交何如？”公曰：“我与兄，朋友之交也；我与玄德，是朋友而兄弟、兄弟而又君臣也：岂可共论乎？”辽曰：“今玄德在河北，兄往从否？”关公曰：“昔日之言，安肯背之！文远须为我致意丞相。”张辽将关公之言，回告曹操。操曰：“吾自有计留之。”

且说关公正寻思间，忽报有故人相访。及请入，却不相识。关公问曰："公何人也？"答曰："某乃袁绍部下南阳陈震也。"关公大惊，急退左右，问曰："先生此来，必有所为。"震出书一缄，递与关公。公视之，乃玄德书也。其略云：

备与足下，自桃园缔盟，誓以同死。今何中道相违，割恩断义？君必欲取功名、图富贵，愿献备首级以成全功。书不尽言，死待来命。［对兄弟充满信任，则无需激将。情感上的激将，只适用于泛泛之辈，施诸挚友亲朋，反而见外。刘备昏了头。］

关公看书毕，大哭曰："某非不欲寻兄，奈不知所在也。安肯图富贵而背旧盟乎？"震曰："玄德望公甚切，公既不背旧盟，宜速往见。"关公曰："人生天地间，无终始者，非君子也。吾来时明白，去时不可不明白。吾今作书，烦公先达知兄长，容某辞却曹操，奉二嫂来相见。"震曰："倘曹操不允，为之奈何？"公曰："吾宁死，岂肯留于此！"震曰："公速作回书，免致刘使君悬望。"关公写书答云：

窃闻义不负心，忠不顾死。羽自幼读书，粗知礼义，观羊角哀、左伯桃之事，未尝不三叹而流涕也。前守下邳，内无积粟，外无援兵，欲即效死，奈有二嫂之重，未敢断首捐躯，致负所托，故尔暂且羁身，冀图后会。近至汝南，方知兄信，即当面辞曹公，奉二嫂归。羽但怀异心，神人共戮。披肝沥胆，笔楮难穷。瞻拜有期，伏惟照鉴。［关羽被逼，只能大表决心。本来，好兄弟心心相印，无需剖肝沥胆。从来，骗子才最会表决心。］

陈震得书自回。关公入内告知二嫂，随至相府，拜辞曹操。操知来意，乃悬回避牌于门。关公怏怏而回，命旧日跟随人役，收拾车马，早晚伺候；分付宅中，所有原赐之物，尽皆留下，分毫不可带去。次日再往相府辞谢，门首又挂回避牌。关公一连去了数次，皆不得见。乃往张辽家相探，欲言其事。辽亦托病不出。关公思曰："此曹丞相不容我去之意。我去志已决，岂可复留！"即写书一封，辞谢曹操。书略曰：

羽少事皇叔，誓同生死；皇天后土，实闻斯言。前者下邳失守，所请三事，已蒙恩诺。今探知故主见在袁绍军中，回思昔日之盟，岂容违背？新恩虽厚，旧义难忘。兹特奉书告辞，伏惟照察。其有余恩未报，愿以俟之异日。［“余恩”二字，后日华容道，自有呼应。］

写毕封固，差人去相府投递；一面将累次所受金银，一一封置库中，悬汉寿亭侯印于堂上，请二夫人上车。关公上赤兔马，手提青龙刀，率领旧日跟随人役，护送车仗，径出北门。门吏挡之。关公怒目横刀，大喝一声，门吏皆退避。关公既出门，谓从者曰：“汝等护送车仗先行，但有追赶者，吾自当之，勿得惊动二位夫人。”从者推车，望官道进发。

却说曹操正论关公之事未定，左右报关公呈书。操即看毕，大惊曰：“云长去矣！”忽北门守将飞报：“关公夺门而去，车仗鞍马二十余人，皆望北行。”又关公宅中人来报说：“关公尽封所赐金银等物。美女十人，另居内室。其汉寿亭侯印悬于堂上。丞相所拨人役，皆不带去，只带原跟从人及随身行李，出北门去了。”众皆愕然。一将挺身出曰：“某愿将铁骑三千，去生擒关某，献与丞相！”众视之，乃将军蔡阳也。正是：

欲离万丈蛟龙穴，又遇三千狼虎兵。

蔡阳要赶关公，毕竟如何，且听下文分解。

利落

关羽有大仁大义。大仁大义虽极具道德价值，却未必具有审美价值。优秀文学从来不是好人好事发布榜，相反，具有突出个性的人物，更受读者喜爱。作者心知肚明，故本回书中饱蘸浓笔，竭力描摹关羽的突出个性。概而言之，则是“利落”二字。

关羽“义不负心，忠不顾死”，如此超拔的道德高标，又并未减损其立身处事的麻利干练。原因在于，忠义之于关羽，不是一项外在的道德约束，而是内在性格使然，故日常行事，可以毫不勉强地踩准道德步点。不同的道德、情感责任，在关羽身上体现为一道杂而不乱的价值排序，与刘备的关系位于最高等级，该等级制约并指导下游排序，包括对曹操的报恩、与张辽的友情；同时，关羽又必须确保自身的行为准则得到捍卫，包括对曹操的承诺，对信义的固守。关系尽管繁杂，然关羽从未对这份排序有过动摇，故计议已定，哪怕曹操刻意阻挠，关羽做来仍井井有条，既照顾到方方面面，每个步骤又朝向最终目标。

这份兼容了大仁大义的手脚利落，非常人所能为，关羽的人格魅力由此直上云天。

第二十七回

美髯公千里走单骑　汉寿侯五关斩六将

却说曹操部下诸将中，自张辽而外，只有徐晃与云长交厚，其余亦皆敬服；独蔡阳不服关公，故今日闻其去，欲往追之。操曰："不忘故主，来去明白，真丈夫也。汝等皆当效之。"遂叱退蔡阳，不令去赶。程昱曰："丞相待关某甚厚，今彼不辞而去，乱言片楮，冒渎钧威，其罪大矣。若纵之使归袁绍，是与虎添翼也。不若追而杀之，以绝后患。"操曰："吾昔已许之，岂可失信！彼各为其主，勿追也。"［如此大度，世所罕见。］因谓张辽曰："云长封金挂印，财贿不足以动其心，爵禄不足以移其志，此等人吾深敬之。想他去此不远，我一发结识他做个人情。汝可先去请住他，待我与他送行，更以路费征袍赠之，使为后日记念。"［看来，曹操决意与关羽合奏一曲绝世佳话。］张辽领命，单骑先往。曹操引数十骑随后而来。

却说云长所骑赤兔马，日行千里，本是赶不上；因欲护送车仗，不敢纵马，按辔徐行。忽听背后有人大叫："云长且慢行！"回顾视之，见张辽拍马而至。关公叫车仗从人，只管望大路紧行，自己勒住赤兔马，按定青龙刀，问曰："文远莫非欲追我回乎？"辽曰："非也。丞相知兄远行，欲来相送，特先使我请住台驾，别无他意。"关公曰："便是丞相铁骑来，吾愿决一死战！"［曹操做法过于出人意外，关羽心存疑虑，亦属正常。］遂立马于桥上望之，见曹操引数十骑，飞奔前来，背后乃是许褚、徐晃、于禁、李典之辈。操见关公横马立刀于桥上，令诸将勒住马匹，左右排开。关公见众人手中皆无军器，方始放心。操曰："云长行何太速？"关公于马上欠身答曰："关某前曾禀过丞相。今故主在河北，不由某不急去。累次造府，不得参见，故拜书告辞，封金挂印，还纳丞相。

望丞相勿忘昔日之言。”操曰：“吾欲取信于天下，安肯有负前言。恐将军途中乏用，特具路资相送。”一将便从马上托过黄金一盘。关公曰：“累蒙恩赐，尚有余资。留此黄金以赏将士。”操曰：“特以少酬大功于万一，何必推辞？”关公曰：“区区微劳，何足挂齿。”操笑曰：“云长天下义士，恨吾福薄，不得相留。锦袍一领，略表寸心。”令一将下马，双手捧袍过来。云长恐有他变，不敢下马，用青龙刀尖挑锦袍披于身上，［云长仍疑虑重重，与曹操之大度相比，略显小气。］勒马回头称谢曰：“蒙丞相赐袍，异日更得相会。”遂下桥望北而去。许褚曰：“此人无礼太甚，何不擒之？”操曰：“彼一人一骑，吾数十余人，安得不疑？吾言既出，不可追也。”［体己恤人，云淡风清。］曹操自引众将回城，于路叹想云长不已。

不说曹操自回。且说关公来追车仗。约行三十里，却只不见。云长心慌，纵马四下寻之。忽见山头一人，高叫：“关将军且住！”关公举目视之，只见一少年，黄巾锦衣，持枪跨马，马项下悬着首级一颗，引百余步卒，飞奔前来。公问曰：“汝何人也？”少年弃枪下马，拜伏于地。云长恐是诈，勒马持刀问曰：“壮士，愿通姓名。”答曰：“吾本襄阳人，姓廖名化，字元俭。因世乱流落江湖，聚众五百余人，劫掠为生。恰才同伴杜远下山巡哨，误将两夫人劫掠上山。吾问从者，知是大汉刘皇叔夫人，且闻将军护送在此，吾即欲送下山来。杜远出言不逊，被某杀死。今献头与将军请罪。”关公曰：“二夫人何在？”化曰：“现在山中。”关公教急取下山。［一场虚惊，聊充花絮。］不移时，百余人簇拥车仗前来。关公下马停刀，叉手于车前问候曰：“二嫂受惊否？”二夫人曰：“若非廖将军保全，已被杜远所辱。”关公问左右曰：“廖化怎生救夫人？”左右曰：“杜远劫上山去，就要与廖化各分一人为妻。廖化问起根由，好生拜敬；杜远不从，已被廖化杀了。”关公闻言，乃拜谢廖化。廖化欲以部下人送关公。关公寻思此人终是黄巾余党，未可作伴，乃谢却之。廖化又拜送金帛，关公亦不受。廖化拜别，自引人伴投山谷中去了。

云长将曹操赠袍事，告知二嫂，催促车仗前行。至天晚投一村庄安歇。庄主出迎，须发皆白，问曰："将军姓甚名谁？"关公施礼曰："吾乃刘玄德之弟关某也。"老人曰："莫非斩颜良、文丑的关公否？"公曰："便是。"老人大喜，便请入庄。关公曰："车上还有二位夫人。"老人便唤妻女出迎。二夫人至草堂上，关公叉手立于二夫人之侧。老人请公坐，公曰："尊嫂在上，安敢就坐！"老人乃令妻女请二夫人入内室款待，自于草堂款待关公。关公问老人姓名。老人曰："吾姓胡名华。桓帝时曾为议郎，致仕归乡。今有小儿胡班，在荥阳太守王植部下为从事。将军若从此处经过，某有一书寄与小儿。"关公允诺。

次日早膳毕，请二嫂上车，取了胡华书信，相别而行，取路投洛阳来。至第一关，名东岭关。把关将姓孔名秀，引五百军兵在岭上把守。当日关公押车仗上岭，军士报知孔秀，秀出关来迎。关公下马，与孔秀施礼，秀曰："将军何往？"公曰："某辞丞相，特往河北寻兄。"秀曰："河北袁绍，正是丞相对头。将军此去，必有丞相文凭？"公曰："因行期慌迫，不曾讨得。"秀曰："既无文凭，待我差人禀过丞相，方可放行。"关公曰："待去禀时，须误了我行程。"秀曰："法度所拘，不得不如此。"关公曰："汝不容我过关乎？"秀曰："汝要过去，留下老少为质。"关公大怒，举刀就杀孔秀。[孔秀所言，并无不当；关公之怒，实属理屈。若善为言词，未必非要动刀动枪。]秀退入关去，鸣鼓聚军，披挂上马，杀下关来，大喝曰："汝敢过去么？"关公约退车仗，纵马提刀，竟不打话，直取孔秀。秀挺枪来迎。两马相交，只一合，钢刀起处，孔秀尸横马下。众军便走。关公曰："军士休走。吾杀孔秀，不得已也，与汝等无干。借汝众军之口，传语曹丞相，言孔秀欲害我，我故杀之。"众军俱拜于马前。

关公即请二夫人车仗出关，望洛阳进发。早有军士报知洛阳太守韩福。韩福急聚众将商议。牙将孟坦曰："既无丞相文凭，即系私行；若不阻挡，必有罪责。"韩福曰："关公猛勇，颜良、文丑俱为所杀。今不可力敌，只须设计擒之。"孟坦曰："吾有一计：先将鹿角拦定关口，待他到时，小将引兵和他交锋，佯败诱他来追，公可用暗箭射之。若关某坠马，即擒解许都，必得重赏。”商议停当，人报关公车仗已到。韩福弯弓插箭，引一千人马，排列关口，问：“来者何人?”关公马上欠身言曰：“吾汉寿亭侯关某，敢借过路。”韩福曰：“有曹丞相文凭否?”关公曰：“事冗不曾讨得。”韩福曰：“吾奉丞相钧命，镇守此地，专一盘诘往来奸细。若无文凭，即系逃窜。”关公怒曰：“东岭孔秀，已被吾杀。汝亦欲寻死耶?”韩福曰：“谁人与我擒之?”孟坦出马，轮双刀来取关公。关公约退车仗，拍马来迎。孟坦战不三合，拨回马便走。关公赶来。孟坦只指望引诱关公，不想关公马快，早已赶上，只一刀，砍为两段。关公勒马回来，韩福闪在门首，尽力放了一箭，正射中关公左臂。公用口拔出箭，血流不住，飞马径奔韩福，冲散众军，韩福急闪不及，关公手起刀落，带头连肩，斩于马下；杀散众军，保护车仗。［两关已过，三将已杀。曹操的风雅意念，至此血腥满地。］

关公割帛束住箭伤，于路恐人暗算，不敢久住，连夜投沂水关来。把关将乃并州人氏，姓卞名喜，善使流星锤；原是黄巾余党，后投曹操，拨来守关。当下闻知关公将到，寻思一计：就关前镇国寺中，埋伏下刀斧手二百余人，诱关公至寺，约击盏为号，欲图相害。安排已定，出关迎接关公。公见卞喜来迎，便下马相见。喜曰：“将军名震天下，谁不敬仰！今归皇叔，足见忠义！”关公诉说斩孔秀、韩福之事。卞喜曰：“将军杀之是也。某见丞相，代禀衷曲。”关公甚喜，同上马过了沂水关，到镇国寺前下马。众僧鸣钟出迎。

原来那镇国寺乃汉明帝御前香火院，本寺有僧三十余人。内有一僧，却是关公同乡人，法名普净。当下普净已知其意，向前与关公问讯，曰：“将军离蒲东几年矣?”关公曰：“将及二十年矣。”普净曰：“还认得贫僧否?”公曰：“离乡多年，不能相识。”普净曰：“贫僧家与将军家只隔一条河。”卞喜见普净叙出乡里之情，恐有走泄，乃叱之曰：“吾欲请将军赴宴，汝僧人何得多言!”关公曰：“不然。乡人相遇，安得不叙旧情耶?”普净请关公方丈待茶。关公曰：“二位夫人在车上，可先献茶。”普净教取茶先奉夫人，然后关公入方丈。普净以手举所佩戒刀，以目视关公。公会意，命左右持刀紧随。卞喜请关公于法堂筵席。关公曰："卞君请关某，是好意，还是歹意？"卞喜未及回言，关公早望见壁衣中有刀斧手，乃大喝卞喜曰："吾以汝为好人，安敢如此！"卞喜知事泄，大叫："左右下手！"左右方欲动手，皆被关公拔剑砍之。卞喜下堂绕廊而走，关公弃剑执大刀来赶。卞喜暗取飞锤掷打关公。关公用刀隔开锤，赶将入去，一刀劈卞喜为两段。[卞喜该杀。]随即回身来看二嫂，早有军人围住，见关公来，四散奔走。关公赶散，谢普净曰："若非吾师，已被此贼害矣。"普净曰："贫僧此处难容，收拾衣钵，亦往他处云游也。后会有期，将军保重。"关公称谢，护送车仗，往荥阳进发。

荥阳太守王植，却与韩福是两亲家；闻得关公杀了韩福，商议欲暗害关公，乃使人守住关口。待关公到时，王植出关，喜笑相迎。关公诉说寻兄之事。植曰："将军于路驰驱，夫人车上劳困，且请入城，馆驿中暂歇一宵，来日登途未迟。关公见王植意甚殷勤，遂请二嫂入城。馆驿中皆铺陈了当，王植请公赴宴，公辞不往，植使人送筵席至馆驿。关公因于路辛苦，请二嫂晚膳毕，就正房歇定。令从者各自安歇，饱喂马匹。关公亦解甲憩息。

却说王植密唤从事胡班听令，曰："关某背丞相而逃，又于路杀太守并守关将校，死罪不轻！此人武勇难敌，汝今晚点一千军围住馆驿，一人一个火把，待三更时分一齐放火，不问是谁，尽皆烧死！吾亦自引军接应。"胡班领命，便点起军士，密将干柴引火之物，搬于馆驿门首，约时举事。胡班寻思："我久闻关云长之名，不识如何模样，试往窥之。"乃至驿中，问驿吏曰："关将军在何处？"答曰："正厅上观书者是也。"胡班潜至厅前，见关公左手绰髯，于灯下凭几看书。班见了，失声叹曰："真天人也！"公问何人，胡班入拜曰："荥阳太守部下从事胡班。"关公曰："莫非许都城外胡华之子否？"[奇缘不断，合当天佑关公。]班曰："然也。"公唤从者于行李中取书付班。班看毕，叹曰："险些误杀忠良！"遂密告曰："王植心怀不仁，欲害将军，暗令人四面围住馆驿，约于三更放火。今某当先去开了城门，将军急收拾出城。"关公大惊，忙披挂提刀上马，请二嫂上车，尽出馆驿，果见军士各执火把听候。关公急来到城边，只见城门已开。关公催车仗急急出城。胡班还去放火。关公行不到数里，背后火把照耀，人马赶来。当先王植大叫："关某休走！"关公勒马大骂："匹夫！我与你无仇，如何令人放火烧我？"王植拍马挺枪，径奔关公，被关公拦腰一刀，砍为两段。人马都赶散。关公催车仗速行，于路感胡班不已。

行至滑州界首，有人报于刘延。延引十数骑，出郭而迎。关公马上欠身而言曰："太守别来无恙！"延曰："公今欲何往？"公曰："辞了丞相，去寻家兄。"延曰："玄德在袁绍处，绍乃丞相仇人，如何容公去？"公曰："昔日曾言定来。"延曰："今黄河渡口关隘，夏侯惇部将秦琪据守，恐不容将军过去。"公曰："太守应付船只，若何？"延曰："船只虽有，不敢应付。"公曰："我前者诛颜良、文丑，亦曾与足下解厄。今日求一渡船而不与，何也？"延曰："只恐夏侯惇知之，必然罪我。"关公知刘延无用之人，遂自催车仗前进。到黄河渡口，秦琪引军出问："来者何人？"关公曰："汉寿亭侯关某也。"琪曰："今欲何往？"关公曰："欲投河北去寻兄长刘玄德，敬来借渡。"［关公真是直白坦率，信口诌个谎亦不屑为。大丈夫气概十足，却也徒增风险，若非天佑，恐已性命难保。］琪曰："丞相公文何在？"公曰："吾不受丞相节制，有甚公文！"琪曰："吾奉夏侯将军将令，守把关隘，你便插翅也飞不过去！"关公大怒曰："你知我于路斩戮拦截者乎？"琪曰："你只杀得无名下将，敢杀我么？"关公怒曰："汝比颜良、文丑若何？"秦琪大怒，纵马提刀，直取关公。二马相交，只一合，关公刀起，秦琪头落。关公曰："当吾者已死，余人不必惊走。速备船只，送我渡河。"军士急撑舟傍岸。关公请二嫂上船渡河。渡过黄河，便是袁绍地方。关公所历关隘五处，斩将六员。后人有诗叹曰：

挂印封金辞汉相，寻兄遥望远途还。
马骑赤兔行千里，刀偃青龙出五关。
忠义慨然冲宇宙，英雄从此震江山。

独行斩将应无敌，今古留题翰墨间。

关公于马上自叹曰："吾非欲沿途杀人，奈事不得已也。曹公知之，必以我为负恩之人矣。"［除孔秀外，其余诸场杀人，倒说得过去。］正行间，忽见一骑自北而来，大叫："云长少住！"关公勒马视之，乃孙乾也。关公曰："自汝南相别，一向消息若何？"乾曰："刘辟、龚都自将军回兵之后，复夺了汝南；遣某往河北约结好袁绍，请玄德同谋破曹之计。不想河北将士，各相妒忌。田丰尚囚狱中，沮授黜退不用，审配、郭图各自争权；袁绍多疑，主持不定。某与刘皇叔商议，先求脱身之计。今皇叔已往汝南会合刘辟去了。恐将军不知，反到袁绍处，或为所害，特遣某于路迎接将军。幸于此得见。［乱世仓皇之中，两人竟得相见，关公真赖神助。］将军可速往汝南与皇叔相会。"关公教孙乾拜见夫人。夫人问其动静，孙乾备说袁绍二次欲斩皇叔，今幸脱身往汝南去了。夫人可与皇叔此处相会。二夫人皆掩面垂泪。关公依言，不投河北去，径取汝南来。正行之间，背后尘埃起处，一彪人马赶来。当先夏侯惇大叫："关某休走！"正是：

六将阻关徒受死，一军拦路复争锋。

毕竟关公怎生脱身，且听下文分解。

水浒

学界历来有个观点，认定《三国演义》与《水浒传》的作者均为罗贯中。精于研判语言风格者，当知此论无据。若说罗贯中曾与《水浒传》的作者施耐庵有过部分合作，则无可无不可。

在作品结构上，《三国演义》与《水浒传》差别极大，人们很难找到共性，然读以上两回，小说确乎进入了某种水浒式节奏。为了向心目中的英雄关羽致敬，罗贯中一改此前大处着眼、宏观调控的全景式视野，转而集中笔墨，全力以赴地展示关羽传奇，读来依稀有追随武松、林冲的兴味。在数回之内把笔墨聚焦于一人，是施耐庵的惯有手法，《水浒传》的叙事结构也凭此得到串连，而在《三国演义》里，此法尚属初见。罗贯中搁却百事，单独赋予关羽以世界中心的突出地位。而就当时的天下格局而论，“过五关斩六将”原非大事，对不久将要展开的袁曹官渡决战，影响微乎其微。

所以，罗贯中如此选择，只为了突出小说一个核心要旨：借助对关羽的神话式讴歌，展示忠勇仁义的核心价值观。此外，就一部卷帙浩繁的小说而言，适时变换叙述节奏，使读者感受参差多态之美，也是一种高明手段。

第二十八回

斩蔡阳兄弟释疑　会古城主臣聚义

却说关公同孙乾保二嫂向汝南进发，不想夏侯惇领二百余骑，从后追来。孙乾保车仗前行。关公回身勒马按刀问曰："汝来赶我，有失丞相大度。"夏侯惇曰："丞相无明文传报，汝于路杀人，又斩吾部将，无礼太甚！我特来擒你，献与丞相发落！"言讫，便拍马挺枪欲斗。只见后面一骑飞来，大叫："不可与云长交战！"关公按辔不动。来使于怀中取出公文，谓夏侯惇曰："丞相敬爱关将军忠义，恐于路关隘拦截，故遣某特赍公文，遍行诸处。"惇曰："关某于路杀把关将士，丞相知否?"来使曰："此却未知。"惇曰："我只活捉他去见丞相，待丞相自放他。"关公怒曰："吾岂惧汝耶!"拍马持刀，直取夏侯惇。惇挺枪来迎。两马相交，战不十合，忽又一骑飞至，大叫："二将军少歇!"惇挺枪问来使曰："丞相叫擒关某乎?"使者曰："非也。丞相恐守关诸将阻挡关将军，故又差某驰公文来放行。"惇曰："丞相知其于路杀人否?"使者曰："未知。"惇曰："既未知其杀人，不可放去。"指挥手下军士，将关公围住。关公大怒，舞刀迎战。两个正欲交锋，阵后一人飞马而来，大叫："云长、元让，休得争战!"众视之，乃张辽也。二人各勒住马。张辽进前言曰："奉丞相钧旨：因闻知云长斩关杀将，恐于路有阻，特差某传谕各处关隘，任便放行。"［曹操好事做到底，但为何事先不提供通行公文呢?］惇曰："秦琪是蔡阳之甥。他将秦琪托付我处，今被关某所杀，怎肯干休?"辽曰："我见蔡将军，自有分解。既丞相大度，教放云长去，公等不可废丞相之意。"夏侯惇只得将军马约退。辽曰："云长今欲何往?"关公曰："闻兄长又不在袁绍处，吾今将遍天下寻之。"辽曰："既未知玄德下落，且再回见丞相，若何?"关公笑曰："安有是理！文远回见丞相，幸为我谢罪。"说毕，与张辽拱手而别。于是张辽与夏侯惇领军自回。

关公赶上车仗，与孙乾说知此事。二人并马而行。行了数日，忽值大雨滂沱，行装尽湿。遥望山岗边有一庄院，关公引着车仗，到彼借宿。庄内一老人出迎，关公具言来意。老人曰："某姓郭名常，世居于此。久闻大名，幸得瞻拜。"遂宰羊置酒相待，请二夫人于后堂暂歇。郭常陪关公、孙乾于草堂饮酒。一边烘焙行李，一边喂养马匹。[古道热肠。]至黄昏时候，忽见一少年，引数人入庄，径上草堂。郭常唤曰："吾儿来拜将军。"因谓关公曰："此愚男也。"关公问何来。常曰："射猎方回。"少年见过关公，即下堂去了。常流泪言曰："老夫耕读传家，止生此子，不务本业，唯以游猎为事。是家门不幸也！"关公曰："方今乱世，若武艺精熟，亦可以取功名，何云不幸？"常曰："他若肯习武艺，便是有志之人。今专务游荡，无所不为，老夫所以忧耳！"关公亦为叹息。至更深，郭常辞出。

关公与孙乾方欲就寝，忽闻后院马嘶人叫。关公急唤从人，却都不应，乃与孙乾提剑往视之。只见郭常之子倒在地上叫唤，从人正与庄客厮打。公问其故。从人曰："此人要来盗这赤兔马，被马踢倒。我等闻叫唤之声，起来巡看，庄客们反来厮闹。"公怒曰："鼠贼焉敢盗吾马！"恰待发作，郭常奔至告曰："不肖子为此歹事，罪合万死！奈老妻最怜爱此子，乞将军仁慈宽恕！"关公曰："此子果然不肖，适才老翁所言，真'知子莫若父'也。我看翁面，且姑恕之。"遂分付从人看好了马，喝散庄客，与孙乾回草堂歇息。次日，郭常夫妇出拜于堂前，谢曰："犬子冒渎虎威，深感将军恩恕。"关公令将唤出："我以正言教之。"常曰："他于四更时分，又引数个无赖之徒，不知何处去了。"

关公谢别郭常，请二嫂上车，出了庄院，与孙乾并马，护着车仗，取山路而行。不及三十里，只见山背后拥出百余人，为首两骑马：前面那人，头裹黄巾，身穿战袍；后面乃郭常之子也。黄巾者曰："我乃天公将军张角部将也！来者快留下赤兔马，放你过去！"关公大笑曰："无知狂贼！汝既从张角为盗，亦知刘、关、张兄弟三人名字否？"黄巾者曰："我只闻赤面长须者名关云长，却未识其面。汝何人也？"公乃停刀立马，解开须囊，出长髯令视之。其人滚鞍下马，脑揪郭常之子拜献于马前。

关公问其姓名。告曰："某姓裴名元绍。自张角死后，一向无主，啸聚山林，权于此处藏伏。今早这厮来报：'有一客人，骑一匹千里马，在我家投宿。'特邀某来劫夺此马。不想却遇将军。"郭常之子拜伏乞命。关公曰："吾看汝父之面，饶你性命！"郭子抱头鼠窜而去。

公谓元绍曰："汝不识吾面，何以知吾名？"元绍曰："离此二十里有一卧牛山。山上有一关西人，姓周名仓，两臂有千斤之力，板肋虬髯，形容甚伟；原在黄巾张宝部下为将，张宝死，啸聚山林。他多曾与某说将军盛名，恨无门路相见。"关公曰："绿林中非豪杰托足之处。公等今后可各去邪归正，勿自陷其身。"［东汉重名节，对绿林好汉评价极低。尽管刘邦也是市井流氓出身，史书上称呼周仓这号人物却是"盗贼亡命"，强宗富族则被说成"豪杰"。故所谓"去邪归正"，多指投靠袁绍之辈。光武帝刘秀就是地主出身，名将马援也是大地主。］元绍拜谢。

正说话间，遥望一彪人马来到。元绍曰："此必周仓也。"关公乃立马待之。果见一人，黑面长身，持枪乘马，引众而至，见了关公，惊喜曰："此关将军也！"疾忙下马，俯伏道旁曰："周仓参拜。"关公曰："壮士何处曾识关某来？"仓曰："旧随黄巾张宝时，曾识尊颜。恨失身贼党，不得相随。今日幸得拜见，愿将军不弃，收为步卒，早晚执鞭随镫，死亦甘心！"公见其意甚诚，乃谓曰："汝若随我，汝手下人伴若何？"仓曰："愿从则俱从，不愿从者听之可也。"于是众人皆曰："愿从。"关公乃下马至车前禀问二嫂。甘夫人曰："叔叔自离许都，于路独行至此，历过多少艰难，并未尝要军马相随。前廖化欲相投，叔既却之，今何独容周仓之众耶？我辈女流浅见，叔自斟酌。"公曰："嫂嫂之言是也。"遂谓周仓曰："非关某寡情，奈二夫人不从。汝等且回山中，待我寻见兄长，必来相招。"周仓顿首告曰："仓乃一粗莽之夫，失身为盗。今遇将军，如重见天日，岂忍复错过！若以众人相随为不便，可令其尽跟裴元绍去，仓只身步行，跟随将军，虽万里不辞也！"关公再以此言告二嫂。甘夫人曰："一二人相从，无妨于事。"公乃令周仓拨人伴随裴元绍去。元绍曰："我亦愿随关将军。"周仓曰："汝若去时，人伴皆散；且当权时统领。我随关将军去，但有住扎处，便来取你。"元绍怏怏而别。

周仓跟着关公，往汝南进发。行了数日，遥见一座山城。公问土人："此何处也？"土人曰："此名古城。数月前有一将军，姓张名飞，引数十骑到此，将县官逐去，占住古城，招军买马，积草屯粮。今聚有三五千人马，四远无人敢敌。"关公喜曰："吾弟自徐州失散，一向不知下落，谁想却在此！"乃令孙乾先入城通报，教来迎接二嫂。

却说张飞在芒砀山中，住了月余，因出外探听玄德消息，偶过古城，入县借粮；县官不肯，飞怒，因就逐去县官，夺了县印，占住城池，权且安身。［若无刘备约束，张飞也是条绿林汉。］当日孙乾领关公命，入城见飞。施礼毕，具言："玄德离了袁绍处，投汝南去了。今云长直从许都送二位夫人至此，请将军出迎。"张飞听罢，更不回言，随即披挂，持丈八矛上马，引一千余人，径出城门。孙乾惊讶，又不敢问，只得随出城来。关公望见张飞到来，喜不自胜，付刀与周仓接了，拍马来迎。只见张飞圆睁环眼，倒竖虎须，吼声如雷，挥矛望关公便搠。关公大惊，连忙闪过，便叫："贤弟何故如此？岂忘了桃园结义耶？"飞喝曰："你既无义，有何面目来与我相见！"关公曰："我如何无义？"飞曰："你背了兄长，降了曹操，封侯赐爵，今又来赚我！我今与你并个死活！"关公曰："你原来不知！我也难说，现放着二位嫂嫂在此，贤弟请自问。"二夫人听得，揭帘而呼曰："三叔何故如此？"飞曰："嫂嫂住着。且看了我杀了负义的人，然后请嫂嫂入城。"甘夫人曰："二叔因不知你等下落，故暂时栖身曹氏。今知你哥哥在汝南，特不避险阻，送我们到此。三叔休错见了。"糜夫人曰："二叔向在许都，原出于无奈。"飞曰："嫂嫂休要被他瞒过了！忠臣宁死而不辱，大丈夫岂有事二主之理！"［张飞理糙，一篙打翻一船人。日后刘备帐下五虎将，除关、张外，哪个不曾事过二主？至于刘备之"事二主"，不是第一，也是第二。］关公曰："贤弟休屈了我。"孙乾曰："云长特来寻将军。"飞喝曰："如何你也胡说！他那里有好心，必是来捉我！"关公曰："我若捉你，须带军马来。"飞把手指曰："兀的不是军马来也！"

关公回顾，果见尘埃起处，一彪人马来到。风吹旗号，正是曹军。张飞大怒曰："今还敢支吾么？"挺丈八蛇矛便搠将来。关公急止之曰：

“贤弟且住。你看我斩此来将，以表我真心。”飞曰：“你果有真心，我这里三通鼓罢，便要你斩来将！”关公应诺。须臾，曹军至。为首一将，乃是蔡阳，挺刀纵马大喝曰：“你杀吾外甥秦琪，却原来逃在此！吾奉丞相命，特来拿你！”关公更不打话，举刀便砍。张飞亲自擂鼓。只见一通鼓未尽，关公刀起处，蔡阳头已落地。众军士俱走。［舅甥俩不明不白地成了关羽的刀下鬼。］关公活捉执认旗的小卒过来，问取来由。小卒告说：“蔡阳闻将军杀了他外甥，十分忿怒，要来河北与将军交战。丞相不肯，因差他往汝南攻刘辟。不想在这里遇着将军。”关公闻言，教去张飞前告说其事。飞将关公在许都时事细问小卒；从头至尾，说了一遍，飞方才信。

正说间，忽城中军士来报：“城南门外有数十骑来的甚紧，不知是甚人。”张飞心中疑虑，便转出南门看时，果见十数骑轻弓短箭而来。见了张飞，滚鞍下马。视之，乃糜竺、糜芳也。飞亦下马相见。竺曰：“自徐州失散，我兄弟二人逃难回乡。使人远近打听，知云长降了曹操，主公在于河北；又闻简雍亦投河北去了。只不知将军在此。昨于路上遇见一伙客人，说有一姓张的将军，如此模样，今据古城。我兄弟度量必是将军，故来寻访。幸得相见！”飞曰：“云长兄与孙乾送二嫂方到，已知哥哥下落。”二糜大喜，同来见关公，并参见二夫人。飞遂迎请二嫂入城。至衙中坐定，二夫人诉说关公历过之事，张飞方才大哭，参拜云长。二糜亦俱伤感。张飞亦自诉别后之事，一面设宴贺喜。［气氛甚亲切，像家庭团圆。］

次日，张飞欲与关公同赴汝南见玄德。关公曰：“贤弟可保护二嫂暂住此城，待我与孙乾先去探听兄长消息。”飞允诺。关公与孙乾引数骑奔汝南来。刘辟、龚都接着，关公便问：“皇叔何在？”刘辟曰：“皇叔到此住了数日，为见军少，复往河北袁本初处商议去了。”关公怏怏不乐。孙乾曰：“不必忧虑。再苦一番驱驰，仍往河北去报知皇叔，同至古城便了。”关公依言，辞了刘辟、龚都，回至古城，与张飞说知此事。张飞便欲同至河北。关公曰：“有此一城，便是我等安身之处，未可轻弃。我还与孙乾同往袁绍处，寻见兄长，来此相会。贤弟可坚守此城。”［刘备奔走江湖多年，迄无立足之地。王夫之分析道："刘先主之刺豫州，因陶谦也；其兼领徐州，亦因陶谦也。二袁、曹操，皆受命于灵帝之末，吕布、刘表，亦拜爵王廷而出者，唯先主未受命也，而不得不因人以兴。始因公孙瓒，继因陶谦，周旋于两不足有为者之左右，而名不登于天府，是以屡出而屡败。"］飞曰："兄斩他颜良、文丑，如何去得？"关公曰："不妨。我到彼当见几而变。"遂唤周仓问曰："卧牛山裴元绍处，共有多少人马？"仓曰："约有四五百。"关公曰："我今抄近路去寻兄长。汝可往卧牛山招此一枝人马，从大路上接来。"仓领命而去。

关公与孙乾只得二十余骑投河北来。将至界首，乾曰："将军未可轻入，只在此间暂歇。待某先入见皇叔，别作商议。"关公依言，先打发孙乾去了。遥望前村有一所庄院，便与从人到彼投宿。庄内一老翁携杖而出，与关公施礼。公具以实告。老翁曰："某亦姓关名定。久闻大名，幸得瞻谒。"遂命二子出见，款留关公，并从人俱留于庄内。

且说孙乾匹马入冀州见玄德，具言前事。玄德曰："简雍亦在此间，可暗请来同议。"少顷，简雍至，与孙乾相见毕，共议脱身之计。雍曰："主公明日见袁绍，只说要往荆州说刘表共破曹操，便可乘机而去。"玄德曰："此计大妙！但公能随我去否？"雍曰："某亦自有脱身之计。"商议已定。次日，玄德入见袁绍，告曰："刘景升镇守荆襄九郡，兵精粮足，宜与相约，共攻曹操。"绍曰："吾尝遣使约之，奈彼未肯相从。"玄德曰："此人是备同宗，备往说之，必无推阻。"绍曰："若得刘表，胜刘辟多矣。"遂命玄德行。绍又曰："近闻关云长已离了曹操，欲来河北；吾当杀之，以雪颜良、文丑之恨！"玄德曰："明公前欲用之，吾故召之。今何又欲杀之耶？且颜良、文丑比之二鹿耳，云长乃一虎也：失二鹿而得一虎，何恨之有？"［这么比喻，太乏人情，太过功利，似乎将帅优长，可以依据一张换算表加以衡量，颜良、文丑各值五百金，云长价值三千金。］绍笑曰："吾故爱之，故戏言耳。公可再使人召之，令其速来。"玄德曰："即遣孙乾往召之可也。"绍大喜，从之。玄德出，简雍进曰："玄德此去，必不回矣。某愿与偕往，一则同说刘表，二则监住玄德。"绍然其言，便命简雍与玄德同行。郭图谏绍曰："刘备前去说刘辟，未见成事；今又使与简雍同往荆州，必不返矣。”绍曰：“汝勿多疑，简雍自有见识。”［简雍原是刘备手下，与刘备是同乡，依附袁绍亦在刘备之后，看上去更像是追随刘备。小说并未交代简雍与袁绍有何特殊关系，袁绍忽出此语，令人摸不着头脑。］郭图嗟呀而出。

却说玄德先命孙乾出城，回报关公；一面与简雍辞了袁绍，上马出城。行至界首，孙乾接着，同往关定庄上。关公迎门接拜，执手啼哭不止。［礼数过当。《颜氏家训》尝言：“人之事兄，不可同于事父。”］关定领二子拜于草堂之前。玄德问其姓名。关公曰：“此人与弟同姓，有二子：长子关宁，学文；次子关平，学武。”关定曰：“今愚意欲遣次子跟随关将军，未识肯容纳否？”玄德曰：“年几何矣？”定曰：“十八岁矣。”玄德曰：“既蒙长者厚意，吾弟尚未有子，今即以贤郎为子，若何？”关定大喜，便命关平拜关公为父，呼玄德为伯父。玄德恐袁绍追之，急收拾起行。关平随着关公，一齐起身。关定送了一程自回。

关公教取路往卧牛山来。正行间，忽见周仓引数十人带伤而来。关公引他见了玄德。问其何故受伤，仓曰：“某未至卧牛山之前，先有一将单骑而来，与裴元绍交锋，只一合，刺死裴元绍，尽数招降人伴，占住山寨。周仓到彼招诱人伴时，止有这几个过来，余者俱惧怕，不敢擅离。仓大忿，与那将交战，被他连胜数次，身中三枪。因此来报主公。”玄德曰：“此人怎生模样？姓甚名谁？”仓曰：“极其雄壮，不知姓名。”于是关公纵马当先，玄德在后，径投卧牛山来。周仓在山下叫骂，只见那将全付披挂，持枪骤马，引众下山。玄德早挥鞭出马大叫曰：“来者莫非子龙否？”那将见了玄德，滚鞍下马，拜伏道旁。原来果然是赵子龙。［终于，子龙成了刘备的人。］玄德、关公俱下马相见，问其何由至此。云曰：“云自别使君，不想公孙瓒不听人言，以致兵败自焚。袁绍屡次招云，云想绍亦非用人之人，因此未往。后欲至徐州投使君，又闻徐州失守，云长已归曹操，使君又在袁绍处。云几番欲来相投，只恐袁绍见怪。四海飘零，无容身之地。前偶过此处，适遇裴元绍下山来欲夺吾马，云因杀之，借此安身。近闻翼德在古城，欲往投之，未知真实。今幸得遇使君！”玄德大喜，诉说从前之事。关公亦诉前事。玄德曰：“吾初见子龙，便有留恋不舍之情。今幸得相遇！”云曰：“云奔走四方，择主而事，未有如使君者。今得相随，大称平生。虽肝脑涂地，无恨矣。”当日就烧毁山寨，率领人众，尽随玄德前赴古城。

张飞、糜竺、糜芳迎接入城，各相拜诉。二夫人具言云长之事，玄德感叹不已。于是杀牛宰马，先拜谢天地，然后遍劳诸军。玄德见兄弟重聚，将佐无缺，又新得了赵云，关公又得了关平、周仓二人，欢喜无限，连饮数日。后人有诗赞曰：

当时手足似瓜分，信断音稀杳不闻。

今日君臣重聚义，正如龙虎会风云。

时玄德、关、张、赵云、孙乾、简雍、糜竺、糜芳、关平、周仓部领马部军校共四五千人。玄德欲弃了古城去守汝南，恰好刘辟、龚都差人来请。于是遂起军往汝南住扎，招军买马，徐图征进，不在话下。

且说袁绍见玄德不回，大怒，欲起兵伐之。郭图曰：“刘备不足虑。曹操乃勍敌也，不可不除。刘表虽据荆州，不足为强。江东孙伯符威镇三江，地连六郡，谋臣武士极多，可使人结之，共攻曹操。”绍从其言，即修书遣陈震为使，来会孙策。正是：

只因河北英雄去，引出江东豪杰来。

未知其事如何，且听下文分解。

枝节

本回围绕刘备及其手下的聚散悲欢，人物多，头绪杂，一众豪杰忽悲忽喜，起伏甚剧。读者仅对关羽有所了解，张飞、赵云等人的坎坷，或不在关羽之下，作家一枝利笔倘鼓捣入去，次要人物如糜竺、糜芳、简雍等，也能挖掘出催人泪下的内容。然而，读者并没看到多少鲜活场景、动人细节、逼真心理，刘家班哭个不停，读者却无法回馈相应的感动。我们看到的眼泪，更像是一种塑料制剂。

再以蔡阳为例，这位名头不大的将军，为何执意要替外甥秦琪报仇？以夏侯惇的资历（是曹操的堂兄弟），又为何特别在乎蔡阳的托付？显然，此中大有故事可挖。本来，每个战死的男人都难免有个舅舅，若个个都要报仇，世人怕要杀光了。作者既提及蔡阳与外甥的特殊关系，就有义务展示这份情感，便于读者进入更深一层的故事之中。然而，小说笔墨匆匆，读者未及对蔡阳及其外甥产生好奇，两颗人头已然落地。从文学上说，这两颗人头毫无价值。弗吉尼亚·伍尔芙曾犀利地指出，缺乏文学意味的死亡，“给我们的感动还不如托尔斯泰作品中一只苍蝇受的苦难多”。

在民间说唱中，老资格的说书人可以单单把蔡阳的故事，说上十天半月。既然罗贯中不愿对蔡阳多费一字，似乎就无需强调蔡阳的报仇。有句经典的创作谈：“如果在舞台的第一幕出现一把猎枪，在第三幕就应该让它射出子弹。”反过来说，既然作家不打算射出子弹，那把枪就没必要挂在墙上。

第二十九回

小霸王怒斩于吉　碧眼儿坐领江东

却说孙策自霸江东，兵精粮足。建安四年，袭取庐江，败刘勋，使虞翻驰檄豫章，豫章太守华歆投降。自此声势大振，乃遣张纮往许昌上表献捷。曹操知孙策强盛，叹曰："狮儿难与争锋也！"遂以曹仁之女许配孙策幼弟孙匡，两家结婚。[能打就打，打不成就结婚。在现实政治面前，婚姻不是美事，而是脏活。]留张纮在许昌。孙策求为大司马，曹操不许。策恨之，常有袭许都之心。于是吴郡太守许贡，乃暗遣使赴许都上书于曹操。其略曰：

孙策骁勇，与项籍相似。朝廷宜外示荣宠，召还京师；不可使居外镇，以为后患。

使者赍书渡江，被防江将士所获，解赴孙策处。策观书大怒，斩其使，遣人假意请许贡议事。贡至，策出书示之，叱曰："汝欲送我于死地耶！"命武士绞杀之。贡家属皆逃散。有家客三人，欲为许贡报仇，恨无其便。[家客为主公报仇，不是定例，亦非罕见。家客拼死为许贡复仇，至少说明许贡人品不错。]

一日，孙策引军会猎于丹徒之西山，赶起一大鹿，策纵马上山逐之。正赶之间，只见树林之内有三人持枪带弓而立。策勒马问曰："汝等何人？"答曰："乃韩当军士也，在此射鹿。"策方举辔欲行，一人拈枪望策左腿便刺。策大惊，急取佩剑从马上砍去，剑刃忽坠，止存剑靶在手。一人早拈弓搭箭射来，正中孙策面颊。策就拔面上箭，取弓回射放箭之人，应弦而倒。那二人举枪向孙策乱搠，大叫曰："我等是许贡家客，特来为主人报仇！"策别无器械，只以弓拒之，且拒且走。二人死战不退。策身被数枪，马亦带伤。正危急之时，程普引数人至。孙策大叫杀贼！程普引众齐上，将许贡家客砍为肉泥。看孙策时，血流满面，被伤至重，乃以刀割袍，裹其伤处，救回吴会养病。后人有诗赞许家三客曰：

孙郎智勇冠江湄，射猎山中受困危。

许客三人能死义，杀身豫让未为奇。

却说孙策受伤而回，使人寻请华佗医治。不想华佗已往中原去了，止有徒弟在吴，命其治疗。其徒曰：“箭头有药，毒已入骨。须静养百日，方可无虞。若怒气冲激，其疮难治。”孙策为人最是性急，恨不得即日便愈。将息到二十余日，忽闻张纮有使者自许昌回，策唤问之。使者曰：“曹操甚惧主公，其帐下谋士亦俱敬服，唯有郭嘉不服。”策曰：“郭嘉曾有何说？”使者不敢言。策怒，固问之。使者只得从实告曰：“郭嘉曾对曹操言主公不足惧也：轻而无备，性急少谋，乃匹夫之勇耳，他日必死于小人之手。”[《三国志》曾提及这个判断，后人咸叹其精妙。它在逻辑上不成立，条件论证只能得出可能性结论，郭嘉却得出了必然性结论。郭嘉的直觉或许另有依据。]策闻言大怒曰：“匹夫安敢料吾！吾誓取许昌！”遂不待疮愈，便欲商议出兵。张昭谏曰：“医者戒主公百日休动，今何因一时之忿，自轻万金之躯？”

正话间，忽报袁绍遣使陈震至。策唤入问之。震具言袁绍欲结东吴为外应，共攻曹操。策大喜，即日会诸将于城楼上，设宴款待陈震。饮酒之间，忽见诸将互相偶语，纷纷下楼。策怪问何故。左右曰：“有于神仙者，今从楼下过，诸将欲往拜之耳。”策起身凭栏观之，见一道人身披鹤氅，手携藜杖，立于当道，百姓俱焚香伏道而拜。策怒曰：“是何妖人？快与我擒来！”左右告曰：“此人姓于名吉，寓居东方，往来吴会，普施符水，救人万病，无有不验。当世呼为神仙，未可轻渎。”策愈怒，喝令：“速速擒来！违者斩！”左右不得已，只得下楼，拥于吉至楼上。策叱曰：“狂士怎敢煽惑人心！”于吉曰：“贫道乃琅琊宫道士，顺帝时曾入山采药，得神书于曲阳泉水上，号曰《太平青领道》，凡百余卷，皆治人疾病方术。贫道得之，唯务代天宣化，普救万人，未曾取人毫厘之物，安得煽惑人心？”策曰：“汝毫不取人，衣服饮食，从何而得？汝即黄巾张角之流，今若不诛，必为后患！”叱左右斩之。张昭谏曰：“于道人在江东数十年，并无过犯，不可杀害。”策曰：“此等妖人，吾杀之，何异屠猪狗!”众官皆苦谏，陈震亦劝。策怒未息，命且囚于狱中。众官俱散。陈震自归馆驿安歇。[孙策霸道。诚然，古来煽惑民众者，大多假借行医之名，但权势者必欲杀之而后快，又非出自公心，他们只是致力于铲除危及自身统治权威的竞争者。一个梦想万民拥戴的人，最可能将于吉视为祸害。故洞悉于吉的危害性，不等于肯定孙策的杀心。]

孙策归府，早有内侍传说此事与策母吴太夫人知道。夫人唤孙策入后堂，谓曰：“我闻汝将于神仙下于缧绁。此人多曾医人疾病，军民敬仰，不可加害。”策曰：“此乃妖人，能以妖术惑众，不可不除!”夫人再三劝解。策曰：“母亲勿听外人妄言，儿自有区处。”乃出唤狱吏取于吉来问。原来狱吏皆敬信于吉，吉在狱中时，尽去其枷锁；及策唤取，方带枷锁而出。策访知大怒，痛责狱吏，仍将于吉械系下狱。张昭等数十人连名作状，拜求孙策，乞保于神仙。策曰：“公等皆读书人，何不达理？昔交州有一刺史张津，听信邪教，鼓瑟焚香，常以红帕裹头，自称可助出军之威，后竟为敌军所杀。此等事甚无益，诸君自未悟耳。吾欲杀于吉，正思禁邪觉迷也。”[渐渐，孙策说出了理据。曹操任济南相时，也曾“禁断淫祀”，动用行政强力禁止民间迷信。]

吕范曰：“某素知于道人能祈风祷雨。方今天旱，何不令其祈雨以赎罪?”策曰：“吾且看此妖人若何。”遂命于狱中取出于吉，开其枷锁，令登坛求雨。吉领命，即沐浴更衣，取绳自缚于烈日之中。百姓观者，填街塞巷。于吉谓众人曰：“吾求三尺甘霖，以救万民，然我终不免一死。”众人曰：“若有灵验，主公必然敬服。”于吉曰：“气数至此，恐不能逃。”少顷，孙策亲至坛中下令：“若午时无雨，即焚死于吉。”先令人堆积干柴伺候。将及午时，狂风骤起。风过处，四下阴云渐合。策曰：“时已近午，空有阴云而无甘雨，正是妖人!”叱左右将于吉扛上柴堆，四下举火，焰随风起。忽见黑烟一道，冲上空中，一声响亮，雷电齐发，大雨如注。顷刻之间，街市成河，溪涧皆满，足有三尺甘雨。于吉仰卧于柴堆之上，大喝一声，云收雨住，复见太阳。于是众官及百姓共将于吉扶下柴堆，解去绳索，再拜称谢。孙策见官民俱罗拜于水中，不顾衣服，乃勃然大怒，叱曰：“晴雨乃天地之定数，妖人偶乘其便，你等何得如此惑乱!”掣宝剑令左右速斩于吉。众官力谏，策怒曰：“尔等皆欲从于吉造反耶!”众官乃不敢复言。策叱武士将于吉一刀斩头落地。只见一道青气，投东北去了。策命将其尸号令于市，以正妖妄之罪。

是夜风雨交作，及晓，不见了于吉尸首。守尸军士报知孙策，策怒，欲杀守尸军士。忽见一人从堂前徐步而来，视之，却是于吉。策大怒，正欲拔剑砍之，忽然昏倒于地。左右急救入卧内，半晌方苏。吴太夫人来视疾，谓策曰：“吾儿屈杀神仙，故招此祸。”策笑曰：“儿自幼随父出征，杀人如麻，何曾有为祸之理？今杀妖人，正绝大祸，安得反为我祸？”夫人曰：“因汝不信，以致如此；今可作好事以禳之。”策曰：“吾命在天，妖人决不能为祸，何必禳耶!”夫人料劝不信，乃自令左右暗修善事禳解。[孙策不信妖邪神仙，总是一份可贵。]

是夜三更，策卧于内宅，忽然阴风骤起，灯灭而复明。灯影之下，见于吉立于床前。策大喝曰：“吾平生誓诛妖妄，以靖天下！汝既为阴鬼，何敢近我!”取床头剑掷之，忽然不见。吴太夫人闻之，转生忧闷。策乃扶病强行，以宽母心。母谓策曰：“圣人云：‘鬼神之为德，其盛矣乎!’又云：‘祷尔于上下神祇。’鬼神之事，不可不信。汝屈杀于先生，岂无报应？吾已令人设醮于郡之玉清观内，汝可亲往拜祷，自然安妥。”策不敢违母命，只得勉强乘轿至玉清观。道士接入，请策焚香，策焚香而不谢。忽香炉中烟起不散，结成一座华盖，上面端坐着于吉。策怒，唾骂之。走离殿宇，又见于吉立于殿门首，怒目视策。策顾左右曰：“汝等见妖鬼否？”左右皆云未见。[莎剧里哈姆雷特当着母亲面与父亲亡魂交谈时，母亲同样看不到亡灵。看来，鬼魂更讲究“冤有头、债有主”，单挑事主，不扰其余。]策愈怒，拔佩剑望于吉掷去，一人中剑而倒。众视之，乃前日动手杀于吉之小卒，被剑砍入脑袋，七窍流血而死。策命扛出葬之。比及出观，又见于吉走入观门来。策曰：“此观亦藏妖之所也!”遂坐于观前，命武士五百人拆毁之。武士方上屋揭瓦，却见于吉立于屋上，飞瓦掷地。策大怒，传令着出本观道士，放火烧毁殿宇。火起处，又见于吉立于火光之中。策怒归府，又见于吉立于府门前。策乃不入府，随点起三军，出城外下寨，传唤众将商议，欲起兵助袁绍夹攻曹操。众将俱曰："主公玉体违和，未可轻动。且待平愈，出兵未迟。"

是夜孙策宿于寨内，又见于吉披发而来。策于帐中叱喝不绝。次日，吴太夫人传命，召策回府。策乃归见其母。夫人见策形容憔悴，泣曰："儿失形矣！"策即引镜自照，果见形容十分瘦损，不觉失惊，顾左右曰："吾奈何憔悴至此耶！"言未已，忽见于吉立于镜中。策拍镜大叫一声，金疮迸裂，昏绝于地。夫人令扶入卧内。须臾苏醒，自叹曰："吾不能复生矣！"［中医经穴中有鬼床、鬼室等名目，依传统理论，孙策算撞上了"冤谴之鬼"，无药可治。］随召张昭等诸人及弟孙权，至卧榻前，嘱付曰："天下方乱，以吴越之众，三江之固，大可有为。子布等幸善相吾弟。"乃取印绶与孙权曰："若举江东之众，决机于两阵之间，与天下争冲，卿不如我；举贤任能，使各尽力以保江东，我不如卿。卿宜念父兄创业之艰难，善自图之！"权大哭，拜受印绶。策告母曰："儿天年已尽，不能奉慈母。今将印绶付弟，望母朝夕训之。父兄旧人，慎勿轻怠。"母哭曰："恐汝弟年幼，不能任大事，当复如何？"策曰："弟才胜儿十倍，足当大任。倘内事不决，可问张昭；外事不决，可问周瑜。恨周瑜不在此，不得面嘱之也！"又唤诸弟嘱曰："吾死之后，汝等并辅仲谋。宗族中敢有生异心者，众共诛之；骨肉为逆，不得入祖坟安葬。"诸弟泣受命。又唤妻乔夫人谓曰："吾与汝不幸中途相分，汝须孝养尊姑。早晚汝妹入见，可嘱其转致周郎，尽心辅佐吾弟，休负我平日相知之雅。"言讫，瞑目而逝。年止二十六岁。后人有诗赞曰：［临死有大平和，难得。］

独战东南地，人称"小霸王"。运筹如虎踞，决策似鹰扬。

威镇三江靖，名闻四海香。临终遗大事，专意属周郎。

孙策既死，孙权哭倒于床前。张昭曰："此非将军哭时也。宜一面治丧事，一面理军国大事。"权乃收泪。张昭令孙静理会丧事，请孙权出堂，受众文武谒贺。孙权生得方颐大口，碧眼紫髯。昔汉使刘琬入吴，见孙家诸昆仲，因语人曰："吾遍观孙氏兄弟，虽各才气秀达，然皆禄祚不终。唯仲谋形貌奇伟，骨格非常，乃大贵之表，又享高寿，众皆不及也。"

且说当时孙权承孙策遗命，掌江东之事。经理未定，人报周瑜自巴丘提兵回吴。权曰："公瑾已回，吾无忧矣。"原来周瑜守御巴丘，闻知孙策中箭被伤，因此回来问候；将至吴郡，闻策已亡，故星夜来奔丧。当下周瑜哭拜于孙策灵柩之前。吴太夫人出，以遗嘱之语告瑜，瑜拜伏于地曰："敢不效犬马之力，继之以死！"[孙策与周瑜年岁相若，关系极铁，却难脱主仆之别、君臣之分。]少顷，孙权入。周瑜拜见毕，权曰："愿公无忘先兄遗命。"瑜顿首曰："愿以肝脑涂地，报知己之恩。"权曰："今承父兄之业，将何策以守之？"瑜曰："自古'得人者昌，失人者亡'。为今之计，须求高明远见之人为辅，然后江东可定也。"权曰："先兄遗言：内事托子布，外事全赖公瑾。"瑜曰："子布贤达之士，足当大任。瑜不才，恐负倚托之重，愿荐一人以辅将军。"权问何人。瑜曰："姓鲁名肃，字子敬，临淮东川人也。此人胸怀韬略，腹隐机谋。早年丧父，事母至孝。其家极富，尝散财以济贫乏。瑜为居巢长之时，将数百人过临淮，因乏粮，闻鲁肃家有两困米，各三千斛，因往求助。肃即指一困相赠，其慷慨如此。平生好击剑骑射，寓居曲阿。祖母亡，还葬东城。其友刘子扬欲约彼往巢湖投郑宝，肃尚踌躇未往。今主公可速召之。"权大喜，即命周瑜往聘。[鲁肃之于东吴，不下于孔明之于刘备。]瑜奉命亲往，见肃叙礼毕，具道孙权相慕之意。肃曰："近刘子扬约某往巢湖，某将就之。"瑜曰："昔马援对光武云：'当今之世，非但君择臣，臣亦择君。'[今语叫人才交流，双向流动。]今吾孙将军亲贤礼士，纳奇录异，世所罕有。足下不须他计，只同我往投东吴为是。"肃从其言，遂同周瑜来见孙权。权甚敬之，与之谈论，终日不倦。

一日众官皆散，权留鲁肃共饮，至晚同榻抵足而卧。夜半，权谓肃曰："方今汉室倾危，四方纷扰；孤承父兄余业，思为桓、文之事，君将何以教我？"肃曰："昔汉高祖欲尊事义帝而不获者，以项羽为害也。今之曹操可比项羽，将军何由得为桓、文乎？肃窃料汉室不可复兴，曹操不可卒除。为将军计，唯有鼎足江东以观天下之衅。今乘北方多务，剿除黄祖，进伐刘表，竟长江所极而据守之；然后建号帝王，以图天下：此高祖之业也。"[孙权志不在小，正如日后诸葛亮为刘备划出了一块西蜀版图，鲁肃也早早替孙权设想了江山。]权闻言大喜，披衣起谢。次日厚赐鲁肃，并将衣服帏帐等物赐肃之母。肃又荐一人见孙权。此人博学多才，事母至孝，覆姓诸葛，名瑾，字子瑜，瑯琊南阳人也。权拜之为上宾。瑾劝权勿通袁绍，且顺曹操，然后乘便图之。权依言，乃遣陈震回，以书绝袁绍。

却说曹操闻孙策已死，欲起兵下江南，侍御史张纮谏曰："乘人之丧而伐之，既非义举；若其不克，弃好成仇，不如因而善遇之。"操然其说，乃即奏封孙权为将军，兼领会稽太守；［老办法，要么兴兵打击，要么表功封官，总在两个极端，无视中间策略。鲁迅说："中国的人们，遇见带有会使自己不安的朕兆的人物，向来就用两样法：将他压下去，或者将他捧起来。"］即令张纮为会稽都尉，赍印往江东。孙权大喜，又得张纮回吴，即命与张昭同理政事。张纮又荐一人于孙权。此人姓顾名雍，字元叹，乃中郎蔡邕之徒。其为人少言语，不饮酒，严厉正大。权以为丞，行太守事。自是孙权威震江东，深得民心。

且说陈震回见袁绍，具说："孙策已亡，孙权继立。曹操封之为将军，结为外应矣。"袁绍大怒，遂起冀、青、幽、并等处人马七十余万，复来攻取许昌。正是：

江南兵革方休息，冀北干戈又复兴。

未知胜负若何，且听下文分解。

于吉

于吉反制孙策的故事，多部野史都有记载，陈寿不予采信，捍卫了史家尊严。罗贯中把它写进小说，倒无可厚非，通俗作家的写作心态就像厨师，客人点什么他就烧什么；读者喜欢神仙，他就烹制怪诞。

于吉这号人物容易引起民众狂热，这不奇怪。生老病死，人之所累，也是人之所惧；人之所惑，也是人之所痴；人之所贪，也是人之所信。在古代世界，医学与巫术、迷信常生关联，埃及和美索不达米亚的医学都受巫术迷信支配，亚述和巴比伦的泥板医书也将驱魔作为主要的治疗方法，预后则依靠占卜。在大多数地方，邪魔都曾被视为疾病的元凶。所以，虽然于吉的故事颇为荒诞，民众表现出的狂热倒稀松平常。

下层民众历来流行一个糊涂信念：心诚则灵。于是，一切不利于巫婆神汉的证据均因不够虔诚而遭排除或冷藏，任何有助于神而化之的传说都得到广泛传播，长此以往，于吉辈就有了逢凶化吉、无往不胜之能。奴性的臣民动辄欢呼一位太阳般的领袖，神通广大的骗子总是在蒙昧的氛围里如鱼得水，所以培根感叹道："迷信的主导是民众，在一切迷信中，智者是追随愚人的，理论倒过来服从实践。"

第三十回

战官渡本初败绩　劫乌巢孟德烧粮

却说袁绍兴兵，望官渡进发。夏侯惇发书告急。曹操起军七万，前往迎敌，留荀彧守许都。绍兵临发，田丰从狱中上书谏曰："今且宜静守以待天时，不可妄兴大兵，恐有不利。"逢纪谮曰："主公兴仁义之师，田丰何得出此不祥之语！"绍因怒，欲斩田丰。众官告免。绍恨曰："待吾破了曹操，明正其罪！"遂催军进发，旌旗遍野，刀剑如林。行至阳武，下定寨栅。沮授曰："我军虽众，而勇猛不及彼军；彼军虽精，而粮草不如我军。彼军无粮，利在急战；我军有粮，宜且缓守。若能旷以日月，则彼军不战自败矣。"绍怒曰："田丰慢我军心，吾回日必斩之。汝安敢又如此！"叱左右："将沮授锁禁军中，待吾破曹之后，与田丰一体治罪！"于是下令，将大军七十万，东西南北，周围安营，连络九十余里。

细作探知虚实，报至官渡。曹军新到，闻之皆惧。曹操与众谋士商议。荀攸曰："绍军虽多，不足惧也。我军俱精锐之士，无不一以当十。[呼应沮授，说明曹兵素质在袁军之上。当年随光武帝刘秀征战的那支骁勇军队，叫"黎阳兵"，黎阳恰在袁绍辖区。可见，士兵素质不在地域，而在统帅。]但利在急战。若迁延日月，粮草不敷，事可忧矣。"操曰："所言正合吾意。"遂传令军将鼓噪而进。绍军来迎，两边排成阵势。审配拨弩手一万，伏于两翼；弓箭手五千，伏于门旗内，约炮响齐发。三通鼓罢，袁绍金盔金甲，锦袍玉带，立马阵前。左右排列着张郃、高览、韩猛、淳于琼等诸将。旌旗节钺，甚是严整。曹阵上门旗开处，曹操出马。许褚、张辽、徐晃、李典等，各持兵器，前后拥卫。曹操以鞭指袁绍曰："吾于天子之前，保奏你为大将军，今何故谋反？"绍怒曰："汝托名汉相，实为汉贼！罪恶弥天，甚于莽、卓，乃反诬人造反耶！"操曰：

“吾今奉诏讨汝!”绍曰：“吾奉衣带诏讨贼!”操怒，使张辽出战。张郃跃马来迎。二将斗了四五十合，不分胜负。曹操见了，暗暗称奇。［这一“称奇”，预示张郃日后将成为曹营名将。］许褚挥刀纵马，直出助战。高览挺枪接住。四员将捉对儿厮杀。曹操令夏侯惇、曹洪各引三千军，齐冲彼阵。审配见曹军来冲阵，便令放起号炮。两下万弩并发，中军内弓箭手一齐拥出阵前乱射。曹军如何抵敌，望南急走。袁绍驱兵掩杀，曹军大败，尽退至官渡。

袁绍移军逼近官渡下寨。审配曰：“今可拨兵十万守官渡，就曹操寨前筑起土山，令军人下视寨中放箭。操若弃此而去，吾得此隘口，许昌可破矣。”绍从之，于各寨内选精壮军人，用铁锹土担，齐来曹操寨边，垒土成山。曹营内见袁军堆筑土山，欲待出去冲突，被审配弓弩手当住咽喉要路，不能前进。十日之内，筑成土山五十余座，上立高橹，分拨弩弓手于其上射箭。曹军大惧，皆顶着遮箭牌守御。土山上一声梆子响处，箭下如雨。曹军皆蒙楯伏地，袁军呐喊而笑。曹操见军慌乱，集众谋士问计。刘晔进曰：“可作发石车以破之。”操令晔进车式，连夜造发石车数百乘，分布营墙内，正对着土山上云梯。候弓箭手射箭时，营内一齐拽动石车，炮石飞空，往上乱打。人无躲处，弓箭手死者无数。袁军皆号其车为“霹雳车”。［战争的附带好处是：鼓励发明，提高工程技艺。］由是袁军不敢登高射箭。审配又献一计：令军人用铁锹暗打地道，直透曹营内，号为“掘子军”。曹兵望见袁军于山后掘土坑，报知曹操。操又问计于刘晔。晔曰：“此袁军不能攻明而攻暗，发掘伏道，欲从地下透营而入耳。”操曰：“何以御之?”晔曰：“可绕营掘长堑，则彼伏道无用也。”操连夜差军掘堑。袁军掘伏道到堑边，果不能入，空费军力。

却说曹操守官渡，自八月起，至九月终，军力渐乏，粮草不继。意欲弃官渡退回许昌，迟疑未决，乃作书遣人赴许昌问荀彧。彧以书报之。书略曰：

> 承尊命，使决进退之疑。愚以袁绍悉众聚于官渡，欲与明公决胜负，公以至弱当至强，若不能制，必为所乘，是天下之大机也。绍军虽众，而不能用；以公之神武明哲，何向而不济!

今军实虽少，未若楚、汉在荥阳、成皋间也。公今画地而守，扼其喉而使不能进，情见势竭，必将有变。此用奇之时，断不可失。唯明公裁察焉。[无谋如袁绍者，听不得反对意见，动辄大发雷霆；多智如曹操者，频频向手下请教，“使决进退之疑”。]

曹操得书大喜，令将士效力死守。绍军约退三十余里，操遣将出营巡哨。有徐晃部将史涣获得袁军细作，解见徐晃。晃问其军中虚实。答曰：“早晚大将韩猛运粮至军前接济，先令我等探路。”徐晃便将此事报知曹操。荀攸曰：“韩猛匹夫之勇耳。若遣一人引轻骑数千，从半路击之，断其粮草，绍军自乱。”操曰：“谁人可往？”攸曰：“即遣徐晃可也。”操遂差徐晃将带史涣并所部兵先出，后使张辽、许褚引兵救应。当夜韩猛押粮车数千辆，解赴绍寨。正走之间，山谷内徐晃、史涣引军截住去路。韩猛飞马来战，徐晃接住厮杀。史涣便杀散人夫，放火焚烧粮车。韩猛抵当不住，拨回马走。徐晃催军烧尽辎重。袁绍军中望见西北上火起，正惊疑间，败军报来粮草被劫。绍急遣张郃、高览去截大路，正遇徐晃烧粮而回，恰欲交锋，背后许褚、张辽军到。两下夹攻，杀散袁军，四将合兵一处，回官渡寨中。曹操大喜，重加赏劳。又分军于寨前结营，为犄角之势。

却说韩猛败军还营，绍大怒，欲斩韩猛，众官劝免。[袁绍荒唐。世无不败之将，倘落败即斩，谁敢率军出征？]审配曰：“行军以粮食为重，不可不用心堤防。乌巢乃屯粮之处，必得重兵守之。”袁绍曰：“吾筹策已定。汝可回邺都监督粮草，休教缺乏。”审配领命而去。袁绍遣大将淳于琼，部领督将眭元进、韩莒子、吕威璜、赵献等，引二万人马守乌巢。那淳于琼性刚好酒，军士多畏之；既至乌巢，终日与诸将聚饮。

且说曹操军粮告竭，急发使往许昌教荀彧作速措办粮草，星夜解赴军前接济。使者赍书而往，行不上三十里，被袁军捉住，缚见谋士许攸。那许攸字子远，少时曾与曹操为友，此时却在袁绍处为谋士。当下搜得使者所赍曹操催粮书信，径来见绍曰：“曹操屯军官渡，与我相持已久，许昌必空虚；若分一军星夜掩袭许昌，则许昌可拔，而曹操可擒也。今操粮草已尽，正可乘此机会，两路击之。”绍曰：“曹操诡计极多，此书乃诱敌之计也。”攸曰：“今若不取，后将反受其害。”正话间，忽有使者自邺郡来，呈上审配书。书中先说运粮事；后言许攸在冀州时，尝滥受民间财物；且纵令子侄辈多科税，钱粮入己，今已收其子侄下狱矣。绍见书大怒曰：“滥行匹夫！尚有面目于吾前献计耶！汝与曹操有旧，想今亦受他财贿，为他作奸细，啜赚吾军耳！本当斩首，今权且寄头在项！可速退出，今后不许相见！”［袁绍做起傻事就像冰糖葫芦，一串一串的。］许攸出，仰天叹曰：“忠言逆耳，竖子不足与谋！吾子侄已遭审配之害，吾何颜复见冀州之人乎！”遂欲拔剑自刎，左右夺剑劝曰：“公何轻生至此？袁绍不纳直言，后必为曹操所擒。公既与曹公有旧，何不弃暗投明？”只这两句言语，点醒许攸，于是许攸径投曹操。后人有诗叹曰：

本初豪气盖中华，官渡相持枉叹嗟。
若使许攸谋见用，山河岂得属曹家？

却说许攸暗步出营，径投曹寨，伏路军人拿住。攸曰：“我是曹丞相故友，快与我通报，说南阳许攸来见。”军士忙报入寨中。时操方解衣歇息，闻说许攸私奔到寨，大喜，不及穿履，跣足出迎。遥见许攸，抚掌欢笑，携手共入，操先拜于地。［奸滑之极，偏又奸得行云流水。］攸慌扶起曰：“公乃汉相，吾乃布衣，何谦恭如此？”操曰：“公乃操故友，岂敢以名爵相上下乎！”攸曰：“某不能择主，屈身袁绍，言不听，计不从，今特弃之来见故人，愿赐收录。”操曰：“子远肯来，吾事济矣！愿即教我以破绍之计。”攸曰：“吾曾教袁绍以轻骑乘袭许都，首尾相攻。”操大惊曰：“若袁绍用子言，吾事败矣。”攸曰：“公今军粮尚有几何？”操曰：“可支一年。”攸笑曰：“恐未必。”操曰：“有半年耳。”攸拂袖而起，趍步出帐曰：“吾以诚相投，而公见欺如是，岂吾所望哉！”操挽留曰：“子远勿嗔，尚容实诉：军中粮实可支三月耳。”攸笑曰：“世人皆言孟德奸雄，今果然也。”操亦笑曰：“岂不闻‘兵不厌诈’！”遂附耳低言曰：“军中止有此月之粮。”攸大声曰：“休瞒我！粮已尽矣！”操愕然曰：“何以知之？”［这段对白，纯用白描，把曹操的忐忑心理、飘摇心事描画得精准无比，一如颊上添毫，龙首点睛。］攸乃出操与荀彧之书以示之曰："此书何人所写？"操惊问曰："何处得之？"攸以获使之事相告。操执其手曰："子远既念旧交而来，愿即有以教我。"攸曰："明公以孤军抗大敌，而不求急胜之方，此取死之道也。攸有一策，不过三日，使袁绍百万之众，不战自破。明公还肯听否？"操喜曰："愿闻良策。"攸曰："袁绍军粮辎重，尽积乌巢，拨淳于琼守把，琼嗜酒无备。公可选精兵，诈称袁将蒋奇领兵到彼护粮，乘间烧其粮草辎重，则绍军不三日将自乱矣。"操大喜，重待许攸，留于寨中。

次日，操自选马步军士五千，准备往乌巢劫粮。张辽曰："袁绍屯粮之所，安得无备？丞相未可轻往，恐许攸有诈。"操曰："不然。许攸此来，天败袁绍。今吾军粮不给，难以久持；若不用许攸之计，是坐而待困也。彼若有诈，安肯留我寨中？且吾亦欲劫寨久矣。今劫寨之举，计在必行，君请勿疑。"辽曰："亦须防袁绍乘虚来袭。"操笑曰："吾已筹之熟矣。"便教荀攸、贾诩、曹洪同许攸守大寨，夏侯惇、夏侯渊领一军伏于左，曹仁、李典领一军伏于右，以备不虞。教张辽、许褚在前，徐晃、于禁在后，操自引诸将居中，共五千人马，打着袁军旗号，军士皆束草负薪，人衔枚，马勒口，黄昏时分，望乌巢进发。［何谓当机立断，兵贵神速？这就是。］是夜星光满天。

且说沮授拘禁在军中，是夜因见众星朗列，乃命监者引出中庭，仰观天象。忽见太白逆行，侵犯牛、斗之分，大惊曰："祸将至矣！"遂连夜求见袁绍。时绍已醉卧，听说沮授有密事启报，唤入问之。授曰："适观天象，见太白逆行于柳、鬼之间，流光射入牛、斗之分，恐有贼兵劫掠之害。乌巢屯粮之所，不可不堤备。宜速遣精兵猛将，于间道山路巡哨，免为曹操所算。"绍怒叱曰："汝乃得罪之人，何敢妄言惑众！"因叱监者曰："吾命汝拘囚之，何敢放出！"遂命斩监者，别换人监押沮授。授出，掩泪叹曰："我军亡在旦夕，我尸骸不知落何处也！"后人有诗叹曰：［无端大开杀戒，禽兽不如。］

逆耳忠言反见仇，独夫袁绍少机谋。

乌巢粮尽根基拔，犹欲区区守冀州。

却说曹操领兵夜行，前过袁绍别寨，寨兵问是何处军马。操使人应曰："蒋奇奉命往乌巢护粮。"袁军见是自家旗号，遂不疑惑。凡过数处，皆诈称蒋奇之兵，并无阻碍。及到乌巢，四更已尽。操教军士将束草周围举火，众将校鼓噪直入。时淳于琼方与众将饮了酒，醉卧帐中，闻鼓噪之声，连忙跳起问："何故喧闹?"言未已，早被挠钩拖翻。睦元进、赵献运粮方回，见屯上火起，急来救应。曹军飞报曹操，说："贼兵在后，请分军拒之。"操大喝曰："诸将只顾奋力向前，待贼至背后，方可回战!"于是众军将无不争先掩杀。[这声"大喝"，价值连城，瞬间决定了袁曹决战的胜败。曹操甘冒奇险、亲率精壮出征，就为了这一刻。这是升华版的超级赌徒意志。马基雅维里在《兵法》中写道："交战中取胜之道与其说是勇气，不如说是运气。"运气是勇气的芳邻。]一霎时，火焰四起，烟迷太空。睦、赵二将驱兵来救，操勒马回战。二将抵敌不住，皆被曹军所杀，粮草尽行烧绝。淳于琼被擒见操，操命割去其耳鼻手指，缚于马上，放回绍营以辱之。

却说袁绍在帐中，闻报正北上火光满天，知是乌巢有失，急出帐召文武各官，商议遣兵往救。张郃曰："某与高览同往救之。"郭图曰："不可。曹军劫粮，曹操必然亲往；操既自出，寨必空虚，可纵兵先击曹操之寨；操闻之，必速还：此孙膑'围魏救赵'之计也。"张郃曰："非也。曹操多谋，外出必为内备，以防不虞。今若攻操营而不拔，琼等见获，吾属皆被擒矣。"郭图曰："曹操只顾劫粮，岂留兵在寨耶!"再三请劫曹营。绍乃遣张郃、高览引军五千，往官渡击曹营；遣蒋奇领兵一万，往救乌巢。

且说曹操杀散淳于琼部卒，尽夺其衣甲旗帜，伪作淳于琼部下败军回寨，至山僻小路，正遇蒋奇军马。奇军问之，称是乌巢败军奔回，奇遂不疑，驱马径过。张辽、许褚忽至，大喝："蒋奇休走!"奇措手不及，被张辽斩于马下，尽杀蒋奇之兵。又使人当先伪报云："蒋奇已自杀散乌巢兵了。"袁绍因不复遣人接应乌巢，只添兵往官渡。[曹军神出鬼没，袁军一头雾水。]

却说张郃、高览攻打曹营，左边夏侯惇，右边曹仁，中路曹洪，一齐冲出，三下攻击，袁军大败。比及接应军到，曹操又从背后杀来，四下围住掩杀。张郃、高览夺路走脱。袁绍收得乌巢败残军马归寨，见淳于琼耳鼻皆无，手足尽落。绍问："如何失了乌巢?"败军告说："淳于琼醉卧，因此不能抵敌。"绍怒，立斩之。[袁绍固然无能，作者似不必把一应坏事傻事都码到他身上。淳于琼之死，原属兵败就戮，不干袁绍的事。]郭图恐张郃、高览回寨证对是非，先于袁绍前谮曰："张郃、高览见主公兵败，心中必喜。"绍曰："何出此言?"图曰："二人素有降曹之意，今遣击寨，故意不肯用力，以致损折士卒。"绍大怒，遂遣使急召二人归寨问罪。郭图先使人报二人云："主公将杀汝矣。"及绍使至，高览问曰："主公唤我等为何?"使者曰："不知何故。"览遂拔剑斩来使。郃大惊。览曰："袁绍听信谗言，必为曹操所擒；吾等岂可坐而待死，不如去投曹操。"郃曰："吾亦有此心久矣。"于是二人领本部兵马，往曹操寨中投降。夏侯惇曰："张、高二人来降，未知虚实。"操曰："吾以恩遇之，虽有异心，亦可变矣。"遂开营门命二人入。二人倒戈卸甲，拜伏于地。操曰："若使袁绍肯从二将军之言，不至有败。今二将军肯来相投，如微子去殷、韩信归汉也。"[曹操感觉大好。]遂封张郃为偏将军、都亭侯，高览为偏将军、东莱侯。二人大喜。

却说袁绍既去了许攸，又去了高览、张郃，又失了乌巢粮，军心皇皇。许攸又劝曹操作速进兵，张郃、高览请为先锋。操从之，即令张郃、高览领兵往劫绍寨。当夜三更时分，出军三路劫寨。混战到明，各自收兵，绍军折其大半。荀攸献计曰："今可扬言调拨人马，一路取酸枣，攻邺郡；一路取黎阳，断袁兵归路。袁绍闻之，必然惊惶，分兵拒我；我乘其兵动时击之，绍可破也。"操用其计，使大小三军四远扬言。绍军闻此信，来寨中报说："曹操分兵两路，一路取邺郡，一路取黎阳去也。"绍大惊，急遣袁谭分兵五万救邺郡，辛明分兵五万救黎阳，连夜起行。曹操探知袁绍兵动，便分大队军马，八路齐出，直冲绍营。袁军俱无斗志，四散奔走，遂大溃。袁绍披甲不迭，单衣幅巾上马，幼子袁尚后随。张辽、许褚、徐晃、于禁四员将，引军追赶袁绍。绍急渡河，尽弃图书车仗金帛，止引随行八百余骑而去。操军追之不及，尽获遗下之物。所杀八万余人，血流盈沟，溺水死者不计其数。[溃败之军，最会显示多米诺效应。] 操获全胜，将所得金宝缎匹，给赏军士。于图书中检出书信一束，皆许都及军中诸人与绍暗通之书。左右曰："可逐一点对姓名，收而杀之。"操曰："当绍之强，孤不能自保，况他人乎?"遂命尽焚之，更不再问。[了不起的气度！哪怕是装的，装到这个份上，也已超凡入圣。]

却说袁绍兵败而奔，沮授因被囚禁，急走不脱，为曹军所获，擒见曹操。操与授相识。授见操，大呼曰："授不降也!"操曰："本初无谋，不用君言，君何尚执迷耶? 吾若早得足下，天下不足虑也。"因厚待之，留于军中。授乃于营中盗马，欲归袁氏。操怒，乃杀之。授至死神色不变。操叹曰："吾误杀忠义之士也!"命厚礼殡殓，为建坟安葬于黄河渡口，题其墓曰："忠烈沮君之墓。"后人有诗赞曰：

> 河北多名士，忠贞推沮君。凝眸知阵法，仰面识天文。
>
> 至死心如铁，临危气似云。曹公钦义烈，特与建孤坟。

操下令攻冀州。正是：

> 势弱只因多算胜，兵强却为寡谋亡。

未知胜负若何，且看下文分解。

精兵

《旧约》里的犹太士师基甸率领数千士兵出征，在河边饮水时，基甸发现只有三百人懂得一边用手抄水，一边观察对岸动静，其他人则像渴坏的牲口，只顾闷头牛饮。基甸遣散余人，最终凭着那三百个精兵取得了胜利。

追随曹操奔袭乌巢的五千士兵，想必属于一边用手抄水一边观察动静的惯战老兵，具有勇气、技艺、经验和连续作战的意志，不如此，这场胜利是不可想象的。几乎所有以少胜多的战役，都依赖训练有素的精兵。实情是，除非战场条件恰巧适合，否则，考虑到道路状况、后勤保障、粮草转运及军队调度上的种种难处，一支数十万大军所能起到的唯一正面作用，就是吓唬一下对手，通常，这种大而无当的军队总是更适合展示"兵败如山倒"的倒霉场面。罗马人征服世界，历来不靠人海战术，而是依赖训练有素的士兵，罗马诗人维吉尔写道："狼从不在乎羊有多少。"希罗多德谈到与希腊人作战的波斯兵时，概括道："波斯人跟希腊人一样勇敢、强壮，但他们没有盔甲，没受过训练，也不像他们的对手那样有作战技巧。他们时而一个一个，时而十几个人一起冲进斯巴达人的队伍。但不管他们的数量是多是少，这些冲进去的人都被砍倒了。"

当然，只有杰出的统帅，才能使精兵作用最大化。曹操的勇气、应变力及"置之死地而后生"的决战意志，是乌巢大捷的最终保障。还有运气，曹操事后即多次感叹"侥幸"。

第三十一回

曹操仓亭破本初　玄德荆州依刘表

却说曹操乘袁绍之败，整顿军马，迤逦追袭。袁绍幅巾单衣，引八百余骑，奔至黎阳北岸，大将蒋义渠出寨迎接。绍以前事诉与义渠。义渠乃招谕离散之众，众闻绍在，又皆蚁聚。军势复振，议还冀州。[袁绍非等闲豪强可比，大败后仍有一片广大基业可供退守盘桓。若卧薪尝胆，日后可东山再起。]军行之次，夜宿荒山。绍于帐中闻远远有哭声，遂私往听之。却是败军相聚，诉说丧兄失弟、弃伴亡亲之苦，各各捶胸大哭，皆曰："若听田丰之言，我等怎遭此祸！"绍大悔曰："吾不听田丰之言，兵败将亡；今回去，有何面目见之耶！"次日，上马正行间，逢纪引军来接。绍对逢纪曰："吾不听田丰之言，致有此败。吾今归去，羞见此人。"逢纪因谮曰："丰在狱中闻主公兵败，抚掌大笑曰：'果不出吾之料！'"袁绍大怒曰："竖儒怎敢笑我！我必杀之！"遂命使者赍宝剑先往冀州狱中杀田丰。[谈何"卧薪尝胆"，终究还是麻绳串豆腐——提不起。]

却说田丰在狱中，一日狱吏来见丰曰："与别驾贺喜！"丰曰："何喜可贺？"狱吏曰："袁将军大败而回，君必见重矣。"丰笑曰："吾今死矣！"狱吏问曰："人皆为君喜，君何言死也？"丰曰："袁将军外宽而内忌，不念忠诚。若胜而喜，犹能赦我；今战败则羞，吾不望生矣。"狱吏未信。忽使者赍剑到，传袁绍命，欲取田丰之首，狱吏方惊。丰曰："吾固知必死也。"狱吏皆流泪。丰曰："大丈夫生于天地间，不识其主而事之，是无智也！今日受死，夫何足惜！"乃自刎于狱中。[田丰冤枉。容不得手下高明的主将，最是肮脏，唯奸污儿媳的恶棍可比——后者见不得儿子快活。]后人有诗曰：

昨朝沮授军中失，今日田丰狱内亡。
河北栋梁皆折断，本初焉不丧家邦！

田丰既死，闻者皆为叹惜。

袁绍回冀州，心烦意乱，不理政事。其妻刘氏劝立后嗣。绍所生三子：长子袁谭字显思，出守青州；次子袁熙字显奕，出守幽州；三子袁尚字显甫，是绍后妻刘氏所出，生得形貌俊伟，绍甚爱之，因此留在身边。自官渡兵败之后，刘氏劝立尚为后嗣，绍乃与审配、逢纪、辛评、郭图四人商议。原来审、逢二人向辅袁尚，辛、郭二人向辅袁谭，四人各为其主。当下袁绍谓四人曰："今外患未息，内事不可不早定，吾将议立后嗣。长子谭为人性刚好杀，次子熙为人柔懦难成。三子尚，有英雄之表，礼贤敬士，吾欲立之，公等之意若何？"郭图曰："三子之中，谭为长，今又居外；主公若废长立幼，此乱萌也。目下军威稍挫，敌兵压境，岂可复使父子兄弟自相争乱耶？主公且理会拒敌之策，立嗣之事，毋容多议。"袁绍踌躇未决。忽报袁熙引兵六万，自幽州来；袁谭引兵五万，自青州来；外甥高干亦引兵五万，自并州来，各至冀州助战。绍喜，再整人马来战曹操。

时操引得胜之兵，陈列于河上，有土人箪食壶浆以迎之。操见父老数人，须发尽白，乃命入帐中赐坐，问之曰："老丈多少年纪？"答曰："皆近百岁矣。"操曰："吾军士惊扰汝乡，吾甚不安。"父老曰："桓帝时，有黄星见于楚、宋之分，辽东人殷馗善晓天文，夜宿于此，对老汉等言：'黄星见于乾象，正照此间。后五十年，当有真人起于梁、沛之间。'今以年计之，整整五十年。袁本初重敛于民，民皆怨之。丞相兴仁义之兵，吊民伐罪，官渡一战，破袁绍百万之众，正应当时殷馗之言，兆民可望太平矣。"操笑曰："何敢当老丈所言？"遂取酒食绢帛赐老人而遣之。号令三军："如有下乡杀人家鸡犬者，如杀人之罪！"于是军民震服。操亦心中暗喜。［暗喜亦正常；奸雄会"暗喜"，圣雄未必会"暗悲"。］人报袁绍聚四州之兵，得二三十万，前至仓亭下寨。操提兵前进，下寨已定。

次日，两军相对，各布成阵势。操引诸将出阵，绍亦引三子一甥及文官武将出到阵前。操曰："本初计穷力尽，何尚不思投降？直待刀临项上，悔无及矣！"绍大怒，回顾众将曰："谁敢出马？"袁尚欲于父前逞能，便舞双刀，挥马出阵，来往奔驰。操指问众将曰："此何人?"有识者答曰："此袁绍三子袁尚也。"言未毕，一将挺枪早出。操视之，乃徐晃部将史涣也。两骑相交，不三合，尚拨马刺斜而走。史涣赶来，袁尚拈弓搭箭，翻身背射，正中史涣左目，坠马而死。袁绍见子得胜，挥鞭一指，大队人马拥众过来，混战大杀一场，各鸣金收军还寨。

操与诸将商议破绍之策。程昱献"十面埋伏"之计，劝操："退军于河上，伏兵十队，诱绍追至河上。我军无退路，必将死战，可胜绍矣。"操然其计。左右各分五队。左：一队夏侯惇，二队张辽，三队李典，四队乐进，五队夏侯渊；右：一队曹洪，二队张郃，三队徐晃，四队于禁，五队高览。中军许褚为先锋。次日，十队先进，埋伏左右已定。至半夜，操令许褚引兵前进，伪作劫寨之势。袁绍五寨人马，一齐俱起。许褚回军便走。袁绍引军赶来，喊声不绝，比及天明，赶至河上。曹军无去路，操大呼曰："前无去路，诸军何不死战?"众军回身奋力向前。[还是那一招：死地求生。]许褚飞马当先，力斩十数将。袁军大乱。袁绍退军急回，背后曹军赶来。正行间，一声鼓响，左边夏侯渊，右边高览，两军冲出。袁绍聚三子一甥，死冲血路奔走。又行不到十里，左边乐进，右边于禁杀出，杀得袁军尸横遍野，血流成渠。又行不到数里，左边李典，右边徐晃，两军截杀一阵。袁绍父子胆丧心惊，奔入旧寨。令三军造饭，方欲待食，左边张辽，右边张郃，径来冲寨。绍慌上马，前奔仓亭。人马困乏，欲待歇息，后面曹操大军赶来，袁绍舍命而走。正行之间，左边曹洪，右边夏侯惇，挡住去路。绍大呼曰："若不决死战，必为所擒矣!"奋力冲突，得脱重围。袁熙、高干皆被箭伤。军马死亡殆尽。绍抱三子痛哭一场，不觉昏倒。众人急救，绍口吐鲜血不止，叹曰："吾自历战数十场，不意今日狼狈至此！此天丧吾也！汝等各回本州，誓与曹贼一决雌雄!"便教辛评、郭图火急随袁谭前往青州整顿，恐曹操犯境；令袁熙仍回幽州，高干仍回并州，各去收拾人马，以备调用。袁绍引袁尚等入冀州养病，令尚与审配、逢纪暂掌军事。[废长立幼之举，悄然启动。]

却说曹操自仓亭大胜，重赏三军；[对兵士每胜必赏，乃曹操定制。

善带兵者，深谙奖励之道。古罗马不少执政官死于士兵谋反，原因无他：士兵嫌待遇太薄。］令人探察冀州虚实。细作回报："绍卧病在床。袁尚、审配紧守城池。袁谭、袁熙、高干皆回本州。"众皆劝操急攻之。操曰："冀州粮食极广，审配又有机谋，未可急拔。见今禾稼在田，恐废民业，姑待秋成后取之未晚。"正议间，忽荀彧有书到，报说："刘备在汝南得刘辟、龚都数万之众，闻丞相提军出征河北，乃令刘辟守汝南，备亲自引兵乘虚来攻许昌。丞相可速回军御之。"操大惊，留曹洪屯兵河上，虚张声势，操自提大兵往汝南来迎刘备。

却说玄德与关、张、赵云等，引兵欲袭许都。行近穰山地面，正遇曹兵杀来，玄德便于穰山下寨，军分三队：云长屯兵于东南角上，张飞屯兵于西南角上，玄德与赵云于正南立寨。曹操兵至，玄德鼓噪而出。操布成阵势，叫玄德打话。玄德出马于门旗下。操以鞭指骂曰："吾待汝为上宾，汝何背义忘恩？"玄德曰："汝托名汉相，实为国贼！吾乃汉室宗亲，奉天子密诏，来讨反贼！"遂于马上朗诵衣带诏。操大怒，教许褚出战。玄德背后赵云挺枪出马。二将相交三十合，不分胜负。忽然喊声大震，东南角上，云长冲突而来；西南角上，张飞引军冲突而来。三军一齐掩杀。操军远来疲困，不能抵当，大败而走。玄德得胜回营。

次日，又使赵云搦战。操兵旬日不出。玄德再使张飞搦战，操兵亦不出。玄德愈疑。忽报龚都运粮至，被曹军围住，玄德急令张飞去救。忽又报夏侯惇引军抄背后径取汝南，玄德大惊曰："若如此，吾前后受敌，无所归矣！"急遣云长救之。两军皆去。不一日，飞马来报夏侯惇已打破汝南，刘辟弃城而走，云长现今被围。玄德大惊。又报张飞去救龚都，也被围住了。玄德急欲回兵，又恐操兵后袭。忽报寨外许褚搦战。［笔法绚烂，曹操用兵仿佛一路迷踪拳，刘备全然找不到北。以刘备此际之微末实力，原拟休养生息，静以待时，何苦打这一仗？］玄德不敢出战，候至天黑，教军士饱餐，步军先起，马军后随，寨中虚传更点。玄德等离寨约行数里，转过土山，火把齐明，山头上大呼曰："休教走了刘备！丞相在此专等！"玄德慌寻走路。赵云曰："主公勿忧，但跟某来。"赵云挺枪跃马，杀开条路，玄德掣双股剑后随。正战间，许褚追至，与赵云力战。背后于禁、李典又到。玄德见势危，落荒而走。听得背后喊声渐远，玄德望深山僻路，单马逃生。捱到天明，侧首一彪军冲出。玄德大惊，视之，乃刘辟引败军千余骑，护送玄德家小前来，孙乾、简雍、糜芳亦至，诉说："夏侯惇军势甚锐，因此弃城而走。曹兵赶来，幸得云长当住，因此得脱。"玄德曰："不知云长今在何处？"刘辟曰："将军且行，却再理会。"行到数里，一棒鼓响，前面拥出一彪人马。当先大将，乃是张郃，大叫："刘备快下马受降！"玄德方欲退后，只见山头上红旗磨动，一军从山坞内拥出，为首大将乃高览也。玄德两头无路，仰天大呼曰："天何使我受此窘极也！事势至此，不如就死！"欲拔剑自刎。刘辟急止之曰："容某死战，夺路救君。"言讫，便来与高览交锋。战不三合，被高览一刀砍于马下。玄德正慌，方欲自战，高览后军忽然自乱，一将冲阵而来，枪起处，高览翻身落马。视之，乃赵云也。玄德大喜。云纵马挺枪，杀散后队，又来前军独战张郃，郃与云战三十余合，拨马败走。云乘势冲杀，却被郃兵守住山隘，路窄不得出。正夺路间，只见云长、关平、周仓引三百军到。两下夹攻，杀退张郃。各出隘口，占住山险下寨。玄德使云长寻觅张飞。原来张飞去救龚都，龚都已被夏侯渊所杀。飞奋力杀退夏侯渊，迤逦赶去，却被乐进引军围住。云长路逢败军，寻踪而去，杀退乐进，与飞同回见玄德。人报曹军大队赶来，玄德教孙乾等保护老小先行。玄德与关、张、赵云在后，且战且走。操见玄德去远，收军不赶。

玄德败军不满一千，狼狈而奔。[在错误的时间、地点，卷入一场错误的战斗，刘备浑身都是错误。]前至一江，唤土人问之，乃汉江也。玄德权且安营。土人知是玄德，奉献羊酒，乃聚饮于沙滩之上。玄德叹曰："诸君皆有王佐之才，不幸跟随刘备。备之命窘，累及诸君。今日身无立锥，诚恐有误诸君。君等何不弃备而投明主，以取功名乎？"众皆掩面而哭。[刘备手下诸将，不仅人人骁勇，还个个爱哭。]云长曰："兄言差矣。昔日高祖与项羽争天下，数败于羽；后九里山一战成功，而开四百年基业。胜负兵家之常，何可自隳其志！"

孙乾曰："成败有时，不可丧志。此离荆州不远。刘景升坐镇九郡，兵强粮足，更且与公皆汉室宗亲，何不往投之?”玄德曰：“但恐不容耳。”乾曰：“某愿先往说之，使景升出境而迎主公。”玄德大喜，便令孙乾星夜往荆州。到郡入见刘表，礼毕，刘表问曰：“公从玄德，何故至此?”乾曰：“刘使君天下英雄，虽兵微将寡，而志欲匡扶社稷。汝南刘辟、龚都素无亲故，亦以死报之。明公与使君同为汉室之胄，今使君新败，欲往江东投孙仲谋。乾谏言曰：‘不可背亲而向疏。荆州刘将军礼贤下士，士归之如水之投东，何况同宗乎?’因此使君特使乾先来拜白。唯明公命之。”表大喜曰：“玄德，吾弟也，久欲相会而不可得。今肯惠顾，实为幸甚!”蔡瑁谮曰：“不可。刘备先从吕布，后事曹操，近投袁绍，皆不克终，足可见其为人。今若纳之，曹操必加兵于我，枉动干戈。不如斩孙乾之首以献曹操，操必重待主公也。”孙乾正色曰：“乾非惧死之人也。刘使君忠心为国，非曹操、袁绍、吕布等比。前此相从，不得已也。今闻刘将军汉朝苗裔，谊切同宗，故千里相投。尔何献谗而妒贤如此耶?”刘表闻言，乃叱蔡瑁曰：“吾主意已定，汝勿多言。”蔡瑁惭恨而出。刘表遂命孙乾先往报玄德，一面亲自出郭三十里迎接。[袁绍早先迎刘备，亦“亲自引众出邺郡三十里”。在小说家眼里，“三十里”是一种额定规格，好像今天之“奏礼炮十九响”。史载，袁绍“奉迎刘备”，其实是“去邺二百里”。]玄德见表，执礼甚恭。表亦相待甚厚。玄德引关、张等拜见刘表，表遂与玄德等同入荆州，分拨院宅居住。

却说曹操探知玄德已往荆州投奔刘表，便欲引兵攻之。程昱曰：“袁绍未除，而遽攻荆襄，倘袁绍从北而起，胜负未可知矣。不如还兵许都，养军蓄锐，待来年春暖，然后引兵先破袁绍，后取荆襄，南北之利，一举可收也。”操然其言，遂提兵回许都。

至建安七年春正月，操复商议兴师。先差夏侯惇、满宠镇守汝南以拒刘表；留曹仁、荀彧守许都，亲统大军前赴官渡屯扎。

且说袁绍自旧岁感冒吐血症候，今方稍愈，商议欲攻许都。审配谏曰：“旧岁官渡、仓亭之败，军心未振，尚当深沟高垒，以养军民之力。”正议间，忽报曹操进兵官渡，来攻冀州。绍曰：“若候兵临城下，将至壕边，然后拒敌，事已迟矣。吾当自领大军出迎。”袁尚曰：“父亲病体未痓，不可远征。儿愿提兵前去迎敌。”绍许之，遂使人往青州取袁谭，幽州取袁熙，并州取高干，四路同破曹操。正是：

才向汝南鸣战鼓，又从冀北动征鼙。

未知胜负如何，且听下文分解。

目的

刀兵不可轻启，打仗总有目的。目的有两种，一种是台面上的说词，意在粉饰；另一种是未可告人的真实目的。所谓正义战争，两种目的合二为一，嘴上所说与心里所想毫无二致，抗击侵略的战争即属此列。

古之统帅不同于当今民主国家中不预政事的职业军人，他们文武兼备，带兵与治国安邦兼为一体。考虑到战争的高风险性，统帅都是现实主义者，功利主义者，他们不会真为台面上的目的打仗，台面上的目的只是用来进行战争动员的藻饰。譬诸当今，我们大可坚信没有人会不计利钝地为世界和平而战，为解放全人类而战，即使他们如此声称。战争的本质是功利，世有理想主义的骑士侠客，没有理想主义的战争。

本回中的刘备为何主动与曹操打仗呢？所谓的“奉天子密诏，来讨反贼”只是借口，关键是他的真实动机。坦白说，找不到。毕竟，打仗非主将一人之事，主将若无法让士兵产生获胜信念或求生渴望，士兵必然毫无斗志。以当时刘备与曹操极度悬殊的实力对比，士兵凭什么替刘备卖命？讲不通。

其实，仗是曹操发起的，时在建安六年。这就讲得通了：猫追老鼠，合乎自然之道；老鼠攻猫，悖情逆天。作者为强化刘备的精忠报国心，导致笔墨出轨。

第三十二回

夺冀州袁尚争锋　决漳河许攸献计

却说袁尚自斩史涣之后，自负其勇，不待袁谭等兵至，自引兵数万出黎阳，与曹军前队相迎。张辽当先出马，袁尚挺枪来战，不三合，架隔遮拦不住，大败而走。张辽乘势掩杀，袁尚不能主张，急急引军奔回冀州。[骄横公子。《西厢记》里红娘说的好："你原来是苗而不秀，呸！你是个银样镴枪头。"] 袁绍闻袁尚败回，又受了一惊，旧病复发，吐血数斗，昏倒在地。刘夫人慌救入卧内，病势渐危。刘夫人急请审配、逢纪，直至袁绍榻前，商议后事。绍但以手指而不能言。刘夫人曰："尚可继后嗣否？"绍点头。审配便就榻前写了遗嘱。绍翻身大叫一声，又吐血斗余而死。[死状与袁术相似。在至关重要的继承人问题上，袁绍纯属不作为。] 后人有诗曰：

累世公卿立大名，少年意气自纵横。
空招俊杰三千客，漫有英雄百万兵。
羊质虎皮功不就，凤毛鸡胆事难成。
便怜一种伤心处，家难徒延两弟兄。

袁绍既死，审配等主持丧事。刘夫人便将袁绍所爱宠妾五人尽行杀害；又恐其阴魂于九泉之下再与绍相见，乃髡其发，刺其面，毁其尸，其妒恶如此。[算是吕后"人彘"大刑的衣钵传人。] 袁尚恐宠妾家属为害，并收而杀之。审配、逢纪立袁尚为大司马将军，领冀、青、幽、并四州牧，遣书报丧。此时袁谭已发兵离青州，知父死，便与郭图、辛评商议。图曰："主公不在冀州，审配、逢纪必立显甫为主矣。当速行。"辛评曰："审、逢二人，必预定机谋。今若速往，必遭其祸。"袁谭曰："若此当如何？"郭图曰："可屯兵城外，观其动静。某当亲往察之。"谭依言。郭图遂入冀州，见袁尚。礼毕，尚问："兄何不至？"图曰："因抱病在军中，不能相见。”尚曰：“吾受父亲遗命，立我为主，加兄为车骑将军。目下曹军压境，请兄为前部，吾随后便调兵接应也。”图曰：“军中无人商议良策，愿乞审正南、逢元图二人为辅。”尚曰：“吾亦欲仗此二人早晚画策，如何离得！”图曰：“然则于二人内遣一人去，何如？”尚不得已，乃令二人拈阄，拈着者便去。逢纪拈着，尚即命逢纪赍印绶，同郭图赴袁谭军中。纪随图至谭军，见谭无病，心中不安，献上印绶。谭大怒，欲斩逢纪。郭图密谏曰：“今曹军压境，且只款留逢纪在此，以安尚心。待破曹之后，却来争冀州不迟。”[“羊质虎皮、凤毛鸡胆”的袁绍，最终吐出斗余蠢血，该蠢血将发源出数条血河。]谭从其言。即时拔寨起行，前至黎阳，与曹军相抵。谭遣大将汪昭出战，操遣徐晃迎敌。二将战不数合，徐晃一刀斩汪昭于马下。曹军乘势掩杀，谭军大败。

谭收败军入黎阳，遣人求救于尚。尚与审配计议，只发兵五千余人相助。曹操探知救军已到，遣乐进、李典引兵于半路接着，两头围住尽杀之。袁谭知尚止拨兵五千，又被半路坑杀，大怒，乃唤逢纪责骂。纪曰：“容某作书致主公，求其亲自来救。”谭即令纪作书，遣人到冀州致袁尚，尚与审配共议。配曰：“郭图多谋，前次不争而去者，为曹军在境也。今若破曹，必来争冀州矣。不如不发救兵，借操之力以除之。”尚从其言，不肯发兵。使者回报，谭大怒，立斩逢纪，议欲降曹。早有细作密报袁尚。尚与审配议曰：“使谭降曹，并力来攻，则冀州危矣。”乃留审配并大将苏由固守冀州，自领大军来黎阳救谭。尚问军中谁敢为前部，大将吕旷、吕翔兄弟二人愿去。尚点兵三万，使为先锋，先至黎阳。谭闻尚自来，大喜，遂罢降曹之议。谭屯兵城中，尚屯兵城外，为犄角之势。[或散或合，尽是算计，无一丝兄弟情分。在王侯将相之家，兄弟和睦只是理想，兄弟阋墙才是现实。]

不一日，袁熙、高干皆领军到城外，屯兵三处，每日出兵与操相持。尚屡败，操兵屡胜。至建安八年春二月，操分路攻打，袁谭、袁熙、袁尚、高干皆大败，弃黎阳而走。操引兵追至冀州，谭与尚入城坚守；熙与干离城三十里下寨，虚张声势。操兵连日攻打不下。郭嘉进曰：“袁氏废长立幼，而兄弟之间，权力相并，各自树党，急之则相救，缓之则相争。不如举兵南向荆州，征讨刘表，以候袁氏兄弟之变；变成而后击之，可一举而定也。”［练达人情，方能洞明世事。郭嘉厉害。］操善其言，命贾诩为太守，守黎阳；曹洪引兵守官渡。操引大军向荆州进兵。

谭、尚听知曹军自退，遂相庆贺。袁熙、高干各自辞去。袁谭与郭图、辛评议曰：“我为长子，反不能承父业；尚乃继母所生，反承大爵，心实不甘。”图曰：“主公可勒兵城外，只做请显甫、审配饮酒，伏刀斧手杀之，大事定矣。”谭从其言。适别驾王修自青州来，谭将此计告之。修曰：“兄弟者，左右手也。今与他人争斗，断其手足，而曰我必胜，安可得乎？夫弃兄弟而不亲，天下其谁亲之？彼谗人离间骨肉，以求一朝之利，愿塞耳勿听也。”谭怒，叱退王修，使人去请袁尚。尚与审配商议。配曰：“此必郭图之计也。主公若往，必遭奸计，不如乘势攻之。”袁尚依言，便披挂上马，引兵五万出城。袁谭见袁尚引军来，情知事泄，亦即披挂上马，与尚交锋。尚见谭大骂。谭亦骂曰：“汝药死父亲，篡夺爵位，今又来杀兄耶！”二人亲自交锋，袁谭大败。尚亲冒矢石，冲突掩杀。谭引败军奔平原，尚收兵还。袁谭与郭图再议进兵，令岑璧为将，领兵前来。尚自引兵出冀州。两阵对圆，旗鼓相当。璧出骂阵。尚欲自战，大将吕旷拍马舞刀，来战岑璧。二将战无数合，旷斩岑璧于马下。谭兵又败，再奔平原。审配劝尚进兵，追至平原。谭抵当不住，退入平原，坚守不出。尚三面围城攻打。谭与郭图计议。图曰：“今城中粮少，彼军方锐，势不相敌。愚意可遣人投降曹操，使操将兵攻冀州，尚必还救。将军引兵夹击之，尚可擒矣。若操击破尚军，我因而敛其军实以拒操。操军远来，粮食不继，必自退兵。我可以仍据冀北，以图进取也。”［只顾眼前，全无大局，说好听点，叫“到什么山唱什么歌”，说准确点，叫“骑驴看唱本，走着瞧”。］

谭从其言，问曰：“何人可为使？”图曰：“辛评之弟辛毗，字佐治，见为平原令。此人乃能言之士，可命为使。”谭即召辛毗，毗欣然而至。谭修书付毗，使三千军送毗出境。毗星夜赍书往见曹操，时操屯军西平伐刘表，表遣玄德引兵为前部以迎之。未及交锋，辛毗到操寨。见操礼毕，操问其来意。毗具言袁谭相求之意，呈上书信。操看书毕，留辛毗于寨中，聚文武计议。程昱曰："袁谭被袁尚攻击太急，不得已而来降，不可准信。"吕虔、满宠亦曰："丞相既引兵至此，安可复舍表而助谭？"荀攸曰："三公之言未善。以愚意度之，天下方有事，而刘表坐保江、汉之间，不敢展足，其无四方之志可知矣。［当初十八路诸侯讨伐董卓时，刘表接受董卓任命，就任荆州刺史；李傕入长安时，刘表遣使奉贡。非但"无四方之志"，依王夫之之见，"表有可讨之罪焉"。］袁氏据四州之地，带甲数十万，若二子和睦，共守成业，天下事未可知也。今乘其兄弟相攻，势穷而投我，我提兵先除袁尚，后观其变，并灭袁谭，天下定矣。此机会不可失也。"操大喜，便邀辛毗饮酒，谓之曰："袁谭之降，真耶诈耶？袁尚之兵，果可必胜耶？"毗对曰："明公勿问真与诈也，只论其势可耳。［实诚语。动机不可问也不必问，形势可探察也必须察。］袁氏连年丧败，兵革死于外，谋臣诛于内；兄弟谗隙，国分为二；加之饥馑并臻，天灾人困，无问智愚，皆知土崩瓦解，此乃天灭袁氏之时也。今明公提兵攻邺，袁尚不还救，则失巢穴；若还救，则谭踵袭其后。以明公之威，击疲败之众，如迅风之扫秋叶也。不此之图而伐荆州，荆州丰乐之地，国和民顺，未可摇动。况四方之患，莫大于河北；河北既平，则霸业成矣。愿明公详之。"［实诚语总是见效快。］操大喜曰："恨与辛佐治相见之晚也！"即日督军还取冀州。玄德恐操有谋，不敢追袭，引兵自回荆州。

却说袁尚知曹军渡河，急急引军还邺，命吕旷、吕翔断后。袁谭见尚退军，乃大起平原军马，随后赶来。行不到数十里，一声炮响，两军齐出：左边吕旷，右边吕翔，兄弟二人截住袁谭。谭勒马告二将曰："吾父在日，吾并未慢待二将军。今何从吾弟而见迫耶？"二将闻言，乃下马降谭。谭曰："勿降我，可降曹丞相。"二将因随谭归营。谭候曹军至，引二将见操。操大喜，以女许谭为妻，即令吕旷、吕翔为媒。［在军政大事面前，婚姻是小事。］谭请操攻取冀州。操曰："方今粮草不接，搬运劳苦，我由济河遏淇水入白沟，以通粮道，然后进兵。"令谭且居平原。操引军退屯黎阳，封吕旷、吕翔为列侯，随军听用。郭图谓袁谭曰："曹操以女许婚，恐非真意。今又封赏吕旷、吕翔，带去军中，此乃牢笼河北人心，后必将为我祸。主公可刻将军印二颗，暗使人送与二吕，令作内应。待操破了袁尚，可乘便图之。”谭依言，遂刻将军印二颗，暗送与二吕。二吕受讫，径将印来禀曹操。操大笑曰：“谭暗送印者，欲汝等为内助，待我破袁尚之后，就中取事耳。汝等且权受之，我自有主张。”自此曹操便有杀谭之心。［只能说郭图混账，袁谭该死。］

且说袁尚与审配商议：“今曹兵运粮入白沟，必来攻冀州，如之奈何？”配曰：“可发檄使武安长尹楷屯毛城，通上党运粮道；令沮授之子沮鹄守邯郸，远为声援。主公可进兵平原，急攻袁谭。先绝袁谭，然后破曹。”袁尚大喜，留审配与陈琳守冀州，使马延、张顗二将为先锋，连夜起兵攻打平原。谭知尚兵来近，告急于操。操曰：“吾此番必得冀州矣。”正说间，适许攸自许昌来，闻尚又攻谭，入见操曰：“丞相坐守于此，岂欲待天雷击杀二袁乎？”操笑曰：“吾已料定矣。”遂令曹洪先进兵攻邺，操自引一军来攻尹楷。兵临本境，楷引军来迎。楷出马，操曰：“许仲康安在？”许褚应声而出，纵马直取尹楷。楷措手不及，被许褚一刀斩于马下，余众奔溃。操尽招降之，即勒兵取邯郸。沮鹄进兵来迎。张辽出马，与鹄交锋。战不三合，鹄大败，辽从后追赶。两马相离不远，辽急取弓射之，应弦落马。操指挥军马掩杀，众皆奔散。于是操引大军前抵冀州。曹洪已近城下。操令三军绕城筑起土山，又暗掘地道以攻之。审配设计坚守，法令甚严，东门守将冯礼，因酒醉有误巡警，配痛责之。冯礼怀恨，潜地出城降操。操问破城之策，礼曰：“突门内土厚，可掘地道而入。”操便命冯礼引三百壮士，夤夜掘地道而入。

却说审配自冯礼出降之后，每夜亲自登城点视军马。当夜在突门阁上，望见城外无灯火。配曰：“冯礼必引兵从地道而入也。”急唤精兵运石击突闸门，门闭，冯礼及三百壮士皆死于土内。［惨烈。身为袁府首席谋士，审配确有两把刷子，荀彧说他“专而无谋”，只是提振自家士气的话，未可尽信。］操折了这一场，遂罢地道之计，退军于洹水之上，以候袁尚回兵。袁尚攻平原，闻曹操已破尹楷、沮鹄，大军围困冀州，乃掣兵回救。部将马延曰：“从大路去，曹操必有伏兵。可取小路，从西山出滏水口去劫曹营，必解围也。”尚从其言，自领大军先行，令马延与张顗断后。早有细作去报曹操。操曰："彼若从大路上来，吾当避之；若从西山小路而来，一战可擒也。吾料袁尚必举火为号，令城中接应。吾可分兵击之。"于是分拨已定。

却说袁尚出滏水界口，东至阳平，屯军阳平亭，离冀州十七里，一边靠着滏水。尚令军士堆积柴薪干草，至夜焚烧为号；遣主簿李孚扮作曹军都督，直至城下，大叫："开门！"审配认得是李孚声音，放入城中，说："袁尚已陈兵在阳平亭，等候接应，若城中兵出，亦举火为号。"配教城中堆草放火，以通音信。孚曰："城中无粮，可发老弱残兵并妇人出降；彼必不为备，我即以兵继百姓之后出攻之。"[滥人自有滥法，读者记得李傕、郭汜那支"临敌则驱民兵在前"的"敢死军"吗？]配从其论。次日，城上竖起白旗，上写"冀州百姓投降"。操曰："此是城中无粮，教老弱百姓出降，后必有兵出也。"操教张辽、徐晃各引三千军马，伏于两边。操自乘马张麾盖至城下，果见城门开处，百姓扶老携幼，手持白旗而出。百姓才出尽，城中兵突出。操教将红旗一招，张辽、徐晃两路兵齐出乱杀，城中兵只得复回。操自飞马赶来，到吊桥边，城中弩箭如雨，射中操盔，险透其顶。[曹操命硬。]众将急救回阵。操更衣换马，引众将来攻尚寨，尚自迎敌。时各路军马一齐杀至，两军混战，袁尚大败。尚引败兵退往西山下寨，令人催取马延、张觊军来；不知曹操已使吕旷、吕翔去招安二将。二将随二吕来降，操亦封为列侯。即日进兵攻打西山，先使二吕、马延、张觊截断袁尚粮道。尚情知西山守不住，夜走滥口。安营未定，四下火光并起，伏兵齐出，人不及甲，马不及鞍。尚军大溃，退走五十里，势穷力极，只得遣豫州刺史阴夔至操营请降。操佯许之，却连夜使张辽、徐晃去劫寨。尚尽弃印绶、节钺、衣甲、辎重，望中山而逃。

操回军攻冀州。许攸献计曰："何不决漳河之水以淹之？"操然其计，先差军于城外掘河堑，周围四十里。审配在城上见操军在城外掘堑，却掘得甚浅。配暗笑曰："此欲决漳河之水以灌城耳。河深可灌，如此之浅，有何用哉！"遂不为备。当下曹操添十倍军士，并力发掘，比及天明，广深二丈，[算计不如料人，料人方显计高。]引漳水灌之，城中水深数尺。更兼粮绝，军士皆饿死。辛毗在城外，用枪挑袁尚印绶衣服，招安城内之人。审配大怒，将辛毗家属老小八十余口，就于城上斩之，将头掷下。辛毗号哭不已。审配之侄审荣，素与辛毗相厚，见辛毗家属被害，心中怀忿，乃密写献门之书，拴于箭上，射下城来。军士拾献辛毗，毗将书献操。操先下令：如入冀州，休得杀害袁氏一门老小；军民降者免死。次日天明，审荣大开西门，放曹兵入。辛毗跃马先入，军将随后，杀入冀州。审配在东南城楼上，见操军已入城中，引数骑下城死战，正迎徐晃交马。晃生擒审配，绑出城来。路逢辛毗，毗咬牙切齿，以鞭鞭配首曰："贼杀才！今日死矣！"配大骂："辛毗贼徒！引曹操破我冀州，我恨不杀汝也！"徐晃解配见操，操曰："汝知献门接我者乎？"配曰："不知。"操曰："此汝侄审荣所献也。"配怒曰："小儿不行，乃至于此！"操曰："昨孤至城下，何城中弩箭之多耶？"配曰："恨少恨少！"操曰："卿忠于袁氏，不容不如此。今肯降吾否？"配曰："不降！不降！"辛毗哭拜于地曰："家属八十余口，尽遭此贼杀害。愿丞相戮之，以雪此恨！"配曰："吾生为袁氏臣，死为袁氏鬼，不似汝辈谗谄阿谀之贼！可速斩我！"操教牵出。临受刑，叱行刑者曰："吾主在北，不可使吾面南而死！"乃向北跪，引颈就刃。［死忠，死臭，死坏，死硬，死犟，审配之谓也。］后人有诗叹曰：

河北多名士，谁知审正南。命因昏主丧，心与古人参。

忠直言无隐，廉能志不贪。临亡犹北面，降者尽羞惭。

审配既死，操怜其忠义，命葬于城北。众将请曹操入城。操方欲起行，只见刀斧手拥一人至，操视之，乃陈琳也。操谓之曰："汝前为本初作檄，但罪状孤可也，何乃辱及祖、父也？"［古有"恶恶止其身"之诲，不作兴骂人祖宗。］琳答曰："箭在弦上，不得不发耳。"［妙语。］左右劝操杀之。操怜其才，乃赦之，命为从事。

却说操长子曹丕，字子桓，时年十八岁。丕初生时，有云气一片，其色青紫，员如车盖，覆于其室，终日不散。有望气者，密谓操曰："此天子气也。令嗣贵不可言！"丕八岁能属文，有逸才，博古通今，善骑射，好击剑。［在文学史上，曹丕地位崇高，在文学批评领域，曹丕是一座无法绕过的重镇。〕时操破冀州，丕随父在军中，先领随身军径投袁绍家，下马拔剑而入，有一将当之曰："丞相有命，诸人不许入绍府。"丕叱退，提剑入后堂，见两个妇人相抱而哭，丕向前欲杀之。正是：

四世公侯已成梦，一家骨肉又遭殃。

未知性命如何，且听下文分解。

废立

兄弟家人由于血缘相通而情义倍增（俗语所谓"血浓于水"），是一个经常被豪门家族击破的幻觉。亲情是检验人性的镜子，唯其如此，它总是被反人性的权力欲撞碎。在那种家庭里，兄弟间的仇杀才是亘古至今不绝如缕的现象。亚当的儿子该隐出于猜忌杀死了兄弟亚伯，上古圣人舜遭到了兄弟象的追杀，唐朝英明之主李世民的皇位，是借助家族血洗的"玄武门兵变"获得的。例子比比皆是，不胜枚举，以至我们无法把它看成例外，不得不承认麦克白说得有理："越是跟我们血统相近的人，越想喝我们的血。"

正如人们爱说"民主制乃是最不坏的一种制度"，古代世界普遍奉行的"长子继承制"，也不失为当时条件下最不坏的一项设计。当它成为公认制度时，就会以其预防功能而减少继承权的阻力，既保证家族基业、声望的完整延续，又避免兄弟失和。兄弟间偶有不忿，也会迫于正统舆论的压力有所收敛，不致扩散。

袁绍的愚蠢表现在两方面：废长立幼，已然触犯大忌；将已有基业交由三个儿子、一个外甥分别掌控，也近乎自伤元气，自毁长城——要么被曹操各个击破，要么毁于自相残杀。

第三十三回

曹丕乘乱纳甄氏　郭嘉遗计定辽东

却说曹丕见二妇人啼哭，拔剑欲斩之。［无端斩人！袁氏城破家亡，妇人感而啼哭，实乃最为正常的事，凭此拔剑，天下将无人不可杀。方说曹丕“有逸才，博古通今”，忽把他写得禽兽不如，中间毫无过渡，费解。］忽见红光满目，遂按剑而问曰：“汝何人也?”一妇人告曰：“妾乃袁将军之妻刘氏也。”丕曰：“此女何人?”刘氏曰：“此次男袁熙之妻甄氏也。因熙出镇幽州，甄氏不肯远行，故留于此。”丕拖此女近前，见披发垢面。丕以衫袖拭其面而观之，见甄氏玉肌花貌，有倾国之色，遂对刘氏曰：“吾乃曹丞相之子也，愿保汝家。汝勿忧虑。”［甄氏日后虽难逃“红颜薄命”之谶，此际却先收“红颜保命”之实。“红颜薄命”云云，只是说说而已。］遂按剑坐于堂上。

却说曹操统领众将入冀州城，将入城门，许攸纵马近前，以鞭指城门而呼操曰：“阿瞒，汝不得我，安得入此门?”操大笑。众将闻言，俱怀不平。操至绍府门下，问曰：“谁曾入此门来?”守将对曰：“世子在内。”操唤出责之。刘氏出拜曰：“非世子不能保全妾家，愿献甄氏为世子执箕帚。”操教唤出甄氏拜于前。操视之曰：“真吾儿妇也!”遂令曹丕纳之。

操既定冀州，亲往袁氏墓下设祭，再拜而哭甚哀，顾谓众官曰：“昔日吾与本初共起兵时，本初问我曰：‘若事不辑，方面何所可据?’吾问之曰：‘足下意欲若何?’本初曰：‘吾南据河，北阻燕、代，兼沙漠之众，南向以争天下，庶可以济乎?’吾答曰：‘吾任天下之智力，以道御之，无所不可。’此言如昨，而今本初已丧，吾不能不为流涕也!”众皆叹息。［英国有“死者将受人爱”的谚语。再则，袁绍与曹操确是故交，若非情势所逼，他们原无私仇。］操以金帛粮米赐绍妻刘氏；乃下令曰：

"河北居民遭兵革之难，尽免今年租赋。"一面写表申朝，操自领冀州牧。

一日，许褚走马入东门，正迎许攸。攸唤褚曰："汝等无我，安能出入此门乎？"褚怒曰："吾等千生万死，身冒血战，夺得城池，汝安敢夸口！"攸骂曰："汝等皆匹夫耳，何足道哉！"褚大怒，拔剑杀攸，提头来见曹操说："许攸如此无礼，某杀之矣！"操曰："子远与吾旧交，故相戏耳，何故杀之！"深责许褚，令厚葬许攸。［浩大之功，不抵口舌之过。许攸固讨嫌，受两耳光足矣，忽遭斩立决，只能怪自己撞上灾星。］乃令人遍访冀州贤士。冀民曰："骑都尉崔琰，字季珪，清河东武城人也。数曾献计于袁绍，绍不从，因此托疾在家。"操即召琰为本州别驾从事，因谓曰："昨按本州户籍，共计三十万众，可谓大州。"琰曰："今天下分崩，九州幅裂，二袁兄弟相争，冀民暴骨原野，丞相不急存问风俗，救其涂炭，而先计校户籍，岂本州士女所望于明公哉？"操闻言，改容谢之，待为上宾。

操已定冀州，使人探袁谭消息。时谭引兵劫掠甘陵、安平、渤海、河间等处，闻袁尚败走中山，乃统军攻之。尚无心战斗，径奔幽州投袁熙。谭尽降其众，欲复图冀州。操使人召之，谭不至。操大怒，驰书绝其婚，自统大军征之，直抵平原。［讨伐毛脚女婿，对曹操也没啥面子，还是绝婚好。］谭闻操自统军来，遣人求救于刘表。表请玄德商议。玄德曰："今操已破冀州，兵势正盛，袁氏兄弟不久必为操擒，救之无益；况操常有窥荆襄之意，我只养兵自守，未可妄动。"表曰："然则何以谢之？"玄德曰："可作书与袁氏兄弟，以和解为名，婉词谢之。"表然其言，先遣人以书遗谭。书略曰：

> 君子违难，不适仇国。日前闻君屈膝降曹，则是忘先人之仇，弃手足之谊，而遗同盟之耻矣。若冀州不弟，当降心相从。待事定之后，使天下平其曲直，不亦高义耶？

又与袁尚书曰：

> "青州"天性峭急，迷其曲直。君当先除曹操，以卒先公之恨。事定之后，乃计曲直，不亦善乎？若迷而不返，则是韩卢、东郭自困于前，而遗田父之获也。

谭得表书，知表无发兵之意，又自料不能敌操，遂弃平原，走保南皮。曹操追至南皮，时天气寒肃，河道尽冻，粮船不能行动。操令本处百姓敲冰拽船，百姓闻令而逃。操大怒，欲捕斩之。百姓闻得，乃亲往营中投首。操曰："若不杀汝等，则吾号令不行；若杀汝等，吾又不忍。汝等快往山中藏避，休被我军士擒获。"百姓皆垂泪而去。［不管真心假意，百姓总是受益者。曹操此时已是占领军心态，当务之急是获得本地人认同。］

袁谭引兵出城，与曹军相敌。两阵对圆，操出马以鞭指谭而骂曰："吾厚待汝，汝何生异心？"谭曰："汝犯吾境界，夺吾城池，赖吾妻子，反说我有异心耶！"操大怒，使徐晃出马。谭使彭安接战。两马相交，不数合，晃斩彭安于马下。谭军败走，退入南皮。操遣军四面围住。谭着慌，使辛评见操约降。操曰："袁谭小子，反覆无常，吾难准信。汝弟辛毗，吾已重用，汝亦留此可也。"评曰："丞相差矣。某闻：'主贵臣荣，主忧臣辱。'某久事袁氏，岂可背之！"操知其不可留，乃遣回。评回见谭，言操不准投降。谭叱曰："汝弟见事曹操，汝怀二心耶？"评闻言，气满填胸，昏绝于地。谭令扶出，须臾而死。［罕见。古人视为急火攻心，今人视为心肌梗死。］谭亦悔之。

郭图谓谭曰："来日尽驱百姓当先，以军继其后，与曹操决一死战。"谭从其言。［没出息，尽出贱招，幸亏"至贱无敌"之说并未灵验。］当夜尽驱南皮百姓，皆执刀枪听令。次日平明，大开四门，军在后，驱百姓在前，喊声大举，一齐拥出，直抵曹寨。两军混战，自辰至午，胜负未分，杀人遍地。操见未获全胜，乘马上山，亲自击鼓。将士见之，奋力向前，谭军大败。百姓被杀者无数。曹洪奋威突阵，正迎袁谭，举刃乱砍，谭竟被曹洪杀于阵中。郭图见阵大乱，急驰入城中。乐进望见，拈弓搭箭，射下城濠，人马俱陷。

操引兵入南皮，安抚百姓。忽有一彪军来到，乃袁熙部将焦触、张南也。操自引军迎之。二将倒戈卸甲，特来投降。操封为列侯。又黑山贼张燕，引军十万来降，操封为平北将军；下令将袁谭首级号令，敢有哭者斩。头挂北门外，一人布冠衰衣，哭于头下。左右拿来见操。操问之，乃青州别驾王修也，因谏袁谭被逐，今知谭死，故来哭之。操曰："汝知吾令否？"修曰："知之。"操曰："汝不怕死耶？"修曰："我生受其辟命，亡而不哭，非义也。畏死忘义，何以立世乎！若得收葬谭尸，受戮无恨。"操曰："河北义士何其如此之多也！可惜袁氏不能用；若能用，则吾安敢正眼觑此地哉！"遂命收葬谭尸，礼修为上宾，以为司金中郎将，［鲁迅感叹，中国"一向少有敢抚哭叛徒的吊客"，这个"一向"只能从东汉以后算起。赵翼《廿二史劄记》里有"东汉尚名节"一条，"抚哭叛徒的吊客"多有列举。］因问之曰："今袁尚已投袁熙，取之当用何策？"修不答。操曰："忠臣也。"问郭嘉，嘉曰："可使袁氏降将焦触、张南等自攻之。"操用其言，随差焦触、张南、吕旷、吕翔、马延、张顗各引本部兵，分三路进攻幽州；一面使李典、乐进会合张燕，打并州，攻高干。

且说袁尚、袁熙知曹兵将至，料难迎敌，乃弃城引兵星夜奔辽西投乌桓去了。幽州刺史乌桓触，聚幽州众官，歃血为盟，共议背袁向曹之事。乌桓触先言曰："吾知曹丞相当世英雄，今往投降，有不遵令者斩。"依次歃血。循至别驾韩珩，珩乃掷剑于地，大呼曰："吾受袁公父子厚恩，今主败亡，智不能救，勇不能死，于义缺矣！若北面而降曹，吾不为也！"众皆失色。乌桓触曰："夫兴大事当立大义。事之济否，不待一人。韩珩既有志如此，听其自便。"［好态度，往大里说，叫尊重自由意志。］推珩而出。乌桓触乃出城迎接三路军马，径来降操。操大喜，加为镇北将军。

忽探马来报："乐进、李典、张燕攻打并州，高干守住壶关口，不能下。"操自勒兵前往。三将接着，说干拒关难击。操集众将共议破干之计。荀攸曰："若破干，须用诈降计方可。"操然之，唤降将吕旷、吕翔，附耳低言如此如此。吕旷等引军数十，直抵关下，叫曰："吾等原系袁氏旧将，不得已而降曹。曹操为人诡谲，薄待吾等。吾今还扶旧主，可疾开关相纳。"高干未信，只教二将自上关说话。二将卸甲弃马而入，谓干曰："曹军新到，可乘其军心未定，今夜劫寨。某等愿当先。"干喜，从其言，是夜教二吕当先，引万余军前去。将至曹寨，背后喊声大震，伏兵四起。高干知是中计，急回壶关城，乐进、李典已夺了关。高干夺路走脱，往投单于。操领兵拒住关口，使人追袭高干。干到单于界，正迎北番左贤王。干下马拜伏于地，言曹操吞并疆土，今欲犯王子地面，万乞救援，同力克复，以保北方。左贤王曰："吾与曹操无仇，岂有侵我土地？汝欲使我结怨于曹氏耶！"叱退高干。干寻思无路，只得去投刘表。行至上潞，被都尉王琰所杀，将头解曹操。操封琰为列侯。［为笼络袁绍旧人，曹操不知封了多少列侯。列侯系最高爵位，可世袭。该名称也泛指诸侯。反正，天子已为曹操所"挟"，此种奖赏类似滥发纸币，大不了造成爵位贬值。］

并州既定，操商议西击乌桓。曹洪等曰："袁熙、袁尚兵败将亡，势穷力尽，远投沙漠。我今引兵西击，倘刘备、刘表乘虚袭许都，我救应不及，为祸不浅矣。请回师勿进为上。"郭嘉曰："诸公所言错矣。主公虽威震天下，沙漠之人恃其边远，必不设备；乘其无备，卒然击之，必可破也。且袁绍与乌桓有恩，而尚与熙兄弟犹存，不可不除。刘表坐谈之客耳，自知才不足以御刘备，重任之则恐不能制，轻任之则备不为用。虽虚国远征，公无忧也。"［洞悉心理，把握动机，郭嘉绝异他人。］操曰："奉孝之言极是。"遂率大小三军，车数千辆，望前进发。但见黄沙漠漠，狂风四起；道路崎岖，人马难行。操有回军之心，问于郭嘉。嘉此时不伏水土，卧病车中。操泣曰："因我欲平沙漠，使公远涉艰辛，以至染病，吾心何安！"嘉曰："某感丞相大恩，虽死不能报万一。"操曰："吾见北地崎岖，意欲回军，若何？"嘉曰："兵贵神速。今千里袭人，辎重多而难以趋利，不如轻兵兼道以出，掩其不备。但须得识径路者为引导耳。"

遂留郭嘉于易州养病，求乡道官以引路。人荐袁绍旧将田畴深知此境，操召而问之。畴曰："此道秋夏间有水，浅不通车马，深不载舟楫，最难行动，不如回军，从卢龙口越白檀之险，出空虚之地，前近柳城，掩其不备，冒顿可一战而擒也。操从其言，封田畴为靖北将军，作乡道官为前驱，张辽为次，操自押后，倍道轻骑而进。［史载，这次行军备极艰辛。］田畴引张辽前至白狼山，正遇袁熙、袁尚会合冒顿等数万骑前来。张辽飞报曹操。操自勒马登高望之，见冒顿兵无队伍，参差不整。操谓张辽曰："敌兵不整，便可击之。"乃以麾授辽。辽引许褚、于禁、徐晃分四路下山，奋力急攻，冒顿大乱。辽拍马斩冒顿于马下，余将皆降。袁熙、袁尚引数千骑投辽东去了。

操收军入柳城，封田畴为柳亭侯，以守柳城。畴涕泣曰："某负义逃窜之人耳，蒙厚恩全活，为幸多矣，岂可卖卢龙之寨以邀赏禄哉！死不敢受侯爵。"操义之，乃拜畴为议郎。［曹操日后仍封田畴为亭侯，亭侯是列侯之一种。为表彰田畴，曹操多次亲撰嘉奖令，亦证此战不易。］操抚慰单于人等，收得骏马万匹，即日回兵。时天气寒且旱，二百里无水，军又乏粮，杀马为食，凿地三四十丈方得水。操回至易州，重赏先曾谏者，因谓众将曰："孤前者乘危远征，侥幸成功。虽得胜，天所佑也，不可以为法。诸君之谏，乃万安之计，是以相赏。后勿难言。"［气象学家竺可桢曾依据冰川遗迹、格陵兰冰层、加州红木年轮等证据，证实当时北半球处于一个严寒周期。曹军行军之难，或与此有关。］操到易州时，郭嘉已死数日，停柩在公廨。操往祭之，大哭曰："奉孝死，乃天丧吾也！"回顾众官曰："诸君年齿，皆孤等辈，唯奉孝最少，吾欲托以后事。不期中年夭折，使吾心肠崩裂矣！"嘉之左右将嘉临死所封之书呈上曰："郭公临死，亲笔书此，嘱曰：'丞相若从书中所言，辽东事定矣。'"操拆书视之，点头嗟叹。诸人皆不知其意。次日，夏侯惇引众入禀曰："辽东太守公孙康久不宾服，今袁熙、袁尚又往投之，必为后患。不如乘其未动，速往征之，辽东可得也。"操笑曰："不烦诸公虎威。数日之后，公孙康自送二袁之首至矣。"诸将皆不肯信。

却说袁熙、袁尚引数千骑奔辽东。辽东太守公孙康，本襄平人，武威将军公孙度之子也。当日知袁熙、袁尚来投，遂聚本部属官商议此事。公孙恭曰："袁绍存日，常有吞辽东之心；今袁熙、袁尚兵败将亡，无处依栖，来此相投，是鸠夺鹊巢之意也。若容纳之，后必相图。不如赚入城中杀之，献头与曹公，曹公必重待我。"康曰："只怕曹操引兵下辽东，又不如纳二袁使为我助。"恭曰："可使人探听。如曹兵来攻，则留二袁；如其不动，则杀二袁，送与曹公。"康从之，使人去探消息。

却说袁熙、袁尚至辽东，二人密议曰："辽东军兵数万，足可与曹操争衡。今暂投之，后当杀公孙康而夺其地，养成气力而抗中原，可复河北也。"商议已定，乃入见公孙康。康留于馆驿，只推有病，不即相见。不一日，细作回报："曹操兵屯易州，并无下辽东之意。"公孙康大喜，乃先伏刀斧手于壁衣中，使二袁入。相见礼毕，命坐。时天气严寒，尚在床榻上无裀褥，谓康曰："愿铺坐席。"康嗔目言曰："汝二人之头将行万里，何席之有！"尚大惊。康叱曰："左右何不下手！"刀斧手拥出，就坐席上砍下二人之头，用木匣盛贮，使人送到易州，来见曹操。时操在易州，按兵不动。夏侯惇、张辽入禀曰："如不下辽东，可回许都。恐刘表生心。"操曰："待二袁首级至，即便回兵。"众皆暗笑。［写得蹊跷。］忽报辽东公孙康遣人送袁熙、袁尚首级至，众皆大惊。使者呈上书信。操大笑曰："不出奉孝之料！"重赏来使，封公孙康为襄平侯、左将军。众官问曰："何为不出奉孝之所料？"操遂出郭嘉书以示之。书略曰：

> 今闻袁熙、袁尚往投辽东，明公切不可加兵。公孙康久畏袁氏吞并，二袁往投必疑。若以兵击之，必并力迎敌，急不可下；若缓之，公孙康、袁氏必自相图，其势然也。

众皆踊跃称善。操引众官复设祭于郭嘉灵前。亡年三十八岁，从征十有一年，多立奇勋。后人有诗赞曰：

> 天生郭奉孝，豪杰冠群英。腹内藏经史，胸中隐甲兵。
> 运谋如范蠡，决策似陈平。可惜身先丧，中原梁栋倾。

操领兵还冀州，使人先扶郭嘉灵柩于许都安葬。

程昱等请曰："北方既定，今还许都，可早建下江南之策。"操笑曰："吾有此志久矣。诸君所言，正合吾意。"是夜宿于冀州城东角楼上，凭栏仰观天文。时荀攸在侧，操指曰："南方旺气灿然，恐未可图也。"攸曰："以丞相天威，何所不服！"正看间，忽见一道金光，从地而起。攸曰："此必有宝于地下。"操下楼令人随光掘之。正是：

> 星文方向南中指，金宝旋从北地生。

不知所得何物，且听下文分解。

郭嘉

郭嘉之于曹操，作用多大?

可从两方面看：在郭嘉“从征十有一年”的过程中，曹操每战必克，以弱胜强，除西北、汉中等地相对弱小、次要的军阀，曹操大致统一了北方，其中尤以与袁绍及其子嗣长逾九年的战争为代表。在这些征战中，总有郭嘉的计谋闪烁其间。郭嘉是一位胜利制造师，若有神灵附体。

郭嘉去世后，事后轧账，曹操辉煌的军功生涯进入一个停滞期，随着日后赤壁大战的惨败，曹操不得不坐视孙权、刘备成为具有分鼎之力的超级豪强，并最终接受天下三分的结局。曹操本人对此深有体认，赤壁大败后，他捶胸大哭：“若奉孝在，决不使吾有此大失也!”

郭嘉死于建安十二年，同年，刘备三赴卧龙冈，请出诸葛孔明。两位不世出的高明人物恰巧错过，也许决定了历史的走向。

第三十四回

蔡夫人隔屏听密语　刘皇叔跃马过檀溪

却说曹操于金光处，掘出一铜雀，问荀攸曰："此何兆也?"攸曰："昔舜母梦玉雀入怀而生舜。今得铜雀，亦吉祥之兆也。"操大喜，遂命作高台以庆之。乃即日破土断木，烧瓦磨砖，筑铜雀台于漳河之上，约计一年而工毕。少子曹植进曰："若建层台，必立三座：中间高者，名为铜雀；左边一座，名为玉龙；右边一座，名为金凤。更作两条飞桥，横空而上，乃为壮观。"操曰："吾儿所言甚善。他日台成，足可娱吾老矣!"原来曹操有五子，唯植性敏慧，善文章，曹操平日最爱之。[曹操诸子俱不凡，最聪明者尚非"才高八斗"的曹植，而是幼子曹冲，可惜早夭。据说，曹冲六岁时即灵活运用"等量替换法"，留下一段"称象"传奇。]于是留曹植与曹丕在邺郡造台，使张燕守北寨。操将所得袁绍之兵，共五六十万，班师回许都，大封功臣。又表赠郭嘉为贞侯，养其子奕于府中。复聚众谋士商议，欲南征刘表。荀彧曰："大军方北征而回，未可复动。且待半年，养精蓄锐，刘表、孙权可一鼓而下也。"操从之，遂分兵屯田，以候调用。

却说玄德自到荆州，刘表待之甚厚。一日，正相聚饮酒，忽报降将张武、陈孙在江夏掳掠人民，共谋造反。表惊曰："二贼又反，为祸不少!"玄德曰："不须兄长忧虑，备请往讨之。"表大喜，即点三万军，与玄德前去。玄德领命即行，不一日，来到江夏。张武、陈孙引兵来迎。玄德与关、张、赵云出马在门旗下，望见张武所骑之马，极其雄骏。玄德曰："此必千里马也。"言未毕，赵云挺枪而出，径冲彼阵。张武纵马来迎，不三合，被赵云一枪刺落马下，随手扯住辔头，牵马回阵。陈孙见了，随赶来夺。张飞大喝一声，挺枪直出，将陈孙刺死。众皆溃散。玄德招安余党，平复江夏诸县，班师而回。表出郭迎接入城，设宴庆功。

酒至半酣，表曰："吾弟如此雄才，荆州有倚赖也。但忧南越不时来寇，张鲁、孙权皆足为虑。"玄德曰："弟有三将，足可委用：使张飞巡南越之境；云长拒固子城，以镇张鲁；赵云拒三江，以当孙权。何足虑哉？"表喜，欲从其言。蔡瑁告其姊蔡夫人曰："刘备遣三将居外，而自居荆州，久必为患。"蔡夫人乃夜对刘表曰："我闻荆州人多与刘备往来，不可不防之。今容其住居城中无益，不如遣使他往。"［说话间，刘备在荆州已经呆了六七年。这期间，曹操忙于征讨袁绍诸子，刘备无所事事，织帽子玩。］表曰："玄德仁人也。"蔡氏曰："只恐他人不似汝心。"

次日出城，见玄德所乘之马极骏，问之，知是张武之马，表称赞不已。玄德遂将此马送与刘表。表大喜，骑回城中。蒯越见而问之。表曰："此玄德所送也。"越曰："昔先兄蒯良最善相马，越亦颇晓。此马眼下有泪槽，额边生白点，名为'的卢'，骑则妨主。张武为此马而亡，主公不可乘之。"表听其言。次日请玄德饮宴，因言曰："昨承惠良马，深感厚意。但贤弟不时征进，可以用之。敬当送还。"玄德起谢。表又曰："贤弟久居此间，恐废武事。襄阳属邑新野县，颇有钱粮。弟可引本部军马于本县屯扎，何如？"玄德领诺。次日，谢别刘表，引本部军马径往新野。方出城门，只见一人在马前长揖曰："公所骑马，不可乘也。"玄德视之，乃荆州幕宾伊籍，字机伯，山阳人也。玄德忙下马问之。籍曰："昨闻蒯异度对刘荆州云：'此马名的卢，乘则妨主。'因此还公。公岂可复乘之？"玄德曰："深感先生见爱。但凡人死生有命，岂马所能妨哉！"籍服其高见，自此常与玄德往来。

玄德自到新野，军民皆喜，政治一新。建安十二年春，甘夫人生刘禅。是夜有白鹤一只，飞来县衙屋上，高鸣四十余声，望西飞去。临分娩时，异香满室。［区区阿斗，竟获此异象。古人太在乎帝王之命了。］甘夫人当夜梦仰吞北斗，因而怀孕，故乳名阿斗。此时曹操正统兵北征。玄德乃往荆州，说刘表曰："今曹操悉兵北征，许昌空虚，若以荆襄之众，乘间袭之，大事可就也。"表曰："吾坐据九州足矣，岂可别图？"玄德默然。表邀入后堂饮酒。酒至半酣，表忽然长叹。玄德曰："兄长何故长叹？"表曰："吾有心事，未易明言。"玄德再欲问时，蔡夫人出立屏后。[此妇一出，寒气逼人。]刘表乃垂头不语。须臾席散，玄德自归新野。

至是年冬间，曹操自柳城回，玄德甚叹表之不用其言。忽一日，刘表遣使至，请玄德赴荆州相会。玄德随使而往。刘表接着，叙礼毕，请入后堂饮宴，因谓玄德曰："近闻曹操提兵回许都，势日强盛，必有吞并荆襄之心。昔日悔不听贤弟之言，失此好机会。"玄德曰："今天下分裂，干戈日起，机会岂有尽乎？若能应之于后，未足为恨也。表曰："吾弟之言甚当。"相与对饮。酒酣，表忽潸然下泪。玄德问其故。表曰："吾有心事，前者欲诉与贤弟，未得其便。"玄德曰："兄长有何难决之事？倘有用弟之处，弟虽死不辞。"表曰："前妻陈氏所生长子琦，为人虽贤，而柔懦不足立大事；后妻蔡氏所生少子琮，颇聪明。吾欲废长立幼，恐碍于礼法；欲立长子，争奈蔡氏族中，皆掌军务，后必生乱：因此委决不下。"玄德曰："自古废长立幼，取乱之道。若忧蔡氏权重，可徐徐削之，不可溺爱而立少子也。"表默然。

原来蔡夫人素疑玄德，凡遇玄德与表叙论，必来窃听。是时正在屏风后，闻玄德此言，心甚恨之。玄德自知语失，遂起身如厕。因见己身髀肉复生，亦不觉潸然流泪。[精妙细节，玄德老大蹉跎又不甘蹉跎的心理，纤毫毕现。]少顷复入席。表见玄德有泪容，怪问之。玄德长叹曰："备往常身不离鞍，髀肉皆散；今久不骑，髀里肉生。日月蹉跎，老将至矣，而功业不建，是以悲耳！"表曰："吾闻贤弟在许昌，与曹操青梅煮酒，共论英雄；贤弟尽举当世名士，操皆不许，而独曰'天下英雄，惟使君与操耳'。以曹操之权力，犹不敢居吾弟之先，何虑功业不建乎？"玄德乘着酒兴，失口答曰："备若有基本，天下碌碌之辈，诚不足虑也。"表闻言默然。[越是肺腑之言，越不可轻易说出，而应窖藏于肺腑。刘备犯了交浅言深之忌，立有杀身之危。]玄德自知失语，托醉而起，归馆舍安歇。后人有诗赞玄德曰：

曹公屈指从头数，天下英雄独使君。
髀肉复生犹感叹，争教寰宇不三分？

却说刘表闻玄德语，口虽不言，必怀不足，别了玄德，退入内宅。

蔡夫人曰："适间我于屏后听得刘备之言甚轻觑人，足见其有吞并荆州之意。今若不除，必为后患。"表不答，但摇头而已。［笔墨极有分寸。］蔡氏乃密召蔡瑁入，商议此事。瑁曰："请先就馆舍杀之，然后告知主公。"蔡氏然其言。瑁出，便连夜点军。

却说玄德在馆舍下秉烛而坐，三更以后方欲就寝，忽一人叩门而入，视之，乃伊籍也。原来伊籍探知蔡瑁欲害玄德，特夤夜来报。当下伊籍将蔡瑁之谋，报知玄德，催促玄德速速起身。玄德曰："未辞景升，如何便去？"籍曰："公若辞，必遭蔡瑁之害矣。"玄德乃谢别伊籍，急唤从者，一齐上马，不待天明，星夜奔回新野。比及蔡瑁领军到馆舍时，玄德已去远矣。瑁悔恨无及，乃写诗一首于壁间，径入见表曰："刘备有反叛之意，题反诗于壁上，不辞而去矣。"表不信，亲诣馆舍观之，果有诗四句。诗曰：

数年徒守困，空对旧山川。龙岂池中物，乘雷欲上天！

［类似宋江浔阳楼题反诗，可惜时代感超前，非但不像刘备，也不像任何东汉人。］

刘表见诗大怒，拔剑言曰："誓杀此无义之徒！"行数步，猛省曰："吾与玄德相处许多时，不曾见作诗。此必外人离间之计也。"遂回步入馆舍，用剑尖削去此诗，弃剑上马。蔡瑁请曰："军士已点齐，可就往新野擒刘备。"表曰："未可造次，容徐图之。"［一个"图"字，泄露了刘表的意图。］蔡瑁见表持疑不决，乃暗与蔡夫人商议，即日大会众官于襄阳，就彼处谋之。次日，瑁禀表曰："近年丰熟，合聚众官于襄阳，以示抚劝之意。请主公一行。"表曰："吾近日气疾作，实不能行。可令二子为主待客。"瑁曰："公子年幼，恐失于礼节。"表曰："可往新野请玄德待客。"瑁暗喜正中其计，便差人请玄德赴襄阳。

却说玄德奔回新野，自知失言取祸，未对众人言之。［玄德对兄弟也藏着掖着。有帝王志向的人，到底不同于寻常江湖死党。］忽使者至，请赴襄阳。孙乾曰："昨见主公匆匆而回，意甚不乐。愚意度之，在荆州必有事故。今忽请赴会，不可轻往。"玄德方将前项事诉与诸人。云长曰："兄自疑心语失，刘荆州并无嗔责之意。外人之言，未可轻信。襄阳离此不远，若不去，则荆州反生疑矣。”玄德曰：“云长之言是也。”张飞曰：“筵无好筵，会无好会，不如休去。”赵云曰：“某将马步军三百人同往，可保主公无事。”玄德曰：“如此甚好。”遂与赵云即日赴襄阳。

蔡瑁出郭迎接，意甚谦谨。随后刘琦、刘琮二子，引一班文武官僚出迎。玄德见二公子俱在，并不疑忌。是日请玄德于馆舍暂歇。赵云引三百军围绕保护。云披甲挂剑，行坐不离左右。［赵云虽未与关、张拜把子，对刘备的忠诚却不输关、张。］刘琦告玄德曰：“父亲气疾作，不能行动，特请叔父待客，抚劝各处守牧之官。”玄德曰：“吾本不敢当此，既有兄命，不敢不从。”次日，人报九郡四十一州官员俱已到齐。蔡瑁预请蒯越计议曰：“刘备世之枭雄，久留于此，后必为害，可就今日除之。”越曰：“恐失士民之望。”瑁曰：“吾已密领刘荆州言语在此。”越曰：“既如此，可预作准备。”瑁曰：“东门岘山大路，已使吾弟蔡和引军守把，南门外已使蔡中守把，北门外已使蔡勋守把。［尽是蔡家班。］止有西门不必守把，前有檀溪阻隔，虽数万之众，不易过也。”越曰：“吾见赵云不离玄德，恐难下手。”瑁曰：“吾伏五百军在城内准备。”越曰：“可使文聘、王威二人另设一席于外厅，以待武将。先请住赵云，然后可行事。”瑁从其言。当日杀牛宰马，大张筵席。玄德乘的卢马至州衙，命牵入后园擱系。众官皆至堂中。玄德主席，二公子两边分坐，其余各依次而坐。赵云带剑立于玄德之侧。文聘、王威入请赵云赴席。云推辞不去。玄德令云就席，云勉强应命而出。蔡瑁在外收拾得铁桶相似，将玄德带来三百军，都遣归馆舍，只待半酣，号起下手。酒至三巡，伊籍起把盏，至玄德前，以目视玄德，低声谓曰：“请更衣。”玄德会意，即起如厕。伊籍把盏毕，疾入后园，接着玄德，附耳报曰：“蔡瑁设计害君，城外东、南、北三处，皆有军马守把。唯西门可走，公宜急逃！”玄德大惊，急解的卢马，开后园门牵出，飞身上马，不顾从者，匹马望西门而走。门吏问之，玄德不答，加鞭而出。门吏当之不住，飞报蔡瑁。瑁即上马，引五百军随后追赶。

却说玄德撞出西门，行无数里，前有一大溪，拦住去路。那檀溪阔数丈，水通襄江，其波甚紧。玄德到溪边，见不可渡，勒马再回，遥望城西尘头大起，追兵将至。玄德曰："今番死矣!"遂回马到溪边。回头看时，追兵已近。玄德着慌，纵马下溪。行不数步，马前蹄忽陷，浸湿衣袍。玄德乃加鞭大呼曰："的卢，的卢！今日妨吾!"言毕，那马忽从水中涌身而起，一跃三丈，飞上西岸。[既在水中，前蹄又陷，想必踩着淤泥，姿势极不利于弹跳纵跃，的卢竟一跃三丈。信不信，读者自己定夺。]玄德如从云雾中起。后来苏学士有古风一篇，单咏跃马檀溪事。诗曰：

老去花残春日暮，宦游偶至檀溪路。停骖适望独徘徊，眼前零落飘红絮。暗想咸阳火德衰，龙争虎斗交相持。襄阳会上王孙饮，坐中玄德身将危。逃生独出西门道，背后追兵复将到。一川烟水涨檀溪，急叱征骑往前跳。马蹄踏碎青玻璃，天风响处金鞭挥。耳畔但闻千骑走，波中忽见双龙飞。西川独霸真英主，坐上龙驹两相遇。檀溪溪水自东流，龙驹英主今何处！临流三叹心欲酸，斜阳寂寂照空山。三分鼎足浑如梦，踪迹空流在世间。[的卢妨主，刘备又何尝护主？故的卢遇刘备，只能算撞上克星，遂乖乖就范，专意护主了。]

玄德跃过溪西，顾望东岸。蔡瑁已引军赶到溪边，大叫："使君何故逃席而去?"玄德曰："吾与汝无仇，何故欲相害?"瑁曰："吾并无此心。使君休听人言。"玄德见瑁手将拈弓取箭，乃急拨马望西南而去。瑁谓左右曰："是何神助也?"方欲收军回城，只见西门内赵云引三百军赶来。正是：

跃去龙驹能救主，追来虎将欲诛仇。

未知蔡瑁性命如何，且听下文分解。

神迹

的卢之名，全在神奇一跳。这是神灵附身的一跳，也是蔑视力学原理的一跃。

今人生活在现实、经验及科学世界之中，古人不然，神魔和灵异世界往往构成其现实感，他们的经验值里并不排斥神奇。小说中我们看到了典韦“逐虎过涧”、许褚“双手掣二牛尾，倒行百余步”的超人之举，本回又见到的卢马的惊艳。

小说人物置身的时代，也是我国神道炽烈、巫风盛行之时，绝然不信妖异之事者虽有（如曹操），但罕见；那也是我国志怪小说空前发达之时，《三国演义》中个别人物，如于吉，还在《搜神记》里现过身。现实与志怪的交替错杂，既是当时的时代氛围，也是人们的常规认知。作为后人，我们固然不会轻易相信，但也不必遽斥其非。罗曼·罗兰提及一个良好态度：“历史引导我们不是去怀疑一切，而是对一切都相信一点。”概而言之，与其用科学、常识的态度直斥其非，不如先行怀揣“同情的理解”，设法进入古人的认知世界。如此，无论对以色列人的神奇“约柜”，还是刘备胯下之马，或清代小说《儿女英雄传》里侠女十三妹那匹“电卷星飞，霎时不见踪影”的小黑驴，我们就能多一份理解……

第三十五回

玄德南漳逢隐沧　单福新野遇英主

却说蔡瑁方欲回城，赵云引军赶出城来。原来赵云正饮酒间，忽见人马动，急入内观之，席上不见了玄德。云大惊，出投馆舍，听得人说："蔡瑁引军望西赶去了。"云火急绰枪上马，引着原带来三百军，奔出西门，正迎见蔡瑁，急问曰："吾主何在？"瑁曰："使君逃席而去，不知何往。"赵云是谨细之人，不肯造次，[这个优点，关、张都不甚具备。]即策马前行。遥望大溪，别无去路，乃复回马，喝问蔡瑁曰："汝请吾主赴宴，何故引着军马追来！"瑁曰："九郡四十一州县官僚俱在此，吾为上将，岂可不防护？"云曰："汝迫吾主何处去了？"瑁曰："闻使君匹马出西门，到此却又不见。"云惊疑不定，直来溪边看时，只见隔岸一带水迹。云暗忖曰："难道连马跳过了溪去？"令三百军四散观望，并不见踪迹。云再回马时，蔡瑁已入城去了。云乃拿守门军士追问，皆说："刘使君飞马出西门而去。"云再欲入城，又恐有埋伏，遂急引军归新野。

却说玄德跃马过溪，似醉如痴，想："此阔涧一跃而过，岂非天意！"[刘备八成想：天将降大任于吾也，必先示吾神迹，助吾飞升。遂在的卢马上偷着乐，欲仙欲死。]迤逦望南漳策马而行，日将沉西。正行之间，见一牧童跨于牛背上，口吹短笛而来。玄德叹曰："吾不如也！"遂立马观之。牧童亦停牛罢笛，熟视玄德曰："将军莫非破黄巾刘玄德否？"玄德惊问曰："汝乃村僻小童，何以知吾姓字！"牧童曰："我本不知，因常侍师父，有客到日，多曾说有一刘玄德，身长七尺五寸，垂手过膝，目能自顾其耳，乃当世之英雄。今观将军如此模样，想必是也。"玄德曰："汝师何人也？"牧童曰："吾师覆姓司马，名徽，字德操，颍州人也。道号'水镜先生'。"玄德曰："汝师与谁为友？"小童曰："与襄阳庞德公、庞统为友。"玄德曰："庞德公乃庞统何人？"童子曰："叔侄也。庞德公字山民，长俺师父十岁；庞统字士元，小俺师父五岁。一日，我师父在树上采桑，适庞统来相访，坐于树下，共相议论，终日不倦。吾师甚爱庞统，呼之为弟。”玄德曰：“汝师今居何处？”牧童遥指曰：“前面林中，便是庄院。”玄德曰：“吾正是刘玄德。汝可引我去拜见你师父。”

童子便引玄德行二里余，到庄前下马，入至中门，忽闻琴声甚美。玄德教童子且休通报，侧耳听之。琴声忽住而不弹。一人笑而出曰：“琴韵清幽，音中忽起高抗之调，必有英雄窃听。”［此类玄玄机关，后世作家多有师法，新派武侠小说常有蹈袭。］童子指谓玄德曰：“此即吾师水镜先生也。”玄德视其人，松形鹤骨，器宇不凡，慌忙进前施礼，衣襟尚湿。水镜曰：“公今日幸免大难！”玄德惊讶不已。小童曰：“此刘玄德也。”水镜请入草堂，分宾主坐定。玄德见架上满堆书卷，窗外盛栽松竹，横琴于石床之上，清气飘然。水镜问曰：“明公何来？”玄德曰：“偶尔经由此地，因小童相指，得拜尊颜，不胜欣幸！”水镜笑曰：“公不必隐讳。公今必逃难至此。”玄德遂以襄阳一事告之。

水镜曰：“吾观公气色，已知之矣。”［柯南·道尔笔下的福尔摩斯若这么说，必辅以大段演绎推理。作者大处着眼，妙语空空。］因问玄德曰：“吾久闻明公大名，何故至今犹落魄不偶耶？”玄德曰：“命途多蹇，所以至此。”水镜曰：“不然。盖因将军左右不得其人耳。”玄德曰：“备虽不才，文有孙乾、糜竺、简雍之辈，武有关、张、赵云之流，竭忠辅相，颇赖其力。”水镜曰：“关、长、赵云，皆万人敌，惜无善用之人。若孙乾、糜竺辈，乃白面书生，非经纶济世之才也。”玄德曰：“备亦尝侧身以求山谷之遗贤，奈未遇其人何！”水镜曰：“岂不闻孔子云：‘十室之邑，必有忠信。’何谓无人？”玄德曰：“备愚昧不识，愿赐指教。”水镜曰：“公闻荆襄诸郡小儿谣言乎？其谣曰：‘八九年间始欲衰，至十三年无孑遗。到头天命有所归，泥中蟠龙向天飞。’此谣始于建安初。建安八年，刘景升丧却前妻，便生家乱，此所谓‘始欲衰’也；‘无孑遗’者，则景升将逝，文武零落无孑遗矣；‘天命有归’，‘龙向天飞’，盖应在将军也。”玄德闻言惊谢曰：“备安敢当此！”水镜曰：“今天下之奇才，尽在于此，公当往求之。”玄德急问曰：“奇才安在？果系何人？”水镜曰："伏龙、凤雏，两人得一，可安天下。"玄德曰："伏龙、凤雏何人也?"水镜抚掌大笑曰："好！好!"玄德再问时，水镜曰："天色已晚，将军可于此暂宿一宵，明日当言之。"即命小童具饮馔相待，马牵入后院喂养。玄德饮膳毕，即宿于草堂之侧。[为请出孔明，作者竭尽铺陈之能事，一只吊人胃口的鱼钩，直直抛向天际。]

玄德因思水镜之言，寝不成寐。约至更深，忽听一人叩门而入，水镜曰："元直何来?"玄德起床密听之，闻其人答曰："久闻刘景升善善恶恶，特往谒之。及至相见，徒有虚名，盖善善而不能用，恶恶而不能去者也。故遗书别之，而来至此。"水镜曰："公怀王佐之才，宜择人而事，奈何轻身往见景升乎？且英雄豪杰，只在眼前，公自不识耳。"其人曰："先生之言是也。"玄德闻之大喜，暗忖此人必是伏龙、凤雏，即欲出见，又恐造次。候至天晓，玄德求见水镜，问曰："昨夜来者是谁?"水镜曰："此吾友也。"玄德求与相见。水镜曰："此人欲往投明主，已到他处去了。"玄德请问其姓名。水镜笑曰："好！好!"[自从老子说出"大智若愚"，后人经常弄不懂，有些傻里傻气的样子，到底是真傻，还是智者的特殊符号。作者意在后者。]玄德再问："伏龙、凤雏，果系何人?"水镜亦只笑言："好！好!"玄德拜请水镜出山相助，同扶汉室。水镜曰："山野闲散之人，不堪世用。自有胜吾十倍者来助公，公宜访之。"

正谈论间，忽闻庄外人喊马嘶，小童来报："有一将军，引数百人到庄来也。"玄德大惊，急出视之，乃赵云也。玄德大喜。云下马入见曰："某夜来回县，寻不见主公，连夜跟问到此。主公可作速回县，只恐有人来县中厮杀。"玄德辞了水镜，与赵云上马，投新野来。行不数里，一彪人马来到，视之乃云长、翼德也，相见大喜，玄德诉说跃马檀溪之事，共相嗟讶。

到县中，与孙乾等商议。乾曰："可先致书于景升，诉告此事。"玄德从其言，即令孙乾赍书至荆州。刘表唤入问曰："吾请玄德襄阳赴会，缘何逃席而去?"孙乾呈上书札，具言蔡瑁设谋相害，赖跃马檀溪得脱。表大怒，急唤蔡瑁责骂曰："汝焉敢害吾弟!"命推出斩之。蔡夫人出，哭求免死，表怒犹未息。[之前已有"徐图"指示，暧昧不明，此时"推出斩之”，也是演戏。] 孙乾告曰：“若杀蔡瑁，恐皇叔不能安居于此矣。表乃责而释之，使长子刘琦同孙乾至玄德处请罪。琦奉命赴新野，玄德接着，设宴相待。酒酣，琦忽然堕泪。玄德问其故。琦曰：“继母蔡氏常怀谋害之心，侄无计免祸，幸叔父指教。”玄德劝以小心尽孝，自然无祸。[两汉以孝治天下，刘备尽孝之论，乃当时舆论中最为政治正确的话，唯其如此，等于没说。] 次日，琦泣别。玄德乘马送琦出郭，因指马谓琦曰：“若非此马，吾已为泉下之人矣。”琦曰：“此非马之力，乃叔父之洪福也。”说罢相别，刘琦涕泣而去。

玄德回马入城，忽见市上一人，葛巾布袍，皂绦乌履，长歌而来。歌曰：

> 天地反覆兮，火欲殂；大厦将崩兮，一木难扶。山谷有贤兮，欲投明主；明主求贤兮，却不知吾。

玄德闻歌，暗思：“此人莫非水镜所言伏龙、凤雏乎？”遂下马相见，邀入县衙，问其姓名，答曰：“某乃颍上人也，姓单名福。久闻使君纳士招贤，欲来投托，未敢辄造，故行歌于市，以动尊听耳。”[以行吟卖唱求得刘备重视，别致。] 玄德大喜，待为上宾。单福曰：“适使君所乘之马，再乞一观。”玄德命去鞍牵于堂下。单福曰：“此非的卢马乎？虽是千里马，却只妨主，不可乘也。”玄德曰：“已应之矣。”遂具言跃檀溪之事。福曰：“此乃救主，非妨主也；终必妨一主。某有一法可禳。”玄德曰：“愿闻禳法。”福曰：“公意中有仇怨之人，可将此马赐之；待妨过了此人，然后乘之，自然无事。”玄德闻言变色曰：“公初至此，不教吾以正道，便教作利己妨人之事，备不敢闻教。”福笑谢曰：“向闻使君仁德，未敢便信，故以此言相试耳。”[欲了解他人品行，人们多依靠自身观察和他人评价，少有直接试探的，毕竟，这么做很鲁莽，也会制造误会。通常，娇嗔女子才热衷此道，测试郎心似水还是如铁。] 玄德亦改容起谢曰：“备安能有仁德及人，唯先生教之。”福曰：“吾自颍上来此，闻新野之人歌曰：‘新野牧，刘皇叔；自到此，民丰足。’可见使君之仁德及人也。”玄德乃拜单福为军师，调练本部人马。

却说曹操自冀州回许都，常有取荆州之意，特差曹仁、李典并降将吕旷、吕翔等领兵三万，屯樊城，虎视荆襄，就探看虚实。时吕旷、吕翔禀曹仁曰："今刘备屯兵新野，招军买马，积草储粮，其志不小，不可不早图之。吾二人自降丞相之后，未有寸功，愿请精兵五千，取刘备之头，以献丞相。"曹仁大喜，与二吕兵五千，前往新野厮杀。

探马飞报玄德。玄德请单福商议。福曰："既有敌兵，不可令其入境。可使关公引一军从左而出，以敌来军中路；张飞引一军从右而出，以敌来军后路；公自引赵云出兵前路相迎，敌可破矣。"玄德从其言，即差关、张二人去讫，然后与单福、赵云等，共引二千人马出关相迎。行不数里，只见山后尘头大起，吕旷、吕翔引军来到。两边各射住阵角。玄德出马于旗门下，大呼曰："来者何人，敢犯吾境？"吕旷出马曰："吾乃大将吕旷也，奉丞相命，特来擒汝！"玄德大怒，使赵云出马。二将交战，不数合，赵云一枪刺吕旷于马下。玄德麾军掩杀，吕翔抵敌不住，引军便走。正行间，路傍一军突出，为首大将乃关云长也；冲杀一阵，吕翔折兵大半，夺路走脱。行不到十里，又一军拦住去路，为首大将挺矛大叫："张翼德在此！"直取吕翔。翔措手不及，被张飞一矛刺中，翻身落马而死。余众四散奔走。玄德合军追赶，大半多被擒获。玄德班师回县，重待单福，犒赏三军。[写得草率，读来读去，仍只见关、张、赵的盖世武勇，未见排兵布阵之妙。]

却说败军回见曹仁，报说："二吕被杀，军士多被活捉。"曹仁大惊，与李典商议。典曰："二将欺敌而亡，今只宜按兵不动，申报丞相，大兵来征剿，乃为上策。"仁曰："不然。今二将阵亡，又折许多军马，此仇不可不急报。量新野弹丸之地，何劳丞相大军？"典曰："刘备人杰也，不可轻视。"仁曰："公何怯也！"典曰："兵法云：'知彼知己，百战百胜。'某非怯战，但恐不能必胜耳。"仁怒曰："公怀二心耶？吾必欲生擒刘备！"典曰："将军若去，某守樊城。"仁曰："汝若不同去，真怀二心矣！"典不得已，只得与曹仁点起二万五千军马，渡河投新野而来。[曹仁系曹操兄弟将，口气不敢领教。]正是：

偏裨既有舆尸辱，主将重兴雪耻兵。

未知胜负如何，且听下文分解。

刘备

刘备必有过人之处。刘备过人之处到底在哪儿，史书语焉不详。在这部致力于塑造刘备仁爱亲民形象的小说里，罗贯中仍未完成必要的说明解释工作。

非凡的结果必有特殊的缘由，在小说中，读者看到了大量惊人结果——本回中的童谣“新野牧，刘皇叔；自到此，民丰足”，早先更骇人听闻的猎户刘安杀妻款待刘备，等等——却对原因不甚了了。古时交通条件落后，资讯极度不发达，普通农户苦于兵戈，艰于生计，困于疾疫，再加教育程度有限，哪有余裕闲情来留意刘备的政绩人品。何况，刘备身份低微，权力有限，并不具备位高权重如曹操者方能行使的“尽免今年租赋”的权力，故普通农民很难对他萌生感恩戴德之情。尤其重要的是，我们在小说中并未读到有说服力的情节、细节，足以让读者信服刘备的感召力。

刘备必有过人之处，后人是结合关、张、赵及诸葛亮无不对刘备忠心耿耿、不离不弃，才看清这一点的。至于刘备的过人之处到底在哪儿，人们不清楚。清人赵翼对刘备呵护有加，但他承认，（刘备）“所以得人心之故，史策不见”。

第三十六回

玄德用计袭樊城　元直走马荐诸葛

却说曹仁忿怒，遂大起本部之兵，星夜渡河，意欲踏平新野。

且说单福得胜回县，谓玄德曰："曹仁屯兵樊城，今知二将被诛，必起大军来战。"玄德曰："当何以迎之?"福曰："彼若尽提兵而来，樊城空虚，可乘间夺之。"玄德问计，福附耳低言如此如此。玄德大喜，预先准备已定。忽报马报说："曹仁引大军渡河来了。"单福曰："果不出吾之料。"遂请玄德出军迎敌。两阵对圆，赵云出马唤彼将答话。曹仁命李典出阵，与赵云交锋。约战十数合，李典料敌不过，拨马回阵。云纵马追赶，两翼军射住，遂各罢兵归寨。李典回见曹仁，言："彼军精锐，不可轻敌，不如回樊城。"曹仁怒曰："汝未出军时，已慢吾军心；今又卖阵，罪当斩首!"便喝刀斧手推出李典要斩，众将苦求方免。乃调李典领后军，仁自引兵为前部。[曹仁怒得没名堂。李典是曹操爱将，打狗尚看主人面，斩将焉可胡来?]次日鸣鼓进军，布成一个阵势，使人问玄德曰："识吾阵势?"单福便上高处观看毕，谓玄德曰："此'八门金锁阵'也。八门者：休、生、伤、杜、景、死、惊、开。如从生门、景门、开门而入则吉；从伤门、惊门、休门而入则伤；从杜门、死门而入则亡。今八门虽布得整齐，只是中间通欠主持。[玩阵法，曹仁欠火候。]如从东南角上生门击入，往正西景门而出，其阵必乱。"玄德传令，教军士把住阵角，命赵云引五百军从东南而入，绕往西出。云得令，挺枪跃马，引兵径投东南角上，呐喊杀入中军。曹仁便投北走。云不追赶，却突出西门，又从西杀转东南角上来。曹仁军大乱。玄德麾军冲击，曹兵大败而退。单福命休追赶，收军自回。

却说曹仁输了一阵，方信李典之言，因复请典商议，言："刘备军中必有能者，吾阵竟为所破。"李典曰："吾虽在此，甚忧樊城。"[李典两次提及樊城之忧，映带下文，足见李典绝非泛泛。]曹仁曰："今晚去劫寨，如得胜，再行计议；如不胜，便退军回樊城。"李典曰："不可。刘备必有准备。"仁曰："若如此多疑，何以用兵！"遂不听李典之言，自引军为前队，使李典为后应，当夜二更劫寨。

却说单福正与玄德在寨中议事，忽狂风骤起。福曰："今夜曹仁必来劫寨。"玄德曰："何以敌之？"福笑曰："吾已预算定了。"遂密密分拨已毕。[尽是玄玄笔墨。]至二更，曹仁兵将近寨，只见寨中四围火起，烧着寨栅。曹仁知有准备，急令退军。赵云掩杀将来。仁不及收兵回寨，急望北河而走。将到河边，才欲寻船渡河，岸上一彪军杀到，为首大将乃张飞也。曹仁死战，李典保护曹仁下船渡河。曹军大半淹死水中。曹仁渡过河面上岸，奔至樊城，令人敲门，只见城上一声鼓响，一将引军而出，大喝曰："吾已取樊城多时矣！"众惊视之，乃关云长也。仁大惊，拨马便走。云长追杀过来。曹仁又折了好些军马，星夜投许昌。于路打听，方知有单福为军师，设谋定计。[曹仁总算释疑了。这种写法固然衬托了单福之智，却让刘备大丢面子。]

不说曹仁败回许昌。且说玄德大获全胜，引军入樊城，县令刘泌出迎。玄德安民已定。那刘泌乃长沙人，亦汉室宗亲，遂请玄德到家，设宴相待。只见一人侍立于侧。玄德视其人器宇轩昂，因问泌曰："此何人？"泌曰："此吾之甥寇封，本罗侯寇氏之子也，因父母双亡，故依于此。"玄德爱之，欲嗣为义子。刘泌欣然从之，遂使寇封拜玄德为父，改名刘封。玄德带回，令拜云长、翼德为叔。云长曰："兄长既有子，何必用螟蛉？后生必乱。"玄德曰："吾待之如子，彼必事吾如父。何乱之有！"云长不悦。[这份"不悦"不可等闲略过，日后当有照应。所谓小说中的"草蛇灰线"，即在此等地方。]玄德与单福计议，令赵云引一千军守樊城。玄德领众自回新野。

却说曹仁与李典回许都见曹操，泣拜于地请罪，具言损将折兵之事。操曰："胜负乃军家之常。[这才是曹操风格。]但不知谁为刘备画策？"曹仁言是单福之计。操曰："单福何人也？"程昱笑曰："此非单福也。此人幼好学击剑；中平末年，尝为人报仇杀人，披发涂面而走，为吏所获；

问其姓名不答，吏乃缚于车上，击鼓行于市，令市人识之。虽有识者不敢言，而同伴窃解救之。[早年形迹，分明是典韦之流。]乃更姓名而逃，折节向学，遍访名师，尝与司马徽谈论。此人乃颍州徐庶，字元直。单福乃其托名耳。”操曰：“徐庶之才，比君何如?”昱曰：“十倍于昱。”[先不问徐庶之才如何，程昱这份坦率，至为难得。]操曰：“惜乎贤士归于刘备！羽翼成矣！奈何?”昱曰：“徐庶虽在彼，丞相要用，召来不难。”操曰：“安得彼来归?”昱曰：“徐庶为人至孝。幼丧其父，止有老母在堂。现今其弟徐康已亡，老母无人侍养。丞相可使人赚其母至许昌，令作书召其子，则徐庶必至矣。”

操大喜，使人星夜前去取徐庶母。不一日，取至，操厚待之。因谓之曰：“闻令嗣徐元直乃天下奇才也，今在新野助逆臣刘备，背叛朝廷，正犹美玉落于污泥之中，诚为可惜。今烦老母作书，唤回许都，吾于天子之前保奏，必有重赏。”遂命左右捧过文房四宝，令徐母作书。徐母曰：“刘备何如人也?”操曰：“沛郡小辈，妄称‘皇叔’，全无信义，所谓外君子而内小人者也。”徐母厉声曰：“汝何虚诳之甚也！吾久闻玄德乃中山靖王之后，孝景皇帝阁下玄孙，屈身下士，恭己待人，仁声素著，世之黄童白叟、牧子樵夫皆知其名，真当世之英雄也。吾儿辅之，得其主矣。汝虽托名汉相，实为汉贼，乃反以玄德为逆臣，欲使吾儿背明投暗，岂不自耻乎！”言讫，取石砚便打曹操。[老太威猛。]操大怒，叱武士执徐母出，将斩之。程昱急止之，入谏操曰：“徐母触忤丞相者，欲求死也。丞相若杀之，则招不义之名，而成徐母之德。徐母既死，徐庶必死心助刘备以报仇矣。不如留之，使徐庶身心两处，纵使助刘备，亦不尽力也。且留得徐母在，昱自有计赚徐庶至此，以辅丞相。”操然其言，遂不杀徐母，送于别室养之。

程昱日往问候，诈言曾与徐庶结为兄弟，待徐母如亲母，时常馈送物件，必具手启。徐母因亦作手启答之。程昱赚得徐母笔迹，乃仿其字体，诈修家书一封，差一心腹人，持书径奔新野县，寻问单福行幕。军士引见徐庶。庶知母有家书至，急唤入问之。来人曰：“某乃馆下走卒，奉老夫人言语，有书附达。”庶拆封视之。书曰：

近汝弟康丧，举目无亲。正悲惨间，不期曹丞相赚至许昌，言汝背反，下我于缧绁，赖程昱等救免。若得汝来降，能免我死。如书到日，可念劬劳之恩，星夜前来，以全孝道；然后徐图归耕故园，免遭大祸。吾今命若悬丝，专望救援！更不多嘱。

徐庶览毕，泪如泉涌。[程昱计谋虽下作，但能轻易骗过徐庶，此前"十倍"之论，难免夸张。]持书来见玄德曰："某本颍州徐庶，字元直，为因逃难，更名单福。前闻刘景升招贤纳士，特往见之；及与论事，方知是无用之人，故作书别之。夤夜至司马水镜庄上，诉说其事。水镜深责庶不识主，因说：'刘豫州在此，何不事之？'庶故作狂歌于市，以动使君；幸蒙不弃，即赐重用。争奈老母今被曹操奸计赚至许昌囚禁，将欲加害。老母手书来唤，庶不容不去。非不欲效犬马之劳，以报使君；奈慈亲被执，不得尽力。今当告归，容图后会。"玄德闻言大哭曰："子母乃天性之亲，元直无以备为念。待与老夫人相见之后，或者再得奉教。"徐庶便拜谢欲行。玄德曰："乞再聚一宵，来日饯行。"孙乾密谓玄德曰："元直天下奇才，久在新野，尽知我军中虚实。今若使归曹操，必然重用，我其危矣。主公宜苦留之，切勿放去。操见元直不去，必斩其母。元直知母死，必为母报仇，力攻曹操也。"玄德曰："不可。使人杀其母，而吾用其子，不仁也；留之不使去，以绝其子母之道，不义也。吾宁死，不为不仁不义之事。"众皆感叹。[程昱之计，阴谋而实用；孙乾之计，阴险而无用，故刘备以大义绝之。慈孝乃汉代至高纲常，徐庶倘有背离，顿入千夫所指之地，无法在江湖立足。]

玄德请徐庶饮酒，庶曰："今闻老母被囚，虽金波玉液不能下咽矣。"玄德曰："备闻公将去，如失左右手，虽龙肝凤髓，亦不甘味。"二人相对而泣，坐以待旦。[是刘备的好处，也是刘备的功夫。]诸将已于郭外安排筵席饯行。玄德与徐庶并马出城，至长亭下马相辞。玄德举杯谓徐庶曰："备分浅缘薄，不能与先生相聚。望先生善事新主，以成功名。"庶泣曰："某才微智浅，深荷使君重用。今不幸半途而别，实为老母故也。纵使曹操相迫，庶亦终身不设一谋。"玄德曰："先生既去，刘备亦将远遁山林矣。"庶曰："某所以与使君共图王霸之业者，恃此方寸耳；

今以老母之故，方寸乱矣，纵使在此，无益于事。使君宜别求高贤辅佐，共图大业，何便灰心如此？”玄德曰：“天下高贤，恐无出先生右者。”庶曰：“某樗栎庸材，何敢当此重誉。”临别，又顾谓诸将曰：“愿诸公善事使君，以图名垂竹帛，功标青史，切勿效庶之无始终也。”诸将无不伤感。玄德不忍相离，送了一程，又送一程。［耳边隐隐传来“长亭外，古道边，夕阳山外山”之曲。］庶辞曰：“不劳使君远送，庶就此告别。”玄德就马上执庶之手曰：“先生此去，天各一方，未知相会却在何日！”说罢，泪如雨下。庶亦涕泣而别。玄德立马于林畔，看徐庶乘马与从者匆匆而去。玄德哭曰：“元直去矣！吾将奈何？”凝泪而望，却被一树林隔断。玄德以鞭指曰：“吾欲尽伐此处树木。”众问何故。玄德曰：“因阻吾望徐元直之目也。”［评选最佳煽情语，此语可折桂。］

正望间，忽见徐庶拍马而回。玄德曰：“元直复回，莫非无去意乎？”遂欣然拍马向前迎问曰：“先生此回，必有主意。”庶勒马谓玄德曰：“某因心绪如麻，忘却一语：此间有一奇士，只在襄阳城外二十里隆中。使君何不求之？”玄德曰：“敢烦元直为备请来相见。”庶曰：“此人不可屈致，使君可亲往求之。若得此人，无异周得吕望、汉得张良也。”玄德曰：“此人比先生才德何如？”庶曰：“以某比之，譬犹驽马并麒麟、寒鸦配鸾凤耳。［自谦一如程昱。］此人每尝自比管仲、乐毅；以吾观之，管、乐殆不及此人。此人有经天纬地之才，盖天下一人也！”玄德喜曰：“愿闻此人姓名。”庶曰：“此人乃琅琊阳都人，覆姓诸葛，名亮，字孔明，乃汉司隶校尉诸葛丰之后。其父名珪，字子贡，为泰山郡丞，早卒；亮从其叔玄。玄与荆州景升有旧，因往依之，遂家于襄阳。后玄卒，亮与弟诸葛均躬耕于南阳。尝好为《梁父吟》。所居之地有一冈，名卧龙冈，因自号为‘卧龙先生’。此人乃绝代奇才，使君急宜枉驾见之。若此人肯相辅佐，何愁天下不定乎！”玄德曰：“昔水镜先生曾为备言：‘伏龙、凤雏，两人得一，可安天下。’今所云莫非即伏龙、凤雏乎？”庶曰：“凤雏乃襄阳庞统也。伏龙正是诸葛孔明。”玄德踊跃曰：“今日方知‘伏龙、凤雏’之语。何期大贤只在目前！非先生言，备有眼如盲也！”［徐庶种种，全为孔明铺垫。］后人有赞徐庶走马荐诸葛诗曰：

痛恨高贤不再逢，临歧泣别两情浓。

片言却似春雷震，能使南阳起卧龙。

徐庶荐了孔明，再别玄德，策马而去。玄德闻徐庶之语，方悟司马德操之言，似醉方醒，如梦初觉。引众将回至新野，便具厚币，同关、张前去南阳请孔明。

且说徐庶既别玄德，感其留恋之情，恐孔明不肯出山辅之，遂乘马直至卧龙冈下，入草庐见孔明。孔明问其来意。庶曰："庶本欲事刘豫州，奈老母为曹操所囚，驰书来召，只得舍之而往。临行时，将公荐与玄德。玄德即日将来奉谒，望公勿推阻，即展生平之大才以辅之，幸甚！"孔明离言作色曰："君以我为享祭之牺牲乎！"说罢，拂袖而入。[颇难评价这番"作色"，往好里说，叫自尊自重，往不好里说，太过敏感，大欠旷达。徐庶之荐固有私心，但谁又没点私心？] 庶羞惭而退，上马趱程，赴许昌见母。正是：

嘱友一言因爱主，赴家千里为思亲。

未知后事若何，且听下文便见。

孝道

今人亦讲孝顺，尊老之心，古今中外无别，区别只在程度。摩西十诫即提到"孝敬父母"，在雅典城邦，辱骂父母重则会判死罪，轻则会丧失若干公民权。但就程度言，中国古代孝道与任何其他时代、其他地方的孝顺都有天差地别，很难视为一回事。

孝道之于古人，是一处精神大穴，一旦被拿住，俨若遭遇不可抗力，顿时动弹不得。程昱以此挟制徐庶，徐庶丧失抵抗，乖乖就范。并非程昱高明，依当时舆情及道德观，假如两人互换，徐庶如法炮制，程昱同样失去抵抗力。略知"二十四孝"的读者都知道，古之孝道，标准极高，官方公开倡导的榜样，往往达到变态和残酷的程度——前者如"老莱娱亲"、"闻雷泣墓"，后者如"卧冰求鲤"、"郭巨埋儿"。古之孝道，上下同心，朝野齐力，全民一致，是一件最不会引发异议的主流价值观。杨联陞研究"帝制中国的作息时间表”，发现古时各朝各代“唯一完全严格执行的规定是，父母亲去世之后强迫解官三年”，即所谓“丁忧祖制”。参照这份精神，徐庶探母是一件皇帝老儿都无力阻止的事，刘备焉能干犯。

第三十七回

司马徽再荐名士　刘玄德三顾草庐

却说徐庶趱程赴许昌。曹操知徐庶已到，遂命荀彧、程昱等一班谋士往迎之。庶入相府拜见曹操。操曰："公乃高明之士，何故屈身而事刘备乎?"庶曰："某幼逃难，流落江湖，偶至新野，遂与玄德交厚。老母在此，幸蒙慈念，不胜愧感。"操曰："公今至此，正可晨昏侍奉令堂，吾亦得听清诲矣。"庶拜谢而出。急往见其母，泣拜于堂下。母大惊曰："汝何故至此?"庶曰："近于新野事刘豫州；因得母书，故星夜至此。"徐母勃然大怒，拍案骂曰："辱子飘荡江湖数年，吾以为汝学业有进，何其反不如初也！汝既读书，须知忠孝不能两全。岂不识曹操欺君罔上之贼?刘玄德仁义布于四海，况又汉室之胄，汝既事之，得其主矣！今凭一纸伪书，更不详察，遂弃明投暗，自取恶名，真愚夫也！吾有何面目与汝相见！汝玷辱祖宗，空生于天地间耳!"骂得徐庶拜伏于地，不敢仰视。母自转入屏风后去了。少顷，家人出报曰："老夫人自缢于梁间。"徐庶慌入救时，母气已绝。［西汉刘向著有《列女传》，考其分类，徐母可同时入驻"母仪""节义"两章。］后人有《徐庶母》赞曰：

> 贤哉徐母，流芳千古。守节无亏，于家有补。教子多方，处身自苦。气若丘山，义出肺腑。赞美"豫州"，毁触魏武。不畏鼎镬，不惧刀斧。唯恐后嗣，玷辱先祖。伏剑同流，断机堪伍。生得其名，死得其所。贤哉徐母，流芳千古！

徐庶见母已死，哭绝于地，良久方苏。曹操使人赍礼吊问，又亲往祭奠。徐庶葬母柩于许昌之南原，居丧守墓。凡操有所赐，庶俱不受。

时操欲商议南征。荀彧谏曰："天寒未可用兵；姑待春暖，方可长驱大进。"操从之，乃引漳河之水作一池，名玄武池，于内教练水军，准备南征。

却说玄德正安排礼物，欲往隆中谒诸葛亮，忽人报："门外有一先生，峨冠博带，道貌非常，特来相探。"玄德曰："此莫非即孔明否？"遂整衣出迎。视之，乃司马徽也。玄德大喜，请入后堂高坐，拜问曰："备自别仙颜，日因军务倥偬，有失拜访。今得光降，大慰仰慕之私。"徽曰："闻徐元直在此，特来一会。"玄德曰："近因曹操囚其母，徐母遣人驰书，唤回许昌去矣。"徽曰："此中曹操之计矣！吾素闻徐母最贤，虽为操所囚，必不肯驰书召其子。此书必诈也。元直不去，其母尚存；今若去，母必死矣！"玄德惊问其故，徽曰："徐母高义，必羞见其子也。"玄德曰："元直临行，荐南阳诸葛亮，其人若何？"徽笑曰："元直欲去，自去便了，何又惹他出来呕心血也？"玄德曰："先生何出此言？"徽曰："孔明与博陵崔州平、颍州石广元、汝南孟公威与徐元直四人为密友。此四人务于精纯，唯孔明独观其大略。［孔明独家心法，正如"好读书，不求甚解"乃陶渊明独门秘诀，旁人不宜仿效。否则，世上反智一族都可浪言"观其大略"了。］尝抱膝长吟，而指四人曰：'公等仕进可至刺史、郡守。'众问孔明之志若何，孔明但笑而不答。每常自比管仲、乐毅，其才不可量也。"玄德曰："何颍州之多贤乎！"徽曰："昔有殷馗善观天文，尝谓'群星聚于颍分，其地必多贤士。'"时云长在侧曰："某闻管仲、乐毅乃春秋战国名人，功盖寰宇；孔明自比此二人，毋乃太过？"徽笑曰："以吾观之，不当比此二人；我欲另以二人比之。"云长问："那二人？"徽曰："可比兴周八百年之姜子牙、旺汉四百年之张子房也。"众皆愕然。［孔明资兼文武，人格超凡，就材质论，譬诸管仲、乐毅、子牙、子房，均无不可；就事功论，相差太远：最终成就不过僻居西南，且立国仅四十二年。司马徽是个大话篓子。］徽下阶相辞欲行，玄德留之不住。徽出门仰天大笑曰："卧龙虽得其主，不得其时，惜哉！"［略谓，孔明早生九百年，管仲可歇菜了。］言罢，飘然而去。玄德叹曰："真隐居贤士也！"

次日，玄德同关、张并从人等来隆中。遥望山畔数人，荷锄耕于田间，而作歌曰：

苍天如圆盖，陆地如棋局。世人黑白分，往来争荣辱。荣者自安安，辱者定碌碌。南阳有隐居，高眠卧不足！

玄德闻歌，勒马唤农夫问曰："此歌何人所作？"答曰："乃卧龙先生所作也。"玄德曰："卧龙先生住何处？"农夫曰："自此山之南一带高冈，乃卧龙冈也。冈前疏林内茅庐中，即诸葛先生高卧之地。"玄德谢之，策马前行。不数里，遥望卧龙冈，果然清景异常。后人有古风一篇，单道卧龙居处。诗曰：

襄阳城西二十里，一带高冈枕流水。高冈屈曲压云根，流水潺湲飞石髓。势若困龙石上蟠，形如单凤松阴里。柴门半掩闭茅庐，中有高人卧不起。修竹交加列翠屏，四时篱落野花馨。床头堆积皆黄卷，座上往来无白丁。叩户苍猿时献果，守门老鹤夜听经。囊里名琴藏古锦，壁间宝剑映松文。庐中先生独幽雅，闲来亲自勤耕稼。专待春雷惊梦回，一声长啸安天下。[像桃花源。]

玄德来到庄前下马，亲叩柴门，一童出问。玄德曰："汉左将军、宜城亭侯、领豫州牧、皇叔刘备，特来拜见先生。"童子曰："我记不得许多名字。"玄德曰："你只说刘备来访。"童子曰："先生今早已出。"玄德曰："何处去了？"童子曰："踪迹不定，不知何处去了。"玄德曰："几时归？"童子曰："归期亦不定，或三五日，或十数日。"[唐朝诗人贾岛《寻隐者不遇》中的意境。]玄德惆怅不已。张飞曰："既不见，自归去罢了。"玄德曰："且待片时。"云长曰："不如且归，再使人来探听。"玄德从其言，嘱付童子："如先生回，可言刘备拜访。"遂上马。

行数里，勒马回观隆中景物，果然山不高而秀雅，水不深而澄清；地不广而平坦，林不大而茂盛；猿鹤相亲，松篁交翠，观之不已，忽见一人，容貌轩昂，丰姿俊爽，头戴逍遥巾，身穿皂布袍，杖藜从山僻小路而来。玄德曰："此必卧龙先生也！"急下马向前施礼，问曰："先生非卧龙否？"其人曰："将军是谁？"玄德曰："刘备也。"其人曰："吾非孔明，乃孔明之友，博陵崔州平也。"玄德曰："久闻大名，幸得相遇。乞即席地权坐，请教一言。"二人对坐于林间石上，关、张侍立于侧。[芳菲逍遥之地，玄德既非公干，崔州平又是山野闲士，为何关、张不能权且歇息，在林间石上坐坐？]州平曰："将军何故欲见孔明？"玄德曰：

"方今天下大乱，四方云扰，欲见孔明，求安邦定国之策耳。"州平笑曰："公以定乱为主，虽是仁心，但自古以来，治乱无常。自高祖斩蛇起义，诛无道秦，是由乱而入治也；至哀、平之世二百年，太平日久，王莽篡逆，又由治而入乱；光武中兴，重整基业，复由乱而入治；至今二百年，民安已久，故干戈又复四起：此正由治入乱之时，未可猝定也。将军欲使孔明斡旋天地，补缀乾坤，恐不易为，徒费心力耳。岂不闻'顺天者逸，逆天者劳'、'数之所在，理不得而夺之；命之所定，人不得而强之'乎？"[古人笃信命理气数。试将崔州平高论译成今语，不过"形势比人强"五字。]玄德曰："先生所言，诚为高见。但备身为汉胄，合当匡扶汉室，何敢委之数与命？"州平曰："山野之夫，不足与论天下事，适承明问，故妄言之。"玄德曰："蒙先生见教。但不知孔明何处去了？"州平曰："吾亦欲访之，正不知其何往。"玄德曰："请先生同至敝县，若何？"州平曰："愚性颇乐闲散，无意功名久矣。容他日再见。"言讫，长揖而去。玄德与关、张上马而行。张飞曰："孔明又访不着，却遇此腐儒，闲谈许久！"[总是委派张飞说出此等爽快语。其实，历史上的张飞极为敬重读书人，倒是云长，对儒生名士不甚待见。]玄德曰："此亦隐者之言也。"三人回至新野。

过了数日，玄德使人探听孔明。回报曰："卧龙先生已回矣。"玄德便教备马。张飞曰："量一村夫，何必哥哥自去，可使人唤来便了。"玄德叱曰："汝岂不闻孟子云：'欲见贤而不以其道，犹欲其入而闭之门也。'孔明当世大贤，岂可召乎？"遂上马再往访孔明。关、张亦乘马相随。时值隆冬，天气严寒，彤云布密。行无数里，忽然朔风凛凛，瑞雪霏霏；山如玉簇，林似银妆。[好景语。唯独一事不解：数日前还是"松篁交翠""清景异常"，何期数日后已"天寒地冻"？日子过得快，节气会耍赖。]张飞曰："天寒地冻，尚不用兵，岂宜远见无益之人乎！不如回新野以避风雪。"玄德曰："吾正欲使孔明知我殷勤之意。[玄德心计工。]如弟辈怕冷，可先回去。"飞曰："死且不怕，岂怕冷乎！但恐哥哥空劳神思。"玄德曰："勿多言，只相随同去。"将近茅庐，忽闻路旁酒店中有人作歌。玄德立马听之。其歌曰：

壮士功名尚未成，呜呼久不遇阳春！君不见：东海老叟辞荆蓁，后车遂与文王亲；八百诸侯不期会，白鱼入舟涉孟津；牧野一战血流杵，鹰扬伟烈冠武臣。又不见：高阳酒徒起草中，长揖芒砀“隆准公”；高谈王霸惊人耳，辍洗延坐钦英风；东下齐城七十二，天下无人能继踪。两人非际圣天子，至今谁复识英雄？

歌罢，又有一人击桌而歌。其歌曰：

吾皇提剑清寰海，创业垂基四百载。桓灵季业火德衰，奸臣贼子调鼎鼐。青蛇飞下御座旁，又见妖虹降玉堂。群盗四方如蚁聚，奸雄百辈皆鹰扬。吾侪长啸空拍手，闷来村店饮村酒。独善其身尽日安，何须千古名不朽。

二人歌罢，抚掌大笑。玄德曰：“卧龙其在此间乎！”遂下马入店，见二人凭桌对饮：上首者白面长须，下首者清奇古貌。玄德揖而问曰：“二公谁是卧龙先生？”长须者曰：“公何人？欲寻卧龙何干？”玄德曰：“某乃刘备也，欲访先生，求济世安民之术。”长须者曰：“吾等非卧龙，皆卧龙之友也：吾乃颍州石广元，此位是汝南孟公。”玄德喜曰：“备久闻二公大名，幸得邂逅。今有随行马匹在此，敢请二公同往卧龙庄上一谈。”广元曰：“吾等皆山野慵懒之徒，不省治国安民之事，不劳下问。明公请自上马，寻访卧龙。”[二位适才所吟之诗，主题词乃“功名”二字，可见“山野慵懒之徒”只是仕宦无门时的门面话。若干年后孔明出陇右，听说徐庶和石广元在魏国未获重用，感叹道：“魏殊多士邪！何彼二人不见用乎？”]

玄德乃辞二人，上马投卧龙冈来。至庄前下马，扣门问童子曰：“先生今日在庄否？”童子曰：“现在堂上读书。”玄德大喜，遂跟童子而入。至中门，只见门上大书一联云：“淡泊以明志，宁静以致远。”玄德正看间，忽闻吟咏之声，乃立于门侧窥之，见草堂之上，一少年拥炉抱膝，歌曰：

凤翱翔于千仞兮，非梧不栖；士伏处于一方兮，非主不依。乐躬耕于陇亩兮，吾爱吾庐；聊寄傲于琴书兮，以待天时。

玄德待其歌罢，上草堂施礼曰：“备久慕先生，无缘拜会。昨因徐元直称荐，敬至仙庄，不遇空回。今特冒风雪而来，得瞻道貌，实为万幸。”那少年慌忙答礼曰：“将军莫非刘豫州，欲见家兄否？”玄德惊讶曰：“先生又非卧龙耶？”少年曰：“某乃卧龙之弟诸葛均也。愚兄弟三人：长兄诸葛瑾，现在江东孙仲谋处为幕宾；孔明乃二家兄。”玄德曰：“卧龙今在家否？”均曰：“昨为崔州平相约，出外闲游去矣。”玄德曰：“何处闲游？”均曰：“或驾小舟游于江湖之中，或访僧道于山岭之上，或寻朋友于村落之间，或乐琴棋于洞府之内，往来莫测，不知去所。”［活得太潇洒，皇帝都要嫉妒。］玄德曰：“刘备直如此缘分浅薄，两番不遇大贤！”均曰：“小坐献茶。”张飞曰：“那先生既不在，请哥哥上马。”玄德曰：“我既到此间，如何无一语而回？”因问诸葛均曰：“闻令兄卧龙先生熟谙韬略，日看兵书，可得闻乎？”均曰：“不知。”张飞曰：“问他则甚！风雪甚紧，不如早归。”玄德叱止之。均曰：“家兄不在，不敢久留车骑，容日却来回礼。”玄德曰：“岂敢望先生枉驾。数日之后，备当再至。愿借纸笔作一书，留达令兄，以表刘备殷勤之意。”均遂进文房四宝。玄德呵开冻笔，拂展云笺，写书曰：

备久慕高名，两次晋谒，不遇空回，惆怅何似！窃念备汉朝苗裔，滥叨名爵，伏睹朝廷陵替，纲纪崩摧，群雄乱国，恶党欺君，备心胆俱裂。虽有匡济之诚，实乏经纶之策。仰望先生仁慈忠义，慨然展吕望之大才，施子房之鸿略，［曹操称荀彧“子房”，被讥有篡逆之心，刘备称诸葛亮“吕望”，不知算何居心。］天下幸甚！社稷幸甚！先此布达，再容斋戒薰沐，特拜尊颜，面倾鄙悃。统希鉴原。

玄德写罢，递与诸葛均收了，拜辞出门。均送出，玄德再三殷勤致意而别。方上马欲行，忽见童子招手篱外，叫曰：“老先生来也。”玄德视之，见小桥之西，一人暖帽遮头，狐裘蔽体，骑着一驴，后随一青衣小童，携一葫芦酒，踏雪而来，转过小桥，口吟诗一首。诗曰：

一夜北风寒，万里彤云厚。长空雪乱飘，改画江山旧。仰面观太虚，疑是玉龙斗。纷纷鳞甲飞，顷刻遍宇宙。骑驴过小桥，独叹梅花瘦！

玄德闻歌曰："此真卧龙矣！"滚鞍下马，向前施礼曰："先生冒寒不易！刘备等候久矣！"那人慌忙下驴答礼。［写得曲折往复，一波三折，悬念丛生。］诸葛均在后曰："此非卧龙家兄，乃家兄岳父黄承彦也。"玄德曰："适闻所吟之句，极其高妙。"承彦曰："老夫在小婿家观《梁父吟》记得这一篇；适过小桥，偶见篱落间梅花，故感而诵之。不期为尊客所闻。"玄德曰："曾见贤婿否？"承彦曰："便是老夫也来看他。"玄德闻言，辞别承彦，上马而归。正值风雪又大，回望卧龙冈，悒怏不已。后人有诗，单道玄德风雪访孔明。诗曰：

一天风雪访贤良，不遇空回意感伤。
冻合溪桥山石滑，寒侵鞍马路途长。
当头片片黎花落，扑面纷纷柳絮狂。
回首停鞭遥望处，烂银堆满卧龙冈。

玄德回新野之后，光阴荏苒，又早新春。乃命卜者揲蓍，选择吉期，斋戒三日，薰沐更衣，再往卧龙冈谒孔明。［态度诚恳，做功地道。］

关、张闻之不悦，遂一齐入谏玄德。正是：

高贤未服英雄志，屈节偏生杰士疑。

未知其言若何，下文便晓。

隐士

卧龙冈周边，隐士扎堆，刘、关、张一路行来，见个农夫不容易，抬头低头，俱是隐逸高人。

隐士也是极具中华特色的人文现象。欲成为隐士，一，你得有才；二，才华须为人周知；然后，三，架子一摆，山野里一呆，差不多就成了。早期隐士多苦命，他们奉行"有道则见，无道则隐"的原则，拒绝替昏君效命，极端情况下宁愿披发入山，活活饿死，也"耻食周粟"。隐士与名士的区别是，名士无意功名，无论有道无道，他只管弹自己的琴；隐士心中藏着一份建功立业心，只要"天下有道"或觅得良机，无论姜太公还是诸葛亮，都将毅然出山。诸葛亮自比管仲、乐毅，即表明了这份心志。若原本无意功名，他大可追慕老庄，或学老翁击壤，高唱“帝力与我何有哉”。传说姜太公钓鱼用的是直钩，钓的根本不是鱼，而是周文王。

隐士与功名相关，故内涵易变。早在战国末期，荀子即质疑隐士（处士），嘲笑他们“以不俗为俗……行伪险秽而强高言谨悫”。纯粹如陶渊明般的隐士，极为罕见，至于宋代“梅妻鹤子”的林逋老兄，其功能八成还是替为政者装点山林、增饰烟霞。

所以，卧龙冈原是虎啸堂，孔明在此高卧，只为了他日一展鲲鹏志。

第三十八回

定三分隆中决策　战长江孙氏报仇

却说玄德访孔明两次不遇，欲再往访之。关公曰："兄长两次亲往拜谒，其礼太过矣。想诸葛亮有虚名而无实学，故避而不敢见。兄何惑于斯人之甚也！"［依常理，云长所言甚是。孔明是理外之人。］玄德曰："不然。昔齐桓公欲见东郭野人，五反而方得一面。况吾欲见大贤耶？"张飞曰："哥哥差矣。量此村夫，何足为大贤！今番不须哥哥去，他如不来，我只用一条麻绳缚将来！"玄德叱曰："汝岂不闻周文王谒姜子牙之事乎？文王且如此敬贤，汝何太无礼！今番汝休去，我自与云长去。"飞曰："既两位哥哥都去，小弟如何落后！"玄德曰："汝若同往，不可失礼。"飞应诺。［猜想，不仅施耐庵写李逵时借鉴了张飞，吴承恩写猪八戒时，对张飞也有所临摹。］

于是三人乘马引从者往隆中。离草庐半里之外，玄德便下马步行，正遇诸葛均。玄德忙施礼，问曰："令兄在庄否？"均曰："昨暮方归。将军今日可与相见。"言罢，飘然自去。玄德曰："今番侥幸得见先生矣！"张飞曰："此人无礼！便引我等到庄也不妨，何故竟自去了！"玄德曰："彼各有事，岂可相强。"三人来到庄前叩门，童子开门出问。玄德曰："有劳仙童转报：刘备专来拜见先生。"童子曰："今日先生虽在家，但今在草堂上昼寝未醒。"玄德曰："既如此，且休通报。"分付关、张二人，只在门首等着。玄德徐步而入，见先生仰卧于草堂几席之上。玄德拱立阶下。半晌，先生未醒。关、张在外立久，不见动静，入见玄德犹然侍立。张飞大怒，谓云长曰："这先生如何傲慢！见我哥哥侍立阶下，他竟高卧推睡不起！等我去屋后放一把火，看他起不起！"云长再三劝住。玄德仍命二人出门外等候。望堂上时，见先生翻身将起，忽又朝里壁睡着。童子欲报。玄德曰："且勿惊动。"又立了一个时辰，孔明才醒，口吟诗曰：

大梦谁先觉？平生我自知。草堂春睡足，窗外日迟迟。

孔明吟罢，翻身问童子曰：“有俗客来否？”童子曰：“刘皇叔在此，立候多时。”孔明乃起身曰：“何不早报！尚容更衣。”［趣极。依前句，刻不容缓，当效曹操跣足出迎；依后句，时辰尚早，且仿新娘盛装出镜。］遂转入后堂。又半晌，方整衣冠出迎。玄德见孔明身长八尺，面如冠玉，头戴纶巾，身披鹤氅，飘飘然有神仙之概。玄德下拜曰：“汉室末胄、涿郡愚夫，久闻先生大名，如雷贯耳。昨两次晋谒，不得一见，已书贱名于文几，未审得入览否？”孔明曰：“南阳野人，疏懒成性，屡蒙将军枉临，不胜愧赧。”二人叙礼毕，分宾主而坐，童子献茶。

茶罢，孔明曰：“昨观书意，足见将军忧民忧国之心；但恨亮年幼才疏，有误下问。”玄德曰：“司马德操之言，徐元直之语，岂虚谈哉？望先生不弃鄙贱，曲赐教诲。”孔明曰：“德操、元直，世之高士。亮乃一耕夫耳，安敢谈天下事？二公谬举矣。将军奈何舍美玉而求顽石乎？”玄德曰：“大丈夫抱经世奇才，岂可空老于林泉之下？愿先生以天下苍生为念，开备愚鲁而赐教。”

孔明笑曰：“愿闻将军之志。”［至此，客套程式才算走完。］玄德屏人促席而告曰：“汉室倾颓，奸臣窃命，备不量力，欲伸大义于天下，而智术浅短，迄无所就。唯先生开其愚而拯其厄，实为万幸！”

孔明曰：“自董卓造逆以来，天下豪杰并起。曹操势不及袁绍，而竟能克绍者，非唯天时，抑亦人谋也。今操已拥百万之众，挟天子以令诸侯，此诚不可与争锋。孙权据有江东，已历三世，国险而民附，此可用为援而不可图也。荆州北据汉、沔，利尽南海，东连吴会，西通巴、蜀，此用武之地，非其主不能守。是殆天所以资将军，岂有意乎？益州险塞，沃野千里，天府之国，高祖因之以成帝业；今刘璋暗弱，民殷国富而不知存恤，智能之士，思得明君。将军既帝室之胄，信义著于四海，总揽英雄，思贤如渴，若跨有荆、益，保其岩阻，西和诸戎，南抚彝、越，外结孙权，内修政理；待天下有变，则命一上将将荆州之兵以向宛、洛，将军身率益州之众以出秦川，百姓有不箪食壶浆以迎将军者乎？诚如是，则大业可成，汉室可兴矣。此亮所以为将军谋者也，唯将军图之。”［纸上并非谈不得兵，关键看谁来谈。］言罢，命童子取出画一轴，挂于中堂，指谓玄德曰：“此西川五十四州之图也。将军欲成霸业，北让曹操占天时，南让孙权占地利，将军可占人和。先取荆州为家，后即取西川建基业，以成鼎足之势，然后可图中原也。”

玄德闻言，避席拱手谢曰：“先生之言，顿开茅塞，使备如拨云雾而睹青天。但荆州刘表、益州刘璋，皆汉室宗亲，备安忍夺之？”孔明曰：“亮夜观天象，刘表不久人世；刘璋非立业之主，久后必归将军。”［“夜观天象”云云，系古典作家的文字魔术，读者知其假，信其真。］玄德闻言，顿首拜谢。只这一席话，乃孔明未出茅庐，已知三分天下，真万古之人不及也！后人有诗赞曰：

“豫州”当日叹孤穷，何幸南阳有卧龙！

欲识他年分鼎处，先生笑指画图中。

玄德拜请孔明曰：“备虽名微德薄，愿先生不弃鄙浅，出山相助。备当拱听明诲。”孔明曰：“亮久乐耕锄，懒于应世，不能奉命。”玄德泣曰：“先生不出，如苍生何？”［八字叹息，可扛九鼎。］言毕，泪沾袍袖，衣襟尽湿。孔明见其意甚诚，乃曰：“将军既不相弃，愿效犬马之劳。”玄德大喜，遂命关、张入，拜献金帛礼物。孔明固辞不受。玄德曰：“此非聘大贤之礼，但表刘备寸心耳。”孔明方受。于是玄德等在庄中共宿一宵。［孔明若“懒于应世”，也不会备下“西川五十四州之图”了。］次日，诸葛均回，孔明嘱付曰：“吾受刘皇叔三顾之恩，不容不出。汝可躬耕于此，勿得荒芜田亩。待吾功成之日，即当归隐。”后人有诗叹曰：

身未升腾思退步，功成应忆去时言。

只因先主丁宁后，星落秋风五丈原。

又有古风一篇曰：

高皇手提三尺雪，芒砀白蛇夜流血。平秦灭楚入咸阳，二百年前几断绝。大哉光武兴洛阳，传至桓灵又崩裂。献帝迁都幸许昌，纷纷四海生豪杰。曹操专权得天时，江东孙氏开鸿业。孤穷玄德走天下，独居新野愁民危。南阳卧龙有大志，腹内雄兵分正奇。只因徐庶临行语，茅庐三顾心相知。先生尔时年三九，收拾琴书离陇亩。先取荆州后取川，大展经纶补天手。纵横舌上鼓风雷，谈笑胸中换星斗。龙骧虎视安乾坤，万古千秋名不朽！

玄德等三人别了诸葛均，与孔明同归新野。玄德待孔明如师，食则同桌，寝则同榻，[关、张难免不快。]终日共论天下之事。孔明曰："曹操于冀州作玄武池以练水军，必有侵江南之意。可密令人过江探听虚实。"玄德从之，使人往江东探听。

却说孙权自孙策死后，据住江东，承父兄基业，广纳贤士，开宾馆于吴会，命顾雍、张纮延接四方宾客。连年以来，你我相荐。时有会稽阚泽字德润，彭城严峻字曼才，沛县薛综字敬文，汝南程秉字德枢，吴郡朱桓字休穆，陆绩字公纪，吴人张温字惠恕，及会稽凌统字公续，乌程吴粲字孔休。此数人皆至江东，孙权敬礼甚厚。又得良将数人，乃汝阳吕蒙，字子明；吴郡陆逊，字伯言；琅琊徐盛，字文向；东郡潘璋，字文珪；庐江丁奉，字承渊。文武诸人，共相辅佐，由此江东称得人之盛。

建安七年，曹操破袁绍，遣使往江东，命孙权遣子入朝随驾。权犹豫未决。吴太夫人命周瑜、张昭等面议。张昭曰："操欲令我遣子入朝，是牵制诸侯之法也。然若不令去，恐其兴兵下江东，势必危矣。"周瑜曰："将军承父兄余资，兼六郡之众，兵精粮足，将士用命，有何逼迫而欲送质于人？质一入，不得不与曹氏连和；彼有命召，不得不往：如此，则见制于人也。不如勿遣，徐观其变，别以良策御之。"吴夫人曰："公瑾之言是也。"权遂从其言，谢使者，不遣子。[遣子入质，自古即有，古罗马人也热衷此道，但目的有所不同。曹操要求孙权的，是服从。罗马人往往在对方遣子（或兄弟）入质后，在其国中大肆寻衅作乱，为下一步征伐寻找借口。]自此曹操有下江南之意。但正值北方未宁，无暇南征。

建安八年十一月，孙权引兵伐黄祖，战于大江之中。祖军败绩。权部将凌操，轻舟当先，杀入夏口，被黄祖部将甘宁一箭射死。凌操子凌统，时年方十五岁，奋力往夺父尸而归。权见风色不利，收军还东吴。

却说孙权弟孙翊为丹阳太守。翊性刚好酒，醉后尝鞭挞士卒。丹阳督将妫览、郡丞戴员二人，常有杀翊之心，乃与翊从人边洪结为心腹，共谋杀翊。时诸将县令，皆集丹阳。翊设宴相待。翊妻徐氏美而慧，极善卜《易》，是日卜一卦，其象大凶，劝翊勿出会客。翊不从，遂与众大会。至晚席散，边洪带刀跟出门外，即抽刀砍死孙翊。妫览、戴员乃归罪边洪，斩之于市。二人乘势掳翊家资侍妾。妫览见徐氏美貌，乃谓之曰："吾为汝夫报仇，汝当从我；不从则死。"徐氏曰："夫死未几，不忍便相从；可待至晦日，设祭除服，然后成亲未迟。"览从之。

徐氏乃密召孙翊心腹旧将孙高、傅婴二人入府，泣告曰："先夫在日，常言二公忠义。今妫、戴二贼谋杀我夫，只归罪边洪，将我家资童婢尽皆分去。妫览又欲强占妾身，妾已诈许之，以安其心。二将军可差人星夜报知吴侯，一面设密计以图二贼，雪此仇辱，生死衔恩！"言毕再拜。孙高、傅婴皆泣曰："我等平日感府君恩遇，今日所以不即死难者，正欲为复仇计耳。夫人所命，敢不效力！"于是密遣心腹使者往报孙权。至晦日，徐氏先召孙、傅二人，伏于密室帏幕之中，然后设祭于堂上。祭毕，即除去孝服，沐浴薰香，浓妆艳裹，言笑自若。妫览闻之甚喜。至夜，徐氏遣婢妾请览入府，设席堂中饮酒。饮既醉，徐氏乃邀览入密室。览喜，乘醉而入。徐氏大呼曰："孙、傅二将军何在？"二人即从帏幕中持刀跃出。妫览措手不及，被傅婴一刀砍倒在地，孙高再复一刀，登时杀死。徐氏复传请戴员赴宴。员入府来，至堂中，亦被孙、傅二将所杀。一面使人诛戮二贼家小及其余党。徐氏遂重穿孝服，将妫览、戴员首级，祭于孙翊灵前。不一日，孙权自领军马至丹阳，见徐氏已杀妫、戴二贼，乃封孙高、傅婴为牙门将，令守丹阳，取徐氏归家养老。江东人无不称徐氏之德。后人有诗赞曰：

才节双全世所无，奸回一旦受摧锄。
庸臣从贼忠臣死，不及东吴女丈夫。

［一段迷你复仇记。］

且说东吴各处山贼尽皆平复。大江之中，有战船七千余只。［夸张。

依当时水平，这规模都可征服世界了，除非小舢板也算。虽然不成比较，但古希腊闻名世界的萨拉米海战，双方出动战船也不过一千五百艘。]孙权拜周瑜为大都督，总统江东水陆军马。建安十二年冬十月，权母吴太夫人病危，召周瑜、张昭二人至，谓曰："我本吴人，幼亡父母，与弟吴景徙居越中。后嫁于孙氏，生四子。长子策生时，吾梦月入怀；后生次子权，又梦日入怀。卜者云：'梦日月入怀者，其子必贵。'不幸策早丧，今将江东基业付权。望公等同心助之，吾死不朽矣！"又嘱权曰："汝事子布、公瑾以师傅之礼，不可怠慢。吾妹与我共嫁汝父，则亦汝之母也；吾死之后，事吾妹如事我。汝妹亦当恩养，择佳婿以嫁之。言讫遂终。孙权哀哭，具丧葬之礼，自不必说。

至来年春，孙权商议欲伐黄祖。张昭曰："居丧未及期年，不可动兵。"周瑜曰："报仇雪恨，何待期年？"权犹豫未定。适北平都尉吕蒙入见，告权曰："某把龙湫水口，忽有黄祖部将甘宁来降。某细询之：宁字兴霸，巴郡临江人也，颇通书史，有气力，好游侠。尝招合亡命，纵横于江湖之中，腰悬铜铃，人听铃声，尽皆避之。又尝以西川锦作帆幔，时人皆称为'锦帆贼'。后悔前非，改行从善，引众投刘表。见表不能成事，即欲来投东吴，却被黄祖留住在夏口。前东吴破祖时，祖得甘宁之力，救回夏口，乃待宁甚薄。都督苏飞屡荐宁于祖。祖曰：'宁乃劫江之贼，岂可重用！'宁因此怀恨。苏飞知其意，乃置酒邀宁到家，谓之曰：'吾荐公数次，乃主公不能用。日月逾迈，人生几何，宜自远图。[是正统看法，也是诚恳告白。好男儿志在四方，功名在哪儿招手，刀剑就在哪儿闪光。]吾当保公为鄂县长，自作去就之计。'宁因此得过夏口，欲投江东，恐江东恨其救黄祖杀凌操之事。某具言主公求贤若渴，不记旧恨；况各为其主，又何恨焉？宁欣然引众渡江，来见主公。乞钧旨定夺。"孙权大喜曰："吾得兴霸，破黄祖必矣。"遂令吕蒙引甘宁入见。参拜已毕，权曰："兴霸来此，大获我心。岂有记恨之理？请无怀疑。愿教我以破黄祖之策。"宁曰："今汉祚日危，曹操终必篡窃。南荆之地，操所必争也。刘表无远虑，其子又愚劣，不能承业传基，明公宜早图之；若迟，则操先图之矣。今宜先取黄祖。祖今年老昏迈，务于货利；侵求吏民，人心皆怨；战具不修，军无法律。明公若往攻之，其势必破。既破祖军，鼓行而西，据楚关而图巴、蜀，霸业可定也。”孙权曰：“此金玉之论也!”[此计若行，将与孔明画就的西川争霸图冲突。]遂命周瑜为大都督，总水陆军兵；吕蒙为前部先锋；董袭与甘宁为副将；权自领大军十万，征讨黄祖。

细作探知，报至江夏。黄祖急聚众商议，令苏飞为大将，陈就、邓龙为先锋，尽起江夏之兵迎敌。陈就、邓龙各引一队艨艟截住沔口，艨艟上各设强弓硬弩千余张，将大索系定艨艟于水面上。东吴兵至，艨艟上鼓响，弓弩齐发，兵不敢进，约退数里水面。甘宁谓董袭曰：“事已至此，不得不进。”乃选小船百余只，每船用精军五十人：二十人撑船，三十人各披衣甲，[就算都是小船，七千战船也需三十五万水军，周瑜水军满打满算不到五万人。文人缺乏数字概念，易闹笑话。]手执钢刀，不避矢石，直至艨艟傍边，砍断大索，艨艟遂横。甘宁飞上艨艟，将邓龙砍死。陈就乘船而走。吕蒙见了，跳下小船，自举橹棹，直入船队，放火烧船。陈就急待上岸，吕蒙舍命赶到跟前，当胸一刀砍翻。比及苏飞引军于岸上接应时，东吴一齐上岸，势不可当。祖军大败。苏飞落荒而走，正遇东吴大将潘璋，两马相交，战不数合，被璋生擒过去，径至船中来见孙权。权命左右以槛车囚之，待活捉黄祖，一并诛戮。催动三军，不分昼夜，攻打夏口。正是：

只因不用锦帆贼，致令冲开大索船。

不知黄祖胜负如何，且看下文分解。

奇策

人们常用“未出隆中，已知天下三分”，评价诸葛亮的杰出才能；改“知”为“定”，更准确。《隆中对》中的智慧非常独特，它与当年沮授、荀彧不约而同地建议袁绍、曹操“挟天子以令诸侯”的策略，有着根本不同。

“挟天子以令诸侯”带有某种“先入咸阳者为王”的意味，曹操使得，袁绍也使得，而三分天下的谋略只适用于刘备。对曹操而言，天下削平净尽，只剩江东；对孙权而言，曹操“徒忌二袁、吕布、刘表与孤耳。今数雄已灭，唯孤尚存”，所以他虽自称“孤与老贼，势不两立”，但也仅限于借助“国险而民附”的地利、人和优势，与曹操分庭抗礼。换言之，在曹操眼里，中国只有一个；在孙权眼里，中国可一可二；仅仅由于隆中冒出诸葛亮，才使天下三分有了可能。诸葛亮以力超北海的智慧，从曹、孙争斗中虎口夺食般为刘备抢下一块基业，他清澈的目光仿佛在天地间划出两个圆弧，遂轻巧地把一座“用武之国”荆州，和一个“天府之土”益州，理论上交到刘备手中。他的思绪穿越了时间，不仅为刘备勾画了蜀汉的内政外交，还历历如睹地设想到兴复汉室的前景。知行合一的诸葛亮，岂止是“未出隆中，已定天下三分”；未出隆中，他甚至已将日后的“三分归一统”，计算成大功告成前最后一个官子。

第三十九回

荆州城公子三求计　博望坡军师初用兵

却说孙权督众攻打夏口，黄祖兵败将亡，情知守把不住，遂弃江夏，望荆州而走。甘宁料得黄祖必走荆州，乃于东门外伏兵等候。祖带数十骑突出东门，正走之间，一声喊起，甘宁拦住。祖于马上谓宁曰："我向日不曾轻待汝，今何相逼耶？"宁叱曰："吾昔在江夏，多立功绩，汝乃以'劫江贼'待我，今日尚有何说！"黄祖自知难免，拨马而走。甘宁冲开士卒，直赶将来，只听得后面喊声起处，又有数骑赶来。宁视之，乃程普也。宁恐普来争功，慌忙拈弓搭箭，背射黄祖，祖中箭翻身落马。宁枭其首级，回马与程普合兵一处，回见孙权，献黄祖首级。权命以木匣盛贮，待回江东祭献于亡父灵前；重赏三军，升甘宁为都尉；商议欲分兵守江夏。张昭曰："孤城不可守，不如且回江东。刘表知我破黄祖，必来报仇。我以逸待劳，必败刘表。表败而后乘势攻之，荆襄可得也。"权从其言，遂弃江夏，班师回江东。

苏飞在槛车内，密使人告甘宁求救。宁曰："飞即不言，吾岂忘之？"大军既至吴会，权命将苏飞枭首，与黄祖首级一同祭献。甘宁乃入见权，顿首哭告曰："某向日若不得苏飞，则骨填沟壑矣，安能效命于将军麾下哉？今飞罪当诛，某念其昔日之恩情，愿纳还官爵，以赎飞罪。"权曰："彼既有恩于君，吾为君赦之。但彼若逃去奈何？"宁曰："飞得免诛戮，感恩无地，岂肯走乎！若飞去，宁愿将首级献于阶下。"权乃赦苏飞，[做个人情给部下，两全其美。论笼络手下，孙权不逊曹、刘。考虑到孙权的资历，后人还应给孙权多加一些分。]止将黄祖首级祭献。祭毕设宴，大会文武庆功。

正饮酒间，只见座上一人大哭而起，拔剑在手，直取甘宁。宁忙举坐椅以迎之。权惊视其人，乃凌统也。因甘宁在江夏时，射死他父亲凌操，今日相见，故欲报仇。权连忙劝住，谓统曰："兴霸射死卿父，彼时各为其主，不容不尽力。今既为一家人，岂可复理旧仇？万事皆看吾面。"凌统叩头大哭曰："不共戴天之仇，岂容不报！"［杀父之仇不共戴天，但也得区别场合。沙场阵亡，类似赌场上的愿赌服输，不可按私仇论处。］权与众官再三劝之，凌统只是怒目而视甘宁。权即日命甘宁领兵五千、战船一百只，在夏口镇守，以避凌统。宁拜谢，领兵自往夏口去了。权又加封凌统为丞烈都尉。统只得含恨而止。［培根说："报仇心强的人，过的是巫婆的日子"，但愿凌统不会"含恨"到底。］东吴自此广造战船，分兵守把江岸；又命孙静引一枝军守吴会；孙权自领大军屯柴桑。周瑜日于鄱阳湖教练水军，以备攻战。

话分两头。却说玄德差人打探江东消息，回报："东吴已攻杀黄祖，现今屯兵柴桑。"玄德便请孔明计议。正话间，忽刘表差人来请玄德赴荆州议事。孔明曰："此必因江东破了黄祖，故请主公商议报仇之策也。某当与主公同往，相机而行，自有良策。"玄德从之，留云长守新野，令张飞引五百人马跟随往荆州来。玄德在马上谓孔明曰："今见景升，当若何对答？"孔明曰："当先谢襄阳之事。他若令主公去征讨江东，切不可应允，但说容归新野，整顿军马。"玄德依言。来到荆州，馆驿安下，留张飞屯兵城外，玄德与孔明入城见刘表。礼毕，玄德请罪于阶下。表曰："吾已悉知贤弟被害之事。当时即欲斩蔡瑁之首，以献贤弟；因众人告免，故姑恕之。贤弟幸勿见罪。"玄德曰："非干蔡将军之事，想皆下人所为耳。"表曰："今江夏失守，黄祖遇害，故请贤弟共议报复之策。"玄德曰："黄祖性暴，不能用人，故致此祸。今若兴兵南征，倘曹操北来，又当奈何？"表曰："吾今年老多病，不能理事，贤弟可来助我。我死之后，弟便为荆州之主也。"玄德曰："兄何出此言！量备安敢当此重任。"孔明又目视玄德。［刘备苦于没有基业，又亟盼一片基业；有人奉上大好州郡（前有陶谦让徐州，现有刘表送荆州），刘备又执意拒绝。难怪诸葛亮看不懂。更看不懂的是，日后刘备又要尽手段，抢夺自家宗亲的基业。］玄德曰："容徐思良策。"遂辞出。回至馆驿，孔明曰："景升欲以荆州付主公，奈何却之？"玄德曰："景升待我恩礼交至，安忍乘其危而夺之?"孔明叹曰:"真仁慈之主也!"

正商论间,忽报公子刘琦来见。玄德接入。琦泣拜曰:"继母不能相容,性命只在旦夕,望叔父怜而救之。"玄德曰:"此贤侄家事耳,奈何问我?"孔明微笑。玄德求计于孔明,孔明曰:"此家事,亮不敢与闻。"少时,玄德送琦出,附耳低言曰:"来日我使孔明回拜贤侄,可如此如此,彼定有妙计相告。"琦谢而去。[不介入他人家事,乃古人处事原则;但刘表家事与荆州未来有关,更关联着刘备的人生关切,故佯拒实迎。]次日,玄德只推腹痛,乃浼孔明代往回拜刘琦。孔明允诺,来至公子宅前下马,入见公子,公子邀入后堂。茶罢,琦曰:"琦不见容于继母,幸先生一言相救。"孔明曰:"亮客寄于此,岂敢与人骨肉之事?倘有漏泄,为害不浅。"说罢,起身告辞。琦曰:"既承光顾,安敢慢别。"乃挽留孔明入密室共饮。饮酒之间,琦又曰:"继母不见容,乞先生一言救我。"孔明曰:"此非亮所敢谋也。"言讫,又欲辞去。琦曰:"先生不言则已,何便欲去?"孔明乃复坐。琦曰:"琦有一古书,请先生一观。"乃引孔明登一小楼。孔明曰:"书在何处?"琦泣拜曰:"继母不见容,琦命在旦夕,先生忍无一言相救乎?"孔明作色而起,便欲下楼,只见楼梯已撤去。琦告曰:"琦欲求教良策,先生恐有泄漏,不肯出言;今日上不至天,下不至地,出君之口,入琦之耳。可以赐教矣。"孔明曰:"疏不间亲,亮何能为公子谋?"琦曰:"先生终不幸教琦乎!琦命固不保矣,请即死于先生之前。"乃掣剑欲自刎。[蔡夫人之威,重于刀剑。]孔明止之曰:"已有良计。"琦拜曰:"愿即赐教。"孔明曰:"公子岂不闻申生、重耳之事乎?申生在内而亡,重耳在外而安。今黄祖新亡,江夏乏人守御,公子何不上言,乞屯兵守江夏,则可以避祸矣。"[远祸即避祸。]琦再拜谢教,乃命人取梯送孔明下楼。孔明辞别,回见玄德,具言其事。玄德大喜。

次日,刘琦上言,欲守江夏。刘表犹豫未决,请玄德共议。玄德曰:"江夏重地,固非他人可守,正须公子自往。东南之事,兄父子当之;西北之事,备愿当之。"表曰:"近闻曹操于邺郡作玄武池以练水军,必有征南之意,不可不防。"玄德曰:"备已知之,兄勿忧虑。"遂拜辞回新野。刘表令刘琦引兵三千往江夏镇守。

却说曹操罢三公之职，自以丞相兼之。以毛玠为东曹椽，崔琰为西曹椽，司马懿为文学椽。懿字仲达，河内温人也，颍州太守司马隽之孙，京兆尹司马防之子，主簿司马朗之弟也。［诸葛亮一生的对手，初次登场。司马懿长孔明两岁。］自是文官大备，乃聚武将商议南征。夏侯惇进曰："近闻刘备在新野，每日教演士卒，必为后患，可早图之。"操即命夏侯惇为都督，于禁、李典、夏侯兰、韩浩为副将，领兵十万，直抵博望城，以窥新野。荀彧谏曰："刘备英雄，今更兼诸葛亮为军师，不可轻敌。"惇曰："刘备鼠辈耳，吾必擒之。"徐庶曰："将军勿轻视刘玄德。今玄德得诸葛亮为辅，如虎生翼矣。"操曰："诸葛亮何人也？"庶曰："亮字孔明，道号卧龙先生。有经天纬地之才，出鬼入神之计，真当世之奇士，非可小觑。"操曰："比公若何？"庶曰："庶安敢比亮？庶如萤火之光，亮乃皓月之明也。"夏侯惇曰："元直之言谬矣。吾看诸葛亮如草芥耳，何足惧哉！吾若不一阵生擒刘备，活捉诸葛，愿将首级献与丞相。"［曹操视刘备为英雄，手下大将却小觑刘备。说明战场上的刘备还无法让一线战将刮目相看。］操曰："汝早报捷书，以慰吾心。"惇奋然辞曹操，引军登程。

却说玄德自得孔明，以师礼待之。关、张二人不悦，曰："孔明年幼，有甚才学？兄长待之太过！又未见他真实效验！"玄德曰："吾得孔明，犹鱼之得水也。两弟勿复多言。"关、张见说，不言而退。一日，有人送犛牛尾至。玄德取尾亲自结帽。孔明入见，正色曰："明公无复有远志，但事此而已耶？"玄德投帽于地而谢曰："吾聊假此以忘忧耳。"［精彩细节。作者首回书介绍刘备，即提及他少时"贩屦织席为业"，"结帽"原是童子功。］孔明曰："明公自度比曹操若何？"玄德曰："不如也。"孔明曰："明公之众，不过数千人，万一曹兵至，何以迎之？"玄德曰："吾正愁此事，未得良策。"孔明曰："可速招募民兵，亮自教之，可以待敌。"玄德遂招新野之民，得三千人。孔明朝夕教演阵法。忽报曹操差夏侯惇引兵十万，杀奔新野来了。张飞闻知，谓云长曰："可着孔明前去迎敌便了。"正说之间，玄德召二人入，谓曰："夏侯惇引兵到来，如何迎敌？”张飞曰：“哥哥何不使‘水’去？”［张飞极逗。］玄德曰：“智赖孔明，勇须二弟，何可推调？”关、张出，玄德请孔明商议。孔明曰：“但恐关、张二人不肯听吾号令；主公若欲亮行兵，乞假剑印。”玄德便以剑印付孔明，孔明遂聚集众将听令。张飞谓云长曰：“且听令去，看他如何调度。”孔明令曰：“博望之左有山，名曰豫山；右有林，名曰安林，可以埋伏军马。云长可引一千军往豫山埋伏，等彼军至，放过休敌；其辎重粮草，必在后面，但看南面火起，可纵兵出击，就焚其粮草。翼德可引一千军去安林背后山谷中埋伏，只看南面火起便可出，向博望城旧屯粮草处纵火烧之。关平、刘封可引五百军，预备引火之物，于博望坡后两边等候，至初更兵到，便可放火矣。”［兵太少。］又命：“于樊城取回赵云，令为前部，不要赢，只要输。主公自引一军为后援。各须依计而行，勿使有失。”云长曰：“我等皆出迎敌，未审军师却作何事？”孔明曰：“我只坐守县城。”张飞大笑曰：“我们都去厮杀，你却在家里坐地，好自在！”孔明曰：“剑印在手，违令者斩！”玄德曰：“岂不闻‘运筹帷幄之中，决胜千里之外’？二弟不可违令。”张飞冷笑而去。云长曰：“我们且看他的计应也不应，那时却来问他未迟。”二人去了。众将皆未知孔明韬略，今虽听令，却都疑惑不定。孔明谓玄德曰：“主公今日可便引兵就博望山下屯住。来日黄昏，敌军必到，主公便弃营而走；但见火起，即回军掩杀。亮与糜竺、糜芳引五百军守县。”命孙乾、简雍准备庆喜筵席，安排“功劳簿”伺候。［未开打，诸事皆已料定，还可预置功劳簿，这份派头，孔明独有。像说某国手与人下棋，起手当头炮一摆，即已料定对方将在三十回合后被“马三进五”闷宫将死。］派拨已毕，玄德亦疑惑不定。

却说夏侯惇与于禁等引兵至博望，分一半精兵作前队，其余尽护粮车而行。时当秋月，商飙徐起。人马趱行之间，望见前面尘头忽起。惇便将人马摆开，问乡导官曰：“此间是何处？”答曰：“前面便是博望坡，后面是罗口川。”惇令于禁、李典押住阵脚，亲自出马阵前。遥望军马来到，惇忽然大笑。众问：“将军何为而笑？”惇曰：“吾笑徐元直在丞相面前夸诸葛亮为天人，今观其用兵，乃以此等军马为前部，与吾对敌，正如驱犬羊与虎豹斗耳！吾于丞相前夸口，要活捉刘备、诸葛亮，今必应吾笑矣。”遂自纵马向前。赵云出马。惇骂曰：“汝等随刘备，如孤魂随鬼耳！”云大怒，纵马来战。两马相交，不数合，云诈败而走。夏侯惇从后追赶。云约走十余里，回马又战。不数合又走。韩浩拍马向前谏曰：“赵云诱敌，恐有埋伏。”惇曰：“敌军如此，虽十面埋伏，吾何惧哉！”遂不听浩言，直赶至博望坡。一声炮响，玄德自引军冲将过来，接应交战。夏侯惇笑谓韩浩曰：“此即埋伏之兵也！吾今晚不到新野，誓不罢兵！”乃催军前进。玄德、赵云退后便走。

时天色已晚，浓云密布，又无月色，昼风既起，夜风愈大。夏侯惇只顾催军赶杀。于禁、李典赶到窄狭处，两边俱是芦苇。典谓禁曰：“欺敌者必败。南道路狭，山川相逼，树木丛杂，倘彼用火攻，奈何？”［李典前劝曹仁，今劝夏侯惇，所言俱验。］禁曰：“君言是也。吾当往前为都督言之；君可止住后军。”李典便勒回马，大叫：“后军慢行！”人马走发，那里拦当得住？于禁骤马大叫：“前军都督且住！”夏侯惇正走之间，见于禁从后军奔来，便问何故。禁曰：“南道路狭，山川相逼，树木丛杂，可防火攻。”夏侯惇猛省，即回马令军马勿进。言未已，只听背后喊声震起，早望见一派火光烧着，随后两边芦苇亦着。一霎时，四方八面，尽皆是火；又值风大，火势愈猛。曹家人马，自相践踏，死者不计其数。赵云回军赶杀，夏侯惇冒烟突火而走。

且说李典见势头不好，急奔回博望城时，火光中一军拦住。当先大将，乃关云长也。李典纵马混战，夺路而走。于禁见粮草车辆都被火烧，便投小路奔逃去了。夏侯兰、韩浩来救粮草，正遇张飞。战不数合，张飞一枪刺夏侯兰于马下。韩浩夺路走脱。直杀到天明，却才收军。杀得尸横遍野，血流成河。［三千人烧十万兵，可能；三千人把十万人杀得“尸横遍野”，不可能。为哄抬孔明之智，作者把常识杀得“血流成河”。］后人有诗曰：

博望相持用火攻，指挥如意笑谈中。

直须惊破曹公胆，初出茅庐第一功！

夏侯惇收拾残军，自回许昌。

却说孔明收军。关、张二人相谓曰："孔明真英杰也!"行不数里，见糜竺、糜芳引军簇拥着一辆小车，车中端坐一人，乃孔明也。[孔明牌座驾，别无分号，如《封神榜》里的姜子牙。]关、张下马拜伏于车前。须臾，玄德、赵云、刘封、关平等皆至，收聚众军，把所获粮草辎重，分赏将士，班师回新野。新野百姓望尘遮道而拜，曰："吾属生全，皆使君得贤人之力也!"孔明回至县中，谓玄德曰："夏侯惇虽败去，曹操必自引大军来。"玄德曰："似此如之奈何?"孔明曰："亮有一计，可敌曹军。"正是：

破敌未堪息战马，避兵又必赖良谋。

未知其计若何，且看下文分解。

继母

蔡氏是刘表后妻，刘琮生母，刘琦继母。刘琦宁可"掣剑自刎"也不愿忍受蔡夫人，可见蔡氏之狠酷。

有人比较了《格林兄弟童话》中的两百个故事，共出现十六个邪恶母亲或继母，只有三个邪恶父亲和继父。在日常语言中，"继母"（吴方言读如"霉娘"）常被视为虐待的代名词，继父则无此特点。《颜氏家训》概括道："凡庸之性，后夫多宠前夫之孤，后妻必虐前妻之子"，原因是，"非唯妇人怀嫉妒之情，丈夫有沉惑之僻，亦事势使之然也。前夫之孤，不敢与我子争家，提携鞠养，积习生爱，故宠之；前妻之子，每居已生之上，宦学婚嫁，莫不为防焉，故虐之"。作者总结道："家有此者，皆门户之祸也。"可见古人早已心明眼亮，分剖清爽。

百姓家里的继母施虐，毕竟只是家事，所招之祸限于一户之内；宗室豪族中的继母施虐，不以门户为限，经常事在门内，祸延户外，甚至造成无量杀伐。袁绍即为前车，惜乎刘表不为后鉴，纵容蔡氏，致有大变。所谓"家天下"，对皇帝，家事即天下之事；对刺史州牧，家事即州郡之事。一室不安，举国震荡。

第四十回

蔡夫人议献荆州 诸葛亮火烧新野

却说玄德问孔明求拒曹兵之计。孔明曰："新野小县，不可久居。近闻刘景升病在危笃，可乘此机会，取彼荆州为安身之地，庶可拒曹操也。"玄德曰："公言甚善；但备受景升之恩，安忍图之！"孔明曰："今若不取，后悔何及！"玄德曰："吾宁死，不忍作负义之事。"孔明曰："且再作商议。"［权力场是负义人玩的游戏，刘备执意入局，又声称"不忍作负义之事"，孔明再次吃瘪。］

却说夏侯惇败回许昌，自缚见曹操，伏地请死。操释之。惇曰："惇遭诸葛亮诡计，用火攻破我军。"操曰："汝自幼用兵，岂不知狭处须防火攻？"惇曰："李典、于禁曾言及此，悔之不及！"操乃赏二人。［夏侯惇老实。］惇曰："刘备如此猖獗，真腹心之患也，不可不急除。"操曰："吾所虑者，刘备、孙权耳；余皆不足介意。今当乘此时扫平江南。"便传令起大兵五十万，令曹仁、曹洪为第一队，张辽、张郃为第二队，夏侯渊、夏侯惇为第三队，于禁、李典为第四队，操自领诸将为第五队，每队各引兵十万。又令许褚为折冲将军，引兵三千为先锋。选定建安十三年秋七月丙午日出师。

太中大夫孔融谏曰："刘备、刘表皆汉室宗亲，不可轻伐；孙权虎踞六郡，且有大江之险，亦不易取。今丞相兴此无义之师，恐失天下之望。"操怒曰："刘备、刘表、孙权皆逆命之臣，岂容不讨！"遂叱退孔融，下令："如有再谏者，必斩。"孔融出府，仰天叹曰："以至不仁伐至仁，安得不败乎？"时御史大夫郗虑家客闻此言，报知郗虑。虑常被孔融侮慢，心正恨之，乃以此言入告曹操，且曰："融平日每每狎侮丞相，又与祢衡相善。衡赞融曰'仲尼不死'，融赞衡曰'颜回复生'。向者祢衡之辱丞相，乃融使之也。"操大怒，遂命廷尉捕捉孔融。融有二子，年尚少，时方在家对坐奕棋。左右急报曰："尊君被廷尉执去，将斩矣！二公子何不急避？"二子曰："破巢之下，安有完卵乎？"言未已，廷尉又至，尽收融家小并二子，皆斩之，号令融尸于市。［孔融有取死之咎，曹操无杀人之由。］京兆脂习伏尸而哭。操闻之，大怒，欲杀之。荀彧曰："彧闻脂习常谏融曰：'公刚直太过，乃取祸之道。'今融死而来哭，乃义人也，不可杀。"操乃止。习收融父子尸首，皆葬之。后人有诗赞孔融曰：

孔融居北海，豪气贯长虹。坐上客常满，樽中酒不空。

文章惊世俗，谈笑侮王公。史笔褒忠直，存官纪"太中"。

曹操既杀孔融，传令五队军马次第起行，只留荀彧等守许昌。

却说荆州刘表病重，使人请玄德来托孤。玄德引关、张至荆州见刘表。表曰："我病已入膏肓，不久便死矣，特托孤于贤弟。我子无才，恐不能承父业；我死之后，贤弟可自领荆州。"玄德泣拜曰："备当竭力以辅贤侄，安敢有他意乎！"正说间，人报曹操自统大兵至。玄德急辞刘表，星夜回新野。刘表病中闻此信，吃惊不小，商议写遗嘱，令玄德辅佐长子刘琦为荆州之主。蔡夫人闻之大怒，关上内门，使蔡瑁、张允二人把住外门。时刘琦在江夏，知父病危，来至荆州探病，方到外门，蔡瑁当住曰："公子奉父命镇守江夏，其任至重；今擅离职守，倘东吴兵至，如之奈何？若入见主公，主公必生嗔怒，病将转增，非孝也。宜速回。"刘琦立于门外，大哭一场，上马仍回江夏。刘表病势危笃，望刘琦不来；至八月戊申日，大叫数声而死。后人有诗叹刘表曰：

昔闻袁氏居河朔，又见刘君霸汉阳。

总为牝晨致家累，可怜不久尽销亡！

刘表既死，蔡夫人与蔡瑁、张允商议，假写遗嘱，令次子刘琮为荆州之主，然后举哀报丧。［刘表之愚蠢和不幸，紧随袁绍，仅次袁绍。］时刘琮年方十四岁，颇聪明，乃聚众言曰："吾父弃世，吾兄现在江夏，更有叔父玄德在新野。汝等立我为主，倘兄与叔兴兵问罪，如何解释？"众官未及对，幕官李珪答曰："公子之言甚善。今可急发哀书至江夏，请大公子为荆州之主，就命玄德一同理事，北可以敌曹操，南可以拒孙权。此万全之策也。"蔡瑁叱曰："汝何人，敢乱言以逆主公遗命！"李珪大骂曰："汝内外朋谋，假称遗命，废长立幼，眼见荆襄九郡，送于蔡氏之手！故主有灵，必当殛汝！"蔡瑁大怒，喝令左右推出斩之。李珪至死大哭不绝。于是蔡瑁遂立刘琮为主。蔡氏宗族分领荆州之兵，令治中邓义、别驾刘先守荆州，蔡夫人自与刘琮前赴襄阳驻扎，以防刘琦、刘备；［昏聩政治与贤明制度的分歧点，常在魁首去世时得到体现：贤明制度不因个体存废而改变，继承有序，按部就班；昏聩政治必演化为血腥阴谋的契机。］就葬刘表之棺于襄阳城东汉阳之原，竟不赴告刘琦与玄德。

刘琮至襄阳，方才歇马，忽报曹操引大军径望襄阳而来。琮大惊，遂请蒯越、蔡瑁等商议。东曹椽傅巽进言曰："不特曹操兵来为可忧；今大公子在江夏，玄德在新野，我皆未往报丧，若彼兴兵问罪，荆襄危矣。巽有一计，可使荆襄之民，安如泰山，又可保全主公名爵。"琮曰："计将安出？"巽曰："不如将荆襄九郡献与曹操，操必重待主公也。"琮叱曰："是何言也！孤受先君之基业，坐尚未稳，岂可便弃之他人？"蒯越曰："傅公悌之言是也。夫逆顺有大体，强弱有定势。今曹操南征北讨，以朝廷为名，主公拒之，其名不顺。且主公新立，外患未宁，内忧将作。荆襄之民，闻曹兵至，未战而胆先寒，安能与之敌哉？"琮曰："诸公善言，非我不从；但以先君之业，一旦弃与他人，恐贻笑于天下耳。"

言未已，一人昂然而进曰："傅公悌、蒯异度之言甚善，何不从之？"众视之，乃山阳高平人，姓王名粲，字仲宣。［大才子驾到。王粲是文学史上"建安七子"之一，刘勰在《文心雕龙·才略》里赞他"七子之冠冕"。］粲容貌瘦弱，身材短小，幼时往见中郎蔡邕，时邕高朋满座，闻粲至，倒履迎之。宾客皆惊曰："蔡中郎何独敬此小子耶？"邕曰："此子有异才，吾不如也。"粲博闻强记，人皆不及，尝观道旁碑文一过，便能记诵；观人奕棋，棋局乱，粲复为摆出，不差一子。又善算术。其文词妙绝一时。年十七，辟为黄门侍郎，不就。后因避乱至荆襄，刘表以为上宾。当日谓刘琮曰："将军自料比曹公何如？"琮曰："不如也。"粲曰："曹公兵多将勇，足智多谋，擒吕布于下邳，摧袁绍于官渡，逐刘备于陇右，破乌桓于白登；枭除荡定者，不可胜计。今以大军南下荆襄，势难抵敌。傅、蒯二君之谋，乃长策也。将军不可迟疑，致生后悔。"琮曰：

"先生见教极是。但须禀告母亲知道。"只见蔡夫人从屏后转出，谓琮曰："既是仲宣、公悌、异度三人所见相同，何必告我。"［王粲容貌欠佳，在刘表帐下郁郁不得志，故有一千个理由投奔曹操。曹操所居之邺城，在文学才俊眼里，正如当今外省青年心中的北京，全球艺术后生眼中的巴黎、纽约。王粲明里帮刘琮拿主意，暗里替自家打算盘。］于是刘琮意决，便写降书，令宋忠潜地往曹操军前投献。宋忠领命，直至宛城，接着曹操，献上降书。操大喜，重赏宋忠，分付教刘琮出城迎接，便着他永为荆州之主。

宋忠拜辞曹操，取路回荆襄。将欲渡江，忽见一枝人马到来，视之，乃关云长也。宋忠回避不迭，被云长唤住，细问荆州之事。忠初时隐讳，后被云长盘问不过，［何谓"盘问不过"？像老练律师展开交叉询问，还是像老辣酷吏那样大刑伺候？］只得将前后事情，一一实告。云长大惊，随捉宋忠至新野见玄德，备言其事。玄德闻之大哭。张飞曰："事已如此，可先斩宋忠，随起兵渡江，夺了襄阳，杀了蔡氏、刘琮，然后与曹操交战。"玄德曰："你且缄口。我自有斟酌。"乃叱宋忠曰："你知众人作事，何不早来报我？今虽斩汝，无益于事。可速去。"忠拜谢，抱头鼠窜而去。

玄德正忧闷间，忽报公子刘琦差伊籍到来。玄德感伊籍昔日相救之恩，降阶迎之，再三称谢。籍曰："大公子在江夏，闻荆州已故，蔡夫人与蔡瑁等商议，不来报丧，竟立刘琮为主。公子差人往襄阳探听，回说是实；恐使君不知，特差某赍哀书呈报，并求使君尽起麾下精兵，同往襄阳问罪。"玄德看书毕，谓伊籍曰："机伯只知刘琮僭立，更不知刘琮已将荆襄九郡献与曹操矣！"籍大惊曰："使君何从知之？"玄德具言拿获宋忠之事。籍曰："若如此，使君不如以吊丧为名，前赴襄阳，诱刘琮出迎，就便擒下，诛其党类，则荆州属使君矣。"孔明曰："机伯之言是也。主公可从之。"［在孔明既定方略里，荆州须归刘备所有。］玄德垂泪曰："吾兄临危托孤于我，今若执其子而夺其地，异日死于九泉之下，何面目复见我兄乎？"孔明曰："如不行此事，今曹兵已至宛城，何以拒敌？"玄德曰："不如走樊城以避之。"

正商议间，探马飞报曹兵已到博望了。玄德慌忙发付伊籍回江夏整顿军马，一面与孔明商议拒敌之计。孔明曰："主公且宽心。前番一把火，烧了夏侯惇大半人马；今番曹军又来，必教他中这条计。我等在新野住不得了，不如早到樊城去。"便差人四门张榜，晓谕居民："无问老幼男女，愿从者，即于今日皆跟我往樊城暂避，不可自误。"差孙乾往河边调拨船只，救济百姓；差糜竺护送各官家眷到樊城。一面聚诸将听令，先教云长："引一千军去白河上流头埋伏。各带布袋，多装沙土，遏住白河之水，至来日三更后，只听下流头人喊马嘶，急取起布袋，放水淹之，却顺水杀将下来接应。"又唤张飞："引一千军去博陵渡口埋伏。此处水势最慢，曹军被淹，必从此逃难，可便乘势杀来接应。"又唤赵云："引军三千，分为四队，自领一队伏于东门外，其三队分伏西、南、北三门，却先于城内人家屋上，多藏硫黄焰硝引火之物。曹军入城，必安歇民房。来日黄昏后，必有大风；[这个"必"字，只有孔明说得。风风雨雨，尽在孔明袋中。]但看风起，便令西、南、北三门伏军尽将火箭射入城去；待城中火势大作，却于城外呐喊助威；只留东门放他出走，汝却于东门外从后击之。天明会合关、张二将，收军回樊城。"再令糜芳、刘封二人："带二千军，一半红旗，一半青旗，去新野城外三十里鹊尾坡前屯住。一见曹军到，红旗军走在左，青旗军走在右。他心疑必不敢追。汝二人却去分头埋伏。只望城中火起，便可追杀败兵，然后却来白河上流头接应。"孔明分拨已定，乃与玄德登高瞭望，只候捷音。

却说曹仁、曹洪引军十万为前队，前面已有许褚引三千铁甲军开路，浩浩荡荡，杀奔新野来。是日午牌时分，来到鹊尾坡，望见坡前一簇人马，尽打青、红旗号。许褚催军向前。刘封、糜芳分为四队，青、红旗各归左右。许褚勒马，教且休进："前面必有伏兵。我兵只在此处住下。"许褚一骑马飞报前队曹仁。曹仁曰："此是疑兵，必无埋伏。可速进兵。我当催军继至。"许褚复回坡前，提兵杀入。至林下追寻时，不见一人。时日已坠西。许褚方欲前进，只听得山上大吹大擂。抬头看时，只见山顶上一簇旗，旗丛中两把伞盖：左玄德，右孔明，二人对坐饮酒［写得玄妙。越看越好看，越想越不对劲。］。许褚大怒，引军寻路上山。山上擂木炮石打将下来，不能前进。又闻山后喊声大震。欲寻路厮杀，天色已晚。曹仁领兵到，教且夺新野城歇马。军士至城下时，只见四门大开。曹兵直入，并无阻当，城中亦不见一人，竟是一座空城了。曹洪曰："此是势孤计穷，故尽带百姓逃窜去了。我军权且在城安歇，来日平明进兵。"此时各军走乏，都已饥饿，皆去夺房造饭。曹仁、曹洪就在衙内安歇。初更已后，狂风大作。[此风算孔明借的，还是老天送的？总之，孔明掐指一算，大风"必"如约而至。]守门军士飞报火起。曹仁曰："此必军士造饭不小心，遗漏之火，不可自惊。"说犹未了，接连几次飞报，西、南、北三门皆火起。曹仁急令众将上马时，满县火起，上下通红。是夜之火，更胜前日博望烧屯之火。后人有诗叹曰：

奸雄曹操守中原，九月南征到汉川。
风伯怒临新野县，祝融飞下焰摩天。

曹仁引众将突烟冒火，寻路奔走，闻说东门无火，急急奔出东门。军士自相践踏，死者无数。曹仁等方才脱得火厄，背后一声喊起，赵云引军赶来混战，败军各逃性命，谁肯回身厮杀！正奔走间，糜芳引一军至，又冲杀一阵。曹仁大败，夺路而走，刘封又引一军截杀一阵。到四更时分，人马困乏，军士大半焦头烂额。奔至白河边，喜得河水不甚深，人马都下河吃水，人相喧嚷，马尽嘶鸣。

却说云长在上流用布袋遏住河水，黄昏时分，望见新野火起；至四更，忽听得下流头人语马嘶，急令军士一齐掣起布袋，水势滔天，望下流冲去，曹军人马俱溺于水中，死者极多。曹仁引众将望水势慢处夺路而走。行到博陵渡口，只听喊声大起，一军拦路，当先大将，乃张飞也，大叫："曹贼快来纳命!"曹军大惊。正是：

城内才看红焰起，水边又遇黑风来。

未知曹仁性命如何，且看下文分解。

孔融

说"孔融有取死之咎"，因孔融言语放浪，伤害了朝野上下集体捍卫的价值观，即孝道。孝道也是孔融先祖孔子倡导的至高观念，故曹操诛杀孔融，未尝不可标榜成对孔门教义的捍卫。孔融最过分的言论是："父之于子，当有何亲？论其本意，实为情欲发耳！子之于母，亦复奚为？譬如寄物瓶中，出则离矣！"依今日宽松之见，此说不失有趣，钱锺书曾引用域外文学作品的相似言论，说明孔融"吾道不孤"，如古希腊诗人曾问："汝曷不思汝父何以得汝乎！汝身不过来自情欲一晌、不净一滴耳。"但在古代中国，孝道不仅是一种道德倡议，还对应于宗法制度，对抗孝道即是违犯根本大法，故曰"孔融有取死之咎"。

依据现代理念，曹操无杀人之由。孔融终究是一名异议人士，且异议目标主要针对曹操。统治者出于统治便利而置异议人士于死地，属于反文明的暴政。何况，孔融即使有罪，曹操也不配问罪，曹操曾在《求贤令》中，石破天惊地对世间不孝之士表达了谅解和包容——当然有个前提：你得有才。孔融没有才吗？孔融至少有些别才歪才怪才，只是不符合曹操的统治需要罢了。不容异议人士存身的环境，王粲虽不介意，真正的知识分子必以暴政视之，古语"危邦不入，乱邦不居"，庶几近之。

第四十一回

刘玄德携民渡江　赵子龙单骑救主

却说张飞因关公放了上流水，遂引军从下流杀将来，截住曹仁混杀。忽遇许褚，便与交锋。许褚不敢恋战，夺路走脱。张飞赶来，接着玄德、孔明，一同沿河到上流。刘封、糜芳已安排船只等候，遂一齐渡河，尽望樊城而去。孔明教将船筏放火烧毁。

却说曹仁收拾残军，就新野屯住，使曹洪去见曹操，具言失利之事。操大怒曰："诸葛村夫，安敢如此！"［孔明一出，曹操沦为二流人物。］催动三军，漫山塞野，尽至新野下寨。传令军士一面挖山，一面填塞白河。令大军分作八路，一齐去取樊城。刘晔曰："丞相初至襄阳，必须先买民心。今刘备尽迁新野百姓入樊城，若我兵径进，二县为齑粉矣。不如先使人招降刘备，备即不降，亦可见我爱民之心；若其来降，则荆州之地，可不战而定也。"操从其言，便问："谁可为使？"刘晔曰："徐庶与刘备至厚，今现在军中，何不命他一往？"操曰："他去恐不复来。"晔曰："他若不来，贻笑于人矣。丞相勿疑。"［刘晔与徐庶年少时都曾报仇杀人，刘晔杀人时只有十三岁。两人日后都受到士林推崇，称曹操"乱世之奸雄"的名嘴许劭，曾赞刘晔有"佐世之才"。刘晔深知徐庶脾性，不为无故。］操乃召徐庶至，谓曰："我本欲踏平樊城，奈怜众百姓之命。公可往说刘备，如肯来降，免罪赐爵；若更执迷，军民共戮，玉石俱焚。吾知公忠义，故特使公往，愿勿相负。"

徐庶受命而行。至樊城，玄德、孔明接见，共诉旧日之情。庶曰："曹操使庶来招降使君，乃假买民心也。今彼分兵八路，填白河而进。樊城恐不可守，宜速作行计。"玄德欲留徐庶。庶谢曰："某若不还，恐惹人笑。［名士清流的本钱，全在口碑。若惹众人讪笑，就没得玩了。勇烈自尊者的爱惜羽毛，与市井凡夫的死要面子，不宜混为一谈。］某今老母已丧，抱恨终天。身虽在彼，誓不为设一谋。公有卧龙辅佐，何愁大业不成。”庶请辞，玄德不敢强留。徐庶辞回，见了曹操，言玄德并无降意。操大怒，即日进兵。

玄德问计于孔明。孔明曰：“可速弃樊城，取襄阳暂歇。”玄德曰：“奈百姓相随许久，安忍弃之？”孔明曰：“可令人遍告百姓，有愿随者同去，不愿者留下。”先使云长往江岸整顿船只，令孙乾、简雍在城中声扬曰：“今曹兵将至，孤城不可久守，百姓愿随者，便同过江。”两县之民，齐声大呼曰：“我等虽死，亦愿随使君！”即日号泣而行，扶老携幼，将男带女，滚滚渡河，两岸哭声不绝。[一幅出埃及图。]玄德于船上望见，大恸曰：“为吾一人而使百姓遭此大难，吾何生哉！”欲投江而死，左右急救止。闻者莫不痛哭。船到南岸，回顾百姓，有未渡者望南而哭。玄德急令云长催船渡之，方才上马。[刘备虽有慈悲心，终究不是摩西。]

行至襄阳东门，只见城上遍插旌旗，濠边密布鹿角。玄德勒马大叫曰：“刘琮贤侄，吾但欲救百姓，并无他念。可快开门。”刘琮闻玄德至，惧而不出。蔡瑁、张允径来敌楼上，叱军士乱箭射下。城外百姓，皆望敌楼而哭。城中忽有一将，引数百人径上城楼，大喝：“蔡瑁、张允卖国之贼！刘使君乃仁德之人，今为救民而来投，何得相拒！”众视其人，身长八尺，面如重枣，[像关羽。]乃义阳人也，姓魏名延，字文长。当下魏延轮刀砍死守门将士，开了城门，放下吊桥，大叫：“刘皇叔快领兵入城，共杀卖国之贼！”张飞便跃马欲入，玄德急止之曰：“休惊百姓！”魏延只顾招呼玄德军马入城。只见城内一将飞马引军而出，大喝：“魏延无名小卒，安敢造乱！认得我大将文聘么！”魏延大怒，挺枪跃马，便来交战。两下军兵在城边混杀，喊声大震。玄德曰：“本欲保民，反害民也！吾不愿入襄阳！”孔明曰：“江陵乃荆州要地，不如先取江陵为家。”玄德曰：“正合吾心。”于是引着百姓，尽离襄阳大路，望江陵而走。襄阳城中百姓，多有乘乱逃出城来，跟玄德而去。魏延与文聘交战，从巳至未，两下兵卒皆已折尽。延乃拨马而逃，却寻不见玄德，自投长沙太守韩玄去了。

却说玄德同行军民十余万，大小车数千辆，挑担背负者不计其数。

路过刘表之墓，玄德率众将拜于墓前，哭告曰："辱弟备无德无才，负兄寄托之重，罪在备一身，与百姓无干。望兄英灵，垂救荆襄之民！"言甚悲切，军民无不下泪。忽哨马报说："曹操大军已屯樊城，使人收拾船筏，即日渡江赶来也。"众将皆曰："江陵要地，足可拒守。今拥民众数万，日行十余里，似此几时得至江陵，倘曹兵到，如何迎敌？不如暂弃百姓，先行为上。"玄德泣曰："举大事者必以人为本。今人归我，奈何弃之？"百姓闻玄德此言，莫不感伤。后人有诗赞之曰：

临难仁心存百姓，登舟挥泪动三军。

至今凭吊襄江口，父老犹然忆使君。

却说玄德拥着百姓，缓缓而行。孔明曰："追兵不久即至，可遣云长往江夏求救于公子刘琦，教他速起兵乘船会于江陵。"玄德从之，即修书令云长同孙乾同五百军往江夏求救；令张飞断后，赵云保护老小；其余俱管顾百姓而行。每日只走十余里便歇。

却说曹操在樊城，使人渡江至襄阳，召刘琮相见。琮惧怕，不敢往见。蔡瑁、张允请行。王威密告琮曰："将军既降，玄德又走，曹操必懈弛无备。愿将军奋整奇兵，设于险处击之，操可获矣。获操则威震天下，中原虽广，可传檄而定。此难遇之机，不可失也。"琮以其言告蔡瑁。瑁叱王威曰："汝不知天命，安敢妄言！"威怒骂曰："卖国之徒，吾恨不生啖汝肉！"瑁欲杀之，蒯越劝止。瑁遂与张允同至樊城，拜见曹操。瑁等辞色甚是谄佞。操问："荆州军马钱粮，今有多少？"瑁曰："马军五万，步军十五万，水军八万，共二十八万。钱粮大半在江陵；其余各处，亦足供给一载。"操曰："战船多少？原是何人管领？"瑁曰："大小战船，共七千余只，原是瑁等二人掌管。"操遂加瑁为镇南侯、水军大都督，张允为助顺侯、水军副都督。二人大喜拜谢。操又曰："刘景升既死，其子降顺，吾当表奏天子，使永为荆州之主。"二人大喜而退。荀攸曰："蔡瑁、张允乃谄佞之徒，主公何遂加以如此显爵，更教都督水军乎？"操笑曰："吾岂不识人！止因吾所领北地之众，不习水战，故且权用此二人；待成事之后，别有理会。"［谄佞之徒，在哪儿都遭人嫌恶。汉末风气毕竟与今不同，今之谄佞者比比皆是，原因不外是：一，人所不嫌，二，有利可图。]

却说蔡瑁、张允归见刘琮，具言："曹操许保奏将军永镇荆襄。"琮大喜。次日，与母蔡夫人赍捧印绶兵符，亲自渡江拜迎曹操。操抚慰毕，即引随征军将进屯襄阳城外。蔡瑁、张允令襄阳百姓焚香拜接。曹操俱用好言抚谕。入城至府中坐定，即召蒯越近前，抚慰曰："吾不喜得荆州，喜得异度也。"遂封蒯越为江陵太守、樊城侯，傅巽、王粲等皆为关内侯，而以刘琮为青州刺史，便教起程。琮闻命大惊，辞曰："琮不愿为官，愿守父母乡土。"操曰："青州近帝都，教你随朝为官，免在荆襄被人图害。"琮再三推辞，曹操不准。琮只得与母蔡夫人同赴青州。只有故将王威相随，其余官员俱送至江口而回。操唤于禁嘱付曰："你可引轻骑追刘琮母子杀之，以绝后患。"于禁得令，领众赶上，大喝曰；"我奉丞相令，教来杀汝母子！可早纳下首级！"蔡夫人抱刘琮而大哭。于禁喝令军士下手。王威忿怒，奋力相斗，竟被众军所杀。军士杀死刘琮及蔡夫人，于禁回报曹操，操重赏于禁。[蔡夫人咎由自取，曹阿瞒杀心过重。说某人该杀，只是情绪语；说某人宜杀，需有法可依。曹操心知于法不合，故命于禁暗中行事。于禁行凶前大喝"奉丞相令"，意在洗脱自身。无独有偶，罗马总督彼拉多处死耶稣前曾当众洗手，对出卖耶稣的那些人说："流这义人的血，罪不在我，你们承当吧。"]便使人往隆中搜寻孔明妻小，却不知去向。原来孔明先已令人搬送至三江内隐避矣。操深恨之。

襄阳既定，荀攸进言曰："江陵乃荆州重地，钱粮极广。刘备若据此地，急难动摇。"操曰："孤岂忘之！"随命于襄阳诸将中，选一员引军开道。诸将中却独不见文聘。操使人寻问，方才来见。操曰："汝来何迟？"对曰："为人臣而不能使其主保全境土，心实悲惭，无颜早见耳。"言讫，欷歔流涕。操曰："真忠臣也！"除江夏太守，赐爵关内侯，便教引军开道。探马报说："刘备带领百姓，日行止十数里，计程只有三百余里。"操教各部下精选五千铁骑，星夜前进，限一日一夜，赶上刘备。大军陆续随后而进。[不是龟兔赛跑，而是兔子追乌龟。]

却说玄德引十数万百姓、三千余军马，一程程挨着往江陵进发。赵云保护老小，张飞断后。孔明曰："云长往江夏去了，绝无回音，不知若何。"玄德曰："敢烦军师亲自走一遭。刘琦感公昔日之教，今若见公亲至，事必谐矣。"孔明允诺，便同刘封引五百军先往江夏求救去了。

当日玄德自与简雍、糜竺、糜芳同行。正行间，忽然一阵狂风就马前刮起，尘土冲天，平遮红日。玄德惊曰："此何兆也？"简雍颇明阴阳，袖占一课，失惊曰："此大凶之兆也，应在今夜。主公可速弃百姓而走。"玄德曰："百姓从新野相随至此，吾安忍弃之？"雍曰："主公若恋而不弃，祸不远矣。"玄德问："前面是何处？"左右答曰："前面是当阳县，有座山名为景山。"玄德便教就此山扎住。时秋末冬初，凉风透骨；黄昏将近，哭声遍野。至四更时分，只听得西北喊声震地而来。玄德大惊，急上马引本部精兵二千余人迎敌。曹兵掩至，势不可当。玄德死战。正在危迫之际，幸得张飞引军至，杀开一条血路，救玄德望东而走。文聘当先拦住，玄德骂曰："背主之贼，尚有何面目见人！"文聘羞惭满面，引兵自投东北去了。张飞保着玄德，且战且走。奔至天明，闻喊声渐渐远去，玄德方才歇马。看手下随行人，止有百余骑；百姓、老小并糜竺、糜芳、简雍、赵云等一干人，皆不知下落。玄德大哭曰："十数万生灵，皆因恋我，遭此大难；诸将及老小，皆不知存亡。虽土木之人，宁不悲乎！"

正恓惶时，忽见糜芳面带数箭，踉跄而来，口言："赵子龙反投曹操去了也！"玄德叱曰："子龙是吾故交，安肯反乎？"张飞曰："他今见我等势穷力尽，或者反投曹操，以图富贵耳！"玄德曰："子龙从我于患难，心如铁石，非富贵所能动摇也。"糜芳曰："我亲见他投西北去了。"张飞曰："待我亲自寻他去。若撞见时，一枪刺死！"玄德曰："休错疑了。岂不见你二兄诛颜良、文丑之事乎？子龙此去，必有事故。吾料子龙必不弃我也。"［刘备知人，故能得人。张飞对赵云生疑，多半还因两人交往少，谈不上朋友。此外，死忠党为衬托自身，常会下意识地寻找叛徒。］张飞那里肯听，引二十余骑，至长坂桥，见桥东有一带树木。飞生一计，教所从二十余骑，都砍下树枝，拴在马尾上，在树林内往来驰骋，冲起尘土，以为疑兵。飞却亲自横矛立马于桥上，向西而望。

却说赵云自四更时分与曹军厮杀，往来冲突，杀至天明，寻不见玄德，又失了玄德老小。云自思曰："主人将甘、糜二夫人与小主人阿斗，托付在我身上；今日军中失散，有何面目去见主人？不如去决一死战，好歹要寻主母与小主人下落！"回顾左右，只有三四十骑相随。云拍马在乱军中寻觅，二县百姓嚎哭之声震天动地；中箭着枪、抛男弃女而走者不计其数。赵云正走之间，见一人卧在草中，视之，乃简雍也。云急问曰："曾见两位主母否？"雍曰："二主母弃了车仗，抱阿斗而走。我飞马赶去，转过山坡，被一将刺了一枪，跌下马来，马被夺了去。我争斗不得，故卧在此。"云乃将从人所骑之马借一匹与简雍骑坐，又着二卒扶护简雍先去报与主人："我上天入地，好歹寻主母与小主人来。如寻不见，死在沙场上也！"[赵云忠诚，云天可表。]说罢，拍马望长坂城而去。

忽一人大叫："赵将军那里去？"云勒马问曰："你是何人？"答曰："我乃刘使君帐下护送车仗的军士，被箭射倒在此。"赵云便问二夫人消息。军士曰："恰才见甘夫人披头跣足，相随一伙百姓妇女，投南而走。"云见说，也不顾军士，急纵马望南赶去。只见一伙百姓，男女数百人，相携而走。云大叫曰："内中有甘夫人否？"夫人在后面望见赵云，放声大哭。云下马插枪而泣曰："使主母失散，云之罪也！糜夫人与小主人安在？"甘夫人曰："我与糜夫人被逐，弃了车仗，杂于百姓内步行，撞见一枝军马冲散。糜夫人与阿斗不知何往。我独自逃生至此。"正言间，百姓发喊，又撞出一枝军来。赵云拔枪上马看时，面前马上绑着一人，乃糜竺也。背后一将，手提大刀，引着千余军，乃曹仁部将淳于导，拿住糜竺，正要解去献功。赵云大喝一声，挺枪纵马，直取淳于导。导抵敌不住，被云一枪刺落马下，向前救了糜竺，夺得马二匹。云请甘夫人上马，杀开条大路，直送至长坂坡。只见张飞横矛立马于桥上，大叫："子龙！你如何反我哥哥？"云曰："我寻不见主母与小主人，因此落后，何言反耶？"飞曰："若非简雍先来报信，我今见你，怎肯干休也！"云曰："主公在何处？"飞曰："只在前面不远。"云谓糜竺曰："糜子仲保甘夫人先行，待我仍往寻糜夫人与小主人去。"言罢，引数骑再回旧路。[方离危境，再履险地，所需勇气十倍于前。]

正走之间，见一将手提铁枪，背着一口剑，引十数骑跃马而来。赵云更不打话，直取那将。交马只一合，把那将一枪刺倒，从骑皆走。原来那将乃曹操随身背剑之将夏侯恩也。曹操有宝剑二口：一名“倚天”，一名“青釭”；倚天剑自佩之，青釭剑令夏侯恩佩之。那青釭剑砍铁如泥，锋利无比。当时夏侯恩自恃勇力，背着曹操，只顾引人抢夺掳掠。不想撞着赵云，被他一枪刺死，夺了那口剑，看靶上有金嵌“青釭”二字，方知是宝剑也。云插剑提枪，复杀入重围，回顾手下从骑，已没一人，只剩得孤身。云并无半点退心，只顾往来寻觅；但逢百姓，便问糜夫人消息。忽一人指曰：“夫人抱着孩儿，左腿上着了枪，行走不得，只在前面墙缺内坐地。”

赵云听了，连忙追寻。只见一个人家，被火烧坏土墙，糜夫人抱着阿斗，坐于墙下枯井之旁啼哭。云急下马伏地而拜。夫人曰：“妾得见将军，阿斗有命矣。望将军可怜他父亲飘荡半世，只有这点骨血。将军可护持此子，教他得见父面，妾死无恨！”云曰：“夫人受难，云之罪也。不必多言，请夫人上马。云自步行死战，保夫人透出重围。”糜夫人曰：“不可！将军岂可无马！此子全赖将军保护。妾已重伤，死何足惜！望将军速抱此子前去，勿以妾为累也。”云曰：“喊声将近，追兵已至，请夫人速速上马。”糜夫人曰：“妾身委实难去。休得两误。”乃将阿斗递与赵云曰：“此子性命全在将军身上！”赵云三回五次请夫人上马，夫人只不肯上马。四边喊声又起。云厉声曰：“夫人不听吾言，追军若至，为之奈何？”糜夫人乃弃阿斗于地，翻身投入枯井中而死。［壮烈！糜夫人了不起的是，阿斗非她儿子，而是刘备与甘夫人的骨血。］后人有诗赞之曰：

战将全凭马力多，步行怎把幼君扶？

拼将一死存刘嗣，勇决还亏女丈夫。

赵云见夫人已死，恐曹军盗尸，便将土墙推倒，掩盖枯井。掩讫，解开勒甲条，放下掩心镜，将阿斗抱护在怀，绰枪上马。早有一将，引一队步军至，乃曹洪部将晏明也，持三尖两刃刀来战赵云。不三合，被赵云一枪刺倒，杀散众军，冲开一条路。正走间，前面又一枝军马拦路。当先一员大将，旗号分明，大书“河间张郃”。云更不答话，挺枪便战。

约十余合，云不敢恋战，夺路而走。背后张郃赶来，云加鞭而行，不想趷跶一声，连马和人，颠入土坑之内。张郃挺枪来刺，忽然一道红光从土坑中滚起，那匹马平空一跃，跳出坑外。［没说的，阿斗是真命天子，故有此祥瑞。］后人有诗云：

红光罩体困龙飞，征马冲开长坂坡。

四十二年真命主，将军因此显神威。

张郃见了，大惊而退。赵云纵马正走，背后忽有二将大叫："赵云休走！"前面又有二将，使两般军器，截住去路。后面赶的是马延、张顗，前面阻的是焦触、张南，都是袁绍手下降将。赵云力战四将，曹军一齐拥至。云乃拔青釭剑乱砍，手起处，衣甲透过，血如涌泉，杀退众军将，直透重围。

却说曹操在景山顶上，望见一将，所到之处，威不可当，急问左右是谁。曹洪飞马下山大叫曰："军中战将可留姓名！"云应声曰："吾乃常山赵子龙也！"［几番血战，化为一声悠长名号。于渐去渐远中，子龙名标青史。］曹洪回报曹操。操曰："真虎将也！吾当生致之。"遂令飞马传报各处："如赵云到，不许放冷箭，只要捉活的。"因此赵云得脱此难；此亦阿斗之福所致也。这一场杀，赵云怀抱后主，直透重围，砍倒大旗两面，夺搠三条；前后枪刺剑砍，杀死曹营名将五十余员。［今日好莱坞动辄拍摄拯救世界的超级英雄，赵云直是先驱。］后人有诗曰：

血染征袍透甲红，当阳谁敢与争锋！

古来冲阵扶危主，只有常山赵子龙。

赵云当下杀透重围，已离大阵，血满征袍。正行间，山坡下又撞出两枝军，乃夏侯惇部将钟缙、钟绅兄弟二人，一个使大斧，一个使画戟，大喝："赵云快下马受缚！"正是：

才离虎窟逃生去，又遇龙潭鼓浪来。

毕竟子龙怎地脱身，且听下文分解。

困惑

读古人文字，读者不会事事按情理逻辑加以校验，无论高祖斩蛇还是母狼哺育罗马先祖，无论孔明夜观天象还是希腊的阿波罗神谕，读者都见怪不怪，以平常心待之。让人头疼的倒是刘备携民渡江，作者写得浓墨重彩、凄清壮美，正史里也有相关记载，然略一沉吟，却觉于理不合，于情不通。

既然蒯越、傅巽等有头有脸的荆州大人物都归降曹操，为何又有那么多百姓追随刘备？百姓到底是坚信曹军将血洗荆州，还是认定刘备具有摩西的能力及意愿，可以把他们带往“流着奶和蜜”的圣地？再者，刘备在携民渡江前，对自身实力和意愿是否有过评估？假如刘备坚信自己能够带领百姓逃离苦海，失败只是意外，那没话说，谁都会为刘备动容。但结合书中所述，看不出刘备具此能力，更无法想象刘备有此信心。如此，合理推测只有一个：刘备是在明知不可为的情况下，“遍告百姓”“相随”的。若该推测属实，刘备这份慈悲该如何认定？他是唆使百姓充当情感道具，还是试图让浩浩荡荡的逃难队伍充当流动掩体，便于自己金蝉脱壳？事实上，别说百姓，刘备连妻小都无法保护，而我们无法想象，刘备对此竟毫无预料。

一个流浪汉声称拯救全球失学儿童，你会感动吗？刘备之携民渡江，差不多也是如此。刘备貌似有菩萨相，本质上是枭雄。

第四十二回

张翼德大闹长坂桥　刘豫州败走汉津口

却说钟缙、钟绅二人拦住赵云厮杀。赵云挺枪便刺，钟缙当先挥大斧来迎。两马相交，战不三合，被云一枪刺落马下，夺路便走。背后钟绅持戟赶来，马尾相衔，那枝戟只在赵云后心内弄影。云急拨转马头，恰好两胸相拍。云左手持枪隔过画戟，右手拔出青釭宝剑砍去，带盔连脑，砍去一半，绅落马而死。余众奔散。赵云得脱，望长坂桥而走，只闻后面喊声大震，原来文聘引军赶来。赵云到得桥边，人困马乏。[会累，才是人间英雄。]见张飞挺矛立马于桥上，云大呼曰："翼德援我！"飞曰："子龙速行，追兵我自当之。"

云纵马过桥，行二十余里，见玄德与众人憩于树下。云下马伏地而泣，玄德亦泣。云喘息而言曰："赵云之罪，万死犹轻！糜夫人身带重伤，不肯上马，投井而死，云只得推土墙掩之。怀抱公子，身突重围；赖主公洪福，幸而复脱。适来公子尚在怀中啼哭，此一会不见动静，想是不能保也。"遂解视之，原来阿斗正睡着未醒。云喜曰："幸得公子无恙！"双手递与玄德。玄德接过，掷之于地曰："为汝这孺子，几损我一员大将！"赵云忙向地下抱起阿斗，泣拜曰："云虽肝脑涂地，不能报也！"[不必争论刘备真假，也许，妙在真假之间。刘备急中生此一智，掷子时还能拿捏住火候，既让赵云感动，又确保阿斗无恙，够难得了。刘备是这号狠角：先引诱他人小觑他，再惩罚那个小觑他的人。]后人有诗曰：

曹操军中飞虎出，赵云怀内小龙眠。
无由抚慰忠臣意，故把亲儿掷马前。

却说文聘引军追赵云至长坂桥，只见张飞倒竖虎须，圆睁环眼，手绰蛇矛，立马桥上；又见桥东树林之后，尘头大起，疑有伏兵，便勒住马，不敢近前。俄而曹仁、李典、夏侯惇、夏侯渊、乐进、张辽、张郃、许褚等都至，见飞怒目横矛，立马于桥上，又恐是诸葛孔明之计，都不敢进前，扎住阵脚，一字儿摆在桥西，使人飞报曹操。操闻之，急上马，从阵后来。张飞睁圆环眼，隐隐见后军青罗伞盖、旄钺旌旗来到，料得是曹操心疑，亲自来看。飞乃厉声大喝曰："我乃燕人张冀德也！谁敢与我决一死战？"声如巨雷。曹军闻之，尽皆股栗。曹操急令去其伞盖，回顾左右曰："吾向曾闻云长言，翼德于百万军中取上将之首，如探囊取物。今日相逢，不可轻敌。"言未已，张飞睁目又喝曰："燕人张翼德在此！谁敢来决死战？"曹操见张飞如此气概，颇有退心。飞望见曹操后军阵脚移动，乃挺矛又喝曰："战又不战，退又不退，却是何故？"喊声未绝，曹操身边夏侯杰惊得肝胆碎裂，倒撞于马下。操便回马而走。于是诸军众将一齐望西逃奔。正是：黄口孺子，怎闻霹雳之声；病体樵夫，难听虎豹之吼。一时弃枪落盔者，不计其数，人如潮涌，马似山崩，自相践踏。[这声拒桥怒吼，已是民族记忆中的不朽场景。张飞载诸正史的威猛气概，仅此一例，却奠定百世英名。张飞自始至终未与曹军发生肢体接触，即凯歌高奏，姑且算作张飞版的"不战而屈人之兵"。]后人有诗赞曰：

长坂桥头杀气生，横枪立马眼圆睁。
一声好似轰雷震，独退曹家百万兵。

却说曹操惧张飞之威，骤马望西而走，冠簪尽落，披发奔逃。张辽、许褚赶上，扯住辔环。曹操仓皇失措。张辽曰："丞相休惊。料张飞一人，何足深惧！今急回军杀去，刘备可擒也。"曹操方才神色稍定，乃令张辽、许褚再至长坂桥探听消息。

且说张飞见曹军一拥而退，不敢追赶，速唤回原随二十骑，摘去马尾树枝，令将桥梁拆断，然后回马来见玄德，具言断桥一事。玄德曰："吾弟勇则勇矣，惜失于计较。"飞问其故。玄德曰："曹操多谋。汝不合拆断桥梁，彼必追至矣。"飞曰："他被我一喝，倒退数里，何敢再追？"玄德曰："若不断桥，彼恐有埋伏，不敢进兵；今拆断了桥，彼料我无军而怯，必来追赶。彼有百万之众，虽涉江汉，可填而过，岂惧一桥之断耶?”[刘备见识老辣。细想，这份见解中隐含“空城计”的思路：只有作假到底，才能让人信以为真。]于是即刻起身，从小路斜投汉津，望沔阳路而走。

却说曹操使张辽、许褚探长坂桥消息，回报曰：“张飞已拆断桥梁而去矣。”操曰：“彼断桥而去，乃心怯也。”遂传令差一万军，速搭三座浮桥，只今夜就要过。李典曰：“此恐是诸葛亮之诈谋，不可轻进。”操曰：“张飞一勇之夫，岂有诈谋!”遂传下号令，火速进兵。

却说玄德行近汉津，忽见后面尘头大起，鼓声连天，喊声震地。玄德曰：“前有大江，后有追兵，如之奈何?”急命赵云准备抵敌。曹操下令军中曰：“今刘备釜中之鱼，阱中之虎。若不就此时擒捉，如放鱼入海，纵虎归山矣。众将可努力向前。”众将领命，一个个奋威追赶。忽山坡后鼓声响处，一队军马飞出，大叫曰：“我在此等候多时了!”当头那员大将，手执青龙刀，坐下赤兔马。原来是关云长去江夏借得军马一万，探知当阳长坂大战，特地从此路截出。曹操一见云长，即勒住马回顾众将曰：“又中诸葛亮之计也!”传令大军速退。

云长追赶十数里，即回军保护玄德等到汉津，已有船只伺侯。云长请玄德并甘夫人、阿斗至船中坐定。云长问曰：“二嫂嫂如何不见?”玄德诉说当阳之事。云长叹曰：“曩日猎于许田时，若从吾意，可无今日之患。”玄德曰：“我于此时亦投鼠忌器耳。”[写得随意了，弄得云长说风凉话，放马后炮。真要杀曹操，云长的机会比谁都多，何待今日空发此论。再则，日后不还有华容道吗?后人推崇关羽，正在于他有情有义，而非刻板固守正统观念。]正说之间，忽见江南岸战鼓大鸣，舟船如蚁，顺风扬帆而来。玄德大惊。船来至近，只见一人白袍银铠，立于船头上大呼曰：“叔父别来无恙!小侄得罪!”玄德视之，乃刘琦也。琦过船哭拜曰：“闻叔父困于曹操，小侄特来接应。”玄德大喜，遂合兵一处，放舟而行。在船中正诉情由，江西南上战船一字儿摆开，乘风唿哨而至。刘琦惊曰：“江夏之兵，小侄已尽起至此矣。今有战船拦路，非曹操之军，即江东之军也，如之奈何?”玄德出船头视之，见一人纶巾道服，坐在船头上，乃孔明也，背后立着孙乾。玄德慌请过船，问其何故却在此。

孔明曰："亮自至江夏，先令云长于汉津登陆地而接。我料曹操必来追赶，主公必不从江陵来，必斜取汉津矣；故特请公子先来接应，我竟往夏口，尽起军前来相助。"玄德大悦，合为一处，商议破曹之策。孔明曰："夏口城险，颇有钱粮，可以久守。请主公且到夏口屯住。公子自回江夏，整顿战船，收拾军器，为犄角之势，可以抵当曹操。若共归江夏，则势反孤矣。"刘琦曰："军师之言甚善。但愚意欲请叔父暂至江夏，整顿军马停当，再回夏口不迟。"玄德曰："贤侄之言亦是。"遂留下云长，引五千军守夏口。玄德、孔明、刘琦共投江夏。[奇，未听孔明，反听了刘琦。]

却说曹操见云长在旱路引军截出，疑有伏兵，不敢来追；又恐水路先被玄德夺了江陵，便星夜提兵赴江陵来。荆州治中邓义、别驾刘先，已备知襄阳之事，料不能抵敌曹操，遂引荆州军民出郭投降。曹操入城，安民已定，释韩嵩之囚，加为大鸿胪。其余众官，各有封赏。[曹操并未扰民。老问题仍在：当初那些民众，何苦跟着刘备奔命?]曹操与众将议曰："今刘备已投江夏，恐结连东吴，是滋蔓也。当用何计破之?"荀攸曰："我今大振兵威，遣使驰檄江东，请孙权会猎于江夏，共擒刘备，分荆州之地，永结盟好。孙权必惊疑而来降，则吾事济矣。"操从其计，一面发檄遣使赴东吴；一面点马步水军计共八十三万，诈称一百万，水陆并进，船骑双行，沿江而来，西连荆峡，东接蕲、黄，寨栅联络三百余里。

话分两头。却说江东孙权屯兵柴桑郡，闻曹兵大军至襄阳，刘琮已降，今又星夜兼道取江陵，乃集众谋士商议御守之策。鲁肃曰："荆州与国邻接，江山险固，士民殷富。吾若据而有之，此帝王之资也。今刘表新亡，刘备新败，肃请奉命往江夏吊丧，因说刘备，使抚刘表众将，同心一意，共破曹操；备若喜而从命，则大事可成矣。"权喜，从其言，即遣鲁肃赍礼往江夏吊丧。[孙权之"喜"透出一个隐秘事实：曹、刘、孙三杰中，最早怀有帝王梦的，恰是闷声不响的孙权。]

却说玄德至江夏，与孔明、刘琦共议良策。孔明曰："曹操势大，急难抵敌，不如往投东吴孙权，以为应援。使南北相持，吾等于中取利，有何不可？”玄德曰：“江东人物极多，必有远谋，安肯相容耶？”孔明笑曰：“今操引百万之众，虎踞江汉，江东安得不使人来探听虚实？若有人到此，亮借一帆风，直至江东，凭三寸不烂之舌，说南北两军互相吞并。若南军胜，共诛曹操以取荆州之地；若北军胜，则我乘胜以取江南可也。”玄德曰：“此论甚高。但如何得江东人到？”

正说间，人报江东孙权差鲁肃来吊丧，船已傍岸。孔明笑曰：“大事济矣！”遂问刘琦曰：“往日孙策亡时，襄阳曾遣人去吊丧否？”琦曰：“江东与我家有杀父之仇，安得通庆吊之礼！”孔明曰：“然则鲁肃此来，非为吊丧，乃来探听军情也。”遂谓玄德曰：“鲁肃至，若问曹操动静，主公只推不知。再三问时，主公只说可问诸葛亮。”［孔明口称“主公”，却把刘备当成孩子和傀儡。刘备会不会闹嘀咕？］计会已定，使人迎接鲁肃。肃入城吊丧。收过礼物，刘琦请肃与玄德相见。礼毕，邀入后堂饮酒。肃曰：“久闻皇叔大名，无缘拜会；今幸得见，实为欣慰。近闻皇叔与曹操会战，必知彼虚实：敢问操军约有几何？”玄德曰：“备兵微将寡，一闻操至即走，竟不知彼虚实。”鲁肃曰：“闻皇叔用诸葛孔明之谋，两场火烧得曹操魂亡胆落，何言不知耶？”玄德曰：“除非问孔明，便知其详。”肃曰：“孔明安在？愿求一见。”玄德教请孔明出来相见。

肃见孔明礼毕，问曰：“向慕先生才德，未得拜晤；今幸相遇，愿闻目今安危之事。”孔明曰：“曹操奸计，亮已尽知；但恨力未及，故且避之。”肃曰：“皇叔今将止于此乎？”孔明曰：“使君与苍梧太守吴臣有旧，将往投之。”肃曰：“吴臣粮少兵微，自不能保，焉能容人？”孔明曰：“吴臣处虽不足久居，今且暂依之，别有良图。”肃曰：“孙将军虎踞六郡，兵精粮足，又极敬贤礼士，江东英雄，多归附之。今为君计，莫若遣心腹往结东吴，以共图大事。”孔明曰：“刘使君与孙将军自来无旧，恐虚费词说。且别无心腹之人可使。”肃曰：“先生令兄，现为江东参谋，日望与先生相见。肃不才，愿与公同见孙将军，共议大事。”玄德曰：“孔明是吾之师，顷刻不可相离，安可去也？”肃坚请孔明同去。玄德佯不许。孔明曰：“事急矣，请奉命一行。”玄德方才许诺。鲁肃遂别了玄德、刘琦，与孔明登舟，望柴桑郡来。正是：

只因诸葛扁舟去，致使曹兵一旦休。

不知孔明此去毕竟如何，且看下文分解。

选材

粗心读者，难免惑于罗贯中的文字魔术。最近数回，作者笔力贯注之处，尽是刘备一方的捷报：孔明两把火杀得曹军“尸横遍野”，子龙一场断杀竟“杀死曹营名将五十余员”（不知曹操共有多少“名将”可供赵云祭刀），张飞一声断喝把曹操吓得“冠簪尽落，披发奔逃”，然而，屡获胜绩者反而日暮途穷，迭遭重创者反而愈挫愈坚，到底是怎么回事？

无他，作者精于选材、老于叙述之故也。略加回味，如赵云、张飞之勇，类似足球队里的门将出彩，球迷知道，门将充分施展才华之际，也是本方频频受攻之时。门将之勇，顶多避免或减少失分，但不会制造胜利，而作者的生花妙笔，却仿佛赵云已上演“大四喜”，张飞已加时绝杀。这是错觉，从了解故事脉络的角度，这种错觉徒成干扰，但从感受人物魅力、吞吐英雄气概的角度，这种错觉又妙不可言。毕竟，读者不是荆州百姓，无需承担曹操追杀的后果，我们读《三国》，只是为了与其中英雄同悲共喜。就曹刘追逐战的总体格局而言，赵云、张飞价值极低，不具有左右战局的能量，但正是赵云、张飞的非凡英雄气，才使这场追逐值得铭记。

没有英雄出没其中的战争，打得再惨烈，也与后代读者无关。人们因为英雄才记住战争，而非因为战争才记住英雄。若非荷马塑造了大量英雄，谁记得特洛伊？

第四十三回

诸葛亮舌战群儒　鲁子敬力排众议

却说鲁肃、孔明辞了玄德、刘琦，登舟望柴桑郡来。二人在舟中共议。鲁肃谓孔明曰："先生见孙将军，切不可实言曹操兵多将广。"孔明曰："不须子敬叮咛，亮自有对答之语。"及船到岸，肃请孔明于馆驿中暂歇，先自往见孙权。权正聚文武于堂上议事，闻鲁肃回，急召入问曰："子敬往江夏，体探虚实若何？"肃曰："已知其略，尚容徐禀。"权将曹操檄文示肃曰："操昨遣使赍文至此，孤先发遣来使，现今会众商议未定。"肃接檄文观看。其略曰：

孤近承帝命，奉诏伐罪。旄麾南指，刘琮束手；荆襄之民，望风归顺。今统雄兵百万，上将千员，欲与将军会猎于江夏，共伐刘备，同分土地，永结盟好。幸勿观望，速赐回音。

鲁肃看毕曰："主公尊意若何？"权曰："未有定论。"张昭曰："曹操拥百万之众，借天子之名以征四方，拒之不顺。且主公大势可以拒操者，长江也。今操既得荆州，长江之险，已与我共之矣，势不可敌。以愚之计，不如纳降为万全之策。"众谋士皆曰："子布之言，正合天意。"［张昭是东吴老臣，对孙权忠心耿耿，他并非只替自己着想。这是张昭与蒯越、王粲等人的区别。］孙权沉吟不语。张昭又曰："主公不必多疑。如降操，则东吴民安，江南六郡可保矣。"孙权低头不语。须臾，权起更衣，鲁肃随于权后。权知肃意，乃执肃手而言曰："卿欲如何？"肃曰："恰才众人所言，深误将军。众人皆可降曹操，唯将军不可降曹操。"权曰："何以言之？"肃曰："如肃等降操，当以肃还乡党，累官故不失州郡也；将军降操，欲安所归乎？位不过封侯，车不过一乘，骑不过一匹，从不过数人，岂得南面称孤哉！众人之意，各自为己，不可听也。将军宜早定大计。"［张昭并未料到孙权有"南面称孤"的打算，故话不投机。]权叹曰："诸人议论，大失孤望。子敬开说大计，正与吾见相同。此天以子敬赐我也！但操新得袁绍之众，近又得荆州之兵，恐势大难以抵敌。"肃曰："肃至江夏，引诸葛瑾之弟诸葛亮在此，主公可问之，便知虚实。"权曰："卧龙先生在此乎？"肃曰："现在馆驿中安歇。"权曰："今日天晚，且未相见。来日聚文武于帐下，先教见我江东英俊，然后升堂议事。"

肃领命而去。次日至馆驿中见孔明，又嘱曰："今见我主，切不可言曹操兵多。"孔明笑曰："亮自见机而变，决不有误。"[分明嫌鲁肃啰嗦。]肃乃引孔明至幕下。早见张昭、顾雍等一班文武二十余人，峨冠博带，整衣端坐。孔明逐一相见，各问姓名。施礼已毕，坐于客位。张昭等见孔明丰神飘洒，器宇轩昂，料道此人必来游说。张昭先以言挑之曰："昭乃江东微末之士，久闻先生高卧隆中，自比管、乐。此语果有之乎？"孔明曰："此亮平生小可之比也。"昭曰："近闻刘豫州三顾先生于草庐之中，幸得先生，以为'如鱼得水'，思欲席卷荆襄。今一旦以属曹操，未审是何主见？"孔明自思张昭乃孙权手下第一个谋士，若不先难倒他，如何说得孙权？遂答曰："吾观取汉上之地，易如反掌。我主刘豫州躬行仁义，不忍夺同宗之基业，故力辞之。刘琮孺子，听信佞言，暗自投降，致使曹操得以猖獗。今我主屯兵江夏，别有良图，非等闲可知也。"昭曰："若此，是先生言行相违也。先生自比管、乐，管仲相桓公，霸诸侯，一匡天下；乐毅扶持危弱之燕，下齐七十余城：此二人者，真济世之才也。先生在草庐之中，但笑傲风月，抱膝危坐。今既从事刘豫州，当为生灵兴利除害，剿灭乱贼。且刘豫州未得先生之时，尚且纵横寰宇，割据城池；今得先生，人皆仰望，虽三尺童蒙，亦谓彪虎生翼，将见汉室复兴，曹氏即灭矣。朝廷旧臣，山林隐士，无不拭目而待，以为拂高天之云翳，仰日月之光辉，拯民于水火之中，措天下于衽席之上，在此时也。何先生自归豫州，曹兵一出，弃甲抛戈，望风而窜，上不能报刘表以安庶民，下不能辅孤子而据疆土，乃弃新野，走樊城，败当阳，奔夏口，无容身之地。是豫州既得先生之后，反不如其初也。管仲、乐毅，果如是乎？愚直之言，幸勿见怪！"

孔明听罢，哑然而笑曰："鹏飞万里，其志岂群鸟能识哉？譬如人染沉疴，当先用糜粥以饮之，和药以服之；待其腑脏调和，形体渐安，然后用肉食以补之，猛药以治之，则病根尽去，人得全生也。若不待气脉和缓，便投以猛药厚味，欲求安保，诚为难矣。[以药理作引子，新鲜别致。] 吾主刘豫州，向日军败于汝南，寄迹刘表，兵不满千，将止关、张、赵云而已，此正如病势尫羸已极之时也。新野山僻小县，人民稀少，粮食鲜薄，豫州不过暂借以容身，岂真将坐守于此耶？夫以甲兵不完，城郭不固，军不经练，粮不继日，然而博望烧屯，白河用水，使夏侯惇、曹仁辈心惊胆裂：窃谓管仲、乐毅之用兵，未必过此。[说得坦荡，正所谓当仁不让。] 至于刘琮降操，豫州实出不知；且又不忍乘乱夺同宗之基业，此真大仁大义也。当阳之败，豫州见有数十万赴义之民，扶老携幼相随，不忍弃之，日行十里，不思进取江陵，甘与同败，此亦大仁大义也。寡不敌众，胜负乃其常事。昔高皇数败于项羽，而垓下一战成功，此非韩信之良谋乎？夫信久事高皇，未尝累胜。盖国家大计，社稷安危，是有主谋，非比夸辩之徒，虚誉欺人，坐议立谈，无人可及；临机应变，百无一能，诚为天下笑耳！"这一篇言语，说得张昭并无一言回答。

座间忽一人抗声问曰："今曹公兵屯百万，将列千员，龙骧虎视，平吞江夏，公以为何如？"孔明视之，乃虞翻也。孔明曰："曹操收袁绍蚁聚之兵，劫刘表乌合之众，虽数百万不足惧也。"虞翻冷笑曰："军败于当阳，计穷于夏口，区区求救于人，而犹言不惧，此真大言欺人也！"孔明曰："刘豫州以数千仁义之师，安能敌百万残暴之众？退守夏口，所以待时也。今江东兵精粮足，且有长江之险，犹欲使其主屈膝降贼，不顾天下耻笑，由此论之，刘豫州真不惧操贼者矣！"虞翻不能对。[辩论中遭对方一顿抢白，好比游泳时呛一口咸水，虞翻就地一躺，翻成一条死鱼。]

座间又一人问曰："孔明欲效仪、秦之舌，游说东吴耶？"孔明视之，乃步骘也。孔明曰："步子山以苏秦、张仪为辩士，不知苏秦、张仪亦豪杰也。苏秦佩六国相印，张仪两次相秦，皆有匡扶人国之谋，非比畏强凌弱、惧刀避剑之人也。君等闻曹操虚发诈伪之词，便畏惧请降，敢笑苏秦、张仪乎？”步骘默然无语。[步骘更惨，等于拳击手尚未摆开架势，即被一记直拳撂倒。]

忽一人问曰：“孔明以曹操何如人也？”孔明视其人，乃薛综也。孔明答曰：“曹操乃汉贼也，又何必问？”综曰：“公言差矣。汉历传至今，天数将终。今曹公已有天下三分之二，人皆归心。刘豫州不识天时，强欲与争，正如以卵击石，安得不败乎？”孔明厉声曰：“薛敬文安得出此无父无君之言乎！夫人生天地间，以忠孝为立身之本。公既为汉臣，则见有不臣之人，当誓共戮之，臣之道也。今曹操祖宗叨食汉禄，不思报效，反怀篡逆之心，天下之所共愤；公乃以天数归之，真无父无君之人也！不足与语！请勿复言！”薛综满面羞惭，不能对答。[孔明运动员兼裁判员，直接将对手红牌罚出场。]

座上又一人应声问曰：“曹操虽挟天子以令诸侯，犹是相国曹参之后。刘豫州虽云中山靖王苗裔，却无可稽考，眼见只是织席贩屦之夫耳，何足与曹操抗衡哉！”孔明视之，乃陆绩也。孔明笑曰：“公非袁术座间怀橘之陆郎乎？请安座，听吾一言：曹操既为曹相国之后，则世为汉臣矣；今乃专权肆横，欺凌君父，是不唯无君，亦且蔑祖，不唯汉室之乱臣，亦曹氏之贼子也。刘豫州堂堂帝胄，当今皇帝按谱赐爵，何云‘无可稽考’？且高祖起身亭长，而终有天下；织席贩屦，又何足为辱乎？公小儿之见，不足与高士共语！”陆绩语塞。[孔明越说越强势，对手却一个比一个弱。]

座上一人忽曰：“孔明所言，皆强词夺理，均非正论，不必再言。且请问孔明治何经典？”孔明视之，乃严畯也。孔明曰：“寻章摘句，世之腐儒也，何能兴邦立事？且古耕莘伊尹，钓渭子牙，张良、陈平之流，邓禹、耿弇之辈，皆有匡扶宇宙之才，未审其平生治何经典。岂亦效书生，区区于笔砚之间，数黑论黄，舞文弄墨而已乎？”严畯低头丧气而不能对。

忽又一人大声曰：“公好为大言，未必真有实学，恐适为儒者所笑耳。”孔明视其人，乃汝南程德枢也。孔明答曰：“儒有君子小人之别。君子之儒，忠君爱国，守正恶邪，务使泽及当时，名留后世。若夫小人之儒，唯务雕虫，专工翰墨；青春作赋，皓首穷经；笔下虽有千言，胸中实无一策。且如扬雄以文章名世，而屈身事莽，不免投阁而死，此所谓小人之儒也；虽日赋万言，亦何取哉！”［君子儒、小人儒之别，原是《论语》中孔子所言，孔明信手拈来，极摘叶飞花之巧。］程德枢不能对。众人见孔明对答如流，尽皆失色。

时座上张温、骆统二人，又欲问难。忽一人自外而入，厉声言曰：“孔明乃当世奇才，君等以唇舌相难，非敬客之礼也。曹操大军临境，不思退敌之策，乃徒斗口耶！”众视其人，乃零陵人，姓黄名盖，字公覆，现为东吴粮官。当时黄盖谓孔明曰：“愚闻多言获利，不如默而无言。何不将金石之论为我主言之，乃与众人辩论也？”孔明曰：“诸君不知世务，互相问难，不容不答耳。”于是黄盖与鲁肃引孔明入。至中门，正遇诸葛瑾，孔明施礼。瑾曰：“贤弟既到江东，如何不来见我？”孔明曰：“弟既事刘豫州，理宜先公后私。公事未毕，不敢及私。望兄见谅。”［孔明门儿清。］瑾曰：“贤弟见过吴侯，却来叙话。”说罢自去。

鲁肃曰：“适间所嘱，不可有误。”孔明点头应诺。引至堂上，孙权降阶而迎，优礼相待。施礼毕，赐孔明坐。众文武分两行而立。鲁肃立于孔明之侧，只看他讲话。孔明致玄德之意毕，偷眼看孙权：碧眼紫须，堂堂一表。孔明暗思：“此人相貌非常，只可激，不可说。等他问时，用言激之便了。”献茶已毕，孙权曰：“常闻鲁子敬谈足下之才，今幸得相见，敢求教益。”孔明曰：“不才无学，有辱明问。”权曰：“足下近在新野，佐刘豫州与曹操决战，必深知彼军虚实。”孔明曰：“刘豫州兵微将寡，更兼新野城小无粮，安能与曹操相持。”权曰：“曹兵共有多少？”孔明曰：“马步水军，约有一百余万。”权曰：“莫非诈乎？”孔明曰：“非诈也。曹操就兖州已有青州军二十万；平了袁绍，又得五六十万；中原新招之兵三四十万；今又得荆州之兵二三十万：以此计之，不下一百五十万。亮以百万言之，恐惊江东之士也。”［虽有场合之别，但刚在江东群儒面前贬低曹操，转眼又当着孙权猛夸曹操兵力，总归有欠诚实。给对方留下看人下菜碟的印象，不是好事。］鲁肃在旁闻言失色，以目视孔明；孔明只做不见。权曰：“曹操部下战将，还有多少？”孔明曰：“足智多谋之士，能征惯战之将，何止一二千人。”权曰：“今曹操平了荆、楚，复有远图乎？”孔明曰：“即今沿江下寨，准备战船，不欲图江东，待取何地？”权曰：“若彼有吞并之意，战与不战，请足下为我一决。”孔明曰：“亮有一言，但恐将军不肯听从。”权曰：“愿闻高论。”孔明曰：“向者宇内大乱，故将军起江东，刘豫州收众汉南，与曹操并争天下。今操芟除大难，略已平矣，近又新破荆州，威震海内，纵有英雄，无用武之地，故豫州遁逃至此。愿将军量力而处之：若能以吴、越之众与中国抗衡，不如早与之绝；若其不能，何不从众谋士之论，按兵束甲，北面而事之？”［作家爱写激将。此法有明显弊端：激将是一种言在此而意在彼的使伪，稍有差池，则因动机露骨而启人疑窦，并诱使对方做出相反判断。激将还有小觑对方之嫌，对方若生性敏感，必大为不快。］权未及答，孔明又曰：“将军外托服从之名，内怀疑贰之见，事急而不断，祸至无日矣！”权曰：“诚如君言，刘豫州何不降操？”孔明曰：“昔田横齐之壮士耳，犹守义不辱，况刘豫州王室之胄，英才盖世，众士仰慕。事之不济，此乃天也，又安能屈处人下乎！”

孙权听了孔明此言，不觉勃然变色，拂衣而起，退入后堂。众皆哂笑而散。鲁肃责孔明曰：“先生何故出此言？幸是吾主宽洪大度，不即面责。先生之言，藐视吾主甚矣。”孔明仰面笑曰：“何如此不能容物耶！我自有破曹之计，彼不问我，我故不言。”肃曰：“果有良策，肃当请主公求教。”孔明曰：“吾视曹操百万之众，如群蚁耳！但我一举手，则皆为齑粉矣！”［是豪言，也是大话。］肃闻言，便入后堂见孙权。权怒气未息，顾谓肃曰：“孔明欺吾太甚！”肃曰：“臣亦以此责孔明，孔明反笑主公不能容物。破曹之策，孔明不肯轻言，主公何不求之？”权回嗔作喜曰：“原来孔明有良谋，故以言词激我。我一时浅见，几误大事。”便同鲁肃重复出堂，再拜孔明叙话。权见孔明，谢曰：“适来冒渎威严，幸勿见罪。”孔明亦谢曰：“亮言语冒犯，望乞恕罪。”权邀孔明入后堂，置酒相待。［孙权暗揣的帝王志向，唯鲁肃知之。孔明若预知此心，根本无需激将，直接把计划和盘托出得了。］

数巡之后，权曰：“曹操平生所恶者，吕布、刘表、袁绍、袁术、豫州与孤耳。今数雄已灭，独豫州与孤尚存。孤不能以全吴之地，受制于人。吾计决矣，非刘豫州莫与当曹操者；然豫州新败之后，安能抗此难乎?”孔明曰：“豫州虽新败，然关云长犹率精兵万人；刘琦领江夏战士，亦不下万人。曹操之众，远来疲惫，近追豫州，轻骑一日夜行三百里，此所谓‘强弩之末，势不能穿鲁缟’者也。且北方之人，不习水战。荆州士民附操者，迫于势耳，非本心也。今将军诚能与豫州协力同心，破曹军必矣。操军破，必北还，则荆、吴之势强，而鼎足之形成矣。成败之机，在于今日。唯将军裁之。”权大悦曰：“先生之言，顿开茅塞。吾意已决，更无他疑。即日商议起兵，共灭曹操!”遂令鲁肃将此意传谕文武官员，就送孔明于馆驿安歇。

张昭知孙权欲兴兵，遂与众议曰：“中了孔明之计也!”急入见权曰：“昭等闻主公将兴兵与曹操争锋。主公自思比袁绍若何？曹操向日兵微将寡，尚能一鼓克袁绍；何况今日拥百万之众南征，岂可轻敌？若听诸葛亮之言，妄动兵甲，此谓负薪救火也。”孙权只低头不语。顾雍曰：“刘备因为曹操所败，故欲借我江东之兵以拒之，主公奈何为其所用乎？愿听子布之言。”孙权沉吟未决。张昭等出，鲁肃入见曰：“适张子布等又劝主公休动兵，力主降议，此皆全躯保妻子之臣，自为谋之计耳。愿主公勿听也。”［为显忠诚，鲁肃也说起同僚坏话来了。］孙权尚在沉吟。肃曰：“主公若迟疑，必为众人误矣。”权曰：“卿且暂退，容我三思。”肃乃退出。时武将或有要战的，文官都是要降的，议论纷纷不一。

且说孙权退入内宅，寝食不安，犹豫不决。吴国太见权如此，问曰：“何事在心，寝食俱废?”权曰：“今曹操屯兵于江汉，有下江南之意。问诸文武，或欲降者，或欲战者。欲待战来，恐寡不敌众；欲待降来，又恐曹操不容。因此犹豫不决。”吴国太曰：“汝何不记吾姊临终之语乎?”孙权如醉方醒，似梦初觉，想出这句话来。正是：

追思国母临终语，引得周郎立战功。

毕竟说着甚的，且看下文分解。

称孤

“欲待降来，又恐曹操不容”，这是孙权的谲词。依鲁肃之见，投降曹操只是使孙权“位不过封侯，车不过一乘，骑不过一匹”而已，绝无性命之忧。孙权暗蓄“南面称孤”之心，别说曹操，一旦摊牌，刘备、孔明也无法相容。否则，曹操的“汉贼”还有名无实，孙权的“汉贼”先已坐实，声称“汉贼不两立”的刘备、孔明，情何以堪，焉能接受？

民间舆论有个特点：凡遇主战派，必视为英雄；遇主和派，必以叛徒视之。由于孙权侥幸成为获胜方，更在道义榜上占得先机。历史的评价，胜者总会占尽便宜，甚至握有最终解释权。解释权与篡改权常是一回事。

曹操讨伐东吴，原非国与国的征服，而是意在江山一统，与讨伐袁绍并无差异。孙权的职衔名分，本来也是汉朝臣子，和曹操的区别只在职权大小。吕思勉曾对孙权的拒绝投降非常困惑，他认为，读史者“都给‘操虽托名汉相，实为汉贼’两句话迷住了”，仿佛抵抗曹操天然代表正义。其实，孙权才是更想废汉自立的人。刘备眼中尚有苍生及汉家天下，孙权眼中只有自家身份地位。就此而论，孙权与袁术倒像一路，区别仅仅在于，袁术惨败，孙权取得了华丽的大胜。

第四十四回

孔明用智激周瑜　孙权决计破曹操

却说吴国太见孙权疑惑不决，乃谓之曰："先姊遗言云：'伯符临终有言：内事不决问张昭，外事不决问周瑜。'今何不请公瑾问之？"［孙策给胞弟留下一片江山和珍贵的精神资源。孙权洪福齐天。］权大喜，即遣使往鄱阳请周瑜议事。原来周瑜在鄱阳湖训练水师，闻曹操大军至汉上，便星夜回柴桑郡议军机事。使者未发，周瑜已先到。鲁肃与瑜最厚，先来接着，将前项事细说一番。周瑜曰："子敬休忧，瑜自有主张。今可速请孔明来相见。"鲁肃上马去了。

周瑜方才歇息，忽报张昭、顾雍、张纮、步骘四人来相探。瑜接入堂中坐定，叙寒温毕。张昭曰："都督知江东之利害否？"瑜曰："未知也。"昭曰："曹操拥众百万，屯于汉上，昨传檄文至此，欲请主公会猎于江夏。虽有相吞之意，尚未露其形。昭等劝主公请降之，庶免江东之祸。不想鲁子敬从江夏带刘备军师诸葛亮至此，彼因自欲雪愤，特下说词以激主公。子敬却执迷不悟。正欲待都督一决。"瑜曰："公等之见皆同否？"顾雍等曰："所议皆同。"瑜曰："吾亦欲降久矣。公等请回。明早见主公，自有定议。"［行为果决，处事暧昧，周瑜老到。］昭等辞去。

少顷，又报程普、黄盖、韩当等一班战将来见。瑜迎入，各问慰讫。程普曰："都督知江东早晚属他人否？"瑜曰："未知也。"普曰："吾等自随孙将军开基创业，大小数百战，方才战得六郡城池。今主公听谋士之言，欲降曹操，此真可耻可惜之事！吾等宁死不辱。望都督劝主公决计兴兵，吾等愿效死战。"瑜曰："将军等所见皆同否？"黄盖忿然而起，以手拍额曰："吾头可断，誓不降曹！"众人皆曰："吾等都不愿降！"［文臣一派，武将一派。］瑜曰："吾正欲与曹操决战，安肯投降！将军等请回。瑜见主公，自有定议。"程普等别去。

又未几，诸葛瑾、吕范等一班儿文官相候。瑜迎入，讲礼毕，诸葛瑾曰："舍弟诸葛亮自汉上来，言刘豫州欲结东吴，共伐曹操，文武商议未定。因舍弟为使，瑾不敢多言，专候都督来决此事。"瑜曰："以公论之若何？"瑾曰："降者易安，战者难保。"［妙。对文官暗含讥刺，对武将明表牵挂。］周瑜笑曰："瑜自有主张。来日同至府下定议。"瑾等辞退。

忽又报吕蒙、甘宁等一班儿来见。瑜请入，亦叙谈此事。有要战者，有要降者，互相争论。瑜曰："不必多言，来日都到府下公议。"众乃辞去。周瑜冷笑不止。［不知是何表情。真正的冷笑，稍纵即逝。冷笑并且不止，两腮不停抽搐，让人骇然。微笑亦然，微微一笑，得莞尔之美；微笑不止，有无限傻样。］

至晚，人报鲁子敬引孔明来拜。瑜出中门迎入。叙礼罢，分宾主而坐。肃先问瑜曰："今曹操驱众南侵，和与战二策，主公不能决，一听于将军。将军之意若何？"瑜曰："曹操以天子为名，其师不可拒。且其势大，未可轻敌。战则必败，降则易安。吾意已决。来日见主公，便当遣使纳降。"鲁肃愕然曰："君言差矣！江东基业，已历三世，岂可一旦弃于他人？伯符遗言，外事付托将军。今正欲仗将军保全国家，为泰山之靠，奈何亦从懦夫之议耶？"瑜曰："江东六郡，生灵无限，若罹兵革之祸，必有归怨于我，故决计请降耳。"肃曰："不然。以将军之英雄，东吴之险固，操未必便能得志也。"二人互相争辩，孔明只袖手冷笑。［也是"冷笑不止"的样子。］瑜曰："先生何故哂笑？"孔明曰："亮不笑别人，笑子敬不识时务耳。"肃曰："先生如何反笑我不识时务？"孔明曰："公瑾主意欲降操，甚为合理。"瑜曰："孔明乃识时务之士，必与吾有同心。"肃曰："孔明，你也如何说此？"孔明曰："操极善用兵，天下莫敢当。向只有吕布、袁绍、袁术、刘表敢与对敌。今数人皆被操灭，天下无人矣。独有刘豫州不识时务，强与争衡；今孤身江夏，存亡未保。将军决计降曹，可以保妻子，可以全富贵。国祚迁移，付之天命，何足惜哉！"鲁肃大怒曰："汝教吾主屈膝受辱于国贼乎！"

孔明曰："愚有一计，并不劳牵羊担酒，纳土献印；亦不须亲自渡江；只须遣一介之使，扁舟送两个人到江上。操若得此两人，百万之众皆卸甲卷旗而退矣。”瑜曰：“用何二人可退操兵？”孔明曰：“江东去此两人，如大木飘一叶，太仓减一粟耳；而操得之，必大喜而去。”瑜又问：“果用何二人？”孔明曰：“亮居隆中时，即闻操于漳河新造一台，名曰铜雀，极其壮丽，广选天下美女以实其中。操本好色之徒，久闻江东乔公有二女，长曰大乔，次曰小乔，有沉鱼落雁之容，闭月羞花之貌。操曾发誓曰：‘吾一愿扫平四海，以成帝业；一愿得江东二乔，置之铜雀台，以乐晚年，虽死无恨矣！’今虽引百万之众，虎视江南，其实为此二女也。将军何不去寻乔公，以千金买此二女，差人送与曹操；操得二女，称心满意，必班师矣。此范蠡献西施之计，何不速为之？”瑜曰：“操欲得二乔，有何证验？”孔明曰：“曹操幼子曹植，字子建，下笔成文。操尝命作一赋，名曰《铜雀台赋》。赋中之意，单道他家合为天子，誓取二乔。”瑜曰：“此赋公能记否？”孔明曰：“吾爱其文华美，尝窃记之。”瑜曰：“试请一诵。”孔明即时诵《铜雀台赋》云：

> 从明后以嬉游兮，登层台以娱情。见太府之广开兮，观圣德之所营。建高门之嵯峨兮，浮双阙乎太清。立中天之华观兮，连飞阁乎西城。临漳水之长流兮，望园果之滋荣。立双台于左右兮，有玉龙与金凤。揽“二乔”于东南兮，乐朝夕之与共。俯皇都之宏丽兮，瞰云霞之浮动。欣群才之来萃兮，协飞熊之吉梦。仰春风之和穆兮，听百鸟之悲鸣。云天亘其既立兮，家愿得乎双逞。扬仁化于宇宙兮，尽肃恭于上京。唯桓文之为盛兮，岂足方乎圣明？
>
> 休矣！美矣！惠泽远扬。翼佐我皇家兮，宁彼四方。同天地之规量兮，齐日月之辉光。永贵尊而无极兮，等君寿于东皇。御龙旗以遨游兮，回鸾驾而周章。思化及乎四海兮，嘉物阜而民康。愿斯台之永固兮，乐终古而未央！

周瑜听罢，勃然大怒，离座指北而骂曰：“老贼欺吾太甚！”孔明急起止之曰：“昔单于屡侵疆界，汉天子许以公主和亲，今何惜民间二女乎？”瑜曰：“公有所不知：大乔是孙伯符将军主妇，小乔乃瑜之妻也。”

孔明佯作惶恐之状曰："亮实不知，失口乱言，死罪！死罪！"瑜曰："吾与老贼誓不两立！"孔明曰："事须三思，免致后悔。"瑜曰："吾承伯符寄托，安有屈身降曹之理？适来所言，故相试耳。吾自离鄱阳湖，便有北伐之心，虽刀斧加颈，不易其志矣！望孔明助一臂之力，同破曹操。"孔明曰："若蒙不弃，愿效犬马之劳，早晚拱听驱策。"瑜曰："来日入见主公，便议起兵。"孔明与鲁肃辞出，相别而去。［周瑜不知孔明底细，故有相试之心，孔明亦然。究其实，孔、周、鲁乃是当时最坚定的主战铁三角，孔明不需周瑜相试，周瑜无待孔明相激。］

次日清晨，孙权升堂。左边文官张昭、顾雍等三十余人，右边武官程普、黄盖等三十余人，衣冠济济，剑佩锵锵，分班侍立。少顷，周瑜入见。礼毕，孙权问慰罢，瑜曰："近闻曹操引兵屯汉上，驰书至此，主公尊意若何？"权即取檄文与周瑜看。瑜看毕，笑曰："老贼以我江东无人，敢如此相侮耶！"权曰："君之意若何？"瑜曰："主公曾与众文武商议否？"权曰："连日议此事，有劝我降者，有劝我战者。吾意未定，故请公瑾一决。"瑜曰："谁劝主公降？"权曰："张子布等皆主其意。"瑜即问张昭曰："愿闻先生所以主降之意。"昭曰："曹操挟天子而征四方，动以朝廷为名；近又得荆州，威势愈大。吾江东可以拒操者，长江耳；今操艨艟战舰，何止千百？水陆并进，何可当之？不如且降，更图后计。"瑜曰："此迂儒之论也！江东自开国以来，今历三世，安忍一旦废弃？"［最初倒是周瑜向孙坚推荐张昭，称许他有"经天纬地之才"。］权曰："若此计将安出？"瑜曰："操虽托名汉相，实为汉贼。将军以神武雄才，仗父兄余业，据有江东，兵精粮足，正当横行天下，为国家除残去暴，奈何降贼耶？且操今此来，多犯兵家之忌：北土未平，马腾、韩遂为其后患，而操久于南征，一忌也；北军不熟水战，操舍鞍马，仗舟楫，与东吴争衡，二忌也；又时值隆冬盛寒，马无藁草，三忌也；驱中国士卒，远涉江湖，不服水土，多生疾病，四忌也。操兵犯此数忌，虽多必败。将军擒操，正在今日。瑜请得精兵数千，进屯夏口，为将军破之！"［智勇兼备，豪气逼人。周瑜家世显赫，父祖辈官至太尉者有两人。周瑜受此武略家风濡染，再加英气天纵，遂能一口吞破山河。］权矍然起曰：

"老贼欲废汉自立久矣，所惧二袁、吕布、刘表与孤耳。今数雄已灭，惟孤尚存。孤与老贼，誓不两立！卿言当伐，甚合孤意。此天以卿授我也。"瑜曰："臣为将军决一血战，万死不辞。只恐将军狐疑不定。"权拔佩剑砍面前奏案一角曰："诸官将有再言降操者，与此案同!"言罢，便将此剑赐周瑜，即封瑜为大都督，程普为副都督，鲁肃为赞军校尉。如文武官将有不听号令者，即以此剑诛之。瑜受了剑，对众言曰："吾奉主公之命，率众破曹。诸将官吏来日俱于江畔行营听令。如迟误者，依七禁令五十四斩施行。"言罢，辞了孙权，起身出府。众文武各无言而散。［孙权会犹疑，更会决断。］

周瑜回到下处，便请孔明议事。孔明至，瑜曰："今日府下公议已定，愿求破曹良策。"孔明曰："孙将军心尚未稳，不可以决策也。"瑜曰："何谓心不稳?"孔明曰："心怯曹兵之多，怀寡不敌众之意。将军能以军数开解，使其了然无疑，然后大事可成。"瑜曰："先生之论甚善。"乃复入见孙权。权曰："公瑾夜至，必有事故。"瑜曰："来日调拨军马，主公心有疑否?"权曰："但忧曹操兵多，寡不敌众耳。［为显孔明料事如神，孙权所言与孔明先前所拟，竟一字不差。］他无所疑。"瑜笑曰："瑜特为此特来开解主公。主公因见操檄文，言水陆大军百万，故怀疑惧，不复料其虚实。今以实较之：彼将中国之兵，不过十五六万，且已久疲；所得袁氏之众，亦止七八万耳，尚多怀疑未服。夫以久疲之卒，狐疑之众，其数虽多，不足畏也。瑜得五万兵，自足破之。愿主公勿以为虑。"权抚瑜背曰："公瑾此言，足释吾疑。子布无谋，深失孤望；独卿及子敬，与孤同心耳。卿可与子敬、程普即日选军前进。孤当续发人马，多载资粮，为卿后应。卿前军倘不如意，便还就孤。孤当亲与操贼决战，更无他疑。"周瑜谢出，暗忖曰："孔明早已料着吴侯之心，其计画又高我一头。久必为江东之患，不如杀之。"乃令人连夜请鲁肃入帐，言欲杀孔明之事。肃曰："不可。今操贼未破，先杀贤士，是自去其助也。"瑜曰："此人助刘备，必为江东之患。"肃曰："诸葛瑾乃其亲兄，可令招此人同事东吴，岂不妙哉?"瑜善其言。［周瑜忌妒孔明，非出私利，纯为江东着想。假如孔明愿来江东，周瑜非但不忌，还愿与他精诚合作。如此看来，周瑜的忌妒关联着江东大业。]

次日平明，瑜赴行营，升中军帐高座。左右立刀斧手，聚集文官武将听令。原来程普年长于瑜，今瑜爵居其上，心中不乐；是日乃托病不出，令长子程咨自代。瑜令众将曰："王法无亲，诸君各守乃职。方今曹操弄权，甚于董卓，囚天子于许昌，屯暴兵于境上。吾今奉命讨之，诸君幸皆努力向前。大军到处，不得扰民。赏劳罚罪，并不徇纵。"令毕，即差韩当、黄盖为前部先锋，领本部战船，即日起行，前至三江口下寨，别听将令；蒋钦、周泰为第二队；凌统、潘璋为第三队；太史慈、吕蒙为第四队；陆逊、董袭为第五队；吕范、朱治为四方巡警使，催督六郡官军，水陆并进，克期取齐。调拨已毕，诸将各自收拾船只军器起行。程咨回见父程普，说周瑜调兵，动止有法。普大惊曰："吾素欺周郎懦弱，不足为将；今能如此，真将才也！我如何不服！"遂亲诣行营谢罪。瑜亦逊谢。[程普与周瑜的故事叙得简略了。真实版的周瑜对程普多次礼让，气度绝佳，最终让程普说出"与公瑾交，如饮醇醪，不觉自醉"的话来。]

次日，瑜请诸葛瑾谓曰："令弟孔明有王佐之才，如何屈身事刘备？今幸至江东，欲烦先生不惜齿牙余论，使令弟弃刘备而事东吴，则主公既得良辅，而先生兄弟又得相见，岂不美哉？先生幸即一行。"瑾曰："瑾自至江东，愧无寸功。今都督有命，敢不效力。"即时上马，径投驿亭来见孔明。孔明接入哭拜，各诉阔情。瑾泣曰："弟知伯夷、叔齐乎？"孔明暗思："此必周郎教来说我也。"遂答曰："夷、齐古之圣贤也。"瑾曰："夷、齐虽至饿死首阳山下，兄弟二人亦在一处。我今与你同胞共乳，乃各事其主，不能旦暮相聚。视夷、齐之为人，能无愧乎？"孔明曰："兄所言者，情也；弟所守者，义也。弟与兄皆汉人。今刘皇叔乃汉室之胄，兄若能去东吴，而与弟同事刘皇叔，则上不愧为汉臣，而骨肉又得相聚，此情义两全之策也。不识兄意以为何如？"瑾思曰："我来说他，反被他说了我也。"遂无言回答，起身辞去。回见周瑜，细述孔明之言。瑜曰："公意若何？"瑾曰："吾受孙将军厚恩，安肯相背！"瑜曰："公既忠心事主，不必多言。吾自有伏孔明之计。"正是：

智与智逢宜必合，才同才角又难容。

毕竟周瑜定何计伏孔明，且看下文分解。

王气

前回末提及孙权早蓄废汉自立之心，只是说明一个事实，并不暗含褒贬。毕竟，另一个事实更为人所共见：东汉江山摇摇欲坠，献帝统治名存实亡，朝廷大权已落曹操之手。曹操是否存有篡汉之心，证据不足，但意欲“分一杯羹”者，又何妨夸大其词，通过对曹操的污名化来掩饰真实意图，同时使日后的自立行为变得堂皇。此种意义上的政治总是丑陋的，经验告诉我们，那个嘴上说得最动听、最正气凛然者，未必是最高尚的，但肯定是最会表演的。

古人有望气法，秦始皇时即传闻东南有天子气，金陵有王气，故笃信此道的始皇帝，凿淮水以泄之。《三国志·鲁肃传》中，周瑜劝鲁肃共赴江东辅佐孙氏，即以传闻之词“代刘氏者必兴于东南”相劝，鲁肃遂欣然同往，可见，周、鲁二公早有助孙氏取代汉家天下之意，恰巧孙权久萌此志，三人遂一拍即合。至于曹操，不过是他们拿来堵人悠悠之口的现成栽赃工具，无论曹操真实心迹如何，孙权、周瑜总归要把他说成这样，如沃尔特·李普曼所言，“人们喜欢在反对派中寻找恶棍和阴谋”。

古之江东即今之江南（古之江南即今之湖南），是一块中华膏腴地，人力、物力、财力资源雄厚，加上长江天险，曹操原也未操必胜之券。

第四十五回

三江口曹操折兵　群英会蒋干中计

却说周瑜闻诸葛瑾之言，转恨孔明，存心欲谋杀之。次日，点齐军将，入辞孙权。权曰："卿先行，孤即起兵继后。"瑜辞出，与程普、鲁肃领兵起行，便邀孔明同往。孔明欣然从之。一同登舟，驾起帆樯，迤逦望夏口而进。离三江口五六十里，船依次第歇定。周瑜在中央下寨，岸上依西山结营，周围屯住。孔明只在一叶小舟内安身。［构图有趣。孔明身在何处，中军帐即在何处。决策者的大脑才是移动司令部。无孔明参与议事的指挥部，只是一顶帐篷罢了。］

周瑜分拨已定，使人请孔明议事。孔明至中军帐，叙礼毕。瑜曰："昔曹操兵少，袁绍兵多，而操反胜绍者，因用许攸之谋，先断乌巢之粮也。今操兵八十三万，我兵只五六万，安能拒之？亦必须先断操之粮，然后可破。我已探知操军粮草俱屯于聚铁山。先生久居汉上，熟知地理。敢烦先生与关、张、子龙辈，吾亦助兵千人，星夜往聚铁山断操粮道。彼此各为主人之事，幸勿推调。"孔明暗思："此因说我不动，设计害我。我若推调，必为所笑。不如应之，别有计议。"乃欣然领诺。瑜大喜。孔明辞出。鲁肃密谓瑜曰："公使孔明劫粮，是何意见？"瑜曰："吾欲杀孔明，恐惹人笑，故借曹操之手杀之，以绝后患耳。"肃闻言，乃往见孔明，看他知也不知。只见孔明略无难色，整点军马要行。肃不忍，以言挑之曰："先生此去可成功否？"孔明笑曰："吾水战、步战、马战、车战，各尽其妙，何愁功绩不成，非比江东公与周郎辈止一能也。"肃曰："吾与公瑾何谓一能？"孔明曰："吾闻江南小儿谣言云：'伏路把关饶子敬，临江水战有周郎。'公等于陆地但能伏路把关；周公瑾但堪水战，不能陆战耳。"

肃乃以此言告知周瑜。瑜怒曰："何欺我不能陆战耶！不用他去！我自引一万军马，往聚铁山断操粮道。”［孔明总是激将，周瑜总是上当。禁不住激将，多为脾气较火爆者，周瑜分明不是。只能按“棋高一着，缚手缚脚”来理解了。］肃又将此言告孔明。孔明笑曰：“公瑾令吾断粮者，实欲使曹操杀吾耳。吾故以片言戏之，公瑾便容纳不下。目今用人之际，只愿吴侯与刘使君同心，则功可成；如各相谋害，大事休矣。操贼多谋，他平生惯断人粮道，今如何不以重兵堤备？公瑾若去，必为所擒。今只当先决水战，挫动北军锐气，别寻妙计破之。望子敬善言以告公瑾为幸。”鲁肃遂连夜回见周瑜，备述孔明之言。［鲁肃极有主见，这会儿忽成嘴碎之徒和直肠子驴，两头传话，对谁都和盘托出。］瑜摇首顿足曰：“此人见识胜吾十倍，今不除之，后必为我国之祸！”肃曰：“今用人之际，望以国家为重。且待破曹之后，图之未晚。”瑜然其说。

却说玄德分付刘琦守江夏，自领众将引兵往夏口。遥望江南岸旗幡隐隐，戈戟重重，料是东吴已动兵矣，乃尽移江夏之兵，至樊口屯扎。玄德聚众曰：“孔明一去东吴，杳无音信，不知事体何如。谁人可去探听虚实回报？”糜竺曰：“竺愿往。”玄德乃备羊酒礼物，令糜竺至东吴，以犒军为名，探听虚实。竺领命，驾小舟顺流而下，径至周瑜大寨前。军士入报周瑜，瑜召入。竺再拜，致玄德相敬之意，献上酒礼。瑜受讫，设宴款待糜竺。竺曰：“孔明在此已久，今愿与同回。”瑜曰：“孔明方与我同谋破曹，岂可便去？吾亦欲见刘豫州，共议良策；奈身统大军，不可暂离。若豫州肯枉驾来临，深慰所望。”竺应诺，拜辞而回。肃问瑜曰：“公欲见玄德，有何计议？”瑜曰：“玄德世之枭雄，不可不除。吾今乘机诱至杀之，实为国家除一后患。”［孙、刘联合，原是孔明和鲁肃的主张，周瑜未必认同。在周瑜眼里，破曹无需刘备相助。周瑜和曹操一样，视刘备为劲敌和威胁。］鲁肃再三劝谏，瑜只不听，遂传密令：“如玄德至，先埋伏刀斧手五十人于壁衣中，看吾掷杯为号，便出下手。”

却说糜竺回见玄德，具言周瑜欲请主公到彼面会，别有商议。玄德便教收拾快船一只，只今便行。云长谏曰：“周瑜多谋之士，又无孔明书信，恐其中有诈，不可轻去。”玄德曰：“我今结东吴以共破曹操，周郎欲见我，我若不往，非同盟之意。两相猜忌，事不谐矣。”云长曰：“兄长若坚意要去，弟愿同往。”张飞曰：“我也跟去。”玄德曰：“只云长随我去。翼德与子龙守寨，简雍固守鄂县。我去便回。”［自从那年因醉酒丢失家眷，自家性命之事，刘备再也不放心张飞了。］分付毕，即与云长乘小舟，并从者二十余人，飞棹赴江东。玄德观看江东艨艟战舰、旌旗甲兵，左右分布整齐，心中甚喜。军士飞报周瑜：“刘豫州来了。”瑜问：“带多少船只来？”军士答曰：“只有一只船，二十余从人。”瑜笑曰：“此人命合休矣！”乃命刀斧手先埋伏定，然后出寨迎接。玄德引云长等二十余人，直到中军帐。叙礼毕，瑜请玄德上坐。玄德曰：“将军名传天下，备不才，何烦将军重礼？”乃分宾主而坐。周瑜设宴相待。

且说孔明偶来江边，闻说玄德来此与都督相会，吃了一惊，急入中军帐，窃看动静。只见周瑜面有杀气，两边壁衣中密排刀斧手。孔明大惊曰：“似此如之奈何？”回视玄德，谈笑自若；却见玄德背后一人，按剑而立，乃云长也。孔明喜曰：“吾主无危矣。”［刘备身后站着赵云，不知孔明有何话说。关羽此时四十六岁，斩颜良时三十八岁。靠身体吃饭的活，这个年岁差近乎天堑。以篮球天王迈克尔·乔丹为例，三十六岁时仍能成为得分王，四十六岁就只能玩玩高尔夫了。］遂不复入，仍回身至江边等候。

周瑜与玄德饮宴，酒行数巡，瑜起身把盏，猛见云长按剑立于玄德背后，忙问何人。玄德曰：“吾弟关云长也。”瑜惊曰：“非向日斩颜良、文丑者乎？”玄德曰：“然也。”瑜大惊，汗流满背，便斟酒与云长把盏。少顷，鲁肃入。玄德曰：“孔明何在？烦子敬请来一会。”瑜曰：“且待破了曹操，与孔明相会未迟。”玄德不敢再言。云长以目视玄德，玄德会意，即起身辞瑜曰：“备暂告别。即日破敌收功之后，专当叩贺。”瑜亦不留，送出辕门。玄德别了周瑜，与云长等来至江边，只见孔明已在舟中。玄德大喜。孔明曰：“主公知今日之危乎？”玄德愕然曰：“不知也。”孔明曰：“若无云长，主公几为周郎所害矣。”玄德方才省悟，便请孔明同回樊口。孔明曰：“亮虽居虎口，安如泰山。今主公但收拾船只军马候用，以十一月二十甲子日后为期，可令子龙驾小舟来南岸边等候。切勿有误。”玄德问其意，孔明曰：“但看东南风起，亮必还矣。”［在孔明算计中，后事一如前尘，历历分明，不差纤毫。］玄德再欲问时，孔明催促玄德作速开船，言讫自回。玄德与云长及从人开船，行不数里，忽见上流头放下五六十只船来。船头上一员大将，横矛而立，乃张飞也。因恐玄德有失，云长独力难支，特来接应。于是三人一同回寨，不在话下。

却说周瑜送了玄德，回至寨中，鲁肃入问曰："公既诱玄德至此，为何又不下手？"瑜曰："关云长，世之虎将也，与玄德行坐相随，吾若下手，他必来害我。"肃愕然。忽报曹操遣使送书至。瑜唤入。使者呈上书看时，封面上判云："汉大丞相付周都督开拆。"瑜大怒，更不开看，将书扯碎，掷于地上，喝斩来使。肃曰："两国相争，不斩来使。"瑜曰："斩使以示威！"遂斩使者，将首级付从人持回。［周瑜怒得没头没脑，好在有一个价值：激怒曹操。］随令甘宁为先锋，韩当为左翼，蒋钦为右翼。瑜自部领诸将接应。来日四更造饭，五更开船，鸣鼓呐喊而进。

却说曹操知周瑜毁书斩使，大怒，便唤蔡瑁、张允等一班荆州降将为前部，操自为后军，催督战船到三江口。早见东吴船只蔽江而来，为首一员大将，坐在船头上大呼曰："吾乃甘宁也！谁敢来与我决战？"蔡瑁令弟蔡埙前进。两船将近，甘宁拈弓搭箭，望蔡埙射来，应弦而倒。宁驱船大进，万弩齐发。曹军不能抵当。右边蒋钦，左边韩当，直冲入曹军队中。曹军大半是青、徐之兵，素不习水战，大江面上，战船一摆，早立脚不住。甘宁等三路战船，纵横水面。周瑜又催船助战。曹军中箭着炮者，不计其数。从巳时直杀到未时。周瑜虽得利，只恐寡不敌众，遂下令鸣金，收住船只。曹军败回。操登旱寨，再整军士，唤蔡瑁、张允责之曰："东吴兵少，反为所败，是汝等不用心耳！"蔡瑁曰："荆州水军，久不操练；青、徐之军，又素不习水战。故尔致败。今当先立水寨，令青、徐军在中，荆州军在外，每日教习精熟，方可用之。"操曰："汝既为水军都督，可以便宜从事，何必禀我！"［说得也是。份内应当之事，何需多禀。蔡瑁疏于治军，略见一斑。］于是张、蔡二人自去训练水军。沿江一带分二十四座水门，以大船居于外为城郭，小船居于内可通往来。至晚点上灯火，照得天心水面通红。旱寨三百余里，烟火不绝。

却说周瑜得胜回寨，犒赏三军，一面差人到吴侯处报捷。当夜瑜登高观望，只见西边火光接天。左右告曰："此皆北军灯火之光也。"瑜亦心惊。次日，瑜欲亲往探看曹军水寨，乃命收拾楼船一只，带着鼓乐，随行健将数员，各带强弓硬弩，一齐上船迤逦前进。至操寨边，瑜命下了碇石，楼船上鼓乐齐奏。瑜暗窥他水寨，大惊曰："此深得水军之妙也！"问："水军都督是谁？"左右曰："蔡瑁、张允。"瑜思曰："二人久居江东，谙习水战，吾必设计先除此二人，然后可以破曹。"正窥看间，早有曹军飞报曹操说："周瑜偷看吾寨。"操命纵船擒捉。瑜见水寨中旗号动，急教收起碇石，两边四下一齐轮转橹棹，望江面上如飞而去。［周瑜坐的是楼船，体量大，船速不会太快，"如飞而去"，显是借助风势。］比及曹寨中船出时，周瑜的楼船已离了十数里远，追之不及，回报曹操。操问众将曰："昨日输了一阵，挫动锐气；今又被他深窥吾寨。吾当作何计破之？"言未毕，忽帐下一人出曰："某自幼与周郎同窗交契，愿凭三寸不烂之舌，往江东说此人来降。"曹操大喜，视之，乃九江人，姓蒋名干，字子翼，见为帐下幕宾。操问曰："子翼与周公瑾相厚乎？"干曰："丞相放心。干到江左，必要成功。"操问："要将何物去？"干曰："只消一童随往，二仆驾舟，其余不用。"操甚喜，置酒与将干送行。

干葛巾布袍，驾一只小舟，径到周瑜寨中，命传报："故人蒋干相访。"周瑜正在帐中议事，闻干至，笑谓诸将曰："说客至矣！"遂与众将附耳低言，如此如此。众皆应命而去。瑜整衣冠，引从者数百，皆锦衣花帽，前后簇拥而出。蒋干引一青衣小童，昂然而来。瑜拜迎之。干曰："公瑾别来无恙！"瑜曰："子翼良苦，远涉江湖，为曹氏作说客耶？"干愕然曰："吾久别足下，特来叙旧，奈何疑我作说客也？"瑜笑曰："吾虽不及师旷之聪，闻弦歌而知雅意。"［周瑜本是风雅人，"曲有误，周郎顾"，说的正是公瑾。］干曰："足下待故人如此，便请告退。"瑜笑而挽其臂曰："吾但恐兄为曹氏作说客耳。既无此心，何速去也？"遂同入帐。叙礼毕，坐定，即传令悉召江左英杰与子翼相见。

须臾，文官武将各穿锦衣，帐下偏裨将校都披银铠，分两行而入。瑜都教相见毕，就列于两傍而坐，大张筵席，奏军中得胜之乐，轮换行酒。［皆周瑜之前叮嘱的"如此如此"，周都督之临机应变，临场调度，委实不凡。］瑜告众官曰："此吾同窗契友也，虽从江北到此，却不是曹家说客，公等勿疑。"遂解佩剑付太史慈曰："公可佩我剑作监酒。今日宴饮，但叙朋友交情；如有提起曹操与东吴军旅之事者，即斩之！"太史慈应诺，按剑坐于席上。蒋干惊愕，不敢多言。周瑜曰："吾自领军以来，滴酒不饮；今日见了故人，又无疑忌，当饮一醉。"说罢，大笑畅饮。座上觥筹交错。饮至半酣，瑜携干手，同步出帐外。左右军士皆全装贯带，持戈执戟而立。瑜曰："吾之军士，颇雄壮否？"干曰："真熊虎之士也。"瑜又引干到帐后一望，粮草堆如山积。瑜曰："吾之粮草，颇足备否？"干曰："兵精粮足，名不虚传。"瑜佯醉大笑曰："想周瑜与子翼同学业时，不曾望有今日。"干曰："以吾兄高才，实不为过。"瑜执干手曰："大丈夫处世，遇知己之主，外托君臣之义，内结骨肉之恩，言必行，计必从，祸福共之。假使苏秦、张仪、陆贾、郦生复出，口似悬河，舌如利刃，安能动我心哉！"言罢大笑。蒋干面如土色。瑜复携干入帐，会诸将再饮，因指诸将曰："此皆江东之英杰，今日此会，可名'群英会'。"饮至天晚，点上灯烛，瑜自起舞剑作歌。歌曰：

丈夫处世兮立功名，立功名兮慰平生。

慰平生兮吾将醉，吾将醉兮发狂吟！

歌罢，满座欢笑。［只要孔明不在，作者极愿再现周郎风采。］至夜深，干辞曰："不胜酒力矣。"瑜命撤席，诸将辞出。瑜曰："久不与子翼同榻，今宵抵足而眠。"于是佯作大醉之状，携干入帐共寝。瑜和衣卧倒，呕吐狼籍。蒋干如何睡得着？伏枕听时，军中鼓打二更，起视残灯尚明。看周瑜时，鼻息如雷。干见帐内桌上堆着一卷文书，乃起床偷视之，却都是往来书信。内有一封，上写"张允蔡瑁谨封"。干大惊，暗读之。书略曰：

某等降曹，非图仕禄，迫于势耳。今已赚北军困于寨中，但得其便，即将操贼之首，献于麾下。早晚人到，便有关报。幸勿见疑。先此敬覆。

干思曰："原来蔡瑁、张允结连东吴！"遂将书暗藏于衣内。再欲检看他书时，床上周瑜翻身，干急灭灯就寝。瑜口内含糊曰："子翼，我数日之内，教你看操贼之首！”干勉强应之。瑜又曰：“子翼，且住！教你看操贼之首！”及干问之，瑜又睡着。干伏于床上，将近四更，只听得有人入帐唤曰：“都督醒否？”周瑜梦中做忽觉之状，故问那人曰：“床上睡着何人？”答曰：“都督请子翼同寝，何故忘却？”瑜懊悔曰：“吾平日未尝饮醉；昨日醉后失事，不知可曾说甚言语？”那人曰：“江北有人到此。”瑜喝：“低声！”便唤：“子翼！”蒋干只妆睡着。瑜潜出帐。干窃听之，只闻有人在外曰：“张、蔡二都督道：‘急切不得下手……’”后面言语颇低，听不真实。少顷，瑜入帐，又唤：“子翼！”蒋干只是不应，蒙头假睡。瑜亦解衣就寝。[上述种种，均是周瑜于极度匆促中设计实施的方案，离奇，但可信。]干寻思：“周瑜是个精细人，天明寻书不见，必然害我。”睡至五更，干起唤周瑜，瑜却睡着。干戴上巾帻，潜步出帐，唤了小童，径出辕门。军士问：“先生那里去？”干曰：“吾在此恐误都督事，权且告别。”军士亦不阻当。

干下船，飞棹回见曹操。操问：“子翼干事若何？”干曰：“周瑜雅量高致，非言词所能动也。”操怒曰：“事又不济，反为所笑！”干曰：“虽不能说周瑜，却与丞相打听得一件事。乞退左右。”干取出书信，将上项事逐一说与曹操。操大怒曰：“二贼如此无礼耶！”即便唤蔡瑁、张允到帐下。操曰：“我欲使汝二人进兵。”瑁曰：“军尚未曾练熟，不可轻进。”操怒曰：“军若练熟，吾首级献于周郎矣！”蔡、张二人不知其意，惊慌不能回答。操喝武士推出斩之。须臾，献头帐下，操方省悟曰：“吾中计矣！”[蒋干盗书，精彩无比，说曹操匆忙斩人，又让人哑然。一个傻乎乎的曹操，焉能衬托周、孔之智。]后人有诗叹曰：

曹操奸雄不可当，一时诡计中周郎。
蔡张卖主求生计，谁料今朝剑下亡！

众将见杀了张、蔡二人，入问其故。操虽心知中计，却不肯认错，乃谓众将曰：“二人怠慢军法，吾故斩之。”众皆嗟呀不已。操于众将内选毛玠、于禁为水军都督，以代蔡、张二人之职。

细作探知，报过江东。周瑜大喜曰：“吾所患者，此二人耳。今既剿除，吾无忧矣。”肃曰：“都督用兵如此，何愁曹贼不破乎！”瑜曰：“吾料诸将不知此计，独有诸葛亮识见胜我，想此谋亦不能瞒也。子敬试以言挑之，看他知也不知，便当回报。”正是：

还将反间成功事，去试从旁冷眼人。

未知肃去问孔明还是如何，且看下文分解。

独唱

只要需要，罗贯中随时能把人写得机警无比，神采飞扬，如本回周瑜。这副高端笔墨，近乎天人。

但是，罗贯中也有一副让人扫兴的低端笔墨，当他致力于展示某人才能时，他总是让其位于舞台中央，像独唱家般聚焦灯光，其他人——孔明除外——立时身形晦暗，智力愚拙，举止呆笨，除了衬托那位通吃掌声的独唱家，别无价值。当曹操与袁绍对垒时，曹操之英明果断一浪高过一浪，袁绍则接二连三、落花流水、覆水难收地愚蠢着，尽管，只要想到曹操花了近十年功夫才把袁绍势力料理干净，即可想见袁绍绝非蠢蛋一枚；当周瑜领命独唱时，不仅蒋干充当小丑，曹操也瞬间变得头脑简单，除了捧哏般配合周郎，再无别种能耐。一旦镜头拉回到孔明时间，对不起，周瑜又沦为蒋干式人物，只配充当孔明陪衬；其他人更惨，罗贯中兴高采烈地安排他们整天叫嚷道：“又中诸葛亮之计了！”

写两个勇士酣战百合，不算难，一边倒的谋略，也不够高明。福尔摩斯倘无旗鼓相当的莫里阿蒂教授与之斗智，将失去多少趣味。

第四十六回

用奇谋孔明借箭　献密计黄盖受刑

却说鲁肃领了周瑜言语，径来舟中相探孔明。孔明接入小舟对坐。肃曰："连日措办军务，有失听教。"孔明曰："便是亮亦未与都督贺喜。"肃曰："何喜？"孔明曰："公瑾使先生来探亮知也不知，便是这件事可贺喜也。"唬得鲁肃失色，问曰："先生何由知之？"孔明曰："这条计只好弄蒋干。曹操虽被一时瞒过，必然便省悟，只是不肯认错耳。今蔡、张二人既死，江东无患矣，如何不贺喜！吾闻曹操换毛玠、于禁为水军都督，则这两个手里，好歹送了水军性命。"鲁肃听了，开口不得，把些言语支吾了半晌，别孔明而回。孔明嘱曰："望子敬在公瑾面前勿言亮先知此事。恐公瑾心怀妒忌，又要寻事害亮。"［担心公瑾妒忌，为何又对鲁肃道破？自家嘴管不住，如何期待旁人替你隐瞒？孔明好出风头，除了招惹周瑜杀心，似别无用处。］鲁肃应诺而去，回见周瑜，把上项事只得实说了。瑜大惊曰："此人决不可留！吾决意斩之！"肃劝曰："若杀孔明，却被曹操笑也。"瑜曰："吾自有公道斩之，教他死而无怨。"肃曰："何以公道斩之？"瑜曰："子敬休问，来日便见。"

次日，聚众将于帐下，请教孔明议事。孔明欣然而至。坐定，瑜问孔明曰："即日将与曹军交战，水路交兵，当以何兵器为先？"孔明曰："大江之上，以弓箭为先。"瑜曰："先生之言，甚合愚意。但今军中正缺箭用，敢烦先生监造十万枝箭，以为应敌之具。此系公事，先生幸勿推却。"孔明曰："都督见委，自当效劳。敢问十万枝箭，于何时要用？"瑜曰："十日之内，可完办否？"孔明曰："操军即日将至，若候十日，必误大事。"瑜曰："先生料几日可完办？"孔明曰："只消三日，便可拜纳十万枝箭。"瑜曰："军中无戏言。"孔明曰："怎敢戏都督！愿纳军令状：三日不办，甘当重罚。"瑜大喜，唤军政司当面取了文书，置酒相待曰：

“待军事毕后，自有酬劳。”孔明曰：“今日已不及，来日造起。至第三日，可差五百小军到江边搬箭。”饮了数杯，辞去。鲁肃曰：“此人莫非诈乎?”瑜曰：“他自送死，非我逼他。今明白对众要了文书，他便两胁生翅，也飞不去。我只分付军匠人等，教他故意迟延，凡应用物件，都不与齐备。如此，必然误了日期。那时定罪，有何理说？公今可去探他虚实，却来回报。”[孔明知难而上，履险如夷；周瑜变得下作了。]

肃领命来见孔明。孔明曰：“吾曾告子敬，休对公瑾说，他必要害我。不想子敬不肯为我隐讳，今日果然又弄出事来。三日内如何造得十万箭？子敬只得救我！”肃曰：“公自取其祸，我如何救得你?”孔明曰：“望子敬借我二十只船，每船要军士三十人，船上皆用青布为幔，各束草千余个，分布两边。吾别有妙用。第三日包管有十万枝箭。只不可又教公瑾得知，若彼知之，吾计败矣。”肃允诺，却不解其意。回报周瑜，果然不提起借船之事，只言：“孔明并不用箭竹、翎毛、胶膝等物，自有道理。”瑜大疑曰：“且看他三日后如何回覆我！”[以周瑜之精明和杀心，既已“大疑”，就不该干等，而应派人窥探动静。若发现孔明借船，吩咐别人不提供船，孔明奇计必将落空。总之，孔明的成功，是以周瑜变得愚蠢为前提的。]

却说鲁肃私自拨轻快船二十只，各船三十余人，并布幔束草等物，尽皆齐备，候孔明调用。第一日却不见孔明动静，第二日亦只不动。至第三日四更时分，孔明密请鲁肃到船中。肃问曰：“公召我来何意?”孔明曰：“特请子敬同往取箭。”肃曰：“何处去取?”孔明曰：“子敬休问，前去便见。”遂命将二十只船，用长索相连，径望北岸进发。是夜大雾漫天，长江之中，雾气更甚，对面不相见。孔明促舟前进，果然是好大雾！前人有篇《大雾垂江赋》曰：

大哉长江！西接岷、峨，南控三吴，北带九河。汇百川而入海，历万古以扬波。至若龙伯、海若，江妃、水母，长鲸千丈，天蜈九首，鬼怪异类，咸集而有。盖夫鬼神之所凭依，英雄之所战守也。

时而阴阳既乱，昧爽不分。讶长空之一色，忽大雾之四屯。

虽舆薪而莫睹，唯金鼓之可闻。初若溟濛，才隐南山之豹；渐而充塞，欲迷北海之鲲。然后上接高天，下垂厚地；渺乎苍茫，浩乎无际。鲸鲵出水而腾波，蛟龙潜渊而吐气。又如梅霖收溽，春阴酿寒；溟溟漠漠，浩浩漫漫。东失柴桑之岸，南无夏口之山。战船千艘，俱沉沦于岩壑；渔舟一叶，惊出没于波澜。甚则穹昊无光，朝阳失色；返白昼为昏黄，变丹山为水碧。虽大禹之智，不能测其浅深；离娄之明，焉能办乎咫尺？

于是冯夷息浪，屏翳收功；鱼鳖遁迹，鸟兽潜踪。隔断蓬莱之岛，暗围阊阖之宫。恍惚奔腾，如骤雨之将至；纷纷杂沓，若寒云之欲同。乃能中隐毒蛇，因之而为瘴疠；内藏妖魅，凭之而为祸害。降疾厄于人间，起风尘于塞外。小民遇之大伤，大人观之感慨。盖将返元气于洪荒，混天地为大块。

当夜五更时候，船已近曹操水寨。孔明教把船只头西尾东，一带摆开，就船上擂鼓呐喊。鲁肃惊曰："倘曹兵齐出，如之奈何?"孔明笑曰："吾料曹操于重雾中必不敢出。吾等只顾酌酒取乐，待雾散便回。

却说曹寨中听得擂鼓呐喊，毛玠、于禁二人慌忙飞报曹操。操传令曰："重雾迷江，彼军忽至，必有埋伏，切不可轻动。可拨水军弓弩手乱箭射之。"又差人往旱寨内唤张辽、徐晃各带弓弩军三千，火速到江边助射。比及号令到来，毛玠、于禁怕南军抢入水寨，已差弓弩手在寨前放箭；少顷，旱寨内弓弩手亦到，约一万余人，尽皆向江中放箭，箭如雨发。孔明教把船回，头东尾西，逼近水寨受箭，一面擂鼓呐喊。待至日高雾散，孔明令收船急回。二十只船两边束草上，排满箭枝。孔明令各船上军士齐声叫曰："谢丞相箭!"［"草船借箭"甚妙，第七回中孙坚用过，亦获箭十余万枝。］比及曹军寨内报知曹操时，这里船轻水急，已放回二十余里，追之不及。曹操懊悔不已。

却说孔明回船谓鲁肃曰："每船上箭约五六千矣。不费江东半分之力，已得十万余箭。明日即将来射曹军，却不甚便!"肃曰："先生真神人也！何以知今日如此大雾?"孔明曰："为将而不通天文，不识地利，不知奇门，不晓阴阳，不看阵图，不明兵势，是庸才也。亮于三日前已算定今日有大雾，因此敢任三日之限。［理由晕菜。三日前算定一场大雾，非地球人所能，更与智慧无关。自此，小说写法趋向另类，孔明羽化登仙，对手仍然只是凡人。］公瑾教我十日完办，工匠料物，都不应手，将这一件风流罪过，明白要杀我。我命系于天，公瑾焉能害我哉！”鲁肃拜服。

船到岸时，周瑜已差五百军在江边等候搬箭。孔明教于船上取之，可得十余万枝，都搬入中军帐交纳。鲁肃入见周瑜，备说孔明取箭之事。瑜大惊，慨然叹曰：“孔明神机妙算，吾不如也！”［岂止周瑜不如，孔子、孙武子同样不如，故周瑜无需惭愧，正如地球人无需惭愧自己跑步比猎豹慢。］后人有诗赞曰：

一天浓雾满长江，远近难分水渺茫。

骤雨飞蝗来战舰，孔明今日伏周郎。

少顷，孔明入寨见周瑜。瑜下帐迎之，称羡曰：“先生神算，使人敬服。”孔明曰：“诡谲小计，何足为奇。”瑜邀孔明入帐共饮。瑜曰：“昨吾主遣使来催督进军，瑜未有奇计，愿先生教我。”孔明曰：“亮乃碌碌庸才，安有妙计？”瑜曰：“某昨观曹操水寨，极其严整有法，非等闲可攻。思得一计，不知可否。先生幸为我一决之。”孔明曰：“都督且休言。各自写于手内，看同也不同。”瑜大喜，教取笔砚来，先自暗写了，却送与孔明；孔明亦暗写了。两个移近坐榻，各出掌中之字，互相观看，皆大笑。原来周瑜掌中字，乃一“火”字；孔明掌中，亦一“火”字。瑜曰：“既我两人所见相同，更无疑矣。幸勿漏泄。”孔明曰：“两家公事，岂有漏泄之理！吾料曹操虽两番经我这条计，然必不为备。今都督尽行之可也。”饮罢分散，诸将皆不知其事。［汉末战事，不脱“火”字。］

却说曹操平白折了十五六万箭，心中气闷。荀攸进计曰：“江东有周瑜、诸葛亮二人用计，急切难破。可差人去东吴诈降，为奸细内应，以通消息，方可图也。”操曰：“此言正合吾意。汝料军中谁可行此计？”攸曰：“蔡瑁被诛，蔡氏宗族，皆在军中。瑁之族弟蔡中、蔡和现为副将，丞相可以恩结之，差往诈降东吴，必不见疑。”操从之，当夜密唤二人入帐，嘱付曰：“汝二人可引些少军士，去东吴诈降。但有动静，使人密报。事成之后，重加封赏。休怀二心！”二人曰：“吾等妻子俱在荆州，安敢怀二心，丞相勿疑。某二人必取周瑜、诸葛亮之首，献于麾下。”操厚赏之。次日，二人带五百军士，驾船数只，顺风望着南岸来。

且说周瑜正理会进兵之事，忽报江北有船来到江口，称是蔡瑁之弟蔡和、蔡中，特来投降。瑜唤入，二人哭拜曰：“吾兄无罪，被曹贼所杀。吾二人欲报兄仇，特来投降。望赐收录，愿为前部。”瑜大喜，重赏二人，即命与甘宁引军为前部。二人拜谢，以为中计。瑜密唤甘宁分付曰：“此二人不带家小，非真投降，却曹操使来为奸细者。吾今欲将计就计，教他通报消息。汝可殷勤相待，就里提防。至出兵之日，先要杀他两个祭旗。汝切须小心，不可有误。”［周瑜看得真切。五百兵都带得，为何不带家小？两蔡使曹操放心的理由，正足以令周瑜起疑。曹操大概老了，不复“奸雄”之能。］甘宁领命而去。鲁肃入见周瑜曰：“蔡中、蔡和之降，多应是诈，不可收用。”瑜叱曰：“彼因曹操杀其兄，欲报仇而来降，何诈之有！你若如此多疑，安能容天下之士乎！”肃默然而退，乃往告孔明。孔明笑而不言。肃曰：“孔明何故哂笑？”孔明曰：“吾笑子敬不识公瑾用计耳。大江隔远，细作极难往来。操使蔡和、蔡中诈降，窃探我军中事，公瑾将计就计，正要他通报消息。兵不厌诈，公瑾之谋是也。”肃方才省悟。［万事都要说破，一次不肯装傻。孔明日后的老对手司马懿，倒是装傻圣手。］

却说周瑜夜坐帐中，忽见黄盖潜入中军来见周瑜。瑜问曰：“公覆夜至，必有良谋见教？”盖曰：“彼众我寡，不宜久持，何不用火攻之？”瑜曰：“谁教公献此计？”盖曰：“某出自己意，非他人之所教也。”瑜曰：“吾正欲如此，故留蔡中、蔡和诈降之人，以通消息；但恨无一人为我行诈降计耳。”盖曰：“某愿行此计。”瑜曰：“不受些苦，彼如何肯信？”盖曰：“某受孙氏厚恩，虽肝脑涂地，亦无怨悔。”瑜拜而谢之曰：“君若肯行此苦肉计，则江东之万幸也。”盖曰：“某死亦无怨。”遂谢而出。

次日，周瑜鸣鼓大会诸将于帐下。孔明亦在座。周瑜曰：“操引百万之众，连络三百余里，非一日可破。今令诸将各领三个月粮草，准备御敌。”言未讫，黄盖进曰：“莫说三个月，便支三十个月粮草，也不济事！

若是这个月破的，便破；若是这个月破不的，只可依张子布之言，弃甲倒戈，北面而降之耳！”周瑜勃然变色，大怒曰：“吾奉主公之命，督兵破曹，敢有再言降者必斩。今两军相敌之际，汝敢出此言，慢我军心，不斩汝首，难以服众！”喝左右将黄盖斩讫报来。黄盖亦怒曰：“吾自随破虏将军，纵横东南，已历三世，那有你来？”瑜大怒，喝令速斩。甘宁进前告曰：“公覆乃东吴旧臣，望宽恕之。”瑜喝曰：“汝何敢多言，乱吾法度！”先叱左右将甘宁乱棒打出。众官皆跪告曰：“黄盖罪固当诛，但于军不利。望都督宽恕，权且记罪。破曹之后，斩亦未迟。”瑜怒未息。众官苦苦告求。瑜曰：“若不看众官面皮，决须斩首！今且免死！”命左右拖翻打一百脊杖，以正其罪。众官又告免。瑜推翻案桌，叱退众官，喝教行杖。将黄盖剥了衣服，拖翻在地，打了五十脊杖。众官又复苦苦求免。瑜跃起指盖曰：“汝敢小觑我耶！且寄下五十棍，再有怠慢，二罪俱罚！”恨声不绝而入帐中。

众官扶起黄盖，打得皮开肉绽，鲜血迸流，扶归本寨，昏绝几次。动问之人，无不下泪。鲁肃也往看问了，来至孔明船中，谓孔明曰：“今日公瑾怒责公覆，我等皆是他部下，不敢犯颜苦谏；先生是客，何故袖手旁观，不发一语？”孔明笑曰：“子敬欺我。”肃曰：“肃与先生渡江以来，未尝一事相欺。今何出此言？”孔明曰：“子敬岂不知公瑾今日毒打黄公覆，乃其计耶？如何要我劝他？”肃方悟。孔明曰：“不用苦肉计，何能瞒过曹操？今必令黄公覆去诈降，却教蔡中、蔡和报知其事矣。子敬见公瑾时，切勿言亮先知其计，只说亮也埋怨都督便了。”［孔明不改初衷，处处逞强。］肃辞去，入帐见周瑜。瑜邀入帐后，肃曰：“今日何故痛责黄公覆？”瑜曰：“诸将怨否？”肃曰：“多有心中不安者。”瑜曰：“孔明之意若何？”肃曰：“他亦埋怨都督忒情薄。”瑜笑曰：“今番须瞒过他也。”肃曰：“何谓也？”瑜曰：“今日痛打黄盖，乃计也。吾欲令他诈降，先须用苦肉计瞒过曹操，就中用火攻之，可以取胜。”肃乃暗思孔明之高见，却不敢明言。［鲁肃学乖，不再两面搬话了。］

且说黄盖卧于帐中，诸将皆来动问。盖不言语，但长吁而已。忽报参谋阚泽来问。盖令请入卧内，叱退左右。阚泽曰：“将军莫非与都督有仇?”盖曰：“非也。”泽曰：“然则公之受责，莫非苦肉计乎?”盖曰：“何以知之?”泽曰：“某观公瑾举动，已料着八九分。”盖曰：“某受吴侯三世厚恩，无以为报，故献此计，以破曹操。肉虽受苦，亦无所恨。吾遍观军中，无一人可为心腹者。唯公素有忠义之心，敢以心腹相告。”泽曰：“公之告我，无非要我献诈降书耳。”盖曰：“实有此意，未知肯否?”阚泽欣然领诺。正是：

勇将轻身思报主，谋臣为国有同心。

未知阚泽所言若何，且看下文分解。

智慧

为展示孔明智慧，作者使出浑身解数，但收效甚微。因为，那不是智慧，而是神通。

智慧必须满足如下条件：正常智力者通过学习和训练，即能领会掌握。即使迫于身心条件无法娴熟运用（假定它依赖“运用之妙，存乎一心”的天赋），至少也能理解其原理。从下坠苹果中看出力学秘钥，非绝顶天才莫办，但经由牛顿的超凡指点得以进窥力学并掌握其基础原理，则无需旷世之才。无论真实的苏格拉底——他被德尔菲神谕宣布为“最有智慧的人”——还是文学中的福尔摩斯，人们一边承认其超卓智慧，一边确认其方法得当。总之，这种智慧给人信心，并指示一种智力发展的方向。

反观孔明，他的智慧徒然让人泄气。所有人都明白，无论自己智商、努力及运气如何，都无望达到孔明的高度，一如你确认无论在健身房里怎样挥汗如雨，都无法练就大象的负重能力。如此，虽然《三国演义》公认是一本充满智力权谋的书，但其最突出的代表，反与智慧关系不大。若迷恋孔明，还会堕入反智陷阱，即，对孔明越佩服，越会妨碍智力的发展。

倒是周瑜，虽然被可悲地安排为孔明的陪衬物，但所施谋略，合人间情，符世间理，即便出乎意料，也多在情理之中，其实更令人佩服。

第四十七回

阚泽密献诈降书　庞统巧授连环计

却说阚泽字德润，会稽山阴人也；家贫好学，尝借人书来看，看过一遍，便不遗忘；口才辨给，少有胆气。孙权召为参谋，与黄盖最相善。盖知其能言有胆，故欲使献诈降书。泽欣然应诺曰："大丈夫处世，不能立功建业，不几与草木同腐乎！公既损躯报主，泽又何惜微生！"［古人功名心强烈，绝利禄，轻生死，赴危境，"已诺必诚，不爱其躯"。］黄盖滚下床来，拜而谢之。泽曰："事不可缓，即今便行。"盖曰："书已修下了。"

泽领了书，只就当夜扮作渔翁，驾小舟望北岸而行。是夜寒星满天，三更时候，早到曹军水寨。巡江军士拿住，连夜报知曹操。操曰："莫非是奸细么？"军士曰："只一渔翁，自称是东吴参谋阚泽，有机密事来见。"操便教引将入来。军士引阚泽至，只见帐上灯烛辉煌，曹操凭几危坐，问曰："汝既是东吴参谋，来此何干？"泽曰："人言曹丞相求贤若渴，今观此问，甚不相合。黄公覆，汝又错寻思了也！"操曰："吾与东吴旦夕交兵，汝私行到此，如何不问？"泽曰："黄公覆乃东吴三世旧臣，今被周瑜于众将之前，无端毒打，不胜忿恨。因欲投降丞相，为报仇之计，特谋之于我。我与公覆，情同骨肉，径来为献密书。未知丞相肯容纳否？"操曰："书在何处？"阚泽把书呈上。操拆书，就灯下观看。书略曰：

> 盖受孙氏厚恩，本不当怀二心。然以今日事势论之，用江东六郡之卒，当中国百万之师，众寡不敌，海内所共见也。东吴将吏，无论智愚，皆知其不可。周瑜小子，偏怀浅戆，自负其能，辄欲以卵敌石；兼之擅作威福，无罪受刑，有功不赏。盖系旧臣，无端为所摧辱，心实恨之！伏闻丞相诚心待物，虚

怀纳士，盖愿率众归降，以图建功雪耻。粮草军仗，随船献纳。泣血拜白，万勿见疑。

曹操于几案上翻覆将书看了十余次，忽然拍案张目大怒曰："黄盖用苦肉计，令汝下诈降书，就中取事，却敢来戏侮我耶！"便教左右推出斩之。左右将阚泽簇下。泽面不改容，仰天大笑。操教牵回，叱曰："吾已识破奸计，汝何故哂笑？"泽曰："吾不笑你。吾笑黄公覆不识人耳。"操曰："何不识人？"泽曰："杀便杀，何必多问！"操曰："吾自幼熟读兵书，深知奸伪之道。汝这条计，只好瞒别人，如何瞒得我！"泽曰："你且说书中那件事是奸计？"操曰："我说出你那破绽，教你死而无怨：你既是真心献书投降，如何不明约几时？如今你有何理说？"阚泽听罢，大笑曰："亏汝不惶恐，敢自夸熟读兵书！还不及早收兵回去！倘若交战，必被周瑜擒矣！无学之辈，可惜吾屈死汝手！"［阚泽急中有智；还原其智，大略仍是激将。］操曰："何谓我无学？"泽曰："汝不识机谋，不明道理，岂非无学？"操曰："你且说我那几般不是处？"泽曰："汝无待贤之礼，吾何必言！但有死而已。"操曰："汝若说得有理，我自然敬服。"泽曰："岂不闻'背主作窃，不可定期'？倘今约定日期，急切下不得手，这里反来接应，事必泄漏。但可觑便而行，岂可预期相订乎？汝不明此理，欲屈杀好人，真无学之辈也！"操闻言，改容下席而谢曰："某见事不明，误犯尊威，幸勿挂怀。"泽曰："吾与黄公覆，倾心投降，如婴儿之望父母，岂有诈乎！"操大喜曰："若二人能建大功，他日受爵，必在诸人之上。"泽曰："某等非为爵禄而来，实应天顺人耳。"［既是实话，也是反语。所应之天乃在江东，所顺之人乃是孙氏。曹操听来，却不以为是反语。］操取酒待之。

少顷，有人入帐，于操耳边私语。操曰："将书来看。"其人以密书呈上。操观之，颜色颇喜。阚泽暗思："此必蔡中、蔡和来报黄盖受刑消息，操故喜我投降之事为真实也。"操曰："烦先生再回江东，与黄公覆约定，先通消息过江，吾以兵接应。"泽曰："某已离江东，不可复还。望丞相别遣机密人去。"操曰："若他人去，事恐泄漏。"泽再三推辞，良久乃曰："若去则不敢久停，便当行矣。"

操赐以金帛，泽不受。辞别出营，再驾扁舟，重回江东，来见黄盖，细说前事。盖曰："非公能辩，则盖徒受苦矣。"泽曰："吾今去甘宁寨中，探蔡和、蔡中消息。"盖曰："甚善。"泽至宁寨，宁接入，泽曰："将军昨为救黄公覆，被周公瑾所辱，吾甚不平。"宁笑而不答。［这么说，甘宁也看出了苦肉计。］正话闲，蔡和、蔡中至。泽以目送甘宁，宁会意，乃曰："周公瑾只自恃其能，全不以我等为念。我今被辱，羞见江左诸人！"说罢，咬牙切齿，拍案大叫。泽乃虚与宁耳边低语。宁低头不言，长叹数声。蔡和、蔡中见宁、泽皆有反意，以言挑之曰："将军何故烦恼？先生有何不平？"泽曰："吾等腹中之苦，汝岂知耶！"蔡和曰："莫非欲背吴投曹耶？"阚泽失色，甘宁拔剑而起曰："吾事已为窥破，不可不杀之以灭口！"蔡和、蔡中慌曰："二公勿忧。吾亦当以心腹之事相告。"宁曰："可速言之！"蔡和曰："吾二人乃曹公使来诈降者。二公若有归顺之心，吾当引进。"宁曰："汝言果真乎？"二人齐声曰："安敢相欺！"宁佯喜曰："若如此，是天赐其便也！"二蔡曰："黄公覆与将军被辱之事，吾已报知丞相矣。"泽曰："吾已为黄公覆献书丞相，今特来见兴霸，相约同降耳。"宁曰："大丈夫既遇明主，自当倾心相投。"于是四人共饮，同论心事。二蔡即时写书，密报曹操，说"甘宁与某同为内应"。阚泽另自修书，遣人密报曹操，书中具言黄盖欲来，未得其便；但看船头插青牙旗而来者，即是也。［种种巧事。阚泽与甘宁无需演练沟通，仅对了下眼神，即配合默契，双簧天成。"无巧不成书"，信然。］

却说曹操连得二书，心中疑惑不定，聚众谋士商议曰："江左甘宁，被周瑜所辱，愿为内应；黄盖受责，令阚泽来纳降，俱未可深信。谁敢直入周瑜寨中，探听实信？"蒋干进曰："某前日空往东吴，未得成功，深怀惭愧。今愿舍身再往，务得实信，回报丞相。"操大喜，即时令蒋干上船。干驾小舟，径到江南水寨边，便使人传报。周瑜听得干又到，大喜曰："吾之成功，只在此人身上！"遂嘱付鲁肃："请庞士元来，为我如此如此。"［江东派到曹营的，俱是智勇双全的英豪；曹操派往江东的，则是呆傻交迸的书生。］原来襄阳庞统，字士元，因避乱寓居江东，鲁肃曾荐之于周瑜。［水镜先生道及的凤雏，至此方现真身。］统未及往见，瑜先使肃问计于统曰："破曹当用何策?"统密谓肃曰："欲破曹兵，须用火攻；但大江面上，一船着火，余船四散；除非献连环计，教他钉作一处，然后功可成也。"肃以告瑜，瑜深服其论，因谓肃曰："为我行此计者，非庞士元不可。"肃曰："只怕曹操奸猾，如何去得?"

周瑜沉吟未决。正寻思没个机会，忽报蒋干又来。瑜大喜，一面分付庞统用计，一面坐于帐上，使人请干。［曹操倒霉之际，喝凉水都硌牙；周瑜运来之时，心想事成，风雨凑趣，菜叶里都能觑见黄金。］干见不来接，心中疑虑，教把船于僻静岸口缆系，乃入寨见周瑜。瑜作色曰："子翼何故欺我太甚?"蒋干笑曰："吾想与你乃旧日弟兄，特来吐心腹事，何言相欺也?"瑜曰："汝要说吾降，除非海枯石烂！前番吾念旧日交情，请你痛饮一醉，留你共榻；你却盗吾私书，不辞而去，归报曹操，杀了蔡瑁、张允，致使吾事不成。今日无故又来，必不怀好意！吾不看旧日之情，一刀两段！本待送你过去，争奈吾一二日间，便要破曹贼；待留你在军中，又必有泄漏。"便教左右："送子翼往西山庵中歇息。待吾破了曹操，那时渡你过江未迟。"蒋干再欲开言，周瑜已入帐后去了。左右取马与蒋干乘坐，送到西山背后小庵歇息，拨两个军人伏侍。

干在庵内，心中忧闷，寝食不安。是夜星露满天，独步出庵后，只听得读书之声。信步寻去，见山岩畔有草屋数椽，内射灯光。干往窥之，只见一人挂剑灯前，诵孙、吴兵书。干思："此必异人也。"叩户请见。其人开门出迎，仪表非俗。［这是古人特有的委婉语，通常指相貌丑陋，但又丑得别具一格、别出心裁，仿佛丑陋也是造物主的创意。］干问姓名，答曰："姓庞名统，字士元。"干曰："莫非凤雏先生否?"统曰："然也。"干喜曰："久闻大名，今何僻居此地?"答曰："周瑜自恃才高，不能容物，吾故隐居于此。公乃何人?"干曰："吾蒋干也。"［单报姓名，不及字号籍贯，有两种可能：一，早已闻名江湖，单报大名即可，听者自会补足种种余味；二，无名之辈，报再多名号也换不来对方一声"久仰"，不如识趣略去。蒋干属后者。］统乃邀入草庵，共坐谈心。干曰："以公之才，何往不利？如肯归曹，干当引进。"统曰："吾亦欲离江东久矣。公既有引进之心，即今便当一行。如迟则周瑜闻之，必将见害。"于是与干连夜下山，至江边寻着原来船只，飞棹投江北。

既至曹寨，干先入见，备述前事。操闻凤雏先生来，亲自出帐迎入，分宾主坐定，问曰："周瑜年幼，恃才欺众，不用良谋。操久闻先生大名，今得惠顾，乞不吝教诲。"统曰："某素闻丞相于用兵有法，今愿一睹军容。"操教备马，先邀统同观旱寨。二人并马登高而望。统曰："傍山依林，前后顾盼，出入有门，进退曲折，虽孙、吴再生，穰苴复出，亦不过此矣。"操曰："先生勿得过誉，尚望指教。"于是又与同观水寨。见向南分二十四座门，皆有艨艟战舰，列为城郭，中藏小船，往来有巷，起伏有序，统笑曰："丞相用兵如此，名不虚传！"又因指江南而言曰："周郎，周郎！克期必亡！"

操大喜。回寨，请入帐中，置酒共饮，同说兵机。统高谈雄辨，应答如流。操深敬服，殷勤相待。统佯醉曰："敢问军中有良医否？"操问何用。统曰："水军多疾，须用良医治之。"时操军因不服水土，俱生呕吐之疾，多有死者，操正虑此事；忽闻统言，如何不问？统曰："丞相教练水军之法甚妙，但可惜不全。"操再三请问。统曰："某有一策，使大小水军，并无疾病，安稳成功。"操大喜，请问妙策。统曰："大江之中，潮生潮落，风浪不息。北兵不惯乘舟，受此颠播，便生疾病。若以大船小船各皆配搭，或三十为一排，或五十为一排，首尾用铁环连锁，上铺阔板，休言人可渡，马亦可走矣。乘此而行，任他风浪潮水上下，复何惧哉？"曹操下席而谢曰："非先生良谋，安能破东吴耶！"统曰："愚浅之见，丞相自裁之。"操即时传令，唤军中铁匠，连夜打造连环大钉，锁住船只。诸军闻之，俱各喜悦。后人有诗曰：

赤壁鏖兵用火攻，运筹决策尽皆同。

若非庞统连环计，公瑾安能立大功？

庞统又谓操曰："某观江左豪杰，多有怨周瑜者。某凭三寸舌，为丞相说之，使皆来降。周瑜孤立无援，必为丞相所擒。瑜既破，则刘备无所用矣。"操曰："先生果能成大功，操请奏闻天子，封为三公之列。"统曰："某非为富贵，但欲救万民耳。丞相渡江，慎勿杀害。"操曰："吾替天行道，安忍杀戮人民！"统拜求榜文，以安宗族。操曰："先生家属，见居何处?”统曰:“只在江边。若得此榜,可保全矣。”操命写榜签押付统。统拜谢曰:“别后可速进兵,休待周郎知觉。”操然之。[庞统献连环计,手段老辣,火候精准,较之蒋干,不啻鲲鹏之于燕雀。]

统拜别,至江边正欲下船,忽见岸上一人,道袍竹冠,一把扯住统曰:“你好大胆!黄盖用苦肉计,阚泽下诈降书,你又来献连环计,只恐烧不尽绝!你们把出这等毒手来,只好瞒曹操,也须瞒我不得!”唬得庞统魂飞魄散。正是:

莫道东南能制胜,谁云西北独无人?

毕竟此人是谁,且看下文分解。

用间

本回书,像一册袖珍用间教材。《孙子兵法》有“用间篇”,概括了因间、内间、反间、死间、生间五种方式,并倡导灵活运用,多间互用,所谓“五间俱起,莫知其道”。因间即“因其乡人而用之”,蒋干与周瑜有同窗之谊,正可套上;周瑜活用蒋干,反惑其主,辄成反间;蔡和、蔡中与甘宁、阚泽间的拉拢互诱,恰合内间之道,盖“内间者,因其官人而用之”;阚泽勇闯曹营诈降,履危急之地,怀必死之志,可谓死间;庞统左右逢源,进退有据,潇洒往返,正是生间范本。

间谍是战争的伴生物,古今中外概莫能外,美国法律有《反间谍法》,西班牙的“第五纵队”早已成为现代战争间谍的代名词。西方古代世界最著名的间谍战,非古希腊的特洛伊木马计莫属,该阴谋是如此有名,以至当代一种知名计算机病毒类型,以它命名。拿木马计对照本回书中的内容,不得不感叹希腊人的笨拙(公道地说,尽管笨拙,但希腊联军毕竟靠它获得了胜利)。再则,木马计不仅得到了雅典娜女神的帮助,还得到两条海蛇助阵,如此,木马计还不配入选吾国的用间榜单,《孙子兵法》明言在先:高明的用间者“不可取于鬼神……必取于人”。

小说中的故事多属虚构,但中国古人在谋略术上的早熟和发达,仍让人感佩。

第四十八回

宴长江曹操赋诗　锁战船北军用武

却说庞统闻言吃了一惊，急回视其人，原来却是徐庶。统见是故人，心下方定，回顾左右无人，乃曰："你若说破我计，可惜江南八十一洲百姓，皆是你送了也！"庶笑曰："此间八十三万人马，性命如何？"统曰："元直真欲破我计耶？"庶曰："吾感刘皇叔之厚恩，未尝忘报。曹操送死吾母，吾已说过终身不设一谋，今安肯破兄良策？只是我亦随军在此，兵败之后，玉石不分，岂能免难？君当教我脱身之术，我即缄口远避矣。"统笑曰："元直如此高见远识，谅此有何难哉！"庶曰："愿先生赐教。"统去徐庶耳边略说数句。庶大喜，拜谢。[我猜破你的计，你回赠我一条计，各赢一局，换算成武将对决，相当于大战八十回合，不分胜负。]庞统别却徐庶，下船自回江东。

且说徐庶当晚密使近人去各寨中暗布谣言。次日，寨中三三五五，交头接耳而说。早有探事人报知曹操，说："军中传言西凉州韩遂、马腾谋反，杀奔许都来。"操大惊，急聚众谋士商议曰："吾引兵南征，心中所忧者，韩遂、马腾耳。军中谣言，虽未辨虚实，然不可不防。"[处于战事中的军队，谣言无小事。维吉尔叙述谣言女神的家世时，强调"谣言是巨人的妹妹，不可不防"。]言未毕，徐庶进曰："庶蒙丞相收录，恨无寸功报效。请得三千人马，星夜往散关把住隘口，如有紧急，再行告报。"操喜曰："若得元直去，吾无忧矣！散关之上，亦有军兵，公统领之。目下发三千马步军，命臧霸为先锋，星夜前去，不可稽迟。"[现在的曹操，有当就上，逢洞就钻，见坡就滚，竟似王小二过年——一年不如一年。]徐庶辞了曹操，与臧霸便行。此便是庞统救徐庶之计。后人有诗曰：

曹操征南日日忧，马腾韩遂起戈矛。

凤雏一语教徐庶，正似游鱼脱钓钩。

曹操自遣徐庶去后，心中稍安，遂上马先看沿江旱寨，次看水寨。乘大船一只于中央，上建帅字旗号，两傍皆列水寨，船上埋伏弓弩千张。操居于上。时建安十二年冬十一月十五日，天气清明，平风静浪。操令："置酒设乐于大船之上，吾今夕欲会诸将。"天色向晚，东山月上，皎皎如同白日。长江一带，如横素练。操坐大船之上，左右侍御者数百人，皆锦衣绣袄，荷戈执戟。文武众官，各依次而坐。操见南屏山色如画，东视柴桑之境，西观夏口之江，南望樊山，北觑乌林，四顾空阔，心中欢悦，谓众官曰："吾自起义兵以来，与国家除凶去害，誓愿扫清四海，削平天下，所未得者江南也。今吾有百万雄师，更赖诸公用命，何患不成功耶！收服江南之后，天下无事，与诸公共享富贵，以乐太平。"文武皆起谢曰："愿得早奏凯歌！我等终身皆赖丞相福荫。"操大喜，命左右行酒。饮至半夜，操酒酣，遥指南岸曰："周瑜、鲁肃，不识天时！今幸有投降之人，为彼心腹之患，此天助吾也。"荀攸曰："丞相勿言，恐有泄漏。"操大笑曰："座上诸公，与近侍左右，皆吾心腹之人也，言之何碍！"又指夏口曰："刘备、诸葛亮，汝不料蝼蚁之力，欲撼泰山，何其愚耶！"［将写其败，先叙其骄；将画其惨，先摹其狂。］顾谓诸将曰："吾今年五十四岁矣，如得江南，窃有所喜。昔日乔公与吾至契，吾知其二女皆有国色。后不料为孙策、周瑜所娶。吾今新构铜雀台于漳水之上，如得江南，当娶二乔置之台上，以娱暮年，吾愿足矣！"言罢大笑。唐人杜牧之有诗曰：

折戟沉沙铁未消，自将磨洗认前朝。

东风不与周郎便，铜雀春深锁二乔。

曹操正笑说间，忽闻鸦声望南飞鸣而去。操问曰："此鸦缘何夜鸣？"左右答曰："鸦见月明，疑是天晓，故离树而鸣也。"操又大笑。时操已醉，乃取槊立于船头上，以酒奠于江中，满饮三爵，横槊谓诸将曰："吾持此槊，破黄巾，擒吕布，灭袁术，收袁绍，深入塞北，直抵辽东，纵横天下，颇不失大丈夫之志也。今对此景，甚有慷慨。吾当作歌，汝等和之。”歌曰：

对酒当歌，人生几何：譬如朝露，去日苦多。慨当以慷，忧思难忘；何以解忧，惟有杜康。青青子衿，悠悠我心；但为君故，沉吟至今。呦呦鹿鸣，食野之苹；我有嘉宾，鼓瑟吹笙。皎皎如月，何时可报？忧从中来，不可断绝！越陌度阡，枉用相存；契阔谈宴，心念旧恩。月明星稀，乌鹊南飞；绕树三匝，无枝可依。山不厌高，水不厌深：周公吐哺，天下归心。［人是如此狂暴骄横，诗却这般深沉低徊，与之前铺排的情境——除掉那只临时拉来入戏的乌鸦——无一丝关联。在诗句面前，作者对曹操的丑化显得极不搭调。］

歌罢，众和之，共皆欢笑。忽座间一人进曰：“大军相当之际，将士用命之时，丞相何故出此不吉之言？”操视之，乃扬州刺史，沛国相人，姓刘名馥，字元颖。馥起自合淝，创立州治，聚逃散之民，立学校，广屯田，兴治教，久事曹操，多立功绩。当下操横槊问曰：“吾言有何不吉？”馥曰：“‘月明星稀，乌鹊南飞；绕树三匝，无枝可依。’此不吉之言也。”操大怒曰：“汝安敢败吾兴！”手起一槊，刺死刘馥。［好诗配恶槊，美宴成凶杀，曹操之恶，岂止败兴而已。］众皆惊骇，遂罢宴。次日，操酒醒，懊恨不已。馥子刘熙，告请父尸归葬。操泣曰：“吾昨因醉误伤汝父，悔之无及。可以三公厚礼葬之。”又拨军士护送灵柩，即日回葬。

次日，水军都督毛玠、于禁诣帐下，请曰：“大小船只，俱已配搭连锁停当。旌旗战具，一一齐备。请丞相调遣，克日进兵。”操至水军中央大战船上坐定，唤集诸将，各各听令。水旱二军，俱分五色旗号：水军中央黄旗毛玠、于禁，前军红旗张郃，后军皂旗吕虔，左军青旗文聘，右军白旗吕通；马步前军红旗徐晃，后军皂旗李典，左军青旗乐进，右军白旗夏侯渊。水陆路都接应使夏侯惇、曹洪，护卫往来监战使许褚、张辽。其余骁将，各依队伍。令毕，水军寨中发擂三通，各队伍战船，分门而出。是日西北风骤起，各船拽起风帆，冲波激浪，稳如平地。北军在船上，踊跃施勇，刺枪使刀。前后左右各军，旗幡不杂。又有小船五十余只，往来巡警催督。

操立于将台之上，观看调练，心中大喜，以为必胜之法；教且收住帆幔，各依次序回寨。操升帐谓众谋士曰："若非天命助我，安得凤雏妙计？铁索连舟，果然渡江如履平地。"程昱曰："船皆连锁，固是平稳；但彼若用火攻，难以回避。不可不防。"操大笑曰："程仲德虽有远虑，却还有见不到处。"荀攸曰："仲德之言甚是。丞相何故笑之？"操曰："凡用火攻，必借风力。方今隆冬之际，但有西风北风，安有东风南风耶？吾居于西北之上，彼兵皆在南岸，彼若用火，是烧自己之兵也，吾何惧哉？若是十月小春之时，吾早已堤备矣。"诸将皆拜伏曰："丞相高见，众人不及。"[这话着实无知。隆冬之际多刮西北风而非只刮西北风，东南风偶尔也有，正如春夏时节多吹东南风而非只吹东南风。即使昧于大气环流理论，凭切身经验也能知晓此节，曹营上下谋士如云，竟齐刷刷丧失常识。]操顾诸将曰："青、徐、燕、代之众，不惯乘舟。今非此计，安能涉大江之险！"只见班部中二将挺身出曰："小将虽幽、燕之人，也能乘舟。今愿借巡船二十只，直至北江口，夺旗鼓而还，以显北军亦能乘舟也。"

操视之，乃袁绍手下旧将焦触、张南也。操曰："汝等皆生长北方，恐乘舟不便。江南之兵，往来水上，习练精熟，汝勿轻以性命为儿戏也。"焦触、张南大叫曰："如其不胜，甘受军法！"操曰："战船尽已连锁，惟有小舟。每舟可容二十人，只恐未便接战。"触曰："若用大船，何足为奇？乞付小舟二十余只，某与张南各引一半，只今日直抵江南水寨，须要夺旗斩将而还。"操曰："吾与汝二十只船，差拨精锐军五百人，皆长枪硬弩，到来日天明，将大寨船出到江面上，远为之势。更差文聘亦领三十只巡船接应汝回。"焦触、张南欣喜而退。次日，四更造饭，五更结束已定，早听得水寨中擂鼓鸣金。船皆出寨，分布水面，长江一带，青红旗号交杂。焦触、张南领哨船二十只，穿寨而出，望江南进发。

却说南岸隔日听得鼓声喧震，遥望曹操调练水军，探事人报知周瑜。瑜往山顶观之，操军已收回。次日，忽又闻鼓声震天，军士急登高观望，见有小船冲波而来，飞报中军。周瑜问帐下："谁敢先出？"韩当、周泰二人齐出曰："某当权为先锋破敌。"瑜喜，传令各寨严加守御，不可轻动。韩当、周泰各引哨船五只，分左右而出。

却说焦触、张南凭一勇之气，飞棹小船而来。韩当独披掩心，手执长枪，立于船头。焦触船先到，便命军士乱箭望韩当船上射来。当用牌遮隔。焦触捻长枪与韩当交锋。当手起一枪，刺死焦触。张南随后大叫赶来。隔斜里周泰船出。张南挺枪立于船头，两边弓矢乱射。周泰一臂挽牌，一手提刀，两船相离七八尺，泰即飞身一跃，直跃过张南船上，手起刀落，砍张南于水中，乱杀驾舟军士。众船飞棹急回。韩当、周泰催船追赶，到半江中，恰与文聘船相迎。两边便摆定船厮杀。[曹操两员莽将，死起来倒是毫不拖泥带水。也罢，省得回家承受军法了。]

却说周瑜引众将立于山顶，遥望江北水面艨艟战船，排合江上，旗帜号带，皆有次序。回看文聘与韩当、周泰相持，韩当、周泰奋力攻击，文聘抵敌不住，回船而走，韩周二人急催船追赶。周瑜恐二人深入重地，便将白旗招飐，令众鸣金。二人乃挥棹而回。周瑜于山顶看隔江战船，尽入水寨。瑜顾谓众将曰："江北战船如芦苇之密，操又多谋，当用何计以破之?"众未及对，忽见曹军寨中，被风吹折中央黄旗，飘入江中。瑜大笑曰："此不祥之兆也!"正观之际，忽狂风大作，江中波涛拍岸。一阵风过，刮起旗角于周瑜脸上拂过。瑜猛然想起一事在心，大叫一声，往后便倒，口吐鲜血。诸将急救起时，却早不省人事。正是：

一时忽笑又忽叫，难使南军破北军。

毕竟周瑜性命如何，且看下文分解。

南北

地分南北，人亦分南北。中华形胜，南北迥异，再加古时交通不便，寻常人等极少走南闯北，更绝无旅游概念——同期乃至更早的古罗马人倒早早具备发达的旅游意识，经常出海远游——遂以长江为界，依稀生出两样人种。所谓"北人不梦象，南人不梦驼"，不仅准确概括出一种心理现象，还说明了古时南北百姓的深重睽隔。

今之中国，南方较北方更为先进发达，古时则反之，北方的中原文明远比南方先进，南方相对保守闭塞，礼仪文明尤欠发达。《颜氏家训》里曾以妇女为视角，比较江东与曹操所居邺下之风俗，言“江东妇女，略无交游，其婚姻之家，或数十年间，未相识者”，而“邺下风俗，专以妇持门户，争讼曲直，造请逢迎，车乘填街衢，绮罗盈府寺，代子求官，为夫诉屈”，忙得不可开交，不亦乐乎，两相对照，好像江东仍处史前，邺下直逼现代。

小说中屡屡道及北人不惯水战、不服水土，即是当时南北差异的真实反映。欧洲人来到美洲后，大量印第安土著部落曾以灭绝的方式死于欧洲人带来的疾病，欧洲人自己倒视若寻常：盖印第安人体内缺乏相应免疫抗体。远离北方故土的曹军士兵大量死于疾疫，多半也是这个原因，当时仅一江之隔的周瑜水军，则大多生龙活虎。

第四十九回

七星坛诸葛祭风　三江口周瑜纵火

却说周瑜立于山顶，观望良久，忽然望后而倒，口吐鲜血，不省人事。[这是专为周瑜设计的行为模式，作者未提周瑜有何沉疴（除了箭伤），似乎此症只与心胸气度有关。林黛玉心胸同样欠宽，更时复咳血，但林妹妹身体有病。周瑜呢?] 左右救回帐中。诸将皆来动问，尽皆愕然相顾曰："江北百万之众，虎踞鲸吞。不料都督如此，傥曹兵一至，如之奈何?"慌忙差人申报吴侯，一面求医调治。

却说鲁肃见周瑜卧病，心中忧闷，来见孔明，言周瑜猝病之事。孔明曰："公以为如何?"肃曰："此乃曹操之福，江东之祸也。"孔明笑曰："公瑾之病，亮亦能医。"肃曰："诚如此，则国家万幸!"即请孔明同去看病。肃先入见周瑜。瑜以被蒙头而卧。肃曰："都督病势若何?"周瑜曰："心腹搅痛，时复昏迷。"肃曰："曾服何药饵?"瑜曰："心中呕逆，药不能下。"肃曰："适来去望孔明，言能医都督之病。见在帐外，烦来医治何如?"瑜命请入，教左右扶起，坐于床上。孔明曰："连日不晤君颜，何期贵体不安!"瑜曰："'人有旦夕祸福'，岂能自保?"孔明笑曰："'天有不测风云'，人又岂能料乎?"瑜闻失色，乃作呻吟之声。[病人装病，趣极。] 孔明曰："都督心中似觉烦积否?"瑜曰："然。"孔明曰："必须用凉药以解之。"瑜曰："已服凉药，全然无效。"孔明曰："须先理其气；气若顺，则呼吸之间，自然痊可。"瑜料孔明必知其意，乃以言挑之曰："欲得顺气，当服何药?"孔明笑曰："亮有一方，便教都督气顺。"瑜曰："愿先生赐教。"孔明索纸笔，屏退左右，密书十六字曰：

欲破曹公，宜用火攻；万事俱备，只欠东风。

写毕，递与周瑜曰："此都督病源也。"瑜见了大惊，暗思："孔明真神人也！早已知我心事！只索以实情告之。"乃笑曰："先生已知我病源，将用何药治之？事在危急，望即赐教。”孔明曰：“亮虽不才，曾遇异人传授奇门遁甲天书，可以呼风唤雨。都督若要东南风时，可于南屏山建一台，名曰‘七星坛’：高九尺，作三层，用一百二十人，手执旗幡围绕。亮于台上作法，借三日三夜东南大风，助都督用兵何如？”瑜曰：“休道三日三夜，只一夜大风，大事可成矣。只是事在目前，不可迟缓。”孔明曰：“十一月二十日甲子祭风，至二十二日丙寅风息，如何？”瑜闻言大喜，矍然而起，便传令差五百精壮军士，往南屏山筑坛；拨一百二十人，执旗守坛，听候使令。

孔明辞别出帐，与鲁肃上马，来南屏山相度地势，令军士取东南方赤土筑坛。方圆二十四丈，每一层高三尺，共是九尺。下一层插二十八宿旗：东方七面青旗，按角、亢、氐、房、心、尾、箕，布苍龙之形；北方七面皂旗，按斗、牛、女、虚、危、室、壁，作玄武之势；西方七面白旗，按奎、娄、胃、昴、毕、觜、参，踞白虎之威；南方七面红旗，按井、鬼、柳、星、张、翼、轸，成朱雀之状。第二层周围黄旗六十四面，按六十四卦，分八位而立。上一层用四人，各人戴束发冠，穿皂罗袍，凤衣博带，朱履方裾。前左立一人，手执长竿，竿尖上用鸡羽为葆，以招风信；前右立一人，手执长竿，竿上系七星号带，以表风色；后左立一人，捧宝剑；后右立一人，捧香炉。坛下二十四人，各持旌旗、宝盖、大戟、长戈、黄旄、白钺、朱幡、皂纛，环绕四面。［绝无仅有的中国式噱头：玄妙而繁复，精深而浪漫；是巫术，又超越巫术，是迷信，又是文化。巫中有道，道中有术，术中有学，学中有命，命中有理，理中含阴阳，阴阳中藏八卦，八卦中著乾坤，乾坤之际，天人合一。］孔明于十一月二十日甲子吉辰，沐浴斋戒，身披道衣，跣足散发，来到坛前，分付鲁肃曰：“子敬自往军中相助公瑾调兵。倘亮所祈无应，不可有怪。”鲁肃别去。孔明嘱付守坛将士：“不许擅离方位，不许交头接耳，不许失口乱言，不许失惊打怪。如违令者斩！”众皆领命。孔明缓步登坛，观瞻方位已定，焚香于炉，注水于盂，仰天暗祝。下坛入帐中少歇，令军士更替吃饭。孔明一日上坛三次，下坛三次，却并不见有东南风。

且说周瑜请程普、鲁肃一班军官，在帐中伺候，只等东南风起，便调兵出；一面关报孙权接应。黄盖已自准备火船二十只，船头密布大钉；船内装载芦苇干柴，灌以鱼油，上铺硫黄、焰硝引火之物，各用青布油单遮盖；船头上插青龙牙旗，船尾各系走舸，在帐下听候，只等周瑜号令。［前现代的水战，须臾离不得风神襄助。1453 年穆罕默德率大军攻陷拜占庭前，风力骤停，前来支援拜占庭的四艘欧洲战舰突然定在海面，一座号称最坚不可摧的城市，随之沦陷。］甘宁、阚泽窝盘蔡和、蔡中在外寨中，每日饮酒，不放一卒登岸。周围尽是东吴军马，把得水泄不通，只等帐上号令下来。周瑜正在帐中坐议，探子来报："吴侯船只离寨八十五里停泊，只等都督好音。"瑜即差鲁肃遍告各部下官兵将士俱各收拾船只、军器、帆橹等物，号令一出，时刻休违；倘有违误，即按军法。众兵将得令，一个个摩拳擦掌，准备厮杀。是日，看看近夜，天色晴明，微风不动。瑜谓鲁肃曰："孔明之言谬矣。隆冬之时，怎得东南风乎?"肃曰："吾料孔明必不谬谈。"将近三更时分，忽听风声响，旗幡转动。瑜出帐看时，旗脚竟飘西北，霎时间东南风大起。瑜骇然曰："此人有夺天地造化之法、鬼神不测之术！若留此人，乃东吴祸根也。及早杀却，免生他日之忧。"急唤帐前护军校尉丁奉、徐盛二将："各带一百人。徐盛从江内去，丁奉从旱路去，都到南屏山七星坛前，休问长短，拿住诸葛亮便行斩首，将首级来请功。"［周瑜豁出去了，分明大功在望，却好像盟友孔明比强敌曹操还要危险百倍。］二将领命。徐盛下船，一百刀斧手荡开棹桨；丁奉上马，一百弓弩手各跨征驹，往南屏山来。于路正迎着东南风起。后人有诗曰：

> 七星坛上卧龙登，一夜东风江水腾。
> 不是孔明施妙计，周郎安得逞才能？

丁奉马军先到，见坛上执旗将士当风而立。丁奉下马提剑上坛，不见孔明，慌问守坛将士。答曰："恰才下坛去了。"丁奉忙下坛寻时，徐盛船已到，二人聚于江边。小卒报曰："昨晚一只快船停在前面滩口。适间却见孔明披发下船，那船望上水去了。"丁奉、徐盛便分水陆两路追袭。徐盛教拽起满帆，抢风而使。遥望那船不远，徐盛在船头上高声大叫："军师休去！都督有请！"只见孔明立于船尾大笑曰："上覆都督：好好用兵；诸葛亮暂回夏口，异日再容相见。”徐盛曰：“请暂少住，有紧话说。”孔明曰：“吾已料定都督不能容我，必来加害，预先教赵子龙来相接。将军不必追赶。”徐盛见前船无篷，只顾赶去。看看至近，赵云拈弓搭箭，立于船尾大叫曰：“吾乃常山赵子龙也！奉令特来接军师。你如何来追赶？本待一箭射死你来，显得两家失了和气。教你知我手段！”言讫，箭到处射断徐盛船上篷索。［北人不习舟楫，缘何北方猛男赵云却能在船上百步穿杨？］那篷堕落下水，其船便横。赵云却教自己船上拽起满帆，乘顺风而去。其船如飞，追之不及。岸上丁奉唤徐盛船近岸，言曰：“诸葛亮神机妙算，人不可及。更兼赵云有万夫不当之勇，汝知他当阳长坂时否？吾等只索回报便了。”于是二人回见周瑜，言孔明预先约赵云迎接去了。周瑜大惊曰：“此人如此多谋，使吾晓夜不安矣！”鲁肃曰：“且待破曹之后，却再图之。”

瑜从其言，唤集诸将听令。先教甘宁：“带了蔡中并降卒沿南岸而走，只打北军旗号，直取乌林地面，正当曹操屯粮之所，深入军中，举火为号。只留下蔡和一人在帐下，我有用处。”第二唤太史慈分付：“你可领三千兵，直奔黄州地界，断曹操合淝接应之兵，就逼曹兵，放火为号；只看红旗，便是吴侯接应兵到。”这两队兵最远，先发。第三唤吕蒙领三千兵去乌林接应甘宁，焚烧曹操寨栅。第四唤凌统领三千兵，直截彝陵界首，只看乌林火起，以兵应之。第五队董袭领三千兵，直取汉阳，从汉川杀奔曹操寨中，看白旗接应。第六唤潘璋领三千兵，尽打白旗，往汉阳接应董袭。六队船只各自分路去了。却令黄盖安排火船，使小卒驰书约曹操，今夜来降。一面拨战船四只，随于黄盖船后接应。第一队领兵军官韩当，第二队领兵军官周泰，第三队领兵军官蒋钦，第四队领兵军官陈武。四队各引战船三百只，前面各摆列火船二十只。周瑜自与程普在大艨艟上督战，徐盛、丁奉为左右护卫，只留鲁肃共阚泽及众谋士守寨。程普见周瑜调军有法，甚相敬服。

却说孙权差使命持兵符至，说已差陆逊为先锋，直抵蕲、黄地面进兵，吴侯自为后应。瑜又差人西山放火炮，南屏山举号旗。各各准备停当，只等黄昏举动。

话分两头。且说刘玄德在夏口专候孔明回来，忽见一队船到，乃是公子刘琦自来探听消息。玄德请上敌楼坐定，说："东南风起多时，子龙去接孔明，至今不见到，吾心甚忧。"小校遥指樊口港上："一帆风送扁舟来到，必军师也。"玄德与刘琦下楼迎接。须臾船到，孔明、子龙登岸。玄德大喜。问候毕，孔明曰："且无暇告诉别事。前者所约军马战船，皆已办否?"玄德曰："收拾久矣，只候军师调用。"孔明便与玄德、刘琦升帐坐定，谓赵云曰："子龙可带三千军马，渡江径取乌林小路，拣树木芦苇密处埋伏。今夜四更已后，曹操必然从那条路奔走。等他军马过，就半中间放起火来。虽然不杀他尽绝，也杀一半。"云曰："乌林有两条路，一条通南郡，一条取荆州，不知向那条路来?"孔明曰："南郡势迫，曹操不敢往；必来荆州，然后大军投许昌而去。"云领计去了。又唤张飞曰："翼德可领三千兵渡江，截断彝陵这条路，去葫芦谷口埋伏。曹操不敢走南彝陵，必望北彝陵去。来日雨过，必然来埋锅造饭。只看烟起，便就山边放起火来。虽然不捉得曹操，翼德这场功料也不小。"飞领计去了。[孔明设计，"必必"不休，口气俨若耶和华。耶和华言必称"必"，所验却未必，如警告亚当、夏娃"分别善恶树上的果子，你不可吃，因为你吃的日子必定死"，亚当、夏娃吃了，却没死。]又唤糜竺、糜芳、刘封三人各驾船只，绕江剿擒败军，夺取器械。三人领计去了。孔明起身，谓公子刘琦曰："武昌一望之地，最为紧要。公子便请回，率领所部之兵，陈于岸口。操一败必有逃来者，就而擒之，却不可轻离城郭。"刘琦便辞玄德、孔明去了。孔明谓玄德曰："主公可于樊口屯兵，凭高而望，坐看今夜周郎成大功也。"

时云长在侧，孔明全然不睬。云长忍耐不住，乃高声曰："关某自随兄长征战，许多年来未尝落后。今日逢大敌，军师却不委用，此是何意?"孔明笑曰："云长勿怪！某本欲烦足下把一个最紧要的隘口，怎奈有些违碍处，不敢教去。"云长曰："有何违碍？愿即见谕。"孔明曰："昔日曹操待足下甚厚，足下当有以报之。今日操兵败，必走华容道；若令足下去时，必然放他过去。因此不敢教去。"云长曰："军师好心多！当日曹操果是重待某，某已斩颜良，诛文丑，解白马之围，报过他了。

今日撞见，岂肯轻放！”孔明曰：“倘若放了时，却何如？”云长曰：“愿依军法！”孔明曰：“如此，立下文书。”云长便与了军令状。云长曰：“若曹操不从那条路上来，如何？”孔明曰：“我亦与你军令状。”云长大喜。孔明曰：“云长可于华容小路高山之处，堆积柴草，放起一把火烟，引曹操来。”云长曰：“曹操望见烟，知有埋伏，如何肯来？”孔明笑曰：“岂不闻兵法‘虚虚实实’之论？操虽能用兵，只此可以瞒过他也。他见烟起，将谓虚张声势，必然投这条路来。将军休得容情。”云长领了将令，引关平、周仓并五百校刀手，投华容道埋伏去了。玄德曰：“吾弟义气深重，若曹操果然投华容道去时，只恐端的放了。”孔明曰：“亮夜观乾象，操贼未合身亡。留这人情教云长做了，亦是美事。”玄德曰：“先生神算，世所罕及！”[对孔明的神化大失章法：截住曹操，算孔明的神机；放走曹操，仍属孔明的妙算。好比打拳，中人面门，算自己本事；闹个趔趄，仍算自己能耐。]孔明遂与玄德往樊口看周瑜用兵，留孙乾、简雍守城。

却说曹操在大寨中与众将商议，只等黄盖消息。当日东南风起甚紧。程昱入告曹操曰：“今日东南风起，宜预堤防。”操笑曰：“冬至一阳生，来复之时，安得无东南风？何足为怪！”[曹操的常识感恢复了，可惜于事无补。]军士忽报江东一只小船来到，说有黄盖密书。操急唤入。其人呈上书。书中诉说：“周瑜关防得紧，因此无计脱身。今有鄱阳湖新运到粮，周瑜差盖巡哨，已有方便。好歹杀江东名将，献首来降。只在今晚三更，船上插青龙牙旗者，即粮船也。”操大喜，遂与众将来水寨中大船上，观望黄盖船到。

且说江东，天色向晚，周瑜唤出蔡和，令军士缚倒。和叫无罪。瑜曰：“汝是何等人，敢来诈降！吾今缺少福物祭旗，愿借你首级。”和抵赖不过，大叫曰：“汝家阚泽、甘宁亦曾与谋！”瑜曰：“此乃吾之所使也。”蔡和悔之无及。瑜令捉至江边皂纛旗下，奠酒烧纸，一刀斩了蔡和，用血祭旗毕，便令开船。[斩首祭旗，是古法，虽血腥，但提振士气。]黄盖在第三只火船上，独披掩心，手提利刃，旗上大书“先锋黄盖”。盖乘一天顺风，望赤壁进发。

是时东风大作，波浪汹涌。操在军中遥望隔江，看看月上，照耀江水如万道金蛇，翻波戏浪。操迎风大笑，自以为得志。忽一军指说："江南隐隐一簇帆幔，使风而来。"操凭高望之。报称："皆插青龙牙旗。内中有大旗，上书'先锋黄盖'名字。"操笑曰："公覆来降，此天助我也！"来船渐近。程昱观望良久，谓操曰："来船必诈，且休教近寨。"操曰："何以知之？"程昱曰："粮在船中，船必稳重；今观来船，轻而且浮。更兼今夜东南风甚紧，倘有诈谋，何以当之？"操省悟，便问："谁去止之？"文聘曰："某在水上颇熟，愿请一往。"言毕，跳下小船，用手一指，十数只巡船，随文聘船出。聘立于船头，大叫："丞相钧旨：南船且休近寨，就江心抛住。"众军齐喝："快下了篷！"言未绝，弓弦响处，文聘被箭射中左臂，倒在船中。船上大乱，各自奔回。南船距操寨止隔二里水面。黄盖用刀一招，前船一齐发火。火趁风威，风助火势，船如箭发，烟焰涨天。二十只火船，撞入水寨。曹寨中船只一时尽着，又被铁环锁住，无处逃避。隔江炮响，四下火船齐到，但见三江面上，火逐风飞，一派通红，漫天彻地。[曹军的地狱，江东的焰火。]

曹操回观岸上营寨几处烟火。黄盖跳在小船上，背后数人驾舟，冒烟突火，来寻曹操。操见势急，方欲跳上岸，忽张辽驾一小脚船，扶操下得船时，那只大船已自着了。张辽与十数人保护曹操，飞奔岸口。黄盖望见穿绛红袍者下船，料是曹操，乃催船速进，手提利刃，高声大叫："曹贼休走！黄盖在此！"操叫苦连声。张辽拈弓搭箭，觑着黄盖较近，一箭射去。此时风声正大，黄盖在火光中那里听得弓弦响？正中肩窝，翻身落水。正是：

火厄盛时遭水厄，棒疮愈后患金疮。

未知黄盖性命如何，且看下文分解。

分权

读文学作品，总是面对未知领域，读者非得读过作品，方能对人物和故事有所了解。但《三国演义》不同，它历来对应着两类读者，一类是具有一定知识素养、对《三国志》《后汉书》有所了解者；另一类是消遣性读者，对史实兴趣不大。前一类读者会对小说中写得真实且出色的部分喝彩，对违背史实且语涉怪诞的描述有所保留。事实上，对于明知功在周瑜、孔明只是周郎功劳的窃取者的读者来说，对“借东风”大加喝彩，真得昧点良心才行；另一类读者原本缺乏历史参照，心理上全无纠结，只管将喜怒哀乐交给罗贯中掌控，倒也爽快。

吾国读者还有另一层分化：一类奉行孔子“不语怪力乱神”之教，对怪诞离奇之说缺乏好感；另一类则是民间文化的浸淫者和迷恋者，他们不在乎把《三国演义》写成《西游记》。话说回来，《三国演义》在古人眼里正如当今之通俗小说、好莱坞科幻大片，原是用来消遣的。

有趣的是，作者在不同场合分别讨好两类读者，当他这么做时，又分别做到极致，方便两类读者各取所需。反感将孔明写成妖道者，会对书中别处笔墨击节赞叹；讨厌曹操事迹者，则对孔明的超级巫师模样欢喜不迭。

伟大的文学具有超越价值观的功能，信不虚也。

第五十回

诸葛亮智算华容　关云长义释曹操

却说当夜张辽一箭射黄盖下水，救得曹操登岸，寻着马匹走时，军已大乱。韩当冒烟突火来攻水寨，忽听得士卒报道："后梢舵上一人，高叫将军表字。"韩当细听，但闻高叫"公义救我"，当曰："此黄公覆也！"急教救起。见黄盖负箭着伤，咬出箭杆，箭头陷在肉内。韩当急为脱去湿衣，用刀剜出箭头，扯旗束之，脱自己战袍与黄盖穿了，先令别船送回大寨医治。原来黄盖深知水性，故大寒之时，和甲堕江，也逃得性命。[不知这副盔甲有多重。一套古盔甲重约二十公斤，重装步兵还要重些。"和甲堕江"难度不小。]

却说当日满江火滚，喊声震地。左边是韩当、蒋钦两军从赤壁西边杀来，右边是周泰、陈武两军从赤壁东边杀来，正中是周瑜、程普、徐盛、丁奉大队船只都到。火须兵应，兵仗火威。此正是：三江水战，赤壁鏖兵。曹军着枪中箭、火焚水溺者，不计其数。后人有诗曰：

魏吴争斗决雌雄，赤壁楼船一扫空。
烈火初张照云海，周郎曾此破曹公。

又有一绝云：

山高月小水茫茫，追叹前朝割据忙。
南士无心迎魏武，东风有意便周郎。

[有趣，所摘诗句并未对小说构成支撑：后人笔下只有周郎，无一语及于孔明。曹操日后也承认败给周瑜，在"与孙权书"中写道："孤烧船自退，横使周瑜虚获此名。"]

不说江中鏖兵。且说甘宁令蔡中引入曹寨深处，宁将蔡中一刀砍于马下，就草上放起火来。吕蒙遥望中军火起，也放十数处火，接应甘宁。潘璋、董袭分头放火呐喊，四下里鼓声大震。曹操与张辽引百余骑在火林内走，看前面无一处不着。正走之间，毛玠救得文聘，引十数骑到。操令军寻路。张辽指道："只有乌林地面空阔可走。"操径奔乌林。正走间，背后一军赶到，大叫："曹贼休走！"火光中现出吕蒙旗号。操催军马向前，留张辽断后，抵敌吕蒙。却见前面火把又起，从山谷中拥出一军，大叫："凌统在此！"曹操肝胆皆裂。忽刺斜里一彪军到，大叫："丞相休慌！徐晃在此！"彼此混战一场，一路望北而走。忽见一队军马，屯在山坡前。徐晃出问，乃是袁绍手下降将马延、张顗，有三千北地军马列寨在彼，当夜见满天火起，未敢转动，恰好接着曹操。操教二将引一千军马开路，其余留着护身。操得这枝生力军马，心中稍安。［所谓曹操命中未死，难道与此有关？］马延、张顗二将飞骑前行。不到十里，喊声起处，一彪军出。为首一将，大呼曰："吾乃东吴甘兴霸也！"马延正欲交锋，早被甘宁一刀斩于马下。张顗挺枪来迎，宁大喝一声，顗措手不及，被宁手起一刀，翻身落马。后军飞报曹操。操此时指望合淝有兵救应，不想孙权在合淝路口望见江中火光，知是我军得胜，便教陆逊举火为号。太史慈见了，与陆逊合兵一处，冲杀将来。操只得望彝陵而走，路上撞见张郃，操令断后，纵马加鞭。走至五更，回望火光渐远，操心方定，问曰："此是何处？"左右曰："此是乌林之西，宜都之北。"操见树木丛杂，山川险峻，乃于马上仰面大笑不止。诸将问曰："丞相何故大笑？"操曰："吾不笑别人，单笑周瑜无谋，诸葛亮少智。若是吾用兵之时，预先在这里伏下一军，如之奈何？"说犹未了，两边鼓声震响，火光竟天而起，惊得曹操几乎坠马。刺斜里一彪军杀出，大叫："我赵子龙奉军师将令，在此等候多时了！"操教徐晃、张郃双敌赵云，自己冒烟突火而去。子龙不来追赶，只顾抢夺旗帜。曹操得脱。

天色微明，黑云罩地，东南风尚不息。忽然大雨倾盆，湿透衣甲。操与军士冒雨而行，诸军皆有饥色。操令军士往村落中劫掠粮食，寻觅火种。方欲造饭，后面一军赶到，操心甚慌。原来却是李典、许褚保护着众谋士来到。操大喜，令军马且行，问："前面是那里地面？"人报："一边是南彝陵大路，一边是彝陵北山路。"操问："那里投南郡江陵去近？"军士禀曰："取南彝陵过葫芦口去最便。"操教走南彝陵。行至葫芦口，军皆饥馁，行走不上；马亦困乏，多有倒于路者。操教前面暂歇。马上有带得锣锅的，也有村中掠得粮米的，便就山边拣干处埋锅造饭，割马肉烧吃；尽皆脱去湿衣，于风头吹晒；马皆摘鞍野放，咽咬草根。操坐于疏林之下，仰面大笑。众官问曰："适来丞相笑周瑜、诸葛亮，引惹出赵子龙来，又折了许多人马。如今为何又笑？"操曰："吾笑诸葛亮、周瑜毕竟智谋不足。若是我用兵时，就这个去处，也埋伏一彪军马，以逸待劳；我等纵然脱得性命，也不免重伤矣。彼见不到此，我是以笑之。"

正说间，前军后军一齐发喊，操大惊，弃甲上马。众军多有不及收马者。早见四下火烟布合，山口一军摆开，为首乃燕人张翼德，横矛立马，大叫："操贼走那里去！"诸军众将见了张飞，尽皆胆寒。许褚骑无鞍马来战张飞。张辽、徐晃二将，纵马也来夹攻。两边军马混战做一团。操先拨马走脱，诸将各自脱身。张飞从后赶来，操迤逦奔逃，追兵渐远，回顾众将多已带伤。[刘备、周瑜人马不多，主力多为周瑜水军，驻守长江南岸。这会儿为了强化曹操狼狈相——也为下文华容道预热——作者变戏法般替刘、周增添了无数人马，效果却未必佳。若为了强调周、刘兵强马壮，则有损赤壁大捷以少胜多的美名；若说这些士兵只是充当滋扰，又无趣得紧。]

正行间，军士禀曰："前面有两条路，请问丞相从那条路去？"操问："那条路近？"军士曰："大路稍平，却远五十余里。小路投华容道，却近五十余里；只是地窄路险，坑坎难行。"操令人上山观望，回报："小路山边有数处烟起，大路并无动静。"操教前军便走华容道小路。诸将曰："烽烟起处，必有军马，何故反走这条路？"操曰："岂不闻兵书有云：'虚则实之，实则虚之。'诸葛亮多谋，故使人于山僻烧烟，使我军不敢从这条山路走，他却伏兵在大路等着。吾料已定，偏不教中他计！"诸将皆曰："丞相妙算，人不可及。"遂勒兵走华容道。此时人皆饥倒，马尽困乏。焦头烂额者扶策而行，中箭着枪者勉强而走。衣甲湿透，个个不全；军器旗幡，纷纷不整。大半皆是彝陵道上被赶得慌，只骑得秃马，鞍辔衣服，尽皆抛弃。正值隆冬严寒之时，其苦何可胜言。

操见前军停马不进，问是何故。回报曰："前面山僻小路，因早晨下雨，坑堑内积水不流，泥陷马蹄，不能前进。"操大怒，叱曰："军旅逢山开路，遇水叠桥，岂有泥泞不堪行之理！"传下号令，教老弱中伤军士在后慢行，强壮者担土束柴，搬草运芦，填塞道路，务要即时行动，如违令者斩。众军只得都下马，就路傍砍伐竹木，填塞山路。操恐后军来赶，令张辽、许褚、徐晃引百骑执刀在手，但迟慢者便斩之。操喝令人马沿栈而行，死者不可胜数，号哭之声，于路不绝。操怒曰："死生有命，何哭之有！如再哭者立斩！"［已呈暴戾疯癫之象。］三停人马，一停落后，一停填了沟壑，一停跟随曹操。过了险峻，路稍平坦。操回顾止有三百余骑随后，并无衣甲袍铠整齐者。操催速行。众将曰："马尽乏矣，只好少歇。"操曰："赶到荆州将息未迟。"又行不到数里，操在马上扬鞭大笑。众将问："丞相何又大笑？"操曰："人皆言周瑜、诸葛亮足智多谋，以吾观之，到底是无能之辈。若使此处伏一旅之师，吾等皆束手受缚矣。"［曹操老一套，智力大幅下滑。］

言未毕，一声炮响，两边五百校刀手摆开，为首大将关云长，提青龙刀，跨赤兔马，截住去路。操军见了，亡魂丧胆，面面相觑。操曰："既到此处，只得决一死战！"众将曰："人纵然不怯，马力已乏，安能复战？"程昱曰："某素知云长傲上而不忍下，欺强而不凌弱；恩怨分明，信义素著。丞相旧日有恩于彼，今只亲自告之，可脱此难。"操从其说，即纵马向前，欠身谓云长曰："将军别来无恙！"云长亦欠身答曰："关某奉军师将令，等候丞相多时。"操曰："曹操兵败势危，到此无路，望将军以昔日之情为重。"云长曰："昔日关某虽蒙丞相厚恩，然已斩颜良，诛文丑，解白马之危以奉报矣。今日之事，岂敢以私废公？"操曰："五关斩将之时，还能记否？大丈夫以信义为重。将军深明《春秋》，岂不知庾公之斯追子濯孺子之事乎？"云长是个义重如山之人，想起当日曹操许多恩义，与后来五关斩将之事，如何不动心？又见曹军惶惶，皆欲垂泪，一发心中不忍。于是把马头勒回，谓众军曰："四散摆开。"这个分明是放曹操的意思。操见云长回马，便和众将一齐冲将过去。云长回身时，曹操已与众将过去了。云长大喝一声，众军皆下马，哭拜于地。云长愈加不忍。正犹豫间，张辽骤马而至。云长见了，又动故旧之情，长叹一声，并皆放去。[把云长之如山重义，写得栩栩动人。虽然，细思又不是滋味。既然天象注定“操贼未合身亡”，“义释”又从何说起?] 后人有诗曰：

曹瞒兵败走华容，正与关公狭路逢。

只为当初恩义重，放开金锁走蛟龙。

曹操既脱华容之难，行至谷口，回顾所随军兵，止有二十七骑。比及天晚，已近南郡，火把齐明，一簇人马拦路。操大惊曰：“吾命休矣!”只见一群哨马冲到，方认得是曹仁军马，操才安心。曹仁接着，言：“虽知兵败，不敢远离，只得在附近迎接。”操曰：“几与汝不相见也!”于是引众入南郡安歇。随后张辽也到，说云长之德。操点将校，中伤者极多，操皆令将息。曹仁置酒与操解闷。众谋士俱在座。操忽仰天大恸。众谋士曰：“丞相于虎窟中逃难之时，全无惧怯；今到城中，人已得食，马已得料，正须整顿军马复仇，何反痛哭?”操曰：“吾哭郭奉孝耳！若奉孝在，决不使吾有此大失也!”[诸将不自在，曹操倒是真情流露。] 遂槌胸大哭曰：“哀哉，奉孝！痛哉，奉孝！惜哉，奉孝!”众谋士皆默然自惭。次日，操唤曹仁曰：“吾今暂回许都，收拾军马，必来报仇。汝可保全南郡。吾有一计，密留在此，非急休开，急则开之，依计而行，使东吴不敢正视南郡。”仁曰：“合淝、襄阳，谁可保守?”操曰：“荆州托汝管领；襄阳吾已拨夏侯惇守把；合淝最为紧要之地，吾令张辽为主将，乐进、李典为副将，保守此地。但有缓急，飞报将来。”操分拨已定，遂上马引众奔回许昌。荆州原降文武各官，依旧带回许昌调用。曹仁自遣曹洪据守彝陵、南郡，以防周瑜。

却说关云长放了曹操，引军自回。此时诸路军马，皆得马匹、器械、钱粮，已回夏口；独云长不获一人一骑，空身回见玄德。孔明正与玄德作贺，忽报云长至。孔明忙离坐席，执杯相迎曰：“且喜将军立此盖世之功，除普天下之大害。合宜远接庆贺!”云长默然。孔明曰：“将军莫非因吾等不曾远接，故尔不乐?”回顾左右曰：“汝等缘何不先报?”云长曰：“关某特来请死。”孔明曰：“莫非曹操不曾投华容道上来?”云长曰：

"是从那里来。关某无能，因此被他走脱。"孔明曰："拿得甚将士来?"云长曰："皆不曾拿。"孔明曰："此是云长想曹操昔日之恩，故意放了。但既有军令状在此，不得不按军法。"遂叱武士推出斩之。［关羽日后获悉孔明早已料定一切，定觉遭受戏弄。作者为展示孔明出神入化之智，不惜把他写得教养全无。毕竟，论年龄，关羽够得上孔明的父执辈。］正是：

拼将一死酬知己，致令千秋仰义名。

未知云长性命如何，且听下文分解。

感恩

华容道虽是虚构，关羽凭此赢得百姓爱戴，则是实情。

西方政治学者好谈自然法，所谓自然法，卢梭认为"必须是直接源于自然的召唤"，洛克断定"自然法也就是上帝意志的宣示"。自然法的内容未必包含在成文法内，但精神上高于成文法。成文法若与自然法冲突，民众会产生抗拒之心，或对违法者产生好感。如"报仇血恨"与"知恩图报"，前者为现代法律所禁止，后者为现代法律所无视，但人们本着朴素之情，仍对它产生好感。关羽放走曹操，不仅违背军令，还丧失了军人的职业素养，在读者眼里非但不是缺点，反而放大了关羽的义气。古代读者尽管普遍反感曹操，但仍然支持关羽义字为先的选择。有义必有情，情义无价。

"义"在中华民间具有崇高地位，它也是一项合乎自然法的人类价值观。雨果小说《九三年》里几位立场截然相反、态度你死我活的主人公——一方是保王党，口号是"绝不饶恕"；一方是共和军，口号是"绝不宽大"——在最后关头，那位忠诚无畏的郭万子爵震惊于仇敌搭救三个孩子的壮举，不惜违背诺言，放走了朗德纳克亲王，自己代替他走上断头台。革命的原则被践踏了，人性的光辉却朗照乾坤。关羽亦然，他违抗军令，辜负了杀曹操以救汉朝的无上使命，却以最温润的感恩心，打动了世人。世人认可关羽，也就认可了如下价值排序：感恩重于江山。

第五十一回

曹仁大战东吴兵　孔明一气周公瑾

却说孔明欲斩云长，玄德曰："昔吾三人结义时，誓同生死。今云长虽犯法，不忍违却前盟。望权记过，容将功赎罪。"孔明方才饶了。［情节儿戏，内涵欠佳：兄弟情凌驾于军法之上，以此带兵，难以服众。］

且说周瑜收军点将，各各叙功，申报吴侯。所得降卒，尽行发付渡江。大犒三军，遂进兵攻取南郡。前队临江下寨，前后分五营，周瑜居中。瑜正与众商议征进之策，忽报："刘玄德使孙乾来与都督作贺。"瑜命请入。乾施礼毕，言："主公特命乾拜谢都督大德，有薄礼上献。"瑜问曰："玄德在何处？"乾答曰："见移兵屯油江口。"瑜惊曰："孔明亦在油江否？"乾曰："孔明与主公同在油江。"瑜曰："足下先回，某亲来相谢也。"瑜收了礼物，发付孙乾先回。肃曰："却才都督为何失惊？"瑜曰："刘备屯兵油江，必有取南郡之意。我等费了许多军马，用了许多钱粮，目下南郡反手可得；彼等心怀不仁，要就见成，须放着周瑜不死！"肃曰："当用何策退之？"瑜曰："吾自去和他说话。好便好；不好时，不等他取南郡，先结果了刘备！"肃曰："某愿同往。"于是瑜与鲁肃引三千轻骑，径投油江口来。

先说孙乾回见玄德，言周瑜将亲来相谢。玄德乃问孔明曰："来意若何？"孔明笑曰："那里为这些薄礼肯来相谢，止为南郡而来。"玄德曰："他若提兵来，何以待之？"孔明曰："他来便可如此如此应答。"遂于油江口摆开战船，岸上列着军马。人报："周瑜、鲁肃引兵到来。"孔明使赵云领数骑来接。瑜见军势雄壮，心甚不安。行至营门外，玄德、孔明迎入帐中。［周瑜不久前欲杀刘备和孔明，且行迹败露，此时孤身入刘、孔营帐，难道不怵报复？］各叙礼毕，设宴相待。玄德举酒致谢鏖兵之事。酒至数巡，瑜曰："豫州移兵在此，莫非有取南郡之意否？"玄德曰：

"闻都督欲取南郡，故来相助。若都督不取，备必取之。"瑜笑曰："吾东吴久欲吞并汉江，今南郡已在掌中，如何不取？"玄德曰："胜负不可预定。曹操临归，令曹仁守南郡等处，必有奇计；更兼曹仁勇不可当，但恐都督不能取耳。"瑜曰："吾若取不得，那时任从公取。"玄德曰："子敬、孔明在此为证，都督休悔。"鲁肃踌躇未对。瑜曰："大丈夫一言既出，何悔之有！"孔明曰："都督此言，甚是公论。先让东吴去取；若不下，主公取之，有何不可！"［虽然也是儿戏，但入情入理。在缺乏可见正义时，人心倾向于将赌局结果视为正义显形。歌德名剧《浮士德》里上帝与魔鬼梅菲斯特也会打赌，哈姆雷特与福丁布拉斯比剑时，曾拿各自领地作交易：胜者拿走一切。］瑜与肃辞别玄德、孔明，上马而去。玄德问孔明曰："却才先生教备如此回答，虽一时说了，展转寻思，于理未然。我今孤穷一身，无置足之地，欲得南郡，权且容身；若先教周瑜取了，城池已属东吴矣，却如何得住？"孔明大笑曰："当初亮劝主公取荆州，主公不听，今日却想耶？"玄德曰："前为景升之地，故不忍取；今为曹操之地，理合取之。"孔明曰："不须主公忧虑。尽着周瑜去厮杀，早晚教主公在南郡城中高坐。"玄德曰："计将安出？"孔明曰："只须如此如此。"［孔明与周瑜的关系，已无限近似猫与老鼠。孔明予取予求，全无难处。］玄德大喜，只在江口屯扎，按兵不动。

却说周瑜、鲁肃回寨。肃曰："都督如何亦许玄德取南郡？"瑜曰："吾弹指可得南郡，落得虚做人情。"随问帐下将士："谁敢先取南郡？"一人应声而出，乃蒋钦也。瑜曰："汝为先锋，徐盛、丁奉为副将，拨五千精锐军马先渡江，吾随后引兵接应。"

且说曹仁在南郡，分付曹洪守彝陵，以为犄角之势。人报："吴兵已渡汉江。"仁曰："坚守勿战为上。"骁骑牛金奋然进曰："兵临城下而不出战，是怯也。况吾兵新败，正当重振锐气。某愿借精兵五百，决一死战。"仁从之，令牛金引五百军出战。丁奉纵马来迎。约战四五合，奉诈败，牛金引军追赶入阵。奉指挥众军士裹围牛金于阵中。金左右冲突，不能得出。曹仁在城上望见牛金困在垓心，遂披甲上马，引麾下壮士数百骑出城，奋力挥刀，杀入吴阵。徐盛迎战，不能抵当。曹仁杀到垓心，救出牛金。回顾尚有数十骑在阵，不能得出，遂复翻身杀入，救出重围。正遇蒋钦拦路，曹仁与牛金奋力冲散。仁弟曹纯，亦引兵接应，混杀一阵。吴军败走，曹仁得胜而回。蒋钦兵败，回见周瑜，瑜怒欲斩之，众将告免。［兵败即斩，大失名士风度，与戏弄蒋干时的周郎，不像一个人。］

瑜即点兵，要亲与曹仁决战。甘宁曰："都督未可造次。今曹仁令曹洪据守彝陵，为犄角之势。某愿以精兵三千，径取彝陵，都督然后可取南郡。"瑜服其论，先教甘宁领三千兵攻打彝陵。早有细作报知曹仁，仁与陈矫商议。矫曰："彝陵有失，南郡亦不可守矣。宜速救之。"仁遂令曹纯与牛金暗地引兵救曹洪。曹纯先使人报知曹洪，令洪出城诱敌。甘宁引兵至彝陵，洪出与甘宁交锋。战有二十余合，洪败走。宁夺了彝陵。至黄昏时，曹纯、牛金兵到，两下相合，围了彝陵。

探马飞报周瑜，说甘宁困于彝陵城中，瑜大惊。程普曰："可急分兵救之。"瑜曰："此地正当冲要之处，若分兵去救，倘曹仁引兵来袭，奈何？"吕蒙曰："甘兴霸乃江东大将，岂可不救？"瑜曰："吾欲自往救之；但留何人在此，代当吾任？"蒙曰："留凌公续当之。蒙为前驱，都督断后，不须十日，必奏凯歌。"瑜曰："未知凌公续肯暂代吾任否？"凌统曰："若十日为期，可当之；十日之外，不胜其任矣。"瑜大喜，遂留兵万余付与凌统，即日起大兵投彝陵来。蒙谓瑜曰："彝陵南僻小路，取南郡极便。可差五百军去砍倒树木，以断其路。彼军若败，必走此路；马不能行，必弃马而走，吾可得其马也。"瑜从之，差军去讫。大兵将至彝陵，瑜问："谁可突围而入，以救甘宁？"周泰愿往，即时绰刀纵马，直杀入曹军之中，径到城下。甘宁望见周泰至，自出城迎之。泰言："都督自提兵至。"宁传令教军士严装饱食，准备内应。

却说曹洪、曹纯、牛金闻周瑜兵将至，先使人往南郡报知曹仁，一面分兵拒敌。及吴兵至，曹兵迎之。比及交锋，甘宁、周泰分两路杀出，曹兵大乱，吴兵四下掩杀。曹洪、曹纯、牛金果然投小路而走，却被乱柴塞道，马不能行，尽皆弃马而走。吴兵得马五百余匹。［数目不大，但对缺少马匹的周瑜部队，也算一大战果。］周瑜驱兵星夜赶到南郡，正遇曹仁军来救彝陵。两军接着，混战一场。天色已晚，各自收兵。曹仁回城中，与众商议。曹洪曰："目今失了彝陵，势已危急，何不拆丞相遗计观之，以解此危？"曹仁曰："汝言正合吾意。"遂拆书观之，大喜，便传令教五更造饭。平明，大小车马尽皆弃城，城上遍插旌旗虚张声势，军分三门而出。

却说周瑜救出甘宁，陈兵于南郡城外。见曹兵分三门而出，瑜上将台观看。只见女墙边虚搠旌旗，无人守护；又见军士腰下各束缚包裹。瑜暗忖曹仁必先准备走路，遂下将台号令，分布两军为左右翼；如前军得胜，只顾向前追赶，直待鸣金，方许退步。命程普督后军，瑜亲自引军取城。对阵鼓声响处，曹洪出马搦战，瑜自至门旗下，使韩当出马，与曹洪交锋。战到三十余合，洪败走。曹仁自出接战，周泰纵马相迎。斗十余合，仁败走，阵势错乱。周瑜麾两翼军杀出，曹军大败。瑜自引军马追至南郡城下，曹军皆不入城，望西北而走。韩当、周泰引前部尽力追赶。瑜见城门大开，城上又无人，遂令众军抢城。数十骑当先而入，瑜在背后纵马加鞭，直入瓮城。陈矫在敌楼上望见周瑜亲自入城来，暗暗喝采道："丞相妙策如神！"一声梆子响，两边弓弩齐发，势如骤雨。争先入城的，都攧入陷坑内。周瑜急勒马回时，被一弩箭正射中左肋，翻身落马。牛金从城中杀出来捉周瑜，徐盛、丁奉二人舍命救去。城中曹兵突出，吴兵自相践踏，落堑坑者无数。程普急收军时，曹仁、曹洪分兵两路杀回。吴兵大败。幸得凌统引一军从刺斜里杀来，敌住曹兵。曹仁引得胜兵进城，程普收败军回寨。[曹操与周瑜算是轮流做庄。两人计谋无分高下，关键看谁握有一手好牌。周瑜握到好牌时，曹操处处受制，无招架之力。这当儿曹操握到好牌，就轮到周瑜大把输钱。]丁、徐二将救得周瑜到帐中，唤行军医者用铁钳子拔出箭头，将金疮药敷掩疮口，疼不可当，饮食俱废。医者曰："此箭头上有毒，急切不能痊可。若怒气冲激，其疮复发。"程普令三军紧守各寨，不许轻出。三日后，牛金引军来搦战，程普按兵不动。牛金骂至日暮方回，次日又来骂战。程普恐瑜生气，不敢报知。第三日，牛金直至寨门之外叫骂，声声只道要捉周瑜。程普与众商议，欲暂且退兵，回见吴侯，却再理会。

却说周瑜虽患疮痛，心中自有主张；已知曹兵常来寨前叫骂，却不见众将来禀。一日，曹仁自引大军，擂鼓呐喊，前来搦战。程普拒住不出。周瑜唤众将入帐问曰："何处鼓噪呐喊?"众将曰："军中教演士卒。"瑜怒曰："何欺我也！吾已知曹兵常来寨前辱骂。程德谋既同掌兵权，何故坐视?"遂令人请程普入帐问之。普曰："吾见公瑾病疮，医者言勿触怒，故曹兵搦战，不敢报知。"瑜曰："公等不战，主意若何?"普曰："众将皆欲收兵暂回江东。待公箭疮平复，再作区处。"瑜听罢，于床上奋然跃起曰："大丈夫既食君禄，当死于战场，以马革裹尸还，幸也！岂可为我一人，而废国家大事乎?"［说得壮烈。尽管，江东之事未必算得上"国家大事"。好在鼓舞士气不比科学发明，无需据实道来。］言讫，即披甲上马。诸军众将，无不骇然。遂引数百骑出营前，望见曹兵已布成阵势，曹仁自立马于门旗下，扬鞭大骂曰："周瑜孺子，料必横夭，再不敢正觑我兵！"骂犹未绝，瑜从群骑内突然出曰："曹仁匹夫！见周郎否！"曹军看见，尽皆惊骇。曹仁回顾众将曰："可大骂之！"［怪招、阴招兼损招，曹仁不"仁"。］众军厉声大骂。周瑜大怒，使潘璋出战。未及交锋，周瑜忽大叫一声，口中喷血，坠于马下。曹兵冲来，众将向前抵住，混战一场，救起周瑜，回到帐中。程普问曰："都督贵体若何?"瑜密谓普曰："此吾之计也。"普曰："计将安出?"瑜曰："吾身本无甚痛楚；吾所以为此者，欲令曹兵知我病危，必然欺敌。可使心腹军士去城中诈降，说吾已死。今夜曹仁必来劫寨。吾却于四下埋伏以应之，则曹仁可一鼓而擒也。"［曹操诈过一回尸，周瑜以彼之道，还施彼身。］程普曰："此计大妙！"随就帐下举起哀声。众军大惊，尽传言都督箭疮大发而死，各寨尽皆挂孝。

却说曹仁在城中与众商议，言周瑜怒气冲发，金疮崩裂，以致口中喷血，坠于马下，不久必亡。正论间，忽报："吴寨内有十数个军士来降，中间亦有二人原是曹兵被掳过去的。"曹仁忙唤入问之。军士曰："今日周瑜阵前金疮碎裂，归寨即死。今众将皆已挂孝举哀。我等因受程普之辱，故特归降，便报此事。"曹仁大喜，随即商议今晚便去劫寨，夺周瑜之尸，斩其首级，送赴许都。陈矫曰："此计速行，不可迟误。"曹仁遂令牛金为先锋，自为中军，曹洪、曹纯为合后，只留陈矫领些少军士守城，其余军兵尽起，初更后出城，径投周瑜大寨。来到寨门，不见一人，但见虚插旗枪而已。情知中计，急忙退兵。四下炮声齐发。东边韩当、蒋钦杀来，西边周泰、潘璋杀来，南边徐盛、丁奉杀来，北边陈武、吕蒙杀来。曹兵大败，三路军皆被冲散，首尾不能相救。曹仁引十数骑杀出重围，正遇曹洪，遂引败残军马一同奔走。杀到五更，离南郡不远，一声鼓响，凌统又引一军拦住去路，截杀一阵。曹仁引军刺斜而走，又遇甘宁大杀一阵。曹仁不敢回南郡，径投襄阳大路而行，吴军赶了一程自回。

周瑜、程普收住众军，径到南郡城下，见旌旗布满，敌楼上一将叫曰："都督少罪，吾奉军师将令，已取城了。吾乃常山赵子龙也。"周瑜大怒，便命攻城。城上乱箭射下。瑜命且回军商议，使甘宁引数千军马，径取荆州；凌统引数千军马，径取襄阳；然后却再取南郡未迟。正分拨间，忽然探马急来报说："诸葛亮自得了南郡，遂用兵符，星夜诈调荆州守城军马来救，却教张飞袭了荆州。"[论手段阴狠，孔明才是高手。]又一探马飞来报说："夏侯惇在襄阳，被诸葛亮差人赍兵符，诈称曹仁求救，诱惇引兵出，却教云长袭取了襄阳。二处城池，全不费力，皆属刘玄德矣。"周瑜曰："诸葛亮怎得兵符？"程普曰："他拿住陈矫，兵符自然尽属之矣。"周瑜大叫一声，金疮迸裂。正是：

几郡城池无我分，一场辛苦为谁忙！

未知性命如何，且看下文分解。

挑战

把西施写成嫫母，武松写成西门庆，基辛格写成阿甘，你怎么看？结合史籍，作者将气度宽宏的周瑜写成一副小鸡肚肠，差不多就是这样。这么写，如果不是胡闹（当然不是），就体现了一股超群的创造勇气。这是一种挑战，但挑战成见与挑战事实不同，前者可以成就一份光荣，后者多半撞出一脸鼻血，效果不会优于堂吉诃德大战风车。但罗贯中挑战事实后，不仅全身而退，还收获了赞誉。在民间，量窄周瑜得到广泛认同，临终那句“既生瑜，何生亮”的嗟叹，更成为人性深度的经典台词。

关键在于，无论周瑜是否忌妒孔明，以两人的地位、关系和身份，周瑜的确可能忌妒孔明。毕竟，忌妒是一种常见情感，别说周瑜对孔明，刘备对孔明同样可能忌妒（后文隐约有所体现）。忌妒遵循近距原则，它不是长枪，而是一把贴身匕首，擅长刺向与自己最具竞争关系的人，无论他是敌人还是朋友。

在世界文学长廊上，人们更欣赏那些具有精彩负面性格的人物，如奸诈的伊阿古、吝啬的葛朗台、臭美的阿Q。罗贯中全力挖掘周瑜的气量，同样收获不菲，即使个别环节照应不周，呼应欠圆，但已足够难得。《圣经》里把忌妒叫“毒眼”，写出忌妒鬼的作家，也有一只价值连城的“文学毒手”。

第五十二回

诸葛亮智辞鲁肃　赵子龙计取桂阳

却说周瑜见孔明袭了南郡，又闻他袭了荆襄，如何不气？气伤箭疮，半晌方苏。众将再三劝解。瑜曰：“若不杀诸葛村夫，怎息我心中怨气！程德谋可助我攻打南郡，定要夺还东吴。”正议间，鲁肃至。瑜谓之曰：“吾欲起兵与刘备、诸葛亮共决雌雄，复夺城池。子敬幸助我。”鲁肃曰：“不可。方今与曹操相持，尚未分成败；主公见攻合淝不下，不争自家互相吞并，倘曹兵乘虚而来。其势危矣。况刘玄德旧曾与曹操相厚，若逼得紧急，献了城池，一同攻打东吴，如之奈何？”［理由可疑。刘备与曹操谈不上“相厚”，曹操不杀刘备，只是不愿留下害贤之名，非对刘备怀有个人好感；刘日后斩车胄、占徐州、投袁绍，再加赤壁战后对曹操的追杀，早把两人置于你死我活之境。再则，人们宁愿接纳公开的敌人，也拒绝原谅背叛者。］瑜曰：“吾等用计策，损兵马，费钱粮，他去图见成，岂不可恨！”肃曰：“公瑾且耐。容某亲见玄德，将理来说他。若说不通，那时动兵未迟。”诸将曰：“子敬之言甚善。”

于是鲁肃引从者径投南郡来，到城下叫门。赵云出问，肃曰：“我要见刘玄德有话说。”云答曰：“吾主与军师在荆州城中。”肃遂不入南郡，径奔荆州。见旌旗整列，军容甚盛，肃暗羡曰：“孔明真非常人也！”军士报入城中，说鲁子敬要见。孔明令大开城门，接肃入衙。讲礼毕，分兵主而坐。茶罢，肃曰：“吾主吴侯与都督公瑾，教某再三申意皇叔，前者操引百万之众，名下江南，实欲来图皇叔；幸得东吴杀退曹兵，救了皇叔。所有荆州九郡，合当归于东吴。今皇叔用诡计夺占荆襄，使江东空费钱粮军马，而皇叔安受其利，恐于理未顺。”孔明曰：“子敬乃高明之士，何故亦出此言？常言道：‘物必归主。’荆襄九郡，非东吴之地，乃刘景升之基业。吾主固景升之弟也。景升虽亡，其子尚在；以叔辅侄而取荆州，有何不可？”肃曰：“若果系公子刘琦占据，尚有可解；今公子在江夏，须不在这里！”孔明曰：“子敬欲见公子乎？”便命左右：“请公子出来。”只见两从者从屏风后扶出刘琦。琦谓肃曰：“病躯不能施礼，子敬勿罪。”鲁肃吃了一惊，默然无语，良久言曰：“公子若不在，便如何？”孔明曰：“公子在一日，守一日；若不在，别有商议。”肃曰：“若公子不在，须将城池还我东吴。”孔明曰：“子敬之言是也。”遂设宴相待。[某非洲总统有过一个悲凉比喻：“小国家就像着装有失体面的女人，让人产生邪念。”在刘备和孙权眼里，荆州就是这样的女人。孔明、鲁肃还在闲聊，不过由于缺乏独占此女的实力：在军事外交领域，说得好与做得好，必须分开考虑。]

宴罢，肃辞出城，连夜归寨，具言前事。瑜曰：“刘琦正青春年少，如何便得他死？这荆州何日得还？”肃曰：“都督放心。只在鲁肃身上，务要讨荆襄还东吴。”瑜曰：“子敬有何高见？”肃曰：“吾观刘琦过于酒色，病入膏肓，见今面色羸瘦，气喘呕血，不过半年，其人必死。那时往取荆州，刘备须无得推故。”周瑜犹自忿气未消，忽孙权遣使至。瑜令请入。使曰：“主公围合淝，累战不捷。特令都督收回大军，且拨兵赴合淝相助。”周瑜只得班师回柴桑养病，令程普部领战船士卒，来合淝听孙权调用。

却说刘玄德自得荆州、南郡、襄阳，心中大喜，商议久远之计。忽见一人上厅献策，视之，乃伊籍也。玄德感其旧日之恩，十分相敬，坐而问之。籍曰：“要知荆州久远之计，何不求贤士以问之？”玄德曰：“贤士安在？”籍曰：“荆襄马氏，兄弟五人并有才名。幼者名谡，字幼常。其最贤者，眉间有白毛，名良，字季常。乡里为之谚曰：‘马氏五常，白眉最良。’公何不求此人而与之谋？”[此种乡谚，也是古人的名声炒作，不求日后灵验，但求先声夺人。如形象别致，另有雅号相随，效果更佳。]玄德遂命请之。马良至，玄德优礼相待，请问保守荆襄之策。良曰：“荆襄四面受敌之地，恐不可久守。可令公子刘琦于此养病，招谕旧人以守之，就表奏公子为荆州刺史，以安民心。然后南征武陵、长沙、桂阳、零陵四郡，积收钱粮，以为根本。此久远之计也。”玄德大喜，遂问："四郡当先取何郡？"良曰："湘江之西，零陵最近，可先取之；次取武陵；然后襄江之东取桂阳；长沙为后。"玄德遂用马良为从事，伊籍副之。请孔明商议，送刘琦回襄阳，替云长回荆州。便调兵取零陵，差张飞为先锋，赵云合后，孔明、玄德为中军。人马一万五千；留云长守荆州；糜竺、刘封守江陵。［刘备取此四郡，全然不讲出师理由，一切取决于何郡"当先取"。不讲理由也是一种理由，反映了出兵者的土地饥渴感。正如狮子出击无需讲理，理由在饿感中。］

却说零陵太守刘度，闻玄德军马到来，乃与其子刘贤商议。贤曰："父亲放心。他虽有张飞、赵云之勇，我本州上将邢道荣，力敌万人，可以抵对。"刘度遂命刘贤与邢道荣引兵万余，离城三十里，依山靠水下寨。探马报说："孔明自引一军到来。"道荣便引军出战。两阵对圆，道荣出马，手使开山大斧，厉声高叫："反贼安敢侵我境界！"只见对阵中，一簇黄旗出。旗开处，推出一辆四轮车，车中端坐一人，头戴纶巾，身披鹤氅，手执羽扇，用扇招邢道荣曰："吾乃南阳诸葛孔明也。曹操引百万之众，被吾聊施小计，杀得片甲不回。汝等岂堪与我对敌？我今来招安汝等，何不早降？"［既然说不出道理，干脆废话少说，直接威慑。］道荣大笑曰："赤壁鏖兵，乃周郎之谋也，干汝何事，敢来诳语！"。轮大斧竟奔孔明。孔明便回车，望阵中走，阵门复闭。道荣直冲杀过来，阵势急分两下而走。道荣遥望中央一簇黄旗，料是孔明，乃只望黄旗而赶。抹过山脚，黄旗扎住，忽地中央分开，不见四轮车，只见一将挺矛跃马，大喝一声，直取道荣，乃张翼德也。道荣轮大斧来迎，战不数合，气力不加，拨马便走。翼德随后赶来，喊声大震，两下伏兵齐出。道荣舍死冲过。前面一员大将拦住去路，大叫："认得常山赵子龙否？"道荣料敌不过，又无处奔走，只得下马请降。子龙缚来寨中见玄德、孔明。玄德喝教斩首。孔明急止之，向道荣曰："汝若与我捉了刘贤，便准你投降。"道荣连声愿往。孔明曰："你用何法捉他？"道荣曰："军师若肯放某回去，某自有巧说。今晚军师调兵劫寨，某为内应，活捉刘贤，献与军师。刘贤既擒，刘度自降矣。"玄德不信其言。孔明曰："邢将军非谬言也。"遂放道荣归。道荣得放回寨，将前事实诉刘贤。贤曰："如之奈何？"道荣曰："可将计就计。今夜将兵伏于寨外，寨中虚立旗幡，待孔明来劫寨，就而擒之。"刘贤依计。

当夜二更，果然有一彪军到寨口，每人各带草把，一齐放火。刘贤、道荣两下杀来，放火军便退。刘贤、道荣两军乘势追赶，赶了十余里，军皆不见。刘贤、道荣大惊，急回本寨，只见火光未灭，寨中突出一将，乃张翼德也。刘贤叫道荣："不可入寨，却去劫孔明寨便了。"于是复回军。走不十里，赵云引一军刺斜里杀出，一枪刺道荣于马下。刘贤急拨马奔走，背后张飞赶来，活捉过马，绑缚见孔明。贤告曰："邢道荣教某如此，实非本心也。"孔明令释其缚，与衣穿了，赐酒压惊，教人送入城说父投降；如其不降，打破城池，满门尽诛。刘贤回零陵见父刘度，备述孔明之德，劝父投降。度从之，遂于城上竖起降旗，大开城门，赍捧印绶出城，竟投玄德大寨纳降。孔明教刘度仍为郡守，其子刘贤赴荆州随军办事。零陵一郡居民，尽皆喜悦。[好似七擒孟获的预演。]

玄德入城安抚已毕，赏劳三军。乃问众将曰："零陵已取了，桂阳郡何人敢取？"赵云应曰："某愿往。"张飞奋然出曰："飞亦愿往。"二人相争。孔明曰："终是子龙先应，只教子龙去。"张飞不服，定要去取。孔明教拈阄，拈着的便去。又是子龙拈着。张飞怒曰："我并不要人相帮，只独领三千军去，稳取城池。"赵云曰："某也只领三千军去。如不得城，愿受军令。"孔明大喜，责了军令状，选三千精兵付赵云去。张飞不服，玄德喝退。

赵云领了三千人马，径往桂阳进发。早有探马报知桂阳太守赵范。范急聚众商议。管军校尉陈应、鲍龙愿领兵出战。原来二人都是桂阳岭山乡猎户出身，陈应会使飞叉，鲍龙曾射杀双虎。二人自恃勇力，乃对赵范曰："刘备若来，某二人愿为前部。"赵范曰："我闻刘玄德乃大汉皇叔，更兼孔明多谋，关、张极勇。今领兵来的赵子龙，在当阳长坂百万军中，如入无人之境。我桂阳能有多少人马？不可迎敌，只可投降。"应曰："某请出战。若擒不得赵云，那时任太守投降不迟。"赵范拗不过，只得应允。

陈应领三千人马出城迎敌，早望见赵云领军来到。陈应列成阵势，飞马绰叉而出。赵云挺枪出马，责骂陈应曰："吾主刘玄德，乃刘景升之弟，今辅公子刘琦同领荆州，特来抚民。汝何敢迎敌！"［夺人城池，偏说"特来抚民"，赵云变得滑头了。打仗一多，容易变成兵油子。］陈应骂曰："我等只服曹丞相，岂顺刘备！"赵云大怒，挺枪骤马，直取陈应。应撚叉来迎。两马相交，战到四五合，陈应料敌不过，拨马便走。赵云追赶。陈应回顾赵云马来相近，用飞叉掷去，被赵云接住，回掷陈应；应急躲过。云马早到，将陈应活捉过马，掷于地下，喝军士绑缚回寨。败军四散奔走。云入寨叱陈应曰："量汝安敢敌我！我今不杀汝，放汝回去，说与赵范，早来投降。"陈应谢罪，抱头鼠窜，回到城中，对赵范尽言其事。范曰："我本欲降，汝强要战，以致如此。"遂叱退陈应，赍捧印绶，引十数骑出城投大寨纳降。

云出寨迎接，待以宾礼，置酒共饮，纳了印绶。酒至数巡，范曰："将军姓赵，某亦姓赵，五百年前合是一家。将军乃真定人，某亦真定人，又是同乡。傥得不弃，结为兄弟，实为万幸。"云大喜，各叙年庚。云与范同年。云长范四个月，范遂拜云为兄。二人同乡，同年，又同姓，十分相得。至晚席散，范辞回城。次日，范请云入城安民。云教军士休动，只带五十骑随入城中。居民执香伏道而接。［居民行此大礼，好没道理——除非出于畏惧。］云安民已毕，赵范邀请入衙饮宴。酒至半酣，范复邀云入后堂深处，洗盏更酌。云饮微醉。范忽请出一妇人，与云把酒。子龙见妇人身穿缟素，有倾城倾国之色，乃问范曰："此何人也？"范曰："家嫂樊氏也。"子龙改容敬之。樊氏把盏毕，范令就坐。云辞谢。樊氏辞归后堂。云曰："贤弟何必烦令嫂举杯耶？"范笑曰："中间有个缘故，乞兄勿阻：先兄弃世已三载，家嫂寡居，终非了局，弟常劝其改嫁。嫂曰：'若得三件事兼全之人，我方嫁之：第一要文武双全，名闻天下；第二要相貌堂堂，威仪出众；第三要与家兄同姓。'你道天下那得有这般凑巧的？今尊兄堂堂仪表，名震四海，又与家兄同姓，正合家嫂所言。若不嫌家嫂貌陋，愿陪嫁资，与将军为妻，结累世之亲，何如？"云闻言大怒而起，厉声曰："吾既与汝结为兄弟，汝嫂即吾嫂也，岂可作此乱人伦之事乎！"赵范羞惭满面，答曰："我好意相待，如何这般无礼！"遂目视

左右，有相害之意。云已觉，一拳打倒赵范，径出府门，上马出城去了。［真是何必。买卖不成交情在，美事不济何必挥老拳。］

范急唤陈应、鲍龙商议。应曰："这人发怒去了，只索与他厮杀。"范曰："但恐赢他不得。"鲍龙曰："我两个诈降在他军中，太守却引兵来搦战，我二人就阵上擒之。"陈应曰："必须带些人马。"龙曰："五百骑足矣。"当夜二人引五百军径奔赵云寨来投降。云已心知其诈，遂教唤入。二将到帐下，说："赵范欲用美人计赚将军，只等将军醉了，扶入后堂谋杀，将头去曹丞相处献功，如此不仁。某二人见将军怒出，必连累于某，因此投降。"赵云佯喜，置酒与二人痛饮。二人大醉，云乃缚于帐中，擒其手下人问之，果是诈降。云唤五百军人，各赐酒食，传令曰："要害我者，陈应、鲍龙也，不干众人之事。汝等听吾行计，皆有重赏。"众军拜谢。将降将陈、鲍二人当时斩了，却教五百军引路，云引一千军在后，连夜到桂阳城下叫门。城上听时，说陈、鲍二将军杀了赵云回军，请太守商议事务。城上将火照看，果是自家军马。赵范急忙出城。云喝左右捉下。遂入城安抚百姓已定，飞报玄德。

玄德与孔明亲赴桂阳。云迎接入城，推赵范于阶下。孔明问之，范备言以嫂许嫁之事。孔明谓云曰："此亦美事，公何如此？"云曰："赵范既与某结为兄弟，今若娶其嫂，惹人唾骂，一也；其妇再嫁，便失大节，二也；赵范初降，其心难测，三也。主公新定江汉，枕席未安，云安敢以一妇人而废主公之大事？"［一二三，绝非汉末英雄口吻，倒像是受了程朱理学烘烤的迂夫子。作者这么写，意在弘扬明代主旋律，却把汉末的赵云糟蹋了。］玄德曰："今日大事已定，与汝娶之，若何？"云曰："天下女子不少，但恐名誉不立，何患无妻子乎？"玄德曰："子龙真丈夫也！"［赵云与樊氏不来电。］遂释赵范，仍令为桂阳太守，重赏赵云。

张飞大叫曰："偏子龙干得功！偏我是无用之人！只拨三千军与我去取武陵郡，活捉太守金旋来献！"孔明大喜曰："翼德要去不妨，但要依一件事。"正是：

军师决胜多奇策，将士争先立战功。

未知孔明说出那一件事来，且看下回分解。

阳刚

鲁迅当年劝人多读外国书，少读中国书，理由是，中国书脱离现实人生，“虽有劝人入世的话，也多是僵尸的乐观；外国书即使是颓唐和厌世的，但却是活人的颓唐和厌世”。显然，作者安排赵云拒斥美貌樊氏，就是在讴歌一种僵尸美德，今之读者已无法产生共鸣。无论这份拒斥可与何种圣洁情感挂钩，它都缺了点人情味。毕竟，我们还需结合一个前提：古中国允许一夫多妻，丈夫还有休妻权（曹操就休过妻子），不像西方人自古奉行一夫一妻制（据说，罗马人的婚姻观念非常严格，数百年间只出现过一次离婚）。赵云娶樊氏，实在不值得如此畏难，何况刘备、孔明还在旁撮合。

所谓“英雄难过美人关”，原是一种不带偏见的描述，正如美人也难过英雄关。此类两情相悦，合乎造物主旨意，何错之有！但古代作家往往刻意使倔：你如此强调，我偏把这种英雄写给你看。殊不知这么一来，英雄已然失去了阳刚的内在性。好比有人警告不可火上浇油，你偏来个反其道而行之，难道那把火就怕了你，不再哔哔剥剥吗？

赵云当然可能瞧不上樊氏，但作者最好提供可信理由，而非用大义来摆唬。文字领域的一个常见忽悠，就是把英雄写成公而忘私的典范；假如这份“忘私”达到了消泯自然欲望的程度，就距“僵尸”不远了。

第五十三回

关云长义释黄汉升　孙仲谋大战张文远

却说孔明谓张飞曰："前者子龙取桂阳郡时，责下军令状而去。今日翼德要取武陵，必须也责下军令状，方可领兵去。"张飞遂立军令状，欣然领三千军，星夜投武陵界上来。［立下军令状，脑袋等于交由孔明定夺，是否保得住，概率上一半对一半。张飞为何"欣然"?］金旋听得张飞引兵到，乃集将校，整点精兵器械，出城迎敌。从事巩志谏曰："刘玄德乃大汉皇叔，仁义布于天下；加之张翼德骁勇非常，不可迎敌，不如纳降为上。"金旋大怒曰："汝欲与贼通连为内变耶?"喝令武士推出斩之。众官皆告曰："先斩家人，于军不利。"金旋乃喝退巩志，自率兵出。离城二十里，正迎张飞。飞挺矛立马，大喝金旋。旋问部将："谁敢出战?"众皆畏惧，莫敢向前。旋自骤马舞刀迎之。张飞大喝一声，浑如巨雷。金旋失色，不敢交锋，拨马便走。飞引众军随后掩杀。金旋走至城边，城上乱箭射下。旋惊视之，见巩志立于城上曰："汝不顺天时，自取败亡，吾与百姓自降刘矣。"言未毕，一箭射中金旋面门，坠于马下，军士割头献张飞。巩志出城纳降，飞就令巩志赍印绶，往桂阳见玄德。玄德大喜，遂命巩志代金旋之职。［仗打得轻松，俨若出一趟美差，难怪张飞"欣然"。美差无须军令状，唯前途凶险，才须以军令状强化责任。话说回来，孔明预知关羽将在华容道上白忙一场却仍让他立军令状，已显出军令状的游戏性。］

玄德亲至武陵安民毕，驰书报云长，言翼德、子龙各得一郡。云长乃回书上请曰："闻长沙尚未取，如兄长不以弟为不才，教关某干这件功劳甚好。"玄德大喜，遂教张飞星夜去替云长守荆州，令云长来取长沙。云长既至，入见玄德、孔明。孔明曰："子龙取桂阳，翼德取武陵，都是三千军去。今长沙太守韩玄，固不足道；只是他有一员大将，乃南阳人，姓黄名忠，字汉升，是刘表帐下中郎将，与刘表之侄刘磐共守长沙，后事韩玄，虽今年近六旬，却有万夫不当之勇，不可轻敌。云长去，必须多带军马。”云长曰：“军师何故长别人锐气，灭自己威风？量一老卒，何足道哉！关某不须用三千军，只消本部下五百名校刀手，决定斩黄忠、韩玄之首，献来麾下。”玄德苦挡，云长不依，只领五百校刀手而去。孔明谓玄德曰：“云长轻敌黄忠，只恐有失，主公当往接应。”玄德从之，随后引兵望长沙进发。

却说长沙太守韩玄，平生性急，轻于杀戮，众皆恶之。是时听知云长军到，便唤老将黄忠商议。忠曰：“不须主公忧虑。凭某这口刀，这张弓，一千个来，一千个死！”原来黄忠能开二石力之弓，百发百中。言未毕，阶下一人应声而出曰：“不须老将军出战，只就某手中定活捉关某。”韩玄视之，乃管军校尉杨龄。韩玄大喜，遂令杨龄引军一千，飞奔出城。约行五十里，望见尘头起处，云长军马早到。杨龄挺枪出马，立于阵前骂战。云长大怒，更不打话，飞马舞刀，直取杨龄。龄挺枪来迎。不三合，云长手起刀落，砍杨龄于马下，追杀败兵，直至城下。韩玄闻之大惊，便教黄忠出马，玄自来城上观看。忠提刀纵马，引五百骑兵飞过吊桥。云长见一老将出马，知是黄忠，把五百校刀手一字摆开，横刀立马而问曰：“来将莫非黄忠否？”忠曰：“既知我名，焉敢犯我境！”云长曰：“特来取汝首级！”言罢，两马交锋，斗一百余合，不分胜负。韩玄恐黄忠有失，鸣金收军。黄忠收军入城。云长也退军，离城十里下寨，心中暗忖：“老将黄忠，名不虚传，斗一百合，全无破绽。来日必用拖刀计，背砍赢之。”［黄忠是老将，关羽非嫩葱，如此酣战，体力吃得消否？］

次日早饭毕，又来城下搦战。韩玄坐在城上，教黄忠出马。忠引数百骑杀过吊桥，再与云长交马。又斗五六十合，胜负不分，两军齐声喝采。鼓声正急时，云长拨马便走。黄忠赶来。云长方欲用刀砍去，忽听得脑后一声响，急回头看时，见黄忠被战马前失，掀在地下。云长急回马，双手举刀猛喝曰：“我且饶你性命！快唤马来厮杀！”［这份规矩，合武士道，亦合绅士道。某通俗小说写大侦探福尔摩斯邂逅江洋大盗，拒绝当场逮捕他，理由是：“对于亚森·罗平这样的对手，我是不会趁机捡便宜的。"] 黄忠急提起马蹄，飞身上马，奔入城中。玄惊问之。忠曰："此马久不上阵，故有此失。"玄曰："汝箭百发百中，何不射之？"忠曰："来日再战，必然诈败，诱到吊桥边射之。"玄以自己所乘一匹青马与黄忠。忠拜谢而退，寻思："难得云长如此义气！他不忍杀害我，我又安忍射他？若不射，又恐违了将令。"是夜踌躇未定。次日天晓，人报云长搦战。忠领兵出城。云长两日战黄忠不下，十分焦燥，抖擞威风，与忠交马。战不到三十余合，忠诈败，云长赶来。忠想昨日不杀之恩，不忍便射，带住刀，把弓虚拽弦响，云长急闪，却不见箭；云长又赶，忠又虚拽；云长急闪，又无箭，只道黄忠不会射，放心赶来。将近吊桥，黄忠在桥上搭箭开弓，弦响箭到，正射在云长盔缨根上。前面军齐声喊起。云长吃了一惊，带箭回寨，方知黄忠有百步穿杨之能，今日只射盔缨，正是报昨日不杀之恩也。[黄忠亦仗义。既如此，两人趁早撇下刀枪，划拳喝酒。] 云长领兵而退。

黄忠回到城上来见韩玄，玄便喝左右捉下黄忠。忠叫曰："无罪！"玄大怒曰："我看了三日，汝敢欺我！汝前日不搦战，必有私心。昨日马失，他不杀汝，必有关通。今日两番虚拽弓弦，第三箭却止射他盔缨，如何不是外通内连？若不斩汝，必为后患！"喝令刀斧手推下城门外斩之。众将欲告，玄曰："但告免黄忠者，便是同情！"刚推到门外，恰欲举刀，忽然一将挥刀杀入，砍死刀手，救起黄忠，大叫曰："黄汉升乃长沙之保障，今杀汉升，是杀长沙百姓也！韩玄残暴不仁，轻贤慢士，当众共殛之！愿随我者便来！"众视其人，面如重枣，目若朗星，乃义阳人魏延也。[魏延两番现身，俱有功于刘备。] 自襄阳赶刘玄德不着，来投韩玄；玄怪其傲慢少礼，不肯重用，故屈沉于此。当日救下黄忠，教百姓同杀韩玄，袒臂一呼，相从者数百余人。黄忠拦当不住。魏延直杀上城头，一刀砍韩玄为两段，提头上马，引百姓出城，投拜云长。云长大喜，遂入城。安抚已毕，请黄忠相见；忠托病不出。云长即使人去请玄德、孔明。

却说玄德自云长来取长沙，与孔明随后催促人马接应。正行间，青旗倒卷，一鸦自北南飞，叫连三声而去。玄德曰："此应何祸福？"孔明就马上袖占一课，曰："长沙郡已得，又主得大将。午时后定见分晓。"［袖占而有加急电报之效，孔明不是凡人。］少顷，见一小校飞报前来，说："关将军已得长沙郡，降将黄忠、魏延，专等主公到彼。"玄德大喜，遂入长沙。云长接入厅上，具言黄忠之事。玄德乃亲往黄忠家相请，忠方出降，求葬韩玄尸首于长沙之东。后人有诗赞黄忠曰：

将军气概与天参，白发犹然困汉南。至死甘心无怨望，临降低首尚怀惭。宝刀灿雪彰神勇，铁骑临风忆战酣。千古高名应不泯，长随孤月照湘潭。

玄德待黄忠甚厚。云长引魏延来见，孔明喝令刀斧手推下斩之。玄德惊问孔明曰："魏延乃有功无罪之人，军师何故欲杀之？"孔明曰："食其禄而杀其主，是不忠也；居其土而献其地，是不义也。吾观魏延脑后有反骨，久后必反，故先斩之，以绝祸根。"玄德曰："若斩此人，恐降者人人自危。望军师恕之。"孔明指魏延曰："吾今饶汝性命。汝可尽忠报主，勿生异心；若生异心，我好歹取汝首级。"魏延喏喏连声而退。［笔法惊异，情理乖舛。刘备一路打来，图的正是别人"献其地"，且献地者屡获嘉奖，缘何对魏延标准骤变，献地之功反成致死之由？］黄忠荐刘表侄刘磐，见在攸县闲居；玄德取回，教掌长沙郡。四郡已平，玄德班师回荆州，改油江口为公安。自此钱粮广盛，贤士归之，将军马四散屯于隘口。

却说周瑜自回柴桑养病，令甘宁守巴陵郡，令凌统守汉阳郡，二处分布战船，听候调遣。程普引其余将士投合淝县来。原来孙权自从赤壁鏖兵之后，久在合淝与曹兵交锋，大小十余战，未决胜负，不敢逼城下寨，离城五十里屯兵。闻程普兵到，孙权大喜，亲自出营劳军。人报鲁子敬先至，权乃下马立待之。肃慌忙滚鞍下马施礼。众将见权如此待肃，皆大惊异。权请肃上马，并辔而行，密谓曰："孤下马相迎，足显公否？"肃曰："未也。"权曰："然则何如而后为显耶？"肃曰："愿明公威德加于四海，总括九州，克成帝业，使肃名书竹帛，始为显矣。"权抚掌大笑，［孙权颇可爱，鲁肃颇板肃。难怪曹丕"报钟繇书"曾说孙权"妍媚"。］同至帐中，大设饮宴，犒劳鏖兵将士，商议破合淝之策。

忽报张辽差人来下战书。权拆书观毕，大怒曰："张辽欺吾太甚！汝闻程普军来，故意使人搦战！来日吾不用新军赴敌，看我大战一场！"传令当夜五更三军出寨，望合淝进发。辰时左右，军马行至半途，曹兵已到。两边布成阵势。孙权金盔金甲，披挂出马；左宋谦，右贾华，二将使方天画戟，两边护卫。三通鼓罢，曹军阵中门旗两开，三员将全装贯带，立于阵前：中央张辽，左边李典，右边乐进。张辽纵马当先，专搦孙权决战。权绰枪欲自战，阵门中一将挺枪骤马早出，乃太史慈也。张辽挥刀来迎。两将战有七八十合，不分胜负。曹阵上李典谓乐进曰："对面金盔者，孙权也。若捉得孙权，足可与八十三万大军报仇。"说犹未了，乐进一骑马，一口刀，从刺斜里径取孙权，如一道电光，飞至面前，手起刀落。宋谦、贾华急将画戟遮架。刀到处，两枝戟齐断，只将戟杆望马头上打。乐进回马，宋谦绰军士手中枪赶来。李典搭上箭，望宋谦心窝里便射，应弦落马。太史慈见背后有人堕马，弃却张辽，望本阵便回。张辽乘势掩杀过来，吴兵大乱，四散奔走。张辽望见孙权，骤马赶来。看看赶上，刺斜里撞出一军，为首大将乃程普也，截杀一阵，救了孙权。张辽收军自回合淝。[两相对照，刘备获取四郡，就有点小儿科了——好在老黄忠气象不凡。]

程普保孙权归大寨，败军陆续回营。孙权因见折了宋谦，放声大哭。长史张纮曰："主公恃甚壮之气，轻视大敌，三军之众，莫不寒心。即使斩将搴旗，威振疆场，亦偏将之任，非主公所宜也。愿抑贲、育之勇，怀王霸之计。且今日宋谦死于锋镝之下，皆主公轻敌之故。今后切宜保重。"[是凛然指责，也是微妙马屁，故孙权听得如闻纶音。]权曰："是孤之过也。从今当改之。"少顷，太史慈入帐，言："某手下有一人，姓戈名定，与张辽手下养马后槽是弟兄。后槽被责怀怨，今晚使人报来，举火为号，刺杀张辽，以报宋谦之仇。某请引兵为外应。"权曰："戈定何在？"太史慈曰："已混入合淝城中去了。某愿乞五千兵去。"诸葛瑾曰："张辽多谋，恐有准备，不可造次。"太史慈坚执要行。权因伤感宋谦之死，急欲报仇，遂令太史慈引兵五千，去为外应。

却说戈定乃太史慈乡人，当日杂在军中，随入合淝城，寻见养马后槽，两个商议。戈定曰："我已使人报太史慈将军去了，今夜必来接应。你如何用事?"后槽曰："此间离军中较远，夜间急不能进，只就草堆上放起一把火，你去前面叫反，城中兵乱，就里刺杀张辽，余军自走也。"戈定曰："此计大妙!"是夜张辽得胜回城，赏劳三军，传令不许解甲宿睡。左右曰："今日全胜，吴兵远遁，将军何不卸甲安息?"辽曰："非也。为将之道，勿以胜为喜，勿以败为忧。[也与曹操不喜军令状有关。若败则砍头，谁敢不忧?]傥吴兵度我无备，乘虚攻击，何以应之?今夜防备，当比每夜更加谨慎。"话犹未了，后寨火起，一片声叫反，报者如麻。张辽出帐上马，唤亲从将校十数人，当道而立。左右曰："喊声甚急，可往观之。"辽曰："岂有一城皆反者?此是造反之人故惊军士耳。如乱者先斩!"无移时，李典擒戈定并后槽至。辽询得其情，立斩于马前。只听得城门外鸣锣击鼓，喊声大震。辽曰："此是吴兵外应，可就计破之。"[临乱不惧，当机立断，张辽不简单。]便令人于城门内放起一把火，众皆叫反，大开城门，放下吊桥。太史慈见城门大开，只道内变，挺枪纵马先入。城上一声炮响，乱箭射下，太史慈急退，身中数箭。背后李典、乐进杀出，吴兵折其大半，乘势直赶到寨前。陆逊、董袭杀出，救了太史慈。曹兵自回。孙权见太史慈身带重伤，愈加伤感。张昭请权罢兵。权从之，遂收兵下船，回南徐润州。比及屯住军马，太史慈病重，权使张昭等问安。太史慈大叫曰："大丈夫生于乱世，当带三尺剑立不世之功；今所志未遂，奈何死乎!"[太史慈死得不值。若每位兵士都渴盼"立不世之功"，百姓更没活路了。十字军骑士对功勋的渴望，就是圣城耶路撒冷民众的颤抖和死亡。站在百姓角度，真正的不世之功，乃托克维尔所谓"战士之后便是立法者"。]言讫而亡，年四十一岁。后人有诗赞曰：

矢志全忠孝，东莱太史慈。姓名昭远塞，弓马震雄师。北海酬恩日，神亭酣战时。临终言壮志，千古共嗟咨!

孙权闻慈死，伤悼不已，命厚葬于南徐北固山下，养其子太史享于府中。

却说玄德在荆州整顿军马，闻孙权合淝兵败，已回南徐，与孔明商议。孔明曰："亮夜观星象，见西北有星坠地，必应折一皇族。"正言间，忽报公子刘琦病亡。玄德闻之，痛哭不已。孔明劝曰："生死分定，主公勿忧，恐伤贵体，且理大事。可急差人到彼守御城池，并料理葬事。"玄德曰："谁可去?"孔明曰："非云长不可。"即时便教云长前去襄阳保守。玄德曰："今日刘琦已死，东吴必来讨荆州，如何对答?"孔明曰："若有人来，亮自有言对答。"过了半月，人报东吴鲁肃特来吊丧。正是：

先将计策安排定，只等东吴使命来。

未知孔明如何对答，且看下文分解。

反骨

"反骨"之说，无稽而有趣，令小说横生波澜，平添意趣。巴尔扎克小说《邦斯舅舅》里，有人根据当时的邪说，看出某人具有"犹大的反骨"。

乍睹魏延即动杀心，说明一点：孔明不依赖经验和调查，魏延大脑的生理构造，就是魏延该杀的铁证。如此，孔明这门绝学，又成了旁人学不来的独家秘技，好像孙悟空的筋斗云，我辈只能艳羡、惊叹。叔本华断言"良好的长相是一纸摊开的推荐书"，对魏延，背运的头骨就是一道宿命的处决令。

迷恋颅相学的大有人在，叔本华还曾断言仅凭背影就能看出智愚。相面术中但凡略有可取者，都有一个共同点：无不强调经验和阅历，注重观察和分析，若非如此，则无以服人。美国十九世纪颅相学家塞缪尔·R. 韦尔斯的学术声名，是凭借收集并绘制的上千张名人颅相图谱，再通过大量分析比较，才得以奠定的。通常，人们认为可以通过容貌窥探性格、测度智愚、论断健康，但不宜断定善恶。长相凶恶者易让人觉得行为不轨，故明哲之士反而提醒世人慎重研判，乔治·吉辛声称能从一个人鼻子、下巴、嘴唇或眉毛的曲线，推断出最难以捉摸的道德缺陷和精神气质，利希滕贝格却告诫道："如果你遇见一个长着一张丑陋的，令你不快的面孔的人，那么看在上帝的份上，在没有证实之前不要把他当做行为不端的人。"

作家的灵感大概来自《三国志》魏延"梦头上生角"（一百四回曾提及），作者稍加运思，"反骨"遂脱颖而出。

第五十四回

吴国太佛寺看新郎　刘皇叔洞房续佳偶

却说孔明闻鲁肃到，与玄德出城迎接，接到公廨。相见毕，肃曰："主公闻令侄弃世，特具薄礼，遣某前来致祭。周都督再三致意刘皇叔、诸葛先生。"玄德、孔明起身称谢，收了礼物，置酒相待。肃曰："前者皇叔有言：公子不在，即还荆州。今公子已去世，必然见还。不识几时可以交割？"玄德曰："公且饮酒，有一个商议。"肃强饮数杯，又开言相问。玄德未及回答，孔明变色曰："子敬好不通理，直须待人开口！自我高皇帝斩蛇起义，开基立业，传至于今。不幸奸雄并起，各据一方；少不得天道好还，复归正统。我主人乃中山靖王之后，孝景皇帝玄孙，今皇上之叔，岂不可分茅裂土？况刘景升乃我主之兄也，弟承兄业，有何不顺？汝主乃钱塘小吏之子，素无功德于朝廷，今倚势力，占据六郡八十一州，尚自贪心不足，而欲并吞汉土。刘氏天下，我主姓刘倒无分，汝主姓孙反要强争。且赤壁之战，我主多负勤劳，众将并皆用命，岂独是汝东吴之力？若非我借东南风，周郎安能展半筹之功？江南一破，休说二乔置于铜雀宫，虽公等家小，亦不能保。适来我主人不即答应者，以子敬乃高明之士，不待细说。何公不察之甚也！"［孔明赖账了。"高祖起身亭长"得到肯定，"钱塘小吏之子"受到奚落，说话没谱。］

一席话，说得鲁子敬缄口无言；半晌乃曰："孔明之言，怕不有理，争奈鲁肃身上甚是不便。"孔明曰："有何不便处？"肃曰："昔日皇叔当阳受难时，是肃引孔明渡江，见我主公。后来周公瑾要兴兵取荆州，又是肃挡住。至说待公子去世还荆州，又是肃担承。今却不应前言，教鲁肃如何回复？我主与周公瑾必然见罪。肃死不恨，只恐惹恼东吴，兴动干戈，皇叔亦不能安坐荆州，空为天下耻笑耳。"孔明曰："曹操统百万之众，动以天子为名，吾亦不以为意，岂惧周郎一小儿乎！若恐先生面上不好看，我劝主人立纸文书，暂借荆州为本，待我主别图得城池之时，便交付还东吴。此论如何？”［讨债的狠不过赖账的。古希腊喜剧《云》中父亲对儿子说：“如果你学得了这种无理取闹的逻辑，我为你欠下的债务一个子儿也不用还。”］肃曰：“孔明待夺得何处，还我荆州？”孔明曰：“中原急未可图；西川刘璋暗弱，我主将图之。若图得西川，那时便还。”肃无奈，只得听从。玄德亲笔写成文书一纸，押了字。保人诸葛孔明也押了字。孔明曰：“亮是皇叔这里人，难道自家作保？烦子敬先生也押个字，回见吴侯也好看。”肃曰：“某知皇叔乃仁义之人，必不相负。”遂押了字，收了文书，宴罢辞回。玄德、孔明送到船边。孔明嘱曰：“子敬回见吴侯，善言伸意，休生妄想。若不准我文书，我翻了面皮，连八十一州都夺了。今只要两家和气，休教曹贼笑话。”［徒托大言。孔明真有本事夺州郡，早把面皮翻了。］

肃作别下船而回，先到柴桑郡见周瑜。瑜问曰：“子敬讨荆州如何？”肃曰：“有文书在此。”呈与周瑜。瑜顿足曰：“子敬中诸葛之谋也！名为借地，实是混赖。他说取了西川便还，知他几时取西川？假如十年不得西川，十年不还？这等文书，如何中用，你却与他做保！他若不还时，必须连累足下，倘主公见罪，奈何？”肃闻言，呆了半晌，曰：“然玄德不负我。”瑜曰：“子敬乃诚实人也。刘备枭雄之辈，诸葛亮奸滑之徒，恐不似先生心地。”肃曰：“若此，如之奈何？”瑜曰：“子敬是我恩人，想昔日指囷相赠之情，如何不救你？你且宽心住几日，待江北探细的回，别有区处。”鲁肃踢蹐不安。

过了数日，细作回报：“荆州城中扬起布幡做好事，城外别建新坟，军士各挂孝。”瑜惊问曰：“没了甚人？”细作曰：“刘玄德没了甘夫人，即日安排殡葬。”瑜谓鲁肃曰：“吾计成矣！使刘备束手受缚，荆州反掌可得！”肃曰：“计将安出？”瑜曰：“刘备丧妻，必将续娶。主公有一妹，极其刚勇，侍婢数百，居常带刀，房中军器摆列遍满，虽男子不及。我今上书主公，教人去荆州为媒，说刘备来入赘。赚到南徐，妻子不能勾得，幽囚在狱中，却使人去讨荆州换刘备。等他交割了荆州城池，我别有主意。于子敬身上，须无事也。”鲁肃拜谢。［杀机付诸美事，红头盖里备下一颗人头。如此狠辣，周瑜偏说得坦然。］周瑜写了书呈，选快船送鲁肃投南徐见孙权，先说借荆州一事，呈上文书。权曰："你却如此糊涂！这样文书，要他何用！"肃曰："周都督有书呈在此，说用此计，可得荆州。"权看毕，点头暗喜，寻思谁人可去，猛然省曰："非吕范不可。"遂召吕范至，谓曰："近闻刘玄德丧妇。吾有一妹，欲招赘玄德为婿，永结姻亲，同心破曹，以扶汉室。非子衡不可为媒，望即往荆州一言。"范领命，即日收拾船只，带数个从人，望荆州来。

却说玄德自没甘夫人，昼夜烦恼。一日，正与孔明闲叙，人报东吴差吕范到来。孔明笑曰："此乃周瑜之计，必为荆州之故。亮只在屏风后潜听。但有甚说话，主公都应承了。留来人在馆驿中安歇，别作商议。"［美国人曾概括了四十八条权力场原则，第一条就是"永远不要盖过上司的光芒"。孔明无时不在抢刘备风头，公然把上司看成小儿。］玄德教请吕范入。礼毕坐定，茶罢，玄德问曰："子衡来，必有所谕？"范曰："范近闻皇叔失偶，有一门好亲，故不避嫌，特来作媒。未知尊意如何？"玄德曰："中年丧妻，大不幸也。骨肉未寒，安忍便议亲？"范曰："人若无妻，如屋无梁，岂可中道而废人伦？［在奉行"妻子如衣服"的刘备听来，大可折算成"人若无妻，如身无衣，岂可裸奔在外"。］吾主吴侯有一妹，美而贤，堪奉箕帚。若两家共结秦、晋之好，则曹贼不敢正视东南也。此事家国两便，请皇叔勿疑。但我国太吴夫人甚爱幼女，不肯远嫁，必求皇叔到东吴就婚。"玄德曰："此事吴侯知否？"范曰："不先禀吴侯，如何敢造次来说！"玄德曰："吾年已半百，鬓发班白；吴侯之妹，正当妙龄，恐非配偶。"范曰："吴侯之妹，身虽女子，志胜男儿，［才言"美而贤"，忽成"志而刚"，吕范真会见风使舵。］常言：'若非天下英雄，吾不事之。'今皇叔名闻四海，正所谓淑女配君子，岂以年齿上下相嫌乎！"玄德曰："公且少留，来日回报。"是日设宴相待，留于馆舍。至晚，与孔明商议。孔明曰："来意亮已知道了。适间卜《易》，得一大吉大利之兆，［孔明有一条神明专线，足以把天机转为人事，未来看成当前。］主公便可应允。先教孙乾和吕范同见吴侯，面许已定，择日便去就亲。"玄德曰："周瑜定计欲害刘备，岂可以身轻入危险之地？"孔明大笑曰："周瑜虽能用计，岂能出诸葛亮之料乎！略用小谋，使周瑜半筹不展。吴侯之妹，又属主公；荆州万无一失。"玄德怀疑未决。孔明竟教孙乾往江南说合亲事。孙乾领了言语，与吕范同到江南，来见孙权。权曰："吾愿将小妹招赘玄德，并无异心。"[末句不说倒可，一说，顿觉"此地无银三百两"。] 孙乾拜谢，回荆州见玄德，言："吴侯专候主公去结亲。"玄德怀疑不敢往。孔明曰："吾已定下三条计策，非子龙不可行也。"遂唤赵云近前，附耳言曰："汝保主公入吴，当领此三个锦囊；囊中有三条妙计，依次而行。"即将三个锦囊，与云贴肉收藏。孔明先使人赴东吴纳了聘，一切完备。时建安十四年冬十月。

玄德与赵云、孙乾取快船十只，随行五百余人，离了荆州，前往南徐进发。荆州之事，皆听孔明裁处。玄德心中怏怏不安。到南徐州，船已傍岸。云曰："军师分付三条妙计，依次而行。今已到此，当先开第一个锦囊来看。"于是开囊看了计策，便唤五百随行军士，一一分付："如此如此。"众军领命而去。又教玄德先往见乔国老。那乔国老乃二乔之父，居于南徐。玄德牵羊担酒，[由"牵"字可知，玄德所带者不是羊肉，而是活物。场景喜庆。] 先往拜见，说吕范为媒娶夫人之事。随行五百军士，都披红挂彩，入南郡买办物件，传说玄德入赘东吴。城中人尽知其事。[此即孔明首个锦囊。席勒名作《阴谋与爱情》中也有类似情节：宰相父亲为迫使儿子与弥尔芙特夫人结婚，传令手下把此事炒得全城皆知，以收"生米煮成熟饭"之效。] 孙权知玄德已到，教吕范相待，且就馆舍安歇。

却说乔国老既见玄德，便入见吴国太贺喜。国太曰："有何喜事？"乔国老曰："令爱已许刘玄德为夫人，今玄德已到，何故相瞒？"国太惊曰："老身不知此事！"便使人请吴侯问虚实，一面先使人于城中探听。人皆回报："果有此事。女婿已在馆驿安歇，五百随行军士都在城中买猪羊果品，准备成亲。做媒的女家是吕范，男家是孙乾，俱在馆驿中相待。"国太吃了一惊。少顷，孙权入后堂见母亲。国太捶胸大哭。权曰："母亲何故烦恼？"国太曰："你直如此将我看承得如无物！我姐姐临危之时，分付你甚么话来？"孙权失惊曰："母亲有话明说，何苦如此？"国太曰："男大须婚，女大须嫁，古今常理。我为你母亲，事当禀命于我。你招刘玄德为婿，如何瞒我？女儿须是我的！"权吃了一惊，问曰："那里得这话来？"国太曰："若要不知，除非莫为。满城百姓，那一个不知？你倒瞒我！"乔国老曰："老夫已知多日了，今特来贺喜。"权曰："非也。此是周瑜之计，因要取荆州，故将此为名，赚刘备来拘囚在此，要他把荆州来换；若其不从，先斩刘备。此是计策，非实意也。"国太大怒，骂周瑜曰："汝做六郡八十一州大都督，直凭无条计策去取荆州，却将我女儿为名，使美人计！杀了刘备，我女便是望门寡，明日再怎的说亲？须误了我女儿一世！你们好做作！"［国太发威，众男默然。这是中华文化的突出特色：女人处处受人摆布，一旦熬成婆，众男处处受她摆布，再无顶撞之力。］乔国老曰："若用此计，便得荆州，也被天下人耻笑。此事如何行得！"说得孙权默然无语。

国太不住口的骂周瑜。乔国老劝曰："事已如此，刘皇叔乃汉室宗亲，不如真个招他为婿，免得出丑。"权曰："年纪恐不相当。"国老曰："刘皇叔乃当世豪杰，若招得这个女婿，也不辱了令妹。"国太曰："我不曾认得刘皇叔。明日约在甘露寺相见，如不中我意，任从你们行事；若中我的意，我自把女儿嫁他！"孙权乃大孝之人，见母亲如此言语，随即应承，出外唤吕范，分付："来日甘露寺方丈设宴，国太要见刘备。"吕范曰："何不令贾华部领三百刀斧手，伏于两廊；若国太不喜时，一声号举，两边齐出，将他拿下。"权遂唤贾华，分付预先准备，只看国太举动。

却说乔国老辞吴国太归，使人去报玄德，言："来日吴侯、国太亲自要见，好生在意！"玄德与孙乾、赵云商议。云曰："来日此会，多凶少吉，云自引五百军保护。"

次日，吴国太、乔国老先在甘露寺方丈里坐定。孙权引一班谋士，随后都到，却教吕范来馆驿中请玄德。玄德内披细铠，外穿锦袍，从人背剑紧随，上马投甘露寺来。赵云全装贯带，引五百军随行。来到寺前下马，先见孙权。权观玄德仪表非凡，［无他，一对垂肩巨耳，两只过膝长手。］心中有畏惧之意。二人叙礼毕，遂入方丈见国太。国太见了玄德大喜，谓乔国老曰：“真吾婿也！”国老曰：“玄德有龙凤之姿，天日之表；更兼仁德布于天下，国太得此佳婿，真可庆也！”玄德拜谢，共宴于方丈之中。少刻，子龙带剑而入，立于玄德之侧。国太问曰：“此是何人？”玄德答曰：“常山赵子龙也。”国太曰：“莫非当阳长坂抱阿斗者乎？”玄德曰：“然。”国太曰：“真将军也！”遂赐以酒。赵云谓玄德曰：“却才某于廊下巡视，见房内有刀斧手埋伏，必无好意。可告知国太。”玄德乃跪于国太席前，泣而告曰：“若杀刘备，就此请诛。”国太曰：“何出此言？”玄德曰：“廊下暗伏刀斧手，非杀备而何？”国太大怒，责骂孙权：“今日玄德既为我婿，即我之儿女也。何故伏刀斧手于廊下！”权推不知，唤吕范问之；范推贾华。国太唤贾华责骂，华默然无言。国太喝令斩之。玄德告曰：“若斩大将，于亲不利，备难久居膝下矣。”乔国老也相劝。国太方叱退贾华。刀斧手皆抱头鼠窜而去。

玄德更衣出殿前，见庭下有一石块。玄德拔从者所佩之剑，仰天祝曰：“若刘备得勾回荆州，成王霸之业，一剑挥石为两段。如死于此地，剑剁石不开。”言讫，手起剑落，火光迸溅，砍石为两段。孙权在后面看见，问曰：“玄德公如何恨此石？”玄德曰：“备年近五旬，不能为国家剿除贼党，心常自恨。今蒙国太招为女婿，此平生之际遇也。恰才问天买卦，如破曹兴汉，砍断此石。今果然如此。”权暗思：“刘备莫非用此言瞒我？”亦掣剑谓玄德曰：“吾亦问天买卦。若破得曹贼，亦断此石。”却暗暗祝告曰：“若再取得荆州，兴旺东吴，砍石为两半！”手起剑落，巨石亦开。至今有十字纹“恨石”尚存。［附会之谈，逗人开心，但也预言了如下事实：秋后算账，刘备仍是输家，孙权包赚不赔。］后人观此胜迹，作诗赞曰：

宝剑落时山石断，金环响处火光生。

两朝旺气皆天数，从此乾坤鼎足成。

二人弃剑，相携入席。又饮数巡，孙乾目视玄德，玄德辞曰：“备不胜酒力，告退。”孙权送出寺前，二人并立，观江山之景。玄德曰：“此乃天下第一江山也！”至今甘露寺牌上云：“天下第一江山。”后人有诗赞曰：

江山雨霁拥青螺，境界无忧乐最多。

昔日英雄凝目处，岩崖依旧抵风波。

二人共览之次，江风浩荡，洪波滚雪，白浪掀天。忽见波上一叶小舟，行于江面上，如行平地。玄德叹曰："'南人驾船，北人乘马'，信有之也。"孙权闻言自思曰："刘备此言，戏我不惯乘马耳。"乃令左右牵过马来，飞身上马，驰骤下山，复加鞭上岭，笑谓玄德曰："南人不能乘马乎？"玄德闻言，撩衣一跃，跃上马背，飞走下山，复驰骋而上。二人立马于山城之上，扬鞭大笑。至今此处名为"驻马坡"。后人有诗曰：

驰骤龙驹气概多，二人并辔望山河。

东吴西蜀成王霸，千古犹存驻马坡。

当日二人并辔而回。南徐之民，无不称贺。［刀枪暂时入库，战马未放南山。］

玄德自回馆驿，与孙乾商议。乾曰："主公只是哀求乔国老，早早毕姻，免生别事。"次日，玄德复至乔国老宅前下马。国老接入，礼毕茶罢，玄德告曰："江左之人，多有要害刘备者，恐不能久居。"国老曰："玄德宽心。吾为公告国太，令作护持。"玄德拜谢自回。乔国老入见国太，言玄德恐人谋害，急急要回。国太大怒曰："我的女婿，谁敢害他！"即时便教搬入书院暂住，择日毕姻。玄德自入告国太曰："只恐赵云在外不便，军士无人约束。"国太教尽搬入府中安歇，休留在馆驿中，免得生事。玄德暗喜。

数日之内，大排筵会，孙夫人与玄德结亲。至晚客散，两行红炬，接引玄德入房。灯光之下，但见刀枪簇满；侍婢皆佩剑悬刀，立于两旁。唬得玄德魂不附体。正是：

惊看侍女横刀立，疑是东吴设伏兵。

毕竟是何缘故，且看下文分解。

爱意

世间美好姻缘，体验者多为寻常男女，此乃造物主的绝妙平衡，不使权贵占尽好事。小说提供了充分证明：豪杰无数，那个最经典的文学主题——爱情——竟芳踪难觅。

刘备失去妻子，但我们无法确定刘备的悲伤。刘备对说媒人吕范说的“中年丧妻，大不幸也”，乃概括之言，并未包含个人的悼亡心绪。提及“骨肉未寒，安忍便议亲”，同样有股旁观者口气，且重心只在不宜操之过急。果然，当吕范提及对方“美而贤”、吴侯还事先知悉时，刘备口气顿缓，分明已经入巷。不久，对甘夫人的悼念已不足以延缓他“牵羊担酒”、渴慕新娘的轻快步履了。孔明虽有玉成之意，但此事终究由刘备自己做主。身为主公且年逾半百的刘玄德竟会在婚姻大事上听命于未满三十岁的孔明，鬼才信。同样，认为刘备将经历一场美满姻缘，鬼都不信。

一部堪称民族史诗的长篇杰作，同时还是一部将爱情排除在外的作品，无论鬼信不信，我们都得信；无论愿不愿意接受，我们都得接受。罗马皇帝奥古斯都·恺撒临死前对妻子说：“永别了，莉维娅！终生勿忘我们夫妻一场。”哪位中国英豪会对心爱女人如此深情款款呢？也许安禄山、吴三桂会，但他们是负面角色，安禄山还是胡人。曹操对妻子卞氏倒有几句好语，可惜是以政府文告形式发布的，你听不出一丝爱意。

第五十五回

玄德智激孙夫人　孔明二气周公瑾

却说玄德见孙夫人房中两边枪刀森列，侍婢皆佩剑，不觉失色。管家婆进曰："贵人休得惊惧。夫人自幼好观武事，居常令侍婢击剑为乐，故尔如此。"玄德曰："非夫人所观之事，吾甚心寒，可命暂去。"管家婆禀覆孙夫人曰："房中摆列兵器，娇客不安，今可去之。"孙夫人笑曰："厮杀半生，尚惧兵器乎！"命尽彻去，令侍婢解剑伏侍。当夜玄德与孙夫人成亲，两情欢洽。玄德又将金帛散给侍婢，以买其心；先教孙乾回荆州报喜。自此连日饮酒。国太十分爱敬。[玄德所为，看不出值得"十分爱敬"处。国太只是验证了一句俗话：丈母娘看女婿，越看越欢喜。]

却说孙权差人来柴桑郡报周瑜，说："我母亲力主，已将吾妹嫁刘备。不想弄假成真，此事还复如何？"瑜闻大惊，行坐不安，乃思一计，修密书付来人持回见孙权。权拆书观之。书略曰：

> 瑜所谋之事，不想反覆如此。既已弄假成真，又当就此用计。刘备以枭雄之姿，有关、张、赵云之将，更兼诸葛用谋，必非久屈人下者。愚竟莫如软困之于吴中，盛为筑宫室，以丧其心志，多送美色玩好，以娱其耳目。使分开关、张之情，隔远诸葛之契，各置一方，然后以兵击之，大事已定矣。今若纵之，恐蛟龙得云雨，终非池中物也。愿明公熟思之。

孙权看毕，以书示张昭。昭曰："公瑾之谋，正合愚意。刘备起身微末，奔走天下，未尝受享富贵。[骨子里还是瞧不起刘备，类似城里人瞧不起乡下人，上流社会瞧不起下层阶级。]今若以华堂大厦，子女金帛，令彼享用，自然疏远孔明、关、张等；使彼各生怨望，然后荆州可图也。主公可依公瑾之计而速行之。"权大喜，即日修整东府，广栽花木，盛设器用，请玄德与妹居住；又增女乐数十余人，并金玉锦绮玩好之物。国

太只道孙权好意，喜不自胜。玄德果然被声色所迷，全不想回荆州。［日后阿斗“乐不思蜀”，渊源在此。］

却说赵云与五百军在东府前住，终日无事，只去城外射箭走马。看看年终，云猛省：“孔明分付三个锦囊与我，教我一到南徐，开第一个；住到年终，开第二个；临到危急无路之时，开第三个，于内有神出鬼没之计，可保主公回家。此时岁已将终，主公贪恋女色，并不见面，何不拆开第二个锦囊，看计而行？”遂拆开视之：“原来如此神策！”即日径到府堂，要见玄德。侍婢报曰：“赵子龙有紧急事来报贵人。”玄德唤入问之。云佯作失惊之状；曰：“主公深居画堂，不想荆州耶？”玄德曰：“有甚事如此惊怪？”云曰：“今早孔明使人来报，说曹操要报赤壁鏖兵之恨，起精兵五十万杀奔荆州，甚是危急，请主公便回。”玄德曰：“必须与夫人商议。”云曰：“若和夫人商议，必不肯教主公回。不如休说，今晚便好起程，迟则误事！”玄德曰：“你且暂退，我自有道理。”云故意催逼数番而出。

玄德入见孙夫人，暗暗垂泪。孙夫人曰：“丈夫何故烦恼？”玄德曰：“念备一身飘荡异乡，生不能侍奉二亲，又不能祭祀宗祖，乃大逆不孝也。今岁旦在迩，使备悒怏不已。”孙夫人曰：“你休瞒我，我已听知了也！方才赵子龙报说荆州危急，你欲还乡，故推此意。”玄德跪而告曰：“夫人既知，备安敢相瞒。备欲不去，使荆州有失，被天下人耻笑；欲去，又舍不得夫人，因此烦恼。”夫人曰：“妾已事君，任君所之，妾当相随。”玄德曰：“夫人之心虽则如此，争奈国太与吴侯安肯容夫人去？夫人若可怜刘备，暂时辞别。”言毕，泪如雨下。孙夫人劝曰：“丈夫休得烦恼！妾当苦告母亲，必放妾与君同去。”玄德曰：“纵然国太肯时，吴侯必然阻挡。”孙夫人沉吟良久，乃曰：“妾与君正旦拜贺时，推称江边祭祖，不告而去，若何？”玄德又跪而谢曰：“若如此，生死难忘！切勿漏泄！”两个商议已定。玄德密唤赵云分付：“正旦日，你先引军士出城，于官道等候。吾推祭祖，与夫人同走。”云领诺。

建安十五年春正月元旦，吴侯大会文武于堂上。玄德与孙夫人入拜国太。孙夫人曰：“夫主想父母宗祖坟墓，俱在涿郡，昼夜伤感不已。今日欲往江边，望北遥祭，须告母亲得知。”国太曰：“此孝道也，岂有不从？汝虽不识舅姑，可同汝夫前去祭拜，亦见为妇之礼。”孙夫人同玄德拜谢而出。此时只瞒着孙权。夫人乘车，止带随身一应细软。玄德上马，引数骑跟随出城，与赵云相会。五百军士前遮后拥，离了南徐趱程而行。

当日，孙权大醉，左右近侍扶入后堂，文武皆散。比及众官探得玄德、夫人逃遁之时，天色已晚。要报孙权，权醉不醒。及至睡觉，已是五更。次日，孙权闻知走了玄德，急唤文武商议。张昭曰：“今日走了此人，早晚必生祸乱。可急追之。”孙权令陈武、潘璋选五百精兵，无分昼夜，务要赶上拿回。二将领命去了。孙权深恨玄德，将案上玉砚摔为粉碎。程普曰：“主公空有冲天之怒，某料陈武、潘璋必擒此人不得。”权曰：“焉敢违我令！”普曰：“郡主自幼好观武事，严毅刚正，诸将皆惧。既然肯顺刘备，必同心而去。所追之将，若见郡主，岂肯下手？”权大怒，掣所佩之剑，唤蒋钦、周泰听令，曰：“汝二人将这口剑去取吾妹并刘备头来！违令者立斩！”蒋钦、周泰领命，随后引一千军赶来。［孙权决断时，不知酒可曾醒。人家那边已然“一夜夫妻百年恩”，你却一味磨刀豁豁，绝情灭伦。真实的孙权当无如此下作，至少此时不会。］

却说玄德加鞭纵辔，趱程而行。当夜于路暂歇两个更次，慌忙起行。看看来到柴桑界首，望见后面尘头大起，人报：“追兵至矣！”玄德慌问赵云曰：“追兵既至，如之奈何？”赵云曰：“主公先行，某愿当后。”转过前面山脚，一彪军马拦住去路。当先两员大将，厉声高叫曰：“刘备早早下马受缚！吾奉周都督将令，守候多时！”原来周瑜恐玄德走逃，先使徐盛、丁奉引三千军马于冲要之处札营等候，时常令人登高遥望，料得玄德若投旱路，必经此道而过。当日徐盛、丁奉瞭望得玄德一行人到，各绰兵器截住去路。玄德惊慌，勒回马，问赵云曰：“前有拦截之兵，后有追赶之后，前后无路，如之奈何？”云曰：“主公休慌。军师有三条妙计，多在锦囊之中。已拆了两个，并皆应验。今尚有第三个在此，分付遇危难之时，方可拆看。今日危急，当拆观之。”［妙计而能应急，当以“速效救心丸”视之。］便将锦囊拆开，献与玄德。玄德看了，急来车前泣告孙夫人曰：“备有心腹之言，至此尽当实诉。”夫人曰：“丈夫有何言语，实对我说。”玄德曰：“昔日吴侯与周瑜同谋，将夫人招嫁刘备，实非为夫人计，乃欲幽困刘备而夺荆州耳。夺了荆州，必将杀备。是以夫人为香饵而钓备也。备不惧万死而来，盖知夫人有男子之胸襟，必能怜备。昨闻吴侯将欲加害，故托荆州有难，以图归计。幸得夫人不弃，同至于此。今吴侯又令人在后追赶，周瑜又使人于前截住，非夫人莫解此祸。如夫人不允，备请死于车前，以报夫人之德。”夫人怒曰：“吾兄既不以我为亲骨肉，我有何面目重相见乎！今日之危，我当自解。”于是叱从人推车直出，卷起车帘，亲喝徐盛、丁奉曰：“你二人欲造反耶？”徐、丁二将慌忙下马，弃了军器，声喏于车前曰：“安敢造反。为奉周都督将令，屯兵在此专候刘备。”孙夫人大怒曰：“周瑜逆贼！我东吴不曾亏负你！玄德乃大汉皇叔，是我丈夫。我已对母亲、哥哥说知回荆州去。今你两个于山脚去处，引着军马拦截道路，意欲劫掠我夫妻财物耶？”徐盛、丁奉喏喏连声，口称：“不敢。请夫人息怒。这不干我等之事，乃是周都督的将令。”孙夫人叱曰：“你只怕周瑜，独不怕我？周瑜杀得你，我岂杀不得周瑜？”把周瑜大骂一场，喝令推车前进。徐盛、丁奉自思：“我等是下人，安敢与夫人违拗？”又见赵云十分怒气，只得把军喝住，放条大路教过去。

恰才行不得五六里，背后陈武、潘璋赶到。徐盛、丁奉备言其事。陈、武二将曰：“你放他过去差了。我二人奉吴侯旨意，特来追捉他回去。”于是四将合兵一处，趱程赶来。玄德正行间，忽听的背后喊声大起。玄德又告孙夫人曰：“后面追兵又到，如之奈何？”夫人曰：“丈夫先行，我与子龙当后。”玄德先引三百军，望江岸去了。［夫人威武，玄德不堪。夫妻本是同林鸟，大难来时夫先奔。有此前科，刘备如何当英雄？不过，中国不仅独缺“冲冠一怒为红颜”的骑士风度，还别创一种“能屈能伸”的大丈夫观，专为刘备一流圆场。韩信钻人裤裆仍不失英雄，刘备命托裙衩，何错之有？］子龙勒马于车傍，将士卒摆开，专候来将。四员将见了孙夫人，只得下马，叉手而立。夫人曰：“陈武、潘璋，来此何干？”二将答曰：“奉主公之命，请夫人、玄德回。”夫人正色叱曰：“都是你这伙匹夫，离间我兄妹不睦！我已嫁他人，今日归去，须不是与人私奔。我奉母亲慈旨，令我夫妇回荆州。便是我哥哥来，也须依礼而行。你二人倚仗兵威，欲待杀害我耶？”骂得四人面面相觑，各自寻思：“他一万年也只是兄妹；［军人毕竟朴实。］更兼国太作主。吴侯乃大孝之人，怎敢违逆母言？明日翻过脸来，只是我等不是。不如做个人情。”军中又不见玄德，但见赵云怒目睁眉，只待厮杀。因此四将喏喏连声而退。孙夫人令推车便行。徐盛曰：“我四人同去见周都督，告禀此事。”四人犹豫未定。忽见一军如旋风而来，视之，乃蒋钦、周泰。二将问曰：“你等曾见刘备否？”四将曰：“早晨过去，已半日矣。”蒋钦曰：“何不拿下？”四人各言孙夫人发话之事。蒋钦曰：“便是吴侯怕道如此，封一口剑在此，教先杀他妹，后斩刘备。违者立斩！”四将曰：“去之已远，怎生奈何？”蒋钦曰：“他终是些步军，急行不上。徐、丁二将军可飞报都督，教水路掉快船追赶，我四人在岸上追赶。无问水旱之路，赶上杀了，休听他言语。”于是徐盛、丁奉飞报周瑜，蒋钦、周泰、陈武、潘璋四个领兵沿江赶来。

却说玄德一行人马，离柴桑较远，来到刘郎浦，心才稍宽。沿着江岸寻渡，一望江水弥漫，并无船只。玄德俯首沉吟。赵云曰：“主公在虎口中逃出，今已近本界，吾料军师必有调度，何用忧疑？”玄德听罢，蓦然想起在吴繁华之事，不觉凄然泪下。后人有诗叹曰：

吴蜀成婚此水浔，明珠步幛屋黄金。

谁知一女轻天下，欲易刘郎鼎峙心。

玄德令赵云望前哨探船只，忽报后面尘土冲天而起。玄德登高望之，但见车马盖地而来，叹曰：“连日奔走，人困马乏，追兵又到，死无地矣！”看看喊声渐近，正慌急间，忽见江岸边一字儿抛着拖篷船二十余只。赵云曰：“天幸有船在此！何不速下，掉过对岸，再作区处！”玄德与孙夫人便奔上船。子龙引五百军亦都上船，只见船舱中一人纶巾道服，大笑而出，曰：“主公且喜！诸葛亮在此等候多时。”船中扮作客人的，皆是荆州水军。玄德大喜。不移时，四将赶到。孔明笑指岸上人言曰：“吾已算定多时矣。汝等回去传示周郎，休教再使美人局手段。”岸上乱箭射来，船已开的远了。蒋钦等四将，只好呆看。［孔明魔术一出，若非呆看，便是看呆。]

玄德与孔明正行间，忽然江声大振。回头视之，只见战船无数。帅字旗下，周瑜自领惯战水军，左有黄盖，右有韩当，势如飞马，疾似流星。看看赶上，孔明教掉船投北岸，弃了船，尽皆上岸而走，车马登程。周瑜赶到江边，亦皆上岸追袭。大小水军尽是步行，止有为首官军骑马。周瑜当先，黄盖、韩当、徐盛、丁奉紧随。周瑜曰："此处是那里？"军士答曰："前面是黄州界首。"望见玄德车马不远，瑜令并力追袭。正赶之间，一声鼓响，山谷内一阵刀手拥出，为首一员大将，乃关云长也。周瑜举止失措，急拨马便走。云长赶来，周瑜纵马逃命。正奔走间，左边黄忠，右边魏延，两军杀出。吴兵大败。周瑜急急下得船时，岸上军士齐声大叫曰："周郎妙计安天下，陪了夫人又折兵！"[生动至极！]瑜怒曰："可再登岸决一死战！"黄盖、韩当力阻。瑜自思曰："吾计不成，有何面目去见吴侯。"大叫一声，金疮迸裂，[周瑜的箭疮实在顽固，快一年了，仍有随时迸裂之险。]倒于船上。众将急救，却早不省人事。正是：

两番弄巧翻成拙，此日含嗔却带羞。

未知周郎性命，且看下文分解。

锦囊

以罗贯中之智，他知道孔明的"锦囊"只是瞎掰，他这么写，只是讨好读者。古典时代的作家往往无视普通读者，作品只写给少数内行看；通俗作家反之，读者的需求就是他的订单。《三国演义》是一部伟大的通俗作品，它无法摆脱通俗作品的媚俗特质，而其伟大性又使它有所超越。

六十七回里作者写到曹操一条妙计，不叫锦囊，曹操的秘函装在一只木匣里，顶多算是"木匣计"。内容极度朴拙，道是"若孙权至，张、李二将军出战，乐将军守城"，细想却觉其妙。鉴于没有人能恰到好处地防范未知事件，故曹操全然不在此处用智，他结合已知推断未知，最大程度地促进结果的优化。何谓已知？张辽、李典二将平素不和，张是主将，李是副将，李可能不愿与张通力合作，但李典的全力以赴对曹军又至关重要。所以，曹操木匣只是用一种奇特方式，临时化解人际矛盾，促使两人合作。至于具体如何作战，曹操不著一词，任由张、李二将临机决断。结果，这条朴实的“木匣计”，战果远在孔明“锦囊计”之上。曹操鼓励将领依“将在外，军令有所不受”的古法行事，也使将领得到培养。而依孔明之锦囊，云长、子龙等人丧失了临战决策权，徒成泥塑木雕。

罗贯中虽把“锦囊”写得天花乱坠，对于何谓真正的“预案”，他心里还是有数的。愿意看孔明施展魔法者，他提供了足以让他们开怀的情节；愿意了解真正实用的谋略，则有曹操的木匣。

第五十六回

曹操大宴铜雀台　孔明三气周公瑾

却说周瑜被诸葛亮预先埋伏关公、黄忠、魏延三枝军马，一击大败。黄盖、韩当急救下船，折却水军无数。遥观玄德、孙夫人车马仆从，都停住于山顶之上，瑜如何不气？箭疮未愈，因怒气冲激，疮口迸裂，昏绝于地。众将救醒，开船逃去。孔明教休追赶，自和玄德归荆州庆喜，赏赐众将。

周瑜自回柴桑。蒋钦等一行人马自归南徐报孙权。权不胜忿怒，欲拜程普为都督，起兵取荆州。周瑜又上书，请兴兵雪恨。张昭谏曰："不可。曹操日夜思报赤壁之恨，因恐孙、刘同心，故未敢兴兵。今主公若以一时之忿，自相吞并，操必乘虚来攻，国势危矣。"顾雍曰："许都岂无细作在此？若知孙、刘不睦，操必使人勾结刘备。备惧东吴，必投曹操。若此，则江南何日得安？为今之计，莫若使人赴许都，表刘备为荆州牧。［"将欲取之，必姑与之"，虽老套，但有用。好比溜须拍马，何其老套，又何其有用。］曹操知之，则惧而不敢加兵于东南；且使刘备不恨于主公。然后使心腹用反间之计，令曹、刘相攻，吾乘隙而图之，斯为得耳。"权曰："元叹之言甚善。但谁为可使？"雍曰："此间有一人，乃曹操敬慕者，可以为使。"权问何人。雍曰："华歆在此，何不遣之？"［华歆也算一代名士，性格莫测。不过，华歆早归曹操，作者把这些次要人物东移西换，只为叙述方便。］权大喜，即遣歆赍表赴许都。歆领命起程，径到许都求见曹操。闻操会群臣于邺郡，庆赏铜雀台，歆乃赴邺郡候见。

操自赤壁败后，常思报仇，只疑孙、刘并力，因此不敢轻进。时建安十五年春，造铜雀台成，操乃大会文武于邺郡，设宴庆贺。其台正临漳河，中央乃铜雀台。左边一座名玉龙台，右边一座名金凤台，各高十丈，上横二桥相通，千门万户，金碧交辉。是日，曹操头戴嵌宝金冠，身穿绿锦罗袍，玉带珠履，凭高而坐。文武侍立台下。

操欲观武官比试弓箭，乃使近侍将西川红锦战袍一领，挂于垂杨枝上，下设一箭垛，以百步为界。分武官为两队：曹氏宗族俱穿红，其余将士俱穿绿；各带雕弓长箭，跨鞍勒马，听候指挥。操传令曰："有能射中箭垛红心者，即以锦袍赐之；如射不中，罚水一杯。"［有趣，竟然不是罚酒。］号令方下，红袍队中，一个少年将军骤马而出，众视之，乃曹休也。休飞马往来，奔驰三次，扣上箭，拽满弓，一箭射去，正中红心。金鼓齐鸣，众皆喝采。曹操于台上望见大喜，曰："此吾家千里驹也！"方欲使人取锦袍与曹休，只见绿袍队中，一骑飞出，叫曰："丞相锦袍，合让俺外姓先取，宗族中不宜搀越。"操视其人，乃文聘也。众官曰："且看文仲业射法。"文聘拈弓纵马，一箭亦中红心。众皆喝采，金鼓乱鸣。聘大呼曰："快取袍来！"只见红袍队中，又一将飞马而出，厉声曰："文烈先射，汝何得争夺？看我与你两个解箭！"拽满弓，一箭射去，也中红心。众人齐声喝采。视其人，乃曹洪也。洪方欲取袍，只见绿袍队里又一将出，扬弓叫曰："你三人射法，何足为奇！看我射来！"众视之，乃张郃也。郃飞马翻身，背射一箭，也中红心。四枝箭齐齐的攒在红心里。众人都道："好射法！"郃曰："锦袍须该是我的！"言未已，红袍队中一将飞马而出，大叫曰："汝翻身背射，何足称异！看我夺射红心！"众视之，乃夏侯渊也。渊骤马至界口，纽回身一箭射去，正在四箭当中，金鼓齐鸣。渊勒马按弓大叫曰："此箭可夺得锦袍么？"只见绿袍队里，一将应声而出，大叫："且留下锦袍与我徐晃！"渊曰："汝更有何射法，可夺我袍？"晃曰："汝夺射红心，不足为异。看吾单取锦袍！"拈弓搭箭，遥望柳条射去，恰好射断柳条，锦袍坠地。徐晃飞取锦袍，披于身上，骤马至台前声喏曰："谢丞相袍！"曹操与众官无不称羡。［竞技难度值太低。当今奥运射箭冠军，也无箭箭十环把握，这些武将竟无一失手。如此，吕布辕门射戟那一箭，岂非稀松平常？］晃才勒马要回，猛然台边跃出一个绿袍将军，大呼曰："你将锦袍那里去？早早留下与我！"众视之，乃许褚也。晃曰："袍已在此，汝何敢强夺！"褚更不回答，竟飞马来夺袍。两马相近，徐晃便把弓打许褚。褚一手按住弓，把徐晃拖离鞍鞒。晃急弃了弓，翻身下马，褚亦下马，两个揪住厮打。操急使人解开，那领锦袍已是扯得粉碎。操令二人都上台。徐晃睁眉怒目，许褚切齿咬牙，各有相斗之意。[这算什么，不比箭，只打架?] 操笑曰："孤特视公等之勇耳。岂惜一锦袍哉?"便教诸将尽都上台，各赐蜀锦一匹。诸将各各称谢。操命各依位次而坐。乐声竞奏，水陆并陈。文官武将轮次把盏，献酬交错。

操顾谓众文官曰："武将既以骑射为乐，足显威勇矣。公等皆饱学之士，登此高台，可不进佳章以纪一时之胜事乎?"众官皆躬身而言曰："愿从钧命。"时有王朗、钟繇、王粲、陈琳一班文官，进献诗章。诗中多有称颂曹操功德巍巍、合当受命之意。曹操逐一览毕，笑曰："诸公佳作，过誉甚矣。孤本愚陋，始举孝廉。后值天下大乱，筑精舍于谯东五十里，欲春夏读书，秋冬射猎，以待天下清平，方出仕耳。不意朝廷征孤为点军校尉，遂更其意，专欲为国家讨贼立功，图死后得题墓道曰：'汉故征西将军曹侯之墓'，平生愿足矣。念自讨董卓、剿黄巾以来，除袁术、破吕布、灭袁绍、定刘表，遂平天下。身为宰相，人臣之贵已极，又复何望哉？如国家无孤一人，正不知几人称帝，几人称王。[豪迈之语，坦诚之词。] 或见孤权重，妄相忖度，疑孤有异心，此大谬也。孤常念孔子称文王之至德，此言耿耿在心。但欲孤委捐兵众，归就所封武平侯之国，实不可耳。诚恐一解兵柄，为人所害；孤败则国家倾危，是以不得慕虚名而处实祸也。[高明之见，务实之言。] 诸公必无知孤意者。"[这节文字，化用曹操《让县自明本志令》，后人对曹操或弹或赞，皆不可对这封自供状视而不见。] 众皆起拜曰："虽伊尹、周公，不及丞相矣。"后人有诗曰：

周公恐惧流言日，王莽谦恭下士时：
假使当年身便死，一生真伪有谁知！

曹操连饮数杯，不觉沉醉，唤左右捧过笔砚，亦欲作《铜雀台诗》。刚才下笔，忽报："东吴使华歆表奏刘备为荆州牧，孙权以妹嫁刘备，汉上九郡大半已属备矣。"操闻之，手脚慌乱，投笔于地。程昱曰："丞相在万军之中，矢石交攻之际，未尝动心；今闻刘备得了荆州，何故如此失惊?"操曰："刘备，人中之龙也，生平未尝得水。今得荆州，是困龙入大海矣。孤安得不动心哉!"程昱曰："丞相知华歆来意否?"操曰："未知。"昱曰："孙权本忌刘备，欲以兵攻之，但恐丞相乘虚而击。故令华歆为使，表荐刘备，乃安备之心，以塞丞相之望耳。”操点头曰：“是也。”昱曰：“某有一计，使孙、刘自相吞并，丞相乘间图之，一鼓而二敌俱破。”操大喜，遂问其计。程昱曰：“东吴所倚者，周瑜也。丞相今表奏周瑜为南郡太守，程普为江夏太守，留华歆在朝重用之，瑜必自与刘备为仇敌矣。我乘其相并而图之，不亦善乎？”操曰：“仲德之言，正合孤意。”遂召华歆上台，重加赏赐。当日筵散，操即引文武回许昌，表奏周瑜为总领南郡太守，程普为江夏太守，封华歆为大理寺卿，留在许都。使命至东吴，周瑜、程普各受职讫。［骂曹操是一回事，接受封官又是一回事，两不耽误。］

周瑜既领南郡，愈思报仇，遂上书吴侯，乞令鲁肃去讨还荆州。孙权乃命肃曰：“汝昔保借荆州与刘备，今备迁延不还，等待何时？”肃曰：“文书上明白写着，得了西川便还。”权叱曰：“只说取西川，到今又不动兵，不等老了人！”肃曰：“某愿往言之。”遂乘船投荆州而来。

却说玄德与孔明在荆州广聚粮草，调练军马，远近之士多归之。忽报鲁肃到。玄德问孔明曰：“子敬此来何意？”孔明曰：“昨者孙权表主公为荆州牧，此是惧曹操之计。操封周瑜为南郡太守，此欲令我两家自相吞并，他好于中取事也。今鲁肃此来，又是周瑜既受太守之职，要来索荆州之意。”玄德曰：“何以答之？”孔明曰：“若肃提起荆州之事，主公便放声大哭。哭到悲切之处，亮自出来解劝。”［虽是一法，也须刘备哭得出来。显然，孔明认定刘备有戏子伶人之能。］计会已定，接鲁肃入府，礼毕叙坐。肃曰：“今日皇叔做了东吴女婿，便是鲁肃主人，如何敢坐？”玄德笑曰：“子敬与我旧交，何必太谦？”肃乃就坐。茶罢，肃曰：“今奉吴侯钧命，专为荆州一事而来。皇叔已借住多时，未蒙见还。今既两家结亲，当看亲情面上，早早交付。”玄德闻言，掩面大哭。肃惊曰：“皇叔何故如此？”玄德哭声不绝。［果然，眼泪召之即来，形色逼真。我国六朝时即有“哭丧婆”之俗，古罗马亦有“得钱代哭之妇自扯其发，放声大号，悲戚过人”。刘备凭此绝技谋生，想必好过织席贩屦。］孔明从屏后出曰：“亮听之久矣。子敬知吾主人哭的缘故么？”肃曰：“某实不知。”［哭者亦不知。］孔明曰：“有何难见？当初我主人借荆州时，许下取得西川便还。仔细想来，益州刘璋是我主人之弟，一般都是汉朝骨肉，若要兴兵去取他城池时，恐被外人唾骂；若要不取，还了荆州，何处安身？若不还时，于尊舅面上又不好看。事实两难，因此泪出痛肠。”孔明说罢，触动玄德衷肠，真个捶胸顿足，放声大哭。［眼泪也有闸门，孔明闸门一启，刘备泪如泄洪。］鲁肃劝曰：“皇叔且休烦恼，与孔明从长计议。”孔明曰：“有烦子敬回见吴侯，勿惜一言之劳，将此烦恼情节，恳告吴侯，再容几时。”肃曰：“倘吴侯不从，如之奈何？”孔明曰：“吴侯既以亲妹聘嫁皇叔，安得不从乎？望子敬善言回覆。”［作者似乎忘记了吴侯欲拿妹子人头一事。］

鲁肃是个宽仁长者，见玄德如此哀痛，只得应允。玄德、孔明拜谢。宴毕，送鲁肃下船。径到柴桑，见了周瑜，具言其事。周瑜顿足曰：“子敬又中诸葛亮之计也！当初刘备依刘表时，常有吞并之意，何况西川刘璋乎？似此推调，未免累及老兄矣。吾有一计，使诸葛亮不能出吾算中。子敬便当一行。”肃曰：“愿闻妙策。”瑜曰：“子敬不必去见吴侯，再去荆州对刘备说：孙、刘两家既结为亲，便是一家。若刘氏不忍去取西川，我东吴起兵去取；取得西川时，以作嫁资，却把荆州交还东吴。”肃曰：“西川迢递，取之非易。都督之计，莫非不可？”瑜笑曰：“子敬真长者也。你道我真个去取西川与他？我只以此为名，实欲去取荆州，且教他不做准备。东吴军马收川，路过荆州，就问他索要钱粮，刘备必然出城劳军。那时乘势杀之，夺取荆州，雪吾之恨，解足下之祸。”鲁肃大喜，便再往荆州来。玄德与孔明商议。孔明曰：“鲁肃必不曾见吴侯，只到柴桑和周瑜商量了甚计策，来诱我耳。但说的话，主公只看我点头，便满口应承。”计会已定。鲁肃入见，礼毕，曰：“吴侯甚是称赞皇叔盛德，遂与诸将商议，起兵替皇叔收川。取了西川，却换荆州，以西川权当嫁资。但军马经过，却望应些钱粮。”孔明听了，忙点头曰：“难得吴侯好心！”玄德拱手称谢曰：“此皆子敬善言之力。”孔明曰：“如雄师到日，即当远接犒劳。”鲁肃暗喜，宴罢辞回。玄德问孔明曰：“此是何意？”孔明大笑曰：“周郎死日近矣！这等计策，小儿也瞒不过！”［孔明话中暗带拐肘，分明在说：刘备之智，小儿不如。］玄德又问如何，孔明曰：“此乃假途灭虢之计也。虚名收川，实取荆州。等主公出城劳军，乘势拿下，杀入城来，‘攻其无备，出其不意’也。”玄德曰：“如之奈何？”孔明曰：

“主公宽心，只顾‘准备窝弓以擒猛虎，安排香饵以钓鳌鱼’。等周瑜到来，他便不死，也九分无气。”便唤赵云听计：“如此如此，其余我自有布摆。”玄德大喜。后人有诗叹云：

周瑜决策取荆州，诸葛先知第一筹。

指望长江香饵稳，不知暗里钓鱼钩。

却说鲁肃回见周瑜，说玄德、孔明欢喜一节，准备出城劳军。周瑜大笑曰：“原来今番也中了吾计！”[周瑜和孔明之间敌意如此，如何指望对方上你当呢？你把对方设想为何许人，对方多半也正把你设想为何许人。你疑心对方的程度，常与对方提防你的程度相当。]便教鲁肃禀报吴侯，并遣程普引军接应。周瑜此时箭疮已渐平愈，身躯无事，使甘宁为先锋，自与徐盛、丁奉为第二，凌统、吕蒙为后队，水陆大兵五万，望荆州而来。周瑜在船中时复欢笑，以为孔明中计。前军至夏口，周瑜问：“荆州有人在前面接否？”人报：“刘皇叔使糜竺来见都督。”瑜唤至，问劳军如何。糜竺曰：“主人皆准备安排下了。”瑜曰：“皇叔何在？”竺曰：“在荆州城门外相等，与都督把盏。”瑜曰：“今为汝家之事，出兵远征；劳军之礼，休得轻易。”糜竺领了言语先回。[史载，周瑜确有征伐益州之计划，唯天不假以年，遂致搁置。对刘备算一大侥幸。]战船密密排在江上，依次而进。看看至公安，并无一只军船，又无一人远接。周瑜催船速行。离荆州十余里，只见江面上静荡荡的。哨探的回报：“荆州城上，插两面白旗，并不见一人之影。”瑜心疑，教把船傍岸，亲自上岸乘马，带了甘宁、徐盛、丁奉一班军官，引亲随精军三千人，径望荆州来。既至城下，并不见动静。瑜勒住马，令军士叫门。城上问是谁人。吴军答曰：“是东吴周都督亲自在此。”言未已，急一声梆子响，城上军一齐都竖起枪刀。敌楼上赵云出曰：“都督此行，端的为何？”瑜曰：“吾替汝主取西川，汝岂犹未知耶？”云曰：“孔明军师已知都督‘假途灭虢’之计，故留赵云在此。吾主公有言：‘孤与刘璋，皆汉室宗亲，安忍背义而取西川？若汝东吴端的取蜀，吾当披发入山，不失信于天下也’。”周瑜闻之，勒马便回。只见一人打着令字旗，于马前报说：“探得四路军马，一齐杀到：关某从江陵杀来，张飞从秭归杀来，黄忠从公安杀来，魏延从孱陵小路杀来。四路正不知多少军马，喊声远近震动百余里，皆言要捉周瑜。”瑜马上大叫一声，箭疮复裂，坠于马下。正是：

一着棋高难对敌，几番算定总成空。

不知性命如何，且看下文分解。

盲点

沃尔特·李普曼说过：“每一种理论都有一个不由自主的盲点。”阴谋家的盲点在于：对阴谋的热衷，会降低阴谋的效用。你使用阴谋的频率越高，你的阴谋越不值钱。但人性又有一个没出息的惯性，如法国人拉布吕埃尔所说：“一个人只要施过一次计就忍不住想策划阴谋，否则会无聊透顶。”

这回书中，我们看到了高密度、高质量的阴谋，却没有看到与之相称的效用。当所有人欺骗所有人，当“兵不厌诈”成为双方共识和指导原则时，阴谋反而成了阳光，使人一望可知。所以，除了被蓄意写成傻瓜的鲁肃（苍天作证，鲁肃不傻），无论使刁者如何自以为得计，对方都能第一时间看出他是黄鼠狼给鸡拜年——没安好心。曹、孙、刘三方已把彼此关系明确到这种地步，他们确信：不管你这手棋下在哪，都是为了诱我上当，哄我吃药。当再好的美酒也会被对方率先假定为毒药时，阴谋就变得无趣了。所以，滥用阴谋，本身是一种不智；不能予人银行家之感的人，成不了一流阴谋家：只有先让自己成为可信赖的人，才能兜售阴谋。培根提供过一个奇妙搭配，可以借鉴：“享有坦诚的美名；养成保密的习惯；适当使用掩饰；无可奈何时有能力作假。”与马基雅维里齐名的圭恰迪尼也持类似观点，他认为，平时还是保持诚实为好，“由此你可以得一个为人诚恳的名声；而在某些重要关头或极少见的场合，则不妨搞点欺骗。如果你能这样做，那么你的骗术将会发挥更大更好的用场，因为你有了诚实的口碑之后，大家就会更轻易地相信你说的话”。——说得何其朴实，小说中的诸葛亮，独缺这点朴实。

故说来讽刺，即使为了兜售阴谋，人也应该注重诚实。诚实是一件如此优秀的品质，即使坏人拥有了它，也会坏出不同凡响的效果。整天耍阴使计，其实是一种平庸。圣雄甘地说得好：“到头来骗子只能骗自己。”

第五十七回

柴桑口卧龙吊丧　耒阳县凤雏理事

却说周瑜怒气填胸，坠于马下，左右急救归船。军士传说："玄德、孔明在前山顶上饮酒取乐。"瑜大怒，咬牙切齿曰："你道我取不得西川，吾誓取之！"正恨间，人报吴侯遣弟孙瑜到。周瑜接入，具言其事。孙瑜曰："吾奉兄命来助都督。"遂令催军前行。行至巴丘，人报上流有刘封、关平二人领军截住水路。周瑜愈怒。忽又报孔明遣人送书至。周瑜拆封视之。书曰：

汉军师中郎将诸葛亮，致书于东吴大都督公瑾先生麾下：自柴桑一别，至今恋恋不忘。闻足下欲取西川，亮窃以为不可。益州民强地险，刘璋虽暗弱，足以自守。今劳师远征，转运万里，欲收全功，虽吴起不能定其规，孙武不能善其后也。曹操失利于赤壁，志岂须臾忘报仇哉？今足下兴兵远征，倘操乘虚而至，江南齑粉矣！亮不忍坐视，特此告知。幸垂照鉴。

周瑜览毕，长叹一声，唤左右取纸笔作书上吴侯，乃聚众将曰："吾非不欲尽忠报国，奈天命已绝矣。汝等善事吴侯，共成大业。"言讫昏绝；徐徐又醒，仰天长叹曰："既生瑜，何生亮！"［寥寥六字，画出弥天情恨。事未必真实，情无比酷烈。经此阎王笔一判，周郎一世英名，悉随雨打风吹去。普鲁塔克说："与一个以语言和文学见长的城市为敌，该是多么可悲。"周瑜的体会是：被一位素昧平生的天才作家记恨，何其倒霉。］连叫数声而亡。寿三十六岁。后人有诗叹曰：

赤壁遗雄烈，青年有后声。弦歌知雅意，杯酒谢良朋。
曾谒三千斛，常驱十万兵。巴丘终命处，凭吊欲伤情。

周瑜停丧于巴丘。众将将所遗书缄，遣人飞报孙权。权闻周瑜死，放声大哭。拆视其书，乃荐鲁肃以自代也。书略曰：

瑜以凡才，荷蒙殊遇，委任腹心，统御兵马，敢不竭股肱之力，以图报效。奈死生不测，修短有命；愚志未展，微躯已损，遗恨何极！方今曹操在北，疆场未静；刘备寄寓，有似养虎；天下之事，尚未可知。此正朝士旰食之秋，至尊垂虑之日也。鲁肃忠烈，临事不苟，可以代瑜之任。“人之将死，其言也善。”倘蒙垂鉴，瑜死不朽矣。

孙权览毕，哭曰：“公瑾有王佐之才，今忽短命而死，孤何赖哉？既遗书特荐子敬，孤敢不从之。”即日便命鲁肃为都督，总统兵马；一面教发周瑜灵柩回葬。

却说孔明在荆州夜观天文，见将星坠地，乃笑曰：“周瑜死矣。”［天际电报，灵验如神。］至晓，告于玄德。玄德使人探之，果然死了。玄德问孔明曰：“周瑜既死，还当如何？”孔明曰：“代瑜领兵者，必鲁肃也。亮观天象，将星聚于东方。亮当以吊丧为由，往江东走一遭，就寻贤士佐助主公。”玄德曰：“只恐吴中将士加害于先生。”孔明曰：“瑜在之日，亮犹不惧；今瑜已死，又何患乎？”乃与赵云引五百军，具祭礼，下船赴巴丘吊丧。于路探听得孙权已令鲁肃为都督，周瑜灵柩已回柴桑。孔明径至柴桑，鲁肃以礼迎接。周瑜部将皆欲杀孔明，因见赵云带剑相随，不敢下手。孔明教设祭物于灵前，亲自奠酒，跪于地下，读祭文曰：

呜呼公瑾，不幸夭亡！修短故天，人岂不伤？我心实痛，酹酒一觞；君其有灵，享我烝尝！吊君幼学，以交伯符；仗义疏财，让舍以居。吊君弱冠，万里鹏抟；定建霸业，割据江南。吊君壮力，远镇巴丘；景升怀虑，讨逆无忧。吊君丰度，佳配小乔；汉臣之婿，不愧当朝。吊君气概，谏阻纳质；始不垂翅，终能奋翼。吊君鄱阳，蒋干来说；挥洒自如，雅量高志。吊君宏才，文武筹略；火攻破敌，挽强为弱。想君当年，雄姿英发；哭君早逝，俯地流血。忠义之心，英灵之气；命终三纪，名垂百世。哀君情切，愁肠千结；惟我肝胆，悲无断绝。昊天昏暗，三军怆然；主为哀泣，友为泪涟。亮也不才，丐计求谋；助吴拒曹，辅汉安刘，犄角之援，首尾相俦；若存若亡，何虑何忧？

呜呼公瑾！生死永别！朴守其贞，冥冥灭灭。魂如有灵，以鉴我心；从此天下，更无知音！呜呼痛哉！伏惟尚飨。

孔明祭毕，伏地大哭，泪如涌泉，哀恸不已。[心中窃喜如梨花翻飞，眼底悲泪似六月飞雪。呜呼，孔明原是伟丈夫，此际忽成一戏子。]众将相谓曰："人尽道公瑾与孔明不睦，今观其祭奠之情，人皆虚言也。"鲁肃见孔明如此悲切，亦为感伤，自思曰："孔明自是多情，乃公瑾量窄，自取死耳。"[末句大失忠厚。鲁肃有今日，全凭周瑜举荐。]后人有诗叹曰：

卧龙南阳睡未醒，又添列曜下舒城。
苍天既已生公瑾，尘世何须出孔明！

鲁肃设宴款待孔明。宴罢，孔明辞回。方欲下船，只见江边一人道袍竹冠，皂绦素履，一手揪住孔明，大笑曰："汝气死周郎，却又来吊孝，明欺东吴无人耶！"孔明急视其人，乃凤雏先生庞统也。孔明亦大笑。两人携手登舟，各诉心事。孔明乃留书一封与统，嘱曰："吾料孙仲谋必不能重用足下。稍有不如意，可来荆州共扶玄德。此人宽仁厚德，必不负公平生之所学。"统允诺而别，孔明自回荆州。

却说鲁肃送周瑜灵柩至芜湖，孙权接着，哭祭于前，命厚葬于本乡。瑜有两男一女，长男循，次男胤，权皆厚恤之。鲁肃曰："肃碌碌庸才，误蒙公瑾重荐，其实不称所职，愿举一人以助主公。此人上通天文，下晓地理，谋略不减于管、乐，枢机可并于孙、吴。往日周公瑾多用其谋，孔明亦深服其智。见在江南，何不重用？"权闻言大喜，便问此人姓名。肃曰："此人乃襄阳人，姓庞名统，字士元，道号凤雏先生。"权曰："孤亦闻其名久矣。今既来此，可即请来相见。"于是鲁肃邀请庞统入见孙权，施礼毕。权见其人浓眉掀鼻，黑面短髯，形容古怪，心中不喜。[孙权以貌取人？之前曹操遇到庞统，倒是"出帐迎入"，连称"久仰"。]乃问曰："公平生所学，以何为主？"统曰："不必拘执，随机应变。"权曰："公之才学，比公瑾何如？"统笑曰："某之所学，与公瑾大不相同。"权平生最喜周瑜，见统轻之，心中愈不乐，乃谓统曰："公且退，待有用公之时，却来相请。"统长叹一声而出。鲁肃曰："主公何不用庞士元？"权曰："狂士也，用之何益？"肃曰："赤壁鏖兵之时，此人曾献连环策，成第一功。主公想必知之。"权曰："此时乃曹操自欲钉船，未必此人之功也。吾誓不用之。"［耍赖了。耍赖也是一种性情。］鲁肃出谓庞统曰："非肃不荐足下，奈吴侯不肯用公。公且耐心。"统低头长叹不语。肃曰："公莫非无意于吴中乎？"统不答。肃曰："公抱匡济之才，何往不利？可实对肃言，将欲何往？"统曰："吾欲投曹操去也。"肃曰："此明珠投暗矣！可往荆州投刘皇叔，必然重用。"统曰："统意实欲如此，前言戏耳。"肃曰："某当作书奉荐。公辅玄德，必令孙、刘两家无相攻击，同力破曹。"统曰："此某平生之素志也。"乃求肃书，径往荆州来见玄德。

此时孔明按察四郡未回。门吏传报："江东名士庞统，特来相投。"玄德久闻统名，便教请入相见。统见玄德，长揖不拜。玄德见统貌陋，心中亦不悦，［玄德亦以貌取人？依理，刘、孙均擅长延揽英雄，断不致以貌取人。庞统大概不仅丑陋，还令人不快。］乃问统曰："足下远来不易！"统不即取出鲁肃书并孔明投呈，但答曰："闻皇叔招贤纳士，特来相投。"玄德曰："荆楚稍定，苦无闲职。此去东北一百三十里，有一县名耒阳县，缺一县宰，屈公任之。如后有缺，却当重用。"统思："玄德待我何薄！"欲以才学动之，见孔明不在，只得勉强相辞而去。统到耒阳县，不理政事，终日饮酒为乐，一应钱粮词讼，并不理会。有人报知玄德，言庞统将耒阳县事尽废。玄德怒曰："竖儒焉敢乱吾法度！"遂唤张飞分付，引从人去荆南诸县巡视："如有不公不法者，就便究问。恐于事有不明处，可与孙乾同去。"

张飞领了言语，与孙乾前至耒阳县。军民官吏皆出郭迎接，独不见县令。飞问曰："县令何在？"同僚覆曰："庞县令自到任及今将百余日，县中之事并不理问，每日饮酒自旦及夜，只在醉乡。今日宿酒未醒，犹卧不起。"张飞大怒，欲擒之。孙乾曰："庞士元乃高明之人，未可轻忽。且到县问之，如果于理不当，治罪未晚。"飞乃入县，正厅上坐定，教县令来见。统衣冠不整，扶醉而出。飞怒曰："吾兄以汝为人，令作县宰，汝焉敢尽废县事！"统笑曰："将军以吾废了县中何事？"飞曰："汝到任百余日，终日在醉乡，安得不废政事？"统曰："量百里小县，些小公事，何难决断！将军少坐，待我发落。”随即唤公吏，将百余日所积公务，都取来剖断。吏皆纷然赍抱案卷上厅，诉词被告人等，环跪阶下。统手中批判，口中发落，耳内听词，曲直分明，并无分毫差错。民皆叩首拜伏。不到半日，将百余日之事，尽断毕了，投笔于地而对张飞曰：“所废之事何在？曹操、孙权，吾视之若掌上观文，量此小县，何足介意！”飞大惊，下席谢曰：“先生大才，小子失敬。吾当于兄长处极力举荐。”统乃将出鲁肃荐书。飞曰：“先生初见吾兄，何不将出？”统曰：“若便将出，似乎专藉荐书来干谒矣。”飞顾谓孙乾曰：“非公则失一大贤也。”遂辞统回荆州见玄德，具说庞统之才。玄德大惊曰：“屈待大贤，吾之过也！”飞将鲁肃荐书呈上。玄德拆视。荐书略曰：

庞士元非百里之才，使处治中、别驾之任，始当展其骥足。如以貌取之，恐负所学，终为他人所用，实可惜也！

玄德看毕，正在嗟叹，忽报孔明回。玄德接入，礼毕，孔明先问曰：“庞军师近日无恙否？”玄德曰：“近治耒阳县，好酒废事。”孔明笑曰：“士元非百里之才，胸中所学，胜亮十倍。亮曾有荐书在士元处，曾达主公否？”玄德曰：“今日方得子敬书，却未见先生之书。”孔明曰：“大贤若处小任，往往以酒糊涂，倦于视事。”[一种强人盲点：自负绝世奇才，遂对小事不耐烦，似乎不如此将被人看低。更高明的人物不会这么做，他们的经典态度是：一屋不扫，何以扫天下？]玄德曰：“若非吾弟所言，险失大贤。”随即令张飞往耒阳县请庞统到荆州。玄德下阶请罪，统方将出孔明所荐之书。玄德看书中之意，言凤雏到日，宜即重用。玄德喜曰：“昔司马德操言：‘伏龙、凤雏，两人得一，可安天下’。今吾二人皆得，汉室可兴矣。”遂拜庞统为副军师中郎将，与孔明共赞方略，教练军士，听候征伐。

早有人报到许昌，言刘备有诸葛亮、庞统为谋士，招军买马，积草屯粮，连结东吴，早晚必兴兵北伐。曹操闻之，遂聚众谋士商议南征。荀攸进曰：“周瑜新死，可先取孙权，次攻刘备。”操曰：“我若远征，恐马腾来袭许都。前在赤壁之时，军中有讹言，亦传西凉入寇之事，今不可不防也。”荀攸曰：“以愚所见，不若降诏加马腾为征南将军，使讨孙权，诱入京师，先除此人，则南征无患矣。”操大喜，即日遣人赍诏至西凉召马腾。

却说腾字寿成，汉伏波将军马援之后。父名肃，字子硕，桓帝时为天水阑干县尉；后失官流落陇西，与羌人杂处，遂娶羌女生腾。腾身长八尺，体貌雄异，禀性温良，人多敬之。灵帝末年，羌人多叛，腾召募民兵破之。初平中年，因讨贼有功，拜征西将军，与镇西将军韩遂为兄弟。当日奉诏，乃与长子马超商议曰：“吾自与董承受衣带诏以来，与刘玄德约共讨贼，不幸董承已死，玄德屡败。我又僻处西凉，未能协助玄德。今闻玄德已得荆州，我正欲展昔日之志，而曹操反来召我，当是如何？”马超曰：“操奉天子之命以召父亲，今若不往，彼必以逆命责我矣。当乘其来召，竟往京师，于中取事，则昔日之志可展也。”马腾兄子马岱谏曰：“曹操心怀叵测，叔父若往，恐遭其害。”超曰：“儿愿尽起西凉之兵，随父亲杀入许昌，为天下除害，有何不可？”［说得轻巧。“胸大无脑”只是戏言，“胆大无脑”才是祸端。］腾曰：“汝自统羌兵保守西凉，只教次子马休、马铁并侄马岱随我同往。曹操见有汝在西凉，又有韩遂相助，谅不敢加害于我也。”超曰：“父亲若往，切不可轻入京师。当随机应变，观其动静。”腾曰：“吾自有处，不必多虑。”于是马腾乃引西凉兵五千，先教马休、马铁为前部，留马岱在后接应，迤逦望许昌而来，离许昌二十里屯住军马。

曹操闻知马腾已到，唤门下侍郎黄奎分付曰：“目今马腾南征，吾命汝为行军参谋，先至马腾寨中劳军，可对马腾说：西凉路远，运粮甚难，不能多带人马。我当更遣大兵，协同前进。来日教他入城面君，吾就应付粮草与之。”奎领命，来见马腾。腾置酒相待。奎酒半酣而言曰：“吾父黄琬死于李傕、郭汜之难，尝怀痛恨。不想今日又遇欺君之贼！”腾曰：“谁为欺君之贼？”奎曰：“欺君者操贼也。公岂不知之，而问我耶？”腾恐是操使来相探，急止之曰：“耳目较近，休得乱言。”奎叱曰：“公竟忘却衣带诏乎！”腾见他说出心事，乃密以实情告之。奎曰：“操欲公入城面君，必非好意。公不可轻入。来日当勒兵城下，待曹操出城点军，就点军处杀之，大事济矣。”二人商议已定。［据二十三回，曹操早从董承家奴秦庆童处知悉密谋者名单，现在连一个普通侍郎都知道了衣带诏，马腾还有啥阴谋可玩呢？“明知山有虎，偏向虎山行”固然可嘉，但老兄手上至少得有根哨棒吧？］黄奎回家，恨气未息。其妻再三问之，奎不肯言。不料其妾李春香与奎妻弟苗泽私通。泽欲得春香，正无计可施。妾见黄奎愤恨，遂对泽曰：“黄侍郎今日商议军情回，意甚愤恨，不知为谁？”泽曰：“汝可以言挑之曰：‘人皆说刘皇叔仁德，曹操奸雄，何也？’看他说甚言语。”是夜黄奎果到春香房中。妾以言挑之。奎乘醉言曰：“汝乃妇人，尚知邪正，何况我乎？吾所恨者，欲杀曹操也！”妾曰：“若欲杀之，如何下手？”奎曰：“吾已约定马将军，明日在城外点兵时杀之。”妾告于苗泽，泽报知曹操。操便密唤曹洪、许褚分付如此如此；又唤夏侯渊、徐晃分付如此如此。各人领命去了，一面先将黄奎一家老小拿下。

次日，马腾领着西凉兵马将次近城，只见前面一簇红旗，打着丞相旗号。马腾只道曹操自来点军，拍马向前。忽听得一声炮响，红旗开处，弓弩齐发。一将当先，乃曹洪也。马腾急拨马回时，两下喊声又起：左边许褚杀来，右边夏侯渊杀来，后面又是徐晃领兵杀至，截断西凉军马，将马腾父子三人困在垓心。马腾见不是头，奋力冲杀。马铁早被乱箭射死。马休随着马腾，左冲右突，不能得出。二人身带重伤，坐下马又被箭射倒，父子二人俱被执。曹操教将黄奎与马腾父子，一齐绑至。黄奎大叫：“无罪！”操教苗泽对证。马腾大骂曰：“竖儒误我大事！我不能为国杀贼，是乃天也！”操命牵出。马腾骂不绝口，与其子马休及黄奎，一同遇害。［情节是虚构的，马腾被害其实缘于马超造反，在时人看来，此事咎在马超。马超明知家人在曹操身边，仍执意造反，等于白白送死家人。］后人有诗叹马腾曰：

父子齐芳烈，忠贞著一门。捐生图国难，誓死答君恩。

嚼血盟言在，诛奸义状存。西凉推世胄，不愧伏波孙！

苗泽告操曰：“不愿加赏，只求李春香为妻。”操笑曰：“你为了一妇人，害了你姐夫一家，留此不义之人何用！”便教将苗泽、李春香与黄奎一家老小并斩于市。［告密者人神共愤，曹操痛快，唯与切身利益不合。

诛杀有功于己的告密者，哪怕有助于天地正义，也无益于自身安危。理性人的行事逻辑，总是先行确保自身安全。］观者无不叹息。后人有诗叹曰：

苗泽因私害荩臣，春香未得反伤身。

奸雄亦不相容恕，枉自图谋作小人。

曹操教招安西凉兵马，谕之曰："马腾父子谋反，不干众人之事。"一面使人分付把守关隘，休教走了马岱。

且说马岱自引了一千兵在后，早有许昌城外逃回军士，报知马岱。岱大惊，只得弃了兵马，扮作客商，连夜逃遁去了。曹操杀了马腾等，便决意南征。忽人报曰："刘备调练军马，收拾器械，将欲取川。"操惊曰："若刘备收川，则羽翼成矣。将何以图之？"言未毕，阶下一人进言曰："某有一计，使刘备、孙权不能相顾，江南、西川皆归丞相。"正是：

西川豪杰方遭戮，南国英雄又受殃。

未知献计者是谁，且看下文分解。

公职

庞统确有可憎处。

兹别寻参照。英国大哲约翰·密尔，三岁学希腊文，八岁通拉丁语，少年时的学养识力已令时贤瞠目，十六岁在一流学术刊物上频频撰文，二十岁时受英伦巨子杰里米·边沁委托，整理边沁的鸿篇巨制。但他十七岁时在东印度公司印度通信检察署谋职，全无怨言，勤勉有加，从貌似乏味的文案写作中吸取精华，留意慎重表达的技艺，探究"公共措施和其他政治行为在什么时候不能产生期待的结果，以及原因是什么"。最终，在那个远比耒阳县令不起眼的职位上，密尔做到了庞统无法想象的成就，他撰写的《论自由》《代议制政府》，对世界民主化进程的促进和推动（包括对中国，严复早在十九世纪就翻译了《群己权界论》（即《论自由》）——套用庞统辈术语，"万里才"都不足以秤量。

县令乃公共职责，若庞统具有起码的公共责任意识，按时履职，他至少可使个别小民的冤屈早些得到澄清。然观其行迹，为彰显“长铗归来兮，出无车”的风度，万事都能置之度外。他以旷世奇才自居，同时要求别人依其自我认定，把他一步到位、一步登天地安置妥帖。拿破仑倘这么干，从而拒绝在炮兵少尉的岗位上有所作为，我们将不知道谁叫拿破仑。

作者如此描摹，意在强调庞统落拓不拘、超迈群英的名士风度，却泯然于公私界限，致使该风度沦为一副小样。

第五十八回

马孟起兴兵雪恨　曹阿瞒割须弃袍

却说献策之人，乃治书侍御史陈群，字长文。操问曰："陈长文有何良策?"群曰："今刘备、孙权结为唇齿，若刘备欲取西川，丞相可命上将提兵，会合淝之众径取江南，则孙权必求救于刘备；备意在西川，必无心救权；权无救则力乏兵衰，江东之地必为丞相所得。若得江东，则荆州一鼓可平也；荆州既平，然后徐图西川，天下定矣。"［想当然，把人间事态视如自然规律，似乎由一必生二，冬去必春来，逻辑力量还不如这句俏皮话呢："失了一颗铁钉，丢了一只马蹄铁；丢了一只马蹄铁，折了一匹战马；折了一匹战马，损了一位将军；损了一位将军，输了一场战争；输了一场战争，亡了一个帝国。"］操曰："长文之言，正合吾意。"即时起大兵三十万径下江南，令合淝张辽准备粮草，以为供给。

早有细作报知孙权。权聚众将商议。张昭曰："可差人往鲁子敬处，教急发书到荆州，使玄德同力拒曹。子敬有恩于玄德，其言必从，且玄德既为东吴之婿，亦义不容辞。若玄德来相助，江南可无患矣。"权从其言，即遣人谕鲁肃，使求救于玄德。肃领命，随即修书使人送玄德。玄德看了书中之意，留使者于馆舍，差人往南郡请孔明。孔明到荆州，玄德将鲁肃书与孔明看毕，孔明曰："也不消动江南之兵，也不必动荆州之兵，自使曹操不敢正觑东南。"便回书与鲁肃，教高枕无忧，若但有北兵侵犯，皇叔自有退兵之策。使者去了。玄德问曰："今操起三十万大军，会合淝之众，一拥而来，先生有何妙计，可以退之?"孔明曰："操平生所虑者，乃西凉之兵也。今操杀马腾，其子马超见统西凉之众，必切齿操贼。主公可作一书，往结马超，使超兴兵入关，则操又何暇下江南矣?"玄德大喜，即时作书，遣一心腹人，径往西凉投下。［路够远的，又无皇家驿马可用，十天半月走不到。］

却说马超在西凉州，夜感一梦：梦见身卧雪地，群虎来咬。惊惧而觉，心中疑惑，聚帐下将佐，告说梦中之事。帐下一人应声曰："此梦乃不祥之兆也。"众视其人，乃帐前心腹校尉，姓庞名德，字令名。超问："令名所见若何？"德曰："雪地遇虎，梦兆殊恶。莫非老将军在许昌有事否？"［置身蛮荒之地，梦境是军人的心灵玩具，谁都会把玩几下。唯梦理不清。］言未毕，一人踉跄而入，哭拜于地曰："叔父与弟皆死矣！"超视之，乃马岱也。超惊问，岱曰："叔父与侍郎黄奎同谋杀操，不幸事泄，皆被斩于市，二弟亦遇害。惟岱扮作客商，星夜走脱。"超闻言，哭倒于地，众将救起。超咬牙切齿，痛恨操贼。忽报荆州刘皇叔遣人赍书至。超拆视之。书略曰：

> 伏念汉室不幸，操贼专权，欺君罔上，黎民雕残。备昔与令先君同受密诏，誓诛此贼。今令先君被操所害，此将军不共天地、不同日月之仇也。若能率西凉之兵，以攻操之右，备当举荆襄之众，以遏操之前，则逆操可擒，奸党可灭，仇辱可报，汉室可兴矣。书不尽言，立待回音。

马超看毕，即时挥涕回书，发使者先回，随后便起西凉军马。正欲进发，忽西凉太守韩遂使人请马超往见。超至遂府，遂将出曹操书示之。内云："若将马超擒赴许都，即封汝为西凉侯。"超拜伏于地曰："请叔父就缚俺兄弟二人解赴许昌，免叔父戈戟之劳。"韩遂扶起曰："吾与汝父结为兄弟，安忍害汝？汝若兴兵，吾当相助。"马超拜谢。韩遂便将操使者推出斩之，乃点手下八部军马，一同进发。那八部？乃侯选、程银、李堪、张横、梁兴、成宜、马玩、杨秋也。八将随着韩遂，合马超手下庞德、马岱，共起二十万大兵，杀奔长安来。长安郡守钟繇，飞报曹操；一面引军拒敌，布阵于野。西凉州前部先锋马岱，引军一万五千，浩浩荡荡，漫山遍野而来。钟繇出马答话，岱使宝刀一口，与繇交战。不一合，繇大败奔走。［钟繇乃绝代书家，楷书鼻祖，与西凉恶汉上阵比划，实在非其所长。］岱提刀赶来。马超、韩遂引大军都到，围住长安。钟繇上城守护。长安乃西汉建都之处，城郭坚固，壕堑险深，急切攻打不下。一连围了十日，不能攻破。庞德进计曰："长安城中土硬水碱，甚不堪食，更兼无柴。今围十日，军民饥荒。不如暂且收军，只须如此如此，长安唾手可得。”马超曰：“此计大妙！”即时差令字旗传于各部，尽教退军，马超亲自断后。各部军马渐渐退去。钟繇次日登城看时，军皆退了，只恐有计，令人哨探，果然远去，方才放心。纵令军民出城打柴取水，大开城门放人出入。至第五日，人报马超兵又到，军民竞奔入城，钟繇仍复闭城坚守。

却说钟繇弟钟进把守西门，约近三更，城门里一把火起。钟进急来救时，城边转过一人，举刀纵马大喝曰：“庞德在此！”钟进措手不及，被庞德一刀斩于马下，杀散军校，斩关断锁，放马超、韩遂军马入城。钟繇从东门弃城而走。马超、韩遂得了城池，赏劳三军。［庞德勇不可当，以一人之力混入长安，效果竟在希腊联军的木马计之上。那只木马里可是藏着数十名希腊英雄。］钟繇退守潼关，飞报曹操。操知失了长安，不敢复议南征，遂唤曹洪、徐晃分付：“先带一万人马，替钟繇紧守潼关。如十日内失了关隘，皆斩；十日外，不干汝二人之事。我统大军随后便至。”［有分寸的威胁。］二人领了将令，星夜便行。曹仁谏曰：“洪性躁，诚恐误事。”操曰：“你与我押送粮草，便随后接应。”

却说曹洪、徐晃到潼关，替钟繇坚守关隘，并不出战。马超领军来关下，把曹操三代毁骂。曹洪大怒，要提兵下关厮杀。徐晃谏曰：“此是马超要激将军厮杀，切不可与战。待丞相大军来，必有主画。”马超军日夜轮流来骂，曹洪只要厮杀，徐晃苦苦挡住。［十日之限，捱过一天是一天。］至第九日在关上看时，西凉军都弃马在于关前草地上坐，多半困乏，就于地上睡卧。曹洪便教备马，点起三千兵杀下关来。西凉兵弃马势戈而走，洪迤逦追赶。时徐晃正在关上点视粮车，闻曹洪下关厮杀，大惊，急引兵随后赶来，大叫曹洪回马。忽然背后喊声大震，马岱引军杀至。曹洪、徐晃急回走时，一棒鼓响，山背后两军截出：左是马超，右是庞德，混杀一阵。曹洪抵当不住，折军大半，撞出重围，奔到关上。西凉兵随后赶来，洪等弃关而走。庞德直追过潼关，撞见曹仁军马，救了曹洪等一军。马超接应庞德上关。曹洪失了潼关，奔见曹操。操曰：“与你十日限，如何九日失了潼关？”洪曰：“西凉军兵百般辱骂，因见彼军懈怠，乘势赶去，不想中贼奸计。”操曰：“洪年幼躁暴，徐晃你须晓事！”晃曰：“累谏不从。当日晃在关上点粮车，比及知道，小将军已下关了。晃恐有失，连忙赶去，已中贼奸计矣。”操大怒，喝斩曹洪。众官告免。曹洪服罪而退。［明知曹洪躁暴，为何委以重任？明知徐晃晓事，为何让曹洪担任主将？曹洪是曹家兄弟将，徐晃焉能辖制？曹操最好再自割一绺头发。］

操进兵直抵潼关。曹仁曰：“可先下定寨栅，然后打关未迟。”操令砍伐树木，起立排栅，分作三寨：左寨曹仁，右寨夏侯渊，操自居中寨。次日，操引三寨大小将校，杀奔关隘前去，正遇西凉军马。两边各布阵势。操出马于门旗下，看西凉之兵，人人勇健，个个英雄。又见马超生得面如傅粉，唇若抹朱，腰细膀宽，声雄力猛，［奇怪的形貌搭配。神含大阴大阳，形兼美女猛男。］白袍银铠，手持长枪，立马阵前；上首庞德，下首马岱。操暗暗称奇，自纵马谓超曰：“汝乃汉朝名将子孙，何故背反耶?”超咬牙切齿，大骂：“操贼！欺君罔上，罪不容诛！害我父弟，不共戴天之仇！吾当活捉生啖汝肉!”说罢，挺枪直杀过来。曹操背后于禁出迎。两马交战，斗到八九合，于禁败走。张郃出迎，战二十合亦败走。李通出迎，超奋威交战，数合之中，一枪刺李通于马下。［李通数年前病逝，为显马超神威，作者让他先复生，再复死。调拨阴间人口以补阳世之缺，也是通俗作家常用手法。］超把枪望后一招，西凉兵一齐冲杀过来，操兵大败。西凉兵来得势猛，左右将佐，皆抵当不住。马超、庞德、马岱引百余骑，直入中军来捉曹操。操在乱军中，只听得西凉军大叫：“穿红袍的是曹操!”操就马上急脱下红袍。又听得大叫：“长髯者是曹操!”操惊慌掣所佩刀断其髯。军中有人将曹操割髯之事告知马超，超遂令人叫拿：“短髯者是曹操!”操闻知，即扯旗角包颈而逃。［败相好玩。胡须碍事，马其顿的亚历山大大帝曾命令将领剃光士兵胡须，避免让敌人揪住。］后人有诗曰：

潼关战败望风逃，孟德怆惶脱锦袍。
剑割髭髯应丧胆，马超声价盖天高。

曹操正走之间，背后一骑赶来，回头视之，正是马超。操大惊。左右将校见超赶来，各自逃命，只撇下曹操。超厉声大叫曰：“曹操休走!”操惊得马鞭坠地。看看赶上，马超从后使枪搠来。操绕树而走，超一枪搠在树上；急拔下时，操已走远。超纵马赶来，山坡边转过一将，大叫：“勿伤吾主！曹洪在此!”轮刀纵马，拦住马超。操得命走脱。洪与马超战到四五十合，渐渐刀法散乱，气力不加，夏侯渊引数十骑随到。马超独自一人，恐被所算，乃拨马而回，夏侯渊也不来赶。

曹操回寨，却得曹仁死据定了寨栅，因此不曾多折军马。操入帐叹曰：“吾若杀了曹洪，今日必死于马超之手也!”遂唤曹洪，重加赏赐。[依孔明之论，又是“操贼未合身亡”了。]收拾败军，坚守寨栅，深沟高垒，不许出战。超每日引兵来寨前辱骂搦战。操传令教军士坚守，如乱动者斩。诸将曰：“西凉之兵，尽使长枪，当选弓弩迎之。”操曰：“战与不战，皆在于我，非在贼也。贼虽有长枪，安能便刺？诸公但坚壁观之，贼自退矣。”诸将皆私相议曰：“丞相自来征战，一身当先；今败于马超，何如此之弱也?”过了几日，细作报来：“马超又添二万生力兵来助战，乃是羌人部落。”操闻知大喜。诸将曰：“马超添兵，丞相反喜，何也?”操曰：“待吾胜了，却对汝等说。”三日后有报关上又添军马。操又大喜，就于帐中设宴作贺。诸将皆暗笑。操曰：“诸公笑我无破马超之谋，公等有何良策?”徐晃进曰：“今丞相盛兵在此，贼亦全部见屯关上，此去河西必无准备；若得一军暗渡蒲阪津，先截贼归路，丞相径发河北击之，贼两不相应，势必危矣。”操曰：“公明之言，正合吾意。”便教徐晃引精兵四千，和朱灵同去径袭河西，伏于山谷之中，“待我渡河北同时击之”。徐晃、朱灵领命，先引四千军暗暗去了。操下令先教曹洪于蒲阪津安排船筏，留曹仁守寨，操自领兵渡渭河。早有细作报知马超。超曰：“今操不攻潼关，而使人准备船筏，欲渡河北，必将遏吾之后也。吾当引一军沿河拒住岸北。操兵不得渡，不消二十日，河东粮尽，操兵必乱，却循河南而击之，操可擒矣。”韩遂曰：“不必如此。岂不闻兵法有云：‘兵半渡可击。’待操兵渡至一半，汝却于南岸击之，操兵皆死于河内矣。”超曰：“叔父之言甚善。”即使人探听曹操几时渡河。

却说曹操整兵已毕，分三停军前渡渭河。比及人马到河口时，日光初起。操先发精兵渡过北岸，开创营寨。操自引亲随护卫军将百人，按剑坐于南岸，看军渡河。忽然人报："后边白袍将军到了!"众皆认得是马超，一拥下船。河边军争上船者，声喧不止。操犹坐而不动，按剑指约休闹。只听得人喊马嘶，蜂拥而来，船上一将跃身上岸，呼曰："贼至矣！请丞相下船!"操视之，乃许褚也。操口内犹言："贼至何妨?"回头视之，马超已离不得百余步，许褚拖操下船时，船已离岸一丈有余，褚负操一跃上船。随行将士尽皆下水，扳住船边，争欲上船逃命。船小将翻，褚掣刀乱砍，傍船手尽折，倒于水中，急将船望下水棹去。许褚立于梢上，忙用木篙撑之。操伏在许褚脚边。马超赶到河岸，见船已流在半河，遂拈弓搭箭，喝令骁将绕河射之，矢如雨急。褚恐伤曹操，以左手举马鞍遮之。马超箭不虚发，船上驾舟之人应弦落水，船中数十人皆被射倒。其船反撑不定，于急水中旋转。许褚独奋脚威，将两腿夹舵摇撼，一手使篙撑船，一手举鞍遮护曹操。[许褚和赵云一样，虽是北方猛汉，突然成了非凡艄公。参照《水浒传》，仿佛集黑旋风、浪里白条于一身。]

时有渭南县令丁斐，在南山之上见马超追操甚急，恐伤操命，遂将寨内牛只马匹，尽驱于外，漫山遍野，皆是牛马。西凉兵见之，都回身争取牛马，无心追赶，曹操因此得脱。方到北岸，便把船筏凿沉。诸将听得曹操在河中逃难，急来救时，操已登岸。许褚身披重铠，箭皆嵌在甲上。众将保操至野寨中，皆拜于地而问安。操大笑曰："我今日几为小贼所困!"褚曰："若非有人纵马放牛以诱贼，贼必努力渡河矣。"操问曰："诱贼者谁也?"有知者答曰："渭南县令丁斐也。"少顷，斐入见。操谢曰："若非公之良谋，则吾被贼所擒矣。"遂命为典军校尉，斐曰："贼虽暂去，明日必复来。须以良策拒之。"操曰："吾已准备了也。"遂唤诸将："各分头循河筑起甬道，暂为寨脚，贼若来时，陈兵于甬道外。内虚立旌旗，以为疑兵；更沿河掘下壕堑，虚立棚盖，河内以兵诱之。贼急来必陷，贼陷便可擒矣。"[对曹操，败仗乃胜仗的有机组成部分，不是屡败屡战，而是在败仗中觅得胜机，最终积小败为大胜。]

却说马超回见韩遂，说："几乎捉住曹操！有一将奋勇负操下船去了，不知何人。”遂曰：“吾闻曹操选极壮之人，为帐前侍卫，名曰‘虎卫军’，以骁将典韦、许褚领之。典韦已死，今救曹操者，必许褚也。此人勇力过人，人皆称为‘虎痴’；如遇之，不可轻敌。”超曰：“吾亦闻其名久矣。”遂曰：“今操渡河，将袭我后，可速攻之，不可令他创业营寨。若立营寨，急难剿除。”超曰：“以侄愚意，还只拒住北岸，使彼不得渡河，乃为上策。”遂曰：“贤侄守寨，吾引军循河战操，若何？”超曰：“令庞德为先锋，跟叔父前去。”于是韩遂与庞德将兵五万，直奔河南。操令众将于甬道两旁诱之。庞德先引铁骑千余，冲突而来。喊声起处，人马俱落于陷马坑内。庞德踊身一跳，跃出土坑，立于平地，立杀数人，步行砍出重围。韩遂已被困在垓心，庞德步行救之。正遇着曹仁部将曹永，被庞德一刀砍于马下，夺其马，杀开一条血路，救出韩遂，投东南而走。背后曹兵赶来，马超引军接应，杀败曹兵，复救出大半军马。战至日暮方回，计点人马，折了将佐程银、张横，陷坑中死者二百余人。超与韩遂商议：“若迁延日久，操于河北立了营寨，难以退敌；不若乘今夜引轻骑去劫野营。”遂曰：“须分兵前后相救。”于是超自为前部，令庞德、马岱为后应，当夜便行。

却说曹操收兵屯渭北，唤诸将曰：“贼欺我未立寨栅，必来劫野营。可四散伏兵，虚其中军。号炮响时，伏兵尽起，一鼓可擒也。”众将依令，伏兵已毕。当夜，马超却先使成宜引三十骑往前哨探，成宜见无人马，径入中军。操军见西凉兵到，遂放号炮。四面伏兵皆出，只围得三十骑。成宜被夏侯渊所杀。马超却自从背后与庞德、马岱兵分三路蜂拥杀来。正是：

纵有伏兵能候敌，怎当健将共争先？

未知胜负若何，且看下文分解。

西凉

西凉兵究系何人？一流历史学家也没个准确说法。蔡文姬《悲愤诗》中提及董卓手下西凉兵，说是“来兵皆胡羌”。文姬曾远嫁匈奴左贤王，对胡人体貌特征有清晰体认。“胡”即匈奴，在汉朝，“胡”也是北方异族的统称，名下又可分出众多族名。鉴于匈奴人没有文字（突厥人倒有），尽管历史上曾给欧亚大陆造成深重灾难，后人对它的了解却极度缺乏。今日欧洲的匈牙利人，起源上原属匈奴人，但马克·布洛赫在《封建社会》中老实承认，其起源和早期经历“晦暗不明”。今天恐怕没有人能从寻常匈牙利人的长相上看出匈奴特征。

孟德斯鸠提到“军团之间的差别就同民族之间的差别一样，民族由于本性和教养的不同，他们作战的能力并不一样”，曹军对此当有同感：与一种不仅战术战略有别，而且道德观、价值观大有不同的军队交锋，必然会有种种不适。小说中提及的长枪，或是一例。他们是天生的马上战士，具有与众不同的时空观，射术高明，脾气凶暴，对俘虏尤其残酷。

汉代霍去病、卫青制服匈奴人，前提是引进了优良马种，训练了全新骑兵。作为卫、霍后人，曹军想必有所继承。西凉兵不同于匈奴，它还杂有大量羌人和汉人，汉人的构成又多为充军徙边者的后代，且不乏与羌人通婚者，故其作战方式和能力虽未必高明，却令曹操极度不适。